BASTEI
LÜBBE

Aus dieser Taschenbuchreihe sind folgende Romane erhältlich. Fragen Sie Ihren Buch- oder Zeitschriftenhändler.

24 001 Robert A. Heinlein
Sternenkrieger
24 002 Brian W. Aldiss
Der Millionen-Jahre-Traum
24 003 Larry Niven
Ringwelt
24 004 Addison E. Steele
Buck Rogers
24 005 Alan Dean Forster
Dark Star
24 007 Poul Anderson
Hrolf Krakis Saga
24 008 Jody Scott
Fast wie ein Mensch
24 009 William Morris
Das Reich am Strom
24 011 Samuel R. Delany
Dhalgren
24 012 Jerry Pournelle (Hrsg.)
Black Holes
24 013 Jerry Pournelle
Die entführte Armee
24 014 Barry N. Malzberg
Malzbergs Amerika
24 015 William Morris
Die Quelle
am Ende der Welt

Samuel R. Delany

Triton

Science Fiction-Roman

BASTEI
LÜBBE

BASTEI-LÜBBE-TASCHENBUCH
Science Fiction Special
Band 24 016

© Copyright 1976 by Samuel R. Delany
Deutsche Lizenzausgabe 1981
Bastei-Verlag Gustav H. Lübbe, Bergisch Gladbach
Originaltitel: Triton
Ins Deutsche übertragen von Bodo Baumann
Titelillustration: Agentur Thomas Schlück
Umschlaggestaltung: Quadro-Grafik, Bensberg
Druck und Verarbeitung:
Mohndruck Graphische Betriebe GmbH, Gütersloh
Printed in Western Germany
ISBN 3-404-24016-2

Der Preis dieses Bandes versteht sich einschließlich der gesetzlichen Mehrwertsteuer.

TRITON

Ein paar zwanglose Bemerkungen zur
Modulrechnung, erster Teil

TRITON

Eine doppelsinnige Heterotopia

Der soziale Körper beeinträchtigt die Wahrnehmungsart des physischen Körpers. Die physische Erfahrung des Körpers, die stets von den sozialen Kategorien modifiziert wird, welche diese Erfahrung vermitteln, unterstützt eine besondere Ansicht der Gesellschaft. Es findet ein ununterbrochener Austausch von Bedeutungen zwischen diesen beiden Arten körperlicher Erfahrung statt, so daß die eine die Kategorien der anderen bekräftigt. Als Ergebnis dieser Wechselwirkung erscheint der Körper als ein sehr beschränktes Ausdrucksmittel . . . Aus praktischen Erwägungen muß die Strukturanalyse der Symbole irgendwie mit einer Hypothese über die Rollenstruktur gekoppelt werden. Von hier verläuft die Argumentation in zwei Bahnen. Zum einen erzeugt der Zwang, ein Zusammenwirken der Erfahrung auf allen Ebenen zu erreichen, ein Aufeinanderabstimmen aller Ausdrucksmöglichkeiten, so daß der Gebrauch des Körpers mit anderen Medien koordiniert wird. Zum zweiten beschränkt die Kontrolle, die von dem sozialen System ausgeübt wird, die Möglichkeiten des Körpers als Medium.

Mary Douglas/NATURAL SYMBOLS

1. UNRUHE AUF TRITON,
ODER »DER SATZ«

Keine zwei von uns lernen unsere Sprache gleich, und im gewissen Sinne hört keiner von uns auf, sie zu erlernen, solange er lebt.

Willard Van Orman Quine/Word and Object

Er wohnte jetzt schon ein halbes Jahr in der Männer-Co-Op (Schlangenhaus). Dieses hatte sich bisher bewährt. Und so beschloß er, als er um vier Uhr aus der Hegemonie-Empfangshalle auf die belebte Plaza des Lichtes hinaustrat (am siebenunddreißigsten Tag des fünfzehnten Halbmonats des zweiten Jahres, wie die Leuchtanzeigen rings um die Plaza verkündeten – Erde und Mars würden ihn als einen Tag im Frühling des Jahres 2112 ausweisen, wie das auch noch in einer großen Anzahl offizieller Dokumente sogar hier draußen geschah, trotz des politischen Unsinns, den man hier lesen oder hören konnte), sich zu Fuß nach Hause zu begeben.

Er dachte: Ich bin ein verhältnismäßig glücklicher Mann.

Das Sensorschild (er blickte hoch: – so groß wie die Stadt) schlierte rosa, orange, gold. So rund, als wäre er von einer riesigen Tortenform herausgeschnitten, erhob sich ein unnatürlich türkisfarbener Neptun über den Horizont. Angenehm? Sehr. Er schlenderte unter zehntausend Mitbürgern in dieser aufgepolsterten Schwerkraft. Tethys? (Nein, nicht Saturns winziger Mond – inzwischen schon seit hundertfünfundsiebzig Jahren eine Forschungsstation – aber danach war diese Stadt tatsächlich benannt.) Nicht sehr groß, wenn man andere Orte in diesem System damit verglich; und in einigen davon hatte er schon gewohnt.

Er fragte sich plötzlich: Bin ich nur ein glücklicherweise zufriedener Mann?

Und dann schob er sich lächelnd durch die Menge.

Und fragte sich dann, ob ihn das von seiner Umgebung unterschied.

Ich kann nicht jeden anschauen (er trat vom Bürgersteig herunter), um das nachzuprüfen.

Fünf als Auswahl? Diese Frau dort, eine hübsche Sechzigerin
– vielleicht noch älter, falls sie eine Regenerationsbehandlung
hinter sich hatte –, die mit einem blauen hochhackigen Stiefel
die Straße herunterkam; sie hatte blaue Lippen, blaue Spangen
an ihren Brüsten.

Ein junger (vierzehn? sechzehn?) Mann drängte sich an sie
heran, nahm ihre Hand mit blauen Fingernägeln in seine Hand
mit blauen Fingernägeln, grinste sie (bläulich) an.

Mit blauen Lidern blinzelnd erkannte sie ihn und lächelte.

Aber nicht doch, Brustspangen bei einem Mann? (Selbst bei
einem sehr jungen Mann.) Rein ästhetisch: waren Brustspangen
nicht mehr oder weniger aussagekräftiger an Brüsten, die a) sich
vorwölbten und b) hüpften . . .? Aber ihre hüpften nicht.

Und sie blieb mit ihren beiden blauen Absätzen auf dem Bürgersteig, während der junge Mann mit seinen auf der Straße
ging. Sie vermischten sich mit der buntgefärbten Menge.

Und er hatte bereits zwei betrachtet, während er nur einen ins
Auge fassen wollte.

Dort: beim Kiosk der Transport-Haltestelle ragte ein großer
Mann in rotbraunen Coveralls aus einer Gruppe von Frauen
heraus. Er hatte sich irgendeine Art von Käfig über den Kopf
gestülpt, und augenscheinlich, während er näher herankam,
trug er auch Käfige an seinen Händen: durch die Drahtmaschen
konnte man Farbflecke erkennen; Farbe saß in den Rillen seiner
Fingernägel; seine Knöchel waren aufgeplatzt. Wahrscheinlich
irgendein einflußreicher Boß von der Verwaltung, der über genügend Freizeit und Kredit verfügte, um sich einem handwerklichen Hobby als Installateur oder Zimmermann widmen zu
können.

Zimmermann?

Er räusperte sich und trat zur Seite. Eine Verschwendung von
Holz und Zeit.

Wen konnte er noch in dieser Menge ins Auge fassen . . .

Im Trippelschritt auf schmutzigen Füßen schoben sich zehn,
fünfzehn – mehr als zwei Dutzend – Murmler auf ihn zu. Die
Leute wichen vor ihnen zurück. Mich stören nicht der Schmutz
und die Lumpen, dachte er, aber die Schwären . . . Vor sieben
Jahren hatte er tatsächlich die Versammlungen der Armen Kin-

der im Lichte Avestas und des Wechselnden Heiligen Namens besucht; in drei Lehrsitzungen hatte er die erste von siebenundneunzig sagbaren Mantras/Murmelsutras gelernt: *Mimimomomizolalilamialomuelamironoriminos* . . . Nach so langer Zeit war er sich der dreizehnten und der siebzehnten Silbe nicht ganz sicher. Doch ihm fiel fast alles wieder ein. Und sooft die Armen Kinder ihm begegneten, lebte die Erinnerung wieder auf, horchte er in dem dumpfen Dröhnen der Labialen und Vokale auf das erste Mantra. Aber zwischen mehr als einem Dutzend Murmlern, die alle verschiedene Silbenketten rezitierten (für manche brauchte man über eine Stunde, bis sie abgespult waren), konnte man kaum hoffen, eine von ihnen herauszupicken. Und welcher Murmler, der sein Salz wert war, würde wohl an einem öffentlichen Ort das allerelementarste sagbare Mantra murmeln? (Man mußte mindestens siebzehn davon beherrschen, ehe man in der Akademie zum Chorsingen zugelassen wurde.) Trotzdem hörte er ihnen zu.

Murmler mit zuckenden Lippen und fest geschlossenen Augen schwangen schmutzige Bettel-Schlüsseln aus Plastik – eigentlich viel zu schnell, daß man etwas hineinwerfen konnte. Während sie vorüberzogen, bemerkte er in einer einen Ring mit alten Schlüsseln, in einer anderen eine Protein-Stange (mit zerrissener Verpackung) und einen Fünf-Franqen-Gutschein. (»Gebt es aus, ehe ich es als gestohlen melde, oder das Geld steigt euch zu Kopf«, hatte jemand spöttisch bemerkt.) In der Mitte der Gruppe hatten sich einige schmutzige Lumpen vor das Gesicht gebunden. Ausgefranste Lappen flatterten über eine schlechtrasierte Wange. Eine Frau am Rand, die eine gesprungene gelbe Schüssel schwang (sie war fast hübsch, doch ihr Haar war so strähnig, daß man darunter die sich schuppende Kopfhaut sehen konnte), stolperte, öffnete die Augen und blickte ihn direkt an.

Er lächelte.

Sie preßte die Lider wieder zusammen, senkte den Kopf und stieß jemand neben sich an, der ihre Schüssel und ihre Bettelpose übernahm, während er mit festgeschlossenen Augen weitertippelte: sie (ja, sie war seine vierte Person) drängte der Mitte zu und wurde von der Gruppe verschlungen . . .

Vor ihm lachten die Leute.

Er sah dorthin.

Dieser Verwaltungsboß, der sich aus der Menge gelöst hatte, schwenkte seine in Käfige gezwängten Hände und rief gutgelaunt: »Könnt ihr nicht sehen?« Seine Stimme war laut und prahlend. »Könnt ihr nicht sehen? Schaut mich an! Ich könnte euch nichts geben, selbst wenn ich wollte! Ich könnte meine Hände nicht in meine Geldbörse stecken, um etwas herauszuholen. Schaut mich nur ein einziges Mal an!«

Der Verwaltungsboß hoffte wohl, für einen Anhänger einer noch strengeren, wenn auch selteneren Sekte gehalten zu werden, die Körper und Geist verstümmelten – bis einer von den Murmlern die Augen öffnete und sich überzeugte, daß dieser Mann nur ein Narr der Mode, nicht des Glaubens war. Ein Murmler, der blinzelte (nur die jüngeren Mitglieder trugen Augenbinden, die sie von der begehrten Randstellung des Göttlichen Führers ausschloß), mußte seine Schüssel abgeben und sich wie die Frau in die Mitte der Gruppe zurückziehen. Der Mann predigte; während die Armen Kinder im Trippelschritt murmelten.

Die Murmler ignorierten nicht nur solche Mißachtungen – sie forderten sie geradezu heraus, sonnten sich darin: so hatte man es ihm bei den Versammlungen vor sieben Jahren gesagt.

Trotzdem fand er diesen Witz geschmacklos.

Die Murmler, mochten sie auch lachhaft sein, nahmen ihre Sache ernst. (Er hatte sich vor sieben Jahren ernst genommen. Aber er war auch faul gewesen – und deshalb war er heute kein Murmler, sondern ein Programmentwerfer maßgeschneiderter Computer-Metalogik.) Der Mann war wahrscheinlich auch kein Verwaltungsboß; schon eher irgendein exzentrischer Handwerker – jemand, der für jene Bosse arbeitete, die nicht ganz so viel Freizeit oder Kredit hatten, um sich ein Handarbeits-Hobby leisten zu können.

Verwaltungsbosse, egal, wie gutmütig sie waren, redeten keine religiösen Sekten auf der Straße an.

Doch die Menge hatte sich um die Armen Kinder geschlossen. Hatte der Prediger aufgegeben? Oder war er erfolgreich gewesen? Schritte, Stimmen, der Lärm vorbeiflutender Passanten vermischte sich mit dem sanften Murmeln der Betenden, erstickte es.

Und was hatte er inzwischen gesehen?

Vier von fünf? Diese Vier waren keine sehr gute Wahl für einen vernünftigen und glücklichen Mann. Und wer sollte der Fünfte sein?

Sechs kaleidoskopfarbige Ego-Aufbereitungskabinen (»ERKENNE DEINEN PLATZ IN DER GESELLSCHAFT«, wiederholten die Aufschriften sechsmal) standen neben dem Transport-Kiosk.

Ich? dachte er. Das ist es. Ich.

Irgend etwas Erheiterndes war jetzt gefordert.

Er ging auf die Kabinen zu, bekam einen Stoß gegen die Schulter; dann kamen vierzig Leute aus dem Kiosk, und alle waren entschlossen, den Weg zwischen ihm und der nächsten Kabine zu kreuzen. Ich lasse mich nicht davon abbringen, dachte er. Ich ändere nicht meine Meinung; und er rempelte jemanden genau so heftig an, wie er von jemandem gerempelt worden war.

Endlich konnte er sich an eine Kabine festklammern. Der Vorhang (silber, purpur und gelb) teilte sich. Er schob sich in die Kabine hinein.

Vor zwölf Jahren hatte irgendein Fernsehmoderator ein großes Faß aufgemacht, weil die Regierung von jedem Bürger mit einer Anzahl von Regierungskreditmarken und/oder einer Regierungsidentitätskarte eine im Durchschnitt zehn Stunden lange Videobandaufzeichnung und ähnliches Material archiviert hatte.

Vor elf Jahren hatte ein anderer Fernsehmoderator darauf hingewiesen, daß neunundneunzig Komma neun neun neun und noch ein paarmal neun Prozent dieser Unterlagen a) niemals von einem menschlichen Auge betrachtet wurden (sie wurden von Maschinen aufgenommen, entwickelt und katalogisiert), b) vollkommen harmloser Natur waren, und c) ohne weiteres der Öffentlichkeit zugänglich gemacht werden könnten, ohne daß die Sicherheit der Regierung dadurch beeinträchtigt würde.

Vor zehn Jahren war ein Gesetz erlassen worden, daß jeder

Bürger das Recht habe, in alle Unterlagen Einsicht zu nehmen, die die Regierung von ihm oder ihr besaß. Irgendein anderer Fernsehmoderator hatte ein Faß aufgemacht, um die Regierung zu bewegen, einfach mit der Archivierung solcher Unterlagen aufzuhören; aber solche Systeme, wenn sie erst einmal in Angriff genommen sind, haben es an sich, für das größere System unentbehrlich zu werden: Arbeitsstellen hängen davon ab, Planstellen werden dafür eingerichtet, Forschungsaufträge werden erteilt, wie man die Sache noch wirksamer gestalten könne – solche überspannten Systeme lassen sich nur schwerlich ändern und nur unter größten Opfern abschaffen.

Vor acht Jahren kam jemand, dessen Name nie erwähnt wurde, auf die Idee, die Ego-Aufbaukabinen aufzustellen, um damit einen bescheidenen Kreditbeitrag (und, hoffentlich, eine etwas größere psychologische Unterstützung) für das Informationsdatenprogramm der Regierung zu leisten:

Stecken Sie eine Zwei-Franq-Münze in den Schlitz (ursprünglich war es ein halber Franq, aber die Münzen waren im letzten Jahr erneut abgewertet worden), schieben Sie Ihre Identitätskarte in die dafür vorgesehene Aussparung, und Sie sehen auf dem dreißig mal vierzig Zentimeter Schirm ein drei Minuten langes Videoband von sich, begleitet von einer dreiminütigen Sprachaufzeichnung, die willkürlich aus dem Archiv der Regierung ausgewählt ist. Neben dem Schirm (in seiner Kabine hatte jemand bizarrerweise roten Sirup darüber gegossen, der zum Teil mit dem Daumen wieder weggewischt oder mit dem Fingernagel abgekratzt worden war) hieß es auf der Gebrauchsanweisung: »Es besteht die Wahrscheinlichkeit von neunundneunzig Komma neun neun und noch eine Reihe von Neunen Prozent, daß außer Ihnen noch keiner gesehen hat, was Sie jetzt sehen werden. Oder«, wie der Text weiterhin selbstbewußt versicherte, »anders ausgedrückt, besteht eine größere Chance, daß Sie heute beim Verlassen dieser Kabine von einer Herzattacke überfallen werden, als daß dieses vertrauliche Material jemals von einem anderen menschlichen Auge als Ihrem gesichtet worden ist. Vergessen Sie nicht, Ihre Kreditmarke und Ihre Identitätskarte an sich zu nehmen, ehe Sie die Kabine verlassen. Vielen Dank.«

Er hatte ein paar Wochen lang für das Fernsehen gearbeitet (als Materialbeschaffer, während er abends seine Lehrkurse in Metalogik besuchte), und vor acht Jahren hatte ihn die Einrichtung der Ego-Kabinen schockiert. Ebensogut hätten die Deutschen (so dachte er damals und sagte es auch ein paarmal, was mit Heiterkeit quittiert wurde) während des Zweiten Weltkrieges auf der Erde beschließen können, Dachau oder Auschwitz zu einer gewinnträchtigen Touristenattraktion zu machen, *ehe der Krieg zu Ende war.* (Er hatte die Erde nie besucht. Doch er hatte ein paar Bekannte, die dort gewesen waren.) Er hatte kein Faß aufgemacht; die Kabinen waren lediglich zu einem der vielen Ärgernisse geworden, mit denen man sich nur abfinden konnte, wenn sie ins Lächerliche gezogen wurden. Zwei Jahre lang hatte er keine von ihnen betreten – aus Protest, wenngleich er diese Erfindung als Theorie der Selbstironie sehr erheiternd fand. Er hatte in seinem schweigenden Protest verharrt, bis er feststellte, daß praktisch niemand, den er kannte, sie jemals benützte: sie betrachteten die Millionen von Leuten auf allen bewohnten Äußeren Satelliten, die diese Kabinen benützten, als gewöhnlich, unbedarft, politisch unmündig und langweilig – was es deprimierend einfach machte, die Leute, die diese Kabinen *nicht* benützten, als einen Typ zu definieren, wenn auch nur nach ihren Vorurteilen. Er haßte es, ein Typ zu sein. (»Mein junger Freund«, hatte Lawrence gesagt, »*jeder* ist ein Typ. Der echte Nachweis einer sozialen Intelligenz richtet sich danach, wie ungewöhnlich das besondere Verhalten eines besonderen Typs in einer außergewöhnlichen Streßsituation ausfällt.«) So hatte er schließlich (vor fünf Jahren? Nein, vor sechs) eine Kabine betreten, hatte sein Viertel-Franq-Stück in den Schlitz gesteckt (ja, damals war es noch eine Viertel-Franq-Münze gewesen), seine Karte in den Schieber gelegt und sich selbst dann drei Minuten lang beobachtet, wie er auf dem Transport-Bahnsteig stand, hin und wieder den blauen Programm-Ordner, den er unter den Arm geklemmt hatte, in die Hand nahm, sich offensichtlich fragend, ob noch die Zeit blieb, ihn flüchtig durchzulesen, ehe der Transport einlief, während seine eigene Stimme, die bei einer Telefondebatte über seine dritte Kreditaufbesserung mitgeschnitten worden sein mußte, zwischen

Grantelei und Beschwörung hin- und herschwankte.

Er hatte sich darüber amüsiert.

Und war, seltsamerweise, beruhigt gewesen.

(»Tatsächlich«, hatte er zu Lawrence gesagt, »bin ich ein paarmal in diesen Dingern gewesen. Ich bin ziemlich stolz darauf, daß ich mich gelegentlich ganz anders verhalte als jeder andere.« Worauf Lawrence – der vierundsiebzig war, homosexuell und unverjüngt – an seinem Vlet-Brett gemurmelt hatte: »Das ist ebenfalls ein Typ.«)

Er nahm seine Erkennungskarte aus der Tasche an seinem lose gebundenen Strickgürtel, klaubte eine Zwei-Franq-Münze heraus, drückte sie mit seinem Daumen in den Schlitz und legte die Karte in den Schieber.

Auf den obersten Zeilen des Schirms erschien sein Name:
BRON HELSTROM
und darunter seine zweiundzwanzigstellige Regierungs-Kennummer.

Der Schirm flackerte – was er nicht tun sollte. Ein verschwommener Lichtfleck, der die rechte Hälfte ausfüllte, glitt nach oben, beleuchtete einen Moment das Bild einer Tür, die jemand (er?) im Begriff war, zu öffnen – dann bewegte sich der Lichtfleck wieder, glitt (vom schwarzen Randstreifen über die einzige helle Zeile in der Mitte) quer über den Schirm; was bedeutete, daß das Multitrack-Videoband nicht synchron ablief. (Wenn so etwas in einem Gerät, das an den öffentlichen Kanal angeschlossen war, in der Co-Op passierte, erschien alsbald der Text auf der Scheibe: »Wir bedauern, daß wegen technischer Schwierigkeiten ...« in einer seltsamen 1980er Computer-Schrifttype).

Schnapp! kam es aus dem Lautsprecher (handelte es sich – obgleich er keinen Beweis für seine Annahme hatte – um ein Stück Fünfhundert-Mikrovideo-Aufzeichnungsband, das irgendwo in einer Informationsdatenbank riß) und der Schirm verwandelte sich in buntes Konfetti. Der Lautsprecher summte und kicherte simultan und sinnlos.

Gerissen?

Er blickte auf den Kartenschieber: Wie bekomme ich meine Kennkarte wieder heraus? dachte er, von leichter Panik ergriffen. Soll ich sie mit dem Fünf-Franqen-Stück herausklauben? Er kam mit seinem Fingernagel nicht heran. Lag der Fehler vielleicht hier an der Kabine und nicht an der Datenbank . . .?

Unschlüssig schwankend lehnte er sich an die Rückwand der Kabine und beobachtete den Konfettiregen. Ein einziges Mal beugte er sich vor und spähte in den Schieber hinein. Einen Zentimeter hinter den Aluminiumlippen bewegte sich der Rand seiner Karte im Takt eines summenden Zeitmessers wie eine nervöse Zunge.

Er lehnte sich wieder zurück.

Nach drei Minuten wurde der Schirm grau, und das Summen des Lautsprechers verstummte.

Aus dem Metallschieber kam seine Karte wieder heraus (ja, wie eine bedruckte Zunge, die sein Bild in einer Ecke trug). Während er sie wieder an sich nahm, mit dicken Handgelenken, um die sich breite Armreifen spannten, die an einem dünnen Gelenk geklirrt hätten (Lawrence hatte gesagt: »Dicke Gelenke gelten hier nicht als attraktiv«, und dann hatte er geseufzt, während Bron nur gelächelt hatte) sah er sein Spiegelbild im toten Glas.

Sein Gesicht (der Sirup verbarg seine Schulter) unter den hellen gewellten Haaren war verzerrt. Die eine Augenbraue (seit seinem fünfundzwanzigsten Lebensjahr war sie ständig nachgewachsen, so daß er sie regelmäßig stutzen mußte) sträubte sich: die andere war in seinem siebzehnten Lebensjahr von einem sichelförmigen Goldstück ersetzt worden, das man in die Haut eingepflanzt hatte. Er hätte es wieder entfernen lassen können, doch er genoß es noch als Erinnerung an eine wildere Jugendzeit (wilder, als er zugeben mochte) in Goebels in Bellona auf dem Mars. Diese goldene Augenbraue? Selbst damals war es eine kleine, aber gewalttätige Marotte gewesen. Heute wußte niemand auf Triton, was sie bedeutete, oder fragte ihn danach. Heute würde wahrscheinlich auch kein zivilisierter Marsbewohner ihre Bedeutung wissen.

Der Lederkragen, den er sich von seinem Mode-Leihhaus hatte anfertigen lassen, mit Messingschließen und -Beschlägen, war nur noch Nostalgie für den Trend des letzten Jahres. Das unregelmäßige gefärbte Netz auf seiner Brust war ein Versuch, sich so originell zu gestalten, wie es seine Würde verlangte, wich aber nicht zu weit vom Trend dieses Jahres ab.

Während er seine Karte in seine Tasche zurücksteckte, klingelte etwas: sein Zwei-Franq-Stück war in die Ausgabeschale gefallen, bestätigte, was die Kabine als solche schon durch ihre Anwesenheit verkündete: die Regierung gab sich Mühe.

Mit den Fingerspitzen klaubte er die Münze heraus (da die Maschine versagt hatte, wußte er nicht, ob die zwei Franqen gegen seinen Arbeitskredit verbucht wurden oder nicht, bis er den Computer in seiner Co-Op befragte) und schob den Vorhang zur Seite: Er dachte:

Ich habe meine letzte Person eigentlich noch nicht gesehen. Ich . . .

Die Plaza des Lichtes war jetzt natürlich fast leer. Nur ein Dutzend Leute wanderten über den Platz auf diese oder jene Seitenstraße zu. Diese Menge reichte nicht hin, um sich daraus eine letzte Person wählen zu können.

Bron Helstrom verdüsterte sich irgendwo hinter seinem Gesicht. Unglücklich schlenderte er bis zur nächsten Ecke, versuchte, sich wieder die farbigen Punkte zu vergegenwärtigen, die in seinem von Sirup gerahmten Spiegelbild verblaßten.

Das Sensorschild (»Es schirmt uns lediglich von der Wahrheit der Nacht ab«, wieder ein Lawrence-Zitat) schwebte über ihm, übersetzte den Radiohimmel darüber in sichtbares Licht.

Neptun (worauf die zahlreichen Touristenplakate hinwiesen und manchmal auch die kleinen Zettel-Journale und Flugblätter) würde nicht so intensive türkise Farbwerte haben, nicht einmal auf der Übersetzungs-Scala, aber es war eine hübsche Farbe, von der man nicht genug über sich haben konnte.

Nacht?

Nereid? Von Triton aus zeigte sich der andere Mond des Neptuns nicht größer als ein Stern. Er hatte einmal in einem Buch mit alten bunten Bildern gelesen: ». . . Nereid hat eine gewissermaßen wurstförmige Umlaufbahn . . .« Er kannte natürlich den flachen Bogen, den der kleine Mond beschrieb, doch hatte er häufig darüber gerätselt, *was* eine Wurst bedeuten sollte.

Er lächelte auf das rosafarbene Pflaster hinunter. (Die Düsterkeit war eine Wolke in seinem Innern, zerrte an den Muskeln, die bereits ihre Maske für die Menge aufgesetzt hatten, aber da war keine Menge . . .) An der Ecke wandte er sich dem unprivilegierten Sektor zu.

Es war nicht der direkte Weg nach Hause; aber von Zeit zu Zeit, weil es auch zu diesen Dingen gehörte, die seine Sorte nicht tat, machte er einen Umweg von ein paar Blocks, um durch den U-P. nach Hause zu wandern.

Bei ihrer Gründung hatte jede Stadt der Äußeren Satelliten einen Stadtteil ausgespart, wo kein Gesetz öffentlich vertreten wurde – da, wie der Mars-Soziologe, der ihn zuerst befürwortete, ausführte, die meisten Städte, dem Zwang der Notwendigkeit folgend, so eine Nachbarschaft ganz von selbst entwickeln würden. Diese Stadtteile erfüllten eine komplexe Skala von Funktionen in der psychologischen, politischen und ökonomischen Ökologie des Gemeinwesens. Die Probleme, die ein paar konservative erdverhaftete Denker für unvermeidbar hielten, waren nicht aufgetreten: die Überschneidung von öffentlicher Ordnung und öffentlicher Unordnung erzeugte ein paar bemerkenswert stabile inoffizielle Gesetze, die den ganzen gesetzlosen Stadtteil beherrschten. Die kleinen Verbrecher suchten dort kaum Zuflucht, denn die Gesetzeshüter konnten den U-P-Sektor genauso ungehindert betreten wie jeder andere auch; und in dem U-P gab es keine gesetzlichen Beschränkungen für Verhaftungsmethoden, den Gebrauch von Feuerwaffen oder technologische Zwangsmaßnahmen. Die großen Fische unter den Verbrechern, deren Vergehen – infolge der verbrieften Freiheit dieser Stätte – vorwiegend nur auf dem Papier bestanden, hielten es für vorteilhaft, während sie sich dort aufhielten, das Leben auf den Straßen relativ sicher zu gestalten und die kleinen Vergehen auf ein Minimum zu beschränken. Und nun war es schon so etwas wie eine Binsenweisheit: »Die meisten Plätze in dem nicht lizensierten Sektor sind laut Statistik sicherer als in der übrigen Stadt.« Auf welche Binsenweisheit die Antwort folgte: »Aber nicht *alle*.«

Trotzdem vermittelten die U-P-Straßen ein ganz bestimmtes und anderes Gefühl. Diejenigen, die es vorzogen, dort zu leben – und das taten viele – waren vermutlich dort hingezogen, weil sie dieses Gefühl schätzten.

Und diejenigen, die nur durch die Straßen gingen? (Bron sah den Torbogen in der grauen Wand am Ende der Gasse.) – diejenigen, die nur gelegentlich dorthin gingen, wenn sie ihre Identität bedroht fühlten durch die erdrückende Formalität der geordneten, privilegierten Welt . . .?

Lawrence hatte wahrscheinlich recht: Diese Leute waren auch ein Typ.

Die Wand rechts vom Bogen war glatt und hoch. In ihrem Rahmen glimmten die grünen Zahlen und Buchstaben, die die Koordinanten der Gasse angaben. Vierzig oder fünfzig Stockwerke über ihm waren die Fenster ungleichmäßig verteilt. Auf gleicher Höhe mit ihm hatte irgend jemand einen Slogan hingepinselt; und ein anderer hatte ihn wieder überpinselt. Trotzdem folgte die Überpinselung noch den ursprünglichen Buchstaben, so daß man erkennen konnte, der Slogan mußte sieben . . . acht . . . zehn Worte lang gewesen sein: und das siebente Wort war wahrscheinlich ERDE.

Die Wand zu seiner Linken war übersät mit Kriegsplakaten. »TRITON GEHÖRT IN DIE ALLIANZ DER SATELLITEN!« war der häufigste Wahlspruch. Drei Plakate, die verhältnismäßig unbeschädigt waren, fragten: »WAS, IM HIMMEL, KÜMMERT UNS DIE ERDE!?« Und wieder ein anderes forderte: »HALTET TRITON AUS DEM SCHLAMASSEL HERAUS!« Dieses Plakat würde wahrscheinlich bald abgerissen werden von denjenigen, die so etwas gerne taten. Daß sie es taten, bewiesen die herumliegenden Papierschnipsel und herabhängenden Plakatfetzen.

Der Tunnel wurde beiderseitig von geistergrünen Lichtstreifen erhellt. Bron betrat den Tunnel. Wer sich vor dem U-P fürchtete, begründete das mit seiner Klaustrophobie an dieser Stelle, die Gewalttätigkeit suggerierte (welche, laut Statistik, im Bezirk nirgendwo zu finden war).

Sein Spiegelbild glitt grünschimmernd über die Kacheln.

Asphaltsplitt knirschte unter seinen Sandalen.

Ein Luftstrom biß plötzlich in seine Augen und wirbelte Papierschnitzel (Überreste von noch mehr Plakaten) hinter ihm durch den Tunnel.

Blinzelnd in die verebbende Bö trat er hinaus in eine fast vollkommene Dunkelheit. Das Sensorschild war hier, in diesem ältesten Teil der Stadt, verhüllt. Lichterketten an hohen Laternenpfosten ließen die schwarze Decke noch schwärzer erscheinen. Glitzernde Schienenbänder trafen zu einem schimmernden Knoten in der Nähe eines Laternenpfostens zusammen und krochen dann wieder in die Dunkelheit hinein.

Ein Lastwagen ratterte hundert Yards von ihm entfernt. Drei Passanten kamen Schulter an Schulter über eine Überführung. Bron hielt sich an den mit Platten ausgelegten Gehsteig. Ein paar Schlacken kollerten neben den Schienen. Er dachte: Hier kann alles passieren, und nur die Gewißheit, daß sehr wenig passieren wird, bewahrt meinen Gleichmut . . .

Schritte hinter ihm drangen an sein Ohr, deren Rhythmus von schweren, dumpfen Tritten durchbrochen wurde.

Er blickte über die Schulter – weil man in der U-P mißtrauischer sein sollte als anderswo.

Eine Frau in schwarzen langen Hosen und Stiefeln, mit goldenen Fingernägeln und Augen, und einem kurzen Cape, das ihre Brüste nicht bedeckte, eilte ihm nach. Ungefähr zwanzig Schritte hinter ihm winkte sie, lief noch schneller . . .

Im Lichtkreis der Gehsteiglampe dahinter ragte ein Gorilla von einem Mann auf.

Er war schmutzig.

Er war nackt bis auf zwei Fellstreifen, die er sich um einen muskelbepackten Arm und um einen kräftigen Schenkel gebunden hatte. Ketten baumelten von seinem Hals über eine haarige eingesunkene Brust. Seine Haare waren zu verklebt und strähnig, als daß man zu erkennen vermochte, ob sie blau oder grün gefärbt waren.

Die Frau war nur noch sechs Schritte von ihm entfernt, als der Mann – hatte sie nicht bemerkt, daß er sie verfolgte . . .? sie überholte, sie an der Schulter herumriß und mit der Faust ins Gesicht schlug. Sie faßte sich an die Wange, taumelte zwischen die Schienen und sank auf die Knie, um dem nächsten Schlag auszuweichen, der sie am Ohr verletzte.

Breitbeinig über ihr stehend brüllte der Mann: »Du läßt ihn –« er zeigte mit drei dicken Fingern, an denen schwarze Metallringe steckten, auf Bron – »in Ruhe, hörst du? Du läßt ihn in Ruhe, Schwester! Okay, Bruder –« das sollte offenbar Bron gelten, obgleich der Mann den Blick nicht von dem Scheitel der blonden Frau abwandte –, »sie wird dich nicht mehr belästigen.«

Bron sagte: »Aber sie belästigte mich doch nicht . . .«

Das verfilzte Haar schwang herum. Das Gesicht blickte ihn düster an: das Fleisch schräg links über seiner Nase war so schmutzig, geschwollen und vernarbt, daß Bron nicht anzugeben vermochte, ob der Punkt, der darunter glitzerte, ein Auge oder eine offene Wunde war. Der Kopf bewegte sich langsam auf und ab. »Okay, Bruder. Ich hab meinen Teil getan. Jetzt bist du dir selbst überlassen . . .« Plötzlich wandte sich der Mann um und ging auf seinen bloßen Füßen auf dem mit Platten belegten Gehsteig davon.

Die Frau setzte sich zwischen den Schlacken auf und rieb sich das Kinn.

Bron dachte: Sexuelle Abenteuer ereignen sich häufiger im U-P. (War der Mann ein Anhänger irgendeiner verrückten puritanischen Sekte?)

Die Frau betrachtete Bron finster; dann löste sich ihr Blick, noch verengter als vorher, von ihm.

Bron fragte: »Es tut mir schrecklich leid – aber gehen Sie der Prostitution nach?«

Sie blickte ihn jäh an, wollte etwas sagen, überlegte es sich anders und sagte nur: »Oh, Jesus Christus.« Dann tastete sie wieder mit den Fingerspitzen ihr Kinn ab.

Bron dachte: Die Christen werden doch nicht schon wieder ein Comeback erleben . . .? Er fragte: »Nun, ist alles in Ordnung mit Ihnen?«

Sie schüttelte den Kopf auf eine Art, die seiner Meinung nach nicht ausdrückliche Verneinung bedeutete. (Ihr Ausruf, entschied er, bedeutete auch nicht ausdrücklich ein Bekenntnis zur Christenheit.) Sie streckte eine Hand aus.

Er betrachtete sie einen Moment (es war eine Hand, die so breit war wie seine, die Sehnen ausgeprägt, die Haut um die goldenen Nägel so rauh wie bei einem Handwerker): sie wollte, daß er ihr aufhalf.

Er zog sie auf die Füße und bemerkte, als sie schwankend auf die Beine kam, daß sie langgliedrig und etwas linkisch war. Die meisten Leute mit so einem Knochengerüst – wie er selbst – bemühten sich, große Muskeln zu entwickeln (wie er das getan hatte); sie hatte sich jedoch nicht darum gekümmert, eine Nachlässigkeit von Leuten, die aus Bereichen niederer oder mittlerer Schwerkraft abstammten.

Sie lachte.

Er blickte von ihren Hüften hoch und entdeckte, daß sie ihn immer noch lachend ansah. Etwas in ihm zog sich zurück; sie lachte ihn aus. Aber nicht so, wie der Handwerker die Murmler ausgelacht hatte. Mehr so, als hätte er eben einen Witz erzählt, der sie maßlos erheiterte. Sich wundernd, was das gewesen sein mochte, fragte er:

»Tut es weh?«

Sie sagte mit belegter Stimme: »Ja«, nickte und lachte weiter.

»Ich meine, ich dachte, Sie könnten der Prostitution nachgehen«, sagte Bron. »So selten sie auch hier draußen vorkommt –« auf dem Äußeren Satelliten, meinte er – »so ist sie doch häufiger *hier* anzutreffen –« womit er den U-P meinte. Er fragte sich, ob sie den Bedeutungsunterschied bemerkt hatte.

Ihr Lachen endete mit einem Seufzer. »Nein. Ich beschäftige mich eigentlich mit Geschichte.« Sie blinzelte.

Er dachte: Sie nimmt Anstoß an meiner Frage. Und: Ich wünschte, sie würde wieder lachen. Und dann: Was tat ich, daß sie zu lachen aufhört?

Sie fragte: »Haben *Sie* etwas mit Prostitution zu tun?«

»Oh, nicht hier . . .« Er runzelte die Augenbrauen. »Nun, ich denke – aber dachten Sie an das Kaufen oder das . . . Verkaufen?«

»Haben Sie mit einem von beiden zu tun?«

»Ich? Oh, ich . . .« Jetzt lachte er. »Nun, tatsächlich vor einigen Jahren, verstehen Sie, da war ich – als ich noch ein Teenager war . . . hm, da verkaufte ich . . .« Dann fuhr er überstürzt fort: »Aber das war in Bellona. Ich bin auf dem Mars aufgewachsen und . . .« Sein Lachen wurde zu einem verlegenen Stirnrunzeln; »ich beschäftige mich jetzt mit Metalogik . . .« Ich benehme mich, als *wohnte* ich hier (was diesmal U-P bedeutete), dachte er bekümmert; ich versuche, mich so darzustellen, als wohnte ich nicht außerhalb. Aber weshalb machte er sich darüber Gedanken –? Er fragte: »Aber warum interessiert Sie das?«

»Metalogik«, erwiderte sie, ihn schonend. »Haben Sie zufällig Ashima Slade gelesen?«, das war der Mathematiker/Philosoph an der Lux-Universität, der vor fünfundzwanzig Jahren zum erstenmal (in einem so lächerlich frühen Alter von neunzehn Jahren) zwei sehr dicke Bände, die die mathematischen Fundamente dieses Fachgebietes darlegten, veröffentlicht hatte.

Bron lachte. »Nein. Ich fürchte, das ist ein bißchen zu hoch für mich.« Tatsächlich hatte er einmal in seiner Bürobibliothek in dem zweiten Band der *Summa Metalogiae* geblättert (der erste Band war ausgeliehen gewesen); das Konzept war anders und komplizierter (und umständlicher) als das heute verwendtete; es war erfüllt mit zahlreichen, vage poetischen, abschweifenden Gedanken über Leben und Sprache; auch war es zum Teil falsch. »Ich befasse mich ausschließlich mit den praktischen Dingen dieser Materie.«

»Oh«, sagte sie. »Ich verstehe.«

»Ich beschäftige mich nicht eigentlich mit der Geschichte der Dinge.« Er fragte sich, wo sie schon mal von Ashima Slade gehört hatte, der ziemlich esoterisch war. »Ich versuche mich an das Hier und Jetzt zu halten. Haben *Sie* sich jemals mit . . .«

»Tut mir leid«, unterbrach sie ihn. »Ich hatte nur höflich Konversation machen wollen.« Und während er sich noch wunderte, *warum* sie ihn unterbrach, lachte sie wieder: »Für einen Mann, der so verwirrt ist, sind Sie sehr direkt.«

Er dachte: Ich bin nicht verwirrt. Er sagte: »Ich liebe Direktheit, wenn ich sie finde.«

Sie lächelten sich gegenseitig an. (Sie denkt, sie wäre überhaupt nicht verwirrt . . .) Und genoß ihr Lächeln trotzdem.

»Was machen Sie hier?« Ihr neuer Tonfall deutete an, daß sie es ebenfalls genoß. »Sie wohnen doch nicht hier bei den Vagabunden wie unsereiner . . .?«

»Ich wollte nur meinen Nachhauseweg abkürzen.« (Er wölbte fragend die Augenbraue.) »Und was taten *Sie* hier? Ich meine, was hatte *er* vor . . .?«

»Oh –« sie schnitt eine Grimasse und schüttelte den Kopf. »Das ist ihre Vorstellung von Aufregung. Oder von Moralität. Oder von irgend etwas anderem.«

»Wer ist ›ihr?‹«

»Der Streunende Orden der Stummen Tiere. Wieder so eine neothomistische Sekte.«

»Oh?«

»Vor ungefähr sechs Wochen hat er sich spontan organisiert. Wenn er noch eine Woche organisiert bleibt, werde ich auf Ihre Seite der Stadt umziehen müssen. Nun, ich nehme an –« sie zuckte mit den Achseln –, »sie haben ihren Sinn.« Sie drehte ihren Kiefer von links nach rechts und betastete ihn mit den Fingerspitzen.

»Was für ein Programm verfolgen sie?«

»Sie wollen die sinnlose Kommunikation beenden. Oder war es die sinnvolle . . .? Ich kann mich nicht mehr genau erinnern. Die meisten von ihnen gehörten früher einer wirklich strengen, sich selbst kasteienden und verstümmelnden Sekte an – Sie haben sein Auge gesehen? Sie löste sich auf, als einige der Shamanen sich auf eine besonders widerwärtige und langwierige Prozedur umbrachten. Sie hatten jede mündliche Kommunikation aufgegeben; und zwei ihrer führenden Lady-Gurus – dazu noch einer von den Gentlemen – haben sich öffentlich ihr Gehirn ausbrennen lassen. Das war ein ziemlich grimmiger Anblick.«

»Ja«, erwiderte er, im Begriff, sich leicht und voller Mitgefühl zu schütteln.

Sie tat es nicht, also unterließ er es auch.

»Offenbar taten sich ein paar der früheren Sektierer, die überlebten, zusammen – sie gestatteten sich damals nicht einmal einen Namen; nur eine Nummer: eine sehr lange, willkürliche, glaube ich – und organisierten sich wieder nach mehr oder weniger ähnlichen Prinzipien; aber, mit einer, sagen wir, etwas laxeren Interpretation, zum Orden der Stummen Tiere . . .« Sie schüttelte den Kopf. »Die Tatsache, daß sie jetzt sprechen, soll wahrscheinlich eine sehr subtile Art der Ironie darstellen, verstehen Sie? Es ist das erste Mal, daß sie mich belästigten. Sie *sind* eine Zumutung – das nächste Mal werde ich sie mit einer Zumutung beantworten!«

»Ich kann es mir vorstellen«, sagte er, nach einem Punkt in dieser Unappetitlichkeit suchend, wo er mit der Konversation anknüpfen konnte.

Aber er fand keinen, stotterte und schwieg.

Sie rettete ihn zum zweitenmal mit: »Gehen Sie ein Stück mit mir«, lächelte und deutete mit dem Kopf.

Er lächelte zurück, nickte erleichtert und folgte ihr.

Ein paar Sekunden später drehte sie sich um (an einer Kreuzung, die er oft gesehen, aber sich nie etwas dabei gedacht hatte) und blickte zu ihm zurück.

Er sagte: »Ist Ihnen aufgefallen, daß die Begegnung mit einem neuen Menschen hier in Tethys einem so erscheint, als beträte man eine neue Stadt . . .?« Er hatte das auch schon früher einmal gesagt.

In der Gasse, die grauen Wände zu beiden Seiten (unter der schwarzen Decke), betrachtete sie ihn nachdenklich.

»Jedenfalls ist es mir immer so vorgekommen. Ein neuer Freund, der immer schon eine Verabredung mit einem anderen Freund in einer anderen Straße hat, wo man nie gewesen ist. Das macht die Stadt so lebendig.«

Ihr neues Lächeln zeigte leisen Spott. »Ich hätte gedacht, einem Mann wie Ihnen kämen alle Plätze in dieser Stadt lebendig vor«, und sie wandte sich einer noch engeren Gasse zu.

Er blickte auf die glühenden roten (für den U-P typischen) Nummern der Straßenkoordinaten oben an der Hauswand und folgte ihr. Dann dachte er, aber *warum* folge ich ihr? Um den Gedanken zu verdrängen, überholte er sie.

Der junge Mann, der vor ihnen aus dem Torbogen herauskam und ihnen, ehe Bron ihn richtig bemerkte, den Rücken zudrehte, duckte sich plötzlich, warf die Arme hoch auf seine Haare und sprang dann kopfüber nach hinten – rote Socken blitzten zwischen abgescheuerten Manschetten und ausgefransten Hosen –, drehte sich in der Luft und setzte auf den Händen auf, während kupferrotes Haar über den Boden wischte. Dann stand er wieder mit den Füßen auf der Erde, ließ einen Überschlag rückwärts folgen, noch einen, kam endlich, nach einem letzten Salto, federnd auf den Boden zurück und streckte die Arme aus zu einer kurzen Verbeugung. Ohne Hemd, in zerrissenen Hosen, ein bißchen außer Atem, während ihm die Haare über die Schulter hingen, sich blähten vor seinem Gesicht, lächelte er. (Und er war ein gutes Stück sauberer als der Gorilla, vor dem Bron sie eben gerettet hatte.)

Und sie lächelte ebenfalls: »Oh, kommen Sie! Nun wollen wir *ihm* folgen!«

»Wenn Sie meinen . . .« Er fragte sich immer noch, warum er *ihr* folgte.

Doch sie faßte ihn bei der Hand! Er dachte das mit einem Ausrufezeichen. Und dachte zugleich, es ist die erste Begegnung an diesem Tag, die ein Ausrufezeichen verdient! Und dieser Gedanke (dachte er) war das zweite Ausrufezeichen! – womit ein unbegrenzter Regress des Vergnügens begann, nur unterbrochen von dem Moment, als sie ihn beim Handgelenk nahm und um eine Ecke herumzog: auf einen kleinen Platz, wo eine Aschentonne brannte und flackerndes Licht über die Gitarre des dunkelhaarigen Mädchens warf; es drehte sich um und griff in die Saiten. Die Musik (während der Akrobat, der vor ihnen hertanzte, seinen nächsten Überschlag vollführte und dann lachend und taumelnd auf den Beinen stand) wurde schneller.

Ein Mann begann zu singen.

Bron suchte ihn mit den Augen und sah das Plakat – eigentlich mehr ein Wandgemälde – vor der hinteren Wand:

Ein geflügeltes Ungeheuer mit einem fast nackten Reiter flog durch windgepeitschte Zweige. Der Ausdruck des Reiters war verzückt, die angewinkelten Arme in Bronze gehüllt. Die Zügelkette hing schlaff in seiner Linken, während er sie mit der Rechten straff anzog und den Kopf des Ungeheuers in ihre Richtung drehte.

Jemand hatte eine Handlampe auf den Schotter gestellt, mit einem rotierenden Lichtkegel, der den Schenkel im spitzen Winkel über dem Knie hell ausleuchtete. Die Schuppen des Ungeheuers schoben sich eng zusammen, wo der Hals sich vom Rumpf abbog, und sträubten sich dort, wo es sein Bein abknickte.

Ein Dutzend Leute waren in der Nähe des Feuers versammelt. Eine Frau, die auf einer Lattenkiste saß, säugte ein Baby: in der warmen Luft, die von der brennenden Aschentonne aufstieg, wehte ihr Chiffontuch auf und ab.

Bron sah das Seil, das aus dem Dunklen über ihm herunterschwang. Er konnte es nur knapp zehn Meter weit verfolgen; was bedeutete, es mußte an einem Haken oder einem anderen

Gegenstand befestigt sein, der elf Meter höher oder auch hundert Meter über ihnen in der Dunkelheit verborgen war. (Die Pendelbewegungen des losen Seilendes deuteten eher auf zwölf bis dreizehn Meter hin.) Jemand glitt langsam am Seil herab: goldene Ketten hingen an ihren Zehenringen. Am Ende der Ketten drehten sich kleine Spiegel im Licht des Feuers (feurige Punkte tanzten über das Wandgemälde); das Seil glitt um ihre Wade herum, um ihre Taille, um den Arm über ihren Kopf, während sie herabschwebte in den Lichtkreis, den Blick auf die Versammelten gerichtet. Als sie innehielt – war sie das Modell für den Reiter? Dieser Handschuh aus Bronze, dieser Lederkoller? –, trennte der Scheitel des Größten nur noch einen halben Meter von dem untersten Spiegel.

Ein paar der Leute wiegten sich leise im Takt der Melodie des unsichtbaren Sängers.

Als er das letzte halbe Dutzend Wörter des Textes in sich aufgenommen hatte, flüsterte er: »Dort . . .!« und zog die Frau an sich. »Ist das nicht der Mann, der Sie geschlagen . . .?«

Seine Begleiterin blickte stirnrunzelnd auf die Stelle, wohin er mit dem Kopf gedeutet hatte (ihre Schultern bewegten sich unter ihrem kurzen grauen Cape), sah dann auf Bron zurück (während ihre Schultern sich wieder senkten) und flüsterte: »Schauen Sie genauer hin, wenn sie sich wieder in das Licht hineinbewegt . . .«

Er hielt das »sie« für einen Versprecher, als das muskulöse Wesen mit dem Pelzstreifen um Schenkel und Arm, den zotteligen Haaren und schwärenden Augen, das sich im Takt mit den anderen bewegte, wieder das Gewicht verlagerte: Bron sah, wie sich Narben auf der haarigen Brust kreuzten, die von einer unglaublich ungeschickt vorgenommenen Mastektomie herrühren mußten. Jemand trat vor diesem Wesen zur Seite, so daß kein Schatten mehr auf es fiel: offensichtlich gehörte es der gleichen tierischen Sekte an, doch trotz des Schmutzes, der den nackten Körper bedeckte, konnte man es als Frau erkennen – oder als einen Kastraten mit Brustnarben. Der Gorilla war nicht kastriert gewesen.

Der Gesang setzte sich fort.

Nun, wie habe ich die beiden nur miteinander verwechseln

können? (Er blickte zur Seite, damit man sein Gaffen nicht bemerkte. Andere hatten den Gesang aufgenommen, und wieder andere.) Ihr Gesicht war breiter; unter dem Schmutz schimmerten die Haare braun, nicht blau; an ihrem Hals hing nur eine einzige rostige Kette.

Das Lied, das sie sang (im Chor mit einem Dutzend anderer), war schön.

Die Stimmen waren rauh; sieben hörte man heraus – unrein, aus dem Rhythmus. doch *was* sie sangen . . .

Bron spürte, wie seine Hand gedrückt wurde.

. . . stieg höher, immer höher hinauf, schlug einen Akkord an, mit dem der nächste schwebende Ton herrlich harmonierte. Über seinen Rücken und seinen Bauch liefen Schauer. Er atmete aus, atmete ein, versuchte die Worte sich einzuverleiben, aber fing nur Bruchstücke auf: ». . . ganz aus Onyx und knisterndem Taubenblut . . .« und es entging ihm wieder ein Satz, er fing erst den nächsten ein: ». . . Liebe, berstend wie eine frosterstarrte Maschine . . .« was im Zusammenwirken mit den Dutzend Wörtern, die er zuerst gehört hatte, ihn im Innersten rührte.

Die Frau am Seil setzte mit einem hohen Diskant ein, der über der Melodie schwebte.

Schauer überrieselten ihn. Seine Augenlider bebten.

Der Akrobat, die Beine gespreizt, die Schultern durchgedrückt, das Gesicht erhoben, die langen Haare im Nacken – ein kaum sprossender roter Bart lag wie ein Hauch unter seinem Kinn – sang ebenfalls.

Stimmen woben sich ineinander, stiegen himmelwärts.

Seine Ohren und seine Zunge waren wie karbonisiert.

Seine Kopfhaut kribbelte vor Freude.

Etwas explodierte in der Abfalltonne. Rote Funken schossen über den Rand hinaus, verstreuten sich auf dem Kies. Funken, blau-weiß, sprühten empor zu einer ein-zwei-vier Meter hohen Fontäne.

Brown wich zurück. »Schauen Sie . . .« flüsterte sie und zog ihn wieder nach vorne. Ihre Stimme hallte in ihm nach, wie das Echo, das aus dem Gewölbe eines Doms zurückkommt. Ergriffen blickte er nach oben.

Der Springbrunnen aus Feuer war zehn Meter hoch!

Funken regneten auf die Schultern der Frau am Seil. Sie skandierte etwas, und er hörte: ». . . Komma sieben, eins, acht, zwei, acht, vier . . .« Sie hielt inne, lachte, ließ mit einer Hand das Seil los und wischte die Funken ab. Einen Moment lang dachte er (als habe sie irgendeinen mystischen Countdown beendet), ihr Ebenbild auf dem Wandgemälde würde sich losreißen und mit schwirrenden Flügeln spiralförmig um die Feuersäule hinauffliegen in die heilige Dunkelheit.

Die Gitarristin beugte sich über ihr Instrument und schlug mit ihrer rechten Hand immer schnellere Akkorde. Die Leute begannen zu klatschen.

Er hob ebenfalls die Hände und klatschte – schwächlich: aber es erschütterte seinen ganzen Körper; er klatschte wieder, vollkommen aus dem Takt. Er klatschte erneut – war der Gesang zu Ende? Da war nur noch das gleichmäßige Rezitieren der Frau am Seil, die mit gemessener Stimme zählte, die Augen fest auf Bron gerichtet: ». . . fünf, neun . . . zwei . . . sechs . . . eins . . . sieben . . . fünf . . .« Bron klatschte jetzt ganz allein und spürte, wie ihm die Tränen über die Wangen liefen. (Die Fontäne erlosch.) Seine Hände fielen herab, schwangen schlaff hin und her.

Der rothaarige Akrobat setzte zu einem neuen Überschlag an – hielt jedoch jäh inne, ehe er sich mit den Sohlen vom Boden gelöst hatte, grinste und stand wieder gerade. Brons Reaktion darauf war ein halber Schwindelanfall. Hätte der Akrobat den Überschlag rückwärts ausgeführt (in der einsetzenden Stille löste sich das Baby von der Brust der Frau, blickte auf dem Hof umher, blinzelte und stürzte sich dann wieder auf die Brustwarze, um sich erneut dem Saugen hinzugeben), hätte er sich übergeben müssen, kam es Bron zu Bewußtsein. Und selbst dieser unvollständige Überschlag schien irgendwie unglaublich passend zu sein.

Bron schluckte, vollführte einen Schritt, versuchte, sich zu sich selbst zurückzubringen: ihm dünkte, er wäre in Einzelteilen über den ganzen Platz verstreut.

Er atmete heftig. Er mußte unglaublich mit Sauerstoff gesättigt sein! Er verlangsamte seinen Atemrhythmus.

Es kribbelte am ganzen Körper. Wenn auch, es *war* aufregend! Aufregend und . . . schön! – selbst an der Grenze der Übelkeit! Er grinste, erinnerte sich an seine Begleiterin und schaute sich nach ihr um . . .

Sie war zu den Leuten bei der rauchenden Aschentonne getreten und lächelte ihn an.

Er lächelte zurück, schüttelte den Kopf, ein bißchen verwirrt, ein bißchen durchgerüttelt. »Danke –« Er hüstelte, schüttelte erneut den Kopf. »Ich danke Ihnen . . .« das war alles, was es zu sagen gab. »Bitte schön – vielen Dank . . .«

Und da bemerkte er, daß sie alle – das Mädchen mit der Gitarre, die Frau am Seil, der immer noch keuchende Akrobat, die Frau, die mit dem Baby auf der Lattenkiste saß; die Frau mit den strähnigen Haaren, den Narben auf der Brust und dem verstümmelten Auge; und das übrige Dutzend um die qualmende Aschentonne herum (ein rußiger Rauchstreifen zog eine parallele senkrechte Linie zu dem Seil) – ihn beobachteten.

Die Frau, die ihn hierher gebracht hatte, blickte die anderen an, dann wieder zurück auf Bron. »Wir danken *Ihnen*!« Sie hob beide Hände, nickte ihm zu und begann zu applaudieren.

Die anderen folgten ihrem Beispiel. Die Hälfte von ihnen verbeugten sich in ihren Lumpen. Manche verbeugten sich zum zweiten Mal.

Immer noch lächelnd, sagte Bron: »He, Moment mal . . .« Irgendein negatives Gefühl wollte sich emporarbeiten.

Als die Frau vortrat, kämpfte er es nieder und besiegte es einen Moment lang. Verwirrt langte er nach ihrer Hand.

Sie blickte darauf, ein wenig aus dem Konzept gebracht, und sagte dann: »Oh . . .« Sie zeigte ihm ihre Handfläche (ein kleiner Metallring klebte in ihrer Mitte) als Erklärung; weil er offenbar nicht zu begreifen schien, runzelte sie ein wenig die Stirn und sagte dann zum zweiten Mal: »Oh –«, aber in einem anderen Ton und nahm jetzt mit ihrer linken Hand seine rechte, ein wenig unbeholfen; aber das war besser als gar nicht. »Das ist eine Theaterkommune«, sagte sie. »Wir produzieren Mikro-Theater für ein Ein-Mann-Publikum im Rahmen einer Stiftung der Regierung zur Förderung der Künste . . .«

Hinter ihr hob jemand die Lampe auf und schaltete sie ab. Die

Frau mit den Spiegeln an den Zehenketten kletterte wieder das Seil hinauf und verschwand über ihnen im Dunkeln.

»Ich hoffe, Sie haben die Vorstellung genauso genossen wie wir.« Wieder zuckten die Schultern unter dem grauen Cape, von einem leisen Lachen erschüttert. »Wirklich, Sie sind der dankbarste Zuschauer, der uns seit langem begegnet ist.« Sie blickte um sich. »Ich denke, in diesem Punkt sind wir uns doch alle einig . . .«

»Ja, das war er!« rief ein Mann, der vor der Aschentonne kauerte. Er packte sie oben am Rand und zog. Die Tonne klaffte auseinander. Der Akrobat, der am Rand der anderen Hälfte stand, zog ebenfalls fest an, und – kling! – klirr! – klang! – das ganze Ding klappte zusammen wie eine aus dem Leim gegangene Kiste, die die beiden anhoben und fortschafften in einen Torweg.

Das Tau schwang jetzt leer, hob sich ruckweise, schwebte hinauf in das Dunkel –.

»Hoffentlich sind Sie uns nicht böse wegen der Droge . . .?« – und verschwand.

Sie zeigte ihm wieder die Handfläche mit dem Metallring. »Es ist wirklich nur eine sehr milde psychedelische Droge, die durch die Haut absorbiert wird. Und wir haben auch ein allergieverhütendes Mittel beigemischt, falls Sie . . .«

»Oh, das macht mir nichts aus«, protestierte er. »Cellusin, ich bin mit dessen Wirkung vertraut. Ich meine, ich weiß, was . . .«

Sie sagte: »Die Wirkung hält nur Sekunden an. Dadurch wird dem Zuschauer der Zutritt zu den ästhetischen Parametern erleichtert, mit denen wir« – sie blickte ihn fragend an – » . . . arbeiten?«

Ein Nicken war seine Antwort, obgleich er sich nicht sicher war, was sie ihn fragen wollte. Die behaarte, narbenbedeckte Frau holte eine der beiden Stangen, an denen das Wandgemälde befestigt war, von der Mauer, lief an der Wand entlang und rollte die locker flatternde Leinwand mit großen schwingenden Bewegungen auf.

»Wirklich . . .«, sagte Bron. »Es war . . . wunderbar! Ich meine, ich glaube nicht, daß ich jemals . . .«, was er nicht beendete, weil es nicht so klang, wie er es eigentlich hatte sagen wollen.

Hinter dem Wandgemälde erschien ein Palimpsest von Plakaten. Der letzte Streifen Leinwand entblößte Folgendes: »Seht euch an, was die Erde ihrem Mond angetan hat! Wir wollen nicht«, der Rest war weggerissen worden: – *daß sie das auch mit uns tun!* ergänzte er in Gedanken, verdrossen, daß der Spruch ihm vertraut war, nur wußte er nicht, woher. Wie der Refrain eine Liedes, dachte er, der einem durch den Kopf geht, obwohl man ihn im Grunde nicht mag.

Die Frau ließ ihre Hand wieder sinken, nickte noch einmal, drehte sich um und ging über den Platz. Sie hielt an, um zu dem Seil hinaufzusehen.

Bron wollte etwas rufen, aber hustete nur. (Sie blickte zurück), und er sagte laut: »– wie heißen Sie?«

»Meine Freunde nennen mich Spike«, während einer der Männer zu ihr kam, ihr den Arm um die Schultern legte und ihr etwas zuflüsterte, das sie zum Lachen brachte.

Diese Abwechslung, dachte er, die ihr Gesicht schwanken läßt zwischen mildem Zweifel und Freude!

»Wir bleiben noch für ein, zwei Tage in der Nachbarschaft.« (Der Mann ging wieder fort) »Nebenbei bemerkt, die Musik für unsere Produktion wurde von unserer Gitarristin, Charo, verfaßt –.«

Das dunkelhaarige Mädchen, das die Hülle über ihr Instrument zog, lächelte Bron zu und schloß den Reißverschluß.

»Kulissen und Kostüme wurden von Dian entworfen . . .«

Womit offenbar die behaarte Dame gemeint war, die das eingerollte Gemälde schulterte: Ehe sie sich der Gasse zuwandte, schenkte sie ihm ein groteskes, einäugiges Grinsen.

»Für unsere Spezialeffekte zeichnet unser Akrobat, Windy, verantwortlich – aber ich glaube, er bereitet schon wieder die Szene für unsere nächste Vorstellung vor. Die Solostimme, die Sie anfangs singen hörten, war eine Aufzeichnung von Jon-Teshumi.«

Eine der Frauen hielt etwas hoch, das er als kleines Bandaufzeichnungsgerät erkannte.

»Die Produktion wurde koordiniert von unserem Manager, Hatti.«

»Das bin ich ebenfalls«, sagte die Frau mit dem Recorder und eilte den anderen nach.

»Und die gesamte Produktion –«, ergriff nun die Gitarristin (Charo?) das Wort aus einer Ecke –, »wurde konzipiert, geschrieben, produziert und geleitet von unserer Spike.« Die Gitarristin grinste.

Die Frau, die Spike genannt wurde, grinste. – »Noch einmal vielen Dank –«, und dann, nachdem sie den Arm um die Schultern der Gitarristin gelegt hatte, entschwanden sie um die Ecke.

»Es war großartig!« rief er ihnen nach. »Es war einfach . . .« Er blickte sich auf dem leeren Platz um, starrte die mit Plakaten bepflasterte Wand an, die anderen Straßen. Durch welche Gasse war er hierhergekommen? Das Gefühl, das er vorhin niedergekämpft hatte, wallte plötzlich wieder empor. Er rief jetzt nicht mehr laut *Nein* –! Er warf sich in den niedrigen Torweg hinein und jagte durch die Gasse.

Er hatte bereits zwei Kreuzungen überquert, als sein Geist gewaltsam von dem losgerissen wurde, was ihn bewegte, durch eine Gestalt, die dreißig Yards vor ihm von einer Ecke zur anderen hinüberwechselte, zu ihm hinsah mit einem Auge; den Ketten; der eingefallenen Brust; die leuchtenden Koordinaten hoch über ihm tauchten seine haarigen Schultern in ein brüllendes Rot: diesmal *war* es der Gorilla-Mann, und schon war er wieder verschwunden.

An der Ecke blickte Bron in die Richtung, in die er sich entfernt hatte, konnte ihn aber nicht mehr sehen. Waren die Stummen Tiere, fragte er sich plötzlich, auch ein Teil der Charade? Diese Möglichkeit erschien ihm irgendwie erschreckend. Sollte er im U-P herumirren, bis er ihn fand? Oder irgendein anderes Mitglied der Sekte? Oder von der Theatergruppe? Aber falls der erste Auftritt des Gorilla-Mannes tatsächlich ein Bühnenprolog gewesen war, wie konnte er dann wissen, ob die Antwort, die er nun bekam, nicht ebenfalls dem Theatercode entsprang? Bedeutungslose Kommunikation? Sinnvoll . . .? Was von beiden hatte sie gesagt?

Er wandte sich ab, atmete tief durch und eilte nach links – überzeugt, es sei die falsche Richtung; bis er den ihm vertrauten, mit Platten belegten Gehsteig erreichte, drei Kreuzungen von der Stelle entfernt, wo er den Sektor betreten hatte.

Und was war ihm durch den Kopf gegangen?

Mimimomomizolalilamialomuelamironoriminos . . .

Und ›mu‹ und ›ro‹ *waren* die dreizehnte und siebzehnte Silbe! Aus dem Gedächtnisschutt hatte er sie bergen und an ihren Platz wieder fest einordnen können.

War diese flüchtige Droge daran schuld? Oder ein Echo des Theaterstückes? Oder einfach nur ein glücklicher Zufall? Langsam schreitend, seltsam nachdenklich, ließ er die Murmler noch einmal Revue passieren. In diesem Schwingen zwischen Behagen und Unbehagen tauchte das Lachen der Spike wieder auf, entweder als etwas, das bewirkte, oder als vermittelndes Glied.

Das Murmeln zog in seinem Kopf herum.

Dann runzelte Bron die Stirn.

Die *dritte* Silbe . . . und wie stand es mit der neunten? Mit der gesicherten Erinnerung an die dreizehnte und siebzehnte war noch etwas ans Licht gekommen, was er sich seit Jahren nicht mehr ins Bewußtsein gerufen hatte: Der Lehrer bei der letzten Versammlung der Armen Kinder, die er besuchte, hatte bei seiner Bank gestanden und immer wieder die Aussprache dieser beiden Silben korrigiert, wieder und wieder, bis er endlich sagte: »Du sprichst sie immer noch nicht richtig aus«, und war weitergegangen zu dem nächsten Novizen. Die Klasse hatte noch ein paarmal den Murmler im Chor rezitiert: so war es ihm möglich gewesen, selbst zu hören, daß seine eigenen Vokale für diese beiden Silben, drei und neun, tatsächlich nicht den richtigen Ton hatten. Schließlich hatte er auf seinen Schoß hintergeschaut, sich mit der Zunge durch das ganze Mantra geschleppt und war zur nächsten Sitzung nicht mehr erschienen. Die Wahrheit, die jetzt als Gegenströmung das Wohlbehagen unterlief – dieses neue Gefühl (Spikes' lachendes Gesicht durchzuckte einen Moment seine Erinnerung) war irgendwie ein Teil auch dieser ersten Antipathie, die er als Zuschauer auf dem Platz zu verdrängen versucht hatte (das *Nein* –! er hatte es nicht gerufen) – hatte gar nichts mit der dreizehnten Silbe zu tun oder der siebzehnten, oder der dritten, oder der neunten, sondern er hatte das Mantra niemals richtig erlernt.

Er hatte nur etwas behalten (noch einmal spulten sich die Silben in seinem Gedächtnis ab), mit dem er etwas anstellen konnte, und so hatte er es mit so vielen Dingen in seinem Leben gehalten.

Diese Erkenntnis (es war nicht die Droge; es war nur, daß die Dinge so lagen) trieb ihm noch die letzten versprengten Tränen ins Auge über die – nein, *darüber* hatte sie doch nicht gelacht . . .? – Verwirrt, blinzelnd, blickte er hinter sich.

2. LÖSBARE SPIELE

Der Tod im Mittelpunkt einer solchen Auseinandersetzung ist außerordentlich und der Anfang der Einsicht in unseren eigenen Zustand.

Robin Blaser/THE PRACTICE OF OUTSIDE

Bronzespangen, geformt wie Raubtierklauen, lösten sich unter dem Druck von Lawrence' runzeligem Daumen. Lawrence hob den Deckel von dem meterbreiten Kasten.

»Was ich meine«, sagte Bron, während der mit Elfenbein und Nußholz eingelegte Deckel auf die mit Stoff bezogene Tischplatte des Gemeinschaftsraumes zurückklappte, »ist, wie man überhaupt wissen kann, ob einem so etwas gefällt . . .?« Er blickte über das Brett: im Teakholzrahmen, in drei Dimensionen, breitete sich die Landschaft aus, die Berge zur Linken, der Ozean zur Rechten. Der Dschungel dazwischen wurde hier von einer schmalen Straße mit doppelter Fahrspur durchschnitten, dort durch einen sich windenden Fluß. Eine Wüstenzunge schob sich zwischen den steilen Klippen hervor, wand sich durch einen zerklüfteten Steinbruch. Vom Rand her trieben kleine Wellen durch das glasige Meer, bis sie nahe der Küste schäumend brachen. Auf dem Strand glitt sich kräuselnder Schaum auf und ab, ab und auf. »Begreifst du?« fuhr Bron fort. »Verstehst du, was ich meine?« Der silberne Fluß, der im Gebirge entsprang, fiel leuchtend wie Glimmerschiefer in die Tiefe hinunter. Ein dunkelgrüner Hauch wanderte über den Dschungel: eine Mikro-Brise, die in den Wipfeln der Mikro-Bäume wühlte. »Da war dieser Mann, verstehst du, von irgendeiner Sekte, die sich die Stummen Tiere nennt – falls es so eine Sekte überhaupt gibt, meine ich. Aber nehmen wir einmal an, das alles hat sich zugetragen, wie kann ich wissen, ob etwas daran echt war? Ich weiß nicht, wie umfangreich ihre Stiftung ist . . . und vielleicht war diese ›Stiftung‹ auch Bestandteil des ›Theaters‹«.

»Nun, ihr *Name* ist wenigstens ein Begriff . . .«

»Tatsächlich?« fragte Bron. »Die Spike?«

»Ein sehr bekannter Name.« Lawrence baute den Astralwürfel zusammen: die sechs sechs-mal-sechs Plastikquadrate auf Messingstelzen begrenzten einen dreidimensionalen durchsichtigen Spielraum zur Rechten des Hauptbrettes, der als Schlachtfeld für alle dämonischen, mythischen, magischen und überirdischen Elemente diente. »Du verfolgst solche Sachen nie. Aber ich. Ich glaube sogar, ich habe schon etwas von den Stummen Tieren gehört – es sind die Überreste einer bizarren Sekte, die sich hinter einer bandwurmlangen Zahl versteckte, glaube ich.«

»Ja, das erwähnte sie auch.«

»Ich kann mich nicht entsinnen, *wo* ich von ihnen gehört habe – so etwas behalte ich nicht – also kann ich mich auch nicht für die Echtheit deiner Tiere verbürgen. Aber für die Frau, die Spike, kann ich das auf jeden Fall. Ich habe mir schon immer gewünscht, eine ihrer Produktionen miterleben zu dürfen. Ich gestehe, ich beneide dich sogar darum – da: Jetzt ist alles aufgebaut. Bist du so gut und nimmst die Karten aus dem Nebenfach?«

Bron zog an der Seitenwand des Vletkastens eine lange, schmale Schublade heraus. Er entnahm ihr den Würfelbecher aus punziertem Leder; die fünf Würfel schepperten hohl. Beim Spiel zeigten drei von ihnen schwarze Flächen mit weißen Augen, einer war durchsichtig und die Punkte Diamantkristalle, und der fünfte war rot und auch kein Würfel, sondern ein Dodekaeder mit sieben leeren Flächen (in der Regel von günstiger Wirkung beim Spiel, gelegentlich konnten sie aber auch, falls sie im falschen Moment gewürfelt wurden, Katastrophen heraufbeschwören); die anderen Flächen zeigten dreizehn voneinander verschiedene Konstellationen, die in Schwarz und Gold gehalten waren.

Bron stellte den Becher auf den Tisch und holte das dicke Paket Karten heraus. Er löste das blaue Seidentuch, in das sie gehüllt waren.

Am Rande des Tuches zeigte sich folgende mit Goldfäden gestickte Formel:

$$\sum_{n=-\infty}^{\infty} \frac{1}{\pi} \log_2 \frac{\left|\int_{-A}^{A} M(\Theta) \exp(j\frac{mn\Theta}{A}) d\Theta\right|^2 + \left|\int_{-A}^{A} N(\Theta) \exp(j\frac{\sin\Theta}{A}) d\Theta\right|^3 + A_M^N}{A_M^N - \prod_{r=\pm a}^{\infty} \frac{1}{6} \log_\pi \left|\int_{-A}^{A} N(k\frac{\cos\Theta}{A}) d\Theta\right|^3 - \prod_{r=A}^{\infty} \frac{1}{\pi} \log_e \left|\int_r^n M(j\frac{\pi n\Theta}{nr}) d\Theta\right|^5}$$

– die ziemlich komplizierte Rechenformel, nach der das noch kompliziertere Wertungssystem ablief (Lawrence hatte ihn darin noch nicht eingeweiht; Bron wußte nur, daß sie ein Maß für die strategischen Angriffswinkel darstellte (über verschiedenartiges Terrain N, M und A) und daß die kleineren Werte mehr Punkte einbrachten als die größeren). Als er die vier blauen Ecken auseinanderschlug, fielen zwei Karten auf den Tisch. Er hob sie auf – den Zauberer der Berge und die Kinder-Kaiserin – und schob sie wieder in den Kartenstoß hinein. »Selbst wenn dieser Mann nicht zur Schauspieltruppe gehörte, Lawrence – da war auch noch ein weibliches Mitglied der Sekte, die ganz bestimmt zu dieser Truppe gehörte, – falls sie sich ihre Schwären nicht nur aufgeschminkt hatte. Mir war plötzlich so, als könnte ich keinem und nichts mehr trauen ...«

Lawrence zog die Schublade an der anderen Seite des Kastens heraus und entnahm ihr eine Handvoll von kleinen reflektierenden und durchsichtigen Schirmen (einige davon waren mit den gleichen Konstellationen versehen wie die Würfel, einige zeigten wieder andere Kombinationen), stellte sie aufrecht neben das Brett und holte nun die Spielsteine heraus: geschnitzte Fußsoldaten, Reiter zu Pferd, Modelle von Feldlagern; dazu noch, aus der gleichen Schublade, zwei Miniaturstädte mit ihren winzigen Straßen, Plätzen und Märkten: eine dieser Städte bekam ihren Platz in den Bergen, die andere wurde an die Küste gebaut. »Ich verstehe nicht, warum du dir so viel Mühe machst, das alles zu sezieren –«, Lawrence nahm einen roten Fußsoldaten und einen grünen, lehnte sich in seinem Sessel zurück und versteckte die Figuren hinter seinem Rücken –, »wenn du, wenn ich richtig verstehe, im Verlauf eines sonst langweiligen Tages lediglich so etwas wie ein ästhetisches Erlebnis hattest, deiner Beschreibung nach zu schließen.« (Bron dachte, daß

Vierundsiebzigjährige sich entweder einer physischen Regenerationsbehandlung unterziehen oder in den Co-Op-Gemeinschaftsräumen nicht nackt herumsitzen sollten – wieder ein Gedanke, den er zu verdrängen beschloß: Lawrence hatte ein Recht darauf, sich zu bekleiden oder nicht zu bekleiden, falls ihm danach zumute war. Aber weshalb, fragte er sich jetzt wieder, war es so leicht, ein paar von den negativen Gedanken zu verdrängen, während andere wieder üppig ins Kraut schossen? – Wie zum Beispiel jene, die sich an dieser Theaterfrau, der Spike, entzündet hatten, über die zu reden er in der letzten Minute hartnäckig vermieden hatte.) Lawrence sagte: Wenn du mich um einen Rat fragen würdest, was du nicht tust, würde ich sagen, warum läßt du es nicht einfach auf sich beruhen. Falls du Kritik vertragen kannst, und das muß ich annehmen; denn trotz meiner anderen Einwände redest du noch mit mir und bist nicht einfach fortgelaufen–«, Lawrence brachte seine Arme nach vorne und hielt die geschlossenen Fäuste über das Gebirge –, »kann ich nur mutmaßen, daß , weil du das Thema nicht auf sich beruhen läßt –, sich noch etwas mehr dahinter versteckt. Wenigstens soweit es dich persönlich betrifft. Das ist der einzig logisch überzeugende Schluß aus deinem Verhalten. Wähle –«

Bron tippte auf Lawrence' linke Faust.

Die Faust (Bron dachte: Vielleicht kommt es einfach daher, weil Lawrence mein Freund ist) drehte sich nach oben und öffnete sich: ein roter Fußsoldat.

»Das ist deine Farbe«, sagte Lawrence.

Bron nahm die Figur an sich und holte anschließend aus einer mit grünem Samt ausgeschlagenen Schublade in der Seitenwand des Kastens die roten Steine heraus. Als er die Figur, die das Ungeheuer genannt wurde, zwischen Daumen und Zeigefinger klemmte, hielt er inne und betrachtete sie: Diese kleine geduckte Figur mit ihren Metallklauen und Plastikaugen war keine stumme Sphinx: Während gewisser Spielzüge drang durch die Lautsprecherverkleidung in der Wand der Würfelbecher-Schublade das Brüllen dieses Wesens, das sich mit den Entsetzensschreien seiner Angreifer mischte. Bron drehte die Figur zwischen den Fingern, betrachtete sie lächelnd und fragte sich, ob er Lawrence außer einem »Ja« noch eine andere Antwort geben konnte . . .

»Freddie«, sagte Lawrence zu dem zehn Jahre alten nackten Jungen, der an den Tisch getreten war und ihn anstarrte (sein Kopf war rasiert; seine Augen waren blau und rund; er trug unzählige Ringe mit hellen Steinen, drei, vier oder sogar fünf pro Finger. Und er nuckelte jetzt an den Zeige- und Mittelfingern; im rechten Mundwinkel glitzerte der Speichel vom Sabbern), *worauf* starrst du denn so?«

»Darauf«, sagte Freddie um seine Knöchel herum und deutete mit dem Kopf auf das Brett.

»Warum geht ihr beiden denn nicht in ein hübsches, zweigeschlechtliches Co-Op, wo vielleicht auch noch andere Kinder wohnen und andere Leute, die sich um euch kümmern können?«

»Flossie gefällt es hier«, sagte Freddie. Seine Wangen verfielen wieder in ihren alten trägen Pulsschlag, als Flossie (anderthalb Kopf (ebenfalls rasiert) größer als Freddie, aber mit den gleichen runden (und ebenso blauen Augen), an dessen Fingern sogar noch mehr Ringe steckten) ebenfalls herankam und sich hinter Freddies Schultern aufstellte.

Flossie starrte.

Freddie starrte.

Dann zog Flossies ringgeschmückte Hand Freddies rechte aus dessen Mund. »Hör auf zu nuckeln.«

Freddies Hand blieb nur so lange unten, bis er sich den Bauch gekratzt hatte, und schob dann wieder zwei nasse Finger mit fast einem Dutzend Ringen in den Mund hinein.

Vor sechs Monaten hatte Bron angenommen, daß diese beiden, die in zwei aneinanderstoßenden Zimmern am Ende des Korridors wohnten, Liebhaber wären; später kam er auf die Vermutung, sie wären nur Brüder. Lawrence, der die Fähigkeit besaß, Zutreffendes aus Gerüchten zu extrahieren, hatte schließlich die wahre Geschichte enthüllt: Flossie, der bereits dreiundzwanzig war und Freddies Vater, war geistig erheblich zurückgeblieben. Er hatte seinen zehnjährigen Sohn aus einer Callisto-Port-Kommune hierhergebracht, weil Tethys über eine vorzügliche Ausbildungs- und Behandlungsstätte für geistig Behinderte verfügte. (Die Schmucksteine in diesen Ringen waren oveonische, kristalline Gedächtnisspeicher, die zwar nicht ganz Flossies neurologische Defekte ausschalten, aber bis zu einem gewissen Grade kompensieren konnten. Flossie trug andere Ringe für andere Handicaps. Freddie trug den Rest. Bron hatte bemerkt, daß Flossie häufig die Ringe mit seinem Sohn austauschte.) Wer oder wo eine Mutter war, schienen beide weder zu wissen, noch zu intererssieren. Von der Kommune zur Co-Op hin- und herwechselnd, hatte Flossie Freddie vom Babyalter an erzogen. (»Und der Kleine ist ziemlich hell«, hatte Lawrence bemerkt, »obgleich das Fingernuckeln darauf hindeutet, daß er in sozialer Hinsicht leidet.«) Ihre Namen waren Lawrence' Einfall gewesen (»Eine apokryphe literarische Anspielung, die deinen Bildungsgrad genau so übersteigt wie ihren«, hatte Lawrence gesagt, als Bron ihn um eine Erklärung bat), und diese Namen waren dann kodifiziert worden, als die beiden anfingen, ihn selbst zu gebrauchen. Schön, aber wie lauteten nun ihre echten Namen? hatte jemand gefragt. Abgesehen von ihrer zweiundzwanzigstelligen Regierungskennummer hatte bisher keiner (erklärten sie) einen Namen vorgeschlagen, der ihnen gefallen hätte (»Was«, sagte Lawrence, »nur wieder ein Beweis ist für die Engstirnigkeit der kleinen Welten, auf denen wir leben.«)

»Wenn ihr beiden zusehen wollt«, sagte Lawrence, »geht ihr dort hinüber und setzt euch. Das Kiebitzen über die Schulter macht uns nur nervös.«

Flossie legte eine glitzernde Hand auf Freddies Schulter: sie gingen, setzten sich und starrten.

Während Bron wieder das Brett ins Auge faßte, versuchte er sich zu erinnern, was er gerade mit ›ja‹ beantworten wollte –

»Nein –!«

Bron und Lawrence blickten auf.

»Da habe ich mich nun so beeilt, rechtzeitig in die Schlangengrube zu kommen, und da sitzt ihr beiden schon am Brett!« Vom Balkon herunter grinste Sam breit, jovial und schwarz wie Ebenholz über der Brüstung. »Nun, was kann man daran ändern? Ist jemand schon am Gewinnen?« Sam kam die schmale Eisentreppe herunter und schlug mit seiner schwarzen breiten Hand auf das Geländer, daß es durch den Aufenthaltsraum hallte.

Ein halbes Dutzend Männer, die in den Lesenischen, in den Tape-Nischen oder in den Diskussionsecken saßen, blickten auf und lächelten. Drei hießen ihn laut willkommen.

»Ihr da . . .!« Sam begrüßte die anderen mit einem Kopfnicken und schwang um den Geländerpfosten herum. Er hatte einen großen prächtigen Körper, den er immer nackt (ziemlich anmaßend, dachte Bron) trug. »Wie ist es euch in meiner Abwesenheit ergangen?«

Er kam an den Tischrand und, die schwarzen Fäuste in schmale schwarze Hüften gestemmt, blickte er auf die verteilten Figuren hinunter.

Bron haßte Sam.

Jedenfalls war Sam von den drei Männern in dem Co-Op, die er fallweise zu seinen Freunden zählte, das größte Ärgernis.

»Er wird schon recht gut«, erwiderte Lawrence. »Bron hat ein Talent für Vlet, glaube ich. Du wirst dich etwas anstrengen müssen, um ihn nach deinem letzten Entwicklungsstand noch einholen zu können.«

»Ich bin immer noch nicht in derselben Liga wie Lawrence.« Bron hatte tatsächlich einmal versucht, die Entwicklung seiner Antipathie zu verfolgen. Sam war gutaussehend, extrovertiert, freundlich zu jedermann (Bron eingeschlossen), obwohl ihn seine Tätigkeit dazu zwang, von vierzehn Tagen elf außerhalb des Co-Ops zu verbringen. Und all dieses Gedöhns und Auf-die-Schulter-Schlagen? Eben typischer Standard, ein aufdringlicher Typ, hatte Bron überlegt; doch dieser Eindruck wurde etwas dadurch gemildert, daß Sam eben nur bei seinem unverbindlichen Hallo-wie-gehts-wie-stehts blieb und versuchte, mit jedem auszukommen (und sich wirklich freundlich zu Bron verhielt).

Ungefähr anderthalb Monate später – diese Erkenntnis kam langsam, weil Sam so oft außer Hause weilte – begann Bron zu begreifen, daß Sam gar nicht *so* durchschnittlich war. Unter seiner Rundum-Freundlichkeit verbarg sich eine erstaunliche Intelligenz. Bron hatte bereits von Zeit zu Zeit registriert, daß Sam über eine große Menge von exakten Informationen auf zahlreichen Gebieten verfügte, deren Umfang von Mal zu Mal sehr unauffällig, aber erstaunlich wuchs. Und dann, eines Abends, als Bron ganz beiläufig über die Tücken eines metalogischen Programms klagte, das er zu erstellen hatte, hatte Sam ebenso beiläufig einen ziemlich brillanten Vorschlag gemacht. (Nun – verbesserte Bron sich, es war nicht brillant gewesen, aber verdammt clever.) Bron hatte gefragt: Habe Sam früher einmal als Metalogiker gearbeitet? Sam hatte erklärt: Nein, aber er habe erfahren, daß Bron auf diesem Gebiet tätig war. Also hatte er sich vor ein paar Wochen einige Bänder zu diesem Fachgebiet ausgeliehen, dazu ein paar Bücher, und er hatte einen programmierten Text in der General Info entdeckt und ihn durch den Bildbetrachter gejagt. Das war alles. Bron hatte das nicht gern gehört. Aber schließlich war Sam ja nur ein gutaussehender, freundlicher, intelligenter Junge, der sich redlich abmühte, als überarbeiteter Vertriebsmann/Berater und auf seiner Tour herumhetzte von Tethys nach Lux auf Titan, nach Lux auf Iapetus, nach Callisto Port, wahrscheinlich sogar in den schmutzigen Hotels und Schlafsälen Quartier nehmen mußte, die den Stadtkern von Bellona, Port Luna und Rio säumten. Bron hatte Sam sogar einmal direkt gefragt, was er beruflich täte; mit einem trüben Lächeln und einem Kopfschütteln hatte dieser geantwortet: »Ich kehre den Mist auf, wenn sie Scheiße bauen.« Sam, hatte Bron daraus geschlossen, war genau so deprimiert von dem System wie jeder andere auch. Bron hatte sich Lawrence gegenüber dementsprechend geäußert, worauf Lawrence erwidert hatte, daß ›deprimiert von dem System‹ bei Sam überhaupt nicht zutraf: Sam war der Chef der Politischen Verbindungsabteilung zwischen dem diplomatischen Corps und der Äußeren Satelliten, der Nachrichtenabwehr der Äußeren Satelliten, und genoß die Privilegien (und die Ausbildung) beider Abteilungen: er besaß Immunität in praktisch allen politischen Bereichen des bewohnten Sonnensystems. Weit entfernt davon, von dem System ›deprimiert‹ zu sein, vereinigte Sam so viel Macht in seiner Person, wie das für einen Mann, der nicht in sein Amt gewählt wurde, möglich war. Tatsächlich besaß er erheblich mehr Macht als viele Wahlbeamte; das zeigte sich, als Sam das nächste Mal nach Hause kam: ein paar überholte Wohnbezirksverordnungen hatten das Co-Op und drei weitere, die daran angrenzten, schon seit über einem Jahr das Leben sauer gemacht (die gemischtgeschlechtlichen Co-Ops, in denen drei Siebentel der Bevölkerung wohnten, bemühten sich um eine gerechtere Behandlung, hatte jemand sich beschwert; jemand anderer hatte protestiert, das wäre nicht wahr), und die Erdarbeiten für das Verlegen eines neuen Privatkanalkabels rückten plötzlich die Wohnbezirksverordnungen in den Vordergrund. Drohte ihnen wieder die Ausweisung? Doch Sam hatte sich offenbar nur zu einer Behörde begeben, sich drei Aktenordner geben lassen und die Anweisung erteilt, die Hälfte der Dokumente aus einem dieser Ordner zu entfernen; und damit waren die widersprüchlichen Paragraphen der Wohnbezirksverordnungen bereinigt. Wie Lawrence sagte: »Wir hätten ein Jahr lang Gesuche, einstweilige Verfügungen, Klageschriften und was nicht noch alles einreichen müssen, um diese Verordnungen – sie waren sowieso verfassungswidrig – auf Vordermann zu bringen.« Bron hatte das ebenfalls nicht gern gehört. Aber selbst wenn Sam ein so rundum freundlicher, gutaussehender, brillanter und mächtiger Mann war, so wohnte er doch *immer* noch in einem neutralen Co-Op (neutral in Bezug auf sexuelle Präferenzen: es gab ein schwules Männer-Co-Op an der nächsten Straßenecke; ein normales, nur drei Häuserblocks von ihnen entfernt; ja, knapp über zwei Fünftel der Bevölkerung wohnte in gemischtgeschlechtlichen Co-Ops, männlich/weiblich/normal/schwul, und drei von diesen lagen gleich nebeneinander, nur eine Straße von ihnen entfernt, und gleich dahinter war wieder ein heterosexuelles Frauen-Co-Op). Falls Sam irgenwelche ausgeprägte sexuelle Merkmale besessen hätte, normal oder schwul, hätten sich ein Dutzend Co-Ops darum gerissen, ihn bei sich zu beherbergen. Die Tatsache, daß Sam es vorzog, in einem ausschließlich männlichen neutralen Co-Op zu wohnen, bedeutete vermutlich, daß er hinter der Fassade seiner Liebenswürdigkeit, Intelligenz und Macht an einer Neurose verfaulte; daß eine Reihe von gescheiterten Versuchen hinter ihm lag, sich in Kommunen und sexuellen Beziehungen zu bewähren – wie bei den meisten Männern in den Dreißigern, die eine solche neutrale Kommune als Wohnsitz bevorzugten. *Diese* Illusion hielt einen Monat. Nein, einer von den Gründen, daß Sam zwischen seinen Besuchen in der Co-Op so lange außer Haus weilte (hatte Sam eines Abends erklärt), bestand darin, daß er Mitglied einer fruchtbaren Familienkommune war (in der wieder ein Fünftel der Bevölkerung wohnte), die aus fünf Männern, acht Frauen und neun Kindern bestand und sich in Lux (auf Iapetus), der größeren der beiden Satellitenstädte dieses Namens, befand.

Sam verbrachte eine Woche in seiner Kommune in Lux, drei Tage hier in dem Co-Op auf Triton und vier Tage an verschiedenen anderen Orten, womit sein Terminplan für vierzehn Tage erschöpft war. In diesem Moment hatte Bron (sie hatten zu dritt, Bron, Sam und Lawrence, in einer der Unterhaltungsnischen des Gemeinschaftsraumes gebechert) Sam (ziemlich betrunken) herausgefordert: »Warum verbringst du dann sechs Tage im Monat mit einer Horde von Pennern, Neurotikern, geistig Zurückgebliebenen und sexuell Indifferenten wie uns? Vermittelt dir das ein Gefühl der Überlegenheit? Erinnern wir dich daran, wie *wunderbar* du bist? (Ein paar von den Gästen im Gemeinschaftsraum hatten zu ihrer Nische herübergeblickt; zwei, wie Bron feststellte, bemühten sich, *nicht* herüberzublicken.) Sam erwiderte mit ausdruckslosem Gesicht: »In den eingeschlechtlichen neutralen Co-Ops neigen auch die Bewohner zu einer politischen Indifferenz. In meinem Beruf befinde ich mich neunundzwanzig Stunden täglich in der Nervenmühle der Auseinandersetzungen zwischen den Äußeren Satelliten und den inneren Welten. In einem eurer – ich zitiere – normalen – Zitat Ende – Co-Ops, heterosexuell, schwul, gemischt oder eingeschlechtlich, würden sie den ganzen Tag über nur vom Krieg reden, und ich bekäme nicht eine Sekunde Ruhe.« »Soll das bedeuten«, hatte Bron erwidert, »daß wir hier im Schlangenhaus so sehr mit unseren Angelegenheiten beschäftigt sind, daß wir uns nicht darum kümmern, was im übrigen Universum vor sich geht?« »Hast du diesen Eindruck?« hatte Sam geantwortet und dann laut nachgedacht: »Ich hatte immer das Gefühl, daß sich hier ein paar recht nette Leute zusammengefunden haben.« Und dann hatte Sam sich sehr weise aus der Kontroverse zurückgezogen – selbst Bron hatte zugeben müssen, daß es jetzt albern wurde. Und zwei Stunden später hatte Sam – auf eine Weise, die weder diplomatisch-klug, anbiedernd oder einschmeichelnd oder sonstwie unangenehm erschien – seinen Kopf durch Brons Zimmertür gesteckt und lachend gesagt:

»Hast du gesehen, was Lawrence unten im Gemeinschaftsraum aufgebaut hat?« (Was Bron in der Tat *bereits* gesehen *hatte* .) »Vielleicht willst du es anschauen, ehe es explodiert oder fortfliegt oder etwas Verrücktes anstellt!« Und Sam hatte noch einmal gelacht und sich dann entfernt. Auf seinem Weg hinunter in den Gemeinschaftsraum hatte Bron sich betroffen gefragt, ob einer der Gründe für seine heftige Antipathie gegen Sam lediglich darauf beruhte, daß Lawrence Sam für ein Geschenk des Universums zum Segen der Menschheit hielt. (Bin ich *tatsächlich* eifersüchtig auf einen vierundsiebzig Jahre alten Homosexuellen, der sich einmal im Monat sinnlos betrinkt und dann versucht, mich zu verführen? fragte er sich auf der Schwelle der Tür zum Gemeinschaftsraum. Nein, es war leichter, drei von vierzehn Tagen mit Sam gut auszukommen, als diesen Gedanken ernsthaft zu verfolgen.)

Was Lawrence auf dem Tisch mit dem grünen Stoffüberzug ausgebreitet hatte, war das Vlet-Spiel.

Sam sagte: »Spielst du noch mit dem Gittermuster –«, und er zog eine Augenbraue herunter – »oder bist du über diese Phase bereits hinaus?«

Bron erwiderte: »Ich weiß nicht, ob –«

Doch Lawrence hatte nach einem Schalter in der Kartenschublade gegriffen. Stecknadelgroße Lichter hatten ein quadratisches Muster über die Landschaft gelegt, dreiunddreißig zu dreiunddreißig Quadraten. »Bron können noch ein paar Partien mit dem Gitterquadrat nicht schaden, denke ich . . .« Fortgeschrittene Spieler (hatte Lawrence vor zwei Wochen erklärt, als Sam zum letztenmal das Co-Op besucht hatte) benützen das Gitter nur für die Auswertung am Schluß, um exakt festzustellen, wer welches Territorium erobert hat. Doch Anfänger verwenden es auch gerne während des Spiels als Hilfestellung, um diese überaus wichtigen O's zu berechnen. Bron hatte daran gedacht, Lawrence vorzuschlagen, daß sie bei diesem Spiel das Gitter weglassen. Doch jetzt war es schon eingeschaltet; und die Städte waren aufgebaut, die Armeelager verteilt. Die Seeschlange aus Plastik schlängelte sich im Meer. Das Ungeheuer blinzelte tückisch aus seiner Höhle; Lawrence' Soldaten marschierten an einem Fluß entlang, seine Bauern waren auf ihren Feldern, seine königlichen Herrschaften waren im Lager hinter den Linien, seine Zauberer in ihren Bergspalten.

Bron sagte: »Sam, warum spielst du nicht diese Partie. Ich meine, ich hatte zwei Wochen Zeit, zu üben . . .«

»Nein«, erwiderte Sam. »Nein, ich möchte nur zusehen. Ich habe schon wieder die Hälfte der Züge vergessen, seit Lawrence sie mir erklärt hatte. Fangt nur an.« Er wich nachdenklich einen Schritt zurück und begab sich zu Bron hinüber, um das Brett aus diesem Blickwinkel zu betrachten.

»Bron hat sich über eine neue Freundin geärgert«, sagte Lawrence. »Deshalb ist er so schlechter Laune.«

»Das ist es.« Bron ärgerte sich, daß seine Nachdenklichkeit als schlechte Laune bezeichnet wurde. »Sie hat sich mir gegenüber überhaupt nicht freundlich verhalten.« Er nahm den Kartenstoß auf und mischte. Dabei dachte er: Wenn dieser schwarze Bastard die ganze Partie hindurch hinter mir steht und kiebitzt . . . und er beschloß, nicht aufzublicken.

Die Karten, die Bron sich gab, waren gut. Sorgfältig ordnete er sie in der linken Hand.

Lawrence schüttelte die Würfel über der Wüste aus, um das Spiel zu beginnen, bot Fünf-König, vereinigte den Akrobaten mit dem Poeten, warf die Drei der Diamanten ab und ließ zwei seiner Frachtschiffe aus dem Hafen in das offene Meer auslaufen.

Brons Wurf brachte ihm eine doppelte Sechs, eine diamantene Drei, und auf dem Dodekaeder zeigte sich Yildrith' Gesicht mit den drei Augen. Er neutralisierte Lawrence' Verbindung mit der Sieben, der Acht und der Neun der Stürme, setzte den winzigen Spiegelschirm mit dem grinsenden Gesicht von Yildrith darauf, vier Quadrate vor Lawrence' voraussegelndem Frachtschiff, bot sieben Gemeine auf, um Lawrence' Königliche Sechs abzuschirmen, warf den Pagen der Dämmerung ab und nahm Lawrence' Drei der Juwelen mit dem As der Flammen; seine eigene Karawane setzte sich nun flußaufwärts in Marsch auf den Gebirgspaß im Tal von K-hiri zu, wo alle gewonnenen Punkte doppelt zählen würden, weil sich dort eine grüne Hexe versteckte.

Nach zwanzig Minuten der Partie war der rote Kurier zwischen zwei Spiegelschirmen gefangen (der gehörnte Kopf von Zamtyl und der vielzüngige Arkrol wiederholten sich unendlich in der Doppelspiegelung); der rote Held bot seine Hilfe an, war aber im Wesentlichen von einem durchsichtigen Schirm blokkiert. Auf den Würfeln glitzerte eine diamantene Zwei zwischen schwarzen Einern und Fünfern, und Lawrence war nur noch einen Punkt von seinem Angebot entfernt; was eine Astralschlacht bedeutete.

Während sie nun ihre Aufmerksamkeit dem dreidimensionalen Brett zuwandten, auf dem die höheren Entscheidungen ausgetragen wurden (und jeder der sieben Steine, mit denen sie dort spielten, trug das brütende Antlitz eines Gottes), überlegte Bron, es war doch zu albern, sich schweigend darüber zu ärgern, daß Sam hinter ihm stand. Er drehte sich um, um etwas zu sagen . . .

Sam stand nicht mehr hinter ihm.

Bron blickte sich um.

Sam saß in einer der Lesenischen mit Freddie und Flossie an einem Tisch und teilte ein paar Zettelkarten aus. Bron blähte verächtlich die Backen auf und sagte, wieder zu Lawrence gewandt, »Wahrhaftig –«

– als die Lampen im Aufenthaltsraum sich plötzlich verdüsterten. (Lawrence' runzeliges Kinn, seine Fingerspitzen und das Standbein des grünen Zauberers, den er gerade setzen wollte, wurden jetzt von den Grenzlichtern des Vlet-Brettes beleuchtet.) Ein donnerndes Getöse wuchs über ihren Köpfen.

Die Lampen flackerten noch einmal und gingen dann ganz aus. Alle blickten hoch. Bron hörte, wie mehrere Männer aufstanden. Über das gewölbte Dachfenster, das so dunkel war wie das Zimmer, zog eine Lichtspur.

Auch Sam erhob sich von seinem Tisch. Die Raumleuchten waren immer noch aus, und die Leselichter flackerten im Takt.

»Was, im Himmel –« sagte jemand, der das Zimmer neben Bron bewohnte (und dessen Namen Bron nach sechs Monaten immer noch nicht kannte).

Als die Lampen im Raum wieder angingen, erkannte Bron voll Schrecken, Aufregung oder Erwartung (er wußte nicht genau, was von den dreien), daß das Oberlicht immer noch schwarz war. Das Sensorschild über der Stadt war abgeschaltet!

»Vergeßt nicht«, sagte Sam wohlwollend, aber laut genug, daß die anderen im Raum ihn auch verstehen konnten, »bei euren Kriegsspielen, daß da draußen ein echter Krieg stattfindet und Triton im Betriff steht, darin verwickelt zu werden.« Seine Gönnerhaftigkeit fiel von ihm ab; er wandte sich den Leuten im Gemeinschaftsraum zu: »Kein Grund zur Beunruhigung. Doch wir müssen größere Verteidigungsmaßnahmen ergreifen, die nicht kriegerischer Natur sind. Der Stromausfall war eine Abschaltung, um ausreichende Energieversorgung für unsere Verteidigungskräfte zu gewährleisten. Die Leuchtspuren auf dem Himmel waren ionisierte Kondensstreifen von tieffliegenden Aufklärern –«

»Unsere oder deren?« fragte jemand.

Ein paar Männer lachten, doch nicht viele.

»Wäre beides möglich«, erwiderte Sam. »Die flackernden Lichter bedeuteten, daß wir auf unsere eigenen Versorgungsquellen umschalteten, die es aber nicht gleich schafften – die Generatoren brauchen ein paar Sekunden zum Warmlaufen. Ich möchte meinen . . .« Sam blickte nach oben – », daß das Sensorschild über der Stadt noch für drei oder vier Minuten abgeschaltet bleibt. Falls jemand hinausgehen und sehen will, wie der Himmel über Tethys wirklich ausschaut, dann ist jetzt die richtige Gelegenheit dazu. Vermutlich sind nicht viele Leute im Freien . . .«

Jeder (außer den drei Männern in der Ecke), Bron eingeschlossen, erhob sich und drängte durch die Doppeltüren nach draußen. Bron schaute sich um, als das Stimmengewirr hinter ihm anwuchs. Die drei in der Ecke hatten sich anders besonnen und wollten sich den Himmel ansehen.

Als Bron auf das dunkle Dach hinaustrat, bemerkte er, daß auch das Nachbardach voll besetzt war. Desgleichen das Dach gegenüber. Der Personalausgang auf das Dach öffnete sich ebenfalls, und ein paar Dutzend Frauen kamen heraus, den Kopf im Nacken, den Blick nach oben.

Jemand neben Bron sagte: »Himmel, ich hatte vergessen, daß es Sterne gibt!«

Um ihn herum verrenkten sich die Leute die Hälse.

Neptun, jetzt sichtbarlich eine Kugel, milchig, pockennarbig und viel dunkler als die gestreifte türkise Extravaganz auf dem Sensorschild, stand ziemlich hoch am Himmel. Die Sonne, niedrig über dem Horizont und vielleicht ein Dutzend Mal heller als Sirius, sah so klein aus wie der Boden im Würfelbecher des Vlet-Spiels. (Auf dem Sensorschild war sie eine rosige Lichtquelle, die aus ihrem winzigen rötlichen Zentrum pulsierende Wellen über den ganzen Himmel verschickte.) Die Atmosphäre über Tethys war nur achthundertdreißig Meter dick; ein stark ionisiertes kaltes Plasmafeld begrenzte es scharf knapp unter dem Schild; solange dieses abgeschaltet blieb, waren die Sterne so eisig hell, als würden sie von einem atmosphärelosen Mond betrachtet.

Das staubige Band der Milchstraße hing wie ein Nebel im Schwarzen. (Auf dem Schild zeigte sie sich als Band aus Silber mit eingestreutem Grün.)

Der Himmel sieht kleiner aus, dachte Bron. Wie eine nahe Geborgenheit, dem Dach über dem U-P vergleichbar – nur durchbrochen von einem Stern hier und der Sonne dort. Aber obgleich er wußte, daß diese Lichter Millionen von Kilometern – Millionen von Lichtjahren entfernt waren, schienen sie nur höchstens einen Kilometer weit dort draußen zu liegen. Die sich ineinanderschiebenden Pastellnebel des Schildes vermittelten ein echtes Gefühl der Unendlichkeit, obgleich es nicht weiter als einen Kilometer über ihnen aufgebaut war.

Wieder schoß ein Lichtpfeil durch den schwarzen Raum: Er pulsierte und verstreute Farbe über den Himmel wie ein geschmolzener Regenbogen.

»Sie fliegen so tief –«, das war Sam, der am Dachrand sprach – »daß ein Teil ihrer Ionen-Abgase einen Teil des Schildes zu unkontrollierten Entladungen anregt: das ist nicht eigentlich ihr Ionen-Kondensstreifen, den ihr dort oben seht, sondern nur ein Abbild davon darunter, auf dem . . .«

Jemand schrie.

Und Bron fühlte plötzlich einen leichten Schwindel; sein nächster Herzschlag hallte in seinem Schädel so schmerzhaft wieder wie ein Hammer. Dann, bei einem jähen Schlag gegen seine Fußsohlen, drehte sich ihm der Magen um – nein, er übergab sich nicht. Aber er taumelte. Und seine Knie stießen gegen jemand, der auf das Dach gestürzt war. Irgendwo brach irgend etwas berstend auseinander. Dann war da ein Licht, das heller wurde. Seine Ohren hörten auf zu klopfen. Die rote Welle löste sich von seinen Augen. Und er war wieder auf den Beinen (War er in die Knie gebrochen? Er war sich dessen nicht sicher), keuchend nach Atem ringend.

Er blickte nach oben. Die abendlichen Pastellfarben des Schildes, in denen die gleißend blaue Scheibe des Neptuns schwebte, waren wieder eingeschaltet. Auf seinem Dach – und denen in der Nachbarschaft – waren Leute zu Boden gestürzt. Sie halfen sich gegenseitig wieder auf. Jemand griff auch nach seiner Hand, als er sich umdrehte. Er zog jemanden auf die Füße.

». . . zurück in das Gebäude! Jeder zurück in das Gebäude!« (Wieder Sams Stimme, doch diesmal hatte sie ihre Selbstsicherheit verloren. Der autoritäre Ton knisterte vor einer leichten, elektrischen Angst.) »Alles ist jetzt wieder unter Kontrolle. Aber geht jetzt erst einmal in das Gebäude zurück . . .«

Sie drängten sich in den wie eine Rampe geneigten Korridor, der in Spiralen hinunter in das Gebäude führte. Besorgte Stimmen summten:

». . . Schwerkraft abgeschaltet . . .«
»Nein, das *können* sie nicht tun . . .«
». . . wenn die Energiezufuhr versagte! Wenn auch nur ein paar Sekunden. Dann bläht sich die ganze Atmosphäre auf wie ein Ballon, und wir würden unseren ganzen atmosphärischen Druck verlieren . . .«
»Das ist unmöglich. Sie *können* die Schwerkraft nicht abschalten . . .«

Unten im Gemeinschaftsraum hatte die Dehnkraft – falls die Schwerkraft der City tatsächlich für eine Sekunde ins Wanken geraten war – nur eine Scheibe im Oberlicht zerstört. Keine Glassplitter waren heruntergefallen (sie war offensichtlich ›bruchsicher‹), doch das Glas bog sich als Splittermosaik, nach unten durch.

Stühle waren umgekippt.

Ein Lesepult war umgefallen, Karteikästen hatten sich übergeben; Kartenblätter lagen auf dem roten Teppich verstreut.

Der Astralwürfel hatte sich aus seiner Halterung gelöst und hing schief über dem Brett. Die Steine mit dem Götterantlitz waren auf das Spielfeld gestürzt und lagen neben gekenterten Schiffen und gefallenen Soldaten.

Sam sagte zu denjenigen, die sich um ihn versammelt hatten: »– nein, das bedeutet nicht, daß Triton sich dem Krieg zwischen den Äußeren Satelliten und den Inneren Welten anschließen muß. Aber wir sind uns seit über einem Jahr klar darüber, daß es dazu kommen könnte. Ich bezweifle jedoch, daß sich das Gewicht in die eine oder andere Richtung verschoben hat – wenigstens nehme ich das nicht an. Vielleicht hat dieser Vorfall dazu beigetragen, daß euch die Möglichkeit eines Krieges ein wenig deutlicher zu Bewußtsein kam. Nun wollen wir mal wieder die Stühle richtig stellen . . .«

*

»Erkläre uns jetzt noch einmal, wie sich das mit der Schwerkraft verhält«, sagte Freddie ein wenig nervös. Er saß im Schneidersitz auf dem Boden, eine ringgeschmückte Hand auf das Knie seines Vaters gelegt (Flossie saß im Sessel hinter ihm, beide Hände mit den Glitzersteinen im nackten Schoß): »Du erklärst es aber *ganz langsam*, verstanden? Und sehr einfach und klar verständlich.« Freddie blickte hoch und dann auf die anderen im Raum. »Verstehst du jetzt, wie du es tun mußt?«

Ein anderer sagte: »Sam, das ist ja entsetzlich. Ich meine, wenn sie für fünzehn oder zwanzig Sekunden abgeschaltet bliebe, kämen alle in der Stadt um!«

Sam seufzte, lehnte sich auf seinen Ellenbogen nach vorne und schien die beiden Seiten einer imaginären Frage zu betrachten. »Also gut. Ich werde es für diejenigen wiederholen, die es noch nicht verstanden haben. Erinnert euch wieder an euer altes Relativitätsmodell. Wenn die Geschwindigkeit eines Teilchens in einer geraden Linie sich der Geschwindigkeit des Lichtes nähert, verringert sich sein Umfang in der Richtung der Bewegung, seine Zeitschritte verzögern sich relativ zu dem Beobachter, seine Masse nimmt zu und damit seine Schwerkraft. Nun nehmt einmal an, die Beschleunigung findet in einer Kurve statt. Dann stimmen diese Gesetze immer noch, nur insofern nicht, wie das Kontraktionsgesetz von Fitzgerald ins Spiel kommt; nehmen wir nun an, die Beschleunigung findet in einer sehr engen Kurve statt – einer so engen Kurve wie eine Elektronenschale. Stimmt das Modell noch immer? Es stimmt. Und nehmen wir an, die Kurve wird noch enger beschrieben, sagen wir so eng, daß ihr Durchmesser kleiner ist als der des Partikels selbst – dann geschieht im wesentlichen das, was wir meinen, wenn wir davon sprechen, der Partikel wäre im ›Spin‹. Das Relativitätsmodell gilt noch immer – nur daß jetzt die Oberfläche des Partikels eine höhere dichte Masse und Schwerkraft hat als der Mittelpunkt – und eine Art von relativistisch erzeugter Oberflächenspannung verhindert nun, daß der Partikel auseinanderfliegt und sich in eine Wolke von Neutrinos auflöst. Nun kann man mit einem sehr raffiniert technischen Eingriff, bei dem ultrahochfrequenz-deporalisierter Magnetismus, eine Überlagerung von magnetischen Wellen und eine wechselnde Polaritäts/Paritäts-Beschleunigung ins Spiel gebracht werden, alle geladenen Nukleone – die theoretisch nichts anderes sind als Protonen, aber in Wirklichkeit auch ein paar Neutronen enthalten – in bestimmten, hochverdichteten kristallinen Stoffen dazu bewegen, indem wir sie nur in ihren Spin versetzen, den Durchmesser ihrer sich überschneidenden Umlaufbahnen so weit zu vergrößern wie ein Atom von Rhodium eins-null-drei im Durchmesser mißt – welcher, aus einer Reihe von Gründen bei diesem Verfahren als Maßeinheit verwendet wird – während die Drehung immer noch mit einer Geschwindigkeit erfolgt, die sich derjenigen des Lichtes nähert ...«

»Aber du sagtest vorhin, Sam, daß sie sich nicht wirklich drehen«, bemerkte jemand, »sondern daß sie torkeln wie Kreise, die aus ihrem Mittelpunkt rutschen.«

»Ja«, erwiderte Sam. »Dieses Torkeln sorgt ja dafür, daß das daraus resultierende Schwerkraftfeld in eine Richtung ausgerichtet wird. Aber ich werde jetzt versuchen, es noch einmal für diejenigen zu erklären, die meine letzten Ausführungen nicht verstanden haben. Tatsächlich ist es gar kein Torkeln; es ist eine komplexe vertikal abgestufte Wellenveränderung – wobei wir uns in die Erinnerung rufen müssen, daß *alle* diese Begriffe,

Körperchen, Spin, Umlaufbahn, Torkeln und Wellen, nur der Physik angenäherte Metaphern sind für Prozesse, die immer noch am besten als reine mathematische Abstraktionen verstanden und auch am leichtesten angewendet werden können. Praktisch gesprochen drehen sich alle diese Partikel in einem Verbund dreier Schichten aus Iridium/Osmium-Kristallen, die unter dieser Stadt verlegt ist, wie wahnsinnig in winzigen Kreisen von eins Komma sieben zwei sieben des Durchmessers eines Rhodium-Eins-Null-Drei-Kerns. Die magnetische Resonanz verhindert, daß die Kristalle in sich selbst zusammenbrechen. Die daraus resultierende Masse, und die sich darüber aufbauende Schwerkraft, wird um das Siebenhundertmillionenfache –«

»– durch das Torkeln in eine Richtung verstärkt«, sagte Flossie langsam.

»Das ist richtig, Flos.« (Freddie, sichtbar entspannt, nahm seine Hand von dem Knie seines Vaters und schob zwei glitzernde Finger in den Mund.) »Das hat zur Folge, daß alles über den sich drehenden Kristallen sauber an Ort und Stelle bleibt. Diese künstliche Schwerkraft, gekoppelt mit der natürlichen Gravitation von Triton, ergibt auf der Straßenoberfläche von Tethys einen Wert von null Komma neun sechs zwei der irdischen Normalgravitation, bezogen auf Meereshöhe am magnetischen Südpol der Erde.«

»Willst du damit sagen, daß die Erde eins Komma null drei neun fünf von der normalen gepolsterten Schwerkraft von Tethys besitzt?« fragte jemand im Hintergrund des Raumes.

Sams schwarze Augenbrauen zogen sich über einem Lächeln zusammen. »Eins Komma null drei fünf null *eins* . . . mehr oder weniger.« Er blickte sich im Kreis seiner Zuhörer um. »Die Kaltplasma-Atmosphären-Falle funktioniert nach einem ähnlichen magnetischen Manipulationsverfahren, obwohl sie nichts mit der Schwerkraft zu tun hat. Wir müssen in diesem Zusammenhang daran denken, daß wir zwölfhunderttausend dreischichtige Kristallmatten unter unseren Füßen haben, daß jeweils zehn, zu einer Gruppe zusammengefaßt, ihr eigenes Notstrom-Aggregat besitzen.«

»Dann können sie also unmöglich *alle* auf einmal ausfallen«, sagte Lawrence. »Nicht einmal für ein paar Sekunden. Ist es das, was du uns klarmachen wolltest?«

»Das ist es.« Sam legte sein Kinn auf seine schwarzen Knöchel und blickte unter gesenkten Augenbrauen hinauf zu den Männern. »Was ich vermute, ist viel wahrscheinlicher: irgendein synchroner Oberton wurde der magnetischen Resonanz beigemischt . . .«

»Beigemischt von *wem*?« fragte jemand.

Sam hob das Kinn einen Zoll von seinen Knöcheln. »– wurde der magnetischen Resonanz so beigemischt, daß das Schwerkraftfeld – erinnert euch daran: das Magnetfeld, das den Spin der Kristallkörperchen kontrolliert, wechselt buchstäblich mehrere Milliarden Mal pro Sekunde – verkantete: alle Torkelbewegungen gingen gleichzeitig in die gleiche Richtung. Nicht einmal eine Sekunde lang; vielleicht nicht einmal für den Bruchteil einer hunderttausendstel Sekunde, falls überhaupt. Ja, wir bekamen plötzlich eine Blase in unserer Atmosphäre. Aber ich bezweifle, daß wir mehr als ein Pfund oder drei an Luftdruck verloren haben; und binnen Sekunden war sie wieder ausgeglichen. Sicher, es war ein gewaltiger Schock, aber ich glaube nicht, daß irgend jemand ernsthaft verwundet . . .«

»Was war das –!«

Sie blickten alle zum Balkon hinauf.

»Was ist *passiert*! Ich habe nicht . . .« Alfred (siebzehn, Nachbar von Bron – er bewohnte das Zimmer gegenüber – war die dritte Person in dem Co-Op, die Bron von Zeit zu Zeit als Freund betrachtete) stand nackt am Geländer. Eine Blutblase zerbarst in einem seiner Nasenlöcher. Blut rann über seinen Hals und über seine Brust. Er hob eine Hand, die bereits blutbeschmiert war, und verrieb noch mehr Blut auf seiner Wange. »Ich war in meinem Zimmer, und dann . . . Ich hatte Angst, es zu verlassen! Ich hörte nichts, nur einen hellen Schrei. Was . . .?« Ein Blutfaden kroch über seinen Bauch, erreichte seine Schamhaare, staute sich dort drei Atemzüge lang und lief dann an seinem Schenkel hinunter. »Seid ihr alle . . .? Mit entsetzensgeweiteten grünen Augen blinzelte er über die Köpfe der Versammlung im Gemeinschaftsraum.

Ungefähr zwanzig Minuten nach diesem Ereignis waren die

Steine auf dem Vlet-Brett wieder so angeordnet wie vor der Unterbrechung; ein rundes Dutzend Männer saß wieder an den Lesepults, die im Raum verteilt waren, und wieder andere (darunter Sam) hatten Alfred in den Beratungsraum gebracht, wo das Co-Op an den Informationscomputer der Stadt angeschlossen war, der ihm eine medizinische Diagnose und die notwendigen Behandlungsmaßnahmen übermitteln würde. Dann kam jemand erstaunt zurück in den Gemeinschaftsraum und verkündete, es gäbe eine sieben- bis zehnminütige Wartezeit für Untersuchungen, da alle medizinischen Programme durch Anrufe überlastet seien! »Ich vermute, eine Menge Leute haben sich die Knöchel verrenkt . . .« meinte jemand zweifelnd. Bron beschloß, sich selbst davon zu überzeugen. Unten drängte er sich in den Beratungsraum hinein und konnte zwischen zwei Schultern die Leuchtschrift auf dem Schirm erkennen: »Sie werden gebeten, drei Minuten zu warten, ehe wir Ihnen Auskunft . . .« Nun, das *war* wirklich beunruhigend. Aber bis auf einen leichten Schock und eine blutige Nase schien Alfred nichts zu fehlen. Während Bron noch wartete, wechselte die Leuchtschrift auf dem Schirm zu dem üblichen: »Ihre Diagnose beginnt in einer Minute. Bitte, bereiten Sie sich darauf vor, ein paar einfache Fragen zu beantworten.« Und während Alfred sich vor das Schaltpult setzte, seine Daumen gegen die Oberlippe gepreßt, kehrte Bron mit den meisten anderen Helfern in den Gemeinschaftsraum zurück.

*

Er verlor die Astral-Schlacht sieben zu eins.

»Woran«, sagte Lawrence, sich in seinem Sessel zurücklehnend, »hast du die ganze Zeit gedacht?«

Bron streckte den Arm aus und entfernte seine geschlagene Figur, den roten Meuchelmörder, und schob dafür Lawrencens grüne Herzogin auf das Quadrat bei dem Wasserfall, die nun die Karawane bedrohte, die sich anschickte, knapp drei Quadrate weiter östlich den Fluß zu überqueren. Die Figur noch in der Faust (er konnte die Kanten und Ausbuchtungen spüren), nahm er seine Karten auf und studierte die ihm noch verbliebenen Punkte. »Diese Frau.« Nur noch eine Kombination war möglich, und er war noch drei Punkte von seinem letzten Gebot entfernt.

Lawrence lachte und legte seine eigenen Karten auf sein knochiges Knie. »Willst du damit sagen, daß du in diesem Trubel immer noch an eine Frau denkst? Wenn du *so* veranlagt bist, was suchst du dann in dieser Co-Op? Es gibt doch genügend Wohnungen in der Stadt, die solchen sexualbetonten, wollüstigen Kreaturen vorbehalten sind. Die meisten sogar. Warum wolltest du in dieses Co-Op ziehen und mit deinem lästigen Naturell unsere asketische Lebensweise stören?«

»Als ich dir zum erstenmal begegnete«, erwiderte Bron, »torkeltest du im oberen Korridor gegen mich, voll wie eine Haubitze, und verlangtest von mir, ich sollte dich auf der Stelle bumsen.«

»Ich erinnere mich gut daran«, erwiderte Lawrence mit einem Nicken. »Wenn ich mich wieder betrinke, werde ich diese Aufforderung vielleicht wiederholen: Es steckt noch Leben in dem alten Piraten – aber das nur nebenbei. Wichtiger ist, daß ich dich nicht sofort aus meinem Bekanntenkreis entlassen habe, als du dich verweigertest und mir sagtest, du würdest auf Männer nicht besonders anspringen (wie du dich diplomatisch ausdrücktest). Ich habe dich, als wir uns das nächstemal im Speisesaal begegneten, nicht geschnitten. Ich sagte sogar ›hallo‹ zu dir und bot mich an, während deiner Abwesenheit die Mechaniker bei der Reparatur deines Empfangsgerätes in deinem Zimmer zu überwachen.«

»Wirklich, Lawrence?« Bron blickte wieder hinunter auf seine Karten. Mehrmals in seinem Leben war er von anderen darauf hingewiesen worden, daß die Freunde, die er besaß, meistens Leute waren, die ihn um seine Freundschaft gebeten hatten, statt umgekehrt. Das bedeutete, daß ein guter Prozentsatz seiner männlichen Freunde Homosexuelle gewesen waren, heutzutage eine alltägliche Erscheinung. »*Du* bist der Wollüstige. Ich gebe zu, meine Beziehungen zu Frauen waren nie die besten gewesen – obwohl ich bei den Göttern jeder Sekte, die du mir aufzählst, beschwören kann, daß der Sex dabei nie ein Problem gewesen ist. Aber gerade deswegen bin ich hier eingezogen: mich von Frauen fernzuhalten *und* vom Sex.«

»Oh, tatsächlich! Alfred, der jedesmal nach Mitternacht seine kleinen Mädchen aufs Zimmer schmuggelt und sie kurz vor Einbruch der Dämmerung wieder auf die Straße jagt – das mag man bumsen nennen, aber es ist *nicht* Sex. Außerdem stört es niemanden, obgleich ich sicher bin, er wäre am Boden zerstört, falls ihm das einer ins Gesicht sagte.«

»Sicherlich stört es mich nicht«, sagte Bron. »Auch nicht, wenn du deine kleinen Freunde ins Haus schmuggelst –«

»Wunschdenken! Wunschdenken!« Lawrence schloß die Augen halb und hob das Kinn. »Ach, was für ein Wunschdenken.«

»Wenn ich mich richtig erinnere«, sagte Bron, »hast du an jenem Abend im Korridor, als ich dich abwies, mich einen Schwulenhasser genannt und wissen wollen, was ich in einem maskulinen Co-Op zu suchen hätte, wenn ich nicht gern mit Männern ins Bett ging . . .«

Lawrence' Augen öffneten sich wieder, und sein Kinn sank herab. »– worauf du mich höflich darauf aufmerksam machtest, daß sich nur zwei Straßen von hier entfernt ein schwules Männer-Co-Op befindet, das mich vielleicht eine Nacht lang aufnehmen würde. Bastard!«

»Du beharrtest darauf, daß ich dich bumsen sollte.«

»Während du behauptet hast, du wolltest überhaupt mit *niemandem* ins Bett gehen, und dich zwischendurch mit gelehrter Miene darüber ausließest, ich könnte nicht erwarten, daß in dieser Sorte von Kommune mehr als zwanzig Prozent schwul wären – wo du diese eigenartigen statistischen Werte her hast, ist mir unerfindlich. Dann lenktest du mit der Erklärung ein, daß du dir trotz deiner gegenwärtigen Interesselosigkeit an Frauen wie ein politischer Homosexueller vorkommen würdest –«

»Worauf du mir sagtest, du könntest politische Homosexuelle nicht ausstehen, Lawrence. Was soll das ganze?«

»Das gilt auch heute noch. Worauf ich hinaus will –« Lawrence blickte nun wieder auf das Brett: in den Bergen von Norhia braute sich seit einiger Zeit etwas zusammen, das Bron zu seinem Vorteil auszubeuten hoffte, wenn Lawrence nur den durchsichtigen Schirm von Egoth und Dartor von dieser Gegend fernhielt; die Berge von Norhia lagen jedoch jetzt in Lawrence' Blickfeld –, »sind die Gefühle, die ich damals für dich hegte, als ich, alkoholisch überreizt, im Bett lag und mich auf meiner schmalen Bettstatt hin- und herwarf, auf der du mich so ritterlich abgeladen und alleingelassen hast. Sie deckten sich mit jenen, die du dieser Frau entgegenbringst, weil du versäumt hast, sie mir zu beschreiben.«

»Ich dachte, du wärest ohnmächtig geworden –« Brons Blick hob sich vom Brett und richtete sich auf Lawrence.

»Ich sagte, nachdem du mich so rücksichtsvoll zu Bett gebracht hattest – vermutlich konntest du mich schlecht auf dem Korridorboden liegenlassen, wenn ich ohnmächtig gewesen bin; nicht wahr? Ha! – Ich empfand ähnliches für *dich* wie du für *sie* empfindest. Ich haßte dich, hielt dich für hartherzig, gefühllos, kleinkariert und spießig; und zugleich das schönste, hinreißendste, geheimnisvollste und wunderbarste Geschöpf, das mir jemals unter die Augen getreten ist.«

»Nur, weil du bumsen . . .?« Bron runzelte die Stirn. »Deutest du etwa an, *ich* möchte es auch mit *ihr* tun?«

»Ich stelle nur eine Ähnlichkeit von Reaktionen fest. Ich maße mir nicht an zu vermuten, daß meine Reaktionen ein gültiges Modell für deine sein könnten – obgleich ich sicher bin, sie könnten es.«

Brons umflorter Blick fiel auf die Mikro-Berge hinunter, auf die winzigen Bäume, die Küste mit ihrer Zwergenbrandung auf hellen, barbarischen Sand. Nach einigen Sekunden sagte er: »Sie vermittelte mir eine der erschütterndsten Glückserlebnisse meines Daseins. Zuerst dachte ich, sie hätte mich nur dort hingebracht. Dann fand ich plötzlich heraus, sie hatte es konzipiert, verfaßt, produziert und geleitet; sie nahm mich bei der Hand, verstehst du? Sie nahm mich bei der Hand und führte mich . . .«

Lawrence seufzte. »Und als du deinen Arm um meine schwachen, gichtgeplagten Schultern legtest . . .«

Bron blickte wieder hoch, die Augen noch voll Schwermut: »Wenn wir heute abend alle gestorben wären, Lawrence, wäre ich als ein anderer verschieden, als ich noch heute morgen gewesen bin.«

»Und genau das schienen mir deinen Bemerkungen anfangs

anzudeuten – bevor du durchschimmern ließest, wie kalt, unmenschlich, herzlos und wenig vertrauenswürdig diese süße Kreatur offensichtlich war. Ich wollte dich nur daran erinnern.« Lawrence seufzte erneut. »Und vermutlich habe ich dich auch damals geliebt, wenigstens in jener Nacht, trotz . . .«

Brons Brüten wurde zu einer Gewitterwolke. »He, nun mach mal einen Punkt!«

Lawrence' faltiges Gesicht (unter dem hufeisenförmigen weißen Haarkranz, der seine mit braunen Flecken gesprenkelte Glatze umgab) wurde zu einer Maske spöttischer Nachdenklichkeit. »Es ist doch kaum zu glauben. Hier verwickle ich mich schon wieder in eine leidenschaftliche platonische Affäre mit einer Laus.«

Während Bron *sie* vor Augen hatte, sagte er: »Lawrence, versteh doch, ich halte dich für meinen Freund. Wirklich. Aber . . .« Lawrence' Gesicht, das seine nachdenkliche Reserve bewahrte, rückte wieder in seinen Blick. »Aber, versteh doch, ich bin keine siebzehn. Ich bin siebenunddreißig. Ich sagte dir schon vorhin, ich habe eine gründliche Lehrzeit durchgemacht als Junge – sehr gründlich sogar. Und ich bin zufrieden, mich an die Resultate dieser Zeit zu halten.« Welche Ergebnisse ihn in Einklang brachten mit achtzehn Prozent der Bevölkerung, wie es in dieser seltsamen Statistik stand, daß er zufriedenstellend mit beiden Geschlechtern Umgang haben konnte; aber nur mit einer gewaltsamen, intellektualisierten Phantasie hatte er bisher mit männlichen Partnern Sexualverkehr auszuüben vermocht. Diese letzte brutale Intellektualisierung dieser Art war seine Aufnahme in den Tempel der Armen Kinder im Lichte Avestas und des Wechselnden Heiligen Namens gewesen; und Brutalität war nicht sein Faible. »Ich mag dich. Ich möchte dein Freund bleiben. Aber, Lawrence, ich bin *kein* Kind mehr, und ich habe diese Stadien hinter mich gebracht.«

»Du bist nicht nur eine Laus, sondern sogar eine anmaßende Laus. Ich bin keine siebenunddreißig mehr. Ich bin dreiundsiebzig. Auch ich habe Stadien durchgemacht, wahrscheinlich öfter als du.« Lawrence beugte sich vor und betrachtete wieder das Brett, während Bron über das Phänomen nachdachte (zum wiederholten Mal), daß in der Zeit, die seinem Begriff nach *damals* war (wo er mit beiden Geschlechtern und der Religion experimentierte) und in der Zeit, die er unter das *Jetzt* subsummierte (welche . . . nun, all dieses enthielt), die alten Leute sich von Wesen, die drei oder viermal so alt gewesen waren wie er, sich zu Wesen verwandelt hatten, die nur zwei Jahre oder sogar weniger älter schienen als er. Lawrence sagte: »Ich glaube, du bist am Zug. Und mach dir keine Sorgen, ich gedenke, dein Freund zu bleiben.«

»Was, denkst du, sollte ich tun, Lawrence?«

»Was du deines Erachtens nach tun solltest. Du könntest zum Beispiel versuchen, diese Partie zu Ende zu spielen – hallo, Sam!« der nun wieder an den Tisch getreten war. »Warum spielt ihr beide eigentlich nicht gegen mich? Bron hat wegen irgendeiner Dame vom Theater im U-P einen solchen Katzenjammer, daß er nicht den Mut aufbringt, noch einmal in diesen Stadtteil zu gehen und zu versuchen, sie wiederzufinden, was mir nur recht sein kann. Aber dabei ging seine ganze Konzentration flöten, was mir nicht recht ist. Also los, Sam. Setz dich und helfe ihm.«

Bron, der gerade noch seinen Protest zügeln konnte, machte Platz auf der Couch für den Rundumfreundlichen, Brillanten, Mächtigen – sollte er einfach aufstehen und *gehen?* Aber Sam fragte ihn etwas über seine Kombinationsstrategie, und als Bron es ihm erklärte, gab Sam einen anerkennenden Pfiff von sich. Wenigstens glaubte Bron, er sei anerkennend.

Sie spielten. Das Blatt wendete sich, die Gewinnrechnung ebenfalls. Als sie sich vom Spieltisch erhoben, um die Partie zu vertagen (Anfänger, hatte Lawrence erklärt, sollten nicht einmal im Traum darauf hoffen, daß sie in den ersten sechs Monaten eine ganze Partie durchspielen könnten) klopften Bron und Sam sich lachend gegenseitig auf die Schultern und gratulierten sich und anschließend Lawrence, und selbstverständlich wollten sie morgen wieder zusammenkommen und die Partie dort weiterführen, wo sie jetzt abgebrochen wurde.

Als Bron den Korridor zu seinem Zimmer hinunterging, dachte er voll Genugtuung, daß die Schlappe, die er dem alten Piraten versetzt hatte, selbst wenn er Sams Unterstützung dabei gebraucht hatte, diesen Abend wahrhaftig gerettet hatte.

Vor seiner Tür hielt er an und blickte stirnrunzelnd auf den Eingang gegenüber.

Er hatte Sam nicht einmal danach gefragt, wie es Alfred ging. Sollte er an die Tür klopfen und nachsehen? Jählings kam ihm die Erinnerung an die wenigen Berührungspunkte, die er bisher mit Alfred hatte: einmal hatte Alfred Bron sogar in ein Restaurant mitgenommen (empfohlen von Flossie, dem es wiederum von einem Freund von Freddie empfohlen worden war), das sich als ein Lokal herausstellte, wo fast ausschließlich wohlhabende (und ziemlich nüchterne) Neun- bis Dreizehnjährige verkehrten. (Die Jüngeren trugen ausschließlich sündhaft teure Pelzmäntel!) Nur eine Handvoll Jünglinge, die sich etwa im Alter von Alfred befanden, waren zugegen, und sie schienen alle dieses Lokal mit Wohlwollen und spürbarer Nostalgie zu betrachten. Bron war der einzige erwachsene Gast. Während des Essens, als Bron über dieses und jenes sprach, beugte Alfred sich plötzlich über den Tisch und zischte: »Aber ich *möchte* keine Beziehungen! Ich *möchte* keine Freunschaft! Ich möchte Sex – manchmal. *Das* ist es, was ich im Schlangenhaus treibe. Und jetzt laß mich in Ruhe!« Zwei sexuell noch nicht identifizierbare Kinder, die schützend ihre Hände um die Nachtisch-Kaffee-Birnen gelegt hatten, wandten ihre kleinen, kahlen, braunen Gesichter, um in ihre kostbaren Pelzkragen hineinzulächeln. Doch er betrachtete Alfred immer noch als seinen Freund, weil Alfred, wie all seine Freunde, zu ihm gekommen war, immer noch zu ihm kam, ihn bat, dieses zu tun oder jenes, oder ob er ihm etwas leihen könne, oder ob er so gut sei, diesen Coupon an diese Werbefirma zu schicken, oder diesen Beschwerdebrief über das, was ihm eine andere Firma geschickt hatte, dies oder jenes auf seinem Nachhauseweg abzuholen, oder, wo könnte er das wieder loswerden und sicher, er könnte es haben, wenn er es mochte. Mit wechselnder Reserve war Bron diesen Bitten nachgekommen (um des lieben Friedens willen, wie er sich zuerst sagte), um zu entdecken, daß er mit seiner Willfährigkeit ihre Beziehung bejahte – Freundschaft, verbesserte er sich (weil er siebenunddreißig war, nicht siebzehn). Ich nehme an, dachte Bron im Korridor vor der Nachbartür, ich verstehe ihn, was eine Erklärung für diese Freundschaft war. Ich verstehe ihn besser, wie ich Lawrence verstehe. Oder Sam. (Oder diese Frau . . .? Wieder trat ihr Gesicht vor sein Bewußtsein, diesmal mit ihrem entzückenden Lachen.) Er ging zu seiner Tür.

Sollte er wenigstens an Alfreds Tür klopfen? Wenn es Alfred nicht gutging, kannte Bron ihn doch so genau, daß er wußte, Alfred wollte dabei nicht ertappt werden. Und wenn es ihm gutging, wollte er dabei nicht gestört werden. (Wenn es ihm gutgeht, dacht Bron, schläft er wahrscheinlich. Das würde ich wenigstens mit meiner Freizeit anstellen, wenn ich davon so wenig hätte wie dieser arme Junge.) Bron öffnete seine eigene Tür und trat in einen spärlich erleuchteten Raum mit einem ovalen Bett (das man für drei auseinanderziehen konnte: trotz Alfreds Heimlichtuerei stand nichts in der Hausordnung des Co-Op, das den Bewohnern verbot, so viele Leute zu bumsen, wie man mochte, solange man das in seinen eigenen vier Wänden tat), mit einem Lesegerät, einem Mikrofilm-Archiv, einem Fernsehschirm und zwei Skalenknöpfen darunter für die sechsundsiebzig öffentlichen Kanäle und seinen drei privaten, zwei Fenstern (eines echt, das auf die Gasse hinter dem Gebäude hinausschaute, die anderen auswechselbare holographische Diarahmen: blaue Vorhänge waren vor diese Fenster gezogen), Kleiderschubladen, Abflußschubladen und Toilettenschubladen in der Wand versenkt, Plastikkragen da und dort auf dem blauen Teppich, die sich nach einem Druck auf einen Knopf in der Schaltlade zu Lehnsesseln aufblähen würden.

Es war ein Zimmer, wie es Alfred hatte, Lawrence und Sam, und wie ein Dutzend andere, in denen er auf einer Welt und drei Monden gewohnt hatte; ein behaglicher Raum; ein Raum, wie ihn zehntausend mal zehntausend andere auch hatten.

*

Um vier Uhr siebenundzwanzig morgens wachte Bron plötzlich auf. Er wunderte sich darüber. Nach fünf Minuten Stilliegen im Dunkeln kam ihm eine Idee – obgleich er sich nicht sicher war, ob sie ihn so jäh aus dem Schlummer gerissen hatte. Er stand auf, ging hinaus in den Korridor und dann hinunter zum Beratungszimmer.

Auf dem Schirm befanden sich noch zwei Listen, die der letzte Benützer des Gerätes hatte stehenlassen. (In der Regel war es irgend etwas, das zu Freddies, oder Flossies Heimstudienkurs gehörte.) Gedankenabwesend überflog Bron erst die Liste auf der rechten Seite: nach einem halben Dutzend Zeilen begriff er, daß er die Namen der früheren Präsidenten des Mars las. Sein Blick blieb bei Brian Sanders stehen, dem zweiten von den beiden weiblichen Präsidenten (unter vierundzwanzig männlichen), die Mars bisher gewählt hatte. Unter Brian Sanders, diesem alten, lebenslustigen und wilden Mädchen, war vor vierzig Jahren die männliche Prostitution in Bellona legalisiert worden; auch hatte sie, erzählte man sich, es von sich aus durchgesetzt, daß die maskuline Vorherrschaft in den meisten Sprachen der Erde (wo ihre Ansprache natürlich vom Fernsehen übertragen wurde) und auf dem Mars getilgt wurde, indem sie hartnäckig darauf verwies, daß alle Gegenstände des Krieges, wie auch die meisten Schöpfungen der irdischen Zivilisation von »Kindern« gemacht worden seien.

Die Liste auf der linken Seite (weibliche und männliche Namen vermischt im gleichen Verhältnis und ohne erkennbare Ordnung) waren – das sah man sogleich aus der Zusammenfassung in Siebener-Gruppen – Namen der verschiedenen Regierungen der Äußeren Satelliten-Föderation. Ja, die letzte Siebener-Gruppe waren die Persönlichkeiten, die jetzt am Ruder waren während des Allianz-Krieges: ihre Namen kamen täglich über die öffentlichen Kanäle. (Männliche und weibliche Namen bedeuteten hier draußen natürlich nicht viel. Jeder konnte sich jeden beliebigen Namen zulegen – wie Freddie und Flossie –, was besonders bei der zweiten, dritten und vierten Generation von Bürgern die Regel war.) Bron fragte sich, weshalb diese Liste abgerufen worden war, ob es sich um eine politische Wette oder eine Streitfrage gehandelt hatte; und, ohne sich erst hinzusetzen, löschte er dieses Programm. Darunter kam jetzt ein medizinisches Programm zum Vorschein; aber es bezog sich nicht auf Alfred.

Bron drückte den Knopf für General Information.

Er war darauf gefaßt, daß er zehn Minuten lang mit Kreuz-Katalogen und Querverweisen der General-Info beschäftigt würde, als er wählte »Die Spike: Schauspielerin (Beruf)« – wie würde man wohl die Auskunft über so eine Person katalogisieren? Der Schirm flackerte eine Sekunde lang, und dann erschien der Klartext:

»Die Spike – Bühnenname von Gene Trimbell, Produzentin, Regisseurin, Autorin, Schauspielerin, Generaldirektorin einer ambulanten Theaterkommune, über die (Bestätigung?) nähere Auskünfte unter: : biographisch: : kritisch: : beschreiben: : öffentliche Unterlagen«

Bron runzelte die Stirn. Er war ganz gewiß nicht an ihrer Biographie interessiert. Trotzdem tastete er dieses Programm ein.

»Biographie auf eigenen Wunsch vertraulich.«

Das entlockte ihm ein Lächeln.

Er wußte, wie sie aussah:

»Eine Beschreibung« war nicht nötig.

Er drückte das Programm: »Kritik«, und der Schirm füllte sich mit Druckbuchstaben:

»Die Spike ist der Bühnenname von Gene Trimbell, und nach allgemeiner Überzeugung die großartigste Erscheinung unter den jungen Autoren/Regisseuren/Produzenten, die seit dem Beginn der laufenden Dekade besonders hervorgetreten sind und von denen viele von dem Kreis (siehe Info) in Lux auf Iapetus ihren Ausgang nahmen. Sie erregte schon sehr früh Aufmerksamkeit mit ihren verblüffenden Produktionen solcher Klassiker wie *Britannicus, Der Große Gott Brown, Vatzlav und A.C./D.C.*, sowie mit der Solodarstellung, Videoband-Produktion von *Les Paravents*, in der sie alle achtundneunzig Rollen selbst spielte. Erst Anfang zwanzig, führte sie Regie in dem inzwischen legendären (und immer noch kontroversen) neunundzwanzigstündigen Opernzyklus von George Otuola, *Eridani* (siehe Info), wo sie über dreihundert Schauspieler, Tänzer, Sänger, zwei Adler, ein Kamel und den dreißig Meter hohen Flammengeysir der Titelrolle koordinieren mußte. Während ihre Regiearbeiten in traditionellen Formen ehrgeizige und monumentale Aufgaben bevorzugten, zeichnen sich ihre eigenen kreativen Schöpfungen durch große Dichte und Kürze aus. Am meisten bekannt ist sie heute wohl für ihre Arbeit am Mikro-Theater, für das sie vor drei Jahren ihre eigene ambulante Truppe gegründet hat. Man hat häufig ihre kurzen elliptischen und durch große Dichte ausgezeichneten Arbeiten mit der Musik des Komponisten Weber aus dem zwanzigsten Jahrhundert verglichen. An anderer Stelle hat ein Kritiker ihre Arbeit folgendermaßen charakterisiert: ›Ihre Werke haben nicht so sehr einen Anfang und ein Ende; vielmehr versetzen sie vertraute Gegenstände, Emotionen und Aktionen oft nur eine Minute lang oder sogar weniger in einen Zustand verblüffender, surrealer Leuchtkraft und Durchsichtigkeit, durch das Zusammenwirken von solchen Medien wie Musik, Bewegung, Sprache, Licht, Drogen, Tanz und Ausstattung.‹ Ihre Artikel über das Theater (gesammelt unter dem Titel *Primal Scenes* und dargestellt als eine Reihe von erschöpfenden Interpretationen zu dem inzwischen berühmten Vorwort von Lacan, das jedem Artikel vorausgeschickt wird: ›Die Erzählung wiederholt in Wahrheit das Drama mit einem Kommentar, ohne welchen eine *mise en scène* unmöglich wäre. Ohne sie, würden wir sagen, bliebe die Handlung für das Parterre praktisch unsichtbar – abgesehen von der Tatsache, daß der Dialog notwendigerweise den Gesetzen des Dramas folgend jeden Sinn verliert, den er für die Zuschauer haben mag: – In anderen Worten, nichts an einem Drama könnte aufgenommen, gesehen oder gehört werden, ohne dieses Zwielicht, wie wir es nennen wollen, das die Erzählung in jeder Szene auf die Auffassung des jeweiligen Darstellers wirft, mit der er diese Erzählung gestaltet.‹), hat bei vielen Leuten den Eindruck erweckt, sie sei besonders geistesschaffend produktiv; doch es ist gerade die emotionale Kraft ihres eigenen Werkes, mit dem sie in jüngster Zeit ihren Ruhm begründet hat. Gleichwohl haben viele junge Schauspieler und Bühnenautoren (wovon die meisten zugegebenermaßen ihr schöpferisches Werk niemals oder kaum gesehen haben) die *Szenen* als ein programmatisches Manifest empfunden, und in ihren Einfluß, den sie auf die gegenwärtige und lebendige Kunst des Dramas ausübt, hat man sie mit Maria Irene Fornés, Antonin Artaud, Malina oder Colton verglichen. Trotzdem unterhält sie nur eine kleine Truppe und bleiben ihre Vorstellungen intim – obwohl sie selten im formellen Theaterrahmen dargeboten werden. Ihre Stücke sind auf allen Satelliten aufgeführt worden, mit überwältigender Wirkung auf zufällig vorbeikommende Zuschauer, die bisher noch gar nichts von ihrer Existenz gewußt hatten.«

Der Index, der an der Seite des Schirms aufleuchtete, zählte noch zwei Dutzend weitere kritische Artikel auf. Er wählte willkürlich noch drei davon aus, und in der Mitte des vierten schaltete er die Konsole ab.

Er zog die Tür des Beratungszimmers hinter sich zu – es wollte sich nicht ganz schließen lassen. Stirnrunzelnd drehte er sich um, um die Ursache zu ergründen. Der Türsturz hatte sich ein paar Millimeter verschoben. War daran die »Schwerkraftschlagseite« des vergangenen Abends schuld? Er blickte durch den Türspalt zurück auf die Konsole. Wie würde wohl General Information auf eine entsprechende Anfrage antworten?

Barfuß, plötzlich wieder müde, ging er den Korridor hinunter.

Als er nackt ins Bett zurückkroch, dachte er: Künstler . . .? Nun, nicht ganz so schlimm wie Handwerker. Besonders, wenn sie erfolgreich waren. Trotzdem . . . natürlich würde er sich damit an jemanden hängen, der tatsächlich eine Berühmtheit war; obwohl er, trotz Lawrence, noch nie etwas von ihr gehört hatte. Deprimiert und verzweifelt, ob er sie jemals wiedersehen würde, schlief er ein.

3. VERMEIDE KÄNGURUHS

Philosophen, die Thesen bevorzugen, haben gesagt, daß Thesen notwendig sind, weil die Wahrheit nur aus Thesen einsichtig wird, nicht aus Sätzen. Wenn man darauf eine kritische Antwort geben will, kann man die Wahrheit von Sätzen dem Thesen-Dialektiker in seinen eigenen Begriffen erklären: Sätze sind wahr, deren Bedeutungen aus wahren Thesen bestehen. Wenn er diese Antwort nicht einzusehen vermag, ist das schon seine eigene Schuld.

Willard Van Orman Quine/PHILOSOPHIE DER LOGIK

Audri, der Boß, den er mochte, legte eine Hand auf jeden Türpfosten seines Kabuffs, und sich in jedem audrischen Blickwinkel darbietend, sagte sie (in einem Tonfall, den er nicht mochte): »Das ist Miriamne – Bron, kümmer dich um sie.« Dann ging sie wieder fort.

Die junge Frau, die eben noch hinter ihr gestanden hatte (Miriamne?) war dunkel mit Korkenzieherhaaren, sah intelligent aus und mürrisch.

»Hey.« Bron lächelte und dachte: Ich werde eine Affäre mit ihr haben. Es kam prompt, zufriedenstellend, definitiv – eine große Erleichterung: Das würde dieses verrückte blonde Geschöpf mit den rauhen goldnageligen Händen (und das glatte tiefe Lachen) aus seinem Gedächtnis vertreiben. Er war in den Schlaf hinübergedämmert mit ihrem Bild im Bewußtsein; er war mit ihrem Bild im Bewußtsein wieder aufgewacht. Er hatte sogar daran gedacht (aber diesen Gedanken schließlich wieder verworfen), zu Fuß zu gehen, um den U-P nach ihr abzugrasen.

Miriamne im Türrahmen trug das gleiche kurze taubengraue Cape wie die Spike, hatte die Brüste entblößt wie die Spike und, was eher zur Sache gehörte, erinnerte ihn sogleich an einen Fragebogen, den er vor siebzehn Jahren ausgefüllt hatte: »Beschreiben Sie Ihren bevorzugten physischen Typ, mit dem sie ihrer Meinung nach am besten zusammen arbeiten können.« Seine bevorzugte Typenbeschreibung war sehr klipp und klar gewesen: »Klein, dunkelhaarig, zierlich, aber breite Hüften.« Und Miriamne, klein, dunkel, zierlich, die nur um Haaresbreite sein Hüftenschönheits-Ideal verfehlte, blickte ungefähr zwei Zoll über seinem rechten Ohr fünf Zoll links an ihm vorbei.

Auf seine Augenbraue? Nein . . .

Bron erhob sich von seinem Stuhl, immer noch lächelnd. Sie war der Typ von Frau, mit dem er im Bett unbegrenzte Geduld hatte (falls sie Geduld brauchte), da es oft viel leichter ist, mit denjenigen geduldig zu sein, bei welchen man sich seines Arbeitsvermögens sicher ist: er gewahrte sogleich ein angenehmes, selbstbewußtes geschäftsmäßiges Auftreten. Voller Hoffnung dachte er, sie wohnt in einer netten, freundlichen, gemischtgeschlechtlichen Co-Op, wo es ihr nicht an Ansprache fehlt (Konversation in Sexualbeziehungen war nicht seine starke Seite). Frauen, die sich damit abfanden, hatte er gelegentlich sogar ins Herz geschlossen. Und da war etwas in ihrem Ausdruck, das ihn beruhigte, er brauche sich deswegen keine Sorgen zu machen. Wieviel besser konnte es noch kommen? Beglückend für den Körper, eine Herausforderung für den Intellekt und keine Anstrengung für das Gemüt. Er kam um den Tisch herum, setzte sich auf eine Ecke – sich zwischen sie und den Punkt schiebend, den sie hinter ihm fixierte – und fragte: »Haben Sie eine Ahnung, was man von mir erwartet, das ich mit Ihnen anstellen soll?« Zwei Wochen wird es mindestens mit ihr vorhalten, überlegte er – wenigstens wird es mich ablenken. Es könnte auch maximal drei oder vier Monate halten. Wer weiß, vielleicht würden sie sich schließlich sogar mögen.

Sie sagte: »Sie sollen mich vermutlich beschäftigen«, und betrachtete stirnrunzelnd die Memos, die an der Anschlagtafel hingen.

Er fragte: »Und was *ist* Ihr Fachgebiet?«

Sie seufzte. »Cybralogs«, auf eine Art (sie blickte immer noch auf das Schwarze Brett), die vermuten ließ, sie hatte diese Antwort an diesem Morgen schon ein paarmal gegeben.

Er lächelte immer noch, und während ein Funken der Verwirrung in seiner Stimme aufzuckte, fragte er: »Cybralogs . . .?« und, als sie ihn immer noch nicht ansah, setzte er fragend hinzu: »Und wenn Ihr Fachgebiet Cybralogs ist, warum, in aller

Welt, schickte man Sie dann zu einem Metalogiker?«

»Ich vermute –«, ihr Blick kreuzte sich jetzt mit seinem –, »weil diese beiden fünf Buchstaben gemeinsam haben, drei davon sogar in der gleichen Reihenfolge. Und, wie uns diese Kriegsplakate ständig erinnern, befinden wir uns *nicht* auf der Welt. Wir sitzen auf dem letzten größeren Mond des Sonnensystems, der einzige, der sich bisher aus dem stupidesten und teuersten Krieg der Geschichte heraushalten konnte – mit knapper Not. Und nach der gestrigen Nacht fragt man sich, wie lange er das noch kann! Unsere ökonomischen Aus- und Eingänge sind so verstopft, daß wir uns schon seit einem Jahr am Rande des wirtschaftlichen Zusammenbruchs befinden – und dabei noch auf der falschen Seite des Randes. Alle Leute in verantwortlichen Positionen sind hysterisch, und die übrigen tun so, als schliefen sie: Ist Ihnen noch nicht aufgefallen, daß seit sechs Monaten fast nichts mehr funktioniert? *Nichts?* Und nach der letzten Nacht . . .«

Aha, dachte er, sie wohnt im U-P. Nun, das würde kein Problem sein; konnte sogar die Affäre noch interessanter gestalten . . . Und er blinzelte, damit das blonde Lachen über taubengrauen Schultern wieder erlosch.

»Ja, diese Geschichte gestern nacht. Das war schon unheimlich, nicht wahr? Wir haben in meiner Co-Op jemand, der in der Nachrichten-Verbindungsabteilung arbeitet. Danach versuchte er, diese ganze Geschichte wegzudiskutieren. Ich glaube nicht, daß er einen von uns überzeugen konnte.« (Das sollte ihr zeigen, daß er auch über ein politisches Gewissen verfügte. Und nun mußte er noch etwas für ihr Ego tun . . .?) »Ich weiß natürlich, daß Audri sich mit dem begnügen muß, was sie bekommen kann, besonders hier in dieser Abteilung; doch was hat es für einen Sinn, jemanden mit Ihrer Ausbildung zu mir zu schicken?« Er drehte sich auf der Ecke seines Schreibtisches, nahm den Bügel von seiner Sprechanlage, steckte sich den roten Knopf ins Ohr und den blauen an die Unterlippe. »Personalabteilung . . .?« sagte er eine Spur zu barsch; Miriamne blickte ihn an. »Hier ist Bron Helstrom –« er ließ die ersten zehn Stellen seiner Kennummer folgen; in seinem Betrieb reichten die ersten zehn Zahlen vollkommen aus. »Nehmen Sie das bitte zur

Kenntnis. Ich möchte mich nicht ständig wiederholen. Sie haben mir eine gewisse Miriamne in die Metalogik geschickt – ich werde sie jetzt nicht nach ihrer Kennummer fragen: die können *Sie* selbst nachschlagen. Sie ist heute schon genug herumgeschubst worden.« Er blickte auf Miriamne, die ihn jetzt betrachtete, wenn auch mit etwas leeren Augen. »Sie ist eine Cybralogistin, und aus einem uns beiden weder verständlichen noch überzeugenden Grund hat man sie hierher . . .«

»Wen wollen Sie von der Personalabteilung sprechen?« erwiderte die Stimme mit verständlicher Verdrossenheit.

»Sie genügen mir.« (Miriamne konnte nur seinen Teil des Gespräches mithören.) »Dieser ganze Blödsinn konnte nur entstehen, weil seit einer Woche oder schon seit vierzehn Tagen sich keiner mehr zuständig oder verantwortlich erklären will. Und ich, – das ist Bron Helstrom in der Metalogik –« Zum zweitenmal rasselte er seine Kennummer herunter: ». . . ich hoffe, Sie haben sich das jetzt notiert, damit Sie auch wissen, von wem diese Beschwerde kommt – ich für meine Person lasse mich nicht von dieser Kopflosigkeit anstecken. Sie haben diese Frau in die Metalogik geschickt, in eine Abteilung, die weder ihre Ausbildung noch ihre Begabung richtig ausschöpfen kann. Es ist nicht das erste Mal, daß so etwas passiert; sondern das sechste Mal. Das ist einfach unglaublich, eine Vergeudung von Arbeitszeit, eine Unterbrechung von wichtigen Arbeiten. Nun können *Sie* entscheiden, wer das wissen sollte, und Sie geben es *ihm* weiter . . .« Er hörte, wie am anderen Ende scharf eingeatmet wurde, und dann das Klicken, als die Verbindung abriß – »und wenn der Diesbezügliche wissen will, woher die Beschwerde stammte – nun, zum letzten Mal für Ihr Register:« Zum drittenmal nannte er seinen Namen und seine Nummer für den toten, roten Stöpsel. »Nun, denken Sie darüber nach, Matschkopf, ehe Sie wieder einem Mitarbeiter das Leben schwermachen, indem Sie ihm Leute schicken, die für ihre Aufgabe nicht ausgebildet sind. Bis zum nächstenmal.« Er legte auf und dachte: Dieser »Matschkopf« war die Quittung für die Unterbrechung. Trotzdem hatte er seiner Meinung nach seinen Standpunkt klargemacht. Er blickte Miriamne an – mit einem Hauch von Agression in seinem Lächeln –: »Nun, ich hoffe, wir haben uns unmißverständlich ausgedrückt, soweit es etwas nützt.« Er legte den Kopf schief.

Der gleiche Hauch von Agression lag über ihrem Lächeln. Sie rieb sich mit einem Finger den Hals. Ihre Fingenägel waren kurz und chromfarben. Ihre Lippen waren voll und braun. »Ich bin eine Cybralogin«, sagte sie, »soweit ich weiß, gibt es die Bezeichnung Cybralogistin überhaupt nicht.«

Bron lachte. »Oh, nun, ich möchte aufrichtig zu Ihnen sein. Ich habe das Wort ›Cybralog‹ heute zum ersten Mal gehört.«

»Aber *ich* habe schon von Metalogik gehört . . .«

Bron lachte, und in ihm verdichtete sich einen Moment lang der Hauch der Agression. »Hören Sie«, sagte er. »Ich kann Ihnen entweder etwas über die Metalogik erzählen und Sie morgen mit etwas beschäftigen, das nicht zu langweilig ist, wenn nicht sogar nützlich.« Er drehte seine Handflächen nach oben. »Oder wir können einen Kaffee trinken und uns . . .« Er bewegte die Schultern . . . »über andere Dinge unterhalten. Ich meine, ich weiß, wie zermürbend diese Vormittage, wo man durch die Abteilungen gejagt wird und überall warten muß, sein können. Ich hatte auch ein gerütteltes Maß davon, ehe ich hier landete.«

Ihr Lächeln wurde ein kurzes (aber immer noch mit einem Hauch von Agression durchsetztes) Lachen. »Warum trinken wir nicht zusammen Kaffee, und Sie erzählen mir von der Metalogik?«

Bron nickte. »Großartig. Ich möchte nur —« er stand auf.

»Kann ich mich in diesen Sessel . . .?«

»Selbstverständlich. Machen Sie es sich bequem. Wie trinken Sie Ihren . . .?«

»Schwarz«, sagte sie von einem Faltsessel herüber, »wie meine alte Dame«, und sie lachte zum zweitenmal (während er in die Schublade neben seinem Knie langte und wählte. Eine Plastikbirne glitt heraus, traf seine Knöchel und verbrannte seine Haut). »So pflegte sich mein Vater immer auszudrücken.« Sie legte ihre Hände auf ihre Knie. »Meine Mutter stammte von der Erde – aus Kenia, genauer gesagt; und ich habe versucht, meiner Abstammung gerecht zu werden.«

Bron lächelte zurück, setzte die Kaffeebirne auf den Schreibtisch, langte nach der zweiten hinunter und dachte: Typisch U-P . . . immer gleich bereit, zu erzählen, woher sie kommen, wo ihre Vorfahren gelebt haben. Seine eigenen Eltern waren groß, blond, gewissenhaft und (nach jahrelanger Arbeit als Computer-Spezialisten auf dem Mars, als ihre Ausbildung auf der Erde, die schon vor ihrer Auswanderung auf diesen Planeten nicht mehr dem neuesten Stand entsprach, ihnen dort eine glänzende Karriere vorgegaukelt hatte) ziemlich beschränkt. Sie waren bereits Mitte vierzig gewesen, als er auf die Welt kam, das letzte Kind von fünfen. (Er war sich ziemlich sicher, daß er das letzte Kind gewesen war.) Kam es daher, fragte er sich im stillen, warum er schmollende Frauen besonders gern mochte? Seine Eltern waren erst Gastarbeiter auf einer neuen Welt gewesen (wie so viele andere, was eigentlich beschämend war), die solcher Gastarbeiter immer weniger bedurfte. Seit seinem fünften Lebensjahr hatte er nicht mehr bei seinen Eltern gewohnt, hatte sie seit seinem zwanzigsten Geburtstag nicht mehr gesehen, dachte kaum an sie (lediglich dann, wenn jemand über seine eigenen Eltern redete) und sprach nie von ihnen (eine Konzession an eine Umgangsform, die außerhalb des U-P fast universal gültig war, und die er mit großer Erleichterung angenommen hatte, sobald er von ihrer Existenz erfuhr).

Bron stellte die zweite Kaffeebirne vor Miriamne auf den Tisch. »Also gut. Metalogik . . .« Sollte er wieder hinter seinen Schreibtisch gehen? Nein, es war effektvoller, wenn er sich vorne auf die Ecke setzte. »Die Leute . . .« Er setzte sich auf knisternde Blaupausen . . . »verwenden niemals die strenge, formale Logik, wenn sie an die Lösung eines echten Problems herangehen, sondern eine Art von Metalogik, für die die Gesetze der formalen Logik als die erzeugenden Parameter – an Donnerstagen zum Beispiel – bezeichnet werden können. Sie kennen doch das alte Denksport-Rätsel: Wenn anderthalb Hennen anderthalb Eier in anderthalb Tagen legen . . .?« Er wölbte eine Augenbraue (die echte) in die Höhe und wartete, bis sie ihren Schluck genommen hatte:

Die Plastikschale der Kaffeebirne zeigte winzige kolabierende Sprünge.

Sie blickte zu ihm auf.

»Die Frage lautete: Wieviel Eier legt dann *ein* Huhn an *einem* Tag?«

»Eins?« riet sie.

»— das ist die, ich zitiere, logische – Zitat Ende, Antwort, die die Leute seit mehr als einhundert Jahren aus ihrem Kopf herausgeben. Eine kleine Besinnungspause wird Ihnen jedoch verraten, daß es tatsächlich zwei Drittel eines Eis sind . . .«

Miriamne runzelte die Sirn. »Cybralogs sind semantische Sprach/Gedanken-Komponenten – ich bin ein Hardware-Ingenieur: ich weiß nicht sehr viel über Logik, meta oder formal. Also haben Sie Geduld mit mir.«

»Wenn anderthalb Hennen anderthalb Eier in anderthalb Tagen legen, dann würden drei Hennen in den gleichen anderthalb Tagen drei Eier legen, nicht wahr? Demnach würde eine Henne ein Ei in diesen anderthalb Tagen legen. Deshalb kann eine Henne nur –«

»Zwei Drittel eines Eis in einem Tag legen.« Sie nickte, schluckte, und die Birne kollabierte noch etwas mehr.

»Wir betreten das Gebiet der Metalogik«, erklärte Bron (dabei denkend: Bei den schmollenden intelligenten Frauen bedeutet dieser aufmerksame Blick, daß wir besser vorankommen, als wenn sie lächeln würden), »wenn wir uns fragen, warum wir ›eins‹ überhaupt als eine ›logische‹ Antwort bezeichnen. Sie kennen doch den einleitenden Lehrsatz in praktisch allen Texten über Formallogik, die bisher geschrieben wurden: ›Wenn man die Wahrheit von P leugnet, bestätigt man, daß P falsch ist‹?«

»Ich erinnere mich vage an eine Stelle, wo geleugnet wurde, das Tadsch-Mahal sei weiß –« Miriamnes Kaffeebirne war nun zerknittertes Plastik zwischen hellen Fingernägeln –, »wodurch behauptet wird, es sei nicht weiß . . . ein Urteil, das mir rein intuitiv nie richtig schmecken wollte.«

»Sie haben guten Grund dafür.« Bron schlürfte seinen Kaffee und hörte das Plastikgehäuse knistern. »Die Bedeutung des Wortes ist eine *Skala* von Möglichkeiten. Wie bei der Bedeutung des Wortes Farbe selbst, verblaßt das Bezeichnete auf der einen Seite kaum wahrnehmbar durch grau auf schwarz zu, und auf einer anderen Seite durch rosa auf rot zu – und so weiter reihum, in jede andere Farbe des Spektrums und sogar in Bereiche hinein, die überhaupt keine Farben sind. Was der Logiker, der sagt ›Zu leugnen, das Tadsch-Mahal ist weiß, ist eine Bestätigung, daß es nicht weiß ist‹, damit wirklich sagt, ist folgendes: ›Wenn ich eine Grenze um einen Teil des Sinnbereiches ziehe, dessen Zentrum wir nach allgemeiner Übereinstimmung »weiß« nennen, und wenn wir dann alles innerhalb dieser künstlichen Grenze als »weiß« bezeichnen und alles außerhalb dieser Grenze als »nicht weiß« (in der Bedeutung von »nicht weiß« werden Sie bereits bemerken, daß wir ein Dessen einbringen, was wir als Dortseiendes behaupteten), dann muß jeder Punkt auf dem gesamten Bedeutungsgebiet entweder innerhalb dieser Grenze oder außerhalb davon liegen – bereits eine riskante Vorstellung; denn wenn etwas im realen Universum dieser Grenze entspricht, von einer steinernen Wand bis hinunter zu einem einzelnen Wellenimpuls, dann muß auch etwas darunter sein, das sozusagen weder auf der einen noch auf der anderen Seite der Grenze liegt. Und es ist auch riskant, denn wenn der Tadsch-Mahal tatsächlich aus weißen Marmorziegeln gebaut ist, die von lohfarbenem Grottenstein am braunen Granit festgehalten werden, dann kann nichts Sie daran hindern, zu behaupten, daß der Tadsch-Mahal weiß ist und der Tadsch-Mahal braun ist und der Tadsch-Mahal lohfarben ist und dabei das lohfarbene sowie das braune in das Bedeutungsgebiet zu verweisen, das wir als ›nicht weiß‹ bezeichnet haben –«

»Warten Sie einen Augenblick: Ein Teil von Tadsch-Mahal ist weiß, und ein Teil von Tadsch-Mahal ist lohfarben, und ein Teil von Tadsch-Mahal ist . . .«

»Die Lösung ist sogar noch einfacher. Denn wie das ›Weiß‹ vorhin haben auch die beiden Worte ›Tadsch-Mahal‹ eine Bedeutungsskala, die auf der einen Seite mindestens bis zu den Toren des Grundstücks reichen, so daß Sie, sobald Sie diese Tore durchschreiten, mit Recht sagen können: ›Ich bin im Tadsch-Mahal‹, und die auf der anderen Seite mindestens bis zu den Marmorziegeln an der Wand reichen und sogar dahinter bis zu dem Grottenstein dazwischen, so daß Sie, sobald Sie durch den Eingang des Tadsch-Mahal gehen und nur mit einem Fingernagel den farblosen Mörtel zwischen den Platten anfassen, mit gleichem Recht behaupten können: ›Ich habe den Tadsch-Mahal berührt.‹ Aber dabei werden Sie auch feststellen, daß das Grundstück, auf dem sich der Tadsch-Mahal erhebt, in seinem Bedeutungsbereich verblaßt (bis er sich sogar auflöst) zum ›Flächenbereich von Indien‹ von dem der größte Teil überhaupt nicht zum Grundstück des Tadsch-Mahal gehört. Und der Mörtel zwischen den Marmorziegeln ist verblaßt (bis er sich darin auflöst) zum Vriamin-Grottenstein – ein Mineral, das in den Vriamin-Lehmgruben gefördert wird, die dreißig Meilen entfernt im Süden des Grabmals liegen und von dem ein Teil beim Bau des Tadsch-Mahal verwendet wurde und ein Teil für ganz andere Bauwerke. Die Sprache ist parametrisch, nicht perimetrisch. Die Bedeutungsbereiche schieben sich durcheinander und gleiten ineinander über wie Farbwolken in einem dreidimensionalen Spektrum. Sie passen nicht aneinander wie scharfkantige Ziegelsteine in einer Kiste. Was die ›logische‹ Begrenzung so riskant macht, ist die Behauptung des Formallogikers, das um einen Bedeutungsbereich eine Grenze gezogen werden kann, wobei Sie jedoch in so einer Nebelwolken-Situation nicht sagen können, wo Sie diese Grenze setzen sollen, wie Sie sie setzen sollen oder, falls gesetzt, das zu irgendeinem nützlichen Ergebnis führen können. Noch enthält diese Behauptung irgendeinen Anhaltspunkt. Wie zwei Menschen sich darüber verständigen könnten, ob sie ihre Grenze um das gleiche Bedeutungsgebiet gezogen haben. Wer weichrandige, ineinanderfließende Wolken so behandelt, als handelte es sich um scharfkantige Ziegelsteine, leistet nicht gerade brauchbare Hilfestellung, wenn man eine echte Diskussion aufbauen will, wie man ein echtes Haus zu errichten habe. Gewöhnliche formlose, nicht scharf definierte Sprache wird jedoch mit all diesen Problemen mit einer Bravour, einer Grandeur und Eleganz fertig, daß einem Formallogiker dabei die Spucke wegbleibt und er applaudieren muß.« Bron schaukelte auf seiner Tischplatte einmal hin und her. »Stellen Sie sich einmal den Bereich einer Bedeutung vor – was selbst in dem günstigsten Moment sehr schwer zu bewältigen ist, weil das einfachste Modell, das wir bisher gefunden haben, mit sieben Koordinaten dargestellt werden muß (eine Koordinate für jedes Sinnesorgan): und das Modell, welches wir gegenwärtig benützen, einundzwanzig Koordinaten verwendet, von denen einige Brüche sind – was nicht schwieriger ist als das Arbeiten mit Exponentialbrüchen – und von denen mehrere polar sind, weil die daraus resultierenden nicht bestimmbaren Linien zwischen die polaren Koordinaten ein paar Bedeutungsunterbrechungen charakteristisch herausarbeiten, die wir noch nicht logisch zu verknüpfen vermochten: Erscheinungen wie der Übergang zwischen dem Bedeutendem und dem Andeutendem, oder zwischen dem Metonymischen und dem Metaphorischen. Dazu braucht man so etwas wie eine Katastrophentheorie, um das zu bewältigen – nebenbei bemerkt, wußten Sie, daß die Katastrophentheorie im zwanzigsten Jahrhundert von dem gleichen Topologen des zwanzigsten Jahrhunderts, René Thom, erfunden wurde, auf den die Neo-Thomisten sich heute berufen? – aber sie haben nicht so viel mit ihm gemeinsam, wie man vielleicht glauben möchte . . .«

Um das parametrische Modell der Sprache zu charakterisieren, verwendete er die phantasievolle Analogie der »Bedeutungen« wie gefärbte Nebelwolken, die über einem Sinnfeld wogten, und Worte wie Fesselballons, welche, sobald sie in einem Satz zusammengebunden waren, von den daraus resultierenden syntaktischen Vektoren in die verschiedensten Bereiche ihrer Bedeutungswolken geschoben wurden, aber dann, wenn sie wieder losgebunden wurden, mehr oder weniger dorthin zurückschwebten, in ihre Nebelfelder, wo sie aufgestiegen waren. Er war sich nicht sicher, wo er diese Analogie aufgeschnappt hatte, entweder aus einem Buch aus seiner Betriebsbibliothek – vielleicht in einem der prophetischen Kapitel im zweiten Band von Slades *Summa*? – oder irgendwann während seiner Ausbildung. Möglich, daß er sie aus beiden Quellen geschöpft hatte.

»Ich glaube, ich kann Ihnen folgen«, sagte Miriamne, als er einmal Atem schöpfte. »Vor kurzem erst hatten Sie von den Dingen im Universum gesprochen. Okay: wo im echten Raum befindet sich dieser Bedeutungsraum? Und woraus bestehen diese sieben – bis einundzwanzigdimensionalen, undeutlich begrenzten Bedeutungswolken oder -skalen eigentlich im echten Raum?«

Bron lächelte. »Sie müssen daran denken, daß alle diese Vergegenwärtigungen, selbst die dimensionalen, in sich nur abstrakte Modelle sind, um – nun, um zu erklären, wie was-da-ist es fertigbringt zu leisten was-es-tut. Was da ist, ist in diesem Fall die außerordentlich komplexe organische Matritze der Mikro-Schaltungen des menschlichen Gehirns, auf die eine Menge Wellenfronten einstürmen, welche von Gegenständen und im Kosmos verstreuten Energiequellen verzerrt sind. Und was es in unserem Falle tut, ist Hilfestellung zu leisten für das Gehirn beim Erlernen von Sprachen, bei der Produktion von Schlußfolgerungen in diesen Sprachen und bei der Analyse dieser Schlußfolgerungen, sowohl in formallogischen wie in metalogischen Begriffen. Wenn Sie mir gestatten, will ich ein paar syntaktische Vektoren auf einige Ballons loslassen, die Sie über alle wilden metaphorischen Abgründe treiben werden: Der Raum befindet sich in der Gehirnschaltung, und die Wolken sind aus dem gleichen Stoff gemacht wie die Worte, sobald sie unser Trommelfell passieren, aus dem gleichen Stoff wie das Bild dieses Plastik-Kaffeebehälters, sobald es unsere Netzhaut passiert – aus dem gleichen Stoff, wie sich der Geschmack einer Proteinstange zusammensetzt, sobald er unsere Geschmackspapillen durchdrungen hat, aus dem gleichen Stoff wie die Vektoren, die unsere Fesselballons zusammenbinden oder wo die sie lenkenden Kräfte sie gerade in ihren Wolken mehr oder weniger fest verankert hatten, und wo wir sie beim Erlernen zum ersten Mal antrafen: aus einer Serie von wirr durcheinanderlaufenden elektrochemischen Wellenfronten.«

Miriamne lächelte.

»Und ich glaube immer noch, daß ich Ihnen folgen kann.«

»Gut. Dann werfen Sie alle Ihre Vorstellungen, die Sie sich bisher auf diesem Gebiet gemacht haben, über Bord, einmal, weil man sich unmöglich eine Wellen-Front-Karte von einem sieben-bis-einundzwanzigdimensionalen-Raum, erfüllt von spektralbezogenen Bedeutungsskalen vorstellen kann, der, milde ausgedrückt, einmal den Anforderungen eines übersimplifizierten Modells ensprich. Und zum anderen weil wir jetzt mit unserem Satz ›Wenn man P setzt, schließt man nicht P aus‹ wieder ganz von vorne beginnen und dabei eine ganz neue Treppe erklimmen. Sind Sie dazu bereit?«

»Steigen Sie«, sagte Miriamne, »und ich bleibe Ihnen auf den Fersen.«

»Also gut: die Metalogik verfolgt zwei Ziele, erstens, die Abgrenzung des Problems und zweitens, eine Erforschung der gegenseitigen Durchdringung aller Problemelemente im Bedeutungsraum. Mit den alten Booleschen Begriffen (haben Sie vor ein paar Wochen die Fernsehsendung zu diesem Thema verfolgt?) kann man das als eine rigorose kartographische Erfassung des dialektischen Universums bezeichnen. Nehmen wir einmal an, wir beginnen eine Verhandlung oder Diskussion über die Eisfelder von Farmer Jones, und wir wissen, daß die Lösung dieser Aufgabe in den Begriffen eines bestimmten Bereichs auf dem Land von Farmer Jones zu finden sein wird; und die meisten der Problemelemente werden Dinge sein, die sich bereits auf dem Land befinden oder dahin verbracht werden können. Wenn wir uns dafür entscheiden, all sein Land südlich einer bestimmten Gletscherspalte ›P‹ zu nennen, was davon abhängt, was für Dinge auf diesem Land dieses Problem berühren – und wie sich, wie schon gesagt, damit vermischen – mag kein Grund dagegen sprechen, daß wir das ganze Land nördlich der gegebenen Gletscherspalte als ›Nicht-P‹ bezeichnen. Oder wir entscheiden uns dafür, alles Land nördlich dieser Gletscherspalte und die Dinge, die sich sowohl auf dem Land nördlich wie auch südlich davon befinden, als ›Nicht-P‹ zu bezeichnen. Oder, bei einem anders gelagerten Problem, könnten wir uns dafür entscheiden, alles Land nördlich der Gletscherspalte und all die Dinge auf dem Land nördlich und südlich davon einschließlich der Dinge, die auf dieses Land verbracht würden, als ›Nicht-P‹ zu bezeichnen. Oder wir könnten auch, was von dem zu lösenden Problem abhinge, eine ganz andere Unterteilung vornehmen. Nun erinnern wir uns wieder daran, daß in der formalen Logik ›Nicht-P‹ unter den Begriffen von ›Kein-P‹ verstanden werden mußte, worunter (wenn P die südlichen Äcker von Farmer Jones darstellt) nicht nur die nördlichen Äcker fielen, sondern auch das Problem der Quadratur des Kreises, der innere Ring des Saturn und vieles andere mehr, wenn wir den

Tadsch-Mahal nicht mehr ausdrücklich erwähnen wollen. Aber ausgehend von dem, was wir über das Problem wissen, wäre es abwegig, zu erwarten, daß diese Dinge bei der Lösung des Problems eine Rolle spielen würden. Indem ich sie aus meinen Überlegungen eliminiere, nehme ich eine metalogische Abgrenzung vor, die ein Ergebnis meiner Untersuchung des Bedeutungsraumes um die verschiedenen syntaktischen Vektoren ist, welche die verschiedenen Worte des Problems miteinanderverknüpfen. Das bedeutet, unser abgegrenzter Bereich für P und Nicht-P kann als metalogisch, wenn nicht sogar logisch, gültig bezeichnet werden. Mit anderen Worten: Wenn man *sinnvoll* leugnet, daß der Tadsch-Mahal weiß ist, ist das ganz gewiß nicht eine Bestätigung des Nicht-Weißen, sondern vielmehr ein Hinweis, daß dem Tadsch-Mahal *eine* Farbe zugeordnet ist, oder eine Kombination von Farben; und dieser Hinweis ist erheblich stärker als die Andeutung, der Tadsch-Mahal sei Brian Sanders, Freiheit, Tod, groß, klein, pi, ein periodischer Dezimalbruch oder Halleys Komet. Solche Hinweise halten einen Bedeutungsraum zusammen und schaffen darin Ordnung. Solche Hinweise sind es, die echte Probleme lösen. Aber kommen wir jetzt wieder zurück auf die Fachbegriffe und auf unseren n-dimensionalen Alptraum . . .« Nun kam er auf die verschiedenartigen topologischen Darstellungen der metalogischen Interpenetrationen von ›P‹ und ›Nicht-P‹ zu sprechen, wie sie in einem beliebigen N-Raum-Volumen in Erscheinung traten: ». . . Nicht-P kann ein kleines Stück von P abschneiden, oder es kann eine Gestalt annehmen, die P durchdringt wie ein Finger, den man durch einen Lehmklumpen steckt, daß er an beiden Seiten herausschaut. Es kann eine Form haben, die P durchschneidet und in zwei Teile spaltet – eigentlich in drei Teile, wenn man die beiden Seiten den Schnitt durch die Mitte betrachtet. Wir haben eine sehr nützliche P/Nicht-P-Beziehung, von der wir sagen, gleichgültig, um was für einen Raum es sich handelt, daß Nicht-P in P vollkommen enthalten ist, es an eienr unendlichen Zahl von Punkten berührt und es in eine unendliche Zahl von Teilen spaltet – das ist eine so gewöhnliche Beziehung, daß wir auch einen besonderen Namen dafür haben: wir sagen, daß Nicht-P P *zertrümmert*. Das ist die metalogische Beziehung, wo die anderthalb Hennen den falschen Hinweis geben, der Sie zu der raschen Antwort von ›eins‹ verleitet hat.« Bron holte tief Luft und ertappte sich dabei, wie seine Augen durch das Kabuff wanderten, über die Anschlagstafel, die Wände, die Geräte auf dem Schreibtisch, die Karteischubladen, die Regale und die Lesegeräte. »Wir übernehmen hier in dieser Abteilung Programme für ein paar sehr komplizierte Probleme, ihre verbale Beschreibung und die Rahmenbedingungen für die Antworten – oft enthalten die Probleme Millionen von Elementen und erfordern Millionen von Operationen – unterwerfen sie einer raschen Analyse, bei der wir festzulegen versuchen, zu welcher einräumigen, zweiräumigen oder siebzehnräumigen Kategorie die Problem/Antwort gehört, und dann schlagen wir eine geeignete topologische Interpenetration für die darin enthaltenen P-, Q-, R- und S-Kalküle vor, aus denen sich das Problem zusammensetzt, und liefern damit eine maßgeschneiderte Metalogik, die, wenn das Programm schließlich in den Computer kommt, die ganze Angelegenheit zu einer verwertbaren Größe und Gestalt reduziert; allerdings schicken wir unsere Resultate nicht direkt in den Computerraum, sondern geben sie weiter an eine andere Abteilung, die sich nur 70-E nennt, und die unsere Resultate vollkommen neu überarbeitet und wieder in andere Form bringt, sie anschließend wieder an eine andere Abteilung weitergibt, die sich Howies Studio schimpft (obgleich ich glaube, Howie ist schon seit über sieben Jahren nicht mehr in unserer Firma), wo wieder geheimnisvolle und apokryphe Dinge damit vorgenommen werden, die uns hier nicht zu interessieren brauchen. Kehren wir zu dem zurück, was wir hier tun . . .« und während sein Monolog sich langsam wieder zu einer Diskussion entwickelte, entdeckte er, daß ihr viele der technischen Aspekte (». . . wenn es uns nicht gelingt, eine zusammenhängende Problemskizze in einen Raum von N-Koordinaten zu entwerfen, kann vielleicht ein Querbezug als Skizze auf einen dreidimensionalen Raum durch eine Serie von Überschneidungsprodukt-Matrizen, dargestellt durch die Symbole $\psi_1, \psi_2, \psi_3 \ldots \psi_n$ oft einen Hinweis geben, ob sich eine angenäherte Kohärenz auf einen Raum von $n + 1, n + 2, n + 3 \ldots n + r$-Koordinaten erreichen läßt. Was uns die Aufgabe sehr erleichtert, denn jetzt müssen wir nur bei jeder Problemdarstellung das Mengenkalkül ausrechnen

$$\iiint \left[\int_{-\infty}^{\infty} \frac{\partial \Psi_n}{\partial z}\, \partial z \right] dx\, dy\, dz,$$

worauf wir nur noch bestimmte metalogische Aspekte bei ihrer Übertragung auf den Problemfall ausrechnen müssen, was wir als ein Modell einer regressiven Acceleration in Bezug auf die spezifischen Produkte der nichtkommutativen Matrix i, j und k darstellen können...«) von anderen Anwendungsmöglichkeiten her vertraut zu sein schienen. In den Analogien, die ihm so flüssig von der Zunge kamen, aber letztendlich voller Löcher waren (Inkohärenzen, die die Fachbegriffe auszufüllen suchten), bohrte sie sogleich an den richtigen Stellen an. Dabei keimte in ihm der Verdacht auf, daß sie in Erwartung ihres Jobs einen Sam zu Rate gezogen hatte. Hin und wieder hörte sie ihm sehr aufmerksam zu, sobald er in eine verschwommene Beredsamkeit abglitt. Inmitten eines solchen Geschwafels traf ihn der Gedanke: Irgendwo im echten Raum befand sich der echte Tadsch-Mahal. Er hatte es nie gesehen: er hatte nie die Erde besucht. Die Erde und den Regen und das unverfälschte Tageslicht ... er würde das wahrscheinlich alles nie erleben angesichts der herrschenden politischen Situation. Dann, als Ansatz, um diese ganze bedrückende Vorstellungsreihe zu verdrängen, (obgleich er nicht begriff, warum sie ihn bedrückte) kam der Gedanke: Wenn ich wirklich darauf aus bin, ein Verhältnis mit dieser Frau anzufangen, habe ich in dieser Richtung vielleicht schon Fortschritte gemacht...? Sein Blick kehrte zu Miriamne zurück. Er wartete auf ihre Erwiderung, daß sie das, was er zuletzt gesagt hatte, verstanden habe, oder daß sie es nicht verstanden habe, oder daß der Blick von der obersten Stufe der Treppe einen leichten Schwindel erzeugte (so hatte er es immer empfunden), oder daß sie ihn nach etwas, das unklar geblieben war, fragen wollte, oder letztendlich zugab, daß sie mit ihren Gedanken nicht bei der Sache gewesen, daß sie einiges versäumt habe, was er gütigerweise wiederholen möchte.

Doch was sie schließlich sagte, nachdem sie ihre leere Kaffeebirne in der Faust zerknüllt, sich nach einer Stelle umgesehen, wo sie das zerknüllte Plastikgefäß abladen könne, jedoch keine gefunden hatte und es schließlich in eine Ecke warf, wo bereits eine Reihe von anderen zerknüllten Gefäßen lagen, die er selbst im Verlaufe eines Monats dort skrupellos verstreut hatte, war: »Wissen Sie, ich glaube, Sie haben gestern eine Freundin von mir im U-P kennengelernt. Sie leitet dort eine Theaterkommune . . . die Spike?«

Als nächstes begann sein Herz zu schlagen. (Der Tadsch-Mahal zerkrümelte zu einem Schutthaufen aus Granit, Grottenlehm und Marmorplatten . . .) Er behielt das Lächeln im Gesicht und stotterte heiser heraus: »Oh, Sie meinen, Sie kennen . . .? Ist das aber ein Zufall!« Das Hämmern verstärkte sich, bis ihm die Ohren schmerzten – ». . . die Spike?« – dann ebbte es wieder ab.

In den nächsten sechs Stunden erfuhr er, auf logische, metalogische oder ungeordnete Weise, daß Miriamne in dem U-P-Co-Op (das Dreifache Feuer) wohnte, das der Schauspieltruppe von Spike die leeren Kellerräume zur Verfügung gestellt hatte; daß Miriamne vor einer Woche mit der Spike Freundschaft geschlossen hatte; daß Spike in der vergangenen Nacht ihr erzählt hatte, sie hätten jemandem eine Vorstellung gegeben, der wahrscheinlich in der großen Computer-Hegemonie in der Nähe der Plaza des Lichtes arbeitete – nein, die Spike habe nicht seinen Namen gewußt, sondern nur, er sei in der Abteilung für Metalogik beschäftigt und trüge eine Augenbraue aus Metall. Während sie redete, holte Bron löschbare Schreibtafeln aus seiner Schublade, löschte einige davon, legte sie in andere Schubladen, bemerkte, daß es die falschen Schubladen waren, hielt sein Lächeln aufrecht, weihte sie in das Day-Star-Projekt ein, (mit der Zusatzbemerkung, nachdem er bereits das halbe Programm erklärt hatte, daß sie ihm diesmal bestimmt nicht folgen könne, weil es durchwegs unverständlich sei, brachte seinen Vortrag trotzdem zu Ende und entdeckte schließlich, daß sie viel mehr davon begriffen hatte, als er ihr zutraute) erfuhr, daß man ihr bei ihrer Einstellung schon sehr deutlich mitgeteilt habe, daß man sie in ihrem Fachgebiet nicht unterbringen könne, sondern daß sie mit dem zufrieden sein müsse, in der augenblicklichen prekären Wirtschaftslage, was sie bekommen könne. Als man ihr sagte, man würde versuchen, sie in der metalogischen Abteilung unterzubringen, war ihr der große blonde Mann mit der goldenen Augenbraue wieder eingefallen. Ja, sie war überrascht gewesen, als sie ihm vorgestellt wurde und begriff, sie würde ihm als Assistentin zugeteilt. Ja, Tethys *war* eine kleine Stadt. Und mitten in diese Diskussion fiel die Mittagspause, und er beschrieb ihr den Weg zur Cafeteria, schickte sie zum Essen, nachdem er beschlossen hatte, etwas Kaltes, in Plastik Eingehülltes in seinem Büro zu verzehren. Fünf Minuten später erinnerte er sich daran, daß er eine Affäre mit dieser Frau anfangen wollte. Sie alleine zum Mittagsessen zu schicken, brachte ihn diesem Ziel sicherlich nicht näher. Also beeilte er sich, sie auf dem Weg zur Kantine wieder einzuholen.

*

Gleich hinter der Doppeltür der Kantine traf er auf die Sieben Betagten Schwestern (vier von ihnen waren jedenfalls Frauen) in ihren grünen Kutten und silbernen Scherpen. Vor ungefähr einem Jahr hatten sie ihre Arbeit bei der Hegemonie aufgenommen; waren monatelang der Mittelpunkt von sagenhaften Gerüchten gewesen. Sie waren die letzten Überlebenden einer Sekte, der sie im dritten oder vierten Lebensjahr beigetreten waren und bei der in den letzten acht Dekaden, oder sogar noch länger, Lesen und Schreiben, physische Regeneration und das Erlernen von mathematischen Fertigkeiten verpönt gewesen war. (Was die Sekte positives geleistet hatte, wußte Bron nicht.) Vor ein paar Jahren hatte sich jedoch die Einstellung der Sekte unter dem Druck der monetären Abwertung und der wachsenden Kreditnachfrage gewandelt. Nur angeleitet von den General-Info-Lehr- und Schulungsprogrammen, die sich jeder aus seinem Co-Op-Computer im Beratungszimmer besorgen konnte, hatten die sieben über achtzig Jahre alten Frauen in anderthalb Jahren nicht nur das Lesen und Schreiben und die Grundlagen der Mathematik gelernt, sondern sich darüber hinaus noch ein paar sehr fortschrittliche Verfahrensmethoden der Paramathematik angeeignet; sie hatten sich bei der Hegemonie beworben, die Eignungsprüfungen bestanden und waren eingestellt worden. Ihre Sekte verbot ihnen immer noch, ihre Mahlzeiten gemeinsam mit Ungläubigen einzunehmen. Aus einem Gefühl des sozialen Anstands heraus kamen sie zu jeder Mittagspause in die Kantine herunter und stellten sich dort an der Wand auf, um mit ihren Arbeitskollegen, die zum Essen kamen, einen Gruß, ein Lächeln und ein paar liebenswürdige Bemerkungen auszutauschen.

Bron nickte der Schwester, die neben ihm an der Wand stand, zu und blickte sich dann in der Kantine um. Ein Dutzend Leute hatten sich um die zwölf Jahre alten Zwillingsschwestern, Tristan und Isolde, versammelt, die vor einem halben Jahr zu Geschäftsführern aller Zweigbetriebe der Hegemonie auf Tethys ernannt worden waren (. . . noch mehr Eignungsprüfungen, noch mehr überragende Ergebnisse). Tristan, splitternackt, stand auf ihrem linken Bein und kratzte sich mit der großen Zehe ihres rechten Fußes an der linken Wade, während sie sich gelangweilt umblickte. Isolde, vom Gesicht bis zum Fußknöchel in ein durchsichtiges rotes Schleiergewand gehüllt, plauderte angeregt mit einem Dutzend Leute zugleich. Nach drei Monaten hatten die beiden Schwestern darum gebeten, von ihren leitenden, kräfteverzehrenden Funktionen wieder abgelöst zu werden, weil sie dadurch, wie sie sagten, zu sehr von ihren anderen Interessen abgelenkt wurden. Sie arbeiteten jetzt wieder als Kredit-Verfahrensprüfer. Doch man munkelte, daß man ihre Bezüge trotzdem nicht gekürzt hatte.

Während Bron von der Theke für Vegetarier an der linken Seitenwand durch den belebten Raum hinübersah zur Diättheke an der rechten Wand, durchlebte er zum hunderttausendsten Male diesen nüchternen Moment des Unbehagens und der Entfremdung: die meisten dieser Leute, die genau so vernünftig und glücklich schienen wie er, wohnten in gemischtgeschlechtlichen Co-Ops, die er ebenfalls ausprobiert, aber als unerträglich langweilig und öde empfunden hatte. Die meisten von ihnen (wenn auch nicht notwendigerweise die gleichen meisten) – lebten in Co-Ops, wo der Sex eine freizügige, geförderte und eine mit allen Aspekten des cooperativen Lebens voll integrierte Angelegenheit war . . . ganz hübsch in der Theorie, aber in der

Praxis ein zumeist widerwärtiger und langweiliger Aspekt. (Ein paar wenige (knapp einer von fünfen) wie Philip – der in der anderen Hälfte des Saales stand, seinen Bart an seinem Handgelenk rieb und mit drei von den jüngeren Programmierern sprach, während Bron Sex nicht auszumachen vermochte (obgleich einer von ihnen nackt war), weil ständig Männer und Frauen auf dem Gang dazwischen hin- und herwanderten – lebten in komplexen Familienkommunen.) Philip war der Boß, den Bron eindeutig *nicht* mochte.

Aber wo war Miriamne?

In seinem ersten Jahr, das Bron auf dem Satelliten verbrachte, in Lux, hatte er geglaubt, ihm würde die körperliche Arbeit mehr zusagen, eine Beschäftigung für seine Hände, für seinen Körper – schließlich hatte er auf dem Mars so eine Tätigkeit ausgeübt. Er hatte sich weitergebildet, hatte studiert, hatte sich testen lassen; und endlich eine Arbeitsstelle in einer großen Leichtmetallfabrik bekommen (Schwermetalle wurden immer seltener, je weiter man sich von der Sonne entfernte). Er hatte diesen Job gehaßt, war von den Kollegen total frustriert worden. Anschließend hatte er ein Ausbildungsprogramm von drei Wochen bei einem Protyyn-Rückgewinnungskombinat besucht – das war so widerwärtig gewesen, daß er beschloß, von den Saturn-Monden auf die Neptun-Monde umzuziehen. (Jupiter befand sich auf der anderen Seite der Sonne; und in jenem Jahr hatte Ganymede eine Einwanderungssperre beschlossen.) Hier hatte er dann den Job beim öffentlichen Kanal bekommen.

Wenn man sich allerdings eine Stunde lang in der Kantine einer dieser vier Betriebe aufhielt und die Leute kommen und gehen sah, Bruchstücke ihrer Unterhaltung auffing, die Symbole ihrer täglichen Sorgen und Anliegen betrachtete, konnte man sie kaum voneinander unterscheiden, sofern man ihre planetarische Lage auf Iapetus oder Triton außer acht ließ.

Miriamne kam mit ihrem Tablett jetzt von der Theke für Vegetarier.

Er ging auf sie zu, schob sich durch die Menge der hin- und herwogenden Arbeiter.

»Hallo«, sagte sie. »Sie haben es sich anders überlegt?« Dann blickte sie über seine Schulter.

Bron sah in die gleiche Richtung.

Philip, barfüßig wie Tristan, in einen antiseptischen weißen Sprunganzug gekleidet, schlenderte auf sie zu. Ein rotes großes V aus Plastik war mit Bronzeclips auf seine Brust geheftet.

»Oh, he Phil . . .?« Bron machte zu ihm kehrt. »Das ist Miriamne, die neue Assistentin, die Audri mir heute morgen brachte. Philip ist mein zweiter Boß, was ihn sozusagen auch zu Ihrem Boß macht . . . oder kennt ihr beiden euch schon?«

»Wir kennen uns«, sagte Philip. »Und ich wiederhole jetzt meine Empfehlung, die ich Ihnen bereits gegeben habe. Falls Bron Sie schlecht behandelt . . . Ich sage es noch einmal, weil ich nicht gerne hinter dem Rücken der Leute rede – treten Sie ihn –« Philip hob sein Bein und bewegte seinen großen Zeh auf Brons Wade zu (Philips Fußknöchel war unglaublich behaart) – »genau hierher. Bron hat sich vor ein paar Monaten das Knie verrenkt, –« was stimmte – »und ich glaube nicht, daß er diesen Schaden richtig auskuriert hat. Also würde ein Tritt an diese Stelle für ihn sehr schmerzhaft sein.«

Bron lachte.

»Philip ist ein Witzbold.« Nein, er mochte Philip überhaupt nicht.

Miriamne sagte: »Ich hörte vorhin an der Theke, daß diese beiden Kinder dort drüben vor drei Monaten noch den ganzen Betrieb geleitet haben . . .?«

»Stimmt«, erwiderte Philip. »Und damals funktionierte alles noch viel besser als heute. Das kann man natürlich auch dem Krieg in die Schuhe schieben.«

Miriamne betrachtete die Gruppe, die sich immer noch um die Zwillinge versammelt hatte, bewegte den Kopf hin und her und lächelte. »Ich frage mich, was in zehn Jahren aus ihnen geworden sein wird.«

»Ich bezweifle, daß sie dann noch im Geschäft sind«, sagte Philip. »Diese Sorte bleibt nie. Wenn *doch*, werden sie wahrscheinlich spätestens mit fünfundzwanzig ihre eigene Familie gegründet haben. Oder eine Religion, falls sie an einer Familie nicht interessiert sind. Oh, da fällt mir ein, daß ein paar von unseren Kindern unten in der Halle auf mich warten. Ich darf mich also wieder entschuldigen, nicht wahr?« Philip ließ sie stehen und ging zum Kantinenausgang. Ein rotes N aus Plastik war mit Messingclips auf seinem Rücken befestigt.

Bron blickte ihm stirnrunzelnd nach und sagte: »Ich werde mir etwas zu Essen holen. Sie besorgen uns inzwischen eine Kabine.«

Eine Kette von Kabinen zog sich um die Wände des Saals herum: zum Essen und Lesen, zum Essen und Reden, zum Essen und ungestörtem Nachdenken, private Kabinen für alles, was man gerne tun mochte – falls sie eine Privatkabine gewählt hatte, würde Bron ihr mit dieser charakteristischen Fingerbewegung seine Absichten klarmachen.

Sie hatte aber eine Sprechkabine ausgesucht.

Also redete er bis zum Ende der Mittagspause (oder erkannte zwei Minuten vor ihrem Ende, daß er nur davon geredet hatte) über die Spike, fragte sie über die Theaterkommune aus, dann wieder über die Spike – und das war eigentlich nicht die richtige Art, überlegte er, als sie mit dem Fahrstuhl wieder in die metalogische Abteilung im zweiten Keller-Untergeschoß hinunterfuhren, das angestrebte Ziel bei ihr zu erreichen. Nun, er hatte noch einen halben Tag vor sich.

Der Rest des Tages verlief in den gleichen Bahnen, bis sie ihn fragte, ob sie vielleicht zehn Minuten früher gehen dürfe, da sie heute ja doch nichts Richtiges tun und die Zeit wieder hereinholen könne, wenn sie mit ihren Aufgaben besser vertraut sei, und sie dabei erwähnte, daß sie zu Fuß in ihre Co-Op zurückginge und Bron sich wieder daran erinnerte, daß er eigentlich mit ihr eine Affäre anfangen wollte, sie fragte, ob sie etwas dagegen habe, wenn er sie begleite und ihr Co-Op durchaus nicht so weit von seinem Weg abläge, weil er sehr häufig einen Umweg durch den U-P mache: da zog sie eine Falte auf die Stirn und willigte ein bißchen mürrisch ein. Eine Viertelstunde später, als sie von der Plaza des Lichtes durch die leere Gasse auf den Tunnel zugingen, rief er sich noch einmal ins Gedächtnis, daß er ein Verhältnis mit ihr anfangen wollte und legte eine Hand auf die graue Schulter ihres Capes: vielleicht war jetzt der Augenblick gekommen, ihr sein Vorhaben deutlich zu signalisieren –

Miriamne sagte: »Hören Sie, ich weiß, Sie sind mächtig gestreßt, weil Sie einen neuen Mitarbeiter in einem Job unterweisen müssen, für den er nicht ausgebildet ist und für den er sich nicht sonderlich interessiert; aber ich habe gleichzeitig das Gefühl, so alle dreißig Minuten, wenn Sie Ihren Kopf dafür freihaben, daß Sie es auf mich abgesehen haben.«

»Ich?« Bron beugte sich über ihre Schulter und lächelte. »Wie kommen Sie denn auf diesen Gedanken?«

»Ich sollte es Ihnen lieber gleich sagen«, erwiderte sie. »Das Co-Op, wo ich wohne, ist rein weiblich.«

Das Lachen der Frau, die Die Spike genannt wurde, kehrte in sein Bewußtsein zurück, pulsierte mit seinem Herzschlag, der wieder zu hämmern begann.

»Ah, so . . .« Er nahm seine Hand von ihrer Schulter. »Ah, Entschuldigung – ist es ein schwules Co-Op?«

»Das ist es nicht«, erwiderte sie. »Aber *ich* bin es.«

»Oh.« Bron holte tief Luft, während sein Herz Blut und Sauerstoff in seiner Brust ein bißchen zu hastig vermischte. »Aha, soso, ich war nicht . . . Ich meine, ich wußte es nicht.«

»Natürlich nicht«, erwiderte sie. »Deswegen dachte ich, ich sollte es Ihnen gleich sagen. Ich meine, ich habe im Augenblick überhaupt keinen Bock auf Männer, egal, wie groß, wie alt oder wie auch immer gebaut. Verstehen Sie?«

»Oh, sicher, ich verstehe.«

»Und ich habe auch keine Lust, später dafür angebrüllt zu werden, daß ich Sie herausgefordert hätte, was ich nicht tue. Ich möchte nur versuchen, jeden freundlich zu behandeln, mit dem ich zusammen arbeiten muß und der auf mich einen einigermaßen sympathischen Eindruck macht. Das ist alles.«

»Ja«, sagte er, »ich verstehe. Die meisten Leute, die in einem eingeschlechtlichen neutralen Co-Op wohnen, interessieren sich nicht sonderlich für Männer *oder* Frauen. Ich weiß das. Ich lebe selbst in so einem Co-Op.«

»Sie haben es begriffen.« Sie lächelte. »Wenn Sie jetzt wieder zur Plaza zurückgehen und Ihren Transport . . .?«

»Nein. Ehrlich, ich gehe sehr häufig durch den U-P nach Hause. So bin ich Spike begegnet – der Spike – gestern.«

Miriamne bewegte die Achseln, ging weiter, doch in einem Tempo, daß sich die Distanz zwischen ihnen vergrößerte je näher sie dem Tunnel kamen. Sie ist nicht schroff, kam es ihm plötzlich, sie ist nur so gedankenabwesend wie ich. Woran denkt sie? fragte er sich. Und wieder schob sich das Gesicht von Spike in seinem Bewußtsein empor, riesig wie ein Eisberg, hell wie ein Komet. Nein (seine Augen schlossen sich halb, während er Miriamne vor sich betrachtete), sie sagte, die Spike wäre nur ihr Freund: Freunde wie ich und Lawrence, überlegte er. Dann kam plötzlich die Frage: empfindet sie das gleiche für die Spike wie Lawrence für mich, wie er immer versichert . . .? Seine Augen wurden über den grauverhüllten Schultern zu Schlitzen. Ich bringe sie um! dachte er. Sie wird den Tag verfluchen, wo sie den Namen Metalogik zum ersten Mal hörte! Miriamne betrunken, durch den Co-Op-Korridor taumelnd, sich an Spike festhaltend, sie mit den Armen umschlingend und sich mit ihr auf dem Boden des Korridors wälzend . . . Er dachte: Ich werde – Miriamne blickte zu ihm zurück. »Sie sind schon wieder mit Ihren Gedanken woanders.«

»Eh? Oh, ich glaube, das stimmt.« Er lächelte: Ich werde sie umbringen. Ich werde sie auf eine langsame, schleichende Weise umbringen, die ihr unglaublich weh tun wird. Es wird eine jahrelange unablässige Tortour werden, deren Ursache sie nicht ahnt.

Doch da Miriamne von ihren eigenen Gedanken abgelenkt wurde, blickte sie wieder nach vorne.

Aus dem Torbogen wirbelten Blätter über den Asphalt – ein Dutzend Flugblätter trieb um ihre Schienbeine.

Eines davon blieb an Miriamnes Wade haften. Sie versuchte, es abzuschütteln, doch als es ihr nicht gelang, bückte sie sich schließlich und nahm es auf. Während sie durch das grüne Licht schritten, las sie den Text. Nach ein paar Sätzen gab sie es mit schiefem Lächeln an Bron weiter.

Damit er sie nicht ansehen mußte, las er es ebenfalls:
DIESE DINGE PASSIEREN IN IHRER STADT!!!
verkündete die Schlagzeile in schrägen Buchstaben. Darunter ging es in kleineren Buchstaben weiter:

»Hier folgen dreizehn Ereignisse, die Ihre Regierung vor Ihnen verschweigt.«

Darunter stand eine Liste von nummerierten Paragraphen:

1) Die Schwerkraft-Unterbrechung, die in allen Wohnbezirken von Tethys gestern Angst und Schrecken verbreitete, war nicht die erste Katastrophe dieser Art. Ein drei Zonen umfassender Bereich im nichtlizensierten Sektor in der Nähe des äußeren Rings, in dem sich der Block C und D des paramedizinischen Hospitals befindet, wurde von einem totalen Ausfall der Schwerkraft getroffen, der zweieinhalb Minuten dauerte. Während der atmosphärische Druck nur um ein halbes Pfund absank, weil der Bereich verhältnismäßig klein war, wurden in dem Randbezirk der U-P dadurch Orkanböen ausgelöst, deren Spitzengeschwindigkeiten nie gemessen wurden, aber die noch fünf-dreiviertel Minuten nach der Schwerkraftunterbrechung mit hundertdreißig Meilen pro Stunde registriert wurden. Amtliche Verlustziffern sind noch nicht bekannt. Aber bisher wissen wir von neunundzwanzig Toten – unter ihnen vier der sieben »politischen« Patienten (Kranke oder Gefangene?) aus dem C-Block der paramedizinischen Abteilung. Wir könnten Ihnen noch ausführlicher darüber berichten, doch Wichtigeres geht vor. Zum Beispiel:

2) Wir besitzen eine Kopie eines Rundschreibens aus der Verbindungsabteilung zwischen der Nachrichtenabwehr und dem Diplomatischen Korps, das um 4:00 Uhr P. A. abgestempelt wurde und folgende Mitteilung (im Auszug) enthielt: ». . . Diese Krise heute abend wird nur sehr kurz sein. Die meisten Einwohner werden sie nicht einmal bemerken . . .«

»Entschuldigung«, sagte eine heisere Stimme. »Geben Sie das Blatt lieber mir, Sir.«
Bron blickte im grünen Licht hoch.
Miriamne blieb ebenfalls stehen.
»Geben Sie es lieber mir . . . Sir.« Der Mann war kräftig gebaut. Graue Haare (und eine winzige Brustwarze) schauten durch die Maschen des schwarzen Netzes auf seiner Brust. Er trug eine schwarze Kappe, schwarze Hosen, schwarze Schuhe, die vorne offen waren und haarige, breitgeschlagene Zehen zeigten. (Die Schuhe würden auch über den Fersen offen sein, wie Bron wußte, über einer dicken, harten Hornhaut.) In der

einen Hand hielt er einen Jutesack (der Arm war in einen schwarzen Ärmel gehüllt), und in der anderen (nackt bis auf einen komplizierten schwarzen Handschuh mit Skalen, Knöpfen, kleinen Behältern und flossenartigen Aufsätzen) zerdrückte er einen Packen von Flugblättern. »Da hat sich so eine Gruppe im U-P zusammengetan und rund fünfzehntausend von diesen Dingern gedruckt. Und bei jedem Ausgang haben sie einen Packen von diesen verdammten Dingern hingeworfen. Also mußten alle P-Girls sich in Umweltschützer verwandeln!« Er blickte Miriamne an, die nun mit verschränkten Armen und einer Schulter an den grünen Kacheln lehnte. Ihr schmollender, gedankenabwesender Gesichtsausdruck war verflogen; er war jetzt von einer stummen, aber deutlichen Feindseligkeit ersetzt. »Ich meine, man kann doch solchen Müll nicht ungehindert durch die Straßen flattern lassen.« Sein Blick wanderte zu Bron zurück. »Also lassen Sie das Mädchen seine Arbeit machen, und geben Sie mir das Zeug . . .« Er zog den Mund schief. »Hören Sie, wenn Sie das Zeug lesen wollen, stecken Sie es einfach in Ihre Tasche und nehmen Sie es mit. Es gibt kein Gesetz dagegen, daß Sie die Blätter in Ihrem Zimmer sammeln – aber wir sind gehalten, sie von allen öffentlichen Wegen zu entfernen. Hören Sie, mir ist es egal, ob Sie das Zeug lesen. Schmeißen Sie es nur nicht danach wieder weg . . . das ist kein gottverdammter Polizeistaat. Wo, glauben Sie, sind wir hier – auf der Erde? *Ich* komme von der Erde. Ich wurde damals noch als Polizist angeredet auf der Erde – in Pittsburgh –, ehe ich auswanderte und einen Posten bei der Polizei bekam. In Pittsburgh holte man Sie nur wegen so einem Zettel schon von der Straße weg zur Umerziehung . . .« Er deutete mit dem Kopf auf die Kachelwand, wo Miriamne lehnte. Jemand hatte dort mit taghellem Rot (das unter den grünen Lichtstreifen sehr unappetitlich aussah) gepinselt:

SETZT EURE FÜSSE FEST AUF DEN BODEN!
DAS IST *KEIN* GRÜNER WEICHKÄSE!

Darunter deutete ein plumper Pfeil auf den Boden.
(Neben diesen Slogan hatte jemand mit schwarzer Kreide ge-

schrieben: »Das ist nicht einfach, wenn sie jetzt dauernd die Schwerkraft abschalten«, und zwei schwarze Pfeile deuteten von dort aus auf das zweite tagrote Ausrufezeichen.)

»Glauben Sie mir, in Pittsburgh greift man da scharf durch.« (Polizisten waren in Tethys vor fünfzehn Jahren ausschließlich von Frauen gestellt worden. Daher der Spitzname »P-Girl«. Aber mit steigenden Anforderungen und der großen Einwanderungswelle der letzten anderthalb Dekaden hatte sich auch die Zusammensetzung der Truppe geändert, die nun zu fast einem Drittel aus Männern bestand. Doch der Name war geblieben, und, wie der Chef der Polizei, Phyllis Freddy, sich einmal im Kulturprogramm auf dem öffentlichen Kanal zu einem lächelnden Moderator geäußert hatte und dabei die letzte Spur von Humor aus einem Scherz tilgte, der schon immer ein bißchen lahm gewesen war: »Hören Sie, ein P-Girl ist ein Girl, und mir ist es egal, ob sich dahinter ein Mann oder eine Frau versteckt!«) »Ich weiß, worüber ich rede, das können Sie mir glauben. Also stecken Sie das Ding nun in die Tasche, oder geben Sie es mir?«

Bron blickte noch einmal zu Miriamne hinüber – die ihn schweigend beobachtete – und lieferte dann das Flugblatt aus.

Es wanderte zu den anderen in den Jutesack.

»Danke.« Der schwarzgekleidete Polizist schob das Papier tiefer in den Sack hinein. »Da gibt man nun alles auf und wandert aus auf einen der Monde am Rande des Planetensystems, weil man dort einen Job als Mädchen bekommt, denn davon versteht man was und ist dafür ausgebildet – und glauben Sie mir, die Arbeit ist hier viel leichter als in Pittsburgh . . . oder in Nangking. Ich weiß das, weil ich in beiden Städten gearbeitet habe – ich meine, man bewirbt sich für so einen Job, weil man ein Mädchen *sein* will . . .« Er bückte sich neben Bron, hob wieder ein Bündel Flugblätter auf, die über den Boden flatterten – »und als was findet man sich auf dem Mond wieder? Als Mann von der Müllabfuhr!«

Miriamne setzte sich wieder in Bewegung, die Arme noch vor der Brust verschränkt. Bron folgte ihr.

Flatterndes Papier (und Blätter, die zerknüllt und zerrissen wurden) füllte den Tunnel mit Echos aus.

An der dunklen Mauer neben dem Geländer wandte Miriamne sich nach links.

Rechts lenkten helle ineinanderfließende Farben Brons Blick ab:

Eine Ego-Aufbereitungskabine stand ein paar Dutzend Schritte von ihm entfernt an einer Rauhputzwand. Irgend etwas stimmte nicht damit.

»Entschuldigen Sie«, rief Bron. »Können Sie einen Moment auf mich warten?«

Er ging auf die Kabine zu.

Irgend jemand hatte hier gesudelt – wahrscheinlich mit dem gleichen Farbspray, das den Slogan vom »grünen Weichkäse« auf die Kachelwand des Tunnels geschrieben hatte. Da die Kabinenaußenwand in der Regel mit heiteren, ineinanderfließenden Farben versehen war, vermochte man nur schwer zu unterscheiden, was zur Sudelei und zum amtlichen Anstrich gehörte; doch bei dem Werbespruch über dem Eingang war keine Fehldeutung möglich. Da war der Slogan mit roter Sprühfarbe bis auf die beiden Worte »eure . . . Gesellschaft« getilgt worden.

Der Vorhang war links von seinen Ösen gerissen worden. Er schob ihn gänzlich zur Seite.

Der Innenraum war mit sich überkreuzenden roten Farbstreifen überzogen. Hatte ein religiöser Fanatiker sich diese Kabine ausgesucht, um sich selbst zu verstümmeln –?

Es war nur ein Akt des Vandalismus.

Der Schirm war eingeschlagen, das Rot darauf viel zu hell für echtes Blut. Der Münzschlitz war mit einem halbgekauten Protyyn verstopft oder mit Schlimmerem. Die Lippen der Kartenaufnahme waren verstümmelt.

»Seit gestern abend sind die Leute auf solche Sachen noch schlechter zu sprechen.«

Miriamne, irgendwo hinter seiner Schulter, sagte: »Die Kabine ist schon seit vier Monaten so. Haben Sie das nicht bemerkt?« Dann fuhr sie fort: »Hören Sie, ich möchte ja nicht unhöflich sein, aber ich bin nicht umsonst ein paar Minuten früher gegangen. Ich habe nämlich eine Verabredung mit einer Freundin in der Co-Op – und das ist sehr wichtig für mich.« Sie lächelte. »Eine Herzensaffäre, wenn es Sie interessiert. Falls nicht, gehe ich jetzt . . .«

»Nein –« unterbrach Bron sie mit einer Kehrtwendung. »Ich meine, ich habe nichts dagegen, aber ich . . .«

Miriamne war schon wieder unterwegs.

Bron holte sie ein. »Ich dachte, ich könnte mitkommen und nachsehen, ob Spike – die Spike zu Hause ist. Ich möchte mit ihr . . . nun, ich möchte ihr sagen, wie sehr mir ihre Vorstellung gestern gefallen hat – oder ist sie vielleicht schon wieder mit der Truppe unterwegs . . .?«

»Nein«, erwiderte Miriamne. »Nicht heute abend. Aber sie könnten bei der Probe sein.« Sie löste ihre Arme von der Brust und hakte einen cromfarbenen Daumennagel unter ihren chromfarbenen Hüftgürtel. »Nach allem, was sie mir andeutete, wäre ich nicht überrascht, wenn sie sich über ein Wiedersehen freuen würde«, womit sie weiterging und er (manchmal schweigend neben, manchmal hinter ihr) auf einer Wolke von Glück schwebte.

Dunkle Straßen, hier und da von Sodium-Lichtröhren erhellt, die senkrecht in ihren Wandfassungen saßen (dicht über dem Boden waren sie ein paar Zoll hoch mit Schmutz überzogen), mündeten jetzt in schmalere Gassen. Die glühenden roten Koordinatenzahlen und -buchstaben in ihren Rahmen über ihm bekamen nun einen immer größeren Zuwachs an Nebenziffern und -zahlen, daß er einen Rechner gebraucht hätte, um feststellen zu können, wo er sich befand.

Sie liefen ein paar hallende Metalltreppen zwischen Wänden hinauf, die nur wenige Zoll voneinander entfernt schienen, dann in einen pechschwarzen Tunnel hinein, aus dem ihm feuchte, kalte Luft entgegenschlug und dessen Dach (Bron wußte, es war voll Schmutz) seine Haare streifte.

»Dort entlang«, sagte Miriamne, eine dunkle Silhouette zwischen den Mauern – »ich weiß, die Abkürzung ist nicht sehr appetitlich. Aber ich bin sehr in Eile.«

Er ging ›dort entlang‹, stieß sich die Schulter an der Ecke, wo die nächste Gasse abbog. Während er sich die schmerzende Stelle rieb, öffnete sich vor ihm ein orangener Lichtstreifen, der Miriamne im Blickfeld als breithüftige Silhouette abzeichnete.

»Hier hinein –« das war ein runder Raum mit einer einzigen Leuchtstange in der Mitte, die vom Boden bis zur Decke reichte. »Das ist das Besuchszimmer des Dreifachen-Feuer-Co-Op. Ich weiß, es sieht recht karg aus –« doppelstöckige Betten an der Wand mit blauen Plastik-Schlafmatratzen; ein paar Schlafsäcke auf dem Boden; ein paar niedrige Regale, auf denen Bücher standen. (Wie seltsam, dachte er. Wie typisch U-P.) Ein Lesegerät stand neben dem Bett, aber keine Archivkartei für eine Bibliothek. (Auch das, überlegte er, war typisch U-P. Die Bücher waren natürlich ausschließlich lyrischer Natur.) »Wir bekommen hier nicht oft Besuch«, erklärte Miriamne. »Ich werde die Spike zu Ihnen herunterschicken – Sie müssen entschuldigen, wenn ich nicht wiederkomme. Aber ich möchte wirklich diese Verabredung einhalten . . . Wenn sie nicht schon gegangen ist. Wenn die Spike nicht zu Hause ist, wird jemand anderes kommen und Sie entsprechend informieren. Ich sehe Sie morgen wieder bei der Arbeit.« Sie nickte ihm zu.

»Danke.« Bron nickte ihr nach und setzte sich auf das untere Gestell eines Doppelbetts, während ihm jetzt erst klar wurde, daß »ihre Freundin« unmöglich die Spike sein konnte. Die orangefarbene Plastiktür schloß sich mit einem Klicken hinter dem Bild ihrer schwingenden breiten Hüften unter nacktem Fleisch. Hinter Brons Lächeln löste sich ein Schleier von Antipathie auf, der ihn begleitet hatte, seit sie den Tunneleingang zum U-P betreten hatten.

Er atmete langsam aus und lehnte sich auf die luftgefüllten Plastikkissen zurück. In Gedanken untersuchte er das Gefühl, das ihn jetzt verlassen hatte: Ich kann diese verrückte Lesbische unmöglich in meinem Büro behalten. Wie sie dich schon aus dem Gleichgewicht bringt, wenn du daran denkst, daß sie in der selben Kommune wohnt! Bron (wie die meisten Leute) hielt die Eifersucht für eine irrationale Emotion. Doch es war auch ein echtes Gefühl. Und es befiel ihn so selten, daß er es nicht respektierte. Ich werde Audri bitten (oder Philip? Nein, Audri), sie in eine andere Abteilung zu versetzen . . . Sie besitzt eine rasche Auffassungsgabe, und ich könnte einen Assistenten mit so einem Verstand gebrauchen, um das Day-Star-Programm auf Vordermann zu bringen. Aber das war nicht der entscheidende

Punkt, dachte er. Eine Versetzung. Ja. Ich werde . . .

»Hallo!« sagte eine ihm vertraute Stimme direkt über ihm.

Er blickte hoch. In der Decke war ein Lautsprecher eingelassen. »Eh . . . hallo?«

»Ich bin schon unterwegs . . .«

»Sie brauchen sich meinetwegen nicht zu beeilen . . .« aber da klickte etwas, und als er zu der hellorangenen Tür sah, klappte sie schon wieder zurück in die dunkelorangefarbene Wand.

»Oh . . .«

»Hallo!« Sie trat in den Raum. »Was für eine Überraschung.« Weite rote Hosenbeine schwangen um nackte Knöchel. Über ihrer Taille kreuzten sich schwarze Hosenträger zwischen ihren Brüsten (dort hielten Messingclips ein großes rotes R aus Plastik fest . . . er hatte keine Ahnung, weshalb) und liefen über ihre Schultern hinweg. Sie blieb stehen, die Hände in die Hüften gestemmt, die Nägel befreit von ihrem Goldlack, etwas schmuddelig und sehr sympathisch, die Lippen ohne Rouge und bezaubernd. »Ich dachte, ich hör nicht recht, als Miriamne mir sagte, Sie wären unten – ich wollte den Abend eigentlich damit verbringen, die vierundsechzig Mikro-Drehbücher durchzulesen, obwohl ich schon von vornherein weiß, daß sie für unsere Zwecke nicht verwendbar sind. Die Leute schicken uns minutenlangen Slapstick, statt eine Minute langes echtes Theater . . . verstehen Sie, was ich meine? Deshalb müssen wir uns unsere Sachen größtenteils selbst schreiben. Aber ich fühle mich verpflichtet, jedes Manuskript, das uns unaufgefordert eingeschickt wird, durchzusehen. Es könnte ja etwas dabei sein. Und ich beging den Fehler, den Leuten von der Stiftung zu versprechen, daß ich einen Teil meiner Arbeitszeit dem Studium von Manuskripten widmen würde. Und es gibt Wochen, wo man überhaupt keine Lust dazu hat. Das ist eine von ihnen.« Sie setzte sich auf das Bett neben ihn – »Wir haben den ganzen Nachmittag ein neues Stück geprobt, das morgen in die Produktion geht. Erst vor einer halben Stunde hörten wir mit dem Proben auf –« und damit legte sie zärtlich eine Hand auf sein Bein, den kleinen und den Ringfinger gespreizt, den Mittel- und den Zeigefinger aneinandergepreßt, so daß sie ein V bildeten, das auf der Erde, dem Mond, dem Mars und auf Io und auf Europa, auf Ganymede, auf Callisto und Iapetus und Galileus und Neriad und Triton, in jedem Co-Op und jeder Kommune, im Park, an der Bar, auf der öffentlichen Straße und beim privaten Empfang das von der Gesellschaft anerkannte Zeichen zwischen Männern, Frauen, Kindern und genetisch weiterentwickelten höheren Lebewesen bedeutete: Ich bin sexuell interessiert.

»Würden Sie gerne mit mir auf mein Zimmer kommen?« fragte sie.

Zum drittenmal an diesem Tag hämmerte sein Herz gegen die Rippen. »Hmm . . .« sagte er. »Ich meine . . . ja. Ich meine, wenn Sie . . . sicher. Ja. Bitte . . .«

Sie schlug mit ihren Händen auf ihre Knie.

Fast hätte er ihre Hand gepackt und sie auf seinen Schenkel zurückgelegt.

»Kommen Sie!« Sie erhob sich lächelnd von der Bettstatt. »Ich teile das Zimmer mit Windy – unserem Akrobaten. Und mit Charo – unserem Gitarristen. Es wird Sie wahrscheinlich nicht stören, daß die beiden im Zimmer sind. Aber mich würde es stören. Ich bin ein bißchen eigen. Ich bat sie, sich für ein paar Stunden in den Gemeinschaftsraum zurückzuziehen und sich von den Blicken der Dauermieter erdolchen zu lassen. Diese eingeschlechtlichen neutralen Co-Ops lassen sich mit Eisbergen vergleichen.«

»Ja«, sagte er, während er ihr durch die orangefarbene Tür, durch Korridore, eine Treppe hinunter, dann wieder durch Korridore folgte. »Ich wohne ebenfalls in einem solchen Co-Op.«

»Es ist schrecklich nett von dem Dreifachen Feuer«, sagte sie, neben einer Zimmertür anhaltend und auf ihn zurückschauend, »daß wir hier wohnen dürfen – meine Truppe besteht immerhin aus Männern und Frauen ganz unterschiedlichen Charakters. Aber puh! Diese psychischen kalten Duschen!« Und dann weiter: »Sie wohnen ebenfalls in so einer Kommune? Nun!« Sie drückte ihren Daumen gegen das kreisrunde Kennschild auf der Türfüllung (die ihm so seltsam erschien wie die Bücher im Besucherzimmer). »Ich meine –« sagte sie in einem Tonfall, der ihm andeutete, daß sie höflicherweise einen anderen Gedankenfaden aufgriff – »wenn Windy und Charo nur dabeisitzen und lesen würden, wäre das wahrscheinlich nicht so schlimm. Aber sie üben ständig. Beide. Das ist schrecklich ablenkend.«

Die Tür öffnete sich.

Sie trat ein.

Er folgte ihr.

Das Bett war zu dreifacher Größe ausgefahren und ungemacht.

»Als Miriamne mir erzählte, *Sie* wären ihr neuer Boß . . .«

Er lachte in bester Laune. »Was sagte sie über mich?«

Sie blickte auf ihn zurück, dachte einen Moment nach – die Zunge seitlich in die Wange geschoben: »Daß Sie sich mächtig angestrengt haben.« Sie drehte sich vor dem Bett und löste einen Träger, der sich neben dem Hosenbein kringelte. »Ich faßte das als Empfehlung auf.«

Während er auf sie zuging, dachte er flüchtig, ob vielleicht etwas Schreckliches passieren könne.

Es passierte nicht.

Sie liebten sich.

Danach machte sie halbherzige Andeutungen, daß sie sich wieder mit ihren Manuskripten beschäftigen wolle. Doch nach einigem Hin und Her liebten sie sich zum zweiten Mal – worauf er zu seiner Verwunderung in Tränen ausbrach. Während ihm das Wasser noch aus den Augen lief, versuchte er, es lachend wegzuwischen, war im Grunde aber ziemlich stolz auf sich, daß er seine Gefühle so offen zeigte – was für Emotionen diese Tränen auch auslösen mochten . . . Sie schien gerührt, bettete ihren Kopf in seinen Schoß und fragte: »Was ist los? Nun, nun, was ist los mit dir?«

Immer noch lachend und dabei weinend, erwiderte er: »Ich weiß nicht. Ich weiß es wirklich nicht. Das passiert mir nicht oft. Wirklich.« Es war ihm tatsächlich schon zweimal zuvor passiert, beide Male in den Zwanzigern, jedesmal mit einer kleinen, dunklen, zierlichen, breithüftigen Frau, die mindestens fünfzehn Jahre älter war als er.

Sie liebten sich zum dritten Mal.

»Weißt du«, sagte sie dann, sich in seinen Armen räkelnd, »du bist wirklich eine Wonne. Wo –« und ein Arm streckte sich quer über das Bett – »hast du das alles gelernt?«

Bron drehte sich auf den Bauch (inzwischen gründlich erholt von seinem Tränensturz) und erwiderte lächelnd: »Ich habe dir das schon einmal gesagt. Aber du hast es wahrscheinlich vergessen.«

»Mmmm?« Sie blickte ihn an.

»Du gehörst bestimmt zu diesen Frauen, die die Wahrheit nicht vertragen können«, sagte er und glaubte kein Wort davon. Diese gesunden Kolonisten auf den Äußeren Satelliten schnappten gierig alles Dekadente auf, was von den Welten zu ihnen kam. Das gab ihnen diesen Nervenkitzel, argwöhnte er, der ihrem Leben auf den Zwergtrabanten in der Regel abging.

»Gütiger Himmel –« sie schmiegte sich an ihn – »jeder ist ein Typ.«

Bron blickte hinunter auf die Höhlung zwischen den Schlüsselbeinen. »Als ich . . . nun, zwischen meinem achtzehnten und ja, bis zum dreiundzwanzigsten etwa, konnte man ab und an in einem Haus in Bellona, das – das ist kein Spaß – zu den Fleischtöpfen genannt wurde, meine sexuellen Dienstleistungen käuflich erwerben.«

»Wer kaufte sie?« Sie drehte ihm das Gesicht zu. »Frauen?«

»Ja. Frauen – oh, es war eine von der Regierung genehmigte vornehme, hochversteuerte Arbeitsstelle.«

»Steuern«, sagte sie. »Ja. Ich habe von dieser Einstellung auf den Welten gehört . . .« Plötzlich warf sie einen Arm über seine Schulter. »Wie ging es dort zu? Hast du in einem Käfig gesessen, während die Frauen mit geweiteten Pupillen, silbernen Augenlidern und ausgeschnittenen Schleiern an dir vorbeischlichen und ihre Auswahl trafen?«

»Nicht ganz.« Bron lachte. »Ja, auch von der Sorte mit dem abgeschnittenen Schleier bekamen wir Besuch. Aber die sind größtenteils beschränkt auf alte Kinofilme und uralte Piep-Shows. Aber es gab sie – und meine goldene Augenbraue ließ sie in der Regel nicht kalt. Aber schließlich wußten sie ja, was sie bedeutete.«

»Was bedeutet sie?«

»Nichts Angenehmes. Komm, kuschle dich an mich.«

Sie kuschelte. »Das Leben auf so einer Welt kam mir immer schon so romantisch vor. Ich bin auf den Eisfeldern von Gannymede aufgewachsen. Im Vergleich zu dir bin ich also nur ein Mädchen vom Lande. War es schlimm – ein Prostituierter zu sein und Steuern zahlen zu müssen? Ich meine, schlimm für deine Psyche?«

»Nein . . . sexuell jedenfalls hatte ich nach ein paar A-Neunundsiebzig-Fragebogen eine ziemlich gute Vorstellung davon, was ich nun wirklich darstellte.«

»Mußtest du mit jeder Frau ins Bett gehen, die zahlungswillig war?«

Diese Vorstellung regte sie vermutlich an, und er erwog, einen erotischen Monolog zu halten, den er schon vor zahlreichen Frauen hier auf diesem Trabanten vorgetragen hatte und den er nur am Schluß um ein Stück der Wahrheit kappte und phantasievoll ausschmückte: er endete damit, daß er von einem Dutzend Frauen unter einem Vorwand in ein Zimmer gelockt wurde, die hinter verschlossenen Türen über ihn herfielen und ihn schließlich erschöpft, ausgepumpt und mit zahlreichen Wunden zurückließen. Er konnte sich darauf verlassen, daß dieser Schluß zu weiteren Geschlechtsakten anregte. Aber ihn reizte jetzt nur, daß sie neugierig war. »In der Regel ja. Selbstverständlich war der Kunde auch in den Fleischtöpfen König, und deshalb wählten sie die Leute, die sie anstellten, auch sehr gründlich aus. Wenn man sich zum erstenmal für so einen Job bewirbt . . . nun, dann muß man eine Menge Fragebogen ausfüllen, seine Leistungsfähigkeit unter Beweis stellen, sich Reaktionsprüfungen unterziehen und was nicht alles. Ich meine, es geht nicht an, daß man eine Frau zu einem Jungen schickt, der ihn für sie nicht hochbekommt – vorausgesetzt, daß sie das von ihm verlangt; und ein gutes Viertel unserer Kundschaft verlangte das gar nicht von uns.«

»Also hattest du die Entscheidungsfreiheit, nur mit gutaussehenden Frauen ins Bett zu gehen, wenn du das wolltest . . .«

Er schüttelte den Kopf, nicht ganz sicher, ob sie ihn nur auf den Arm nehmen wollte. »Wenn man zu der Sorte von Jungen gehörte, die ihn nur bei den heiratsfähigen Jungfrauen hochbekam, wie man das auf den Video-Liebesfilmen tagsüber sieht, würde man sich ganz bestimmt nicht für so einen Job bewerben. Als ich angestellt wurde, merkte man mich für alle Frauen mit physischen Mißbildungen vor. Aus irgend einem Grund regt mich eine Narbe, ein verkrüppelter Arm oder Fuß immer an; was mich zu einem sehr nützlichen Mitglied des Hauses machte. Und dazu noch ältere Frauen natürlich, dunkle Hautfarbe und breite Hüften. Und man konnte mich auch für sadistische Akte zweiten Grades, wie sie das nannten, mieten.«

»Gütiger Himmel«, sagte sie. »Was ist das? Nun sage mir nur noch, daß die weiblichen Prostituierten nach dem gleichen Ausleseprinzip geprüft wurden – Leistungsnachweis und dergleichen!«

»Weibliche Prostitution ist auf dem Mars verboten – obwohl es so etwas natürlich auch gab. Vermutlich waren sie genauso zahlreich wie ihre männlichen Kollegen. Aber ihnen saßen immer die P-Girls ... ich meine, die P-Männer – im Nacken. Und sobald so ein weibliches Bordell zu der Größe eines männlichen Freudenhauses heranwuchs, wurde eine Razzia gemacht, der Callgirl-Ring zerschlagen und das Haus geschlossen. Daher konnten sich die weiblichen Prostituierten nicht zu so einer Höhe entwickeln wie wir. Ich bekam zum Beispiel Steuernachlaß und Sonderrabatte bei Regierungsanleihen, wenn ich ein halbes Jahr lang ununterbrochen in den Fleischtöpfen arbeitete – was ich, nebenbei bemerkt, in dreieinhalb Jahren nur zweimal tat. Es ist ein Job, bei dem man häufig Urlaub nehmen muß.« Er legte seine Hand auf ihren Nacken zurück und massierte ihn. »Auf der Erde ist es umgekehrt – die weibliche Prostitution wird in den meisten Städten von der Regierung genehmigt, während die männliche Prostitution verboten ist. Und das Merkwürdigste daran war, daß ein paar von den großen Unternehmern, denen die ›Fleischtöpfe‹ und ungefähr fünfzig Prozent von den anderen Freudenhäusern in ›Goebels‹ gehörten, ihre Aktivität auf die Erde ausdehnten und dort lizensierte Häuser für weibliche Prostituierte in zahlreichen Städten gründeten, wobei sie die gleichen Methoden verwendeten, die sie auf dem Mars für die männlichen Bordelle entwickelt hatten – kritische Auswahl von Bewerbern, Eignungsprüfungen, Leistungsnachweis und eine Kartei, in der ihr bevorzugtes Arbeitsgebiet festgehalten wurde. Offensichtlich haben sie dort für Ordnung gesorgt. Das älteste Gewerbe der Erde war auch am schlampigsten organisiert, bis sie das Ruder in die Hand nahmen – wenigstens ist das die Version, die man sich auf dem Mars erzählt. Ich habe mit ein paar Jungs zusammen gearbeitet, die in den verschiedensten Städten auf der Erde illegal freischaffend arbeiteten.« Er seufzte.

»Sie haben mir ein paar seltsame Dinge erzählt.«

»Die Welten müssen ein paar seltsame Planeten sein.« Sie seufzte. »Manchmal bilde ich mir ein, das ist der einzige echte Grund, weshalb wir mit ihnen Krieg führen.«

»Oder bald Krieg führen werden. Triton, meine ich.«

Sie hob den Kopf. Ihre Haare breiteten sich fächerförmig auf seinem Handrücken aus. »Zierliche dunkelhäutige Frauen mit breiten Hüften und verkrüppelten Armen . . .« Sie blickte ihn an. »Eines Tages wirst du mir verraten, was du an langbeinigen mageren Blondinen wie mir findest.«

»Das sind zwei sich gegenseitig implizierende und sich nicht exkludierende Bereiche, und sie schließen noch eine Menge mehr ein . . .« Er saugte mit den Lippen an ihrer Schulter, während er sich die gleiche Frage vorlegte. Sein Geist, gewohnt, verschlungene Pfade zu gehen, war bisher nur zu dem Ergebnis gekommen, es müßte sich um eine Art von verallgemeinertem Inzest oder sogar Narzismus handeln, dessen Verdrängung die Ursache für seine andere Geschmacksorientierung sein mußte, die nun (interessanterweise) durchbrochen worden war.

»Natürlich«, sagte die Spike, »klingt das alles schrecklich bizarr, daß du ein Prostituierter gewesen bist und so.« Sie blickte ihn wieder an. »Was sagten deine Eltern dazu?«

Er zuckte mit den Achseln. Sie kreuzte jetzt in heiklen Gewässern; aber er hatte Aufrichtigkeit schon immer für eine gute Sache in sexuellen Dingen gehalten: »Ich habe nie mit ihnen darüber gesprochen. Sie arbeiteten beide in einer Datenverarbeitungsanlage einer Baubehörde – Hilfsarbeiter in den Augen von Leuten, die hier auf den Monden wohnen. Sie waren beide ziemlich mürrisch und kleinkariert, und ich vermute, das wäre nur Wasser auf ihre Mühlen gewesen.«

»Meine Eltern«, sagte sie gähnend, »– alle neun Elternteile sind – Eisfarmer auf Ganymede. Es gibt keine Städte für sie. Sind gute Leute, verstehst du? Aber sie sehen nicht weiter als bis zur nächsten Methane-Tauperiode. Sie wären sehr glücklich darüber gewesen, wenn ich mich für Computer interessiert hätte wie du – oder Miriamne. Aber das Theater, fürchte ich, übersteigt ein bißchen ihren Horizont. Sie mißbilligen es nicht, verstehst du . . .? Es ist nur . . .« Sie schüttelte den Kopf.

»Meine Eltern – und ich hatte nur zwei – mißbilligten es nicht. Wir sprachen einfach nicht darüber. Das ist alles. Aber im Grunde haben wir nie viel miteinander gesprochen.«

Sie schüttelte immer noch den Kopf. »Eis-Schlitten, immer in Sorge, daß irgendwo bei der Ausrüstung ein Vakuum-Ventil nicht dichthalten könnte. Immer die Welt durch polarisierte Sichtscheiben betrachten – gute, solide Leute. Aber . . . ich weiß nicht: beschränkt.«

Bron nickte, um das Thema zu beenden, nicht fortzusetzen. Diese Leute im U-P redeten endlos über ihre Vergangenheit und, was noch unangenehmer war, regten andere zum Reden an. (Die archetypische Szene: Die Eisfarm-Matriarchin sagt zu dem jungen Mann von der Erde mit zweifelhafter Vergangenheit (oder der Patriarch sagt zu der jungen Marsfrau von ebenso zweifelhaftem Ruf): »Uns kümmert nicht, was du getan hast, nur, was du tust – doch das, sobald du es getan hast, vergessen wir wieder.«) In den privilegierten Bezirken der Stadt schien diese Philosophie – in vernünftigen Grenzen – zu gelten. Aber der U-P hätte seinen Namen nicht verdient, wenn dort nicht alles anders gewesen wäre. »Für mich«, sagte Bron, »ist deine Kindheit wieder romantisch, in einer ungezähmten kristallinen Wildnis aufzuwachsen. Ich habe jede Eis-Oper besucht, die in New Omoinoia gastierte; und wenn sie das Programm ein Jahr später auf den öffentlichen Kanälen wiederholten, mußten sich viele meiner Kunden im Wartezimmer mit Geduld wappnen, bis ich herausgefunden hatte, wie Bo Ninepins die Siedler wieder einmal aus einer Methane-Eislawine befreite.«

»Tatsächlich!« Sie warf sich auf den Rücken. »Das hast du getan? Meine Leute ebenfalls. Und sie liebten diese Sendung! Du hast wahrscheinlich auch einen Teil unserer Farm auf dem Film gesehen – die Ensembles der Eis-Oper benützten immer unsere südlichen Eisfelder für ihre Außenaufnahmen. Es war die einzige Farm im Umkreis von sechshundert Meilen von G-City, die Motive besaß, die so aussahen, als hätten sie aus einer Eis-Oper stammen können! Wahrscheinlich bekam ich beim Zuschauen während der Dreharbeiten meinen ersten Anstoß für meinen späteren Beruf – wer weiß? Jedenfalls müssen wir uns von meinem zwölften Lebensjahr an einmal im Monat durch das Eis bis zum Diamantenpalast durchgegraben haben. Dort versammelten wir uns wie zu einem Gottesdienst. Dann tagten wir alle bis um ein Uhr morgens, tranken und kritisierten, was die Leute vom Kamerateam diesmal wieder falsch gemacht hatten. Und im nächsten Monat gab es dann wieder Zensuren bei der nächsten Folge –, und das ist es, was meine Leute für echtes Theater halten: der heldenhafte Einzelgänger Lizzie Ninepins rettet die Siedler vor einem Erdrutsch oder der tatendurstige junge Pick-Ax Pete hackt zusammen mit seinen fünf Frauen und seinen vier Ehestands-Kollegen ein Vermögen aus einem Methaneeis-Trichter heraus...« Sie lachte. »Es war eine wunderbare Landschaft, in der ich aufgewachsen bin – wenigstens traf das für unsere südlichen Eisfelder zu –, obwohl ich sie nie mit nackten Augen betrachten konnte. Aber hätte ich jemals in meinem Leben bei einer Eis-Oper Regie geführt, wäre ich in den Augen meiner Angehörigen eine gestandene Künstlerin! Aber Mikro-Theater, das von der Regierung subventioniert wird – du liebe Güte! Ich wählte den Namen einer meiner Mütter, die ich nie gekannt habe, weil sie vor meiner Geburt bei einem Eisrutsch umkam.« Sie lachte wieder. »Ich möchte wetten, dieses Ereignis hast du mindestens in einem Dutzend Eis-Opern gesehen! Ich sah das mindestens ein Dutzend Mal.« (Bron lächelte. Auf den Satelliten gab man den Kindern bei der Geburt nur einen Vornamen – und in fünfzig Prozent dieser Fälle den Nachnamen einer ihrer genetischen Eltern, da die Kenn-Nummer der Regierung vollständig genügte für eine öffentliche Identifikation. Sobald diese Kinder dann erwachsen wurden, wählten sie sich ihren Nachnamen selbst aus, legten sich dann den Vornamen irgendeiner berühmten Persönlichkeit zu oder den Namen eines erwachsenen Freundes, Arbeitskollegen oder eines Lehrers, den sie damit ehren wollten. Auf den Monden des Saturns feierte man seinen »Namenstag« im zwölften Lebensjahr, auf den Monden des Jupiters im vierzehnten; welches Alter hier auf Triton für dieses Ereignis vorgesehen war, wußte er nicht, aber er vermutete, es geschah früher als auf den Trabanten der anderen Planeten. Auf der Erde wurden im großen und ganzen die Nachnamen noch von den Eltern übernommen. Auf dem Mars konnte man entweder den mütterlichen oder den väterlichen Namen erben. Der Nachname seines Vaters war Helstrom; falls er sich hier, was er für sehr unwahrscheinlich hielt, zu einem Familienverband zusammenschloß, würde Helstrom der (erste) Name seines ersten Sohnes werden.) Die Spike erstickte ihr Lachen in seiner Achselgrube. Dann hob sie den Kopf. »Weißt du, was Miriamne tatsächlich über dich sagte?«

Bron rollte sich auf die Seite. »Sie sagte *nicht*, ich hätte mich sehr angestrengt?«

»Sie sagte, daß du eine erstklassige Laus seist, dich aber sehr angestrengt hättest. Sie erzählte mir eine unglaubliche Geschichte, wie du sie . . .« Sie stockte, und ihre Augen weiteten sich. »Du meine Güte! Ich vergaß . . . Du bist *ihr* Boß, – nicht umgekehrt. In ihrer letzten Position war sie Produktionsleiter in einem cybralogischen Kombinat . . . Ja, nun ist es schon passiert!« Sie schüttelte den Kopf. »Ich habe nie in einem Büro gearbeitet, und ich vergaß, was das für Folgen haben kann.«

Bron lächelte. »Was war das nun für eine unglaubliche Geschichte?«

»Ehe sie wieder aus dem Zimmer rannte, erwähnte sie etwas von dem Telefongespräch mit irgendeiner Empfangsdame in der Personalabteilung. Du hättest diese Dame zur Minna gemacht, um bei ihr Eindruck zu schinden, – als ersten Schritt auf dem Weg in ihr Bett.«

Bron lachte. »Ich vermute, sie hatte die Maße, auf die ich stehe!«

»Wenn du wirklich bei ihr etwas erreichen wolltest, darfst du ihr nicht übelnehmen, was sie über dich sagte.«

»Oh, das tue ich nicht.« Er schloß sie wieder in die Arme und knabberte zärtlich an ihrer Schulter. »Weißt du nicht, daß die Prostituierten ein Herz aus Gold haben, das irgendwo darunter verborgen ist?«

»Möglich, aber Gold kann ein sehr kaltes, schweres Metall sein.« Ihr Kopf drehte sich auf seiner Schulter. »Glaubst du, die Erfahrung als Prostituierter habe dir genützt?«

Er zuckte mit den Achseln, während er sie an sich zog. »Ich glaube, es gibt einem mehr Selbstvertrauen, wenn man mit einer Frau im Bett liegt – macht einen nicht notwendigerweise zu einem besseren Liebhaber, aber zu einem umsichtigeren.«

»Du hast«, sagte sie zur Decke hinauf, »das instinktsichere Verhalten eines erfahreren Feuerwerkers, das ich zugegebenermaßen außerordentlich bewundere.«

»Während andererseits mein Instinkt mir nichts darüber sagt, ob das in einer sexuellen Beziehung auch die menschliche Bindung fördert. Wenn man den Sex, so oft man ihn haben will, gleich im Haus hat und nur eine Treppe bis in den Empfangssalon hinuntergehen muß, um sich den Partner zu holen, der einem auch noch die Rechnungen bezahlt – ich glaube, wenn man dann schließlich in die echte Welt hinauskommt und feststellt, daß die Leute genauso an einem selbst interessiert sind wie an seiner Technik – *und* erwarten, daß man auch an ihnen selbst interessiert ist – dann verlangt das schon eine Umstellung. Vielleicht habe ich mich nie umgestellt. Sexuelle Beziehungen von Dauer sind nicht meine Stärke . . . nein!« Er blickte auf ihren Scheitel hinunter. »Aber so empfinde ich es überhaupt nicht! Komisch, daß man immer in Klischees redet, obgleich man gar nicht an sie glaubt! Nein. Ich glaube nicht, daß mir das in irgendeiner Beziehung geschadet hätte. Ein Teil dieser Erfahrungen war angenehm. Teilweise waren sie auch unangenehm. Und es liegt schon eine sehr lange Zeit zurück. Und ich habe viel gelernt über mich und die Menschen. Vielleicht hätte ich nie eine große Neigung zu zwischenmenschlichen Beziehungen empfunden, nicht einmal als Kind; was vielleicht der Grund war, daß ich Prostituierter geworden bin. Aber ganz bestimmt wurde ich dadurch viel toleranter gegenüber den verschiedenartigsten Menschentypen als die meisten normalen Marsbewohner – als die meisten meiner Kunden. Was ich dabei lernte, machte es mir wahrscheinlich überhaupt erst möglich, mich anzupassen, wie unvollkommen mir das auch gelungen sein mag – mich einzugewöhnen als Emigrant auf den Satelliten . . . wo man – wie nennen sie das gleich wieder? – sich weder in einer sexuellen noch in einer religiösen Verbindung gesetzlich schadlos halten kann.«

»Das ist richtig«, sagte sie nachdenklich. »Auch auf dem Mars ist die Ehe eine gesetzliche Einrichtung. Aber wenn wir von der Ehe sprechen, denken wir immer nur an die auf der Erde geltenden Verhältnisse.« Sie nickte gedankenvoll. »Während das, was du über die zwischenmenschlichen Beziehungen sagtest, – daß sie nicht deine Stärke wären – sicherlich zutrifft, und das, was du ein Klischee nanntest, mir immerhin noch einleuchtet. Gibt es überhaupt eine Lebensart, die heutzutage wirklich zu einem paßt? Ich möchte verdammt sein, wenn ich wüßte, was das Leben im Theater für mich getan . . .«

Die Tür flog auf und krachte gegen die Wand.

Bron schnellte sofort auf den Ellenbogen hoch und sah zwei nackte Füße über ausgefransten Säumen, die auf rotbehaarten Waden rutschten, durch den Türrahmen kommen. Der Akrobat (Windy?) ging auf den Händen ins Zimmer. Draußen auf dem Korridor spielte jemand Gitarre.

Bron wollte etwas über die Sitte des Anklopfens sagen, als ein kleines Mädchen (sechs? oder vielleicht sieben?) in dicksohligen Schuhen, in einen zerrissenen Schal mit langer Schleppe gehüllt, ins Zimmer rannte, weinend auf das Bett sprang (ihre Knie stießen gegen seinen Schenkel) und sich Spike an die Brust warf. Spike rief: »Oh, du meine Güte!« und begann zu Brons Verwunderung ebenfalls zu weinen (er saß jetzt auf dem Bettrand, die nackten Sohlen auf dem warmen Plastikschaum-Boden setzend) und das Kind mit den schmutzigen Händen an sich zu drücken.

»He, ich fragte mich schon, ob du . . .« Das war die halbblinde, behaarte Dame mit der Brustopertion, die jetzt im Türrahmen lehnte. Staunen breitete sich auf ihrem entstellten Gesicht aus wie eine sich öffnende Blume. »Oh, entschuldigt bitte!« Während sie zurückwich, drängten zwei Frauen – die eine mit einer Leiter, die andere mit einer Werkzeugkiste befrachtet – vom Korridor ins Zimmer hinein.

»Hör mal«, sagte die eine mit dem Werkzeugkasten, den sie klirrend auf dem Boden absetzte, dann mit ihrem spitz zulaufenden Schuh öffnete – »wir müssen das jetzt sofort auf der Stelle erledigen. Leider. Es muß sein.« Der Deckel der Kiste klapperte auf dem Boden.

»He – was«, sagte Bron (er stand jetzt an der Wand) zu den beiden rotbehaarten Fußknöcheln, die wie Pendel vor ihm hin- und herschwankten, »— ist das wieder eines von euren verdammten Mikro-Theaterstücken? Falls ja, ist es . . .«

»Mann«, erwiderte der Kopf (der über einem Wasserfall von roten Haaren, die den Boden aufkehrten, ungefähr in Höhe seiner Knie zwischen schräggestellten Händen schwebte), »ziehe niemals in ein eingeschlechtliches Frauen-Co-Op, falls nicht alle davon entweder normal oder alle restlos schwul sind! Sonst zahlt sich das einfach nicht aus! Verstehst du, was ich meine?« Die Haare wurde etwas zur Seite geschüttelt, damit ein Ohr freilag. »Verstehst du das?« Die Hände gingen hin und her, die Füße nickten.

Das kleine Mädchen, das jetzt oben auf der Leiter saß, schluchzte lauter.

Die beiden Frauen, die zuletzt ins Zimmer gekommen waren, zeichneten mit schwarzer Kreide Kreise auf die Seitenwand.

Die Spike, die Füße über dem Bettrand schwingend, zog ihre ausgebeulte rote Hose hoch, drehte sich um (das rote Z, das auf ihrem Rücken von Messingclips festgehalten wurde, war genau so geheimnisvoll wie das rote R zwischen ihren Brüsten) und schob ihre schwarzen Hosenträger über die Schultern. Sich erneut umdrehend und sich mit den Knöcheln die tränennassen Augen auswischend, trat sie zu Bron an die Wand. »Es tut mir alles so schrecklich leid, wirklich . . . Aber ich neige nun einmal dazu, *alles* zu vermenschlichen!«

Eine der beiden Frauen holte einen Hammer aus der Werkzeugkiste und schlug damit gegen die Wand. Sprünge liefen durch den Verputz. Das kleine Mädchen oben auf der Leiter bekam einen lauten Heulkrampf.

Spike ebenfalls: »Oh . . . oh, macht weiter! Bitte, macht weiter!« Sie deutete mit einer einladenden Handbewegung hinter sich. Die Tränen liefen ihr in drei kleinen Bächen über beide Wangen, um sich über dem Kinn zu einem Delta zu vereinigen. Plötzlich holte sie aus und traf einen von Windys Füßen. »Oh, hör endlich auf zu schmollen und steh auf!«

Die Füße des Akrobaten schwankten wild hin und her, bis sie wieder ihr Gleichgewicht fanden. Aus Kniehöhe kam ein Strom von exotischen Schimpfworten aus einem spezialisierten Profanbereich, was Bron das Gesicht eines ganz bestimmten Erdenbewohners ins Gedächtnis zurückrief, mit dem er in Goebels zusammen gearbeitet hatte: Wenn Windy nicht selbst als freischaffender, extralegaler männlicher Prostituierter auf der Erde gearbeitet hatte, hatte er gewißlich viel Zeit in der Gesellschaft von solchen Männern verbracht.

Doch Spike hatte Bron jetzt am Arm gepackt und schob ihn auf die Tür zu, unter welcher die Gitarristin (Charo?) stand, das Instrument hoch unter ihren Brüsten, den Kopf gedankenverloren geneigt, ihre linke Hand, hoch oben bei ihrem Hals, nach Akkord greifend; die hypertrophen Muskeln zwischen Daumen und Zeigefinger ihrer rechten Hand pulsierten, während ihre Fingernägel Noten über den Korridor verstreuten.

»Bis acht Uhr . . .!« Die Spike drehte sich noch einmal auf der Schwelle um und rief mit tränenerstickter Stimme, während sie den rechten Arm hob, als wollte sie alle an sich drücken. »Ich verspreche es! Ehrlich! Spätestens um acht Uhr werde ich wissen, was ich zu tun habe!«

Der Hammer schmetterte gegen die Wand.

Die Spike schob sich an der Gitarristin vorbei – »Nein, nicht hier entlang . . .« was, wie Bron begriff, für ihn, nicht für sie bestimmt war. Sie schneuzte sich gründlich, damit ihr Kopf wieder klar wurde – »*Dort* entlang!« –, Sie packte Bron wieder beim Arm und zog ihn in den Korridor hinaus.

Selbstbewußt Sams Stil nachahmend (was er sich einmal im Monat leistete) war Bron an diesem Tag unbekleidet zur Arbeit gegangen. Trotzdem hätte er sich jetzt gerne gewaschen oder mangels so einer sanitären Möglichkeit wenigstens, gekuschelt an ihren ziemlich mageren Rücken, noch zwanzig Minuten länger geschlafen. Er folgte ihr jetzt gehorsam um eine Biegung, wo der Korridor sich in vollkommener Dunkelheit verlor; und stieß mit ihr zusammen. Sie war stehengeblieben und hatte sich umgedreht. Ihre Arme schlossen sich um seinen Nacken. Ihre Wangen, noch naß von Tränen, legten sich an sein Gesicht. »Ich weiß, das ist nicht sehr gastfreundlich. Sollen wir noch eine Weile hier stehenbleiben und uns umschlungen halten? Du mußt das verstehen, unsere Truppe ist hier nur geduldet, und wir bezahlen nicht einmal für unsere Unterkunft. Man muß sich also vieles gefallen lassen.«

Er brummelte etwas, das zwischen Ärger und Zustimmung angesiedelt war; und er hielt sie, und wurde von ihr gehalten; und abgesehen von dem Plastikbuchstaben an seiner Brust fühlte er ein wachsendes Behagen.

Leute kamen von Zeit zu Zeit an ihnen vorbei.

Nach der fünften Störung löste sie sich von ihm. »Gehen wir lieber nach draußen und drehen wir eine Runde. Ich habe das Gefühl, ich habe mich schrecklich benommen.«

Er brummelte wieder etwas, nahm ihre Hand, drückte sie, und (während der Stoff ihrer Hosenbeine raschelte) so gingen sie Hand in Hand den Korridor hinunter. »Ich wollte dich fragen«, sagte er, obwohl ihm der Gedanke erst in diesem Augenblick kam, »ob du immer dein ›Publikum‹ mit ins Bett genommen hast – als eine Art von Encore?«

»Ich nehme nur die wenigsten aus meinem Publikum mit ins Bett. Warum?«

»Nun, ich . . . ich denke, manchmal fällt es mir schwer zu unterscheiden, was echt ist und was Theater.«

»Wirklich?« erwiderte sie im überraschten und leicht amüsierten Ton. Dann lachte sie: »Doch jedes Theater ist Wirklichkeit. Und jede Wirklichkeit ist . . . Theater!«

Bron brummelte zum drittenmal, nicht nur verärgert über diese ironische Binsenwahrheit. Nachdem sie schweigend eine Minute nebeneinander her gegangen waren, fragte er: »Wann sind wir denn endlich im Freien?«

»Wir sind im Freien.«

»Wie?« Er blickte an den Wänden empor (ein dumpfes, türloses Braun) hinauf zur Decke; aber da war keine Decke. Die Wände stiegen immer weiter in die Höhe, bis sie in einem formlosen Dunkel verschwanden. Er senkte die Augen wieder; vor ihm glühten die roten Buchstaben und Zahlen der Straßenkoordinaten. »Oh.«

»Ich mochte dich«, sagte sie schließlich, die Frage beantwortend, die er vor mehr als einer Minute an sie gerichtet hatte. »Erst dein Aussehen. Dann die Art – wie du auf unsere Arbeit angesprochen hast. Ich weiß, daß wir gut sind. Bisher haben ungefähr zwölf Leute die Vorstellung gesehen, und allen gefiel sie. Doch deine Reaktion war so offen und . . . nun, so ›dankbar‹, wie Dian sich ausdrückte – das ist unsere Ausstatterin –, als wir später darüber redeten.«

»Ich wurde später durchgehechelt?«

»Oh, wir halten nach jeder Vorstellung Manöverkritik. Das gehört zu den Arbeiten hinter den Kulissen, die das Publikum nie bemerkt. Vermutlich profitiert aber unser nächstes Publikum davon. Grundsätzlich kommt es darauf an, das Publikum auf eine unaufdringliche Art bis zum Höhepunkt einer sprachlichen und räumlichen Disorientierung zu bringen – ich sage bewußt Disortientierung: was ich natürlich damit meine, ist eine Befreiung zu einem höheren Erlebnis, als der Alltag uns gewähren kann. Ein Moment der sprachlichen, räumlichen und seelischen Befreiung ist die Folge. Dieser Moment der Befreiung ist umso notwendiger, da wir in einer Satellitenstadt sehr eingeschränkt leben müssen. Besonders . . .« Sie blickte an den hohen, nackten Wänden empor – »an einem Ort, der so beängstigend eingeengt ist wie der U-P-Sektor. Vielleicht ist dieser Drang, auszubrechen, wenn auch nur in der Kunst, auch ein Erbe aus meiner Eis-Farm-Zeit. Ja, ich verbrachte meine Kindheit damit, auf Rollschuhen in Plastikkorridoren auf- und abzulaufen, von einem Iglu zum anderen, oder in Eis-Wohnwagen, die noch enger waren als diese Gasse. Aber die Korridore und Iglus hatten transparente Wände, und dahinter –« sie holte tief Luft – »lag der Himmel!«

Bron erinnerte sich an seine Enttäuschung in der vergangenen Nacht, als er zum ersten Mal die Sterne über Triton gesehen hatte.

»Doch auf unser Publikum zurückkommend: Du würdest überrascht sein, wie viele Menschen während der hundertundneun Sekunden, die die Vorstellung dauert, gegen diesen Moment der Freiheit ankämpfen, obwohl sie sogar von der Droge enthemmt sind! Du hast nicht dagegen angekämpft; du bist mitgegangen. Das gefiel mir. Es gefiel uns allen – obwohl natürlich nicht zu leugnen ist, daß wir auch von deiner Persönlichkeit eingenommen waren: trotz ihrer ziemlich groben Seiten. Die meisten Leute behalten nicht einmal meinen Namen, soweit sie sich nicht ernsthaft mit dem Theater befassen – und bei den meisten Zuschauern erwähne ich ihn erst gar nicht; selbst wenn sie mich danach fragen . . . also kannst du dir vorstellen, wie überrascht ich war, als Miriamne dich in das Co-Op mitbrachte.«

Sie erreichten eine Durchgangsstraße; Schienen schimmerten rötlich auf der gegenüberliegenden Seite unter roten Koordinatenangaben.

»Du bist wirklich der Boß der ganzen Gesellschaft?« fragte er. »Du schreibst, produzierst, spielst, führst Regie und . . . schmeißt den ganzen Laden?«

»Machmal nähe ich auch die Kostüme.«

»Oh.« Das Unbehagen rief Assoziazionen anderer unbehaglicher Erfahrungen des Tages wach. Die gängigste davon war folgende: »Weißt du, daß ich auf dem Weg zu dir die verrückte Vorstellung hatte, daß du und Miramne etwas miteinander habt? Sexuell, meine ich.«

»Warum?«

»Einbildung vermutlich.« Er lachte. »Ich lebe in einem rein männlichen neutralen Co-Op auf der anderen Seite der Great Divide. Dort wohnt auch dieser Freund, von dem ich dir erzählte, dieser verrückte, vierundsiebzig Jahre alte unverjüngte Typ, der mir immer unsittliche Anträge macht, wenn er betrunken ist, und sich dann, wenn er sich seinen Korb geholt hat, wälzt. Ich glaube, das gibt ihm so etwas wie eine masochistische Befriedigung. Tatsächlich ist er im Grunde ein großartiger Mensch – und warum gehen wir nicht überhaupt zu meinem Co-Op und feiern ein bißchen mit dem alten Lawrence, damit er dir aus seiner langen und abwechslungsreichen Karriere erzählt? Du bist der Typ – ich meine, als engagierte Künstlerin –, der sich mit ihm großartig verstehen muß.«

»Wir sind alle . . .« setzte sie an. »Aber das sagte ich schon einmal. Ich weiß nicht, ob er mir wirklich liegen würde. Ich habe sehr wenig Sympathie für politische Homosexuelle.«

Bron lachte. »So hat Lawrence mich bezeichnet, als wir uns zum ersten Mal sahen.« Dann runzelte er die Stirn. »Warum nennst du ihn einen politischen Homosexuellen?«

»Ich meine damit, falls er erstens, nicht glücklich mit seiner Veranlagung ist und zweitens, seine Gefühle ständig Leuten aufdrängt, die sie nicht erwidern, dann wundere ich mich, warum er nichts dagegen tut? Ich meine, wir leben nicht nur in einem Zeitalter der Verjüngungsbehandlungen, sondern wir können sogar unsere Veranlagungen umpolen lassen. Er braucht sich also nur sexuell auf jemanden oder etwas fixieren zu lassen, mit dem er glücklich werden kann. Und in den Aufklärungsschriften wird immer wieder versichert, diese Behandlung habe besonders im fortgeschrittenen Alter beste Erfolgsaussichten.«

»Ja, er kennt diese Möglichkeiten«, erwiderte Bron. »Aber ich glaube, Lawrence möchte für seine Überzeugung eintreten.«

»Weshalb ich ihn auch einen politischen Homosexuellen nannte. Und weshalb ich auch kein Mitleid für ihn empfinde. Das Eintreten für eine Überzeugung auf sexuellem Gebiet ist nur eine Zeitverschwendung. Besonders im Alter von vierundsiebzig Jahren. Und die Refixierungsbehandlung ist sehr wirksam. Ich weiß das aus eigener Erfahrung.«

Bron blickte sie stirnrunzelnd an. »Du warst lesbisch und hast dich von dieser Neigung befreien lassen?«

»Nein. Es ging damals um eine sehr beeindruckende Frau, die mir nicht nur seelisch und sexuell starke Gefühle entgegenbrachte und mich sehr nötig brauchte – eine ›Schauspielerin der alten Schule‹, wie sie sich selbst zu bezeichnen pflegte. Tatsächlich hatte sie eine Reihe von Eis-Opern inszeniert, die auch heute keinen Vergleich scheuen müssen, und ihretwegen hatte ich mich refixieren lassen – das dauert nur fünf Minuten und man schläft dabei auch noch. Wir waren sehr glücklich zusammen, und als es vorbei war, ließ ich mich zum zweitenmal behandeln und kehrte zurück zu meinem alten Ideal von großgewachsenen Männern mit gewellten blonden Haaren und hohen Wangenknochen . . .« Sie blinzelte ihn mit einem Auge an. »Ich schwöre auf die Refixierung. Jeder, der mit seinen Sexualbeziehungen Kummer hat und aus purer Voreingenommenheit – denn andere Gründe sprechen nicht gegen die Behandlung (dein Freund Lawrence benimmt sich so, als stammte er von der Erde) – auf die Vorteile einer Refixierung verzichtet, ist ein Tor.«

»Bist du nicht auch ein wenig rechthaberisch?«

Sie zuckte mit den Achseln. »Nur, wenn ich recht habe.

Selbst du kannst rechthaberisch sein, wenn du eigensinnig wirst. Bei deiner Erfahrung –« sie blinzelte wieder – »könnte ich mir vorstellen, daß du mehr über Refixierungsbehandlungen weißt als ich!«

»Du spielst jetzt auf die Zeit an, als ich noch als Mann arbeitete? – Nun, einige meiner Kollegen unterzogen sich dieser Behandlung. Ich kein einziges Mal.« Bron bewegte die Schultern. »Ich brauchte sie nicht. Ich habe nicht viel Spaß an sexuellen Beziehungen mit Männern. Doch sobald ich sie praktizierte, hatte ich keine Schwierigkeiten dabei. Ich war überzeugt, ich würde nie versagen, falls ich solche Beziehungen eingehen müsse.«

»Ah«, erwiderte Spike mit erhobenem Finger. »Die Refixierung ist eine Frage der Zuneigung, nicht der Technik, und ich versichere dir als jemand, der auch nicht ganz schlecht ist auf diesem Gebiet, daß die Zuneigung zu einer ganz anderen Kategorie gehört. Nein –« sie schüttelte erneut den Kopf –, »ich glaube nicht, daß ich an der Gesellschaft deines Mr. Lawrence viel Gefallen finde.«

»Er hat wahrscheinlich seine Gründe, weshalb er vermutlich auch dort wohnt, wo er wohnt – Du bist ein ziemlich kühler und menschenfeindlicher Typ«, sagte er plötzlich. »Du glaubst, du hast dir schon alles ausgerechnet, ehe du anfängst!«

Die Spike lachte. »Und wer hat mich in den letzten zehn Minuten dreimal einen Typ genannt? Mir scheint, da steckt auch eine Menge Berechnung darin.«

Bron brummelte: »Lawrence behauptet auch immer, jeder wäre ein Typ.«

»Es wäre denkbar«, sagt die Spike mit spöttischer Bedachtsamkeit (oder war es ein überlegter Spott?) »daß wir uns beide irren. Doch bezweifle ich das.« Und dann plötzlich: »Beim Dunklen Ring . . .!« Das war ein Ausruf, den er bisher nur in Eis-Opern gehört hatte, obwohl er früher eine gängige Redewendung in der Alltagssprache der Äußeren Satelliten gewesen sein mußte: Er vermochte nicht zu sagen, ob es bei ihr eine ererbte oder affektierte Ausdrucksform war. »Es ist fünf Minuten vor acht!« Sie ließ seine Hand los, schlug sich vor die Stirn. (Hoch über ihm im Dunkeln schwebte eine Uhr mit trüben gelben Ziffern und Zeigern mit verschnörkeltem Zierrat.) »Weiß ich jetzt, was ich tun muß . . .? Ja!« Sie betrachtete ihn mit geweiteten, beschwörenden Augen und nahm sein Gesicht zwischen ihre Hände. »Wir müssen uns jetzt ganz schnell verabschieden! Die Truppe wartet auf mich. Du bist ein Schatz gewesen, wirklich. Leb wohl!« Sie wandte sich ab und rannte die Straße hinunter. Rote, lange Hosenbeine flatterten im Dunkeln.

Bron stand nackt und verwirrt auf der leeren, nichtlizensierten Straße, wo alles, aber auch alles, passieren konnte.

Er stand eine ganze Weile so da und dachte nach über das, was geschehen war, blickte an sich hinunter, hinauf zur Uhr, und dann zur Seite in die Dunkelheit hinein, in die sie entschwunden war.

Jenseits der Schienen näherten sich zwei Murmler im Trippelschritt. Der eine von ihnen, die Augen fest zusammengepreßt, den Kopf gesenkt, schwang eine blaue Plastikschüssel. Es war ein Mädchen, das einen viel älteren Mann an der Hand führte: seine Augen waren mit einem Stoffstreifen zugebunden.

Ihre Stimmen, im schnellen, monotonen Rhythmus, verwoben sich miteinander und strebten auseinander. Das Mantra der Frau war sehr lang, ein ineinanderverschränktes Gebilde von sagbaren und unsagbaren Lauten. Das Mantra des Mannes blieb immer in gleicher Tonhöhe, mit heiserer Stimme gesprochen . . . Bron mußte es fünfmal hören, ehe er sich überzeugen ließ: und da hatten sie schon fast die Gasse an der nächsten Straßenecke erreicht; und die Stimme der Frau legte sich jedesmal störend darüber, zuerst bei der dritten Silbe, dann bei der siebzehnten:

»Mimimomomizolalilamialomuelamironoriminos . . .«

*

Alfreds Fingernägel (und Fußnägel) waren lang und schmutzig. Desgleichen Alfreds Haare. Er beugte sich in seinem Sessel vor. Ein K aus rotem Kunststoff, das mit Messingclips an seinen schwarzen Hosenträgern befestigt war (Was, in aller Welt . . .? Bron fragte sich: Was, in allen zwei Welten und zwanzig Welt-Trabanten sollte dieses K bedeuten?), hing locker auf seiner knochigen Brust. »Ich verstehe das nicht, ich verstehe es wirklich nicht.« Alfred schüttelte den Kopf, und mit leiser, heiserer und erregter Stimme fuhr er fort: »Ich verstehe es nicht . . .« Die Hosenträger hielten scharlachrote Bikini-Shorts fest, die viel zu groß waren für Alfreds Hüften – aber in den Lokalitäten, die Alfred vermutlich besuchte, war das wahrscheinlich der wesentliche Punkt. »In einer Woche schleppe ich zwei, drei und vier Frauen ab, und alles geht gut. Und dann, gestern – ich bin scharf wie Schifferscheiße, und die Frau, mit der ich abziehe, sieht phantastisch aus. Aber kaum sind wir hier auf dem Zimmer . . . und er läßt mich einfach im Stich. Und manchmal bleibt er drei, vier, fünf Wochen hintereinander schlapp, bis ich ihn selbst nicht einmal mehr hochbekomme, verstehst du? Und trotzdem schleppe ich noch die Frauen ab, und sie sind verdammt kooperativ, was es noch viel schlimmer macht. Und dann, wenn ich ihn endlich wieder steif bekomme und wieder bei einer lande, daß sie mit mir hierher auf mein Zimmer kommt . . . und das passiert mir immer bei solchen, auf die ich wirklich scharf bin, und bei denen ich mich anstrengen muß, um sie rumzukriegen – und ich steck ihn rein und – wummm!« Alfred sprang fast vom Sessel herunter und sackte dann wieder gegen die Lehne zurück. Er schüttelte betrübt den Kopf: »Drei Sekunden, vier Sekunden . . . vielleicht zehn, wenn ich Glück habe!« Er schaute Bron mit grünen Augen bitter an. »*Dann* muß ich mich wieder mit *so einer* Woche abquälen, ehe ich bei den nächsten paar Malen zwei oder drei Minuten lang durchhalte, bis er kommt. Deswegen wohne ich ja hier, verstehst du? Wenn ich eine Frau hierher bringe und es nicht spurt, kann ich immer sagen: »Vielen Dank, daß Sie mitgekommen sind, Madam. Es tut mir leid, daß ich Ihnen Ihre Zeit gestohlen hab. Vielleicht ein andermal«, und dann werfe ich sie *hinaus*! Aber in solchen gemischtgeschlechtlichen Co-Ops, wo die Jungs und die Mädchen zusammenwohnen und es alle mit allen treiben –? Ich habe sechs von solchen Co-Ops ausprobiert, ehe ich hierher kam – (und die hatten ein paar *verdammt hübsche* Frauen dort . . . Wau!) Wenn du da ein paarmal versagst, dann kommen sie gleich zu dir und wollen mit dir darüber *reden*! Und dann wird gleich eine ganze Debatte daraus. Und ehe du dich versiehst, wird eine verdammte *Sitzung* mit allen anderen Männern und

Frauen daraus, die nicht darüber *reden*. Ich möchte darüber *schlafen*! Wenn ich jedesmal, wenn ich bei einer Frau versagte, mit einem anderen darüber reden würde, hätte ich nicht einmal mehr Zeit zum Pissen! Nebenbei bemerkt – hast du schon mal versucht, in den Ausguß zu pissen, wenn eine Frau, bei der du eben versagt hast, neben dir im Bett liegt und dich anstarrt? Ich meine, selbst wenn sie dich *nicht* anstarrt!« Alfred beugte sich wieder vor, stemmte die Hände auf die Knie, schüttelte den Kopf. »Ich habe es schon fast aufgegeben. Das Pissen, meine ich.« Die grünen Augen pegelten sich wieder auf ihn ein. »He! Ich habe diese Salbe in einem dieser Läden unten an der Plaza des Lichts bestellt. In dem Laden, wo sie auch die Magazine verkaufen . . .« Alfred beugte sich noch weiter vor, und sein Ton wurde plötzlich vertraulich: »Ich hab' den Computer gefragt, und er sagte, es wäre absolut nicht verkehrt, sie auszuprobieren . . . Ich bin bereits mit den Kosten belastet. Aber sie sagten mir, weil sie so selten verlangt würde, haben sie sie nicht auf Lager. Sie bekommen sie erst morgen – aber morgen muß ich mit diesen beruflichen Eignungstests anfangen. Mein Sozialarbeiter sagt, ich muß dahin . . . hol' sie für mich ab, Bron. Der Laden liegt an der Südostecke der Plaza – aber es ist nicht der große. Es ist der kleine, der die zwei Türen auf der linken Seite hat.« Alfred blinzelte. »Du holst die Salbe für mich ab, Bron . . . okay?«

»Okay.« Bron nickte, lächelte und fühlte sich ausgenützt.

Alfred war als vierzehnjähriges Waisenkind von irgendeinem kleinen Mond hierher zugewandert (von einem Mond des Uranus – der nur über unbedeutende Monde verfügte, denn keiner von den fünfen hatte mehr als neunhundert Kilometer Durchmesser); und er sprach auch nicht gerne über seine Vergangenheit. (Auch diese Information hatte Bron nur auf dem Umweg über Lawrence erreicht.) Bron überlegte, daß zehn Jahre mehr Mut dazu gehörte, mit vierzehn auszuwandern als mit vierundzwanzig, selbst wenn man nur innerhalb der Föderation der Satelliten seinen Wohnort wechselte. Schon vor drei Jahren war die Lage so gespannt gewesen, daß nur Ganymede und Triton noch Emigranten von der Erde und vom Mars aufnahmen. Triton nahm nur noch Leute vom Mars. »Alfred, ist dir schon ein-

mal der Gedanke gekommen, daß du schwul sein könntest?«
fragte er, weil er sich verpflichtet fühlte, etwas zu sagen. »Emotional, meine ich.« (Wenn Alfred bekommen hatte, was er wollte, konnte er sich eine Stunde lang ausschweigen, wenn man nichts dagegen unternahm.) Passagen aus der Diskussion mit Spike kamen Bron ins Gedächtnis: »Wenn ich Probleme wie du hätte, würde ich mich in einer Klinik zur Refixierung anmelden. Ich würde mich auf Männer umpolen lassen und abwarten, ob sich nicht alles wieder einrenkt.«

»Nein«, erwiderte Alfred kopfschüttelnd. »Nein . . .« Aber die beiden *Nein* und das Kopfschütteln waren eher Zeichen der Verzweiflung als der Verneinung. »Nein . . . *das* habe ich schon mal getan, verstehst du? Ich meine, das hat mir auch mein Sozialarbeiter empfohlen. Sie regelten das alles für mich, vereinbarten einen Termin in einer Klinik im U-P. Ein halbes Jahr lang habe ich das ausprobiert.«

»Und?«

»Es war fürchterlich. Sicher, ich war scharf auf Männer danach. Aber sobald ich sie im Bett hatte, war es die gleiche Pleite wie vorher – hoch, drüber, rein, raus und ›was, du bist schon fertig?‹ – nur noch mit mehr Komplikationen, verstehst du? Wenn *sie* ihn reinstecken, und *du* bist schon in drei Sekunden fertig, dann tut es *weh*, verstehst du? Und dann mußt du sie bitten, ihn wieder herauszunehmen, und sie wollen weitermachen, und das gefällt *keinem*!

»Mmmmm«, sagte Bron, weil ihm nichts besseres einfiel.

»Schließlich ging ich wieder zurück in diese Klinik und sagte, he, könnten Sie mich nicht wieder umpolen auf die alte Masche? Damit ich wenigstens wieder *mochte*, was ich vorher gern *mochte* – verstehst du? – obwohl ich manchmal nicht *konnte*, wenn ich mochte. Ich meine –« Alfred lehnte sich wieder zurück – »so etwas soll ja verhältnismäßig oft vorkommen. Es ist nicht so, als wäre es ein ausgefallenes Problem.« Alfred runzelte die Stirn. »Ich meine, ich bin ja nicht der erste, der solche Probleme hatte –.« Er lehnte sich noch weiter zurück. »Hattest du auch schon mal solche Probleme?«

»Nun . . .« Bron dachte nach. Zwei von seinen ersten drei (wichtigen) sexuellen Erlebnissen (sie fielen alle drei in den letzten Monat vor seinem vierzehnten Geburtstag) konnten, wenn man den Begriff großzügig auslegte, als Fälle eines verfrühten Orgasmus bezeichnet werden. Das heißt, in diesen beiden Fällen wurde er von dem Orgasmus überrascht. Aber seither nicht mehr. Falls er jetzt noch Probleme hatte (sofern sie diesen Namen überhaupt verdienten), tendierten sie eher in die entgegengesetzte Richtung: und selbst diese kündigten lediglich das Wiederaufleben (glücklicherweise von leichter Natur) einer Prostatainfektion an, die ihn seit seinem dreißigsten Lebensjahr alle zwölf Monate heimzusuchen pflegte. »Wenn du jeden zweiten Abend bumst«, meinte Bron, um ihn zu beruhigen, »kannst du nicht erwarten, daß es *immer* perfekt abläuft.« In seinen ersten beiden Berufsjahren, als er bei zwei, bei drei oder sogar vier Nummern pro Tag, mehr als achthundert Frauen gebumst hatte (als er zum erstenmal nachrechnete, war er beim Multiplizieren ganz blaß geworden), kamen im Schnitt auf zwölf Nummern eine Niete. Doch danach waren die Fälle, wo er ihn nicht hochbekam, immer seltener geworden. Er konnte sich Alfreds Probleme nur dadurch erklären, daß Alfred im Grunde ein asexueller Typ war. Er war überzeugt, daß Alfred sich gerne in den vielen Kontakt-Lokalen herumtrieb, das Schummerlicht und die laute Musik liebte, die dort vorherrschte, sich gerne von Frauen betrachten und ansprechen ließ (oder vielleicht besorgte Alfred das Ansprechen, Bron wußte, daß Alfred dazu neigte, seine alltäglichsten Erfahrungen auf jedermann zu projizieren), sie wahrscheinlich sogar gerne mitnahm zu seiner ausgefallenen Adresse (»Ein ausschließlich männliches Co-Op? . . . Und Sie sagen, es wäre *nicht* schwul?«). Vielleicht bestellte Alfred sogar gerne ausgefallene Salben, die unter dem Ladentisch gehandelt wurden. Sex jedoch (davon war Bron überzeugt) war etwas, an dem Alfed unmöglich Spaß haben konnte. »Hab' nur etwas Geduld«, sagte Bron. »Und . . . nun, als ich so alt war wie du . . .« Aber Alfred war siebzehn. Und Bron war mit seinen siebenunddreißig welterfahren genug, um zu wissen, daß kein Siebzehnjähriger (besonders ein Siebzehnjähriger, der sich dazu entschlossen hatte, so abgeschieden von seinen Gleichaltrigen zu wohnen wie Alfred) daran erinnert werden wollte.

So ließ er höflicherweise den Satz unbeendet. »Gestern, als

der Sensorschild ausfiel und du dein Nasenbluten hattest, hätte ich fast an deine Tür geklopft, um Hallo zu sagen, doch ich dachte mir . . .«

»Ich wünschte, du hättest geklopft«, unterbrach ihn Alfred. »Oh, Mann, ich *wollte*, du hättest das getan! Ich war ganz allein, kein Mädchen in meinem Zimmer, gar nichts – und plötzlich dachte ich, ich müsse sterben, und meine Ohren flogen mir fast aus dem Kopf wie Sektkorken, und meine Nase fing an zu bluten, und ich hörte, wie in den anderen Zimmern alles durcheinander purzelte – sie haben die verdammte Schwerkraft abgeschaltet!« Alfred holte Luft. »Sie haben mich wieder zusammengeflickt, dieser große Neger, verstehst du, der immer allen sagt, was sie tun sollen und warum? Aber ich konnte zum Verrecken nicht einschlafen, verstehst du? Ich wünschte, jemand hätte geklopft und mich besucht. Wirklich.« Alfreds grüne Augen peilten sich wieder auf Brons Gesicht ein. »Du holst doch diese Salbe für mich ab, nicht wahr?« Das alte Mißtrauen, die alten Zweifel äußerten sich in seinem Blick. »Okay . . .? Gut.« Dann stand er auf, drehte sich um (wo sich die schwarzen Hosenträger zwischen seinen mit Pickeln übersäten Schulterblättern kreuzten, war ein Q aus rotem Kunststoff befestigt. Q, dachte Bron?) und ging aus dem Zimmer.

Verständnis? Mit nur gedämpften Schuldgefühlen fragte Bron sich: *Wo* ist das? Und fand keine Antwort darauf. Ich nenne es Freundschaft, aber es ist viel unkomplizierter. Er nützt mich aus, und ich erlaube es ihm. Der Himmel weiß, daß ich mich in der Gesellschaft von Lawrence oder des großen Negers viel wohler fühle. Trotzdem . . . Ist es nur das Schutzbedürfnis zweier versagender Heterosexueller männlichen Geschlechts? Er versagt bei der Ausübung des Geschlechtsaktes (und die Pannen, die er erlebt, sind mir im Grunde viel weniger verständlich als die Neigungen eines Lawrence oder einer Miriamne!) – Und wo versage *ich* . . .?

Jedenfalls wünschte Bron sich inständig, daß entweder Sam oder Lawrence in den Gemeinschaftsraum hinunterkämen, mit oder ohne Vlet-Brett.

Am nächsten Morgen kam er bekleidet zur Arbeit.

Sehr bekleidet.

Ganz schwarz.

Er ging noch einmal die Day-Star-Akte durch, schloß sie, legte sie in die unterste Schublade zurück und entschied, sie müsse noch eine Woche dort bleiben, ehe er sich dazu aufraffen konnte, eine Kohärenz-Auswertung vorzunehmen. Er betrachtete gerade den Diptychon eines multiplen Zustands-Auswertungsprogramms, bei dem er zum Verrecken nicht zu erkennen vermochte, in welche der drei Richtungen der modulare Zusammenhang zu einer brauchbaren Lösung führen würde, als Miriamne an den rechten Pfosten der offenen Tür klopfte. »Kann ich einen Augenblick mit Ihnen sprechen?«

Bron lehnte sich zurück, zog den schwarzen Umhang vor der Brust zusammen.

»Selbstverständlich.«

Sie hielt gleich hinter der Schwelle an, blickte bedrückt auf das schwarze Brett und auf die Ecke der Tischplatte. »Audri teilte mir mit, Sie hätten um meine Versetzung in eine andere Abteilung gebeten.«

Mit einem im schwarzen Handschuh steckenden Zeigefinger schob Bron seine Gesichtsmaske höher auf den Nasensattel hinauf; sie war ein bißchen nach unten gerutscht, was ihn beim Lesen nicht störte, jedoch beim Reden mit Leuten, die vor seinem Schreibtisch standen, während er dahintersaß. Als er die grauen Millimeterpapiere, die seinen Schreibtisch bedeckten, zusammenschieben wollte, rutschte die Maske erneut; was bedeutete, daß er dieses Gespräch – er spürte, wie sich die Verlegenheit hoch oben in seiner Brust (oder tief unten in seiner Kehle) auszubreiten begann und versuchte, sie hinunterzuschlucken – mit einem Partner fortsetzen mußte, dessen Kopf durch den oberen Rand seiner Augenlöcher abgeschnitten und von der Nase abwärts verschwommen wiedergegeben wurde. »Das ist richtig. Nach kurzer, aber reiflicher Überlegung kam ich zu dem Schluß, es wäre töricht, bei Ihrer Ausbildung – als Cybralogin oder wie das heißt – Ihre wertvolle Zeit zu vergeuden und . . . nun, meine ebenfalls.«

»Mmmm«, sagte sie. »Und ich dachte, als Laie auf diesem Gebiet hätte ich mich ziemlich rasch zurechtgefunden.«

»Oh«, sagte er, »*das* war ja nicht der Grund . . .«

»Was Sie auch für einen Grund haben mochten, auf jeden Fall bin ich jetzt ohne Job.«
»Mmmm?« fragte er, nicht sicher, was sie damit meinte.
»Nun, Sie sollten sich darüber nicht beunruhigen. Sie werden schon noch einen Platz für Sie finden – wenn es vielleicht auch noch ein oder zwei Tage dauert. Aber dann werden Sie sich ganz bestimmt auch viel näher an Ihrem Fachgebiet befinden.«
Sie schüttelte den Kopf. »Ich bin bereits in fünf Abteilungen gewesen. In jedem Fall hat man mich weiter versetzt. Die Empfangsdame der Personalabteilung sagte mir ziemlich unterkühlt heute morgen, daß sie – wer darunter auch zu verstehen sein mag – mir keine Arbeit auf meinem eigenen Fachgebiet anbieten können, und da sie mich bereits in drei verwandten Fachgebieten und in zwei weiteren, wo meine Eignungsteste sehr gut ausgefallen waren – eines dieser Gebiete war das Ihrige – untergebracht hätten, müßten sie mich bedauerlicherweise als nicht verwendbar einstufen.«
»Oh, nun – das wäre ja nun wirklich zu dumm. Ich meine, in so einem großen Betrieb wie diesem, bei einer Bewerberin von Ihren Fähigkeiten . . . Aber in den letzten Monaten haben sich so viele Pannen ereignet . . .« Er legte die Stiefel unter dem Tisch aneinander, knöpfte sich über der Tischplatte die Handschuhe auf. »Weshalb wurden Sie von den anderen Abteilungen versetzt?«
»Sie hatten ihre Gründe.« Sie blickte vom einen Eck des Schreibtisches zum anderen und dann auf sein Gesicht.
Bron senkte den Kopf (so daß ihr vollständig ausgeblendet wurde), hob die in Leder gehüllten Finger, verschränkte sie ineinander, legte sein Kinn darauf – der untere Rand seiner Gesichtsmaske schob sich auf die Oberlippe hinauf – »Nun, ich habe ebenfalls meine Gründe.«
»Mmmm«, sagte sie, diesmal in einem anderern Tonfall; und stemmte dabei einen dunkelbraunen Zeigefinger auf den Rand des Steuerpultes, drehte ihre Hand wie einen Kreisel um den chromfarbenen Fingernagel – ein Zeichen von Nervosität, das er unglaublich anstößig fand.
Ich mußte sie versetzen, dachte er. (Seine eigenen Hände zogen sich nervös auf der Tischplatte zurück). Ich konnte mir un-

möglich zumuten, in dem gleichen zweieinhalb mal zweieinhalb Meter Kabuff den ganzen Tag mit jemandem zusammenzuarbeiten, der mich mit seiner grundsätzlichen Veranlagung und seinen kleinen Ticks so sehr irritiert.

Sie sagte: »Könnte meine Versetzung etwas mit dem Unsinn von gestern zu tun haben?«

Bron hob fragend eine Augenbraue. Aber das konnte sie natürlich nicht sehen hinter seiner Maske, die den ganzen Kopf bedeckte. »Wie meinen Sie das?«

»Ich meine, daß Sie gestern auf zahllosen Tischplatten und Filzüberzügen die Finger beider Hände zu dem jahrhundertealten, sozial allgemein verbindlichen Symbol spreizten – wie auch jetzt wieder . . .«

Er blickte hinunter. »Oh . . .« Er schloß seine Hände über dem Millimeterpapier; es war eine seiner unglücklichen Angewohnheiten, die ihm noch von seinem ersten Beruf als Jugendlicher anhaftete; manchmal signalisierte er, ohne sich dessen bewußt zu werden.

»– und ich reagierte ziemlich spröde darauf. Ich dachte mir, Sie würden daraus Ihre Schlüsse ziehen. Ein paar Stunden lang hatte ich wirklich den Eindruck, Sie hätten es kapiert. Doch wir räumten die letzten Mißverständnissse erst aus, als wir bereits auf dem Heimweg waren. Und ich erlaubte mir der Spike gegenüber einen Scherz – sie verriet mir, daß sie mich verpetzt hatte, als ich in das Co-Op zurückkam, und es tat ihr alles schrecklich leid. Theaterleute sind ja nicht gerade sprichwörtlich für ihre Verschwiegenheit.« Ihre Hand fiel zu ihrem Schenkel hinunter. »Was ich zu ihr sagte, sollte wirklich nur ein Scherz sein.«

Er lachte und beugte sich vor. Der Umhang rutschte von den Stuhllehnen und entfaltete sich knisternd bis auf den Boden.

»Auch ich habe mir nur einen Scherz erlaubt. Ich hoffe, Sie haben das alles nicht ernst genommen – ich tat es jedenfalls nicht.«

Ihr Lächeln war bekümmert. »Nun . . . ich dachte, ich sollte Sie lieber danach fragen.«

»Ich bin froh, daß Sie das taten. Es wäre mir schrecklich, wenn Sie meine Abteilung in dem Glauben verließen, ich hätte

Sie wegen so einer dummen Bemerkung entlassen. Wirklich, dann hätten Sie recht mit Ihrer – was war das gleich wieder? – Ihrer ›. . . eine Laus, die nicht locker ließ . . .‹, aber glauben Sie mir, ich bin kein Monster. Wenn es Sie beruhigen kann, verrate ich Ihnen, daß ich entschlossen war, um Ihre Versetzung zu bitten, ehe all dieser Unsinn geschah.« Sie tat ihm plötzlich leid, trotz dieser peinlichen Verlegenheit. »Seien Sie einmal ehrlich zu sich selbst. Da waren wir nun gestern in diesem Kabuff zusammen, und ich begratschte Sie – ich meine, ich habe wirklich nicht begriffen, daß Sie nicht interessiert sind. Aber so ein Typ bin ich nun mal. Ich finde Sie sehr attraktiv. Sie konnten doch nicht erwarten, daß ich mit einem so engen Mitarbeiter auf so begrenztem Raum . . .«

»Sie wollen damit doch nicht sagen«, unterbrach sie ihn, und obwohl er ihr Gesicht nicht sah, wußte er, daß sie ihn dabei finster anstarrte, »Sie haben mich nur versetzen lassen, weil ich an Ihnen sexuell nicht interessiert war . . .? Ich will ehrlich sein, *dieser* Gedanke ist mir wirklich nicht gekommen!«

»Oh, *nein* . . !« Hinter der Maske spürte er den Schweiß auf der Haut. »Ich meinte nur, daß Sie wahrscheinlich nicht . . . Sie glauben das doch nicht im ernst, nicht wahr? Und wenn Sie das tun, liegen Sie falsch! Da sind Sie *ganz* falsch gewickelt!«

»Bis Audri mich draußen auf dem Korridor ansprach, dachte ich nur daran, daß Sie mir die Metalogik als ein sehr interessantes Arbeitsgebiet schilderten. Und ich freute mich heute morgen tatsächlich darauf, in dieser Abteilung arbeiten zu können.«

»Nun vielen Dank –« Wenn er sich nicht in eine lächerliche Schräglage nach hinten begeben wollte, konnte er nicht mehr sehen als ihr dunkles, wohlgeformtes Schlüsselbein. »Ich bin froh, daß ich wenigstens . . .«

»Worauf es jetzt hinausläuft«, unterbrach sie ihn, »ist die Frage: Gibt es noch eine Möglichkeit, daß Sie Ihre Meinung ändern und mich behalten?«

Eine Woge der Verlegenheit und des Verdrusses spülte jede Sympathie fort. Er nahm seine in schwarzes Leder gehüllten Hände vom Schreibtisch und stemmte sie in die Hüften, ließ sie von den Hüften herunterfallen, so daß die weitgeschnittenen, doppelten Ärmel über seine Handgelenke hinunterhingen. Sollte er? Konnte er sich von ihr so einschüchtern lassen? »Nein.« Er holte Luft, stieß sie wieder aus den Lungen. »Ich fürchte, das kann ich nicht.« Er hob den Kopf hoch genug, daß er ihr Kinn sehen konnte: es bewegte sich ein wenig eigenartig. »Man kann eine Abteilung nicht so leiten. Es tut mir leid wegen des Jobs, aber was ich jetzt noch zu meiner Rechtfertigung sagen würde, wäre nur albern. Meine Gründe sind sehr vielschichtig, aber da Sie jetzt nicht mehr dieser Abteilung angehören, gehen Sie diese Gründe nichts mehr an. Wir müssen das Day-Star-Programm überarbeiten, wofür ich Sie wirklich verwenden könnte. Aber ich habe es eben erst vor zehn Minuten noch einmal durchgesehen, und aus einer ganzen Reihe von Gründen, die mit ebenso wichtigen Projekten zusammenhängen, habe ich das vorläufig auf unserem Programm gestrichen. Es ist sehr einfach und sehr direkt: Ich benötige Sie im Augenblick nicht für die Arbeiten, die ich zu erledigen habe.« Er holte wieder tief Luft und spürte zu seiner Überraschung, daß er sich von seiner Erklärung in gewissem Maße erleichtert fühlte. »Ich bin wirklich froh, daß Sie zu mir gekommen sind. Weil ich nicht gewollt hätte, daß Sie mich in dem Glauben verlassen, es wäre etwas Persönliches.« Und in der Hoffnung, daß er sie nie mehr wiedersehen würde, nicht einmal bis zu diesem Grad, wie er sie jetzt sah: »Vielleicht begegnen wir uns einmal in Ihrem Co-Op; vielleicht können wir eines Tages sogar bei einem Drink darüber lachen.«

»Sie sagten, ich sollte ehrlich sein«, kam es von irgendwo über ihren Schultern. »Offen gestanden hoffe ich, daß ich weder Sie noch jemanden anders aus diesem bestußten Irrenhaus wiedersehe. Und das, fürchte ich, ist hundertprozentig persönlich gemeint!«

Brons Kiefer klappten zusammen. Seine Maske rutschte so weit herunter, daß er nur noch den chromfarbenen Gürtel über ihren breiten Hüften zu sehen vermochte: sie drehten sich (nicht scharf, nicht ärgerlich, sondern langsam, und wenn Hüften an sich hätten müde aussehen können, wäre müde das richtige Wort gewesen) im Türrahmen und entfernten sich auf dem Korridor.

Seine Wangen waren warm. Er blinzelte, wurde wütend über sein Unbehagen. So lange er mit ihr geredet hatte, hatte er sich daran zu erinnern versucht, weshalb er sie *wirklich* aus seiner Abteilung fortwünschte. Doch sie hatte ihn mit dieser unglaublichen Anspielung aus dem Konzept gebracht, daß er sie nur entließ, weil sie nicht auf seine Avancen eingegangen war! Irgendwann gestern – und, ja, das war vor dem Zeitpunkt gewesen, als Spike ihm diese dumme und beleidigende Bemerkung hinterbrachte, er sei eine Laus – war er zu diesem Entschluß gekommen. Und nachdem er gefällt war, hatte er ihn im Gedächtnis gespeichert. Als er heute morgen ins Büro kam, in rauschenden schwarzen Stoffbahnen, hatte er sich sofort in Audris Büro begeben und es ihr offenbart.

Audri hatte gesagt: »Oh . . . nun, schön.«

Er war in sein eigenes Kabuff gegangen, hatte zu arbeiten begonnen und sich bis vor ein paar Minuten recht wohl dabei gefühlt . . . Es war ihm eine logische Entscheidung gewesen. Trotzdem wollte es ihm jetzt zum Verrecken nicht gelingen, die Logik *oder* Metalogik, zu rekonstruieren, die zu seiner Entscheidung geführt hatte.

Er dachte: Wenn du dich zu einer stichhaltigen Entscheidung durchgekämpft hast, hebst du auch nicht alle Arbeitsnotizen und Kritzeleien auf, die sich dabei angesammelt haben. Dafür sind ja Entscheidungen da, damit man sich dieser Dinge entledigen kann! (Er zerknüllte ein Stück Papier, welches, als er den grauen, mit graphischen Symbolen bedruckten Rand betrachtete, der aus der Lederhülle der zur Faust geballten Hand herausschaute, ihm signalisierte, daß er es wahrscheinlich doch noch brauchen würde.) Sie mag mich nicht, und ich mag sie auch nicht. Man kann in so einer Atmosphäre nicht arbeiten. *Das* ist logisch!

Er legte das zerknüllte Millimeterpapier wieder auf den Tisch, zog einen Handschuh aus und begann mit der Spitze einer Meßschablone aus Plastik seinen Daumennagel zu reinigen. Ein schlimmer Nagelkauer in seiner Pubertät, hatte er mit dem Eintritt in sein Berufsleben als bezahlter Liebhaber diese Gewohnheit endlich abgelegt. Doch alle seine Nägel waren jetzt breiter von Rand zu Rand als sie in der Höhe vom Halbmond bis zur Kuppe maßen; was immer noch ein wenig anstößig aussah. Er mochte seine Hände nicht, brachte es unter dem Einfluß gewisser Drogen sogar fertig, sie überhaupt nicht zu sehen. Doch heute waren wenigstens seine Nägel gefeilt, lackiert und von gleicher Länge.

Für praktische Zwecke sahen sie gewöhnlich genug aus.

Er zog den Handschuh wieder an, drapierte seinen Umhang über der linken Schulter, dann über der rechten, schließlich gelang es ihm sogar, mit Hilfe beider Hände die Gesichtsmaske wieder in die richtige Lage zu rücken.

Seine Wangen waren immer noch warm. Auf beiden, wußte er, hatten sich rote Flecken gebildet, die inzwischen wieder zu verblassen begannen.

*

In der Kantine saß er in einer Kabine, die ausschließlich zum Essen bestimmt war, preßte Falten in eine halbkollabierte Kaffeebirne, als er zufällig aufsah und Audri mit ihrem Tablett bemerkte.

»Hallo«, sagte sie und ließ sich an der anderen Seite des Tisches nieder. »Ah . . .!« Sie lehnte ihren Kopf, linksseitig halb maskiert (kahl und hell wie ein silbernes Ei mit einem Auge), gegen das Polster der Rückenlehne. »Das war aber ein Tag!«

Bron gab einen grunzenden Laut von sich.

»Das drückt genau meine Gefühle aus!« Silber bedeckte die linke Seite von Audris Hals, ihre Schulter, eine Brust, lief hinunter (jetzt unterhalb der Tischplatte) über eine Hüfte, die in einer engsitzenden Plastikhaut steckte, schick aussehend bei einer Frau, die nicht so kantig war wie Audri.

Bron hob die Hand, nahm seine Maske ab und legte sie auf einem hölzernen (ein künstliches Zellengewebe, das nur mit dem Mikroskop von natürlichem Material zu unterscheiden war) Tisch ab, und blickte auf dieses Durcheinander von schwarzen Schleiern, Augenschlitzen und dunklen Spangen, die dieses Gebilde von einer Torwartmaske beim Eishockey unterschied. »Tut mir leid wegen der Versetzung heute morgen. Ich hoffe, sie hat Ihnen nicht so eine Szene gemacht wie mir.«

Audri zuckte mit den Achseln. »Ja . . . wissen Sie – ich sagte ihr, Sie wären nicht der Typ, der in so einer Angelegenheit seine

Meinung ändern würde. Sie wäre da nicht der erste Fall.« Audri seufzte, nahm etwas Langes, Dunkles, mit Nüssen Bestreutes vom Teller und betrachtete es mißbilligend. »Sie sagte, es könnte vielleicht ein paar mildernde Umstände geben und daß sie Sie unbedingt sprechen wolle. Ich versuchte sie so höflich wie möglich darauf hinzuweisen, daß es wahrscheinlich keinen Zweck habe, aber schließlich konnte ich es ihr auch nicht abschlagen. Sie tat mir leid, wissen Sie? Man hat sie von einer Abteilung zur anderen geschickt, und das war alles nicht ihre Schuld. Es liegt an diesem blamablen Zustand allgemeiner Verwirrung.«

Bron gab wieder einen Grunzlaut von sich. »Ich hatte keine Ahnung, daß es ihre letzte Chance war. Es kam mir nie in den Sinn, daß sie jetzt auf der Straße stehen würde.«

Audri brummelte zurück: »Deshalb bat ich Sie ja, sich zu überlegen, ob Sie nicht irgendeine Verwendung für sie hätten, als ich sie Ihnen gestern vorstellte.«

»Oh! Nun, ja . . .« *Hatte* Audri ihm das Mädchen wirklich so sehr ans Herz gelegt? Bron runzelte die Stirn. Er konnte sich nicht daran erinnern.

Audri seufzte. »Ich hielt den grünen Zettel zurück, bis sie von der Unterredung mit Ihnen wieder zurückkam –«

Bron blickte von seiner zerdrückten Kaffeebirne auf. »Sie meinen, es *war* gar nicht endgültig?« Er vertiefte die Falten auf der Stirn. »Und ich hatte gedacht, die ganze Angelegenheit wäre bereits erledigt . . . Wenn ich das gewußt hätte, hätte ich vielleicht . . .« Nein, das war keine ausgesprochene Lüge. Es war ihm nicht in den Sinn gekommen, daß der grüne Zettel nicht schon die Abteilung verlassen hatte. »Sie hätte es mir sagen sollen.«

»Nun« – Audri biß von der Nußstange ab –«, jetzt ist es geschehen. Außerdem liegt sowieso alles im Argen bei uns, seit die Lage zwischen den Satelliten und den Welten gespannt ist. Ich wundere mich, daß wir hier überhaupt noch existieren. Unsere Konten sind über alle Monde verstreut – sogar auf Luna haben wir eins. Wer weiß, was morgen sein wird? Wir wissen nur, daß bald sehr viele Leute arbeitslos sein werden, und keiner kann heute sagen, wer. Und wissen wir beide, was wir in einem halben Jahr tun werden . . .?« Sie nickte vielsagend und fuhr dann fort: »Ich wollte damit keine Drohung gegen Sie aussprechen.«

»Nein, das dachte ich auch nicht.« Er lächelte. »Sie sind nicht der Typ, der droht.«

»Richtig«, erwiderte Audri, »das bin ich nicht.«

»He«, sagte Philip über ihm, »wann sehen wir denn einen Fortschritt beim Day-Star-Programm? Audri schickte dir gestern einen Assistenten, und heute schicktest du ihn fort. Rück ein Stück –«

»He, Moment mal –!« erwiderte Bron.

Philips Tablett klapperte auf Audris Seite der Tischplatte. »Keine Bange, ich möchte nicht in deiner Nähe sitzen.« Philip, heute in knapp sitzenden Hosen, barbrüstig (sehr behaart) und mit einem kleinen grauen schulterlangen Cape, ließ sich auf den Platz neben Audri fallen. »War das wieder ein Tag –! Es eilt, und es hat Zeit; es hat Zeit, weil es bei mir eilt.« Er kräuselte die Lippen hinter seinem gewellten Bart. »Was hatte sie denn für Fehler?«

»Hör zu«, sagte Bron zu dem stämmigen kleinen Philip. »Wann schickt ihr mir endlich einen Assistenten, den ich *gebrauchen* kann? Dieser beherrschte nur . . . was beherrschte er nur? Cryogenik oder so etwas ähnliches?« Bron mochte Philip *tatsächlich* nicht.

»Oh, hör auf. Du brauchst doch dafür keinen ausgebildeten Assistenten . . .« Philips Hände (so haarig wie seine Brust) rollten sich an beiden Seiten des Tabletts zu Fäusten zusammen. »Weißt du, was ich glaube –?« Er blickte hinunter auf sein Tablett, überlegte, klaubte Triefendes raus und versuchte, es in den Mund zu schieben, ehe es auseinanderfiel – »Ich glaube, er mag einfach keine Lesbierinnen.« Er nickte Audri zu, leckte sich einzeln seine Finger ab und setzte hinzu: »Verstehst du?«

»Was meinst du damit?« erwiderte Bron. »Ich mag Audri, und sie ist . . .« Er hielt verwirrt inne. Mit hinterlistiger Taktlosigkeit hatte Philip ihn dazu verleitet, eine unbeabsichtigte Taktlosigkeit zu begehen, und sammelte nun (zweifellos) hinter seinem verschwörerischen Grinsen Punkte. Bron blickte Audri an (die er mochte); sie war gerade dabei, das Mundstück einer Kaffeebirne zu öffnen.

»Mit Leuten wie dir . . .« sagte Philip und nickte vielsagend, »hör zu, wir müssen jetzt alle ein wenig improvisieren. Wir haben keine normalen Zustände mehr.« Philips linke Brustwarze war sehr groß. Ein Ring aus kahler Haut umgab sie. Die Haarwurzeln waren dort ausgerissen worden. Das Fleisch saß auf dieser Seite etwas lockerer als auf der rechten Seite des Thorax. Von Zeit zu Zeit, sobald ein neues Kind in Philips Kommune auf dem Ring erwartet wurde, vergrößerte sich seine Brust (drei Pillen nach jeder Mahlzeit: zwei kleine weiße und eine große rote), und Philip pflegte dann zwei oder drei Tage pro Woche Säuglings-Urlaub zu nehmen.

»Ich bin ein Mann«, sagte Philip, während er einen Finger nach dem anderen ableckte (er war einen Kopf kürzer als Bron), »der mit seiner Meinung nicht hinter dem Berg hält. Du weißt das. Was ich denke, sage ich auch. Wenn ich sage, ich nehme es dir nicht übel, ist das auch so, so lange ich nicht das Gegenteil sage.«

»Ich äußere auch ziemlich offen meine Meinung.« Bron drückte die in Leder gehüllte Daumenspitze vorsichtig auf die letzte gekochte Linse auf seinem Tablett, steckte den Daumen in den Mund und zog ihn wieder langsam heraus. »Wenigstens was meine Gefühle betrifft. Ich –«

Eine von den Programmiererinnen, die eine blaue Strumpfhose mit großen, aus Silber gewirkten, diamantförmigen Maschen trug, sagte: »Hallo, Bron –«, erkannte dann, daß eine ›Diskussion‹ am Tisch stattfand, zog den Kopf mit dem Rautenmuster über dem linken Auge ein und entfernte sich eilig.

»Ich mochte sie nicht«, sagte Bron. »Sie mochte mich nicht. Das ist eine Situation, in der ich nicht arbeiten kann.«

»Ja, ja . . .« Philip klaubte wieder etwas von seinem Tablett. »Ich wundere mich, daß man überhaupt noch arbeiten kann in diesem Zustand der wachsenden Kriegsangst und sich mit Emotionen aufladenden Atmosphäre.«

»Bron ist einer von den tüchtigen Leuten in deiner Abteilung.« Audri biß wieder ein Stück von dem langen, mit Nüssen bestreuten Ding ab. »Also laß ihn gefälligst in Ruhe, Phil.« (Es gab Momente, wo seine Sympathie für Audri sich fast dem Zustand der platonischen Liebe näherte.)

»Ich hör' schon auf, ich hör' schon auf. He, du wohnst doch jetzt schon fast sechs Monate in dem Co-Op. Hast du dich eingewöhnt?«

»Es ist okay«, antwortete Bron. »Keine Probleme.«

»Ich dachte mir, daß du dich dort endlich heimisch fühlen würdest.« In einem von diesen ›von-Mann-zu-Mann-Gesprächen‹, die Philip stets anzubahnen wußte, ehe man es bemerkte – als Bron sie noch über sich ergehen ließ –, hatte Philip ihm das Schlangenhaus empfohlen. »Ich hatte so das instinktive Gefühl, daß du dich dort wohler fühlen könntest. Ich bin froh, daß es so gekommen ist. Abgesehen von dem Day-Star-Programm – nein, ich habe es *nicht* vergessen –«, Phil krümmte einen dicken, haarigen, nassen Zeigefinger – »Ich habe tatsächlich an deiner Arbeit nichts auszusetzen. Keine Bange, wir werden dir einen Assistenten beschaffen. Ich sagte zu Audri, es müsse ein schwul-männlicher, oder normal-männlicher Typ oder eine normal veranlagte Superfrau sein, worauf Audri sagte, was du gern hören kannst: ›Aber *mich* mag er doch!‹« Philip lachte. »Wir werden dir einen Assistenten besorgen mit der richtigen Ausbildung. Das ist die Sorte, mit der du zurechtkommst – was die Schwulen männlichen Geschlechts betrifft . . .« Philip kaute, die Hand an seinem stark behaarten Unterarm fiel unter den Tisch, der Arm bewegte sich hin und her, und die Hand kam jetzt etwas trockener wieder zum Vorschein. »Marny – erinnerst du dich an Marny aus meiner Kommune? Zierlich, dunkelhäutig –?« Die andere Hand hob sich und beide beschrieben eine breithüftige Form mit dickem Gesäß über dem Tisch. (Bron hatte sie auf der Party beim letzten Unabhängigkeitstag kennengelernt und konnte sich noch sehr gut an sie erinnern.) Philip stieß Audri mit dem Ellenbogen an und zwinkerte Audri zu. »Sie ist die Dame mit dem Eis-Ingenieur-Diplom – klettert auf den Eisbergen herum wie die Leute in diesen verdammten Eis-Opern! Von den letzten beiden Kindern, die sie bekam, war ich der Vater. Und jetzt kriegt sie wieder eines. Und du wirst es kaum glauben, von wem – von Danny!« Er wandte sich Audri zu, dann Bron: »Erinnerst du dich an Danny . . . ?«

Philip runzelte die Stirn. (Bron erinnerte sich an Danny, wenn auch widerwillig.) Philips Falten auf der Stirn glätteten sich wieder. »Jedenfalls wird es erst das zweite Kind sein, das er jemals in seinem Leben zeugte – und das erste in dieser Kommune.« Philips Faust fiel auf den Tisch und öffnete sich wie ein aufplatzender Kartoffelsack. »Du weißt, wie wichtig Kinder für schwule Männer sein können – meistens glauben sie nämlich, sie könnten überhaupt keine haben, verstehst du? Ich mache mir wegen der Kinder keine Sorgen. Ich habe schon sechs hier auf Triton und – Himmel, meine Kinder müssen über das ganze Planetensystem verstreut sein. Ich muß mal nachrechnen: drei habe ich auf Io, eines auf Ganymede, eines sogar auf Luna, und zwei auf Neriad . . .« Die Falte auf der Stirn erschien plötzlich wieder. »Hast du Kinder, Bron? Von Audri weiß ich ja, daß sie Kinder hat.«

»Ein paar«, erwiderte Bron. Auf dem Mars hatte eine Frau ihm einmal erklärt, daß sie von ihm schwanger sein wollte. Im ersten Jahr nach seiner Auswanderung war ihm ein Brief bis hierher gefolgt, dem das Bild eines Babys beigelegt war – ein Säugling mit Doppelkinn, der an einer Brust trank, die viel größer war als in seiner Erinnerung. Er hatte nicht die geringste Rührung dabei empfunden. »Auf der Erde«, setzte Bron endlich hinzu. Die Empfängnis hatte auf dem Mars stattgefunden; aber der Brief war von der Erde gekommen.

»Mmmm«, sagte Philip mit dem Ungehagen des Anhängers einer erlaubten Sekte bei der Erwähnung von Dingen, die zu weit zurücklagen. »Auf den Welten habe ich kein Kind gezeugt – egal: Ich bat Danny, ob er mir nicht bei der Säuglingspflege helfen würde.« (Leute aus dem U-P, dachte Bron, sprachen immer über die Familien, aus denen sie stammten. Leute aus den lizensierten Stadtteilen redeten immer über die Familien, die sie hatten. Bron ging beides manchmal auf die Nerven, obwohl er einsah, daß Leute mit Familie dem Hier und Jetzt verpflichtet waren.) » – ich meine, weil Marny sich mit jemandem beim Stillen abwechseln möchte. Weißt du, was er mir sagte? Weißt du, wovor er Angst hat? Wegen seiner *Figur*! Du weißt, was das für mich bedeutet.« Seine Hände hoben sich und beschrieben eine Kurve vor seiner vergrößerten Brustwarze. Seine langen Wimpern senkten sich, als er sich betrachtete. »Zwei kleine weiße Pillen –«

» – und eine große rote.« Audri lachte. »Nun, ich gratuliere euch allen!«

»Seine Figur!« Philip schüttelte den Kopf und lächelte wohlwollend. »Ich meine, Danny gehört zu meiner verdammten Kommune, und ich liebe ihn. Wirklich – obwohl ich mich manchmal wundere, warum.«

Bron beschloß, seine Maske wieder aufzusetzen; aber Philip drückte plötzlich den roten Kunststoffknopf an der Ecke des Tisches, wo er Platz genommen hatte.

Philips Tablett mit den zermanschten Speiseresten schwankte, vibrierte, löste sich auf und wurde vom Gitter darunter verschluckt: *Wutsch!* Während es wutschte, rieb Philip seine Hände über dem Gitter, zuerst die Handrücken, dann die Handflächen, und erhob sich dann vom Tisch. Das *Wutsch* verstummte. »Als ich zu euch an den Tisch kam, dachte ich, ich würde eine prekäre Situation unterbrechen. Ich dachte, das würde nötig sein, und nahm meine Chance wahr. Du weißt, daß du Audri sehr unglücklich gemacht hast, als du diese Frau abschobst.« Zu Audri sagte er: »Ich möchte mit dir darüber sprechen, was wir den Day-Star-Leuten sagen, wenn ich ihnen erklären muß, warum wir noch keine metalogische Reduktion durchgeführt haben. Und das muß bald geschehen.« Er wandte sich Bron zu: »Und das ist eine Entschuldigung für Audri, ihre schlechte Laune an dir auszulassen, wenn es ihr zuviel wird, verstehst du? Ich sage das ganz offen und ehrlich. Und du – du möchtest eine Chance haben, dein Image aufzubügeln? Dann erledige das Day-Star-Programm noch bis zum Ende dieses Monats! Ich habe diesen Leuten nun schon eine Woche lang erzählt, daß ich keine Möglichkeit sehe, wie wir in den nächsten drei Wochen eine Lösung dafür finden könnten. Du erledigst das noch vor diesem Termin, und ich kann mich wieder in allen vier Abteilungen sehen lassen, ohne vor Scham rot zu werden. Bis später dann.« Er schob sich aus der Bank heraus und ging (weder breit noch groß, nur stämmig) quer durch die Kantine.

Bron blickte Audri an. Das Haar auf der unmaskierten Hälfte ihres Kopfes war eine schreiend bunte Mischung aus Grün, Gold, Purpur und Orange. Die nackte Hälfte ihres Gesichtes war gespannt, mürrisch und nachdenklich.

»He«, sagte Bron, »haben Sie sich tatsächlich darüber aufgeregt, weil ich . . .?«

»Oh«, unterbrach Audri ihn, »nun, ja«, das waren Worte, die sie sehr häufig im Umgang miteinander zu verwenden pflegten.

»Nun, wenn Sie nur . . .« Ein neuer Gedanke tauchte am Rand seines Bewußtseins auf. Erst schien er absurd, dann bedrohlich: »Moment mal, haben Sie Miriamne gestern abend noch einmal gesehen? Ich meine, hatten Sie sich irgendwo nach der Arbeitszeit mit ihr verabredet . . .?«

Audris Blick kam aus der Ferne zurück und heftete sich auf ihn. »Nein. Warum? Als die Personalabteilung sie gestern zu mir schickte, sah ich sie zum erstenmal.«

»Oh, ich dachte schon . . .« Bron runzelte die Stirn, nahm die Maske vom Tisch und stülpte sie über den Kopf. Mit dem Gedanken an eine entfernte Möglichkeit war plötzlich auch die Erinnerung zurückgekommen, wann genau (in dem grauen Tunnel, der in den U-P hinüberführte!) und warum (diese eingebildete, unbegründete Beziehung zwischen Miriamne und der Spike!) er sich für Miriamnes Versetzung entschieden hatte. Nun erschien das lächerlich grausam (er *mochte* Audri) und egoistisch. Wenn er es noch hätte ändern können, hätte er sie jetzt behalten. Doch der grüne Zettel – »Ich glaube nicht, daß sie noch . . .« Seine Stimme klang hohl hinter der schwarzen Schale.

»Mmmm?« sagte Audri, Kaffee schlürfend. Seine eigene Kaffeebirne fiel jetzt in sich zusammen. Ein Gedanke kreiste nun wie ein Satellit um seinen Planeten: Miriamne war mit Spike befreundet. Eine Version all dieser Ereignisse würde ihr wahrscheinlich hinterbracht werden. Was würde *sie* davon halten? »Audri?« fragte er.

»Ja?«

»Was bin ich? Ich meine, was halten Sie von mir . . .? Wenn Sie mich einem Dritten gegenüber beschreiben müßten, wie würden Sie das tun?«

»Ehrlich?«

Er nickte.

»Ich würde sagen, Sie wären sehr gewöhnlich – oder sehr eigen – je nachdem, wie man es betrachtet – eine Kombination von wohlmeinend und emotionaler Trägheit, vielleicht ein bißchen zu egozentrisch für den Geschmack mancher Leute. Aber sie besitzen auch ein beträchtliches Talent für Ihren Job. Vielleicht ist der Rest nur eine spleenige Persönlichkeit, die notwendigerweise zu so einem Talent gehört.«

»Würden Sie sagen, ich wäre eine Laus . . . allerdings eine Laus, die – lassen wir das. Nur eine Laus.«

Audri lachte. »Oh, vielleicht an einem freien Donnerstag – oder möglicherweise an jedem zweiten Dienstag im Monat – da könnte mir so ein Gedanke schon mal in den Sinn kommen . . .«

»Ja.« Bron nickte. »Das ist das dritte Mal in drei Tagen, daß mich jemand so genannt hat, verstehen Sie?«

»Eine Laus?« Audri schraubte eine regenbogenfarbene Augenbraue in die Höhe (und senkte die silberfarbene). »Nun, *ich* gehöre bestimmt nicht zu denjenigen . . .«

»Sie meinen, Philip hätte mich heute vormittag so . . .?«

Audris beide Augenbrauen gingen in die neutrale Stellung zurück. »Nein, Kindchen, *Sie* haben das eben getan.«

»Oh«, erwiderte Bron, »nun, ja.«

*

Wieder in seinem Kabuff, saß Bron grübelnd hinter seinem Schreibtisch und schleuderte noch mehr kollabierte Kaffeebirnen auf den Haufen in der Ecke.

Sie verstehen das nicht, dachte er; Philip und Audri und Sam und Miriamne und Lawrence – selbst Danny (an den er sich erinnerte) und Marny (an die er sich mit einiger Zärtlichkeit erinnerte) verstanden ihn nicht. Und Alfred verstand ihn wahrscheinlich am allerwenigsten – obgleich, aus anderem Blickwinkel betrachtet, Alfred ihn wahrscheinlich am allerbesten verstand; das heißt, Alfred verstand *ihn* – Bron – natürlich nicht; aber Alfred verstand zweifellos aus eigener Erfahrung das Gefühl, von niemandem verstanden zu werden; und – Bron konnte sich diese Selbstkasteiung erlauben – in gewisser Weise war Alfreds spezifische Art des Nichtdenkens seiner eigenen Art sehr nahe verwandt. Ja, Alfred verstand aus Erfahrung, obwohl er kein deutliches Bewußtsein davon hatte, daß diese Erfahrung nicht nur für ihn, sondern auch für andere menschliche Wesen schmerzlich sein konnte. Und war nicht Alfreds hartnäckige Weigerung (Bron dachte immer noch nach, fünf Minuten nach Ende der Arbeitszeit, als er mit wogendem Umhang und knisternden Ärmeln aus der Empfangshalle hinaus auf die Plaza trat), seinen Mitmenschen eine Erklärung – spekulativer, beschwichtigender, verdammender oder hilfreicher Art – ihres eigenen psychologischen Zustands anzubieten, ein Ausdruck von Respekt oder wenigstens eine Verhaltensweise, die man nur als solches erklären konnte? Alfred setzte einfach voraus (aber tat das nicht jeder, solange man ihm keine Veranlassung gab, sich anders zu verhalten), daß man wußte, was man tat . . .

Miriamne!

Und Alfreds verzerrtes Jünglingsgesicht erlosch. Er hatte mit ihr ein Verhältnis anfangen wollen! Sie war sein Typ. Und nun hatte seine eigene engagierte Gegenspionage gegen sich selbst sie um einen Job gebracht. Seine Reaktionen, die er als flexible Parameter hätte verwenden sollen, hatte er als feste, starre Perimeter benützt.

Miriamne!

Natürlich verstand sie ihn ebenso wenig.

Arme Miriamne!

Wie konnte sie das Wie oder das Warum verstehen, die hinter dem standen, was ihr widerfahren war?

Leidend an der Wunde, jemand anderen verwundet zu haben, dachte er: Helft mir. Er bahnte sich einen Weg über die belebte Plaza. Der obere Rand seiner Augenschlitze verdrängte das Sensorschild aus seinem Blickfeld und ersetzte es durch Schwärze, die so vollkommen war wie das Dach über dem U-P. In Stoffe gehüllt und düster schritt er über den belebten Platz und dachte: Jemand möge mir helfen . . .

Wie Alfred (dachte er), allein in seinem Raum, mit einem bereits diagnostizierten Nasenbluten, nachdem Sam und die anderen Helfer gegangen waren, verzweifelt wünschend, daß jetzt, wo die Katastrophe gebannt war, jemand, irgendwer, vor seiner Tür halten und ihm guten Tag sagen würde.

Brons Kiefer preßten sich zusammen.

Die Maske rutschte noch weiter nach unten, so daß – der Gedanke überfiel ihn so brutal wie der Schmerz, während er seinen Umhang über die Schultern warf und weitereilte – er nicht mehr zu erkennen vermochte, ob jemand versuchte, ihm freundlich herausfordernd, feindselig oder gleichgültig ins Gesicht zu schauen, da alle Passanten jetzt, bis auf die kleinsten, ohne Köpfe und verschwommen im Blickfeld erschienen.

Aber wenn man so nötig Hilfe braucht (verbittert knirschte er mit den Zähnen, als jemand gegen seine Schulter rempelte; er prallte zurück und rempelte einen anderen) und sie nicht bekommt, – dann gibt es nur ein Heilmittel dagegen – einem anderen helfen: – diese Offenbarung brachte ihn mitten auf der Plaza zum Stehen, da es sehr selten geschah, daß ihm Offenbarungen zuteil wurden.

Er stand blinzelnd im Strom der Passanten: zwei Leute hintereinander rempelten gegen seine linke Schulter; einer lief gegen seine rechte. Als er zurückprallte, wurde er von hinten gerempelt, und jemand sagte: »He, passen Sie doch auf! Was glauben Sie denn, wo Sie hier sind?«

Und er blieb immer noch stehen, in die halbverhüllte Dunkelheit hinausblinzelnd.

Wieder rempelte ihn jemand an. Dann noch einer.

Der grüne Zettel war bereits abgeschickt worden. Es *gab* nichts, was er noch für Miriamne tun konnte . . .

Fünf Minuten später betrat er den kleineren der beiden Sex-Shops an der Südost-Ecke des Platzes und, tief vermummt von Maske und Umhang, bat er um das zurückgelegte Paket mit der Salbe, die bereits bezahlt worden war. Tatsächlich! Das Gefühl moralischer Verpflichtung belastete seine leidende Seele schon nicht mehr so stark (und das runde Paket steckte in einer der zahllosen Geheimtaschen seines Umhanges). Er trat wieder hinaus auf den (jetzt fast leeren) Platz.

Zehn Minuten später mit leisem Herzklopfen, ging er an den grün erleuchteten Kacheln des Tunnels vorbei in den U-P, ohne auf die mahnenden Sprüche zu achten, die links und rechts von ihm mit Kreide, Farbe und Druckbuchstaben an die Wände geschmiert waren.

*

Hoch oben, verschwommen im Dunklen, zeigte ein archaischer verschnörkelter Zeiger auf sechs, der andere auf sieben. (Dezimaluhren, dachte er. Seltsam.) Er überquerte die Schienen, dann die Schlacken des Bahnkörpers. Er ging über den Bogen einer Fußgängerbrücke. Durch die Streben über sich sah er Lichter, die in einem Netz von Schatten zitterten.

Auf der Brücke drehte er sich, einer Laune folgend, um, während die Stoffbahnen wieder raschelnd zur Ruhe kamen.

Sie standen am anderen Geländer, drehten ihm den Rücken zu, blickten in die Dunkelheit hinaus, die eine knapp drei Meter entfernte Mauer oder der Nachthimmel sein konnte, in der sich viele Lichtjahre hinaus keine Sterne befanden.

Er erkannte sie an den blonden, federleichten Haaren, den hohen Schultern (jetzt ohne Umhang), den langen gebogenen Linien ihres Rückens wieder, die sich in einem Rock tief unter ihren Hüften verloren: ein bodenlanger Wickelrock, auf dem sich braune und rote und orangefarbene Kleckse miteinander mischten wie Herbstlaub auf einer Hügelansicht von einer anderen Welt.

Bron hielt auf halbem Weg zum anderen Geländer an. Der Rocksaum, der Umhang, die Schleier, die Ärmel und Manschetten, die sich hinter ihm gebläht hatten, raschelten gegen seine Handschuhe und Stiefel.

Der andere –?

Verfilztes Haar, in dem es bläulich (oder grün?) schimmerte.

Von zwei Fellstreifen abgesehen, die er sich um den Oberarm und einen kräftigen Schenkel gebunden hatte, war er immer noch nackt.

Und er war auch immer noch schmutzig.

Bron hielt, nur drei Meter von ihnen entfernt, an, die Stirne hinter der Maske runzelnd (die er irgendwo hinter dem Tunnel wieder in die rechte Lage gerückt hatte), betroffen über ihre Unterhaltung im Flüsterton.

Plötzlich schaute sie über ihre Schulter.

Auch der Mann blickte hinter sich. In dem entzündeten, narbenbedeckten Fleisch glitzerte etwas (selbst aus dieser Nähe war er sich nicht sicher, ob er damit etwas sehen konnte).

»Bron . . .?« sagte sie, während sie sich ihm zudrehte. Dann:

»Bist du es hinter dieser Maske . . .? Tethys ist eine kleine Stadt! Fred —« (auch Fred drehte sich um; die Halskette über seiner schmutzigen, viel zu muskulösen Brust klirrte.) »– und ich sprachen gerade von dir. Was für ein Zufall!«

Die Nägel an Freds schmutzigen und mit schwarzen Ringen bestückten Fingern waren abgekaut. Wie, fragte sich Bron, brachte er es nur fertig, mit so schmutzigen Händen noch Fingernägel zu knabbern – worauf ihm Fred eine Antwort gab, indem er eine Hand an den Mund führte und gedankenabwesend zu kauen begann, während sein blutunterlaufenes sichtbares Auge Bron blinzelnd betrachtete.

»Fred erzählte mir eben, daß er ebenfalls ein paar Jahre auf dem Mars gelebt hat. Auch auf der Erde. Luna ebenfalls, nicht wahr?« (Fred kaute weiter, über schmutzige Fingerknöchel hinweg und unter buschigen Augenbrauen hervor Bron betrachtend.) »Fred erzählte mir, er kenne Goebels sehr gut – so wurde doch der Rotlicht-Bezirk in Bellona genannt, nicht wahr, Fred? Fred erklärte mir auch, was deine goldene Augenbraue bedeutet: Das ist wirklich erstaunlich! – Nun . . . Tethys ist nicht nur eine kleine Stadt. Es ist ein kleines Universum!«

Fred kaute Nägel und blinzelte.

Und Bron dachte: Was die Leute nur alles mit ihrem Körper anstellen! Während diese ausgefallenen großen Muskeln mit klinischen Mitteln künstlich erzeugt waren (keine noch so anstrengende Tätigkeit auf einem Satelliten mit leichter Schwerkraft konnte solche Muskelberge auf Schenkeln und Armen, auf Schultern und Rippen mit derartig ebenmäßigen Rundungen hervorbringen), waren die Schwären, die Narben, die Furunkel auf Hüften und Armen und der Schmutz das Ergebnis einer gewissenhaften Unhygiene.

Und niemand hatte Geschlechtsteile von *solcher* Größe, wenn sie nicht entzündet oder von Chirurgen so aufbereitet worden waren.

Die Spike sagte: ». . . ist es nicht eigenartig, daß wir hier standen und von dir redeten, während du plötzlich hinter uns auftauchtest . . .« Da machte Fred, immer noch Nägel kauend, plötzlich einen Schritt vorwärts (hinter der Maske zuckte Bron zusammen), ging um Spike herum und entfernte sich nach links auf dem Gehsteig: ein sanftes Tappen auf bloßen Füßen, ein Klirren von Ketten.

Bron sagte: »Dein Freund ist nicht sehr gesprächig.«

»Das liegt an seiner Sekte«, erwiderte die Spike. »Er erzählte mir, daß die Tiere in letzter Zeit mit großen Schwierigkeiten zu kämpfen haben. Sie haben sich eben erst reformiert, weißt du, aus den Resten einer aufgelösten älteren Sekte; und jetzt sieht es so aus, als würden sie sich schon wieder auflösen. Dian – erinnerst du dich; sie gehört zu unserer Truppe – gehörte auch einmal zu den Tieren. Sie trat im letzten Monat aus der Sekte aus. Vielleicht habe ich Vorurteile, aber ich bin sicher, sie fühlt sich bei uns wohler. Sein Problem, glaube ich, besteht darin, daß der arme Fred, oder jeder andere von den noch übriggebliebenen Mitgliedern der Sekte jedesmal, wenn ihm eine Kommunikation als sinnvoll erscheint – oder war es sinnlos? Es ist mir schon ein dutzendmal erklärt worden, aber ich habe es immer noch nicht richtig behalten – seinen religiösen Überzeugungen Folge leistend und die Kommunikation entweder unterbinden oder – wenn das nicht geht – sich weigern muß, daran teilzunehmen. Du kannst dir vorstellen, welche Schwierigkeiten sich daraus ergeben, wenn auf einem religiösen Konzil ökumenische Entscheidungen gefällt werden müssen. Sollen wir ein Stück gehen . . .?« Sie streckte ihre Hand aus, runzelte dann die Stirn. »Oder ist es eine Anmaßung von mir, anzunehmen, du wärst hierhergekommen, um mich zu sehen?«

»Ich . . . bin gekommen, um dich zu sehen.«

»Vielen Dank.« Ihre Hand schloß sich über seiner. »Dann komm.«

Sie gingen am Geländer entlang.

Er fragte: »Gehörte Fred ebenfalls zu deinem Theaterstück? Dieser ganze Eröffnungszug, als du mich mitten im Schritt einfrorst –« das war ein Ausdruck aus der Eis-Farmer-Sprache, der auf dem Umweg der Eis-Opern in das allgemeine Bewußtsein eingedrungen war: aber während er sich wieder an ihre Kindheit erinnerte, schien ihm der Ausdruck affektiert zu sein, und er wünschte sich, er hätte ihn nicht verwendet.

»Ah . . .!« Sie lächelte ihn an. »Und wer von uns kann sagen, wo das Leben aufhört und das Theater beginnt . . .«

»Nun komm schon«, sagte er rauh, nachdem seine Verlegenheit von ihrem milden Spott verdrängt worden war.

So sagte sie: »Fred?« Sie bewegte die Schultern. »Ich sah ihn gestern zum ersten Mal in meinem Leben.«

»Und warum hast du jetzt mit ihm gesprochen?«

»Nun, weil . . .« Sie führte ihn ein paar Stufen hinunter. »– er zufällig dort war. Und da er mich schon einmal ins Gesicht geschlagen hatte, dazu noch im kritischsten Augenblick der Produktion, wo der erste Kontakt mit dem Publikum erfolgt, dachte ich, ich könnte eine förmliche Einleitung durch seinen Auftritt ersetzen. Offensichtlich hat er bereits ein paar unserer Stücke gesehen – er sagte mir, sie hätten ihm gefallen. Ich wollte herausfinden, wie sich das mit der Mission vereinbaren ließe, die ihm seine Sekte aufbürdet. Dabei kamen wir natürlich auf die politische Einstellung der Tiere zu sprechen und dann auf seine Lebensgeschichte . . . du weißt ja, wie das so geht. Etwas hatte ich schon vorher von Dian erfahren, und deshalb konnte ich ein paar intelligente Bemerkungen machen; und das nahm ihn natürlich sofort gegen mich ein. Wir kamen ins Gespräch, und wie du dir vorstellen kannst, sind Leute mit solchen Glaubensansichten nicht gerade beliebte Persönlichkeiten im öffentlichen Leben. Ich glaube, er braucht den Gedankenaustausch mit zivilisierten Leuten. Er ist ein ziemlich heller Bursche, wie ich feststellte. Natürlich leidet Fred unter der metaphysischen Schwierigkeit, daß eine Kommunikation immer ein Minimum von zwei Menschen voraussetzt – mehr oder weniger. Nun können sich zwei Menschen sehr intensiv, beredsam, oder irgendwo dazwischen, unterhalten. Doch in jedem beliebigen Moment kann das, was für den einen bedeutungsvoll ist, für den anderen leeres Gerede werden. Oder diese Situation kann sich auch umkehren. Oder die beiden Situationen können sich überschneiden. Und all das kann in fünf Minuten mindestens ein dutzendmal passieren.«

»Armer Fred«, sagte Bron trocken. (Sie bogen in eine schmale Gasse ein.) »Ich bin nur froh, daß er nicht zu dem ganzen Zirkus gehörte.«

»Und ich, wie man so schön sagt, bin froh, daß du froh bist. Ich dachte gerade daran, ihn zu fragen, ob er nicht in unsere

Truppe eintreten möchte. Du mußt zugeben, er ist pittoresk, und seine Vorstellung, als ich dich auf der Straße ansprach, gab dem ganzen ein gewisses *je ne sais quoi*. Wenn seine Sekte sich *wirklich* auflöst, wäre es tragisch, all diese Hingabe nutzlos verpuffen zu lassen! Wenn ich nur herausfinden könnte, was er von der Kommunikation des Theaters denkt – ob er sie für sinnvoll hält oder nicht? Sobald er – oder Dian – sich zu diesem Problem äußern, werden sie schrecklich abstrakt. Vielleicht sollte ich besser warten, bis er aus seiner Sekte ausgetreten ist. Und du kannst mir sagen, ob er sich für diesen Job eignet, nachdem du ihn bei der Vorstellung erlebt hast.« Bron wollte gerade ihre Hand loslassen, doch plötzlich lächelte sie ihn an. »Und was bringt dich hierher, wenn ich meine theoretischen Betrachtungen über deine Person und Persönlichkeit unterbrechen darf, indem ich Theater in die Wirklichkeit zurückkehre?«

Er wollte darauf antworten:

Ich kam hierher, um dir zu sagen, daß ich nicht daran schuld bin, wenn diese verrückte Lesbierin ihren Job verloren hat – egal, was sie sagt, und ob sie mich für eine Laus hält oder nicht!

»Ich kam hierher, um herauszufinden, wer und was du bist.«

Die Spike lächelte durch gesenkte Wimpern. »So maskiert und dick vermummt in dunkle Leichengewänder? Das ist romantisch!« Sie kamen in eine noch engere Gasse – waren, wie er jetzt begriff, wieder im Inneren des Co-Op. »Nur einen Augenblick –« Sie hielt vor etwas an, das er jetzt als Zimmertür erkannte – »und ich will sehen, inwieweit ich dir bei deiner Suche helfen kann. Es dauert nur eine Minute«, und sie war schon im Zimmer: die Tür schloß sich wieder hinter ihr.

In den folgenden sechs Minuten hörte Bron, wie sich Schubladen öffneten und schlossen, Schranktüren zuschlugen – etwas zu Boden stürzte; und die Stimme eines Mannes (Windy?) mürrisch protestierte; das Klimpern einer Gitarre; das Lachen des gleichen Mannes, der vorher protestierte; das Auf- und Zugehen weiterer Schubladen; dann ihre eigene Stimme, die zwischen einem Kichern sagte (wobei er von der Tür zurückprallte, sie dann wieder berührte, dann die Klinke wieder losließ): »Komm, komm, laß das! Laß das jetzt – verpatze mir nicht den Auftritt . . .«

Dann ein Dutzend Atemzüge lang nur Schweigen.

Die Tür öffnete sich, sie schlüpfte hindurch, und die Tür klappte hinter ihr wieder ins Schloß.

Sie trug weiße Handschuhe.

Sie trug weiße Stiefel.

Ihr langer Rock und das hochgeschlossene Mieder darüber waren weiß. Lange weiße Ärmel reichten bis zu ihren Handgelenken. Sie hob die Hand und zog einen weißen Umhang über ihre Schultern.

Auf dem Kopf trug sie eine weiße Kappe mit weißem Schleier, der ihre Augen bedeckte; weiße Federn wuchsen aus dieser Kappe heraus wie bei einem Albino-Pfau.

»Nun –« Der Schleier bewegte sich mit ihren Atemzügen – »können wir uns in dem Labyrinth von Wahrheit und Täuschung tummeln, auf der Suche nach dem flüchtigen Mittelpunkt unseres Seins, und durch das Geglitzer unserer eigenen proteischen Außenseite hindurchwindend –« Sie wandte sich zur Tür zurück und rief: »Keine Angst, ich werde noch rechtzeitig zur Vorstellung zurücksein.«

Die Stimme eines Mädchens filterte durch die Tür: »Hoffentlich!«

Die weiße Maske wandte sich ihm zu mit einem erstickten: »– aber wirklich . . .!« Ein Atemzug, und der Schleier senkte sich wieder. »Nun, durch Licht und Dunkelheit können wir unsere Wanderung beginnen . . .« Ihre in weiße Handschuhe gehüllten Finger lösten sich vom Hals und streckten sich nach ihm aus.

Er nahm sie, und sie gingen nebeneinander den Korridor hinunter, bis sie sich wieder im Freien unter hohen Häuserwänden befanden.

»Nun. Was willst du über mich wissen?«

»Ich . . .«

Nach einigen Sekunden sagte sie: »Beende deinen Satz, wie es dir möglich ist.«

Nach einigen Sekunden sagte er: »Ich . . . bin nicht glücklich in der Welt, in der ich lebe.«

»Diese Welt« – sie bewegte einen weißen Handschuh vor der Dunkelheit – »die gar keine ist, sondern nur ein Mond?«

»Sie genügt mir. Sie . . . sie machen es dir so leicht – du brauchst nur zu wissen, was du willst: keine philosophische Unterdrückung im Stil des einundzwanzigsten Jahrhunderts; keine sexuelle Unterdrückung im Stil des zwanzigsten Jahrhunderts; keine ökonomische Unterdrückung wie im Stil des neunzehnten Jahrhunderts; keine . . .«

»Es gab eine philosophische Unterdrückung im achtzehnten Jahrhundert und eine sexuelle Unterdrückung im einundzwanzigsten. Und in allen Jahrhunderten hatten sie einen gerüttelten Anteil an einer ökonomischen Unterdrückung . . .«

»Aber wir sprechen von unserer Welt. Dieser Welt. Der besten aller möglichen –«

»Eine Menge Leute, die hier leben, verschwenden eine Menge Kreide, Farbe, Vervielfältigungspapier und politische Energie, um die Leute davon zu überzeugen, daß es auch nicht *annähernd* die beste sein könne. Bron, wir haben einen *Krieg* . . .«

»Und wir sind daran nicht beteiligt – noch nicht. Spike, es gibt eine Menge Leute, dort, wo ich wohne – und der Himmel hat dort eine ganz andere Farbe –, die ernsthaft daran glauben, daß, wenn die Leute, von denen du redest, sich mehr um ihre eigenen Angelegenheiten kümmern würden, wir dieser besten aller Welten ein Stück näher wären.«

Ihr Griff lockerte sich an seiner Hand. »Ich lebe in dem U-P-Sektor. Du nicht. Wir wollen darüber nicht streiten.« Ihr Griff wurde wieder fester.

»Und worüber ich sprechen will, ist in beiden Stadtteilen gleich. Wenn du schwul bist, kannst du dir eine schwule Co-Op suchen; wenn du normal bist, suchst du dir eine von diesen weiblichen, männlichen Co-Ops, in denen es nur so strotzt von Gemütlichkeit und Gemeinschaftsbewußtsein; und dazwischen gibt es jede nur denkbare Kombination –«

»Ich habe immer gedacht, wir teilen hier die Menschheit in vierzig oder fünfzig verschiedene Geschlechter ein, die sich auf neun Kategorien aufteilen, vier davon homosexuell –«

»Wie bitte?«

»Soll das heißen, du bestreitest, daß du mit zehn Jahren das Sex-Programm der General Info abgerufen hättest? Dann wärst du der einzige gewesen, der das mit zehn Jahren nicht getan hat. – Oh, aber wenn du auf dem Mars aufgewachsen bist . . . Homosexuell bedeutet, daß du vorwiegend mit Vertretern deines eigenen Geschlechtes leben und befreundet sein willst, gleichgültig, wen oder was du gerne bumst. Die anderen fünf Kategorien sind heterosexuell.« (Selbstverständlich kannte er diese Gattungsbegriffe; selbstverständlich hatte er das Programm mit zehn Jahren gedrückt; diese theoretische Unterscheidung hatte ihn zuerst beeindruckt, aber später hatte er sie als lebensfremd verworfen.) »Ich will sagen, daß es bei einer Auswahl unter vierzig oder fünfzig Geschlechtern und doppelt so vielen Religionen, wie auch immer du sie miteinander kombinierst, dir nicht schwerfallen kann, einen Platz zu finden, wo du dir ein unbeschwertes Lachen erlauben kannst. Aber das ist dann auch ein ziemlich angenehmer Platz zum Wohnen, wenigstens in diesem Bezirk.«

»Klar. Wenn du achtzehn Jahre alte Jungs an die Wand drücken und ihre Brustwarzen mit rotglühenden Nadeln durchbohren willst . . .«

»Sie müssen rotglühend sein.« Aus dem Flitter und den Maschen ihres Schleiers kam mit ihrer Stimme ein Lächeln, so unglaublich geheimnisvoll, daß es jede Vorstellungskraft übertraf. »Sonst könnte es eine Infektion geben!«

»Sie könnten auch eiskalt sein! Wichtig ist nur, daß du nach der Arbeit ganz nach Belieben ein Haus besuchen kannst, wo die achtzehn Jahre alten Jungen, die sich mit so etwas abgeben – rotglühende Nadeln im ersten Stock, eiskalte Nadeln im zweiten Stock – sich zu einem Verband zur gegenseitigen Unterstützung zusammengeschlossen haben und wo du und sie und dein Bernhardiner, wenn du so etwas brauchst, um dich wieder von den Eisnadeln befreien zu können, sich zum gegenseitigen Nutzen und mit gegenseitiger Hochachtung begegnen können.«

»Und die Käfige im Erdgeschoß?«

»Es gibt einen hier in deinem Sektor, und einen in meinem und wahrscheinlich noch ein Dutzend, die über die Stadt verstreut sind. Und wenn dich das Angebot oder die Qualität von achtzehnjährigen Jungen in dieser Woche nicht zufriedenstellt, kannst du dir einen Termin in einer Klinik geben lassen, damit sie dort deine sexuellen Wünsche umpolen. Und weil du schon mal dort bist, und dir dein eigener Körper nicht mehr gefällt, kannst du ihn regenerieren lassen, grün färben oder heliotrop, ihn dort aufpolstern, hier ein Stück wegnehmen –« Bei der nächsten Kreuzung mußten sie auf eine Fußgängerbrücke hinaufsteigen. »Und wenn du schon zu abgeschlafft bist für solche Sachen, kannst du dich irgendeiner Religion in den Schoß werfen, deinen Körper vernachlässigen oder verstümmeln, während du dich auf das konzentrierst, was dir als die höheren Dinge des Daseins vorschwebt, in dem tröstlichen Bewußtsein, daß du, wenn dir das alles zum Hals raushängt, dich nur an die nächstbeste Computerleitung zu hängen brauchst, die dir eine Diagnose stellt und dich wieder zusammenflickt. Einer meiner Bosse im Büro, der in einer Familienkommune auf dem Ring wohnt...«

»Das klingt fashionable; sagtest du, *im* Ring, oder *auf* dem Ring?« weil der Ring, (der gar kein Ring war, sondern eine Art von schlingengemusterte Endozykloide, die sich am äußeren Rand der Stadt entlangzog) die elegantesten Kommunal-Komplexe von Tethys enthielt. (Tethys' herrschende Familien zogen nach ihrer Wahl traditionsgemäß zum London Point auf dem Ring.) Die altehrwürdigen Serienkommunen, die seit fast neunzig Jahren mit der City gewachsen waren, befanden sich an dem äußeren Rand des Ringes – weniger *innerhalb* des Ringes, worunter man die amorphe Nachbarschaft verstand, die sich um ein oder zwei Koordinatenwerte weit zum Zentrum hin ausdehnten, aber immer noch durch die Nachbarschaft des Ringes als elegante Wohnviertel galten.

»Auf dem Ring.«

»Superelegant!«

»Und er ist der Typ, der nicht einen Franq für alle sloganschreibende, flugblattverteilende Unzufriedenen ausgeben würde. Da ist ein Bursche in meinem Co-Op, der tatsächlich in der Regierung sitzt, aber ganz bestimmt auf einem Stuhl einer deiner Meinung nach falschen Fraktion: Er hält wahrscheinlich viel mehr von den Unzufriedenen als Philip.« Rechts von ihnen, weit draußen in der Dunkelheit, rumpelte ein Transport über die Schienen. »Am letzten Unabhängingkeitstag feierte Philip in seiner Kommune eine große Party...«

»Das war patriotisch!«

»– mit all seinen Kollegen und allen Kollegen aller anderen Mitglieder seiner Kommune. Das hättest du miterleben müssen . . .«

»Ein paarmal hatte ich das Vergnügen, mit Leuten *im* Ring befreundet zu sein – die nur eine oder zwei Straßen vom Ring entfernt wohnen. Das war recht beeindruckend.«

»Zu seiner Kommune gehören dreizehn Leute . . .«

»Eine regelrechte Brutfamilie!«

»– die Kinder nicht mitgerechnet. Drei von den Frauen und zwei von den Männern – einer davon ein widerlicher Schwuler namens Danny – befinden sich in der absolut höchsten Einkommenssparte.«

»Ich bin überrascht, daß nicht alle dreizehn von ihnen die höchste Kreditstufe haben.«

»Philip ist nur drei Stufen höher als ich und redet immer davon, für was für einen Versager der Rest seiner Familie ihn betrachtet. Sie haben mindestens zwei Dutzend Räume für sich, die Hälfte davon große, runde, doppelstöckige Dinger mit freischwebenden Wendeltreppen und durchsichtige Westwände, die auf die Wohntürme der Stadt hinausschauen mit dem leuchtenden Schild darüber, und durchsichtige Ostwände, die auf die Eis-Felder und -Spalten hinausblicken, mit echten Sternen in einem echten Himmel . . .«

»Erinnerungen an einen Ort, den ich meine Heimat nenne . . .«

»Doppelte Erholungsräume; Gartenräume; Swimming Pools –«

»Sagtest du *Pools*, mit einem ›S‹ . . . am Ende?«

»Drei, wenn ich mich richtig erinnere. Einer mit seinem eigenen Wasserfall, der aus dem Schwimmbecken einen Stock höher herunterrauscht. Ihre Kinder sind so verdammt gut erzogen und frühreif – und ein Drittel davon so offensichtlich Philips Kinder, daß man sich fragt, ob sie ihn überhaupt für etwas anderes gebrauchen. Und die Partygäste sind schwimmend, trinkend und essend über die ganze Kommune verstreut und fragen: ›Haben Sie sich einen Koch gemietet, der Ihnen half, das alles vorzubereiten?‹, und eine sehr elegante Lady von der

Kommune, die eine Menge Perlen auf dem Körper trägt und sehr wenig sonst, antwortet: ›Oh, nein, so machen wir das hier nicht auf dem Ring‹, und mit diesem verblüffenden Lächeln: ›So machen es die da *drüben*‹, während sie mit dem Kopf *in* den Ring hineindeutet. Und dann ein munteres Geschnatter von Sieben- und Achtjährigen, die von einem kleinen nackten Orientalen betreut werden, und jemand fragt: ›Oh, sind Sie die Kinderschwester der Kleinen?‹, worauf er mit einem breiten, orientalischen Lächeln erwidert: ›Nein, ich bin einer ihrer Väter‹, was man, vermute ich, ihm (wie bei Philip) sofort angesehen hätte, wenn man genauer hingeschaut hätte, und dieser Orientale sitzt im interstellaren graviatrischen Aufsichtsrat . . .«

»Der zweite in der höchsten Einkommensstufe?«

»Du hast es erraten. Und nur, weil man aus der Rolle fallen will, fragt man eine andere Lady, die dir als Vorsitzende der Vollzugsabteilung in der Verwaltung vorgestellt wird, ob sie auch in der obersten Einkommensklasse ist –«

»Zwei Stufen niedriger, vermute ich –«

»Und sie antwortet: ›Nein, ich bin zwei Stufen niedriger. In welcher Einkommensstufe sind denn *Sie* –‹«

»In welcher Stufe bist denn *du?*«

»Ich habe es nie weitergebracht als bis zur fünfzehnten Stufe von oben, und ich sehe auch keinen Grund, noch höher zu kommen. Nur fragt sie mich schon, ob ich nicht Lust hätte, mit ihr zum Schwimmen zu gehen? Der geheizte Pool wäre einen Stock höher, und wenn wir uns erst abkühlen wollten, brauchten wir uns nur in das Becken gleich neben uns zu werfen. Und ist die Kapelle gemietet? Nein, die Musik stamme von ihren zwei ältesten Töchtern, die schrecklich kreativ seien, wenn es sich um Dinge handle wie Musik, Kochen und automotive Physik. Dann wirst du wieder einer anderen schönen Frau mit zwei Kindern – von denen eines offensichtlich von Philip stammt – und die sie ›Ma‹ nennen, die zusammen in einer Sandkiste spielen, vorgestellt; also fragst du sie: ›Gehören Sie auch zu dieser Kommune?‹ Und sie lacht und erwidert: ›Oh, nein. Vor ein paar Jahren gehörte ich dazu, aber ich habe mich davon getrennt. Ich wohne jetzt außerhalb, auf Neriad. Aber wir sind extra wegen der Party hierhergekommen. So etwas lasse ich mir nicht entgehen! Die Kinder sind hier immer so glücklich gewesen!‹ Es war alles so gesund und entgegenkommend und liebenswürdig und elegant, daß es einen ankotzte – und ich kotzte tatsächlich bei meinem zehnten Glas von irgend etwas schrecklich Hochprozentigem. Und zwar über einen unglaublich beeindruckenden Kunstgegenstand, der meiner Meinung nach schwer zu säubern und zu ersetzen war. Und prompt, wie erwartet, taucht Philip auf, ein Baby auf seiner rechten Schulter, die linke Brustwarze herunterbaumelnd wie ein Schnuller, und neben ihm eine seiner Frauen, Alice, mit einem Kind an ihrer Brust – sie ist die Negerin mit den Tätowierungen darauf – die mir den Kopf hochhält und lächelnd sagt: ›Hier, nehmen Sie diese Pille. Sie werden sich in einer Minute gleich besser fühlen. Wirklich. Oh, machen Sie sich nur deswegen keine Sorgen! Sie sind nicht der einzige.‹ Ich meine, nach einer Weile möchtest du der einzige sein – auf irgendeine Weise, ganz gleich, wie . . . Tätowierungen? *Ich* hatte Tätowierungen als Kind. Und ich habe sie mir auch wieder entfernen lassen. Auf die harte Tour. So gegen Ende der Party fiel ich, glaube ich, in den Swimming-Pool, und ungefähr fünf Leute zogen mich wieder heraus, worüber ich, glaube ich, sehr ärgerlich war – und selbstverständlich auch wieder betrunken, und nur, um etwas wirklich Ungeheuerliches zu tun – da war eine Frau auf der Party, Marny, die wirklich nett war –, fing ich an, davon zu reden, daß ich jeden, der es wollte, für fünf Franqen bumsen würde; ganz billig, nur für fünf Franqen, aber dafür würde ich jedem, der sie bezahlte, auch das Paradies zeigen . . .«

»Mmmmm«, machte die Spike.

»Nur steht da unter den Leuten, die das hören, auch noch dieser verdammte Danny, der, mit einem breiten Grinsen auf dem Gesicht, erwidert: ›He, dafür habe ich auch von Zeit zu Zeit was übrig. Fünf Franqen? Ich nehme Sie beim Wort!‹ Ich sehe ihn nur an, weißt du, und gebe zurück: ›Nicht *du*, Schwanzlutscher. Wie steht es denn mit einer deiner Frauen?‹ Verstehst du? Ich wollte nur irgendwo durch diese Wand durch, irgendwie. Und weißt du, was er darauf erwidert, mit diesem sehr besorgten Blick, als hätte ich ihn gebeten, mir eine von seinen alten Dreiunddreißiger-Platten vorzuspielen, von denen er weiß, daß sie einen Sprung hat? ›Nun, ich glaube nicht, daß eine von unseren Frauen im Augenblick dazu aufgelegt wäre – außer *vielleicht* Joan. Wenn Sie nur eine Minute warten wollen, werde ich sie suchen und fragen‹, und dann raste er eine von diesen unglaublichen, freischwebenden Treppen hinauf, mit dem Ausblick auf die unglaublichen Eis-Felder. Und natürlich ist Philip auch schon wieder zur Stelle, und ich versuche, diesen Frauen zu verkaufen, daß ich wirklich ein guter Fikker bin. Ein *hervorragender* Ficker. Kein Laie, sondern ein Profi, getestet und mit Diplom. Und daß sie nicht einmal hier auf dem Ring so einen Profi hätten! Und Philip, der fast genau so besoffen sein mußte wie ich, erwidert: ›Ja, ich war auch einmal ein Prostituierter – Marny und ich haben es beide für Geld gemacht, als wir noch Kinder waren und unterwegs per Anhalter. Als Marny zum erstenmal die Erde besuchte und ich den Mond, haben wir es ein paar Monate lang für Geld getan, als illegale Prostituierte, glaube ich. Nur kann ich mich nicht mehr erinnern, welche Art von Prostitution auf der Erde erlaubt war. Es ist großartig für den Körper. Aber für den Geist ist es schon ein bißchen hart.‹ Das sei wie ein Dauermarathon beim Tennis, sagte er, wo man nie eine Chance bekäme, mit jemandem ins Gespräch zu kommen, außer über das trennende Netz hinweg. Ich meine, kannst du dir das vorstellen! Das von Philip? Wäre ich nicht so betrunken gewesen, hätte ich mich wahrscheinlich über ihn gewundert. Aber in meinem Zustand dachte ich nur, das ist wieder eines von diesen Ärgernissen, mit denen ich eben in dieser Welt leben muß und vielleicht von Fall zu Fall kichern darf. Egal, wie oft ich auch deswegen kotze.« Der Gehsteig führte sie durch eine sachte Kurve. »Danach mußte ich einfach gehen. Keine Logik oder Metalogik hätte mich noch dort halten können. Es war alles perfekt, schön, bruch- und nahtlos. Jeder Schlag, jede Ohrfeige wurde absorbiert und in ihre Struktur integriert. Auf dem Rückweg vom Ring – Philip hatte mich noch gefragt, ob ich nicht auf Joan warten wolle, und als ich nein sagte, ließ er mich noch eine Pille schlucken; sie wirken tatsächlich – wollte ich nur noch heulen.«

»Warum?«

»Es war schön, harmonisch, makellos, strahlend – es war eine

Familie, für die ich meinen linken Hoden geopfert hätte – nein, sogar beide Hoden – wenn ich ihr als Tochter oder als Sohne angehört hätte. Was für ein Ort, um dort aufzuwachsen, voller Vertrauen, daß du dort geliebt wirst, ganz gleich, was du tust, ganz gleich, was du bist, und mit all dem Wissen und dem Selbstvertrauen, das dir daraus erwächst, während du dir schlüssig wirst, was es ist, das du bist. Aber diese große Lüge, die diese Leute hochhalten, gleichgültig, ob sie nun in einer Kommune wohnen oder einem Co-Op – und deswegen hasse ich sie vermutlich, wenn alles gesagt und getan ist – selbst diejenigen von ihnen, die ich mag, wie Audri (sie ist mein anderer Boß), lautet: Jeder kann es haben, kann daran teilnehmen, sich in ihrem Glanz sonnen und selbst ein Teil von diesem Glanz werden – oh, vielleicht kann nicht jeder es unter einer Adresse finden, die nur ein paar Schritte von London Point entfernt ist, aber irgendwo wartet es ganz bestimmt auf dich . . . wenn nicht in einer Familien-Kommune, dann in einer Arbeits-Kommune, wie in deiner Theatertruppe, wenn jedoch nicht in einer Kommune, dann wahrscheinlich in einer . . . nun, in einer fremdgeschlechtlichen Co-Op; wenn nicht in einem fremdgeschlechtlichen Co-Op, dann in einem gleichgeschlechtlichen. Irgendwo in deinem Stadtbezirk oder in meinem – in dieser Wohneinheit oder in jener, dort wartet es: Glück, Gemeinsamkeit, Respekt – du mußt nur wissen, welche Art von Glück und wieviel und in welchem Ausmaß du es haben willst. Das ist alles.« Er hätte fast geweint, als er zu seinem lizensierten Co-Op in seinem Stadtteil an diesem Morgen zurückgekommen war. Doch jetzt hatte er dicht am Wasser gebaut. »Aber was geschieht mit denjenigen unter uns, die es nicht wissen? Was passiert jenen von uns, die Probleme haben und nicht wissen, *warum* wir die Probleme haben, unter denen wir leiden? Was geschieht mit solchen von uns, in denen selbst der wollende Teil durch Atropie alle Verbindungen mit dem artikulierenden Verstand verloren hat? Dem Vermögen, zu unterscheiden, was du möchtest und es dir dann verschaffst? Nun, was ist mit denjenigen von uns, die lediglich wissen, was wir *nicht* mögen? Ich weiß, daß ich deine Freundin Miriamne nicht mochte. Ich weiß, daß ich nicht mit ihr arbeiten will. Ich habe sie heute morgen aus ihrer Stellung geworfen. Ich habe keine Ahnung, wie es dazu kam. Und ich möchte es auch nicht wissen. Aber ich bedauere es nicht, keine Sekunde! Vielleicht regte sich – eine Minute lang – das Bedauern, aber jetzt nicht mehr. Und ich will es auch nicht.«

»Aha!« sagte die Spike. »Ich glaube, wir sind gerade auf festen Boden gestoßen – oder wenigstens auf eine Laus.«

Er blickte ihre weiße Maske an. »Wieso?«

»Dein Tonfall wechselte. Deine Körperhaltung veränderte sich. Selbst unter deiner Maske konnte man sehen, wie du deinen Kopf vorstrecktest und deine Schultern recktest – im Theater muß man eine Menge darüber lernen, was der Körper über Gefühlsregungen aussagt –«

»Ich habe nichts mit dem Theater zu tun. Mein Gebiet ist die Metalogik. Wie steht es mit denjenigen unter uns, die nicht wissen, was der Körper zu den Gefühlen zu sagen hat? Oder die Umlaufbahn der Kometen? Drücke es in Begriffen aus, die *ich* verstehe!«

»Nun, die Metalogik ist nicht *mein* Gebiet. Aber du scheinst eine Art von logischem System zu verwenden, nach dem du behauptest, wenn du dich einer Erklärung näherst: ›Laut Definition ist mein Problem unlösbar. Aber nach jener Erklärung dort drüben läßt sich mein Problem lösen. Da ich aber mein Problem als unlösbar definiert habe, kann laut dieser Definition diese Lösung für mein Problem keine Anwendung finden.‹ Ich meine, wirklich, wenn du . . . Nein. Warte. Du wolltest, daß ich dir sage, was nach deinen Begriffen geschieht? Nun, erst einmal tust du weh. Ja, Leute wie ich können sich hinsetzen und eine Skizze entwerfen, wie du es fertigbringst, dir ein Großteil dieses Leides selbst zuzufügen. Ich vermute, daß du in deinen besten Momenten sogar . . .«

»Nach *deinen* Begriffen sind es meine besten Momente. Nach meinen Begriffen sind es meine schlimmsten – weil dann der Schmerz am hoffnungslosesten erscheint. In der übrigen Zeit kann ich wenigstens die Hoffnung aufbringen, wie trügerisch sie auch sein mag, daß die Dinge sich doch noch bessern können.«

»Nach deinen Begriffen leidest du dann nur. Und –« sie seufzte – »von Zeit zu Zeit – ich meine, ich weiß, wie sehr Miriamne diese Position brauchte; sie ist wahrscheinlich weit unter deiner und meiner Einkommensstufe – tust du anderen Menschen weh.«

Ein Dutzend raschelnder Schritte blieben sie still.

»Du hast mich vorhin gefragt, ob meine Tätigkeit als Prostituierter mir geschadet hat. Ich dachte eben darüber nach. Deine Freundin Miriamne unterstellte mir, ich hätte sie gefeuert, weil sie kein Interesse zeigte, als ich mit ihr flirten wollte. Nun, vielleicht liegt hier ein Nachteil, den ich der Vergangenheit als Prostituierter zu verdanken habe. Denn du wirst immer wieder der Demütigung in dieser Art von Job ausgesetzt, daß die Leute – die Männer, die dich beschäftigen wie auch die Frauen, denen du zu Willen sein mußt – dir in allem, was du tust, ein sexuelles Motiv unterstellen, nur weil du den Sex verkaufst. Wenn du in diesem Gewerbe bist, lernst du, mit ihm zu leben. Aber es ist der Unterschied, der sie und dich trennt – du spürst ihn in ihren Witzen, in den Trinkgeldern und an den Jobs, die man dir verwehrt. Und es gibt nie einen wirklich echten Grund dafür, egal, was du auch tust. Erkundige dich bei deinem Freund Windy, er wird dir sagen können, was ich meine: als ich hierherkam, hatte ich alles über die sexuelle Freiheit der Satelliten gehört – es ist der goldene Mythos der beiden Welten. Als ich den Mars verließ, gelobte ich mir, daß ich jemand anderem so etwas nie zumuten würde, so lange ich lebe; denn mir ist es ein paarmal zuviel zugemutet worden. Nun, vielleicht wurde ich durch meine Erfahrung als Prostituierter überempfindlich, aber als Miriamne mir heute morgen ernsthaft unterstellte, daß ich sie feuerte, weil sie auf meinen Flirt nicht eingehen wollte – nun, da war ich von den Socken! So etwas findet man hier nicht sehr häufig, und, ja, das stellt eine Verbesserung in meinem Leben dar. Aber wenn es doch geschieht, wird es dadurch auch nicht angenehmer. Denn es ist etwas, das ich keinem anderen antun könnte. Es ist etwas, von dem ich mir nicht wünsche, daß es mir angetan wird. So sehr sie mir auch unsympathisch ist, so sehr hat sie mir auf dem Weg hierher auch leid getan. Aber wenn sie der Typ ist, der anderen so etwas antut . . . zum Teufel, dann bin ich der Richtige dafür, wobei ich mich nur frage, ob ich das Recht habe, sie zu bedauern . . . Verstehst du?«

»Auf einer Ebene«, erwiderte die Spike, wobei ihre Stimme einen Ausdruck von Ernsthaftigkeit voranstellte, genau so verwickelt wie das aufgesetzte Lächeln zuvor, »ist alles, was du sagst, vollkommen logisch. Auf einer anderen, sehr profunden Ebene verstehe ich nicht ein einziges Wort. So einem Mann wie dir bin ich noch nie begegnet, wenn ich ehrlich sein will, und ich habe eine Menge Männer gekannt. Deine ganze Erzählung, von Philip bis Miriamne – *seine* Frauen? *ihre* Männer? Tatsächlich hast du über letzteres gar nichts ausgesagt; ich frage mich, ob das nicht bezeichnend ist? – Dein ganzer Bericht hört sich an wie eine Vision von einer anderen Welt!«

»Ich stamme von einer anderen Welt – einer Welt, mit der du dich im Krieg befindest. Und es stimmt, daß wir dort die Dinge anderes regelten.«

»Auf einer Welt, von der ich hoffe, daß wir uns nicht kriegerisch mit ihr auseinandersetzen müssen.«

»Also gut, eine Welt, mit der wir uns *noch* nicht im Krieg befinden. Glaubst du, meine Unfähigkeit, mich an die feineren Nuancen zu halten, ist nur einer von vielen Belegen für meine martianische Verwirrung?

»Ich glaube, deine Verwirrung tut anderen Menschen weh.«

Er runzelte die Brauen hinter der Maske. »Dann sollten Leute wie ich ausgemerzt werden!«

Ihre Augen glitzterten in den Maskenschlitzen. »Das wäre eine Lösung. Aber ich dachte, wir hätten sie von Anfang an ausgeschlossen.«

Er behielt sein Stirnrunzeln bei und schwieg.

Nach einigen Schritten meldete sich die Spike wieder: »Da du nun alles über mich weißt, möchte ich wissen, was du nun mit dieser kostbaren Information anfangen willst?«

»Äh? Oh, nur weil ich ständig von mir selbst geredet habe? Nun, wir befinden uns *innerhalb* des nichtlizensierten Sektors, nicht wahr?«

»Ich würde das als Klage über deine Untergebenen und als Prahlerei mit deinem Boß bezeichnet haben. Aber nichts für ungut.«

»Aber ich *weiß* doch schon alles über dich«, sagte er. »Wenigstens eine Menge – du bist eine von neun Gören einer Ganymede-Eisfarmer-Familie; vermutlich war deine Kindheit genau so gesund und in einer heilen Welt, wie du sie bei Philips Clan finden kannst –«

»Oh, in mehrfacher Hinsicht sogar noch gesünder. Sicherlich viel neurotischer, wenn ich es in anderen – *meinen* – Begriffen ausdrücken darf.«

»– und jetzt lebst du das romantische Dasein eines Theaterproduzenten in dem swinging, nicht lizensierten Sektor der großen Stadt, wo du es zur Berühmtheit gebracht hast und, wenn nicht zu einem Vermögen, so doch mindestens zu einer finanziellen Unterstützung durch die Regierung. Was muß man sonst noch über dich wissen?«

Der weiße, mit Federn geschmückte Schädel stieß eine einzige Silbe eines Gelächters aus, fast ein Bellen (ihm klang es unglaublich häßlich): eine Kette von melodischen Lachtönen folgte. »Nun, du weißt mindestens noch etwas über mich.«

»Was?«

»Ich besitze ein tüchtige Portion Toleranz als Zuhörer. Verrate mir eines: glaubst du, daß Leute, die eine gewisse Zeit, aus welchen Gründen auch immer, in Goebels verbracht haben, einen besonderen Persönlichkeitstyp besitzen? Ich frage dich, weil ich zugeben muß, daß ich hier und dort Ähnlichkeiten zwischen Freds und deiner Persönlichkeit entdecke. Oh, nichts Spezifisches, aber doch in einer Grundeinstellung zum Leben.«

»Ich glaube nicht, daß ich mich geschmeichelt fühle.«

»Oh, aber selbstverständlich! Du mußt doch auch schon alles über Fred wissen . . . Ich möchte damit nicht sagen, daß er irgend etwas mit der Prostitution zu tun hatte. Jedenfalls hat keiner von euch beiden auch nur die geringste Ähnlichkeit mit Windy. Er war ein Prostituierter – aber schließlich ist die Erde, wie du sagtest, eine ganz andere Geschichte.«

»Du verstehst mich einfach nicht.« Bron seufzte. »Hilf mir. Nimm mich. Mach mich gesund.«

»Ich muß aber erst etwas über *dich* erfahren.« Ihr Blick war nur noch weiße Seide und Spangen. »Und ich mache dir das Kompliment, anzunehmen, daß ich damit noch nicht einmal angefangen habe.«

»Ich wette, du glaubst, du könntest – wie sagtest du doch

gleich? – dich hinsetzen und eine Skizze entwerfen, wie ich es fertigbringe, mir selbst weh zu tun.«

»Deine Mutmaßungen über das, was ich denke, sind so monumental, daß sie fast rührend sind.« Ihn immer noch an der Hand haltend, schob sie sich nach vorne. Plötzlich blickte sie zurück und flüsterte: »Laß mich dir helfen! Laß mich dich nehmen! Laß mich dich gesundmachen!«

»Häh?«

Sie hob den Zeigefinger in ihrem Handschuh an den Schleier vor ihren Lippen. »Komm mit mir. Folge dichtauf. Tue, was ich tue. Präzise. Aber spreche kein Wort!«

»Was tust du . . .?«

Doch sie hielt wieder warnend den Finger vor den Schleier, ließ seine Hand los und eilte in Wellen aus Weiß die Stufen neben ihnen hinunter.

In Wellen aus Schwarz folgte er ihr.

Sie überquerte eine mit Schlacke bestreute freie Fläche und eilte dann sofort eine wacklige Treppe zwischen Mauern hinauf, die kaum Raum ließen für seine breiten Schultern.

Auf der obersten Stufe hielt sie an.

Er blieb hinter ihr stehen. Eine Spange, die ihn im rechten Augenwinkel traf, verwirrte sein Blickfeld mit roten Funken.

Und ihre weißen Federn und die Kapuze aus weißer Seide hatten sich in zuckendes Rot verwandelt, das heller flimmerte, als jedes schadhaftes Korrdinatenschild es zuwege bringen konnte.

Hinter dem Eingang der Gasse war ein halbes Dutzend Leute versammelt – unter ihnen das kleine Mädchen, das er in der vergangenen Nacht in Spikes Zimmer gesehen hatte, und auch die kräftig gebaute, an der Brust verstümmelte Dian –, die auf ihren Schultern rote Fackeln trugen, welche wie Wunderkerzen knisterten und Funken warfen. Windy rotierte kopfaufwärts, kopfabwärts, kopfaufwärts auf einem großen Gerüst, das der Tretmühle für einen Käfighamster ähnelte. Glocken waren an seinen Hand- und Fußgelenken befestigt. Eine Scheibe zentrierte sich in farbigen Streifen um seinen Knopf im Nabel – Ringe in rot, blau und gelb dehnten sich bis zu seinen Brustwarzen und Knien aus. Die Gitarre begann zu spielen. Als wäre die Musik ein Signal, begannen zwei Männer einen gewaltigen Teppich auf dem Boden auszurollen – wieder ein Wandbild: diesesmal stellte es irgendeinen antiken Jahrmarkt mit archaischen Kostümen, mit Martkschreiern und Gauklern dar.

Verbale Disorientierung, dachte er, während er dem surrealistischen Katalog des lyrischen Vortrags zuhörte: die Melodie spielte eine untergeordnete Rolle, war diesmal nur rhythmisch, mehr rezitativ als Gesang.

Wer (Bron blickte sich unter den Zuschauern um, die mit der Hand den Takt zu diesem harten, eindringlichen Rhythmus schlugen) war diesmal der Auserlesene?

»Hier!« flüsterte die Spike, indem sie eine Stange, die an der Mauer lehnte, nahm und eine zweite in Brons Handschuhe schob. Und mit der Stange, die sie ganz oben anfaßte, schwang sie sich über den ausgebreiteten Jahrmarkt hinüber in den Kreis der Fackelträger (die Raum für sie schafften), und dann ließ sie die Stange über ihren Kopf kreisen.

Bron schwang sich an seiner Stange hinter ihr her und bewegte sie ebenfalls über den Kopf.

Aus dem Augenwinkel sah er, daß Windy sein Rad verlassen hatte und jetzt langsam zwischen den durcheinanderwirbelnden Fackelträgern (seine Finger- und Fußnägel waren leuchtend und vielfarbig wie Perlmutt) seine Räder schlug.

Die Spitze von Spikes Stange sprühte jetzt blaue Funken. Er blickte hoch: seine eigene Stange war ein knisterndes Gold.

Dann, hinter dem Gold, sah er das Trapez zu ihm hinunterschwingen. (Wie hoch war hier die Decke vom Boden entfernt?) Zwei Gestalten saßen darauf. Die eine davon war die Frau, jetzt in einem ganz gewöhnlichen, unten gestutzten Straßensack, die Spiegel an ihren Zehen getragen hatte, als er sie zuletzt bewunderte. Die andere war jünger, größer, hatte dunkle Haare (sie streiften knapp zwei Meter über die funkensprühenden Stangenköpfe hinweg und entfernten sich dann wieder auf dem ansteigenden Bogen); ihre Gesichtszüge, die irgendwo aus der Nähe von Oceana auf der Erde stammen mußten, waren von Erstaunen geprägt, als sie den Kopf zurücklegten und wieder hinauf ins Dunkel schwangen.

... Und wieder herunterkam mit flatternden Haaren und

Hosenmanschetten. Der Gesang veränderte die Tonlage und den Rhythmus. Zuerst dachte er, er würde sich in Polyphonie auflösen. Doch jeder sang nur seine eigene Stimme.

Darüber schwangen die beiden Frauen.

Die Musik war jetzt ein kompletter Mißklang.

Die Spike hob ihre Stange und ließ sie mit flatternden Ärmeln in einem weiten Kreis schwingen (er hob seine eigene und schwang sie. Der Schweiß lief ihm unter der Kapuze über das Gesicht), dann warf sie sie plötzlich auf den Boden (seine eigene Stange klapperte eine Sekunde neben der ihren). Sofort verstummten die Sänger.

Bron blickte nach oben wie alle anderen Beteiligten.

Das Pendel des Trapezes bewegte sich langsamer vor und zurück.

Jemand zu seiner Linken stimmte den Ton an. Jemand zu seiner Rechten nahm ihn auf, dann ein Dritter im Hintergrund. Andere fielen ein. Der Akkord wuchs in Moll wie die Wellen eines fremdartigen Ozeans, die an seinen Ohren brachen. Plötzlich öffnete er sich in das Dur – was ihn den Atem anhalten ließ.

Das Trapez kam zitternd zum Stillstand. Die großgewachsene junge Frau klammerte sich mit beiden Händen an eines der beiden Seile und starrte verwundert nach unten.

Der Akkord starb. Fackeln gossen Rot und Blau und Gold und Rot auf den Boden . . .

Die junge Frau sagte: »Oh . . . oh, das war – oh, vielen Dank!«

Die andere Frau auf dem Trapez sagte: »Vielen Dank . . .« Sie ließ ihr Seil los, und indem sie sich mit überkreuzten Handgelenken festklammerte, begann sie Beifall zu klatschen.

Auch die übrigen Mitglieder der Truppe klatschten.

Die Spike hatte ihre Kapuze abgenommen, und während sie sie unter den Arm klemmte, verbeugte sie sich mit wogenden weißen Federn inmitten der anderen sich verbeugenden Darsteller. Bron beendete seine eigene verlegene Verbeugung und nahm seine Maske ab. Seine Haut, die auf dem Nasensattel und hinter den Ohren Schweißtropfen trug, kühlte sich ab.

»Das war wunderbar!« sagte die junge Frau, auf sie herabblickend. »Sind Sie so etwas wie ein Theater-Ensemble?«

»Eine Kommune«, erklärte die andere Frau auf dem Trapez. »Wir arbeiten mit finanzieller Unterstützung der Regierung, um Mikro-Theater für einen Zuschauer zu spielen. Oh, ich hoffe, Sie haben nichts dagegen, daß wir mit ein paar Drogen nachhalfen – Cellusin?«

»Oh, keinesfalls!« erwiderte die junge Frau, nach hinten sehend und dann wieder auf sie herunter. »Wirklich . . . es war ganz . . .«

»Das waren Sie ebenfalls!« rief einer von den Männern zu ihr hinauf und sammelte die Fackeln auf.

Alle lachten.

Etwas klopfte gegen Brons Knöchel. Er blickte nach unten. Drei Mitglieder des Ensembles rollten das Wandgemälde auf. Bron trat zur Seite. Marktschreier, Gaukler und Karussels verschwanden in der Zeltbahnrolle.

». . . die Melodie wurde verfaßt von unserem Gitarristen Charo . . .« (dessen Gitarre mit der lackierten Oberseite Bron blendete, als sie in ihre Hülle gesteckt wurde; Charo grinste zu den Trapezfrauen hinauf.) ». . . Kulissen und Wandbilder stammen von Dian und Hatti, bei deren Entwurf Windy, unser Akrobat, mithalf. Die Produktion wurde geplant, einstudiert und geleitet von unserem Theaterleiter, der Spike«, – die nickte, winkte und dann Windy beim Abbau seines Radgerüstes half –«, . . . und als Gäste nahmen an der Vorstellung Tyre, Millicent, Bron und Joey teil – die alle einmal zu unseren Zuschauern gehörten.«

»Oh . . .!« sagte die junge Frau und blickte auf Bron und die anderen hinunter, die ihr vorgestellt wurden.

Bron sah sich überrascht um und besann sich dann noch rechtzeitig darauf, auch zu dem Trapez hinaufzulächeln.

»Noch einmal vielen Dank, daß Sie uns zugeschaut haben. Wir wissen einen aufmerksamen Zuschauer zu schätzen. Das war unsere letzte Aufführung auf Triton. Schon sehr bald wird unser Auftrag uns von hier wegführen. Wir sind jetzt acht Wochen auf Triton zu Gast gewesen und haben in dieser Zeit mehr als zweihundertundfünfundzwanzig Vorstellungen von zehn verschiedenen Inszenierungen gegeben – drei davon waren Neueinstudierungen – für fast dreihundert Zuschauer . . .« Jemand hob die Stange auf, die Bron fortgeworfen hatte, und trug sie fort . . . »Noch einmal vielen Dank.«

»Oh – *ich* habe zu danken!« rief die große junge Frau. »Vielen Dank . . .!« Das Trapez stieg knarrend und ruckweise quietschend am Flaschenzug nach oben. »Dank euch allen! Ich meine, ich hatte ja keine Ahnung, als ihr mich aufforderted, mich auf dieses Ding hier zu setzen, daß plötzlich alles so kommen würde . . . Oh, es war ganz wunderbar!« Köpfe, Hände und Knie ruckten hinauf in den Schatten, weg von der Dezimaluhr, die entrückt und düster in der Dunkelheit auf sie herabblickte.

Die Spike, die Maskenkapuze noch immer unter dem Arm, sprach mit der Frau, die jetzt das kleine Mädchen auf ihrem Arm trug. Alle drei lachten laut.

Immer noch lachend, wandte die Spike sich Bron zu.

Er streifte einen seiner eigenen Handschuhe ab und klemmte ihn zusammen mit seiner Kapuze unter den Arm, um nur etwas zu tun. Er versuchte sich etwas auszudenken, was er ihr sagen konnte, und schon vermischte sich der Ärger, weil er nichts Passendes fand, mit dem Vergnügen, das er anfangs empfand.

»Du hast dich prächtig gehalten! Ich baute schon immer viele neue Leute in meine Inszenierung ein. Bei so einer Aufführung leisten ihre Konzentration und Spontanität einen Beitrag, den man auch mit sorgfältigen Proben nicht ereichen kann. Oh, wie wunderbar du warst!« Plötzlich nahm sie seine Hand und blickte sie an (seine Fingernägel waren wie bei Windy in Perlmuttfarben gehalten. Er hatte sie heute morgen frisch lackiert, als er sich zum Tragen seiner schwarzen Robe entschloß.): »Ich mag Farbe an einem Mann. Ich dränge immer Windy dazu, Farben zu tragen, wo es nur immer geht.« Sie blickte auf seine Maske hinunter, dann auf ihre. »Diese Dinger haben nur den Nachteil, daß man anderthalb Meter weit über den Boden schauen kann, wenn man sich nicht den Hals brechen will.«

»Was hörte ich vorhin? Es war eure letzte Vorstellung?«

»Das ist richtig. Das nächste Ziel unserer Tournee . . .« Ihre Augen blickten hinauf zu der dunklen Decke – »ist Neriad, glaube ich. Und danach . . .« Sie zuckte mit den Achseln.

Bron spürte das Zucken durch ihre verschlungenen Hände. »Warum hast du mir das nicht schon vorher gesagt?«

»Nun – du warst so sehr damit beschäftigt, mich auszuhorchen, daß ich keine Gelegenheit dafür fand.« Ein paar Silben ihres Lachens glitten über ihr Lächeln hinweg. »Außerdem war *ich* so sehr damit beschäftigt, mir einen Weg auszudenken, wie ich dich rechtzeitg hierherführen konnte, daß mir keine Zeit blieb, etwas anderes zu denken. Hat es dir gefallen?«

»Ja.«

»Ich möchte nicht daran denken, was du gesagt hättest, wenn es dir nicht gefallen hätte! Aber es klang so, als wärst du einverstanden, deine eigene Hinrichtung zu überwachen . . . in diesem Moment fielen gefärbte Arme mit perlmuttschimmernden Fingernägeln um ihre Schultern. Langes rotes Haar floß über ihre weiße Seidentunika; eine Baßstimme sprach murrend darunter: »Los, Honey, wir wollen diese Nacht so verbringen, daß wir später noch gern daran zurückdenken werden!«

Sie schob Windy (während Bron die zusammengepreßten Zähne wieder lockerte) mit der Bemerkung zur Seite: »Ich erinnere mich schon an zu viele Nächte mit dir. Laß das sein, eh?«

Der Kopf, der an ihrem Hals schmuste, kam wieder hoch, schüttelte die roten Haare zurück (es war das erstemal, daß Bron sie länger als eine Sekunde in der richtigen Lage hängen sah: ein gutmütiges, pockennarbiges, struppelbärtiges Gesicht umrahmend) und grinste Bron zu: »Ich versuche, dich eifersüchtig zu machen.«

Das gelingt dir, aber Bron sagte es nicht. »Hören Sie, das ist ganz in Ordnung. Ich meine, ihr werdet wahrscheinlich eine Abschiedsfeier veranstalten wollen . . .« Irgendwie klammerte sich jetzt eine Hand voll perlmuttfarbener Fingernägel über Brons Schulter, während die andere noch Spikes Schlüsselbein festhielt:

Windy stand zwischen ihnen: »Hört, ihr beiden. Ich werde euch jetzt allein lassen. Im Co-Op haben sie uns gesagt, wir könnten im Gemeinschaftsraum so lange feiern, wie wir wollten.« Er schüttelte seine roten Haare. »Die Frauen dort wollen uns auf die gemeinste Art hinausekeln!«

Beide Hände hoben sich und fielen gleichzeitig. Bron dachte: Das ist höflich von dir, mein Junge.

»Ich sehe euch später im Co-Op . . .«

»Wir werden das Zimmer nicht die ganze . . .«

»Meine Süße«, unterbrach Windy sie, »selbst wenn, hätte ich Einladungen für *mehrere* andere.« Damit drehte sich Windy um und eilte fort, um jemand beim Transport der Tretmühle zu helfen, oder dem, in was für ein Gebilde sie sich inzwischen nach ihrem Abbau verwandelt haben mochte.

Die Spike hob die andere Hand, um Brons Linke zu fassen; seine Augen kehrten zurück, um ihre Hände zu betrachten – die eine bloß mit farbigen Fingernägeln, drei Finger noch im Handschuhstoff – (zwei in weißer Seide, einer in schwarz). »Komm«, sagte sie leise. »Laß mich dich nehmen . . .«

Später, wenn er sich wieder an diese drei ersten Begegnungen mit ihr erinnerte, war es diese, die ihm am deutlichsten vor Augen stand; und es war die in seiner Erinnerung enttäuschendste Begegnung. Weshalb sie jedoch so enttäuschend war, vermochte er nie anzugeben.

Sie kehrten zu dem Co-Op zurück; sie hatte ihren Arm um seine Schulter gelegt, und ihre Umhänge raschelten zusammen; an ihn gelehnt, während sie durch die Straßen wandelten, hatte sie gesagt: »Weißt du, ich habe die ganze Zeit über das nachgedacht, was du mir von deinem Boß erzählt hast. Und alles andere . . .« (Er hatte sich gewundert, wann sie die Zeit dazu fand, nachzudenken . . .) »Es ging mir auch während der ganzen Vorstellung durch den Kopf. Die Dinge, die du mir anscheinend so verwirrend dargestellt hast, zeigen sich mir so klar. Die Pfeile, von denen du anzunehmen scheinst, daß sie von B zu A verlaufen, bewegen sich so offenkundig in umgekehrter Richtung, daß ich dazu neige, meiner eigenen Wahrnehmungskraft zu mißtrauen – nicht der Wahrnehmung des Universums, doch dem, auf was du dich im Universum tatsächlich beziehst. Du scheinst Macht mit Schutz verwechselt zu haben: Wenn du eine Gruppe von Menschen beschatten willst, dann trete in eine Kommune ein. Wenn du von einer Gruppe beschützt werden willst, geh zu einem Co-Op. Wenn du beides willst, hindert dich nichts daran, deine Zeit zwischen einer Kommune und einem Co-Op aufzuteilen. Du scheinst dich über eine Familie herablassend zu äußern als ein ökonomisches Recht, das dir versagt ist und welches du beneidest, statt es als ein bewundernswertes, aber schwieriges ökonomisches Unterfangen zu betrachten. Wie auf dem Mars haben auch wir die Antikörper-Geburtenkontrolle für Frauen und Männer, was die Zeugung zu einer normalen Ausnahme macht. Du hast bei hundert Kliniken freien Zugang zu Geburtstabletten . . .«

»Ja«, sagte er und fuhr schockiert fort: »Ich habe sie einmal eingenommen – gegen eine Gebühr.«

Und in typischer Satellitenmanier schien sie nicht den geringsten Schock dabei zu empfinden. Nun, sie befanden sich schließlich im unlizensierten Sektor, wo das Schockierende an der Tagesordnung war.

»Du hast, was eine Familiengründung betrifft, nur zwei Entscheidungen zu fällen«, fuhr sie fort. »Wenn dein Namenstag fällig wird, entscheidest du dich, ob du Kinder geplant oder zufällig haben willst; wenn geplant – wofür sich mehr als neunundneunzig Prozent aller Eltern entscheiden – bekommst du deine Injektion. Später mußt du dann entscheiden, ob du sie wirklich haben willst: und dann geht ihre beide hin und besorgt euch die Pille.«

»Ich weiß das alles«, sagte er, und sie drückte seine Schulter – um ihn am Sprechen zu hindern, wie er augenblicklich begriff. »Das« beendete er seinen Satz, »ist wenigstens das gleiche Verfahren wie in Bellona.«

»Ja. Doch. Aber ich erkläre es ja nur so ausführlich, um mir klarzuwerden, ob ich die Stelle finden kann, wo du aus dem Geleis gekippt bist. Unter dem eben beschriebenen Verfahren entschließen sich weniger als zwanzig Prozent der Bevölkerung zur Fortpflanzung.« (Das war *nicht* der Fall in Bellona; aber schließlich war der Mars auch ein Planet und kein Mond.) »In einer Stadt mit geschlossener Atmosphäre ist das die gerade noch zulässige Toleranzschwelle. Auf den Satelliten versuchen wir, das hierarchische Band zwischen Kindern und ökonomischem Status aufzulösen, für den die Erde so berühmt ist – Erziehung, Lebensunterhalt und soziale Unterstützung –, so daß du nicht mit der schrecklichen Situation konfrontiert bist, daß dort, wo es keinen anderen Status gibt, immer Kinder vorhanden sind. Und gleichgültig, wie gut du auch im Bett bist, habe ich nicht die geringste Ahnung, mit was du den Sex durcheinandergebracht hast. Einerseits erzählst du mir eine perfekt zusammenhängende Geschichte – nur bin ich selbst schon auf Partys in Familienkommunen im, wenn nicht sogar auf, dem Ring gewesen. Ich habe Partys in Nichtfamilien-Co-Ops besucht, wo unter vierzig oder fünfzig Erwachsenen immer zwei oder drei Familien mit einem Elternteil anwesend waren. Ich habe Gesellschaften besucht, die von erwachsenen Familien-Kommunen veranstaltet wurden, die aus religiösen Gründen im Freien lebten. Sie haben alle die gleiche jedem zustehende Grunderziehung erhalten – und in keiner Co-Op darf der Anspruch auf Unterkunft und Grundnahrungsmittel verwehrt werden . . .« und so ging es fort, wobei sie ihn jedesmal fester an sich zog, wenn er sich zu wundern begann, was sie ihm überhaupt sagen wollte, bis er aufhörte, ihr zuzuhören – nur noch statt dessen versuchte zu fühlen. Sie waren inzwischen schon auf der Party. Zu den ersten Dingen, die er spürte, gehörte die unterschwellige Feindseligkeit (Windy, der im Grunde eigentlich ein netter Bursche war, wie er feststellte, und Dian, die bis zum Ende des Abends zur nettesten Person der Gesellschaft wurde, soweit es ihn betraf – sie besaß keine Spur von der Sprödigkeit, die er an der Spike bemerkte, und ihre nicht weniger scharfsinnigen Einsichten vermittelten sie auf schonendere Weise – wiesen ihn auf ein paar subtile Beispiele dafür hin) zwischen den Frauen, die in dem Co-Op lebten und der Theatergruppe, die das Haus am nächsten Morgen verlassen würde. »Obgleich ich zugebe«, sagte Dian und stützte ihre Arme, die so haarig waren wie bei Philip, auf genauso behaarte Knie, »daß es jedem auf den Nerv gehen muß, wenn er in seinem Keller eine Horde von vagabundierenden Schauspielern vorfindet, die sich bis zum Morgen amüsieren, während Gerüchte von einer Seuche im Oberstock herumgeistern . . .« und dabei deutete sie mit dem Kopf auf ein bescheidenes Plakat mit der Aufschrift TRITON JETZT MIT DER ALLIANZ GEGEN DIE ERDE an der Wand.

Er sprach auch mit ein paar von den anderen »Zuhörern«, die in die letzte Produktion hineingestolpert waren – ganz unterschiedliche Leute, für die die Truppe gespielt hatte und mit denen sich Mitglieder des Ensembles angefreundet hatten. Ja, sie waren genauso von der Vorstellung überrascht worden wie Bron. Bei einer dieser Diskussionen blickte er auf und sah Miriamne unter den Gästen. Zehn Minuten lang verlangte ihn verzweifelt danach, wieder aufzubrechen, aber ihm fiel kein passender Abgang ein. Dann, zu seiner Verwirrung und Verblüffung, fragte er sie über die Köpfe einer Konversationsgruppe hinweg, in die sie plötzlich beide einbegriffen waren, wie sich denn ihre Situation auf dem Arbeitsmarkt inzwischen entwickelt habe. Sie erklärte, freundlich genug, sie habe eine Stellung als Transportmechanikerin auf einer Eisfarm gefunden, die nicht zu weit von Tethys entfernt sei. Es habe nichts mit Cybralogik zu tun, aber es sei wenigstens eine Arbeit, wenn auch mit den Händen. Er drückte ihr seine Erleichterung aus und spürte, wie sich noch tiefer etwas in ihm festfraß, etwas Entwertetes, das ihm versagt war.

Er wandte sich ab, um einer angeregten, vielsilbigen Diskussion über die enormen Schwierigkeiten zuzuhören, die sich der Darstellung eines Bühnenwerks aus den Epochen vor dem zwanzigsten Jahrhundert für Zuschauer aus dem zweiundzwanzigsten Jahrhundert entgegenstellten:

»Sie meinen, weil sie so lang sind?«

»Das ist es. Grundsätzlich jedoch erwächst sie aus der Peripetie, die sich fast ausnahmslos um sexuelle Eifersucht dreht; unserem zeitgenössischem Zuschauer fällt es schwer, sich damit zu identifizieren.«

»Dem kann ich nicht zustimmen«, sagte Bron. »Ich werde eifersüchtig – oh, vielleicht nicht spezifisch sexuell. Ich weiß, daß du –« an die Spike gewandt, die sich liebevoll an ihn lehnte, »und Windy und diese Frau, die bei euch die Gitarre spielt, eine Affäre miteinander habt. Ich meine, ich habe schließlich das Bett gesehen . . .«

»Er hat sogar darin geschlafen«, sagte die Spike, immer noch an ihn gelehnt.

»Es wäre töricht, deswegen eifersüchtig zu sein; aber soweit es sich um *Aufmerksamkeit* handelt, möchte ich doch von den Leuten mit denen ich intim verkehre, so viel wie möglich Besitz ergreifen . . . vermute ich.«

»Das haben wir bemerkt«, sagte die Frau, die für die Truppe

die Gitarre spielte, mit einem leicht mokanten Lächeln (das ihn an das Lächeln von Spike erinnerte). Es irritierte ihn leicht, denn erst jetzt bemerkte er, daß Charo die ganze Zeit über Spikes linke Hand gehalten hatte. Und irgendwo im Raum schlug Windy ein Lachen an.

Die Spike hatte ihm tatsächlich verblüffend viel Aufmerksamkeit gewidmet, eine Zuwendung von jener stillen und unbeirrten Art (waren sie nicht ständig in Tuchfühlung gewesen, seit sie den Raum betreten hatten . . .?), die ihm ein Gefühl der Entspannung, der Geborgenheit und einer gewissen Ahnungslosigkeit ihrer Gegenwart vermittelte. (Die drei hatten es wahrscheinlich am vergangenen Abend miteinander erörtert und beschlossen, daß er »dieser Typ« war – was, obgleich es nicht diese entspannte Oberfläche der Geborgenheit durchbrach, trotz allem den beunruhigenden Keil darunter nur noch tiefer hineintrieb.) Er wünschte sich, daß es einen greifbaren Grund gab, diese Versammlung unsympathisch zu finden. Aber da herrschte nichts von diesem kunststoffartigem guten Willen, der die Gesellschaft in Philips Haus wie eine Kruste überzog und die man mit einem Vorschlaghammer auseinanderbrechen wollte. Partys diesseits der lizensierten Grenze waren eben einfach lockerer, weniger förmlich, gemütlicher. Da konnte man nichts dagegen unternehmen.

In der nächsten halben Stunde wälzte er Pläne, wie er sie bitten konnte, die er gerade noch aus den Augenwinkeln bemerkte, aber die er spürte, angekuschelt unter seinem Arm – ihr Leben mit der Kommune aufzugeben und mit ihm zu kommen – warum? Er wollte etwas für sie tun. Schließlich begnügte er sich damit, eine Art von sexueller Kadenz zu entwickeln, eine Serie von Liebkosungen, Akten, Positionen von steigender Intensität, die er mit ihr veranstalten wollte, wenn sie sich in ihr Zimmer zurückzogen – und in einem trägen Augenblick, als niemand sie anredete, drehte er seinen Mund ihrem Ohr zu: »Komm . . . laß mich dich nehmen.«

»Was –?« murmelte sie.

»Komm mit mir. Folge dichtauf. Tu, was ich tue . . .« und er führte sie in den Korridor hinaus.

Das Liebesspiel war großartig – obgleich sie ihn schon nach

der Hälfte der Liste anflehte, aufzuhören. »Es ist wunderbar«, flüsterte sie, »es ist wunderbar. Aber du bringst mich um!« Er hatte, wie er feststellte, seine Phantasie mit sich durchgehen lassen. Ein paar Minuten später war er ebenfalls erschöpft. Miteinander verschlungen, die Arme dem anderen als Stütze zugewandt, während sie keuchend Atem holten, wartete Bron auf den Schlaf . . . schwebte zu ihm hinauf, ein bißchen ruckhaft (wie dieses leblose Trapez, das in die Dunkelheit hinaufschwang) mit jedem Atemstoß.

Und doch noch diese Enttäuschung – ganz sicher waren sie beide physisch zufriedengestellt. Lag es nur daran, daß er sein Drehbuch nicht zu Ende gespielt hatte? War es nur irgendein törichter, im wesentlichen ästhetischer Patzer, irgendein versäumtes Stichwort, irgendein schleppender Auftritt, ein unwesentliches, nicht richtig funktionierendes Ersatzstück auf der Bühne, dessen Versagen keiner im Zuschauerraum hätte bemerken können? Doch es gab nur einen Zuschauer – und was hatte sie ihm angetan, daß er sie immer weniger deutlich zu erkennen vermochte, während er immer mehr in Begriffen ihrer Arbeit an sie dachte, in Worten, die seine Zunge zum erstenmal in ihrem Mund geschmeckt hatte?

Er schöpfte noch einmal Atem und war vom Schlaf umhüllt, leblos wie Methaneis – und erwachte zwei Stunden später daraus, besessen vor Energie, unglaublich bereitwillig, sie zu verlassen – (er mußte nach Hause, um sich umzuziehen; er konnte nicht zwei Tage hintereinander in diesem Aufzug in seinem Büro erscheinen), wogegen sie nichts einzuwenden hatte, wie sie ihm erklärte, während er seine Handschuhe anzog, seine Kapuze aufsetzte und den Umhang über den Schultern zurechtzog, weil sie ebenfalls vor ihrer Abreise . . .

Aber er war schon an der Tür und wünschte ihr alles Gute für die Reise. Und sie lag noch im Bett, lachte ihr glattes Lachen und wünschte ihm ebenfalls alles Gute auf seiner.

Bron eilte durch die stillen, nichtlizensierten Straßen.

*

Auf der zerrissenen Gummibodenmatte der mutwillig zerstörten Ego-Aufbereitungskabine (warum hatte er angehalten, um noch einmal hineinzusehen? Er war sich immer noch nicht sicher) lagen Flugblätter. Da er bereits wußte, was darauf stand (die Druckbuchstaben schimmerten durch das Papier), hob er eines davon auf, ließ den Vorhang wieder zurückfallen und stopfte den Zettel in eine seiner Geheimtaschen (wo er durch den Stoff seines Handschuhs das Päckchen für Alfred spürte, das er die ganze Nacht mit sich herumgeschleppt hatte), passierte die grünbeleuchteten wandbeschmierten Kacheln und kam unter den grünen (lizensierten) Straßenkoordinaten wieder ins Freie, ging auf rosafarbenen, lizensierten Gehsteigen.

Zwischen den hohen Dächern zeigte das dunkelblaue Sensorschild hier und dort morgendliche Silberflecke. Er versuchte sich zu erinnern, was sie sich zum Abschied gesagt hatten, und fand es eigenartig verschwommen – während er sich bewußt wurde, wie deutlich ihm alles andere gegenwärtig war. Das Vorspiel, der Liebesakt und das Ende, als sie, ineinander verschlungen, in den Schlaf gesunken waren.

Die Spike verließ Triton. Heute. Also war es töricht, darüber zu grübeln.

Doch jede Einzelheit dieser Nacht, während ihre Enttäuschung noch voll nachwirkte, aber auch ihre Geborgenheit, ihre Entkrampfung, ihre fast überwältigende Beglückung, traten ihm mit solcher Klarheit vor sein Bewußtsein, daß er bei jedem Bild ein Brennen in der Kehle spürte. (Gewöhnlich drängten sich nur Gerüche so lebhaft seiner Erinnerung auf.) Dreimal blieb er mitten auf der Straße gebannt stehen auf seinem Weg zur Transportstation auf der Plaza des Lichts, die die ganze Nacht geöffnet hatte. Und viermal, während er im Sitzen durch das Fenster hinausstarrte auf Tethys' Milchstraße mit ihren blassen Sternen der anhebenden Dämmerung, die im blauen Hintergrund versanken (als wären sie auf dem Flug nach Neriad und zu ferneren Zielen . . .), kamen ihm fast die Tränen.

». . . dich zu dieser frühen Stunde zu stören, aber ich wollte das Zeug so rasch wie möglich loswerden, ehe ich es wieder vergesse, verstehst du? Falls du . . . nun, du hast es jetzt.« Hinter dem zollbreiten Türspalt zeigte sich ein fleischfarbenes Band. Darüber wirre Haare und ein einziges rotgerändertes Auge.

Darunter, am Ende gesprenkelter, zerklüfteter Rundungen, waren dicke Adern und schmutzige Zehennägel. »Okay.« Die Tür schloß sich mit einem Klicken.

Bron wandte sich wieder dem stillen Korridor zu, ging hinüber zu seinem eigenen Zimmer. Die Handschuhe abstreifend, blickte er einen Moment lang auf seine perlmuttfarbenen gepflegten Fingernägel, nahm seine Maske ab und trat durch die Tür ins Innere.

4. LA GESTE D'HELSTROM

Ich glaube, daß eine philosophische Mücke die These vertreten würde, daß die Mückengesellschaft eine großartige Gesellschaft ist oder wenigstens eine gute Gesellschaft, da sie die denkbar freieste, demokratischste und gleichberechtigste Gesellschaft darstellt.

Karl R. Popper/ OBJEKTIVES WISSEN

Die Melancholie wich, nachdem er sich noch einmal drei Stunden lang hingelegt hatte.

Die Energie (und Lebhaftigkeit) begleitete ihn noch auf dem Weg zur Arbeit, bis er gegen drei Uhr nachmittags (er hatte auf seinen Lunch verzichtet) sich noch einmal die Spezifikationen des Day-Star-Vorprogramms vornahm. Da traf es ihn wie ein Blitz: P mußte den Bereich von Nicht-P so schneiden, daß dieser Wert geringer war als seine Hälfte (und zugleich Teilbereiche von Q, R und S, während er T spaltete); außerdem mußte er mehr als die Hälfte dieses Bereiches umgrenzen und ihn in nicht weniger als sieben (was bereits eine selbstverständliche Voraussetzung gewesen war) und nicht mehr als vierundvierzig (da lag der Hase im Pfeffer!) Punkte berühren. *Das* brachte endlich Bewegung in die Geschichte.

Mit stolzgeschwellter Brust marschierte er mit seiner Entdeckung in Audris Büro.

»Großartig«, sagte Audri, von ihrem Schreibtisch aufschauend. »Als Belohnung bekommen Sie einen Urlaub von zwei Wochen.«

»Hmm?« erwiderte Bron verständnislos.

Audri lehnte sich zurück und verschränkte die Hände hinter dem Kopf. »Ich sagte, Sie bekommen ab morgen zwei Wochen Urlaub.«

»Ich verstehe nicht . . .« Plötzlich erinnerte er sich an vage Dinge, die sie gestern erwähnte. Von etwas »Bedrohlichem«: »Aber was soll das denn! Das Mädchen hat schon wieder einen neuen Job. Ich sah sie gestern noch spätabends, und sie sagte es mir!«

Audri runzelte die Stirn. »Von was für einem Mädchen sprechen Sie . . . Oh, ereifern Sie sich nicht, Bron! Und erzählen Sie mir nicht, Sie müßten so hart arbeiten.« Ihre Hände sanken wieder auf die Schreibtischplatte zurück. »Ich kann so etwas heute nicht vertragen. Überall in der Hegemonie werden die Leute massenweise entlassen. Wenn Sie mittags in der Kantine gewesen wären, hätten Sie das bereits gehört!«

»Nun, ich wollte nichts essen«, protestierte er automatisch. »Ich wollte arbeiten. Und deshalb bin ich auch auf die Lösung . . .«

Sie unterbrach ihn mit halbgeschlossenen Lidern. »Hören Sie.« Die Lider öffneten sich wieder. »Sie können entweder einen Urlaub von zwei Wochen nehmen mit einer Gehaltsreduzierung von acht Prozent für die Dauer . . .«

»Acht *Prozent!*«

». . . oder gehen. Ein halbes Dutzend Leute sind bereits gekündigt. Ich muß selbst zehn Tage Urlaub nehmen. Und ich muß mir überlegen, was ich mit den Kindern tun soll.«

Obgleich Bron Audri mochte, empfand er keine Sympathie für ihre drei Kinder. Wenn sie von Zeit zu Zeit im Büro auftauchten, fand er sie frühreif, anmaßend und widerspenstig. Sie wohnte mit ihnen zusammen in einem Schwulen-Frauen-Co-Op (nicht in einer Kommune – Zimmer, Mahlzeiten und die Pflichtarbeiten waren angenehm, aber formell) in einem unaufdringlichen spiralförmigen Wohnturm, nur einen Block von Brons eigenem, kantigem und gedrungenem Gebäude entfernt. Es hatte nicht diesen aufgelegten Protz von Philips Multisex auf dem Ring-Palast, auch nicht diese aufdringliche skurrile Verwohntheit einer Nicht-Lizensierten-Sektor-Behausung und war die gemütlichste Wohnung, die es bisher auf Tethys gesehen hatte. Alle drei Besuche hatten in ihm einen seltsamen Zwiespalt aus Entspannung und Depression ausgelöst – aber er hatte drei Besuche benötigt, ehe ihm bewußt wurde, daß es zwei Reaktionen waren.

Bron verschluckte (und vergaß) seinen nächsten Protest.

»Aber es besteht bisher noch kein Grund zur Hysterie, nehme ich an«, fuhr Audri fort. »Bisher sind es *nur* acht Prozent. Und das nur für zwei Wochen. Sie möchten, daß es so aussieht, als arbeiteten wir alle mit voller Kapazität, nur daß die Mitarbeiter eben gerade auswärts mit anderen Angelegenheiten beschäftigt sind.«

»Was für eine Art von Logik – oder Metalogik – ist das?«

»Ich besitze drei akademische Grade auf diesem Gebiet, und bin gerade dabei, mir noch einen zuzulegen – und das sind drei mehr als Sie haben –, und ich habe nicht die leiseste Ahnung.« Audri stemmte ihre Handflächen auf die Schreibtischplatte. »Hören Sie. Gehen Sie jetzt. Und wenn Ihnen heute nachmittag noch etwas zu dem Day-Star-Programm einfällt, schieben Sie es einfach unter Phils oder meine Tür. Aber stören Sie uns nicht mehr. Okay? Und kommen Sie morgen nicht ins Büro.«

Halb sprachlos erwiderte er (es war nicht beabsichtigt, aber es klang ein bißchen feindselig): »Okay . . .« und kehrte in sein Büro zurück.

Ihm gingen viele konfuse Gedanken durch den Kopf, aber er öffnete kein einzigesmal auch nur den Deckel des Day-Star-Programmhefters.

*

Seine Energie war verflogen, als er wieder das Schlangenhaus betrat. Während er im Gemeinschaftsraum allein in einer Konversationsnische saß, las er zum zweitenmal das Flugblatt durch, das er heute morgen vom Boden der Ego-Aufbereitungskabine aufgelesen hatte:

»DIESE DINGE PASSIEREN IN DEINER STADT!!!«

Aber während er jede politische Ungeheuerlichkeit in sich aufnahm, mußte er an andere Dinge denken, die nicht in dieser Stadt passierten: zum Beispiel an die kleinen Vorstellungen der Mikro-Theater-Truppe; und an ihren Direktor, der nicht mehr länger in der Stadt wohnte. Auf eine Art, die er nicht zu definieren wagte, wurden dadurch diese Ungeheuerlichkeiten noch schlimmer.

»Wollen wir da weitermachen, wo wir die Partie abbrachen?« Sam stellte den Kasten auf den Tisch und setzte sich. »Lawrence meinte, wir sollten die Steine nach unserer Erinnerung aufstellen, und er würde in zehn Minuten herunterkommen und die Positionen korrigieren.« Sam schob mit den Daumen die Messingklauen zurück und faltete das Brett auseinander.

Bron sagte: »Sam, wie kannst du deine Arbeit für die Regierung mit der erschreckenden politischen Lage auf Triton vereinbaren?«

Sam wölbte eine Augenbraue.

Zwischen ihnen leckten Mikro-Wellen über den Sand, bliesen Mikro-Böen über gebeugte Mikro-Baumwipfel hinweg, und Mikro-Wasserfälle plätscherten und flüsterten über Mikro-Felsen.

»Ich meine, du bist doch in der – was war das gleich wieder? Im Verbindungsbüro? Ein politisches Engagement ist kein Perimeter, Sam, es ist ein Parameter. Wunderst du dich niemals? Hast du nie Zweifel?«

»Was für eine große metaphysische Krise hast du eben durchlitten, daß dich plötzlich Angstgefühle überwältigen?«

»Wir sprechen nicht von mir. Ich habe dir eine Frage gestellt.« Um sich nicht einer Antwort stellen zu müssen, zog Bron das Seitenfach des Kastens heraus, entnahm ihm die durchsichtigen Flächen des Astralwürfels und baute ihn auf seinen Messingstelzen zusammen. Als er wieder aufschaute, sah er Sams forschenden Blick auf sich gerichtet, die Karten in seinen dunklen Fingern gefächert zum Mischen. Eine Ecke der Weißen Nonne wölbte sich gegen Sams rosig aufgehellte Handfläche.

»Ja.« Die Weiße Nonne fiel. »Ich zweifle.« Fünfzig Karten fielen gemischt auf die Nonne. »Häufig.« Einen Moment lang erschütterte ein kleines Lachen Sams Gesicht, obwohl er keinen Laut von sich gab. Sams Augen hefteten sich auf die Karten. Er teilte den Packen und mischte erneut.

»Nun sag schon. Wo kommen dir die Zweifel?«

»Ich bezweifle, daß so jemand wie du mir aus streng autonomen Gründen eine solche Frage stellen könnte.«

Bron öffnete die andere Seitenlade und entnahm ihr auf Samt schaukelnde Schiffe, Fußsoldaten, Reiter, Hirten und Jäger. ,,Es gibt keine autonomen Gründe. Was diese Frage auch immer in meinem Bewußtsein auslösen mag, die Tatsache, daß sie sich in meinem Bewußtsein befindet, macht sie zu meiner Frage. Und sie bleibt bestehen.« Er nahm den Schirm auf, der das gehörnte

Haupt von Aolyon zeigte (die Backen mit Hurrikan-Winden aufgeblasen) und stellte ihn auf den winzigen Sockel über die Meere – die sich sofort in seiner Umgebung dunkel verfärbten; grüne Wellentäler und Schaumkronen rollten über die Meeresfläche hin.

Sam legte die Karten weg, langte in die Kontrollschublade und drehte den Prüfknopf. Aus dem Seitenlautsprecher kam ein Rasseln und Knacken, das den tobenden Wind übertönte, dann ein Poltern, als würden Felsen zusammenbrechen.

»Der Wind weht ziemlich kräftig . . . befanden sich Seeungeheuer in dem Quadrat? Ich kann mich nicht erinnern . . .«

»Was bezweifelst du?« Bron nahm sein eigenes scharlachrotes Ungeheuer aus dem Kasten und stellte es auf das Brett, wo es sich über den schmalen Weg duckte, der sich durch die Schlucht darunter wand.

»Also gut.« Sam lehnte sich zurück und sah zu, wie Bron die kleinen Figuren aufstellte. »Etwas bereitete mir seit vorgestern, als wir alle dieses Spiel spielten . . .«

»Seit dem Abend, als die Schwerkraft unterbrochen wurde.« Bron dachte: die Nacht nach dem Tag, als ich sie kennenlernte. Er nahm die grünen Steine und verteilte sie am Fluß, im Gebirge und auf der Straße.

»Wir wußten im Ministerium, daß in dieser Nacht etwas passieren würde. Die Schwerkraftunterbrechung war keine Überraschung. Vermutlich habt ihr alle gemerkt, daß ich nicht überrascht war . . . aber man sagte uns, daß nur ganz wenige Leute von ihrer Neugier ins Freie getrieben würden.«

Bron blickte hoch: Sam drehte einen durchsichtigen Würfel zwischen seinem dunklen Zeigefinger und dem Daumen.

»Sie hatten es alles berechnet – mit der Statistik, den Trends, den Tendenzen und mit einem ziemlich bizarren Vorhersagemodul, das als ›Hysterie-Index‹ bezeichnet wird. Alle Werte sagten übereinstimmend, daß niemand ins Freie gehen würde, um sich den Himmel anzusehen – doch soweit sich nachprüfen ließ, befanden sich sechsundachtzig Prozent der Bevölkerung von Tethys innerhalb von einer Minute und zehn Sekunden nach der Schwerkraftunterbrechung draußen im Freien.«

»Was gibt es hier für Zweifel?«

»Sie irrten sich.« Sam setzte eine eigenartige Miene auf. »Ich hege wahrscheinlich keine Illusionen über unsere Regierung, was ihre moralische Einstellung betrifft. Obgleich sie moralischer ist, als eine beträchtliche Zahl von Regierungen in der Vergangenheit. Ich zweifle auch keinen Moment, daß auch nur ein Vorwurf, der auf diesem Waschzettel steht, den du gerade gelesen hast –« er deutete mit dem Kopf auf das Flugblatt, das auf den orangefarbenen Teppich hinuntergeflattert war; ein Tischfuß hatte sich inzwischen darübergeschoben (oder das Papier darunter) »mit übertrieben düsteren Farben dargestellt ist. Das Schlimmste, was man ihnen nachsagen kann, ist, daß sie aus dem Zusammenhang herausgerissen sind. Das Beste, was man zu ihnen sagen könnte, ist, daß sie Embleme des politischen Zusammenhangs darstellen, der ihnen ihre Bedeutung gibt. Doch bis jetzt – und wahrscheinlich kommt dir das ziemlich naiv vor – kam mir nie der Gedanke, daß die Regierung sich irren könnte ... in ihren Tatsachen und Zahlen, ihren Schätzungen und Voraussagen. Bisher traf immer zu, was in einem Regierungsmemorandum über bestimmte Leute, Orte und Vorfälle vorausgesagt wurde, die zu bestimmten Zeiten in bestimmter Weise zusammenwirken würden. Das letzte Memo prophezeite, daß weniger als zwei Prozent der Bevölkerung ins Freie gehen würden. Sie wären zu ängstlich dazu. Doch über achtzig Prozent taten es. Das ist eine Fehlerquote von mehr als fünfundneunzig Prozent. Du magst dagegenhalten, sie hätten sich nicht in einer wichtigen Sache geirrt. Aber wenn man am Rand eines Krieges steht, ist ein Fehlerquotient von fünfundneunzig Prozent über die größte Nebensächlichkeit nicht gerade ein Beruhigungspolster für dich. Und deshalb habe ich meinen Zweifel.«

»Sam, die Erde hat Greueltaten schlimmen Ausmaßes auf Luna begangen und sich mit dem Mars verbündet, um die großen und kleinen Monde des Jupiter und des Saturn ihrer ökonomischen Herrschaft zu unterwerfen. Neriad hat sich bereit erklärt, an unsere Seite zu treten. Und Triton steht am Rand des Abgrunds, bereit, sich in eine der sinnlosesten und destruktivsten Auseinandersetzung der menschlichen Geschichte zu stürzen – man hat uns bereits in hundertfacher Weise mit Schmutz und

Unflat beworfen; die Nacht der Schwerkraftunterbrechung war vielleicht das herausragendste Ereignis dieser schmutzigen Serie – ich bezweifle, ob einer von uns, selbst du, den Schaden ermessen kann, wenn man ihn vergleicht mit . . .«

»Nun«, unterbrach ihn Sam, eine ausrasierte Augenbraue gesenkt, einen Mundwinkel hochgezogen, »es ist ja nicht so, als würde jemand Soldaten einsetzen«, und er beendigte den Einwand mit einem spöttischen lautlosen Lachen.

»Wahrscheinlich sind auch einige von deinen besten Freunden jüdischer Abstammung«, erwiderte Bron. Das Klischee von den Soldaten war inzwischen genauso abgewertet wie »Gesetz und Ordnung« zweihundert Jahre zuvor, (wie ihm eine exzentrische ältere Dame, die er im nichtlizensierten Sektor öfter zu besuchen pflegte, einmal erklärt hatte). »Also setzt sich dieser Krieg nur aus Knöpfen, Spionen und Sabotageakten zusammen, und seine Opfer sind nur noch Zivilisten – wenn sie nicht vorher schon brotlos werden bei dem ökonomischen Gerangel oder bei einer Schwerkraftunterbrechung vom Dach fallen – denn etwas anderes gibt es nicht mehr.«

»Weißt du . . .« Sam beugte sich wieder vor, um die scharlachrote Karawane, eine Figur nach der anderen, auf den Dschungelpfad zu setzen – »meine Gründe, weshalb ich hierher zog – es geschah in der Hoffnung, daß ich mich nicht sechs Stunden täglich einem politischen Verhör unterziehen muß.«

Bron fischte das letzte Frachtschiff aus der Schublade heraus und gab ihm eine Position am Rande des Sturmgebietes – und sofort begann es zu schlingern und zu stampfen. »Ja? Die Regierung versprach dir, daß du eine neunundneunzig komma neunhundertneunundneunzig prozentige Chance hättest, in diesem Typ eines Co-Ops nur politisch neutrale Bewohner vorzufinden? Nun, vielleicht bin ich dieses ausgefallene und unerklärbare null komma null null null null null ein Prozent, das man einen Individualisten nennt . . .«

»Nein. Du bist ein Typ wie wir alle.«

». . . oder vielleicht hat sich die Regierung nur wieder einmal geirrt . . .?« Bron drehte seine Handflächen nach oben und zuckte mit den Achseln. Es sollte eine Spitze sein.

Doch Sam ließ sich nicht mehr herausfordern. Er lachte laut.

»Vielleicht . . .« und begann, die Schirme aufzustellen.

»Hallo, Alfred«. Lawrence' Stimme drang laut und vergnügt aus der Mitte des Raumes zu ihnen herüber.

Bron und Sam blickten hoch.

Auf der anderen Seite des Gemeinschaftsraumes eilte Alfred die Treppe zur Galerie hinauf.

»Ich sagte, ›Hallo, Alfred‹«, wiederholte Lawrence (der offensichtlich unterwegs zum Spielbrett war). Eine runzlige Faust ruhte auf seiner pergamentgleichen Hüfte.

Alfred drehte sich auf der untersten Stufe um, eine Hand auf dem Geländer. Auf seinen schwarzen Hosenträgern baumelten hinten und vorne rote Buchstaben. »Hmm . . .« sagte er, »oh . . . hmm . . .« Er setzte ein halbes Nicken hinzu und jagte dann die Treppe hinauf, ein scharlachrotes ›Q‹ zwischen seinen Schulterblättern.

Lawrence trat zu ihm in die Nische. »Das Schlimmste daran ist, daß er sich bessert. Das exerziere ich nun jeden Tag mit ihm durch – wie lange? Vier Monate? Wenn man ihn jetzt zweimal anspricht, laut und deutlich, schaut er einen doch tatsächlich an. Er bleibt sogar stehen. Grunzt sogar manchmal ein bißchen. Das Syndrom der allgemeinen Verhaltensweise ist nicht mehr das eines totalen namenlosen Terrors. Die ersten dreißig Male, genau mitgezählt, reckte er nur die Nase geradeaus und lief noch schneller. Wenn er so weitermacht, wird er meiner Schätzung nach vielleicht sogar den Zustand eines akzeptablen menschlichen Tieres erreichen – nicht überragend selbstverständlich, aber akzeptabel – in, oh, vielleicht zweihundertundfünfzig Jahren.« Lawrence kam um den Tisch herum und betrachtete das Spielbrett. »Selbst bei mehrmaliger Regenerationsbehandlung wird er nicht so lange leben. Mmm . . . wie ich sehe, findet hier gerade ein Krieg statt.«

Bron lehnte sich zurück. »Warum läßt du ihn nicht einfach in Ruhe . . .«

Lawrence grunzte und setzte sich neben Sam, der ihm Platz machte. »Sam und ich sind die besten Freunde, die ihr beiden wandelnden sozialen Katastrophengebiete jemals gehabt habt. Nebenbei bemerkt, wann wirst du endlich deinen Widerstand aufgeben und mich bumsen?«

»Machst du Alfred von Zeit zu Zeit auch so einen warmherzigen, freundlichen Antrag?«

»Der Himmel verhüte das!« Lawrence drehte an einem Schalter, und das Gitternetz flimmerte über das Brett. »Das könnte frühestens in *dreihundert* Jahren geschehen. *Ich* könnte das vielleicht nicht mehr erleben!« was einen Heiterkeitsausbruch bei Sam herausforderte, obgleich Bron das gar nicht so komisch fand. Lawrence zupfte an den Falten unter seinem Kinn, streckte die Hand aus und stellte die beiden Königinnen um. »Ich glaube, so standen sie ursprünglich. Aber sonst scheint ihr beiden die Figuren ganz richtig aufgestellt zu haben. Also gut, jetzt – weiche von mir! Geh –!« Das war an Sam gerichtet, der immer noch lachte. »Ihr beide spielt jetzt gegen mich – glaubt ja nicht, ihr könntet einen Vorteil herausholen, wenn ihr mich so bedrängt.« Bron fiel hier Spikes Bemerkung über politische Homosexuelle wieder ein . . . Sam wechselte den Platz.

Lawrence nahm die Karten auf und verteilte sie. »Mit all den Mädchen, die Alfred ständig heimlich hinauf in sein Zimmer schmuggelt – und weshalb er glaubt, daß er das heimlich tun muß, ist mir vollkommen schleierhaft – sollte er diesen blödsinnigen Computerkurs aufgeben, zu dem ihn sein Sozialarbeiter seit zwei Monaten anhält – ich meine, er hat sowieso keinen Bock darauf und wird ihn nicht abschließen. Er sollte auf die Erde umsiedeln oder auf irgendeinen anderen Planeten, wo es gesetzlich erlaubt ist, und ein Prostituierter werden.« Lawrence nickte Bron vielsagend zu. »Wenn er es eine Weile lang auf legaler Basis treiben darf, könnte das das richtige Heilmittel für seine Bedürfnisse sein, glaubst du nicht auch?«

Bron hörte zum erstenmal von diesem Computerkurs, was ihn ärgerte. Andererseits gab es ein paar Punkte, Alfred betreffend, die Lawrence nicht wußte (wenn Lawrence dachte, Alfred könnte sich möglicherweise beruflich mit Mädchen beschäftigen), was ihn behaglich stimmte. Ärger im Konflikt mit Behagen erzeugte ein neutrales Räuspern.

Sam fächerte seine Karten auseinander. »Sie sind schon ein gönnerhafter Bastard, Lawrence.«

Diese Bemerkung erhöhte Brons Behagen.

»Vermutlich ist der Mars der einzige Ort, wo er seinen Bedarf auf legale Weise decken kann«, fuhr Lawrence gedankenverloren fort. »Und selbstverständlich kann er weder auf den Mars noch auf die Erde oder irgendeinen anderen Himmelskörper umsiedeln, weil wir uns in einem Krieg befinden.«

Bron blickte auf ihr gemeinsames Blatt, langte hinüber und tauschte zwei Karten aus.

Sam sagte: »Lawrence, ich muß eine Dienstreise zur Erde antreten; ich werde morgen fliegen. Wollen Sie mitkommen? Die Kosten trägt die Regierung; Sie müssen nur die Kabine mit mir teilen.«

»Himmel!« protestierte Lawrence. »Sie verlangen von mir, daß ich mich mit Ihnen in eine Konservenbüchse einsperren lassen soll, während wir in die Sonne fallen und hoffen, daß ein winziger Ozean auf einem winzigen Planeten zufällig unseren Kurs kreuzt? Nein, vielen Dank. Ich würde vor Angst an den Wänden kleben bleiben!«

Sam zuckte mit den Achseln und blickte Bron an. »Willst du mitkommen?«

»Nicht mit dir.« Bron dachte an seine Arbeit, als ihm die Erinnerung wie ein Stich kam, daß er in den nächsten zwei Wochen arbeitslos sein würde. Eine Reise ins All, weg von diesem gesunden, niederträchtigen, deprimierenden Mond? Gab es eine bessere Methode, ihr Gedächtnis aus seinem Bewußtsein zu tilgen? »Du könntest ja Alfred mitnehmen.« Er wünschte, Sam würde ihn noch einmal auffordern.

»Ha!« sagte Sam ohne eine Spur von Humor. »Lassen wir Lawrence erst hundertundfünfzig Jahre an ihm arbeiten. Nein . . . die Erfahrung täte dem Jungen gut. Aber ich kann nur eine beschränkte Zahl von Begleitern auf diese Reise mitnehmen – und ich muß auf das übrige Gefolge Rücksicht nehmen. Ich brauche jemand, den man vorzeigen kann, der einigermaßen umgänglich ist und sich notfalls selbst beschäftigen kann. Ihr beiden, ja. Alfred, fürchte ich . . .« Sam schüttelte den Kopf.

»Warum fliegst du nicht mit, Bron?« fragte Lawrence.

»Warum nicht du?« gab Bron zurück und versuchte, verbindlich zu sein. Aber es klang ein bißchen schmollend.

»Ich? Zusammengesperrt mit *diesem* Körper?« Lawrence studierte das Spielbrett. »Es ist schon schlimm genug, wenn ich zusehen muß, wie er sich hier im Gemeinschaftsraum räkelt. Nein; Masochismus reizt mich nicht mehr, fürchte ich.«

»Nun, es ist ja nicht so –« (Sam hatte drei Karten ausgewählt und sich offensichtlich für den ersten Meld entschieden) – »als wäre ich so mit ihm auf die Welt gekommen.«

»Nein, du fliegst mit ihm«, sagte Lawrence. »Ich bin einfach zu alt, um noch im Sonnensystem herumzuhopsen. Dazu noch in solchen Krisenzeiten.«

»Aber wenn ich mitreise – wer spielt denn dieses blödsinnige Vlet mit dir?«

»Lawrence kann Alfred ja das Spiel beibringen«, sagte Sam.

»Verwerfe diese Gedanken . . . die Chance, daß Alfred dieses Spiel lernt, ist genau so groß wie die Wahrscheinlichkeit, daß Sam ihn mit auf die Erde nimmt. Ich denke, unsere Einwände sind ungefähr die gleichen.«

»Wir werden morgen früh aufbrechen«, sagte Sam. In zwölf Tagen sind wir wieder zurück. Dann hast du immer noch ein paar Tage frei, ehe du an deine Arbeitsstelle zurückkehren mußt . . .«

»Woher weißt du –?«

»He!« rief Lawrence. »Du mußt doch nicht gleich das ganze Brett umwerfen!« Er richtete zwei Figuren auf, die Bron mit seiner heftigen Reaktion umgeworfen hatte.

Sam, der immer noch seine Karten studierte, trug wieder dieses spöttische Lächeln im Mundwinkel. »*Manchmal* hat die Regierung recht.« Sein Blick zuckte hoch. »Kommst du mit?«

»Oh, meinetwegen.« Bron griff mit der rechten Hand hinüber in den Kartenfächer und zog die Viererkombination der hohen Flammen heraus, die Sam übersehen hatte. Das gab ihnen, wenigstens in der ersten halben Stunde des Spiels, einen entscheidenden Vorteil, ehe Lawrence durch ein geschicktes Zusammentreffen aller Götter und Astralgewalten wieder, wie üblich, die Oberhand gewann.

*

Es war, als würde plötzlich das Sensorschild abgeschaltet.

Links von ihnen breiteten bizarre Methanklippen sich zu

einer wilden Szenerie aus, als drängten sich hier die Kulissen von tausend Eisopern zusammen.

Rechts von ihnen dehnte sich das Kieselgeröll, aus dem Triton zu sechsundneunzig Prozent bestand und ihn zu einer der langweiligsten Landschaften im Sonnensystem machte, bis zum Horizont.

Sie glitten im transparenten Transporttunnel dazwischen hin. London Point fiel hinter ihnen zurück. Grelle Sterne stachen durch das Dunkel.

Festgeschnallt in seinem Sitz, während die beiden gewölbten Baldachine aus glasreinem Plastik über ihnen dahinglitten (die Unbewegliche des Wagens und die Wölbung des Tunnels darüber, die mit hundertfünfundsiebzig Kilometern pro Stunde in die entgegengesetzte Richtung raste), drehte Bron das Gesicht nach links (Sam saß dort) und dachte an die Eisfarmer und fragte: »Ich wundere mich immer noch, warum du ausgerechnet *mich* mitgenommen hast?«

»Damit du mir endlich von der Pelle gehst«, erwiderte Sam leutselig. »Vielleicht wird es dich auf einen politischen Trichter bringen, der meine Position ernsthaft gefährden kann. Doch bisher sind deine Argumente so unreif, daß ich dir darauf nichts erwidern könnte, bis auf ein paar höfliche Phrasen – wie sehr die Phrasen auch als Ideen vorkommen mögen. So wirst du aber die Chance erhalten, einen winzigen Bruchteil der Regierungsarbeit aus der Nähe zu betrachten und selbst nachzuprüfen, was sie so treibt. Die Regierung *ist* in der Regel im Recht. Nach meiner Erfahrung ist diese Regel eine Wahrheitsquote von neunundneunzig Prozent mit einer langen Reihe von Neunen hinter dem Dezimalpunkt. Ich weiß es nicht; aber vielleicht wird der kleine Durchblick auf die Wirklichkeit deine Ängste erschüttern und dir den Mund stopfen. Oder es wird dich zum Heulen und Zähneklappern bringen. Heulen oder Schweigen – wäre jedenfalls fundierter. Was meine persönliche Meinung betrifft, würde dir beides besser anstehen.«

»Aber du hast doch schon deine fundierte Meinung, für welche der beiden Verhaltensweisen ich mich vermutlich entscheiden werde, nicht wahr?«

»Das ist deine *nichtfundierte* Vermutung.«

Bron beobachtete, wie kilometerweit hinter Sams Schulter Gletscherspalten mit Gletscherspalten ablösten. »Und die Regierung hat wirklich nichts dagegen, daß du mich mitnimmst? Nehmen wir an, ich stolperte über eine streng geheime Information?«

»Diese Geheimhaltungsstufe existiert nicht mehr«, sagte Sam. »Vertraulich ist das höchste, worüber du stolpern könntest; und so etwas kannst du in jeder beliebigen Ego-Aufbereitungskabine lesen.«

Bron runzelte die Stirn. »Diese Kabinen werden in zunehmendem Maß von der Bevölkerung zertöppert«, sagte er nachdenklich. »Hat die Regierung dich davon unterrichtet?«

»Das würde sie wahrscheinlich getan haben, wenn ich mich danach erkundigt hätte.«

Zerbrochenes Glas, zerrissene Gummimatten; sein eigenes Gesicht verzerrt in dem verbeulten Eingabeschlitz aus Chrom: das Bild kehrte wieder in sein Bewußtsein zurück, so intensiv, daß er darüber erschrak: »Sam, ehrlich – weshalb wünscht die Regierung, daß jemand wie ich dich auf dieser Reise begleitet?«

»Sie wollen nicht dich. Ich will dich. Sie haben nur nichts dagegen, daß ich dich mitnehme.«

»Aber . . .«

»Nehmen wir einmal an, du findest etwas heraus, obgleich ich keine Ahnung habe, was das sein könnte. Was könntest du damit anfangen? Schreiend durch die Straßen von Tethys laufen, dein Fleisch geißeln und Asche in deine Wunden reiben? Ich bin sicher, es existiert eine Sekte, die sich damit bereits befaßt. Wir leben schlichtweg in einer Gesellschaft, die von den Soziologen als politisch träge bezeichnet wird. Und wie ich meines Erinnerns bereits sagte: Meinungsbildung von Leuten, die in einem eingeschlechtlichen nicht spezifizierten sexualneutralen Co-Op wohnen, ist besonders schwach ausgebildet.«

»In anderen Worten, man hat mich aufgrund meiner allgemeinen psychologischen Charakteristik und meiner besonderen Wohnkategorie zu einem sicheren Kandidaten erklärt.«

»Wenn du es so betrachten willst – meinetwegen. Du darfst es jedoch auch in für dich schmeichelhafteren Worten ausdrücken:

wir trauen den meisten Bürgern in unserer Epoche zu, daß sie keine zu großen Dummheiten anstellen.«

»Beide Wortkombinationen repräsentieren immer noch die gleiche Situation«, sagte Bron. »Metalogik. Du vergißt meinen Beruf. Weißt du überhaupt, daß ich ein männlicher Prostituierter in den Bordellen von Goebels auf Bellona war, ehe ich nach Triton kam, um dort als angesehener Metalogiker für eine riesige Computerhegemonie zu arbeiten? Aber dann bekam ich diese Papiere, verstehst du . . . Was hat deine Regierung dazu zu sagen, wo sie doch die Prostitution und die Ehe für illegal erklärt?«

Sam schob seine kniehohen Stiefel mit den weichen Ledersohlen in den Freiraum zwischen den leeren Sitzen. »Ehe ich nach Triton kam, war ich eine ziemlich unglückliche, blaßgesichtige, blonde, blauäugige (und schrecklich kurzsichtige) Kellnerin in Lux auf Iapetus mit einem Hang für hagere, blonde, blauäugige Kellnerinnen, die, soweit ich das als junges und unreifes Ding beurteilen konnte, alle nur Augen hatten für die fast zwei Meter großen Emigranten aus Wallunda und Katanga, die in unserer Nachbarschaft einfielen wie Ungeziefer; ich besaß diesen sehr hohen, absolut nutzlosen IQ und arbeitete in einer trostlosen Frittenbude. Doch dann habe ich mich dieser Operation unterzogen, verstehst du –?«

Bron versuchte, nicht schockiert auszusehen.

Sam wölbte eine Augenbraue und nickte kurz.

»Findest du diese Verwandlung zufriedenstellend?« Sexumwandlungen waren häufig genug, aber da (wie Bron sich an einen Vortrag auf einem öffentlichen Kanal erinnerte) der »Erfolg« der Operation durch das Eingeständnis dieses Eingriffes wieder umgestoßen werden konnte, erfuhr man nur selten von einem spezifischen Fall.

Sam grinste mit dunklen dicken Lippen. »Sehr zufriedenstellend. Natürlich war ich damals viel jünger. Und der Geschmack wandelt sich, wenn er sich nicht total verändert. Trotzdem besuche ich noch die alte Nachbarschaft . . .« (Bron dachte: dieser große, schwarze, gutaussehende Mann Sam, hochtalentiert, Oberhaupt einer Familie . . ?) »Worauf es ankommt ist, daß die Regierung«, fuhr Sam in vollkommen sachlichem Ton fort (in dem Bron jetzt hellere Obertöne in dieser beruhigenden Baßstimme suchte) »einfach nicht an meiner recht trivalen Sexualgeschichte interressiert ist. Auch nicht an deiner ziemlich ausgefallenen. Du hast mir bereits von deinen Hurentagen erzählt. Ich gebe zu, das erstemal ließ mich das nicht kalt. Doch bei der Wiederholung verringert sich der Schockwert.«

»Aber du hast es mir nicht erzählt«, sagte Bron mürrisch.

Sam wölbte die andere Augenbraue. »Nun . . . du hast mich nie danach gefragt.«

Bron fühlte sich plötzlich nicht mehr zum Sprechen aufgelegt, ohne zu wissen, warum. Aber Sam, dem Brons brütendes Schweigen offensichtlich gelegen kam, lehnte sich in seinem (ihrem? Nein, »seinem«, das hatte jedenfalls der Vortraghaltende auf dem öffentlichen Kanal versichert) Sitz zurück und blickte zum Fenster hinaus.

Sie eilten durch die düster glitzernde Landschaft aus grünem Eis, grauem Fels und Sternen.

*

Ungefähr einen Kilometer entfernt sah Bron etwas, das er für den Raumhafen hielt, aber was Sam jedoch verneinte. Eine Minute später deutete Sam auf etwas, von dem er sagte, das wäre er.

»Wo?« Bron konnte es nicht sehen.

»Dort drüben. Genau zwischen diesen beiden Wieheißensienochs sieht man einen Schimmer vom Rand des Raumhafens.«

»Ich weiß immer noch nicht, wo du hindeutest . . .« und in diesem Moment tauchten sie in einen geschlossenen Tunnel ein; Lichter flammten in dem Wagen auf. Das Surren der Maschine deutete Bron einen geringeren Wirkungsbereich an. Sie verzögerten. Sie hielten. Dann waren es grüne pastellfarbene Korridore und üppig ausgestattete Warteräume, wo man einen Drink serviert bekam und anderen Leuten vorgestellt wurde – dem Rest von Sams Gefolge – bummelte dann lautlos über unsichtbare Schienen, wurde von unsichtbaren Lifts aufwärts befördert – die Leute lachten und blickten hinunter auf das geometrische Muster des Teppichs, als einmal der Boden leicht bebte – und schließlich wurde man von kleinen farbigen Lichtern zu der richtigen Tür geleitet, was von den Mitgliedern der Reisegruppe, die offensichtlich Erfahrung in der Reisediplomatie hatten, bestätigt wurde. (Da war keiner in der Nähe, der wie ein Stewart ausgesehen hätte; aber Bron war sich nicht sicher, ob das Gefolge wie »Touristen« behandelt wurde oder als »Regierungsdelegation«.) Er erzählte jemand begeistert, der offensichtlich genau so begeistert zuhörte, von seiner Reise vor zwölf Jahren zu den Äußeren Satelliten, als er hierher auswanderte, die »ganz anders verlief, das kann ich Ihnen versichern . . . Ich meine, wir waren damals dreitausend Leute, und vollgepumpt mit Drogen, so lange der Flug dauerte: und ich möchte ja nicht wissen, was diesem Drink alles beigemischt wurde . . .«, als ihm mitten in der allgemeinen Heiterkeit plötzlich bewußt wurde, daß er spätestens in einem halben Jahr . . . nein, schon in sechs Wochen, alle diese liebenswürdigen Georges und Angelas und Arouns und Enids und Hotais vergessen haben würde. Und ich dachte, es sei eine politische Mission: doch niemand hatte auch nur mit einem einzigen Wort die Politik erwähnt! Ich habe Sam noch nicht einmal darum gefragt, worum es bei dieser Mission geht! Liegt es daran, wunderte er sich, während sie wieder einen Korridor hinunterwanderten? (Ein paar von der Gruppe ließen sich von einem Rollband den Korridor hinuntertragen, während andere daneben hergingen, plauderten und lachten,) daß, wie Sam sich ausdrückte, die politische Meinungsbildung unterentwickelt war?

In einem der größeren, prunkvoller ausgestatteten mobilen Räumen mit luxuriösen Liegestühlen auf verschiedenen mit Teppich ausgelegten Ebenen, wurden ihnen noch mehr Drinks serviert, noch mehr Musik geboten, noch mehr Konversation . . .

»Das ist alles ganz großartig, Sam!« rief jemand laut. »Aber wann kommen wir endlich zum Raumschiff?«

Einer aus Sams Gefolge hob den Fußknöchel, um den komplizierten Chronometer zu überprüfen, der dort festgebunden war: »Ich glaube, wir sind bereits seit zwei Minuten und vierzig Sekunden an Bord des Raumschiffes«, was ein Oooo! und noch mehr Gelächter auslöste.

»Der Start ist in siebzehn Minuten.« Sam kam die Wendeltreppe herunter. »Das ist meine Kabine. Jeder darf sich eine Couch aussuchen.«

In den nächsten zehn Minuten erfuhr Bron, daß die blonde blauäugige Frau auf der Couch neben ihm zu Sams Familie gehörte und daß das brünette, plumpe Mädchen, das in der Kabine herumwanderte und fragte »Drogen? Drogen? Ist jeder schon bedient?«, und dabei jedem, der ihr lächelnd zunickte, seitlich mit der Hand an den Hals klopfte, ihre Tochter war.

»Heißt das, man kommt auch ohne Drogen zurecht?« fragte jemand.

»Sam möchte, daß wir den Start miterleben«, sagte die blonde Frau, lehnte sich auf ihrer Couch zurück und drehte den Kopf zurück, damit sie den Frager sehen konnte. »Deswegen empfehle ich lieber, die Drogen zu nehmen, es könnte sonst ein wenig unangenehm werden.«

»Deswegen meine Frage. Danke.«

Als das pummelige Mädchen an Brons Couch trat, lächelte er, von einem Impuls dazu getrieben, und schüttelte den Kopf. »Nein, vielen Dank . . .« Aber ihre Hand lag schon auf seinem Hals; dann zog sie sie sofort wieder zurück und blickte ihn betreten an: »Oh, es tut mir wirklich leid – Sie sagten ›nein‹ –!«

»Hmm . . . es ist schon in Ordnung«, murmelte Bron.

»Nun, vielleicht haben Sie nicht viel davon bekommen . . .« und sie eilte wieder fort zur nächsten Couch.

Ein Summen ging durch die Kabine. Eine Menge von den prunkvolleren Stücken – Deckenleuchten, Wandskulpturen, Regale, eingelegte Tische – klappten nach oben oder unten oder zur Seite in die Wände, den Boden und die Decke, und einige Couches schwangen herum, so daß sie alle in die gleiche Richtung blickten, in den jetzt ziemlich technisch-sachlich geordneten Weltraum.

Die Wand vor ihnen summte und teilte sich. Was vorher ein Korridor gewesen war, zeigte sich jetzt als ein wandgroßes Fenster, das auf die sternenübersäte Nacht hinausblickte, nur unterbrochen von ein paar Gerüstträgern und einigen Hausdächern an der Unterkante.

Von der Decke kam ein Schirm herunter, auf dessen Oberfläche unzählige Zahlen, Gitterlinien und graphische Symbole wimmelten.

Ein Raumschiffunglück drei Sekunden nach dem Abheben war immer hundertprozentig tödlich gewesen, erinnerte sich Bron – was wahrscheinlich bedeutete, daß die Dosis der Droge gegen Übelkeit beim Start sehr gering sein mußte.

»Ich finde diese Reisen immer so aufregend«, sagte jemand, »– ganz gleich, wohin oder wie oft man fliegt. Ich weiß nicht, warum, aber . . .«

Blaue Zahlen (die auf dem Schirm nun das Übergewicht bekamen) bedeuteten die endgültigen Navigationskontrollwerte. Rote Zahlen (und ganze Kolonnen von Blau verwandelten sich in Rot) bedeuteten, daß diese Zahlen genehmigt worden waren und jetzt in den Startcomputer eingegeben wurden.

»Jetzt gibt es kein Zurück mehr«, sagte jemand feierlich.

»Ich hoffe, der Deckel auf dem Swimmingpool sitzt fest«, bemerkte ein anderer, (und alle amüsierten sich darüber.) »Ich mag nicht gerne schon morgens ein Bad nehmen.«

Bron schmiegte sich dem Polster an. Etwas fing an zu tosen – ziemlich weit weg – rechts von ihm; dann kam ein Dröhnen dazu – viel näher – zu seiner Linken. Auf dem Schirm standen jetzt nur noch zwei blaue Ziffern in einem Feld roter Zahlen: und sie flackerten eigenartig, als stünden sie auf wackeligen Beinen.

Jemand sagte: »Mir scheint, diese Zahlen sind falsch . . .«

Ein anderer bemerkte: »Sam, ich sagte dir doch, du hättest ein Raumschiff der Regierung nehmen sollen. Die Regierung irrt sich nie.«

Wieder ein allgemeines Kichern.

Dann waren die Trägerstützen und die Hausdächer darunter plötzlich weg. Die Sterne setzten sich in Bewegung.

Durch die Kabine ging ein Ruck.

»Hoppla-hopp!« rief jemand.

Allgemeines Gelächter.

Das Unten hatte sich plötzlich und unbehaglicherweise aus seinen Füßen seitwärts verlagert. Bron spürte, wie er auf dem Polster rutschte. Die Sterne schwappten auf der Panoramascheibe nach links; eine Sekunde später wurden sie von einer

Landschaft beiseite gewischt; die sich zu rasch bewegte, als daß Bron hätte sagen können, ob sie zehn Meter darüber schwebten oder zehn – *dort*! Ein Netz aus Lichtern und noch mehr Lichter glitten unter dem Fenster dahin: Tethys. Alle machten wieder *Ooooo*!

Dann waren sie mindestens zehn Kilometer über dem Boden. Wieder die Sterne jetzt. Wieder Landschaft . . . aber sie bewegte sich viel langsamer – bei mindestens vierzig Kilometer Höhe. Als der schartige Horizont nach unten glitt, konnte Bron seine Krümmung sehen. Dann ruckte die Kabine wieder nach hinten . . . oder vielmehr, das Unten richtete sich wieder dort ein, wo es hingehörte – unter den Fußboden.

Der Wandschirm, auf dem die beiden blauen Ziffern immer noch unsicher flackerten (alle anderen waren inzwischen erloschen), klappte in die Decke zurück.

Lag es an der Droge, oder war in einem Sortiment von Drogen eine Dosis zu schwach gewesen oder eine zu stark? – daß er eine ganze Weile auf seiner Couch liegen blieb und auf die Sterne an der Decke starrte? Die Menschen hatten auf der Erde in frühgeschichtlicher Zeit versucht, diese blauweißen Punkte zu Bildern zu ordnen. Er suchte nun ihr Gesicht in den Sternen; aber weder die Sterne noch sein Gedächtnis hielten lange genug still dafür.

Als er wieder von der Couch aufstand, gingen die Passagiere bereits in der Kabine umher. Auf dem Oberdeck über der Treppe war die Abdeckung des Swimmingpools entfernt worden. Ein paar Passagiere plantschten bereits im Wasser. Die Wandleuchten, die Bar, die Skulpturen und die Tische standen oder hingen wieder an ihrem Ort; und eine Falltür hatte sich geöffnet mit einer Treppe, die in den schwerkraftlosen Teil der Kabine hinunterführte: ein zylinderförmiger Raum, so groß wie die Kabine »darüber«, mit »echter« Schwerkraft (nur vorhanden, wenn das Schiff beschleunigte). (»Die Gäste werden gebeten, keine Flüssigkeiten mitzunehmen, wenn sie das Deck wechseln«, stand auf dem Hinweisschild des Gestells neben der Treppe, und in den weißen Plastikringen darunter waren bereits vier oder fünf halbleere Drinkbecher abgeladen worden.) Nach seinem Rundgang um den Swimmingpool stieg Bron, jetzt mit einem Drink bewaffnet, über die mit einem Läufer bedeckte Treppe wieder hinunter zum Unterdeck. Drei Leute, die sich über eine Nichtigkeit fast totlachen wollten begegneten ihm unterwegs.

Sein Beschleunigungs-Polstergestell erwies sich als ein Magazin zahlloser ineinandergeschobener und miteinander verzahnter Fächer, Laden und Hohlräume, das ihm von einer knochigen, schwatzhaften Rothaarigen, so zierlich, daß man sie fast als Lilliputanerin bezeichnen konnte, mit großem Genuß erklärt wurde. Das Ganze ist natürlich ein Bettstrich, Sie brauchen nur hier am Hebel zu ziehen, und eine schalldichte Privatsphären-Kuppel – nun, sie ist *fast* schalldicht – legt sich über das ganze Gestell. Sie können an diesem Schalter hier einstellen, ob Sie die Kuppel transparent oder mit Milchglaseffekt haben wollen. Und das ist ein Zeitschalter, so programmiert, daß Sie Ihre Schlafperioden über die neunzig Stunden, die die Reise dauert, entsprechend verteilen können, damit Sie anschließend nicht zu sehr unter der Planetenzeitverschiebung zu leiden haben – obwohl bei dem allgemeinen Rummel hier sich fast keiner an feste Zeiten hält. Da ist Ihr Lesegerät, aber die Bordbibliothek ist recht mager. Ziemlich langweiliges Zeugs, kann ich Ihnen versichern. Es lohnt sich nicht, wenn Sie nicht gerade ein Mittel zum Einschlafen brauchen. (Obwohl ich einmal eine Couch hatte, die mit Science Fiction aus dem zwanzigsten Jahrhundert vollgestopft war – haben Sie so etwas schon gelesen? Faszinierend!) Wenn Sie sich waschen wollen, müssen Sie diese Hälfte des Polsters hochklappen und wenn Sie austreten wollen, die andere Hälfte. Und dort drunten – einen Moment; da ist es ja schon! ist ihr Gepäck.

Das Bron auf Sams Vorschlag hin in einem kleinen Plastiksack verstaut hatte. Sam hatte ihm gesagt, nimm nicht so viel mit, denn das Ganze ist eine sehr formlose Angelegenheit. Aber als er in der Kabine umherwanderte, konnte er hin und wieder auch einen Blick in das Gepäckfach der anderen Passagiere werfen, wenn jemand sein Schminktäschchen oder anderes Zeugs suchte. Dabei stellte er fest, daß mindestens drei Leute aus Sams Gefolge mit einer ganzen Wagenladung Säcken, Paketen und Taschen, die fast ihre ganze Couch überfluteten, auf die

Reise gegangen waren. Das löste anfangs ein unbehagliches Gefühl in ihm aus. Doch dann nach Stunden beruhigte er sich wieder, denn keiner traf Anstalten, um sich für eine festliche Gelegenheit umzuziehen.

Er verbrachte viel Zeit »unten« in der nur spärlich erhellten schwerkraftlosen Kabine, wo er durch das Fenster die Sterne beobachtete.

»He!« rief Sam durch die Falltür irgendwann am zweiten Tag ihrer Reise zu ihm hinunter, »komm mal eine Sekunde herauf. Das mußt du gesehen haben.«

Bron löste die Schließen des Netzes, in dem er schwebte, stieß sich zur Leiter hinab, ergriff sie und tauchte oben in der Schwerkraftkammer auf – eine eigenartige Erfahrung, wenn zuerst der Kopf, dann die Schultern, die Arme und der Brustkorb schwer werden (als stiege man aus dem Wasser des Swimmingpools, nur ganz anders eben. Er suchte ein paarmal während der Reise nach dem richtigen Vergleich). Neben dem Schwimmbecken kam er wieder an Deck.

»Schau dir das an.« Sam nahm mit einer Hand seinen Drink aus dem Plastikring und schob mit der anderen Hand Brons Schulter in die gewünschte Richtung. »Komm!«

An einem Wandtisch neben dem Schwimmbereich saß die knochige kleine Rothaarige; ihr gegenüber befand sich eine orientalische Frau mit unregelmäßig geschorenen schwarzen Haaren, nicht viel größer als ihre Gegnerin. Zwischen ihnen befand sich ein Vlet-Brett. Es hatte nur ein Viertel der Größe von Lawrence' Vlet-Spiel (eine kleine Reiseversion?). Die Landschaft war nur eine zusammengeklebte dreidimensionale Fotografie, nicht wie bei Lawrence eine holographische, belebt-bewegliche Oberfläche. Die Figuren waren nicht sorgfältig geschnitzt und bemalt, sondern nur maschinengefertigte Symbole auf roten und grünen Plastikständern. Der Astralwürfel verfügte nicht über eigene Stützen. Doch Bron konnte sofort an der Aufstellung der Götter erkennen, an den Breschen und Lücken einer erbarmungslosen Astralschlacht, daß Grün (also die Partei der Rothaarigen) offensichtlich gewonnen hatte.

Fünf Melds waren bereits abgelegt.

Die Frau mit den schwarzen Haaren warf die Würfel und in

einer recht überraschenden Methode (auch ziemlich schlau, dachte Bron, sobald der Zug beendet war) brachte sie es fertig, ihre Wächter von der rechten Flanke ins Zentrum zu bewegen, als die grüne Karawane gerade durch das Fegefeuer ziehen mußte, entzog sie so dem Einfluß des Zauberers, dessen Macht durch drei reflektierende Schirme vervielfältigt wurde.

Die Rothaarige warf die Würfel, entledigte sich einer minderen Flamme, verschob die Schirme mit einem Zug an die Ecken des Spielbrettes (was bei Bron wie bei dem anderen halben Dutzend der Zuschauer ein Stirnrunzeln auslöste) und stellte dann eine Matrix auf dem Astralbrett um. *Das* ist raffiniert! dachte Bron. Ihre Gegnerin mußte diesem Zug begegnen und ein paar ihrer Kräfte aus der Realen Welt abziehen, sodaß ein paar ihrer wichtigsten Figuren ihren Schutz verloren.

Der Rand des Spielbrettes, der Tisch und die linke Wange der Frau spiegelten Reflexe aus dem Schwimmbecken.

Sam gab Bron einen leisen Rippenstoß und grinste. »Ich dachte daran, daß wir die beiden zu einem Doppel herausfordern sollten, du und ich. Aber ich schätze, die beiden sind uns um eine Liga überlegen.«

Die Frau mit den schwarzen Haaren gewann die Schlacht in drei Zügen.

Einige Zeit später spielten sie tatsächlich ein Spiel zu viert, und Sam und Bron wurden in zwanzig Minuten vom Brett gefegt. Sam sagte: »Nun, wenn wir auch nicht gewinnen konnten, haben wir doch ganz gestimmt dazugelernt! Lawrence wird sich vorsehen müssen, wenn wir wieder zurückkommen, nicht wahr, Bron?« Bron nickte lächelnd (Die Erinnerung an *sie* neckte ihn mit jedem Reflex auf der Mosaikdecke über dem Schwimmbecken) und zog sich wieder in die schwerkraftfreie Kabine zurück, fest entschlossen, nie mehr dieses blödsinnige Vlet zu spielen, weder mit Lawrence noch mit sonst einem, weder hier noch dort noch zwischen den Welten.

Er flog hunderte von Millionen von Kilometern weit, um sie zu vergessen: er rollte sich wieder in das Schwebenetz und igelte sich in diesen Vorsatz ein. Die Sterne trieben am Fenster der dunklen Kammer vorbei.

*

»Wollen Sie nicht etwas davon probieren?«

»Danke nein. Auf solchen Reisen durchs All habe ich nie Appetit . . . Ich habe keine Ahnung, warum nicht . . .«

»Ich habe nichts gegen synthetische Speisen, wissen Sie, solange man ihnen keine außergewöhnlichen Aromastoffe beimischt, daß sie nach Algen oder Seetang schmecken.«

»Vermutlich ist das Essen im Raumschiff auf diesen Reisen so schrecklich schlecht, weil sie sich von ihren Passagieren erwarten, daß sie sich zu Tode trinken.«

»Hätten Sie geglaubt, daß Sam ein Trinker ist? Himmel, er schüttet das Zeug nur so in sich hinein!«

»Nun, es handelt sich ja schließlich um eine politische Mission. Wahrscheinlich steht er unter erheblichem Streß.«

»Was für ein Programm müssen wir erfüllen, wenn wir dort ankommen?«

»Oh, zerbrechen Sie sich darüber nicht den Kopf. Die Regierung besorgt das schon für uns – verzögern wir bereits?«

»Ich denke ja.«

»Sollte da nicht irgendwo ein Licht oder ein Signal aufflammen, damit wir rechtzeitig wissen, daß wir uns auf die Couch legen müssen, wenn wir abbremsen? Mir ist es sowieso schleierhaft, daß diese Kabine sich nicht schon längst in ihre Einzelteile aufgelöst hat. Nichts scheint hier richtig zu funktionieren!«

»Nun, schließlich befinden wir uns in einem Krieg.«

In den neunzig Stunden, die der Flug dauerte, war Bron am Rande oder in der Mitte oder in Hörweite von neunundneunzig solcher Gespräche. Er befand sich in der schwerelosen Kammer, als das Warnsignal aufflammte. »Wahrscheinlich bedeutete das, daß wir jetzt lieber wieder an Deck gehen sollten.« Um ihn herum lösten sich Passagiere aus dem Schwebenetz. »In ungefähr einer Stunde fallen wir auf die Erde hinunter.«

»Warum brannten die Lichter nicht auf, als wir am Asteroidengürtel diese Wendemanöver ausführten?« erkundigte sich jemand.

»Ich glaube, sie flammen nur auf, wenn Beschleunigung oder Verzögerung ein gewisses Maß überschreiten.«

»Oh.«

*

Die Wand schloß sich vor dem Fenster zur Landung (auf dem Schirm, der wieder von der Decke herunterglitt, zitterten immer noch die beiden blauen Ziffern). Dieses Verfahren wäre üblich, behaupten alle, wenn es sich um eine atmosphärische Landung handelte.

Er wurde auf seiner Couch hin- und hergeworfen, gerüttelt und geschüttelt auf eine Weise, die ihm wirklich Übelkeit bereitet hätte, wenn er nicht seine volle Dosis an Drogen eingenommen hätte. Er wußte, daß die Landungen auf einem Planeten kein Honiglecken waren.

Ein paar Scherze wurden zwischen den Couchen ausgetauscht, ob sie sich immer noch in der Luft befanden oder überhaupt noch im Raumschiff, als das Trudeln einsetzte.

Endlich rollte die Fensterwand wieder zurück: diesmal befand sich kein Glas dahinter – und ein paar der Passagiere zeigten sich deutlich entspannter, lachten und redeten immer lauter. Einige waren seltsamerweise mehr bedrückt (zu denen auch Sam gehörte;) sie gingen hinaus in einen grünen und pastellfarbenen Korridor. (Bron mußte an den Taj Mahal denken, aber schließlich handelte es sich ja um eine politische Mission.)

»Bekommen wir auf dieser Reise auch etwas von der Landschaft zu sehen?« erkundige sich jemand.

»Das bezweifle ich. Die Regierung hält nicht viel davon, Mondbewohnern Ansichten von der irdischen Landschaft zu zeigen.«

»Ah! Aber *welche* Regierung ist damit gemeint?«

An den darauffolgenden Tagen besuchten sie zwar eine Reihe von prächtigen Lokalen, unternahmen in mechanischen Transportgeräten lange Reisen durch endlose dunkle Tunnels, hörten sich sogar mehrere Symphoniekonzerte an und verbrachten einen Nachmittag in einem Museum, wo sie offensichtlich die einzigen Besucher waren (es war eine private Kunstsammlung; sie waren mit einem Lift mehrere Stockwerke aus der Tiefe heraufgekommen; abends kehrten sie mit verschiedenen Aufzügen wieder in ihre getrennten, prächtig ausgestatteten Unterkünfte zurück), doch Bron hatte das Gefühl, daß sie den irdischen Raumfahrtkomplex nicht eigentlich verlassen hatten. Sie hatten kein einzigesmal den Himmel gesehen. Und abgesehen von den

Konzertbesuchern (ihre Reisegesellschaft hatte immer eine eigene Loge für sich) oder Gästen in den Speiselokalen (ihre Tische wurden immer von den anderen getrennt gehalten) hatten sie keine Erdbewohner gesehen, obgleich, wie die kleine Rothaarige mit Genuß erklärte, wenn man die Zeit nachrechnete, die sie auf den mechanischen Transportmitteln verbracht hatten und die im Schnitt mit hundertfünfzig Kilometer pro Stunde durch die Tunnels rasten, sie inzwischen fast zweitausend Kilometer von ihrem Landepunkt entfernt sein mochten – was auf einem Mond eine beträchtliche Distanz darstellte, auf der Erde jedoch nicht.

Es war eine luxuriös angenehme und vollkommen sinnlose Zeit, die sie hier verbracht hatten, doch erhielt sie einen gewissen Sinn in diesen Momenten, wenn man darüber nachdachte, wie sinnlos sie war.

Eines Morgens (wenigstens dachte er, es sei Morgen), als er sich fragte, ob er noch jemanden in der Gesellschaft auftreiben könne, der wie er verschlafen hätte und mit ihm frühstücken wollte, trat Bron aus seinem Zimmer und überquerte einen breiten Grünstreifen mit üppiger Vegetation unter einem hohen spiegelnden Himmel, als er Sam mit besorgtem Blick auf sich zueilen sah.

Und zwei Fremde in roten und scharzen Uniformen kamen ebenfalls aus einer Ecke auf ihn zu, wo sie offenbar hinter einem dickstämmigen Baum gelauert hatten. Die Frau packte Bron an der Schulter. Der Mann sagte: »Du bist einer vom Mond, nicht wahr? Mitkommen!«

Und keine zwanzig Schritte entfernt blieb Sam stocksteif stehen, und seine Miene zeigte blankes Entsetzen.

5. IDYLLEN IN DER ÄUSSEREN MONGOLEI

Wir können daraus in diesen Experimenten den Schluß ziehen, daß das Zeichen »=« durch die Worte ersetzt werden kann: »wird verwechselt mit.«

G. Spencer Brown/ DIE GESETZE DER FORM

Er setzte zu der Erwiderung an: »Ich bin *einer* vom Mond. Aber ich bezweifle, daß ich *derjenige* bin, den ihr . . .« Aber sie stießen ihn grob durch das Blattwerk des Imitationsdschungels.

Rostiges Metall schimmerte durch den grauen Anstrich der Tür: Diese verblüffend große Schloßanordnung hatte doch tatsächlich ein Loch für einen Schlüssel; helle rote Buchstaben sagten AUSGANG.

Sie schoben ihn hindurch in ein Treppenhaus aus Beton. Er protestierte noch einmal und bekam dafür einen Stoß in den Rücken. Sie trieben ihn die Treppen hinauf. Die Wände, Stufen und Geländer waren in einem Ausmaß verschmutzt, auf das ihn weder seine Jugend auf dem Mars noch seine reifen Jahre auf Triton vorbereitet hatten. Bei jedem Treppenabsatz wuchs seine Beklemmung, und er wiederholte in monotonen Gedanken: die Erde ist eine alte Welt . . . eine alte, alte Welt.

Sie zogen ihn, ganz atemlos von der Kletterei, hinaus auf einen schmalen Gehsteig, wo viele Leute an ihnen vorbeieilten (die, in den knapp fünfzehn Sekunden, die er sie zu sehen bekam, seiner Meinung nach nur drei verschiedene Kleidermoden kennen konnten); nur einer blickte ihn an.

Über ihm unregelmäßig angeordnete Hausdächer (er hatte bisher noch nie unregelmäßig angeordnete Hausdächer gesehen), die Luft war ein flockiges Grau-Rosa, einem verschmutzten Sensorschild nicht unähnlich (war das der Himmel? Mit einer Atmosphäre darin . . .?). Ein warmer, übelriechender Duft trieb durch die Straße (was ihn gleichfalls verwirrte). Als sie ihn zu dem Fahrzeug stießen, kam ein überraschender Windstoß (es war der erste Windstoß in seinem Leben, der nicht von einer Windmaschine oder einem Ventilator in nächster Nähe erzeugt wurde), überschüttete ihn mit einem Dutzend widersprüchlicher, unangenehmer Aromen.

»Dort hinein!«

Sie öffneten die Wagentür und stießen ihn auf einen Sitz; »himmel«-farbenes Gebläse kam durch ein klaffendes Metallfaltz. Die beiden uniformierten Fremden (irgendeine Art von E-Girls) stakten auf die andere Seite des Wagens und ließen ihn einen Moment allein mit seinen bestürzenden Gedanken (ich könnte weglaufen! Ich könnte jetzt weglaufen . . .!), doch diese befremdende Umgebung (und die Überzeugung, daß es sich um einen Irrtum handeln müsse) lähmte ihn: dann saßen sie ebenfalls im Wagen; die Türen flogen zu: der Wagen fiel senkrecht nach unten und wurde von einem unterirdischen Verkehrsstrom aufgefangen. Er beschleunigte ruckartig, und abgesehen von der Landung auf der Erde hatte er noch nie so eine starke ruckartige Bewegung erlebt.

Zehn Minuten später riß man ihn wieder hoch (»schon gut! Ich leiste ja keinen Widerstand. Ich komme ja mit, ich bin . . .«), und er wurde wieder aus dem Wagen gestoßen und an turmhohen Gebäuden vorbeigetrieben. Endlich schoben sie ihn in eines hinein, das vielleicht achtzig oder hundertachtzig oder achthundert Jahre alt sein mochte (das älteste, noch existierende Gebäude in Bellona war einhundertzehn Jahre alt; in Tethys war kein Haus älter als fünfundsiebzig Jahre). Diesmal hatte er gar nicht darauf geachtet, ob der Himmel über seinem Kopf war oder nicht.

Ein Lift mit einer schmutzigen Messingtür beförderte sie drei Stockwerke höher (was ihm dumm erschien, da sie mindestens acht Stockwerke im Hotel zu Fuß überwunden hatten): er wurde über einen Korridor geführt und (er verlor eine seiner Sandalen und fiel dabei auf das nackte Knie; denn er trug nur Shorts und ein leichtes V Hemd) in einen Raum gestoßen, dessen Boden aus Beton bestand und von dessen Wänden sich die Farbe vom Verputz schälte. Die Tür fiel wieder hinter ihm ins Schloß, während er aufstand und sich das Knie rieb (ja, es war das gleiche, was er sich erst im letzten Jahr verrenkt hatte), und hinter ihm hielt das Klicken und Klirren an, während Riegel und Schlösser und Haken ineinandergriffen. Das Fenster lag zu hoch unter der Decke, um durchsehen zu können, selbst dann noch, wenn er in die Höhe gesprungen wäre (was er sich mit

seinem verletzten Knie nicht zutraute). Die Metalltüre war ein stumpfes Grau mit vielen Kratzern und Beulen . . . Auf der Höhe seiner Zehen, wenn er mit dem Fuß zum Stoß ausholte! Der Raum maß vielleicht drei mal zwei Meter fünfzig.
Möbel gab es nicht.
Er verbrachte dort fast fünf Stunden.
Er wurde immer hungriger und durstiger und mußte schließlich auf die Toilette gehen. Neben der Tür in einer Ecke des Betonbodens entdeckte er einen Abfluß mit einem grünen Metallgitter. Er urinierte in den Abfluß und fragte sich, wo er seine übrige Notdurft verrichten sollte.
Er saß in einer Ecke, die dem Abfluß diagonal entgegengesetzt war, als das Rascheln an der Tür wieder einsetzte und sie nach innen schwang. Zwei rot- und schwarzuniformierte Wächter traten herein, rissen ihn auf die Füße und drückten ihn flach gegen die Wand, während ein stattlicher kahlköpfiger Mann in dem am wenigsten leger aussehenden Stil der drei Kleidermoden hereinkam und sagte: »Schön. Was wissen Sie von diesen Leuten?«
Bron dachte erst, er meinte die Wächter.
»Von der Delegation der *Mondleute*!«
». . . nichts –?« sagte Bron, sich selbst fragend.
»Spuck es aus, oder wir werden es aus dir herausholen – und die Stellen in deinem Gehirn, wo wir es herausbohren, werden dir in Zukunft nicht mehr viel nützen, wegen der Narbengewebe, die dort entstehen – vorausgesetzt natürlich, daß du noch eine Chance bekommst, sie jemals wieder zu benützen, dort, wo wir dich hinschicken werden, wenn wir mit dir fertig sind.«
Bron war plötzlich ärgerlich und erschreckt zugleich. »Was . . . was wollen Sie von mir wissen?«
»Alles, was Sie wissen. Fangen Sie mit dem Anfang an.«
»Ich . . . ich weiß nur, daß es sich um irgendeine . . . irgendeine politische Mission handelt. Mehr weiß ich wirklich nicht darüber. Sam ist . . . Sam hat mich nur gebeten, mich, mich seinem Gefolge anzuschließen.«
»Es ist komisch«, sagte einer der Wächter ins Leere hinein. »Diese Mondleute setzen sich immer in eine Ecke, sobald man sie allein läßt. Erd- und Marsmenschen setzen sich immer in der

Mitte an die Wand. Ich habe mich schon oft gefragt, warum.«

Der stattliche Mann blickte ihn schief an und murmelte: »Scheiße.« Und plötzlich schlug einer der Wächter Bron hart gegen die Leber, so daß er gegen die Wand taumelte und dort keuchend zusammensackte – während sie wieder gingen.

Die Tür fiel zu.

Schlösser rasselten.

Beide Wächter waren Frauen gewesen.

Drei Stunden später klirrten die Schlösser wieder.

Als die beiden Wächter hereinmarschierten, rappelte Bron sich auf die Füße (von dem Fleck im Zentrum der Wand, den er sich schließlich nach langem Umherwandern als Sitzplatz ausgesucht hatte). Sie packten ihn, zogen ihn ganz in die Höhe und drückten ihn dann wieder an die Wand zurück. (Diesmal waren beide Männer männlichen Geschlechts). Noch ein Mann, weniger stattlich und mit mehr Haaren, kam herein und fragte Bron die gleichen Fragen – wortwörtlich, wie ihm gleichzeitig bewußt wurde, und daß seine eigenen Antworten (und das begann ihn zu beunruhigen) geringfügig in ihrem Wortlaut differierten. Am Ende des Verhörs zog der Mann etwas aus seiner Seitentasche, das einer Uhr mit Fangzähnen ähnelte. Er trat auf Bron zu und drückte ihm das Ding gegen die Schulter. Bron zuckte erneut vor Schmerz zusammen – obwohl ihm das nicht viel nützte, weil die Wächter ihn festhielten.

»Zucken Sie nicht!« sagte der Mann. »Es soll ja wehtun.« So lächerlich, wie der Befehl und seine Erklärung auch waren, versuchte Bron doch, dieser Anordnung zu gehorchen.

Der Mann nahm das Instrument wieder an sich und betrachtete es. »Man sollte es nicht glauben. Er sagt die Wahrheit. Kommt.«

Bron blickte an sich hinunter und sah zwei Blutflecke auf seinem V-Hemd. Darunter tröpfelte etwas über seine Brust.

»Es ist komisch«, sagte einer der Wächter ins Leere hinein. »Die Mondmenschen sitzen immer in der Mitte an der Wand, sobald man sie alleinläßt. Mars- und Erdbewohner setzen sich immer in die Ecken.« Und als Bron sich umdrehte, um zu protestieren, weil ihm das wie der letzte absurde Strohhalm erschien, der ihm genommen wurde, schlug ihm der andere Wächter hart in die Nieren: er rutschte keuchend und mit tränenden Augen an der Wand zu Boden.

Der Mann öffnete die Tür und verließ die Zelle. Die Wächter folgten ihm. Der Wächter, der ihn geschlagen hatte, hielt noch einmal an, die Hand auf dem Türrahmen, und betrachtete stirnrunzelnd, was Bron, von der Wartezeit, der Angst und den Schmerzen in seinen Gedärmen dazu gezwungen, auf dem Boden bei dem Ausguß hinterlassen hatte.

»Jesus Christus . . .« Er blickte Bron wieder an. »Ihr Mondmenschen seid richtige Schweine, nicht wahr?« Und mit einem Kopfschütteln warf er die Zellentür hinter sich zu.

Vierzig Minuten später kam der gleiche Wächter allein zurück. Brons Schultern strafften sich. Er drückte sich fester an den Mörtel der Wand. Der Wächter kam auf Bron zu, packte ihn am Arm und zog ihn in die Höhe. »Ein Freund von Ihnen wartet am Ende des Korridors auf Sie. Es ist alles vorbei, Junge.« Bron war einen Kopf größer als der Wächter, der, wie Bron erst jetzt bemerkte, Philip ähnlich sah. Ein Philip ohne Bart und mit leicht orientalischen Zügen.

»Was wollen Sie jetzt . . .?« fing Bron an.

»Tut mir leid, wenn wir euch jedesmal schlagen müssen, ehe wir wieder gehen. Das ist nur eine Routine, damit wir die Zelle wieder sicher verlassen können, verstehst du? Aber wenn ich daran denke, daß du auch nur an der Sache beteiligt sein könntest, wie wir vermuteten, dazu noch mitten in . . .« Er schüttelte den Kopf und lachte glucksend. »Das kann ich dir sagen! Nur zwei Wächter mit dir zusammen in dieser Zelle? Mann, hatte ich Schiß!« Er zerrte noch einmal an Bron, der sich endlich von der Wand löste. »Du hast eine Weile lang auf dem Fleischmarkt auf dem Mars gearbeitet, nicht wahr?« Der Wächter hielt Bron fest, bis er endlich seine Beine wieder richtig bewegen konnte. »Ich auch – als ich noch zu jung war, um es besser zu wissen.« Er schüttelte wieder den Kopf. »Ich sagte ihnen, wir Leute vom Fleischmarkt sind einfach nicht der Typ dafür, sich auf solche Sachen einzulassen, die sie dir zutrauten. Ich sagte ihnen, sie sollten dich gar nicht erst einliefern, als die Meldung kam. Aber ich bin ein Marsianer. Auf der Erde hört man nie auf einen Marsmenschen. Und auf dem Mars hört keiner auf einen Vertreter von der Erde. Da kann man nur staunen, daß wir auf der gleichen Seite kämpfen, nicht wahr?« Er blickte auf die Fäkalien neben dem Ausguß. »Nun, ihr seid wirklich Schweine. Du hättest doch nur diese verdammten Anweisungen zu lesen brauchen. Sie sind ja auf den Deckel aufgedruckt. Natürlich weiß ich, daß du dich auf dem Mars ganz anders benommen hast. Du brauchst doch nur den Gullieinsatz hochzuheben ... aber wahrscheinlich sind die Leute auf den Monden nicht den gleichen Komfort gewöhnt, wie wir ihn hier besitzen, nicht wahr?«

Sie gingen hinaus in den Korridor. Die Stimme des Wächters war freundlich, sein Griff fest. »Nun, ich habe schon Schlimmeres von diesem verdammten Boden aufwischen müssen. Und von diesen verdammten Wänden. Und von dieser verdammten Decke.« Er zog eine Grimasse. »Und diese verdammte Decke ist verflucht *hoch*.« Er führte Bron wieder durch eine Tür in ein großes farbloses Büro, in dem mehrere Schreibtische, mehrere Stühle herumstanden, und ein paar Dutzend Männer und Frauen saßen, standen und umher gingen, einige in Rot und Schwarz, einige nicht.

Sam stand von einem der Stühle auf. Sein Gesicht schien sich gerade von dem Entsetzen zu erholen, das Bron bei ihm ungefähr vor dreizehn Stunden beobachtet hatte.

»Hier ist er«, sagte der Wächter: und zu einem anderen Wächter: »Larry, laß dir von dem Nigger für ihn eine Unterschrift geben und befördere ihn hinaus, eh?«

Während Sam sich über die Tischplatte beugte, um seine Unterschrift zu leisten, wartete Bron auf den richtigen Moment, um sich zu erkundigen, was als nächstes mit ihm geschehen sollte. Als er und Sam schon halb den Korridor hinuntergegangen waren, kam es Bron endlich, daß man ihn Sams Obhut übergeben hatte. Das war irgendwie eine Erleichterung, durchaus. Und noch viel unmittelbarer war das Gefühl der Furcht, das aus der Höhe der Betäubung, wo es hinaufgestiegen war, endlich herunterkam, sich verdichtete und sich wie etwas Giftiges auf den Rücken seiner Zunge legte und das hundert Fragen blockierte, die er auszustoßen versuchte. In Brons Gehirn flakkerten hundert gebrochene blaue Lichter.

Während Sam die Glasschiebetür der Vorhalle aufstieß, fragte er endlich: »Ist alles in Ordnung mit dir?«

Draußen auf den Steinfliesen holte Bron tief Luft. »Weißt du, was sie mit mir gemacht haben? Sam, *weißt* du, was sie . . .«

»Ich *weiß* es nicht«, sagte Sam leise. »Ich will es nicht wissen. Und wenn dir etwas an meinem Leben liegt oder an deiner eigenen Freiheit, darfst du nie ein Wort von dem verlauten lassen, was sie mit dir gemacht haben, weder mir gegenüber noch jemand anderem, so lange dieser Krieg andauert. Niemals. Brenne dir das in dein Gedächtnis ein.«

Die Angst – jedenfalls ein Teil davon – gerann; und wurde zu Wut. Aber es stand immer noch die Angst dahinter. Endlich brachte er es heraus, so giftig, wie er es vermochte (sie hatten jetzt die Freitreppe verlassen und wandten sich der Gebäudeekke zu): »Ich vermute, die Regierung hat sich wieder einmal geirrt.«

Sam blickte ihn an. »Unsere Regierung hatte recht. Ihre hat sich geirrt.« An der Ecke hielt Sam an und betrachtete ihn von Kopf bis Fuß. »Nein, das haben wir nicht vorausgesehen. Es tut mir leid.«

Lichter glitzerten in der feuchtschimmernden Dunkelheit in allen vier Himmelsrichtungen.

Die Straße war naß, wie Bron jetzt sah. War er während einer dieser fabelhaften Regenzeiten eingekerkert gewesen, die gewisse Bezirke der Erde immer noch von Zeit zu Zeit segneten?

Plötzlich erschien ihm das als der unglaublichste Aspekt des ihm zugefügten Unrechts. Hinter der Schwäche und dem Hunger und dem Durst und der Angst und dem Zorn spürte er die Tränen aufsteigen.

Regen! . . .

Sam, eine Hand auf Brons Schulter gelegt, beugte sich zu ihm und sagte: »Hör zu. Selbst wenn ich nichts von den Einzelheiten weiß, ist mir bewußt, wie hart es für dich war. Aber für mich war es ebenfalls eine harte Zeit. Es gab fünfundvierzig Gründe, für die sie dich verhaftet haben und für jeden von ihnen – falls sie sich bestätigt hätten, würdest du jetzt tot sein: schnell, rücksichtslos, vollkommen illegal und ohne irgendwelche Rückfragen. Ich mußte zwischen unseren Leuten und ihren Leuten hin-

und herlaufen und herauszufinden versuchen, wie ich dich aus jeder dieser fünfundvierzig Klemmen loseisen konnte, während ich dabei vermeiden mußte, herauszufinden, ob einer von diesen Gründen tatsächlich zutraf. Oder einer von ihnen im Falle des Falles in Frage käme. Denn das sind Dinge, von denen ich nichts wissen darf. Wenn ich etwas von ihnen erfahren sollte, bin ich hier überflüssig, und die ganze Mission ist gescheitert. Das ist der Grund, warum ich nicht von dir hören will, was sie dir angetan oder zu dir gesagt haben. Denn wenn es dir auch nichts bedeuten sollte, könnte es sehr wahrscheinlich für mich etwas bedeuten – in welchem Fall wir alle ebensogut das Handtuch werfen und wieder nach Hause fliegen können – vorausgesetzt, sie lassen uns. Dein Leben, mein Leben, das Leben aller unserer Begleiter und noch vieler anderer wäre von diesem Augenblick an in ernster Gefahr. Verstehst du mich?«

»Sam«, sagte Bron, weil er etwas darauf antworten mußte, »sie prüften alles, was ich sagte, mit irgendeinem Lügendetektor nach!«

Er wußte nicht, ob er diesen Punkt herausgegriffen hatte, weil er ihm die größte oder geringste Herausforderung gewesen war. In der Erinnerung hantelte er sich mühsam an der Kette der vergangenen Stunden zurück und versuchte genau zu fixieren, welche Demütigungen sie ihm noch zugefügt hatten. Seine Kehle war heiser. Irgend etwas hakte ständig darin fest und reizte ihn zum Husten.

Sam schloß die Augen, holte tief Luft und kam mit seinem Kraushaar noch dichter an ihn heran. »Bron, sie überprüfen mich ungefähr fünfmal pro Tag damit, nur als Routinemaßnahme. Hör zu . . .« Sam öffnete wieder die Augen – »versuchen wir, wieder zu vergessen, was geschehen ist, okay? Wie schlimm es auch für dich war, wie schlimm für mich – von jetzt an *vergessen* wir es einfach.« Sam schluckte. »Wir reisen woanders hin – trennen uns von der Gruppe, du und ich. Ich werde Linda fragen, wenn wir zurück ins Hotel kommen. Vielleicht wird sie sich mit Debby uns anschließen. Vielleicht auch nicht. Es liegt kein zwingender Grund vor, daß wir eine geschlossene Gruppe sein müssen. Wir werden später diese Möglichkeit erkunden.«

Bron klammerte sich plötzlich an Sams Handgelenk. »Aber wenn sie uns jetzt belauschen . . .«

»Wenn ja, haben wir bisher nichts gesagt, was sie nicht schon wissen. Belassen wir es endlich dabei . . . bitte!«

»Sam . . .« Bron schluckte wieder. »Ich . . . ich muß dringend auf die Toilette. Ich bin hungrig. Ich kann nicht richtig auftreten, weil meine rechte Seite immer noch höllisch schmerzt. Mein Knie . . . du weißt doch, daß ich es mir – wo ich es mir zuletzt verrenkt habe – aber ich darf ja nichts darüber sagen . . . und meine Schulter ist noch steif . . .«

Sam runzelte die Stirn. Dann löste sich diese Anspannung in einen unbenennbaren Ausdruck auf. Sam sagte leise: »Oh, meine . . .«

Den ersten Notstand beseitigten sie in einem Tor am Ende einer Gasse (wie ein Tier, dachte Bron, als er im Halbdunklen niederkauerte und sich mit einem Fetzen alten Packpapieres abwischte. Aber offensichtlich gab es in diesem Teil dieser Stadt keine öffentlichen Aborte); das zweite Bedürfnis stillten sie in einem überfüllten Lokal, dessen schmutzige ungestrichene Wände Bron an das Treppenhaus erinnerten, wo er zuerst diese endlosen Stufen hinaufgeklettert war. Das Essen war nicht identifizierbar, vorwiegend fett, und als Sam seine Touristengutscheine herausholte, blickte ihn der Mann hinter der Theke so düster an, daß Bron schon wieder Schwierigkeiten erwartete. Aber der Gutschein wurde akzeptiert.

Wieder draußen, gingen sie ein paar Straßen weiter (Bron sagte, er fühle sich schon besser), gingen ein paar Metallstufen hinauf auf eine Tribüne, die Bron für die Decke zwischen den Gebäuden gehalten hatte; aber die Decke erwies sich als Bahnsteig irgendeines sehr vorsintflutlichen öffentlichen Verkehrsmittels auf Schienen.

Auf der grauschwarzen Fläche über ihnen war eine helle weiße Scheibe.

Der Vollmond, wie Sam ihm erklärte.

Bron staunte den Himmel an.

Zuerst der Regen.

Nun ein voller Mond. *Und* Regen . . .? Das wäre eine Story gewesen! Er verläßt dieses alte Gebäude und kommt direkt in den warmen (oder war es ein kalter?) Erdregen. Und dann der Mond über ihnen . . .

Sie stiegen in den nächsten einlaufenden Zug ein, fuhren eine Weile damit, stiegen ein paarmal auf Stationen um, die so schmutzig waren, daß die hellerleuchteten Bron mehr deprimierten als jene, wo nur ein paar Sodium-Funzeln einen düsteren roten Schein durch die rußigen Gläser warfen. Sein Eindruck von der Erde als ein fast entvölkerter Planet kehrte sich plözlich um.

Auf einem Teil der Strecke mußten sie stehen und sich an Kunststoffschleifen an der Decke festhalten, eingepreßt zwischen Dutzenden von Erdbewohnern – zu einer alles andere ausschließenden Menschenmenge in grau/grün/blau/braunen Kleidern. Bron war erschöpft. Sein letzter deutlicher Gedanke war das plötzliche Gewahrwerden in der Erschöpfung, in der er dahintrieb, daß von diesen drei Grundstilen einer offensichtlich für Frauen reserviert war, der andere für Männer und der dritte für junge Leute und/oder jeden, der mit einer körperlichen Arbeit zu tun hatte – zu welcher Kategorie vorwiegend Männer zu gehören schienen, die offenbar alle von der gleichen mürrischen Laune geplagt waren, und daß er schließlich versuchte, abzuschalten und keinen Aspekt mehr von dieser unangenehmen Welt in sich aufzunehmen.

Jedesmal, wenn es ihm möglich war, schloß er die Augen. Einmal schlief er im Stehen, einmal im Sitzen. Dann waren sie wieder in einer großen, überfüllten Halle, und Sam kaufte an einem Schalter noch mehr Fahrscheine. Er fragte ihn, wo sie denn jetzt hinführen.

Sie würden mit einem Flugzeug fliegen.

Diese Weise, sich fortzubewegen, erwies sich als noch viel schlimmer als der Raumflug – vermutlich, weil dieses Transportmittel so viel kleiner war und ihm als einzige Droge Alkohol zur Verfügung stand.

Trotz allem schlief er wieder ein, als er durch das ovale Fenster durch die schreibpapiergleiche Wolkenschicht hinunterstarrte, auf die die hereinbrechende Dämmerung rotbraune Flecken malte. Und er war erst wieder richtig wach, als Sam ihn in ein wackeliges Landfahrzeug schob, das Sitze für zwei Passagiere enthielt: Außer dem Fahrer waren sie die einzigen Passagiere, die darin Platz nahmen.

Sie stiegen bei dem Schuppen aus, hinter dem sich eine Menge Gras und Steine bis zu einem offenbar unendlich weiten Horizont ausstreckten. Viele Kilometer von ihnen entfernt unterbrach eine graue Welle den Rand dieser Welt . . . Berge? Ja, und das Weiße auf ihren Spitzen mußte Schnee sein! Alles, was hinter diesem Schuppen, den Steinen, dem Gras und den Büschen lag, dehnte sich endlos unter einem weißgestreiften Himmel aus.

»Seltsam«, sagte Sam, »jedesmal, wenn ich hierherkomme –« (Der Bus holperte über den Schotter – das Knacken wurde zu einem Zischen – rollte über Asphalt, tuckerte eine Straße hinunter, die dann, viel schmaler, wieder zur alten Höhe anstieg, erneut nach unten kippte . . .) »– denke ich, dieser Ort ist sich seit einer Million Jahren gleich geblieben. Doch dann blicke ich näher hin und erkenne, daß sich seit meinem letzten Besuch vor sechs Monaten oder einem Jahr alles verändert hat. Ich weiß, daß dieser Fahrweg beim letztenmal, als ich hierherkam, noch nicht vorhanden war . . .« Grashalme mit scharfen Rändern bewegten sich im leichten Wind neben den Stützpfeilern des Schuppens und am Rand der beiden Fahrspuren, die in leichten Windungen von ihm wegliefen. »Und diese großen bizarren Linien, die dort hinten gerade noch erkennen kannst –« (Bron hatte sie für Büsche gehalten und sich auch in der Entfernung verschätzt; aber seit sie aus dem Bus gestiegen waren, rückte die Perspektive nach ein paar Blicken hierhin und dorthin wieder in ihr richtiges Maß.) »Wie mir der Landschaftspfleger berichtete, gehörten diese Bäume zu der natürlichen Flora dieser Gegend – man nennt sie Dawn-Mammutbäume –; aber sie wurden erst im letzten Jahr hier angepflanzt.«

Bron hob den Kopf und blinzelte in das Zeugs hinein, das sich nur aus Himmel zusammensetzte. »Ist es . . . Morgen?«

»Hier ist es jetzt Abend.«

»Wo sind wir?«

»In der Mongolei. In der Äußeren Mongolei, wie der Teil des Landes ursprünglich genannt wurde. Aber das bedeutet dir nicht viel, wenn du nicht weißt, in welcher Richtung die Innere

Mongolei liegt, nicht wahr?« Sam nahm die Hände aus den Taschen seiner langen Lederweste, atmete tief ein und dehnte dabei die Goldmaschen unter dem Leder. »Ich nehme an, es ist nicht wichtig, wo man ist, solange man nicht weiß, wo man gewesen ist.«

»Und woher kamen wir jetzt?«

Mit gesenkten Augenbrauen erwiderte Sam lächelnd: »Von Tethys. Auf Triton.«

Bron griff unter seinen Kragen und rieb die Schulter unter dem gestockten Blutfleck. »Ich bin müde, Sam.«

»Gehen wir hinein«, erwiderte Sam.

Im Schuppen setzten sie sich an einen abgenützten Holztisch, wo man ihnen eine salzige, braun-bittere Brühe in verbeulten Messingschüsseln vorsetzte.

Der salzige, braun-bittere Mann, der die Brühe servierte (sie aus einem verbeulten Messingkübel schöpfend), trug ein zerschlissenes Hemd und eine fadenscheinige Schürze. Schürze und Hemd waren mit Flecken und Spritzern von . . . *das* war frisches Blut! Stammte es von irgendeiner rituellen Schlächtung oder dem Schlachten von Fleisch? Etwas beklommen, die Schüssel in beiden Händen, trank Bron noch etwas von der Brühe.

»Die archäologischen Ausgrabungen finden dort drüben statt. Das Zentrum der Stadt liegt in der entgegengesetzten Richtung.« Der salzige braune Finger deutete in die Richtung eines Fensters, wo die obere Scheibe fehlte. »Übernachtungsmöglichkeiten finden Sie dort.« Der Bogenwinkel zwischen der Ausgrabungsstätte, dem Zentrum der Stadt und dem Nachtquartier schien Bron weniger als eine Bogensekunde zu betragen; die sich jetzt in der Erklärung auflöste: »Sie brauchen nur ein Stück die Straße hinunterzugehen –« er deutete immer noch in die gleiche Richtung – »und Sie kommen dorthin, wohin Sie wollen. Hier ist nicht viel los, aber das wissen Sie wahrscheinlich schon; wahrscheinlich kamen Sie deswegen hierher – wenigstens erzählen mir das die meisten Touristen Ihrer Sorte.«

Draußen gingen sie auf dem Bankett der Straße weiter.

»Hier ist so wenig los«, kommentierte Sam vergnügt, »und doch ist es laut!«

Das Gras knisterte und raschelte um sie herum. Ein Insekt summte zwischen sie hin. Der Wind trommelte gegen ihre Körper, und eine Schar von papierflügeligen Geschöpfen, blau wie Stahl im Zwielicht, erhob sich lautlos zwischen ihren Knien und flatterte über die Wiese – Schmetterlinge, dämmerte es Bron, der sich auf einen Komikstrip in seiner Kindheit und auf einen Besuch als Erwachsener im Museum besann. Hier gab es genau so viele Gerüche (und genau so eigenartige), wie in der Stadt, aus der sie kamen. Die meisten Gerüche schienen den verschiedenartigsten Zuständen der Verwesung zu entstammen ... Produkte einer langsamen chemischen Zersetzung, nicht die eines raschen Zerfalls, welche er bereits mit den dichter bevölkerten Bezirken zu assoziieren gelernt hatte.

Jeder Ort, zu dem sie hier gingen, mußte ziemlich weit entfernt liegen, da Bron nur eine offene, weite Landschaft zu sehen vermochte (er war immer noch todmüde). Doch diese Landschaft enthielt Höhlen und Hügel, Erhebungen und Einbuchtungen, die er, da er bisher noch nie in so einer Landschaft gewandert war, nicht eher erkannte, bis er darauf war, darunter oder mitten darin.

Zwei Gestalten näherten sich ihnen auf der Straße. Von den geflochtenen Haaren bis hinunter zu den verkrusteten Stiefeln waren das die schmutzigsten Leute, die Bron seit seiner Begegnung mit Fred gesehen hatte.

Die eine Gestalt bohrte mit dem Mittelfinger unter die Linsen eines optischen Gestells, das sie auf ihrer Nase befestigt hatte. (Der Schmutz war nicht schwarz oder grau, sondern von bräunlicher Farbe.) Die andere Gestalt trug einen Hut mit einer Krempe (!), die sie auf die Stirn hinaufgeschoben hatte. »Ist das nicht komisch«, hörte Bron den Mann mit ernsthafter Stimme sagen, »ich dachte, es würde nur mit Pinsel und Shellack gearbeitet. So hatte man mir es wenigstens gesagt.«

»Ich fürchte –« sie runzelte die Stirn und fuhr mit dem Finger wieder unter die Linsen – »es ist nicht so eine Ausgrabung.« (Eine Brille, kam es Bron jetzt in den Sinn.) »Du wirst mit dem Spaten graben, bis du nicht mehr weitermachen darfst –« (Waren nicht die Brillen schon aus der Mode gekommen, ehe der Mensch den Mond zum erstenmal betrat? Hier auf der Erde gab es noch Leute, die *Brillen* trugen . . .!) »– wenn du nicht gerade mit der Spitzhacke arbeitest.«

»Wenn wir etwas ausgraben würden, das so empfindlich ist, daß man es mit einem Pinsel bearbeiten muß, würde Brian uns sowieso gleich fortjagen, vermute ich.«

»Oh, Brian würde dir wahrscheinlich zeigen, wie du mit so zerbrechlichen Dingen umgehen mußt. Aber bisher sind wir noch nicht zu einer Schicht vorgestoßen, wo man behutsam vorgehen muß. *Keiner* verwendet bis jetzt einen Pinsel.«

Die beiden Ausgräber gerieten außer Hörweite.

Bron, der hinter Sam herhinkte (die Müdigkeit hatte seine Knie erreicht), kam um einen Klumpen aus Geröll und Stechginster herum auf eine Kuppe: Vor ihm dehnte sich zwölf Meter weit etwas aus, das wie eine Baustelle aussah, die bereits ein Stück von der Straße angeknabbert hatte. Stangen mit farbigen Querstreifen steckten in gelben Plastikfüßen oder waren in den Boden gerammt.

Einige hatten Kameras. Einige hatten Schubkarren. Eine Menge Leute, die meisten ohne Hemd, wanderten durch sorgsam markierte Gräben und betrachteten die Erdwände. Irgendwo in diesem endlosen Himmel war das Grau aufgerissen, zeigte große blaue Flecken und ließ einen Streifen von gelbem Licht hindurch.

Sam hielt an den ausgespannten Seilen an. Bron trat neben ihn.

Eine Frau, die einen Karton unter dem Arm trug, kam vorbei. Bron blickte hinein – sie blieb stehen, grinste und neigte den Karton etwas zur Seite, damit er besser hineinschauen konnte: Totenschädel und Schädelknochen starrten hierhin und dorthin. Kleine Fetzen von markierten Klebebändern hafteten an diesem und jenem.

»Alles«, berichtete ihm die Frau, wobei sie mit dem Kopf nach rechts deutete, »von diesem Quadrat dort. Aus der Grabensohle oder knapp darunter. Wohnstätte M-3 . . . wenn es wirklich eine Wohnstätte *gewesen* ist. Brian hat sich selbst schon, wie er selbst zugibt, dreimal geirrt.« Sie klemmte den Karton wieder unter den Arm. »Vielleicht sehen wir uns morgen hier wieder? Für heute ist Feierabend.« Als sie sich abwandte, kam eine

Gruppe von Gräbern aus der Tiefe herauf, kletterte über die Seile, drängte sich an Sam und Bron vorbei.

»Mann«, sagte einer, »wenn du mich noch weiter wegen diesem Kachelstück löcherst, werde ich deine Schädel in kleine Fundstücke verwandeln!«

Die Ausgräber wanderten auf der breiten, schwarzen Straße in dem späten wundersamen Sonnenlicht von ihnen fort, während Bron sich in Gedanken wieder mit Bildern des Taj Mahal beschäftigte.

Auf einem der kleinen Erdhügel saß eine Frau, den bloßen Rücken ihnen zugekehrt, auf einer Lattenkiste und spielte Gitarre. In den Pausen zwischen Stimmengewirr und raschelnden Gräsern drang die Musik bis zu ihnen hin, getragen und meisterhaft, langsam perlend von Septime zu einem archaischen Septimenakkord. Ihre singende Stimme klang so vertraut wie die Musik ihm fremd war.

Bron runzelte die Stirn.

Eine Frage drängte sich auf seine Zunge. Doch Sam würde sie sowieso nichts bedeuten. Weil er so müde war, brauchte er eine volle Minute, bis er einen Entschluß faßte: Plötzlich schwang er ein Bein über die ausgespannten Seile, humpelte über die klumpige Erde, stieß fast mit einer Gruppe von Ausgräbern zusammen: Einer von ihnen legte ihm die Hand auf die Schulter und sagte, durch einen rötlich gepuderten Bart hindurch lächelnd: »Sie müssen sich links von der Kreidelinie halten, wenn Sie das Areal besichtigen wollen – was aber gar nicht erlaubt ist!«

»Entschuldigung –« Bron humpelte schneller durch das lockere Erdreich; seine Sandalen füllten sich mit Lehm. Dann hatte er den kleinen Hügel umrundet.

Charo, die Gitarristin mit den kleinen Brüsten, sang, verträumt auf ihre Finger hinunterblickend, unter dem weißen und goldenen Himmel:

Hört, wie in der Stadt die Sirenen im Chor singen.
Ein Dummkopf wollte die Sonne abbrennen.
Der Fernsehpfarrer plärrt durch den Lautsprecher:
»Kommt zu uns!«
Ich komme mir vor wie ein Elfenkind, das King Kong gegenübersitzt.

Aber Mama möchte die ganze Nacht in einem Bumslokal verbringen . . .

Charo blickte von den Saiten auf, blinzelte in Brons Blinzeln hinein, hob plötzlich den Kopf und nickte ihm lachend zu, während sie weiterspielte.

Hinter ihm sagte ein Mann: »Sind Sie es?«

Bron drehte sich um.

»Sie *sind* es!« Der zottelbärtige Windy, schmutzig von der Arbeit, kam den kleinen Hügel herauf, in der linken Hand einen Eimer voll Fundstücke in Schenkelhöhe, während er den anderen Arm zur Seite schwang, um das Gleichgewicht zu bewahren. »Was, in aller Welt, suchen *Sie* denn hier?«

»Ich kam . . . ich kam zufällig vorbei. Und ich . . . Was ist . . .?«

»Als ich Sie zum letztenmal sah, war das auf einem verdammten Mond, der zweihundert und fünfzig Millionen Kilometer von hier entfernt liegt. Und jetzt kommt er gerade *zufällig hier vorbei,* sagt er!«

»Was macht ihr denn hier auf der Erde?« fragte Bron.

»Das übliche. Mikro-Theater für einen kleinen, einmaligen Zuschauerkreis. Auf Regierungskosten. Was eben in dem Vertrag steht, der uns hierher brachte.«

Bron blickte sich um. »Ist *das* eines von *ihren* . . .?«

»Eh? Oh, Himmel, nein! Ein paar von uns hatten sich nur freiwillig dazu gemeldet, bei den Ausgrabungen mitzuhelfen. Da haben sie gerade etwas Aufregendes entdeckt.« Windy lachte. »Du wirst es nicht glauben, aber die Sensation von heute war ein kompletter Satz alter Ausgrabungsgeräte. Offenbar hat jemand schon in grauer Vorzeit versucht, dieses Areal freizulegen.«

Hinter Brons Rücken wurde der Rhythmus schneller, Charos Stimme heller.

Windy fuhr fort: »Brian schlug sich gerade mit dem Problem herum, ob sie damals nur aufgaben und ihre Geräte wegschmissen – und vor wie langer Zeit das gewesen sein könnte.«

Charo sang:

*Ich saß auf der Schulbank und im Parlament;
ich saß im Knast und lernte die Goldene Regel;
ich saß im Arbeitshaus – diente meine Zeit ab in jenen heiligen Hallen.
Doch überall sah ich nur eines – das heulende Elend dieser Welt.*

»Aber was tut ihr denn wirklich hier?« fragte Bron zum zweitenmal. Weil ihm das alles plötzlich zu unglaublich erschien. Am Rande seines Bewußtseins zuckte der Argwohn, daß Sam irgendein hinterhältiges, geheimnisvolles Komplott ausgeheckt hatte, worin das da vor ihm nur ein winziger Mosaikstein war und dessen Ausmaß er nie erfahren würde – weil ihm sonst die Hinrichtung oder Kerkerhaft drohte.

»Ein sehr hochgestochenes Programm, genaugenommen. Sehr klassisch: eine Serie Jackson Mac Low *Asyminetries*. Der Mann schrieb hundert von diesen Dingern. Wir führen eine Auswahl seiner Werke auf und den letzten Zyklus von sieben Stücken. Die Sechziger Jahre – die Sechziger aus dem Zwanzigsten Jahrhundert – sind hier sehr *in*. Hätten wir freiere Wahl, brächten wir viel modernere Sachen, weißt du? Aber –« Windy blickte sich scheu um – »du wirst es kaum glauben! Auf diesem Planeten scheinen die rückständigsten Theaterbesucher des ganzen Systems zu leben!«

Charo sang:

*Ich war in der Tundra und auch auf den Bergen;
ich war in Paris und trieb dort, was Franzosen eben so treiben.
Ich war in Boston, wo die Häuser immer höher wachsen.
Und überall war es das gleiche – diese Welt hat das heulende Elend.*

»Ist die . . . die Spike auch hier?« erkundigte sich Bron, was ihm als eine sehr törichte und gleichzeitig ungeheuer wichtige Frage erschien. »Ich meine, hier auf dem Platz?« Er bezog sie auf die Ausgrabungsstätte, was er eigentlich gar nicht gemeint hätte; er hatte sie nicht gesehen.

»Hier auf dem Platz? Oh, gestern hat sie hier ein paar Stunden lang geschippt. Aber diese Mac Lows sind hinterhältige

Burschen, Freund. Ich glaube, sie arbeitet gerade an einem ihrer Extra-Ultra-Überraschungs-Spezialhits – muß den Einheimischen die Augen öffnen, worum es wirklich geht.« Windy stellte seinen Eimer ab. »Sicher wird es wieder eine einmalige Erlebnis-Show.« Er lächelte. »Du hast deine ja gehabt, fürchte ich. Aber wenn du noch ein paar Stunden hier in der Gegend bist, kannst du uns vielleicht noch bei der Abendvorstellung der Mac Lows erwischen. Sie kann jeder besuchen, der gerade zufällig vorbeikommt.« Windy blickte sich wieder um und griff nach seinem Eimer: »Brian behauptet, daß vor einer Million Jahren – ich glaube, er sagte eine Million – dieser Ort noch eine Wüste war. Stelle dir das vor, nichts als Sand!«

Du hörst es von der Kanzel herunter oder am Swimmingpool,
du findest es im Wortschatz des Jet-Set;
oder unten in der Toilette kannst du es an der Wand lesen:
Wohin du auch siehst, hat diese Welt das heulende Elend.

Der Rhythmus wechselte wieder und mündete in der Melodie des ersten Verses:

Manchmal frage ich mich, was ich wirklich bin.
Ich komme mir vor, als lebte ich in einem Hologramm.
Es scheint egal zu sein, ob es gut ist oder schlecht,
jeder rafft nur und macht sich wichtig.
Doch Mama möchte die ganze Nacht im Bumslokal verbringen.

Der Gesang war zu Ende, und Charo stand auf und kletterte, die Gitarre am Hals haltend, zu Bron hinunter.
»Hast du eine Ahnung, wo Boston liegt?«
»Ich glaube nicht, daß es noch ein Boston gibt«, sagte Windy. »Ich erinnere mich, als ich einmal auf diesem verdammten Planeten per Anhalter wanderte, daß jemand zu mir sagte: ›Wir sind ganz in der Nähe der Stelle, wo früher mal Boston stand.‹ Wenigstens glaube ich, daß er ›Boston‹ sagte.« Windy zuckte mit den Achseln. »Hör mal, wir müssen jetzt gehen. Wir haben noch eine Vorstellung vor uns . . .« Er vollführte einen kleinen Stepptanz – rotes Haar und ein Blecheimer schwangen in der

leichten Brise. Der Eimer klapperte, das Haar flatterte. »Sing ein paar Lieder, mach ein paar Saltos: immer fröhlich und munter.« Er zog grinsend den Kopf ein, während Charo ihn am Arm nahm und die Gitarre an der anderen Hand baumeln ließ. Sie gingen Arm in Arm fort.

Bron stieg gedankenverloren wieder durch die Seile. Als er sein Bein darüber schwang, fragte Sam:

»Leute, die du kennst?«

»Ja, ich . . .« Einen Moment lang dachte Bron daran, Sam zu fragen, ob er wisse, warum die Truppe hier war. Aber das erschien ihm töricht und lächerlich und als eine paranoide Nachwirkung seiner Bekanntschaft mit den irdischen E-Girls – oder wie sie hier bezeichnet werden mochten.

»Während du dich mit diesen Leuten unterhieltst, knüpfte ich ein Gespräch mit einem Mann namens Brian an, der behauptete, vor einer Million Jahren habe es hier nur Höhlen, Steinbrüche und Canyons gegeben. Ist das nicht verblüffend?«

Bron holte tief Luft. »In welcher Richtung – von hier aus gesehen – könnte Boston liegen, Sam?«

»Boston?«

Bron schloß sich mit Sam den Nachzüglern der Gräber an und ging mit ihm die Straße hinunter.

»Augenblick mal – Boston. Da muß ich mir erst den Globus vorstellen . . . Ja, es sollte ungefähr hier liegen . . .« Sam zeichnete einen Halbkreis in den Boden und einen Winkel, der stumpf zulief – »hier – ungefähr zwei – oder dreitausend Meilen entfernt . . . wenn es ein Boston überhaupt noch gibt.«

*

Die Stadt tauchte so unvermittelt auf wie die Ausgrabungsstätte.

Ein kleines Haus war in die Felswand gebaut; sie umrundeten es und sahen Häuser zu beiden Seiten der Straße. Sie bogen um eine Ecke. In der Nähe eines öffentlichen Brunnens war die Straße kein Schotter mehr, sondern hartes Pflaster.

Und Stufen gab es hier auch.

»Es muß hier irgendwo über der Treppe sein . . . Doch das

Klettern lohnt sich. Die Aussicht ist grandios. Wir müssen uns ein Doppelzimmer teilen . . . sie hatten nichts anderes.«

»Okay. Aber sobald wir dort sind, würde ich mich gerne niederlegen. In zwei Stunden werde ich wieder aufstehen. Ich habe noch etwas Bestimmtes in der Stadt vor.«

»Schön. Wir werden gemeinsam zum Essen gehen, wenn du wieder aufwachst.« Und (nachdem sie geklettert, wieder um eine Ecke gebogen und erneut geklettert waren) sie gingen durch eine hölzerne Tür (in einer weißverputzten Wand), auf die grüne Ranken gemalt waren und neben der in einem hölzernen Hängekasten echte blaue Blumen wuchsen.

Eine Frau, die die ältere Schwester des Mannes hätte sein können, der sie in der Baracke bedient hatte, führte sie eine Holztreppe zu einem Zimmer hinauf, wo Bron am Fuße eines Bettes mit blauer Decke neben seinem gelben Plastiksack auch Sams Gepäck entdeckte.

Daß er sich wirklich niedergelegt hätte, wußte Bron später nicht mehr zu sagen.

Er erinnerte sich nur, daß er sich in seinem Traum damit beschäftigte, ob er Sams Hilfe bei der Suche nach dem Verbleib der Theatertruppe in Anspruch nehmen sollte oder nicht, und ob er ihn vor oder nach dem Essen fragen sollte.

Dann erwachte er mit etwas Weichem unter seinem Kinn. Er blickte darauf hinunter – auf den Kunstseidensaum einer blauen Decke mit weißgoldenen Lichtern am Rande des Gesichtsfeldes. Er wandte seine Augen diesem Licht zu und schloß sie wieder vor der gleißenden Helle.

Er schob die Zudecke zurück und stand blinzelnd auf. Die Fensterläden waren weit offen, und hinter dem nachpulsierenden Gespensterbild breiteten sich rote Ziegeldächer am Hang aus. Am Horizont verbreitete ein Sonnenkeil zwischen zwei Berggipfeln gleißendes Licht.

Sonnenuntergang?

Sie waren am späten Nachmittag eingetroffen, entsann er sich. Er fühlte sich nicht mehr so zerschlagen. Er mußte also mindestens drei Stunden geschlafen haben.

Sam lag in der anderen Hälfte des Bettes zwischen Kissen und zerknüllten Decken, den Mund weit geöffnet und mit rasselndem Atem, einen nackten Fuß über die Bettstatt hinausragend, die bloßen Arme über die Matratze herabhängend.

»Sam . . .?« sagte Bron leise. »Sam . . . wir sollten lieber aufstehen, wenn wir noch etwas zu Abend essen wollen. Sam . . .«

»Eh –?« sagte Sam und stützte sich blinzelnd auf einen Ellenbogen.

»Die Sonne geht unter . . . Ich weiß nicht, wie lange ich geschlafen habe, aber du sagtest, wir wollten zum Essen ausgehen, und ich würde gerne . . .«

»Es ist fünf Uhr morgens!« erwiderte Sam und fiel wieder in seine Kissen zurück. Dann drehte er sich auf die Seite und zerknüllte noch mehr Bettzeug.

»Oh.« Bron blickte wieder aus dem Fenster.

Der Sonnenkeil stieg aufwärts, nicht abwärts.

». . . Oh«, wiederholte er, blickte sich im Zimmer um und stieg dann wieder ins Bett, ein Stück von der Decke von Sam auf seine Seite herüberziehend.

Und dann lag er da, sich sehr munter fühlend, und fragte sich, ob er trotzdem aufstehen und die Stadt in der Morgendämmerung alleine erkunden sollte.

Und während er sich das fragte, schlief er wieder ein.

*

»Da hinein!«

Seit einer Viertelstunde suchten sie jetzt schon nach einem Lokal, wo sie ein spätes Frühstück einnehmen konnten.

»Okay«, sagte Sam überrascht.

Bron schob sich bereits durch die Holztüre. Blauer Himmel schappte über blankem Lack. Sam folgte ihm in das Lokal.

Zuerst glaubte Bron, sie erschienen ihm so pittoresk, weil sie zu einer Theatertruppe gehörten, als er sie zwischen den anderen Gästen an den Tischen essen sah. Aber er (in seinen silberfarbenen Shorts, dem schwarzen Hemd und den roten Handschuhen) und Sam (in seinen hohen Stiefeln und der kurzen blauen Toga) stachen genauso von den anderen ab wie die Schauspieler. Denn alle anderen Gäste trugen (von den drei Standard-Stilen) durchweg Kleider der Kategorie eins, die (im

Wesentlichen) aus stumpffarbenen Hosen bestanden, die bis zu den Knöcheln hinab reichten und stumpffarbene Hemden, die die Arme bis zu den Handgelenken bedeckten . . . obgleich einige von ihnen die Ärmel hochgerollt hatten. Trotzdem schienen sie alle lebhaft, sogar freundlich zu sein. Die meisten von ihnen waren Arbeiter von der Ausgrabungsstätte.

Die Spike lehnte sich in ihrem Stuhl zurück, die Hände im Nacken verschränkt, und lachte. Schwarze Hosenträger kreuzten sich über ihren bloßen Schultern, die vorne mit einer Spange aus einem roten Z zusammengehalten wurden. Sobald man die Spange von ihrer Umgebung abstrahierte, war sie zugleich als ein roter Plastikbuchstabe aus dem Koordinatenschild einer nichtlizensierten Straße wiederzuerkennen.

Bron sagte: »Hallo . . .«

Die Spike drehte sich um. »Hallo!« und dann wieder dieses perlende Lachen. »Jemand erzählte mir, er habe dich gestern hier in der Nähe umherwandern sehen. Was hast du gemacht? Bist du mir von Triton bis zur Erde gefolgt? Hast du dich der Gefahr einer Schlacht ausgesetzt und dich durch die feindlichen Linien geschlagen, um wieder in meiner Nähe zu sein? Komm her, setz dich – du und dein gutaussehender Freund – eßt in unserer Gesellschaft.«

Eine junge Frau (die mit der Brille, die sich auf der Straße etwas aus dem Auge gepult hatte – ihr Gesicht und ihre Hände waren jetzt viel sauberer, aber ihre Kleider waren genauso schmutzig wie gestern) nahm ihre Teetasse in beide Hände, wobei sich ihre schmutzigen Nägel gegen das dicke weiße Porzellan stemmten, und sagte zu Charo, die ihr Kinn auf die Fingerknöchel stützte: »Ich finde das großartig, daß eure Leute trotz des Krieges hierherkommen, um mit uns zusammensein zu können. Es ist ein schrecklicher Krieg! Ganz fürchterlich!«

»Nun, wenigstens –« (Bron glaubte zuerst, es sei Windy, als er diese Stimme hörte: aber es war ein Einheimischer mit Vollbart und einer Menge an den Fingern und an seinen Ohrläppchen) – »– trägt ihn keiner mit Soldaten aus.«

»Setz dich«, drängte Sam, der hinter Bron wartete. Und an die Leute auf der Bank gerichtet, als keiner bereit zu sein schien, ihnen Platz zu machen, mit seinem liebenswürdigsten Grinsen: »Wie wäre es, wenn ihr uns durchließet?«

Drei Männer wandten ihnen rasch das Gesicht zu, als wären sie tief verwundert. Zaudernd blickten sie sich gegenseitig an – und einer versuchte sogar zu lächeln. Schließlich rückten sie auf der Bank zusammen: zwei schoben ihre Stühle zur Seite. Es ist, dachte Bron, als ob ihre Erwiderung und Reaktionszeit ganz anders ist als bei uns. Kommt es daher, überlegte er weiter, weil sie uns für aufgeblasene Barbaren halten und wir sie für dekadent und heimtükisch? Bron setzte sich an das Bankende und fühlte sich sehr fremd in einer fremden Welt, während Sam sich irgendwo einen Stuhl besorgte, sich darauf fallen ließ und sich behaglich zurücklehnte.

»Werden Sie heute zum Graben gehen?« erkundigte sich jemand bei der Spike.

»Und sie erwiderte: »Ha!« Das war der rauhere Teil ihres Gelächters. Sie ließ die Vorderbeine ihres Stuhls auf den Boden zurückfallen. »Vielleicht in ein paar Tagen wieder. Doch im Augenblick nimmt mich die Organisation unserer Tournee zu sehr in Anspruch.«

»Sie muß arbeiten, damit wir uns freinehmen und zur Ausgrabungsstätte gehen können«, meldete sich die zottelmähnige Dian irgendwo am Tisch zu Wort.

Das Mädchen sagte gerade zu Charo: ». . . überhaupt keine Steuern? Das erscheint mir geradezu unglaublich.«

Charo drehte das Kinn auf ihrer Faust: »Wir wurden in der Überzeugung erzogen, daß Steuern nichts anderes sind als eine Erpressung durch eine mächtige Clique von Betrügern, die sich in Ihrer Nachbarschaft breitgemacht haben. Selbst wenn Sie diese Betrüger zu einem Berechtigungsnachweis bereitfinden und sie sagen, wir verwenden dein Geld ja für nützliche Dinge, zum Beispiel für eine Armee oder Straßen, ist das doch nichts anderes als eine Glorifizierung einer Schutzgebühr, wenn Sie unsere Meinung dazu hören wollen. Ich muß *Ihnen* Geld bezahlen, damit ich auf *meinem* Eigentum leben darf; und Sie werden mich sozial rehabilitieren, wenn ich nicht bezahle . . .? Nein, vielen Dank. Selbst wenn Sie mein Geld dazu verwenden, eine Straße vor meiner Tür zu bauen oder Ihr soziales Rehabilitierungsprogramm damit zu finanzieren, bleibt es trotzdem Erpressung . . .«

»Darf ich mal unterbrechen«, sagte die Spike und lehnte sich mit beiden Ellbogen auf den Tisch. »Wir tragen diesen Krieg *nicht* mit Soldaten aus: es gibt also keinen Grund, daß wir statt dessen Schauspieler und Archäologen verwenden sollten.« Sie sprach, auf dem Tisch vorgebeugt, um Charo herum: »Wir haben nur ein viel konzentrierteres und ein viel stärkeres computerisierteres System als ihr hier auf der Erde. Alle unsere sozialen Dienstleistungen werden zum Beispiel durch freiwillige Beiträge in einem Umfang finanziert, wie das hier auf der Erde nicht möglich ist. Nicht einmal auf dem Mars . . .«

»Aber Ihre freiwilligen Beiträge unterscheiden sich doch nicht wesentlich von unseren Steuern . . .«

»Sie sind keine Steuern«, sagte Charo. »Erstens sind sie legal. Zweitens sind es alles Gebühren für nachgewiesene und ordentlich ausgeführte Dienstleistungen, die in Anspruch genommen wurden. Wenn Sie diese Dienstleistungen nicht beanspruchen, brauchen Sie auch nichts zu bezahlen.«

»Soweit ich weiß, ist nur ein knappes Fünftel eurer Bevölkerung zu Familien zusammengeschlossen, die Kinder erzeugen«, sagte der Mann mit dem Bart und den Ringen, »und gleichzeitig ist immer ein gutes Fünftel von eurer Bevölkerung Unterstützungsempfänger der Wohlfahrt . . .« Dann nickte er und gab ein vielsagendes Geräusch mit vielen Ms von sich, das Bron so absurd vorkam, wenn er sich die farbigen Steine an den Ohren und Fingern dieses Mannes betrachtete. Es klang, als wäre er geistig zurückgeblieben.

»Darauf möchte ich erstens feststellen«, meldete sich Sam weiter unten am Tisch zu Wort, »daß es zwischen diesen Fünfteln eine sehr geringe Differenz gibt – weniger als ein Prozent. Zweitens, weil auf Grundnahrungsmittel, notwendige Unterkunft und für Beförderungsmittel im beschränkten Umfang automatisch Kredit gewährt wird – wenn Sie keinen Arbeitskredit gutgeschrieben haben, werden Ihre dafür fälligen Sollbeträge automatisch und sofort mit dem Staatsbudget verrechnet – brauchen wir nicht diesen gigantischen Sozialapparat mit Wohlfahrtspflegern, Sozialermittlern, Sozialämtern und Wohlfahrtsverwaltern zu unterhalten, die den größten Ausgabeposten bei euren zahlreichen Wohlfahrtsorganisationen auf der Erde ausmachen.« (Bron stellte fest, daß selbst Sams unerschöpfliche Leutseligkeit an den Rändern ein bißchen fadenscheinig wurde). »Unser sehr leistungsfähiges System kostet uns pro Person nur ein Zehntel der Summe, die Sie für Ihre billigste staatliche Wohlfahrtsorganisation ausgeben, die vollkommen unzureichend ist und sehr wenig leistungsfähig. Die einzigen Kosten, die bei uns für die Unterbringung und Verpflegung eines Wohlfahrtsempfängers anfallen, sind die tatsächlichen Kosten der von ihm verbrauchten Nahrungsmittel und der anfallenden Miete, welche von dem gleichen Computersystem zu Lasten des Staates verrechnet werden, das auch die Einkäufe jedes anderen Bürgers mit dessen Arbeitskredit verrechnet. Auf den Satelliten kostet es tatsächlich erheblich weniger, einen Wohlfahrtsempfänger zu verköstigen und unterzubringen als einen in Lohn und Brot Stehenden nach dem gleichen Kreditverfahren für Wohnung und Verköstigung zu belasten, weil die Buchhaltungsführung für einen Wohlfahrtsempfänger viel weniger kompliziert ist. Hier, mit all den versteckten Gebühren und Abgaben, kostet der Unterhalt für einen Wohlfahrtsempfänger das Drei- bis das Zehnfache unserer Aufwendungen. Auch haben wir eine viel höhere Rotation von Leuten, die von der Wohlfahrt leben, als Luna oder eine der beiden souveränen Welten. Unsere Wohlfahrt ist nicht eine soziale Klasse, in die wir hineingeboren werden, in der wir leben und in der wir schließlich sterben und auf dem Weg dorthin bereits die Hälfte der nächsten Wohlfahrtsgeneration erzeugen. Praktisch *jeder* von uns lebt eine Weile von der Wohlfahrt. Und kaum einer von uns länger als ein paar Jahre. Unsere Wohlfahrtsempfänger wohnen in den gleichen Co-Ops wie jeder andere auch, und werden nicht in getrennte ökonomische Ghettos abgeschoben. Praktisch bekommt keiner von uns Kinder, solange er von der Wohlfahrt lebt. Das ganze System hat einen so entschieden anderen sozialen Stellenwert, fügt sich so verschieden von eurem System in den Aufbau unserer Gesellschaft ein, ist ein so wesentlich anderer Prozeß, daß man es eigentlich nicht mit dem vergleichen kann, was Sie hier Wohlfahrt nennen.«

»Oh, ich kann da ein Wort mitreden.« Der Mann zupfte an seinen buntgeschmückten Ohrläppchen. »Ich lebte einmal einen Monat lang auf Galileo; und ich war während dieser Zeit Wohlfahrtsempfänger!« Und dann lachte er, was wie eine hinreichend wirksame Methode erschien, ein Thema zu beenden, weil es durch die Anmaßung einer hartnäckigen irdischen Ignoranz madig gemacht wurde.

Ein anderer Erdbewohner, den Bron nicht sehen konnte, lachte ebenfalls:

»Verschiedene Arten von Besteuerung. Verschiedene Arten des Wohlfahrtssystems: beides Embleme eines allgemeinen Unterschiedes, entstanden aus zwei verschiedenen Wirtschaftssystemen, die uns in einen wirtschaftlichen Clinch brachten – aus dem – wie hatten sie es immer in den Zeitungen genannt? – der heißeste kalte Krieg der Geschichte entstanden ist . . . Bis sie die Umschreibung leid wurden und es einfach einen Krieg nannten.«

»Es ist ein schrecklicher Krieg«, wiederholte das Mädchen. »Schrecklich. Und *ich* finde es großartig, daß ihr trotzdem hier bei uns sitzen und mit uns reden könnt. Ich finde es wunderbar, daß ihr bei uns Theater spielt – ich meine die Stücke von Mac Low, Hanson, Kaprow und McDowell, die alle von der Erde stammten. Und wer führt heutzutage ihre Stücke auf der Erde auf? Und ich finde es großartig, daß ihr hier seid und uns bei unseren Ausgrabungen helft.«

Bron fragte sich, wo sie hier etwas zu essen bekamen. Sam hatte sich offenbar danach erkundigt, denn er kam jetzt mit zwei Tabletts durch den Raum, von dem er eines grinsend vor Bron abstellte und das andere vor seinem leeren Stuhl.

Bron nahm eine Tasse, in der er Tee vermutete, und kostete: es war Brühe. Der Rest des Frühstückes bestand aus einem zerstückelten Etwas, dessen Geschmack sich in der Mitte zwischen Fleisch und rohem Kuchenteig hielt . . . wahrscheinlich handelte es sich um die irdische Version von Protyyn. Er nahm eines von den Stücken zwischen die Zähne und sagte: »Entschuldigung, aber . . .?«

Die Spike wandte sich ihm zu.

». . . ich meine, ich verstehe ja, daß du so viel mit deiner

Tournee zu tun hast, aber vielleicht kannst du dir ein paar Minuten freinehmen, und ich könnte dich sehen – vielleicht für einen kurzen Spaziergang. Oder noch etwas anderes, wenn du Zeit dazu hättest.«

Sie betrachtete ihn, und irgend etwas Unlesbares kündigte sich hinter ihren Gesichtsmuskeln an. Schließlich sagte sie: »Also gut.«

Er erinnerte sich daran, daß er wieder atmen mußte.

Und wandte sich wieder seinem Tablett zu. »Gut«, sagte er, was ein bißchen komisch klang. Also setzte er hinzu: »Vielen Dank«, was auch nicht ganz zu dieser Situation paßte. Deshalb sagte er noch einmal: »Gut.« Er lächelte bei allen diesen Antworten.

Bis zum Ende des Frühstücks war die Ungeduld übermächtig, daß es bald vorüber sein möge; das Tischgespräch, das immer eine Tangente zum Kreis des Krieges bildete, schloß sich um ihn wie die Wände der irdischen Zelle, in der er Stunden verbringen mußte – aber ich kann ihr nichts davon erzählen!

Der Gedanke kam plötzlich wie ein Schock.

Ich darf davon zu keinem sprechen!

Selbstverständlich schloß das sie mit ein – sie besonders, wenn sie auf Einladung der Regierung auf der Erde weilte. Von diesem Punkt an gerieten seine Gedanken noch mehr ins Abseits, wurden noch zurückgezogener. Was gab es dann noch, worüber er mit ihr reden konnte, sie um ihre Meinung, ihre Unterstützung und ihre Sympathie bitten konnte?

Es war das wichtigste Ereignis, das ihm begegnet war, seit er sie kannte; und Sams winkelzügiger Wahnsinn hatte ihm diesen Konversationsgegenstand verboten.

Hölzerne Stuhlbeine und Bankstützen schabten über die Dielen. Die Gräber standen auf. Bron folgte der Spike hinaus auf die Veranda, sich immer noch fragend, was er ihr sagen sollte.

Sam blieb noch am Tisch, immer noch redend, essend, erklärend, genauso wie in dem Co-Op. Die Tür schloß sich hinter ihnen. Bron sagte:

»Ich habe diesen Zufall noch nicht seelisch verdaut: ausgerechnet hier mit dir zusammenzutreffen! Wieviel Leute leben hier? Ungefähr drei Milliarden hier auf der Erde? Ich meine, wir haben uns gerade erst auf Tethys kennengelernt, und jetzt treffen wir uns zufällig auf der anderen Seite des Sonnensystems wieder in einem entlegenen Winkel von – wo sind wir hier? In der Mongolei! Und da treffe ich dich . . . einfach so! Die Chance, daß sich so etwas ereignet, muß ein paar Milliarden zu eins sein!«

Die Spike holte tief Luft und blickte hinaus zu den kantigen Berggipfeln hinter den Hausdächern, auf den mit Wolken befleckten Himmel, der am Tage unendlich höher erschien als nachts, wenn er einem Dach glich, von Sternen übersät wie mit Windpocken.

»Ich meine«, sagte er, »die Chance könnte Millionen von Milliarden zu eins stehen! Eine *Milliarde* Milliarden zu eins!«

Sie schickte sich an, die Treppe hinunterzugehen und warf ihm einen Blick zu. »Deinen eigenen Angaben zufolge bist du ein Mathematiker.« Sie lächelte schwach und zeigte die Andeutung eines Stirnrunzelns. »Da wir uns im Krieg mit der Erde befinden, gibt es nur ein Dutzend – nein, tatsächlich nur neun – Örtlichkeiten, die ein Mondbewohner mit offizieller Genehmigung auf der Erde besuchen darf, so lange er nicht zu einer dieser blödsinnigen politischen Gesandtschaften gehört, von denen man ständig in diesen Untergrundsflugblättern liest, die jedoch nie auf den öffentlichen Kanälen erwähnt werden. Jede von diesen neun Örtlichkeiten ist so entlegen wie diese hier, mindestens fünfhundert Meilen von jedem größeren Bevölkerungszentrum entfernt. Unsere Theatertruppe gehört zum Bestandteil eines Austauschprogramms zwischen kriegführenden Welten – oder in Tritons Fall einer feindselig-neutralen Welt –, so daß nicht alle kulturellen Kontakte abreißen: der erste Ort, den sie für unsere Tournee vorschlugen, war ein hübsches kleines Dorf auf der Südseite der Drake Straße –, mittlere Jahrestemperatur minus siebzehn Grad Celsius. Offengestanden bezweifle ich, daß mehr als drei der uns zugestandenen Tourneebereiche zu irgendeiner Zeit des irdischen Jahres überhaupt bewohnbar sind. Keiner von den neun uns zugewiesenen Orten wird von mehr als tausendfünfhundert Einwohnern bewohnt. Und in einer Stadt, in der tausendfünfhundert Leute wohnen, ist es sehr schwer für zwei Ausländer, nicht spätestens sechs

Stunden nach ihrer Ankunft davon zu erfahren, daß noch ein Ausländer hier eingetroffen ist. Dazu kommt noch der Umstand, daß wir beide zur gleichen Zeit die Erde besuchen, und daß wir beide Mondbewohner eines bestimmten Typs und Temperaments sind, und dann ergibt sich nach meiner Berechnung die Chance, daß wir uns begegnen könnten von – wieviel? fünfundfünfzig zu eins? Vielleicht sogar noch etwas besser?«

Er wollte ihr erwidern: Doch ich bin ja ein Mitglied von einer dieser politischen Gesandschaften! Und ich wurde verhaftet, verhört, geschlagen, mißhandelt . . .

»Was treibst du denn hier überhaupt?« fragte sie.

»Oh, ich . . .« Seine Verwirrung stieg, als er sich an Sams Verbot erinnerte. »Nun, ich bin hier . . . mit Sam.« Noch mehr Gräber kamen jetzt die Treppe herunter.

»Und was sucht Sam hier?«

»Nun, er ist . . . ich . . .« Er litt unter der Last von tausend Geheimnissen, die er sogar ohne sein Wissen mit sich herumschleppen mochte, und von denen es genügte, daß er auch nur eines enthüllte, und alle Welten und Monde würden in eine verheerende kosmische Kollision geraten. »Nun, Sam ist so etwas, wie . . .« Was konnte er über Sam sagen, das ihn nicht auf das verbotene Thema zurückbrachte? Ist Sam ein Freund? Eine Frau, die sich einer Geschlechtsumwandlung unterzogen hatte? Ein Verbindungsoffizier in der Aufklärungsabteilung der Äußeren Satelliten –

»– Regierungsagent?« half ihm Spike auf die Sprünge. »Nun, dann möchte ich nicht länger auf den Busch klopfen! Jedesmal, wenn man hier auf dieser Welt eine Frage stellt – egal, was es auch betrifft – ist immer jemand in deiner Nähe und weist dich höflich darauf hin, daß es nur zu deinem Besten ist, wenn du dich lieber nicht danach erkundigst. Selbst bei Brians Ausgrabungsarbeit gibt es Bereiche, die offensichtlich nicht das empfindliche Gemüt kleiner Mondleute verderben sollen. Und nach allem, was ich bisher hörte, gibt es auf der Ausgrabungsstätte nichts Hinterhältigeres als die Tatsache, daß sie vor ungefähr einer Million Jahre von einer Schicht Süßwasser bedeckt war. Mir gefiel meine erste Annahme am besten – daß du mir quer durch das Sonnensystem gefolgt bist, weil du es einfach ohne mich nicht aushalten kannst. Das ist bestimmt schmeichelhafter als dich als Regierungsagenten wiederzusehen, der dem Feind auf den Zahn fühlen soll. Selbstverständlich klingt es sehr hübsch, daß alles nur ein Zufall ist. Und das werde ich akzeptieren.«

Bron ging neben ihr her, sein Kopf zum Bersten gefüllt mit Phantomdaten, lächelnd und unglücklich. »Nun, ob es die Chance von einer Milliarde zu eins oder eins zu einer Milliarde war – ich bin froh, daß wir uns wiedertrafen.«

Die Spike nickte. »Vermutlich bin ich es auch. Es ist sehr nett, wenn man ein vertrautes Gesicht sieht. Wie lange bist du schon hier?«

»Hier? Ich kam erst gestern abend. Auf der Erde? Vermutlich schon ein paar Tage. Es ist nicht . . . nun – kein sehr liebenswürdiger Ort.«

Sie zog fröstelnd die Schulterblätter zusammen. »Hast du es bemerkt? Sie bemühen sich alle so sehr. Freundlich zu sein, meine ich. Aber sie scheinen nicht zu wissen, wie sie das anstellen sollen.« Sie seufzte. »Oder vielleicht liegt es nur daran, daß wir verschiedene Embleme der Freundschaft kennen und darauf reagieren, weil wir von dort kommen, wo wir eben zu Hause sind. Könnte es das sein?« Aber sie sprach von etwas ganz anderem als er selbst im Sinn hatte: Schwarze und rote Uniformen, Zellen ohne Mobiliar, kleine Maschinen mit Fangzähnen . . .

»Vielleicht«, erwiderte er.

»Wir sind schon zwei Tage hier. Wir werden in ein paar Tagen zum Mars abreisen. Werde ich dir dort vielleicht auch noch begegnen?«

»Ich . . .« Er furchte die Stirn. »Ich glaube nicht, daß wir zum Mars reisen.«

»Oh. Du stammst doch ursprünglich aus Bellona, nicht wahr?«

Er nickte.

»Was für eine Schande. Du hättest uns an einem freien Abend die Gegend zeigen können, obgleich die zum Besuch freigegebenen Örtlichkeiten auf dem Mars wahrscheinlich genau so entlegen sind wie hier. Vermutlich beginnt schon sieben

Meilen vor Bellona der Sperrbezirk, und bei den anderen Städten wird es ähnlich sein.«

»Bellona ist die einzige Stadt, die ich auf dem Mars wirklich kenne«, sagte er. »Als ich dort aufwuchs, habe ich meiner Erinnerung nach die Stadt nur ein Dutzendmal verlassen.«

Sie murmelte irgend etwas, das nach Sympathie klang.

»Aber der Mars ist freundlicher als die Erde. Zumindest war er das, als ich diese Welt verließ.«

»Das ist verständlich. Ich meine, selbst wenn die Regierung der Erde viel näher ist, muß doch die Lebensweise, der Alltag den Verhältnissen auf den Satelliten viel ähnlicher sein. Die ganze Ratio, der Typus, die Landschaft muß den Verhältnissen näherstehen wie sie auf den Monden vorherrschen.« Sie lachte. »Mit all diesem *Raum* den sie hier zwischen ihren Nebenmann legen, sobald man sich umdreht – da muß es ja ein kleines Abenteuer werden, wenn du versuchst, einen Freund wiederzufinden – ist es meiner Meinung nach verständlich, warum die Menschen hier nicht wissen, wie sie mit ihren Nachbarn in Verbindung treten sollen. Nun, die Erde ist der Ort, von dem wir alle abstammen. Denke daran. Denke daran, rede ich mir immer ein, denke daran. Als Kind, auf meinem Heimatmond, bin ich ein paarmal mit irdischen Leuten zusammengekommen, habe sogar so etwas wie Freundschaft mit ein paar von ihnen geschlossen, besonders vor dem Krieg; sie kamen mir immer ein bißchen sonderbar vor. Aber ich schob das darauf, daß sie auf einem fremden, ihnen unvertrauten Trabanten weilten. Was mir in den beiden Tagen, seit ich hier bin, am meisten aufgestoßen ist: sie scheinen alle so sehr den Irdischen zu gleichen, die ich schon früher kennengelernt habe! Sie nehmen einen Gegenstand auf, und irgendwie scheinen sie ihn nicht wirklich zu *erfassen*. Sie sagen etwas, und ihre Worte kleiden niemals richtig ihre Vorstellungen ein. Weißt du, was ich meine?«

Er verschluckte ein paar dazupassende M's.

Die Spike lachte. »Vermutlich ist es nicht die beste Art, die interplanetarische Verständigung zu fördern und den gegenseitigen guten Willen, nicht wahr? Vermutlich muß man gar nicht wirklich denken auf einer Welt, wo alles so selbstverständlich aus dem Meer, dem Boden und dem Himmel herauskommt wie hier. Wie gefiele dir ein Leben unter einem offenen Himmel? Kommt es dir so vor, als wärst du nach Hause zurückgekehrt, endlich wieder auf dem Laichgrund deiner Rasse? Oder drängt es dich wie mich, so rasch wie möglich wieder heimzufliegen?«

»Vermutlich drängt es mich genauso.« Sie bogen um eine Ecke. »Wann wirst du heimfliegen?«

Sie holte tief Luft. Es war ein entspanntes, behagliches Aufatmen: Er pumpte seine Lungen ebenfalls voll Luft. All diese winzigen Gerüche, dachte er; wenn sie dir zusagen, wird dir wahrscheinlich auch ein Leben unter offenem Himmel gefallen. Wenn nicht, könntest du nicht hier wohnen. Er bezweifelte allerdings, daß die Antwort so einfach war.

»Unsere Reise zum Mars«, erklärte sie, »ist keinem strengen Programm unterworfen. Wenn es zum Schlagabtausch kommt, sind sie dort viel liberaler, besonders in solchen Dingen wie Kulturaustausch. Und nach allem, was ich so hörte, hat das Publikum dort einen etwas differenzierteren Geschmack. Ich gestehe, ich freue mich auf diese Tournee.«

»Ich wünschte, ich würde auch einen Abstecher zum Mars machen«, sagte er.

Sie bogen erneut um eine Ecke.

Sie sagte: »Dort sind wir untergebracht.« Das Gebäude war niedrig, ziemlich groß und schlecht verputzt. »Das Kulturhaus des Volkes. Die meisten Räume werden von den Ausgräbern in Beschlag genommen, doch wir haben vier Räume unter dem Dach.«

»Man scheint euch immer in irgendeinem Keller oder im Speicher zu verstecken.« Erinnerungen an Konzertsäle, Transportabteile, einen mit Grünspan überzogenen Abfluß in einem schmutzigen Betonboden, an Spielfiguren aus Kristall auf Brettern, die weder Go noch Vlet waren. »Ich kann diesen Zufall noch immer nicht begreifen, egal, wie groß oder wie klein seine Wahrscheinlichkeit war – könnte ich eine Weile mit auf dein Zimmer gehen?« denn sie hielt jetzt vor der Holztür, die mit gelber Farbe gestrichen war und auffallend schief in ihrem Rahmen saß.

Sie lächelte. »Ich bin wirklich sehr beschäftigt heute morgen. Gleich nach dem Essen muß ich eine Reihe von zusammenhängenden Stücken proben, die wir für unseren nächsten Gastspielort vorbereiten. Es ist eine von unseren ehrgeizigsten Inszenierungen, und mindestens vier Sekunden aus dem Mikrostück sitzen überhaupt noch nicht.«

»Ich . . . ich . . . wünschte mir, ich könnte es sehen!«

Sie lächelte wieder. »Zu schade, daß du gestern abend nicht die letzte Vorstellung des MacLow-Zyklus gesehen hast. Alle, die zufällig vorbeikamen, hatten freien Zutritt. Es wäre zu nett, dieses Stück für dich einzuproben, doch nach unseren Vertragsbedingungen erwartet man von uns, daß wir uns so weitgehend wie möglich um die Einheimischen kümmern. Bisher haben wir noch nicht einmal vor den Jungs, die an der Ausgrabungsstätte arbeiten, spielen können, von dem MacLow-Zyklus einmal abgesehen. Wir versuchen, unsere Vorstellungen vor allem den bedürftigen Einheimischen zu widmen.«

Abgesehen von dem Mann in dem Schuppen und der Frau in der Gaststätte hatte Bron bisher noch keine bedürftigen Einheimischen gesehen. »Nun, vermutlich ist es . . .« Er zuckte mit den Schultern, lächelte und spürte die Verzweiflung in sich aufsteigen.

Sie streckte ihm die Hand hin. »Also dann auf Wiedersehen. Selbst, wenn ich dich nicht mehr sehen sollte . . .«

»Könnte ich dich nicht noch einmal sehen!« platzte er heraus, während er ihre Hand in seine beiden nahm. »Ich meine . . . vielleicht heute abend. Später, nach der Vorstellung. Wir werden irgendwo hingehen. Wir werden . . . irgend etwas unternehmen! Irgend etwas Nettes! Bitte. Ich . . . ich möchte es gerne so!«

Sie musterte ihn.

Die Verzweiflung, die er spürte, riß ihn mit sich. Er wollte ihre Hand loslassen, preßte sie aber nur noch fester. Hinter ihrer Gesichtshaut arbeitete es.

War es Mitleid für ihn?

Er haßte es.

Prüfte sie sich selbst?

Was gab es da zu prüfen!

Überlegte sie, was sie ihm sagen sollte?

Warum sagte sie nicht einfach »ja«?

»Also gut«, sagte sie. »Ja. Ich werde heute abend mit dir ausgehen. Nach der letzten Vorstellung.«

Er hätte fast ihre Hand fallenlassen. Warum sagte sie nicht einfach . . .

»Bist du damit einverstanden?« fragte sie mit diesem Anflug eines vertrauten Lächelns.

Er nickte, sich plötzlich fragend: Wo sollten sie hingehen? Wieder in sein Gästehaus? Oder in ihr Quartier? Nein – er mußte sie irgendwohin ausführen. Zuerst. Und er befand sich hundert Millionen Kilometer von jedem Ort entfernt, den er kannte.

»Hol mich hier ab«, sagte sie. »Um neun Uhr.« »Wie wäre das? Das muß ungefähr eine halbe Stunde nach Sonnenuntergang sein, wenn ich mich richtig erinnere.«

»Yeah«, sagte er.

»Und wir werden irgendwohin gehen.«

Er nickte.

»Gut.« Sie entzog ihm ihre Hand, blickte ihn noch einmal an und sagte zögernd: »Also dann bis neun?« Sie öffnete die Holztür. »Ich werde dich hier treffen.«

»Das ist schrecklich nett von dir . . .« besann er sich auf eine höfliche Antwort.

»Überhaupt nicht«, sagte sie. »Es wird Spaß geben.« Und sie schloß die Tür hinter sich.

Er stand auf dem schmalen Gehsteig und dachte, irgend etwas ist total falsch.

Es war durchaus kein Abenteuer, Sam wiederzufinden. Doch in den fünfundsiebzig Minuten, die er dazu brauchte, kam er zu der Erkenntnis, daß der Mann, der dieses Dorf angelegt hatte, ein erklärter Wahnsinniger gewesen sein mußte. Und während es einige Jobs gab, die von Amts wegen als wahnsinnig Erklärte recht gut ausfüllen konnten, und während Metalogik, wie Audri ihm zeitweise scherzhaft zu versichern pflegte, auch dazu gehörte, war die Stadtplanung ganz gewiß nicht auf dieser Liste:

Es gab ein Wohngebäude – die Volkskommune – und links daneben stand so etwas wie ein Einkaufszentrum, und um die Ecke des Einkaufszentrums befand sich ein kleines Lokal. Alles ganz in Ordnung. Als er durch die schmalen Straßen wanderte, fand er noch eine Ansammlung kleiner Läden: Befand sich nun das Speiselokal rechts um die Ecke? Nein. War der Wohnbereich zu seiner Linken? Nein! Er war darauf gefaßt gewesen, daß die Stadtviertel hier anders angeordnet waren als auf Tethys, wie Tethys sich ja auch in seiner städtebaulichen Ordnung von den Kommunen Lux oder Bellona unterschied. (Tatsächlich war Tethys in sieben verschiedene Stadtbezirke eingeteilt, obgleich man aus praktischen Gründen nur mit der Organisation von zweien vertraut sein mußte, um sich in dieser Stadt zurechtzufinden – und Bellona brüstete sich damit, sich in neun Bezirken organisiert zu haben, obgleich ihm die Stadt wie ein einziger Brei erschien.) Nach einer halben Stunde des Umherwanderns wurde ihm klar, daß diesen Stadtbezirken überhaupt kein Plan zugrunde lag. Eine weitere halbe Stunde später fragte er sich, ob diese Stadt überhaupt geplant war. Wenn er überhaupt diesem Häusermeer eine Logik abgewinnen konnte, – nachdem er einige Straßen mehrmals durchschritten hatte und trotzdem die Kreuzungen nicht wiederfinden konnte, die er vorher ganz bestimmt passiert hatte – war es die Massierung von Läden und Eßlokalen in einem Bereich, der drei oder vier Straßenzüge weit reichte, wenn man sich vom Mittelpunkt der Stadt zur Peripherie bewegte. Der Rest war catch-as-catch-can.

Nur durch Zufall fand er die Straße mit den Steintreppen wieder. Im Hinterhof des Gästehauses saß Sam an einem weißen Emailletisch, neben sich ein hohes Glas mit einer orangefarbenen Flüssigkeit und einem Strohhalm, der aus grünen Blättern oben herausschaute. Er betrachtete die Mattscheibe eines tragbaren Lesegerätes, während sein Daumen ständig an einem Justierrad drehte.

»Sam, was kann man hier abends unternehmen?«

Klick. »Betrachte die Sterne, atme die saubere Luft ein, wandere durch die Wiesen und wilden Hügel.« Klick-klick-klick. »Das habe ich mir wenigstens für heute abend vorgenommen. Wenn man in den entlegenen Regionen der Äußeren Mongolei festsitzt, sogar in diesem modernen Zeitalter, kann man dort nicht viel anstellen, es sei denn, man überlegt sich immer interessantere Methoden der Entspannung.« Klick-klick.

»Entspanne dich mit jemand anderem. Ich muß heute abend jemand ausführen.«

Klick; Sam langte nach seinem Glas, griff daneben, erwischte es endlich und manövrierte den Strohhalm zwischen seine Lippen. Klick-klick. »Die Frau, der du nach dem Frühstück nachgerannt bist?« Er stellte das Glas zurück auf den Tisch (klick); der Rand des Glases schaute über die Tischfläche hinaus.

Bron verengte ein Auge und überlegte sich, ob er das Glas noch einmal verrücken sollte. »Ich versprach ihr, daß es ein aufregender Abend sein soll.«

»Mir fällt nichts Aufregendes ein . . .« Sam blickte hoch und runzelte die Stirn. »Wart mal eine Sekunde.« Er schob das Glas auf den Tisch zurück.

Bron atmete hörbar.

Sam senkte die Hand in die weißen Taschen, die an der Seite seiner Toga stufenartig übereinander angeordnet waren, und zog ein Bündel bunter Papiere heraus, die er zu Rechtecken auseinanderstrich.

Sehr wohl wissend, was die Papiere darstellten, fragte Bron: »Was ist denn das?«

»Geld«, erwiderte Sam. »Hast du schon mal Geld in der Hand gehabt?«

»Sicher.« Es gab noch eine stattliche Anzahl von Lokalen auf dem Mars, wo man Geld in Zahlung nahm.

Sam zählte das Bündel durch. »Da gibt es ein Lokal, das ich ein paarmal besucht hatte, als ich hier durchkam – ungefähr fünfundsiebzig Meilen weiter nördlich.« Er zog noch mehr Papiernoten aus der Tasche. »Das da, das sollte reichen, damit du dir, deiner Freundin und sogar noch der Hälfte ihrer Theatertruppe einen schönen Abend bereiten kannst.« Während Sam die Papiernoten voneinander trennte, fragte sich Bron, woher Sam wußte, daß sie auf dem Theatersektor tätig war. Aber vielleicht hatte er das schon beim Frühstück erwähnen hören. Und Sam sagte: »Es ist ein Lokal, wo sie immer noch dieses Zeug in Zahlung nehmen. Es gibt Leute, die es für mäßig elegant halten. Vielleicht liegt es deiner Freundin. Wenn nicht, bringt es immerhin Spaß.« Sam hielt ihm das Bündel hin.

»Oh.« Bron nahm es entgegen.

»Das wird genügen, wenn ich mich recht entsinne. Es ist

schon ein recht altes Lokal. Wurde gegründet, als China noch ein staatskapitalistisches Land war.«

Bron runzelte die Stirn. »Ich dachte, diese Periode dauerte nur zehn Jahre oder so?«

»Sechs. Jedenfalls ist es einen Besuch wert, wenn man sich gerade in der Nachbarschaft befindet. Es wird ›Schwanenschrei‹ genannt – was mir immer Rätsel aufgab. Aber das war eben eine der Eigenschaften des staatskapitalistischen Chinas.«

»Du sagtest, es ist fünfundsiebzig Meilen von hier entfernt? Ich kann mich nicht recht erinnern, was man genau unter einer Meile versteht, aber ich vermute, zum Gehen ist es zu weit.« Bron faltete die Geldnoten wieder zusammen und überlegte, wo er sie unterbringen sollte.

»Viel zu weit zum Laufen. Ich werde unserer Wirtin sagen, daß sie für dich eine Reservation aufgibt. Dann schicken sie dir ein Transportmittel – du kennst dich doch mit Trinkgeldern aus, nicht wahr?«

»In den Kreisen, wo ich mich als Jugendlicher bewegte, lernte man sehr rasch, Trinkgelder entgegenzunehmen – eine Routinemaßnahme, wie die monatliche Untersuchung auf gewöhnliche Infektionen und diverse Geschlechtskrankheiten.« Die Banknoten zeigten einen Aufdruck von Tausend und mehr – was seiner Erfahrung nach sehr viel oder auch sehr wenig sein konnte. »Wie hoch ist hier das Trinkgeld, das von einem Gast erwartet wird?« fragte er vorsorglich. »Fünfzehn Prozent? Zwanzig?«

»Fünfzehn Prozent, sagte man mir, als ich zum erstenmal dieses Lokal besuchte; niemand sah unzufrieden aus, als ich es wieder verließ.«

»Schön.« Brons Anzug verfügte über keine Taschen, also faltete er die Noten noch einmal, schob sie in die andere Hand und dann wieder in die Rechte zurück. »Wolltest du wirklich nicht dieses Lokal besuchen? Ich meine, wenn du das Geld selbst brauchst . . .?«

»Ich bin fest entschlossen, es nicht zu besuchen«, sagte Sam. »Ich bin schon ein halbes Dutzend Mal dort gewesen. Ich ziehe wirklich das offene Land vor, die Felsen, das Gras, die Nacht und die Sterne. Ich habe die Geldnoten lediglich eingesteckt, um dich wenigstens einen Abend loszuwerden, so lange wir hier sind, allerdings in der Erwartung, daß du dich während unserer Trennung amüsierst.«

»Oh«, sagte Bron. »Nun . . . danke.« Er suchte wieder nach einer Tasche oder einem Beutel, erinnerte sich wieder daran, daß er nichts dergleichen besaß. »Eh . . . wo wird uns dieses Transportmittel denn abholen?«

»Mach dir deswegen keine Sorgen«, erwiderte Sam mit einem leichten Lächeln. »Sie holen dich schon ab.«

»Ah-ha!« sagte Bron und schien zu begreifen – »*So* ein Lokal *ist* das also –«, weil es gar keine solchen Lokale auf den Satellitenwelten gab.

»Elegant«, wiederholte Sam, während er den Blick wieder auf die Mattscheibe des Lesegerätes richtete. Klick-klick-klick. »Hoffentlich amüsierst du dich.« Klick.

*

Bron saß in seinem Zimmer auf dem Doppelbett und fragte sich, was er bis neun Uhr abends anstellen sollte. Nach zwei Minuten nachdenken kam die Wirtin mit einem Tablett ins Zimmer, auf dem ein großes Glas stand, gefüllt mit einer orangefarbenen Flüssigkeit, grünen Blättern und einem Strohhalm.

»Sie wollen heute abend mit einer Bekannten in den Schwanenschrei? Das ist ein sehr nettes Lokal. Es wird Ihnen gefallen. Wir haben für Sie einen Tisch bestellen lassen. Sie brauchen sich um nichts zu kümmern. Falls Sie, oder Ihre Bekannte in irgendeinem Stilkostüm dorthin gehen wollen, sagen Sie mir rechtzeitig Bescheid. Viele Leute bevorzugen ein Stilkostüm.«

»Oh«, sagte Bron, »gerne . . .«, während ein Dutzend Erinnerungen aus seiner Jugend in Bellona zurückkehrten (als die Wirtin das Zimmer wieder verließ): Er wußte genau, was ein gutsituierter männlicher Prostituierter für ein Kostüm tragen würde, wenn er ein ähnliches, nach kapitalistischen Prinzipien geführtes Lokal auf dem Mars besuchte. Ganz bestimmt kein Kostüm aus jener Periode (aus der Vorkredit-Epoche, als Geld noch in Gebrauch war). Damit verriet man sich sofort zu jenen aufdringlichen Touristen gehörig, die so ein Lokal vielleicht einmal, zweimal oder höchstens dreimal in ihrem Leben besuchten und dann am Ende Spießruten liefen zwischen gütig lächelnden Gesichtern und eine Heckwelle höhnischen Kicherns hinter sich ließen. Man ging in einem Stilkostüm, wenn es einem selbst gehörte und man der Direktion des Lokals bekannt war; alles andere verwies dich in die Kategorie der Plüsch-Verachtung für diejenigen Gäste, die Dinge taten, die sich nicht gehörten. Auch wußte die Spike nicht, wohin sie gingen. Ihr eigenes Kostüm würde vermutlich etwas Modernes und Formloses sein. Andererseits wollte er nicht in einem Aufzug dorthin gehen, der ihn als einen hirnlosen Tölpel darstellte, der so ein Lokal besuchte ohne ein Gefühl für eine historische Institution. Egal, wie unpassend Spikes Kostüm sein würde, wenn sein eigenes, unbewußt, nur noch diese Deplaciertheit verstärkte, würde sie sicherlich nicht gerade entzückt darüber sein, wenn nicht gar beleidigt. Und das war die Erde – nicht der Mars.

Seine Erfahrung mit solchen Lokalen stammte nicht nur von einer anderen Welt: sie war anderthalb Dekaden alt. Doch der Anachronismus gehörte wesentlich zu solchen Lokalitäten, setzte er seinen Gedankengang in einer anderen Richtung fort. Selbst wenn der Stil in derartigen Etablissements sich wandelte, die Struktur der stilistischen Entwicklung blieb sich gleich. Tatsächlich hatte eine ältliche Klientin (mit silbernen Lidschatten und tief ausgeschnittenen Schleiern, die er einmal in ein solches Lokal eingeladen hatte, das sie selbst schon seit zwanzig Jahren regelmäßig besuchte) ihm diese Weisheit auf Bellona anvertraut. (Er erinnerte sich nur noch an ihre Lider und Schleier, doch ihr Name und ihr Gesicht waren ihm entfallen . . .) Mit solchen Überlegungen und Erinnerungen verbrachte er den Rest des Vormittages: Er würde etwas anziehen von den Sachen, die er mitgebracht hatte, beschloß er. Er trank diese orangefarbene Mixtur aus, ging hinaus in den Garten, um Sam etwas zu fragen – der jedoch nicht mehr an dem Emailletisch saß.

Er kehrte in ihr Zimmer zurück. Nun, was er und Sam in ihrem Gepäck auf die Erde mitgebracht hatten; er war sicher, Sam würde nichts dagegen haben. Und er hatte ihn schließlich gesucht, um ihn zu fragen.

Am Nachmittag verbrachte er mindestens zwei Stunden

draußen im Garten damit, sich zum Entspannen zu zwingen. Jedesmal tauchte die Wirtin mit einem Getränk auf. Er vermutete, es enthielt irgendeine Droge – Koffein, Alkohol, Zucker? Aber seinen Wirkungen nach war es metabolisch neutral. (Vage besann er sich auf irgendein irdisches Gesetz, das die Verabreichung von Drogen jeder Art verbot, wenn sie nicht vorher angemeldet und durch ein kompliziertes Genehmigungsverfahren für zulässig erklärt wurden.) Kurz vor acht hatte er seine Kleider herausgelegt:

Ein Silberärmel mit bis zum Boden reichenden Fransen (Sam hatte zwei solche Ärmel in seinem Gepäck, doch nur ein Prostituierter würde mit so aufdringlicher Symmetrie ein derartiges Lokal besuchen. Zwei wären noch passend zum Frühstück, kaum noch zum Lunch. Aber zum Supper –?) und ein Silbernetz (sein eigenes), das eher an ein E-Girl von Tethys erinnerte; und kurze Hosen aus Silberbrokat, die zu dem Ärmel und dem Brustnetz paßten: ein schwarzer Hüftgürtel mit Tasche (Sams) für das Geld. Keine Gürteltasche (was auf Geheimtaschen hindeutete) würde ihn (wieder) als einen Prostituierten ausgewiesen haben. Seine eigene Tasche, mit den Innenspiegeln und den Blitzlampen, würde ihn in so einer Situation als den Klienten einer Prostituierten ausgewiesen haben. Er zermarterte sich eine halbe Stunde den Kopf, was für Schuhe er tragen sollte, bis ihm plötzlich ein brillanter Einfall kam: Zuerst seine eigenen schwarzen Stiefel aus schwarzem, weichen Leder – dann kramte er Sams Schminksachen aus Sams Reisetasche heraus und übermalte seine goldene Augenbraue mit schwarzem Plastiklack (dabei gelegentlich die Arbeit unterbrechend, um mit dem Daumen über seine buschige echte schwarze Braue zu reiben).

Er holte auch den Nagellackentferner heraus in der Überzeugung, daß er die Arbeit ein Dutzend Mal wiederholen müsse; er hatte sie noch nie zuvor übermalt (wenigstens nicht mit schwarz), und er war sicher, er würde sich das ganze Gesicht mit Farbe beschmieren. Nachdem er sich jedoch öfters verrenkt und in den Konvexspiegel gezwinkert hatte, war es mit drei Strichen getarnt – eine perfekte Leistung.

Ja!

Ausgewogen, dachte er; asymmetrisch und Kohärenz zugleich. Eine Verbeugung vor allen Modeidealen, doch keine kriecherische Verehrung für einen besonderen Stil.

Und es war jetzt zehn Minuten vor neun.

Er zog sich die ausgewählten Sachen an, eilte die Treppe hinunter, durch die Außentür hinaus in den tiefblauen Abend und dann die Treppe weiter abwärts bis zur Straße (seine Fransen ein Wasserfall aus Licht), dabei denkend: Vergiß nicht, daß es hier keine planvolle Anordnung von Häusern und Straßen gibt.

*

Zunächst hoffte er, eine oder zwei Minuten vor ihrem Heraustreten vor ihrer Haustür einzutreffen; dann, daß sie bereits vor der Tür stand, damit er nicht zu warten brauchte.

Als er um die Ecke der Volkskommune bog, ging die gelbe Tür gerade auf . . . drei Leute kamen heraus. Zwei davon waren Gräber. Die Person, der sie Lebewohl sagten und die ihnen nachwinkte und sich jetzt gegen den Torpfosten lehnte, um zu warten, in einem knöchellangen, schwarzen ärmellosen Gewand und kurzem Haar, das jetzt so silbern war wie Brons (oder vielmehr Sams) Ärmelfransen, war die Spike.

Die Gräber passierten ihn. Einer von ihnen lächelte. Bron nickte. Die Spike, die sich mit verschränkten Armen immer noch gegen den Pfosten lehnte, rief: »Hallo! Das nenne ich timing!« und lachte. Perlend. An einem Unterarm trug sie einen silberfarbenen langen Handschuh, der mit komplizierten Symbolen bestickt war. Als er auf sie zukam, streckte sie sich und reichte ihm ihre Rechte.

Den linken Arm baumelnd, von Silber umschäumt, nahm er ihre Hände mit der Rechten und lachte leise. »Wie schön, dich wiederzusehen!« – fühlte sich einen Moment wie zwanzig, während sie bereits dreißig war und das Ganze eine Begegnung auf einer anderen Welt.

»Ich hoffe«, sagte sie, »daß wir nicht wo hingehen, wo ich meine Schuhe brauche? . . . falls ja, laufe ich noch einmal ins Haus zurück und ziehe mir welche an . . .«

»Wir gehen dorthin, wo so ein hinreißendes Mädchen wie du

alles tragen . . .« Es gab ein rituelles Ende für diesen Satz: – *sich alles zu tragen leisten kann, sogar mein Herz auf deinem Ärmel*. Aber er war keine zwanzig mehr; das war hier, das war jetzt – »alles, was du möchtest, tragen kann.« Ihre Hände verschlangen sich zu einem vierfachen Knoten. »Tatsächlich hatte ich an ein kleines Lokal gedacht, das ungefähr fünfundsiebzig Meilen nördlich von hier liegt – der *Schwanenschrei*?« Er lächelte. »Nein, lach mich nicht aus. Das ist ein Name, der noch aus dem staatskapitalistischen China stammt. Es hatte keinen langen Bestand, deshalb müssen wir tolerant sein.«

Sie lachte ihn nicht aus, sie strahlte ihn an. »Weißt du, daß ich so eine leise Ahnung hatte, daß wir dieses Lokal besuchen würden?« Sie beugte sich vor und beichtete: »Ich fürchte, ich habe kein Geld. Ich wüßte auch nicht, was ich damit anfangen sollte, wenn ich welches hätte. Bisher bin ich noch nie in einem Lokal gewesen, wo man Geld brauchte. Windy und Charo gingen schon am ersten Abend des Tages, als wir hier eintrafen, aus; obgleich ich reichlich mit Kredit versehen war, scheinen sie schon alles ausgegeben zu haben, was wir drei hier umtauschen durften.«

Ich dachte verliebt: Du würdest eine lausige Hure abgeben: das ist die Masche, die du erst hinterher verwendest. Aber sie meinte es vermutlich so, wie sie es sagte, und das nahm ihn sogar noch mehr für sie ein. »Dieser Abend geht auf meine Kosten – vielmehr auf Sams. Er reist auf Regierungskosten. Geld? Er hat davon einen unbegrenzten Vorrat, und er lädt uns ein, uns auf seine Kosten zu vergnügen.«

»Nett von ihm! Warum kommt er denn nicht mit?«

»Er haßt es, auszugehen.« Bron wandte sich um und nahm ihren Arm. Sie gingen die Straße hinunter. »Will das Geld nicht anrühren. Wenn er sich auf den alten Laichgründen der menschlichen Rasse tümmelt, interessieren ihn nur die Felsen, das Gras und die Sterne.«

»Ich verstehe . . .«

»Du bist doch nicht schon in diesem Lokal gewesen, nicht wahr?« Er blieb stehen. »Für mich ist es das erstemal, ehrlich . . .«

»Nein, ich war noch nicht dort. Und Windy und Charo gaben

uns eine schrecklich vage Beschreibung davon.«

»Ich *verstehe* . . .« Er runzelte die Stirn an ihren silberfarbenen Haaren. »Woher wußtest du, daß wir dorthin gehen würden?«

Ihr Lachen (und sie trieb ihn mit sachtem Druck ihrer verschlungenen Arme wieder zum Gehen an – als wäre er zwanzig und sie von einer anderen Welt) war so silbern wie ihre Haare. »Wenn man in der Äußeren Mongolei ist, sogar in dieser modernen Zeit, gibt es vermutlich nicht viele Lokale, die man besuchen kann.«

Ein Flüstern, das sekundenlang nur am Rande seines Bewußtseins hing, rückte plötzlich in die Mitte seiner Aufmerksamkeit. Bron blickte hoch.

Etwas Dunkles kreuzte das etwas hellere Schwarz zwischen den Dächern und kam, noch lauter summend, zurück, um über der Straße zu schweben und sich dann darauf niederzulassen.

Es war etwas Schlankes, Flügelloses, hatte etwa die Größe des Fahrzeuges, das ihn und Sam auf der letzten Etappe der Reise hierher gebracht hatte.

Die Seite des Luftfahrzeuges öffnete sich – und ließ eine Zugbrücke aus schweren polierten Ketten herunter, deren purpurfarbene Polster durch sechs sehr lange purpurfarbene Quasten zusammengehalten wurden.

»Hallo«, rief die Spike, »das muß uns gelten! Wie konnten sie uns nur finden, frage ich mich?«

»Ich glaube, es ist unser Lufttaxi.« – doch mit einem Händedruck, der etwas fester war als jener, mit dem sie ihn zum Weitergehen ermuntert hatte, hinderte er sie daran, auf die Zugbrücke zuzulaufen. »Jemand hat mir mal erzählt, sie operieren mit einem Geruchs-Peilinstrument, aber ich habe die Funktion dieses Gerätes nie richtig begriffen. Wie verlief heute abend deine Vorstellung?« Er zwang ihr ein nonchalantes Schlendern auf. »War es ein dankbares Publikum, das in den Genuß eurer Vorstellung kam? Ich vermute, du hast sehr hart an dieser Inszenierung gearbeitet, wie ich von Windy hörte und deinen Worten entnahm . . .«

In diesem Moment unterbrach ihn die Spike mit einem geflüsterten: »Oh –!«, weil vier Lakaien dem Flugtaxi entstiegen waren und sich an den vier Ecken der heruntergelassenen Platt-

form aufstellten – vier nackte, goldbronzierte, sehr attraktive junge . . . Damen? Bron war einen Moment lang nicht im Bilde: auf dem Mars wären diese vier Lakaien männlichen Geschlechts gewesen, in der Regel selbst Prostituierte, (oder ehemalige Prostituierte), als Gefälligkeit für die Damen, die die Rechnungen bezahlten. Aber männliche Prostitution war auf der Erde verboten. Die Damen waren wahrscheinlich Prostituierte, oder hatten dieses Gewerbe einmal ausgeübt; und deshalb galt diese Aufmerksamkeit ihm . . . Nun, ja, dachte er, offiziell bezahlte er ja auch die Rechnung – was ihn keineswegs aus dem Gleichgewicht brachte. Doch die umgekehrte Rollenverteilung berührte ihn seltsam. Schließlich wollte er mit diesem Abend der Spike Vergnügen bereiten, und, von Charo einmal abgesehen, hatte sie ihm klar zu verstehen gegeben, daß ihre lesbischen Neigungen eher intellektueller Natur waren. Er sagte: »Ich würde gerne wissen, was du von dem irdischen Publikum hältst, nachdem du es ein paar Vorstellungen lang erlebt hast.«
»Nun, ich . . .« Sie erreichten die Plattform. »Hm . . . guten Abend!« platzte sie heraus, die Frau neben ihr betrachtend, die lächelnd nickte.
Bron lächelte ebenfalls und dachte: Sie spricht sie an! Was ganz in Ordnung wäre (überlegte er, als ein ganzer Abschnitt seiner Jugendjahre wie ein Blitz in seiner Erinnerung auftauchte und wieder verblaßte), wenn sie die Rechnungen bezahlte und die junge . . . Dame von einer früheren Gelegenheit her kannte . . .
Sie stiegen die Plüsch-Rampe hinauf, betraten den Passagierraum mit seinen roten und kupferschnurgerahmten Polstern, seinen Aussichtsfenstern, seiner scharlachroten Wandverkleidung und seinen Plüschvorhängen.
Während er die Spike zu einem von den Sofas führte, wandte sie sich ihm zu. »Gibt es denn nicht eine Stelle, wo du erfahren kannst, was das alles kostet?«
Was ihn zu einem lauten Lachen veranlaßte. »Sicherlich gibt es das«, sagte er, »wenn du es wirklich gern wissen möchtest.« Wieder kehrte dieser Augenblick aus seiner Jugendzeit zu ihm zurück – die Klientin, die ihn zum erstenmal in so ein Lokal eingeladen hatte; sein eigenes Ersuchen, ihm die gleiche unschick-

liche Auskunft zu geben. »Einen Moment mal, setz dich erst. Da . . .« Er nahm neben ihr Platz, zu ihrer Linken, packte die Armlehne der Couch und zog daran. Nichts. (Ist denn alles auf diesem Planeten rückständig? wunderte er sich.) »Darf ich . . .« Er beugte sich über sie und zog an der Armlehne zu ihrer Rechten. Sie klappte in die Höhe und zeigte auf ihrer Unterseite in einem Rahmen unter Glas eine Karte mit schrecklich kleinen Schrifttypen und der Überschrift: *Explication de Tarif.*

»Auf dieser Tabelle kannst du lesen«, sagte er, »welcher Lohn jedem zusteht, mit dem wir es heute abend zu tun haben, entweder persönlich oder mittelbar durch seine Dienstleistungen, die Kosten aller Gegenstände, die wir sehen oder benützen werden oder welche unseretwegen benützt werden, die Unterhaltungskosten für diese Gegenstände und wie die Preise, die man uns auf die Rechnung schreibt, sich zusammensetzen –. Ich würde mich nicht wundern, in Anbetracht der Tatsache, daß wir uns auf der Erde befinden, daß sogar die Steuern auf der Tabelle aufgeführt sind.«

»Ohhhh . . .« hauchte sie und drehte sich in den weichen Polstern, um die Tabelle zu lesen.

Die Zugleiter wurde wieder eingeholt. Die Lakaien nahmen im Fahrgastraum ihre Plätze ein.

Er blickte auf ihre Schultern, die sich, während sie sich auf die Tabelle konzentrierte, nach vorn wölbten. Er unterdrückte den nächsten Lachreiz. Im Augenblick gab es nichts zu tun: vorläufig mußte sie einfach die Prostituierte bleiben, und er mußte den Klienten spielen. Sie war die junge, unerfahrene Nutte, die all die vulgären und taktlosen Dinge tat, die zu dieser Situation gehörten. Er mußte sich nachsichtig von ihr bezaubert geben, selbstsicher in seinem eigenen Wissen von dem Schicklichen. Sonst, dachte er, werde ich nie diesen Abend mit Haltung überstehen können, sondern mich über sie totlachen.

Sie las doch tatsächlich die ganze Tabelle durch, bemerkte er, was sich selbst ein gewissenhafter Tourist nicht zugemutet hätte. Das wirklich Vergnügliche an dieser Lektüre waren natürlich die Preise, und die konnte man sofort überblicken: sie waren fettgedruckt.

Die Lakaien in den vier Ecken der Kabine saßen an kleinen Tischen, die sich an die Wand klappen ließen. Tische? Saßen? Das war bizarr. Und, dachte er, sie wurden doch bezahlt, daß sie den Gästen zur Verfügung standen.

Die Kabine rüttelte. Ein Zittern lief über die Vorhänge hin. Er berührte die Spike am Arm. »Ich glaube, wir haben bereits abgehoben . . .«

Sie blickte hoch, sah sich um und lachte. Sie wurden gerüttelt und geschüttelt. Vor einem Aussichtsfenster bewegte sich eine dunkle Masse, entweder Wolken oder Berge. »Dieses Vehikel muß aus einer Zeit stammen, als sie das Problem der Schwerkraft gerade in den Griff bekamen!« rief sie. »Ich kann mich nicht erinnern, daß ich schon einmal in einer so alten Kiste geflogen bin!« Sie legte ihre Hand auf seine und drückte sie.

Sekunden später hatte das Taxi seine Flughöhe erreicht und ging auf Kurs. Das Rütteln hörte auf. Wie auf ein Stichwort erhob sich einer der Lakaien, ging auf sie zu, trippelte zwischen den Sofas hindurch, blieb vor ihnen stehen und neigte den Kopf: »Möchten Sie gern vor dem Essen einen Aperitif nehmen . . .?«

In einem beklemmenden Moment kam es Bron zu Bewußtsein, daß er sich nicht mehr an den Namen des teuersten Aperitifs erinnern konnte! Was ihm ins Gedächtnis kam, war der Name eines Drinks, der viel besser schmeckte, aber weit billiger war und die Kundschaft sogleich als zweitklassig einstufte (falls sie ihn bestellten oder auch nur in Vorschlag brachten).

Die Spike las wieder die Preistabelle.

Mit verhohlenem Unbehagen – Bron war überzeugt, er beherrschte sich gut, berührte er noch einmal ihren Arm. »Meine Liebe, unsere Bedienung möchte gern wissen, ob du einen Aperitif trinken willst.«

Ihre Augen hoben sich. Lächelnd zuckte sie verlegen mit den Schultern. »Oh, ich weiß nicht . . . wirklich . . .«

Er hoffte, daß der Name, auf den er sich nicht mehr besinnen konnte, ihr durch seinen enormen Preis aufgefallen war.

Sie blinzelte, immer noch lächelnd, immer noch ratlos.

Er war ihr nicht aufgefallen. (Sie würde eine erbärmliche Nutte abgeben, dachte er, jetzt etwas weniger verliebt.) Er sagte: »Haben Sie vielleicht . . . Gold Flower Nectar?« Die Haut auf seinem Nacken wurde feucht; aber es war der einzige Name, auf den er sich zu besinnen vermochte. (Seine Stirn wurde ebenfalls feucht.) »Nein – nein . . . ich denke, wir werden etwas Teureres nehmen. Ich meine, Sie haben doch bestimmt etwas aus der höheren Preisklasse, nicht wahr?«

»Wir haben Gold Flower Nectar«, sagte die junge Dame mit einem Nicken. »Soll ich zwei Gläser davon bringen?«

Ein Schweißtropfen lief an seinem Arm hinunter, unter Sams ausgeborgtem Ärmel. Nach sekundenlangem Schweigen sagte die Spike, indem sie zwischen dem Lakaien und Bron hin- und herblickte: »Ja! Das hört sich großartig an.«

Der Lakai nickte und erkundigte sich dann, während er sich schon abwandte, mit einem fragenden Augenaufschlag: »Sie kommen vom Mars, nicht wahr?« Bron dachte: Sie hält mich für einen billigen Jakob aus Bellona und die Spike für eine billige Schlampe! Ein Schweißtropfen löste sich aus seiner Kotelette und lief an seiner Wange hinunter.

Die Spike schlug wieder ihr Lachen an. »Nein. Ich fürchte, wir kommen vom Mond. Wir gehören zu dem kulturellen Austauschprogramm.«

»Oh.« Die junge Frau nickte und lächelte. »Wir führen Gold Flower Nectar aus Rücksicht auf die Wünsche unserer Kundschaft vom Mars . . . es ist wirklich ein vorzügliches Getränk.« Letzteres richtete sie mit einem Augenaufschlag nur an Bron. »Die Gäste von der Erde kennen diese Getränke kaum!« Sie verbeugte sich wieder, wandte sich ab und ging durch die Vorhänge hinter ihrem Tisch.

Die Spike nahm jetzt Brons Arm und lehnte sich an ihn. »Ist es nicht großartig! Sie dachte, wir stammten von einer *Welt*!« Sie kicherte. Eine Sekunde lang berührte ihre Stirn seine Wange. (Um ein Haar wäre er zurückgezuckt.) »Ich weiß, es ist alles nur Theater, aber es ist wirklich aufregend . . . Auch wenn wir nur so tun, als ob.«

»Ja . . .« sagte er mit einem Versuch, zu lächeln, »es freut mich, daß du dich amüsierst.«

Sie drückte sein Handgelenk. »Und wie großartig du dich auszukennen scheinst. Du bist wirklich die perfekte Person zum Ausgehen!«

»Nun, ja . . . vielen Dank«, sagte er. »Vielen Dank«, weil ihm nichts besseres als Antwort einfiel.

»Sag mir mal«, und sie lehnte sich wieder an ihn, »ist ›Lakai‹ nicht ein maskulines Wort – ich meine, hier auf der Erde?«

Obgleich er nicht mehr transpirierte, fühlte er sich erbärmlich. Ihr Versuch, ihn abzulenken, stachelte ihn nur noch mehr auf. Bron zuckte mit den Achseln. »Oh, nun . . . ist ›E-Girl‹ nicht ein weiblicher Begriff?«

»Ja«, erwiderte sie, »aber wir sind auf der Erde, wo die Tradition – so hat man mir zu verstehen gegeben – eine wesentliche Rolle spielt.«

Er bewegte wieder die Schultern, sich wünschend, daß sie ihn einfach in Ruhe ließe. Der Lakai kam in die Kabine, brachte die Drinks auf einem Spiegeltablett.

Er nahm ein Glas und gab es der Spike, bediente sich dann selbst. »Wie wäre es, wenn ich das Finanzielle immer gleich regle?« schlug er vor.

»Es wäre uns genauso angenehm, wenn Sie am Schluß bezahlen«, erwiderte der Lakai, immer noch lächelnd, nur ein bißchen strenger. »Aber falls Sie es wünschen?«

Die Spike nippte an ihrem Glas. »Bei mir zu Hause höre ich immer, daß die Gewohnheit so eine wichtige Rolle auf der Erde spielt. Warum machen wir es nicht so, wie sie es vorschlägt?« Dann blickte sie Bron an, der nickte.

Der Lakai nickte ebenfalls. »Vielen Dank –« und zog sich zu seinem Tisch zurück.

Bron nippte an seinem Drink, dessen Aroma reine Nostalgie war, reine Erinnerung, die ihm sehr deutlich bescheinigte, daß inzwischen fünfzehn Jahre vergangen waren (als er zuletzt an diesem Drink genippt hatte), daß das nicht der Mars war: daß sie hier von Frauen bedient wurden und nicht von Männern; daß die Gewohnheit hier als Tradition galt (warum, fragte er sich in einem Anflug von Ärger, erhielt man dann eine Institution am Leben, deren einziger Sinn sich in einer unbequemen Verschwendungssucht darstellte?) Und daß er ein Tourist war, der sich nicht auskannte.

Nein!

Mochten sie so tun als ob!

Aber das war eine Rolle, die er nicht akzeptieren konnte. Sowohl sein Temperament wie seine Erfahrung, mochte sie auch unzulänglich und überholt sein, sträubten sich dagegen. Er wandte sich seiner strahlenden Begleiterin zu. »Du hast mir immer noch nicht erzählt, wie deine Vorstellung heute abend verlaufen ist.«

»Ah . . .« sagte sie, lehnte sich zurück und schlug ihre bloßen Füße auf dem Sofa vor ihr aufeinander, »die Vorstellung . . .!«

Dreimal (Bron transpirierte jedesmal, wenn sich einer ihnen näherte) boten ihnen die anderen drei Lakaien noch einen Drink an (die Spike *mochte* Gold Flower Nectar – nun, ihm schmeckte er auch. Aber das war nicht der springende Punkt), den zweiten mit den traditionellen Nüssen, den dritten mit kleinen Früchten – Oliven, die, wie er sich erinnerte, als Markenzeichen der besten Lokale galten. Sie servierten sie auch in drei Variationen: schwarz, grün und gelb. Er war beeindruckt, was ihn noch mehr deprimierte. Es war Aufgabe des Kunden, zu beeindrucken, nicht beeindruckt zu werden. Es oblag dem Klienten, die Wirkungen zu kontrollieren, die ausgezeichnete Bedienung zu lenken und zu überwachen. Es stand weder ihr (noch ihm) gut an, jedenfalls nicht in dieser Phase, hingerissen zu sein. Mit dem nächsten Aperitif wurde ihnen ein Tablett mit kleinen Fischen und Delikatessen aus Fleisch serviert, die auf würzigen Teigplättchen gehäufelt waren. Mit dem letzten Aperitif bot man ihnen Süßigkeiten an, die Bron ablehnte. »Später« erklärte er ihr, »wird es wahrscheinlich irgendein unglaublich feines Konfekt zum Nachtisch geben, also können wir guten Glaubens darauf auf dieses hors d'oeuvre verzichten.«

Sie nickte zustimmend.

Dann sahen sie Licht unter dem Kabinenfenster. Aufgeregt beugte sich die Spike zur Seite, um es zu betrachten. Die Kabine begann wieder zu rütteln und zu schütteln. Plötzlich hörte das Rütteln auf: sie waren gelandet. Die Rampe mit den purpurfarbenen Quasten an der Wand wurde an ihren Ketten hinuntergelassen. Draußen sahen sie gleißende Lichter in einiger Entfernung in der Dunkelheit. Die Lakaien erhoben sich, um ihren Platz an den vier Ecken der Rampe einzunehmen.

Als sie, flankiert von den ersten beiden Lakaien, das Lufttaxi verließen, sagte Bron (im stillen hatte er sich den Text mehrmals vorgesagt und ihn zurechtgeschliffen): »Ich denke, es war ein wenig anmaßend, anzunehmen, wir stammten vom Mars – oder den Satelliten. Oder von einem anderen, genau zu bestimmenden Ort. Wie kann man es wagen, aus der Bestellung eines Gastes seine Herkunft abzuleiten?« Er sagte es nicht laut, aber übertrieben leise sprach er auch nicht.

Am Ende seiner Bemerkung erreichte sein Blick, der mit berechneter Unbeschwertheit die Nacht durchwandert hatte, die Spike – eine steile Falte auf der Stirn. Mit verschränkten Armen hielt sie am Ende des Plüschteppichs an (neben dem letzten Lakaien). »Ich vermute«, sagte sie mit einer leicht gewölbten Augenbraue, »sie kamen darauf, weil du sie mit ›Lakaien‹ anredetest. Auf der *Explication de Tarif* werden sie als ›Hostessen‹ geführt. ›Lakai‹ ist wahrscheinlich ein Ausdruck, der nur auf dem Mars verwendet wird.«

Bron runzelte die Stirn und fragte sich, warum sie ausgerechnet bei dieser Bemerkung stehengeblieben war. »Oh . . .« sagte er, setzte den Fuß über den Rand der Plattform, während seine Augen wieder über die Felsen, das Geländer und den Wasserfall streiften. »Oh, nun . . . möglich. Nun, wir sollten uns lieber . . .«

Aber die Spike hatte sich bereits in Bewegung gesetzt und ging ihm jetzt einen Schritt voraus.

Hinter den Seilen aus rotem Samt, die den sich windenden Fußweg säumten, traten die Felsen zurück.

Flutlichter, die diesen Baum und jenen Busch aus der Dunkelheit herausschälten, ließen den Himmel schwarz erscheinen und so nahe wie die Decke im nichtlizensierten Stadtbezirk von Tethys.

»Ist es nicht seltsam«, bemerkte die Spike und kam Brons Gedanken seltsam nahe, »man vermag nicht zu sagen, ob es unendlich ist oder begrenzt – das Universum, meine ich.«

Bron blickte über das andere Geländer, wo die Wasserfälle zerschellten. Über ihnen stand der Mond. »Ich denke . . .« sagte er (sie richtete den Blick jetzt ebenfalls auf die Wasserfälle), »es ist endlos.«

»Oh, das habe ich noch gar nicht gesehen!« Ihr Arm streifte

ihn, als sie um ihn herum zum Absperrseil ging. »Das ist einfach . . .«

»Schau«, sagte er und meinte damit nicht die Aussicht. Sie blickte zu ihm zurück. »Gewohnheit hin, Gewohnheit her – ich denke, ich sollte sie jetzt bezahlen, wenn auch nur für das Theater.« Und ehe sie etwas bemerken oder protestieren konnte, ging er zurück zu der purpurfarbenen Plattform.

Bron trat vor den nächsten, goldfarbenen Lakaien, die Hand auf der Geldbörse. »Du hast uns den letzten Aperitif serviert, nicht wahr? – und er war wirklich vorzüglich, wenn ich berücksichtige, wie groß mein Durst und wie anstrengend der Tag gewesen ist. Was, stand auf der Karte, hat es gekostet . . . Zehn, elf, zwölf . . .?« (Acht fünfzig war der Preis auf der Getränkekarte gewesen.) Er angelte nach dem Papier in seiner Ledertasche – »nun, allein dein Lächeln hat den Preis um mindestens die Hälfte angehoben.« – und damit zog er zwei Geldscheine aus der Tasche, und der obere war ein Zwanziger, wie er es erwartet hatte. »Möchtest du ihn haben . . .?«

Die bronzefarbenen Lider des Lakaien zogen sich auseinander.

»Möchtest du . . .?«

Er trennte den ersten Geldschein vom zweiten, (der mit einer Dreißig bedruckt war) trat auf die Plattform hinauf und hielt die Geldnote hoch über seinen Kopf. »Hier ist er – spring danach! Spring!«

Der Lakai zögerte einen Moment, biß sich auf die goldene Unterlippe, den Blick auf den Geldschein gerichtet. Dann sprang er, sich an Brons Schulter stützend.

Er ließ den Geldschein los. Während er zu Boden flatterte, wischte er ihre Hand von seiner Schulter und trat auf den nächsten Lakaien zu, den Dreißiger zwischen den Fingern. »Aber du, mein Freund . . .« er kam sich ein bißchen lächerlich vor, daß er solche Scherze, wenn auch in abgemilderter Form, mit weiblichen Lakaien trieb – »hast uns den ersten Aperitif kredenzt, der uns von dem quälenden Durst erlöste, nachdem wir an Bord gingen. Das allein verdreifacht den Preis! Hier, mein dienstbeflissener Freund . . .« Er hielt den Geldschein in der Höhe seiner Kniescheibe. »Möchtest du ihn haben? Da ist er.

Krieche danach! Krieche . . .!« Er ließ den Schein auf die Rampe flattern und wandte sich wieder ab, als die Frau danach tauchte. »Und *ihr* beiden . . .« Er zog zwei weitere Geldscheine aus seiner Börse und verteilte sie auf seine beiden Hände – »glaubt ja nicht, ich hätte vergessen, daß ihr uns ebenfalls mit Drinks bedient habt. Doch leider ist es mir entfallen, wer von euch beiden sich dabei hervortat. Hier ist ein Zwanziger und ein Dreißiger. Ihr mögt euch darum streiten, welcher von euch beiden welchen verdient.« Er warf die beiden Scheine in die Luft und stieg über die Frau hinweg, die bereits auf ihren Knien lag, um nach einer der auf den Boden flatternden Geldnoten zu greifen. Hinter sich hörte er, wie die zweite Dame zu Boden ging.

Bron trat wieder von der Plattform herunter (Kreischen, Balgerei und noch mehr Kreischen erfüllte die Szene hinter ihm) und schritt zu der Stelle zurück, wo die Spike stand, die Handflächen gegen ihr Kinn gepreßt, die Augen geweitet, den Mund geöffnet – und plötzlich schüttelte sie sich vor Lachen.

Bron blickte zurück, wo auf dem mit Quasten versehenen Purpurteppich die vier Lakaien sich lachend und kreischend um die Banknoten stritten.

»Das ist . . .« die Spike unterbrach sich, mußte neu ansetzen: »Das ist großartig!«

Bron nahm ihren Arm und lenkte sie wieder auf den Gehsteig zurück.

Immer noch lachend verrenkte sie den Hals und blickte zurück. »Wenn es nicht so perfekt in sich selbst gewesen wäre, würde ich es für eine Theaterproduktion verwenden!« Ihr Blick wanderte zu ihm zurück. »Ich habe nicht geglaubt, daß man mit Geld noch so etwas anrichten kann . . .?«

»Nun, wenn man die Mythologie bedenkt, die dahintersteht, und seine Knappheit . . .«

Die Spike lachte wieder. »Zugegeben, aber . . .«

»Ich habe selbst eine zeitlang als Lakai gearbeitet«, sagte Bron, was nicht ganz aus der Luft gegriffen war: er hatte einmal in Bellona mit zwei anderen Prostituierten ein Zimmer bewohnt, die als Lakaien beschäftigt gewesen waren; und man hatte ihm sogar eine Stellung als Lakai angeboten . . . aber irgend etwas war dazwischengekommen. »Das bleibt hängen.«

»Es ist wirklich unglaublich!« Die Spike schüttelte den Kopf. »Ich wundere mich nur, daß sie die Geldscheine nicht in Stücke reißen!«

»Oh, man lernt das alles«, erwiderte Bron. »Natürlich gehört das, wie alles hier, im Grunde nur zu einer Gratis-Show.« Er deutete auf die Felsen, den Himmel, die Wasserfälle, die jetzt unter ihrem durchsichtigen Gehsteig dahinschäumten (Moos, Schaum und klare Schlieren grünen Wassers trennten seine schwarzen Stiefel von ihren bloßen Füßen), der vor Säulen aus grünem Glas endete, die den Eingang des *Schwanenschreis* bildeten.

Die Spike rieb einen Finger auf ihrem Handschuh. »Das – wenn du näher hinsiehst – besitzt logarithmische Maße. Das Mittelband ist beweglich, so daß du es zu einer Art Rechenstab benützen kannst.« Sie lachte. »Nach allem, was ich bisher hörte, brauchtest du einen Computer, wenn du etwas berechnen wolltest, was mit Geld zu tun hat. Aber ich vermute, wenn man sich daran gewöhnt hat, geht man großzügig darüber hinweg.«

Bron lachte jetzt. »Nun, es hilft, wenn man weiß, was man tut. Es ist gefährlich. Und es ist zweifellos suchtbildend. Aber ich denke, es ging ein bißchen zu weit, daß die Satelliten das Geld für ungesetzlich erklärten. Und etwas von dieser Größe könnte man einfach nicht in dem nichtlizensierten Sektor unterbringen.« Die Säulen, von denen sie jetzt siebzig oder achtzig überblicken konnten, stiegen ungefähr dreißig Meter in die Höhe. »Zudem bezweifle ich, daß so etwas dort ankäme. Wir sind . . . wir haben eben dort draußen nicht das richtige Temperament dafür. Ich meine, ich lebe gerne in einer voluntaristischen Gesellschaft. Aber wenn es um Geld geht, denke ich, genügt es, wenn man einmal oder zweimal im Jahr tüchtig hinlangt.«

»Oh, ganz gewiß.« Die Spike verschränkte wieder die Arme und blickte zwischen ihnen nach hinten. Bron legte seinen Arm um ihre Schulter.

Er sah ebenfalls zurück.

Die Rampe hatte sich geschlossen; die Lakaien waren verschwunden.

Da waren andere Pfade zwischen roten Seilen, andere Lufttaxis, andere Leute, die zwischen den Felsen dahinschlenderten.

Ein anderer Lakai, Brüste, Hüften und Haare mit stumpfer Bronzefarbe getönt, stand neben einem Gebilde, das wie eine grüngestrichene Ego-Aufbereitungskabine aussah, mit einem Vorhang aus vielfarbigen Spangen. Bron schob einen kleinen Geldschein in die Hand aus stumpfer Bronze. »Bitte . . .?«

Sie drehte sich um und zog den Vorhang zurück. Innen waren die Wände aus weißer Emaille. Der Mann, der jetzt herantrat, trug den traditionellen schwarzen Anzug mit schwarzem Seidenrevers, schwarzer Leibbinde und kleiner schwarzer Fliege am Kragen seines weißen, superweißen Hemdes. »Guten Abend, Mr. Helstrom.« Er kam lächelnd auf sie zu und nickte: – »Guten Abend, Madam.« – der Spike zu, die etwas betroffen sagte:

»Oh . . . Hallo!«

»Nett, daß wir Sie heute abend bei uns haben. Wir sind entzückt, daß Sie sich entschlossen haben, uns heute abend mit Ihrem Besuch zu beehren. Wenn wir uns hier entlang bemühen wollen . . .« Sie gingen bereits auf die ersten, sich fächerförmig ausbreitenden Säulen aus grünem Marmor zu – »und wir wollen sehen, daß wir den richtigen Tisch für Sie finden. In welcher Stimmung befinden Sie sich heute abend . . . Wasser? Feuer? Erde? Luft? . . . vielleicht irgendeine Kombination? Was würden Sie vorziehen?«

Bron wandte sich lächelnd der Spike zu: »Deine Wahl . . .?«

»Oh, nun, ich . . . ich meine, ich weiß nicht recht . . . nun, könnten wir alle haben? Oder würde das zu viel . . .?« Sie blickte Bron fragend an.

»Man kann . . .« erwiderte der Empfangschef lächelnd.

»Aber ich denke«, sagte Bron, »es wäre doch ein wenig zu strapaziös.« (Sie war bezaubernd . . . alle vier? Wirklich!) »Wir werden uns mit der Erde, mit der Luft und dem Wasser begnügen und das Feuer auf ein andermal verschieben.« Er blickte die Spike an. »Wäre dir das recht?«

»Oh, natürlich«, sagte sie rasch.

»Sehr wohl. Dann kommen Sie nur hier entlang.«

Sie waren jetzt jenseits der Säulen. Der Empfangschef, überlegte Bron, war liebenswürdig, beschränkte sich aber nur auf das Allernotwendigste. Diese kleinen Extras an Persönlichkeit und Elan, die dem Job, dem Abend eine individuelle Note verliehen (». . . . für das du nie bezahlt wirst, es aber trotzdem tust«, wie eine ziemlich geistreiche Kundin ihm damals erklärt hatte), ließ er vermissen. Natürlich waren das die Extras, die man bekam, wenn man so ein Lokal häufiger besuchte – nicht jedoch als Tourist. Aber Bron war überzeugt, er sah so aus, als wäre er in solchen Lokalen zu Hause; und daß die Spike sich so offen als Neuling bekannte, hätte eigentlich auch eine menschlichere Reaktion hervorrufen müssen. Sie sahen wirklich so aus, als würden sie wiederkommen.

»Hier hinauf, bitte.«

Der Empfangschef führte sie auf das Gras hinaus . . . Ja, sie waren *im* Lokal. Aber die Decke, etwas Helles und Schwarzes, Vielschichtiges und ineinander Verschränktes, war sehr weit von ihnen entfernt.

»Entschuldigen Sie . . . *dort* entlang, Sir.«

»Oh?« Bron blickte nach unten. »Natürlich.« Es war sehr einfach, begriff Bron, er mochte diesen Mann nicht.

»Dieses Gras . . .« rief die Spike begeistert. »Es fühlt sich so wunderbar unter den Sohlen an!« Sie lief ein paar Schritte den Hang hinauf, drehte sich um und strahlte sie mit einem begeisterten Achselzucken an.

Bron bemerkte, daß sich das professionelle Lächeln des Empfangschefs etwas verklärte, was sich wie ein Dämpfer für sein eigenes Lächeln auswirkte.

»Wir walzen den Rasen einmal täglich und scheren ihn zweimal wöchentlich«, sagte der Empfangschef. »Es ist nett, wenn das von unseren Gästen bemerkt und auch anerkannt wird.«

Die Spike streckte ihre Hand nach Bron aus, der zu ihr hinaufging und sie ergriff.

»Es ist wirklich schön hier!« sagte sie, und dann zu dem Empfangschef: »Wo entlang, sagten Sie?«

Der Empfangschef, immer noch lächelnd und mit einer leichten Verbeugung – »dort entlang dann« – kletterte den Hang in einer Richtung, die, wie Bron feststellte, nicht die ursprüngliche war, hinauf.

Der Wasserfall, der draußen auf Felsen zerschellte, nahm offensichtlich hier, mehrere Terrassen über ihnen, seinen Ursprung. Fast zehn Minuten lang konnten sie ihn hören. Sie kletterten zwischen Felsen . . .

»Oh, du meine . . .« flüsterte die Spike.

– und sah ihn.

»Wäre Ihnen dieser Tisch recht?« Der Empfangschef rückte einen von den Plüschsesseln zurecht, schob den Tisch ein Stück über das Gras, arrangierte den zweiten Stuhl.

Sie befanden sich praktisch auf dem Gipfel des gewaltigen Innenraums. Wasser schäumte unter ihren Füßen aus dem Boden, stürzte sich vor ihnen und hinter ihnen über Felsen nach unten. Sie blickten hinunter auf die Galerien des Restaurants. Terrasse folgte auf Terrasse.

»Was für ein atemberaubender Platz . . .« verkündete die Spike.

»Nicht alle Gäste belieben so weit zu gehen«, erklärte der Empfangschef. »Aber Ihnen schien das Klettern Spaß zu machen. Es lohnt die Mühe, wenn Sie mir eine persönliche Bemerkung gestatten.«

Brons Hand lag schon wieder auf dem Geldbeutel, bereit, dem Empfangschef den üblichen Obulus zu entrichten und die übliche Frage nach einem besseren Tisch zu äußern. Aber es war tatsächlich eine gute Lage. Doch man sollte nie den ersten Tisch akzeptieren, der einem angeboten wurde, überlegte er – auf dem Mars war das ganz und gar unüblich; und außerdem wollte er den Mann zur Arbeit zwingen.

»Sir . . .?« Der Empfangschef hob beflissen eine Augenbraue.

»Nun . . .« erwiderte Bron gedankenverloren, »ich weiß nicht recht . . .«

»Oh, wir wollen hier sitzen! Es war so ein herrlicher Spaziergang nach diesem wunderbaren Flug. Ich kann mir keine glücklichere Wahl vorstellen.

Bron lächelte, zuckte mit den Achseln, und zum zweitenmal spürte er einen Schweißausbruch im Nacken. Die Spike übertrieb ihre Begeisterung. Man hätte ihnen vorher einen anderen Tisch anbieten und sie dann erst hierher führen sollen. Das wäre richtig gewesen, und so hätte es sich gehört. Für was hielten diese Leute sie eigentlich? »Es ist in Ordnung«, sagte Bron kurz angebunden. »Oh . . . hier.« Er drückte dem Empfangschef den

Geldschein in die Hand – er wollte sich nicht die Blöße geben, einen geringeren Schein in seiner Börse zu suchen.

»Vielen Dank, Sir.« Das Nicken und Lächeln waren kurz. »Würden Sie gerne noch einen Aperitif nehmen, während ich Ihnen die Karte bringe?«

»Ja«, sagte Bron, »bitte.«

»Für welchen Aperitif hatten Sie sich entschieden . . .?«

Und jetzt fiel Bron endlich der Name dieses Getränks ein: *Chardoza*. »Gold Flower Nectar.«

»Es ist herrlich hier!« Die Spike ließ sich in ihren Sessel fallen, stemmte die Ellenbogen auf die hohen Armlehnen und verschränkte, ganz und gar nicht *comme il faut*, die Hände unter ihrem Kinn, streckte beide Beine unter dem Tisch aus und legte die Füße übereinander.

Das Lachen des Empfangschef klang einen Moment lang fast natürlich.

Die Blätter aus Metall im Zentrum des Tisches falteten sich auseinander. Auf marmorierten, grünen Glastabletts rollten die Drinks über die Tischplatte.

Bron runzelte die Stirn – aber der Empfangschef mußte ja gewußt haben, was sie unterwegs getrunken hatten, ehe Bron ihn aus der Kabine herausholte.

Bron nahm der Spike gegenüber am Tisch Platz und dachte: Sie ist das reine Entzücken und vollkommen entnervend. Gleichwohl hatte sich jetzt die Erkenntnis in ihm kristallisiert: Mochte er auch den Kunden spielen, sah er trotzdem keine Möglichkeit, sie in die Rolle seines jüngeren Selbst's zu versetzen. Ihre Taktlosigkeiten, ihre Begeisterung und ihr exzentrisches Verhalten hatte überhaupt keine Berührungspunkte mit seinen eigenen Lokalbesuchen in früheren Jahren in den Pendants des Schwanenschreis in Bellona – schon gar nicht deswegen, weil sie ihn nicht verabscheute, wie er jene verabscheut hatte, die ihn dorthin begleitet hatten, so daß sie gar nicht an seinem Spiel, zu blenden und Eindruck zu machen, in dem er eifrig Punkte sammelte, teilnahm. Was suche ich hier überhaupt? fragte er sich plötzlich. Zweimal war er bisher so in Verlegenheit gebracht worden, daß ihm der Schweiß ausbrach – und er würde wahrscheinlich noch mehrmals an diesem Abend

die Transpiration der Peinlichkeit erleben. Aber wenigstens weiß ich (dachte er weiter), weshalb ich transpiriere. Beides, Peinlichkeiten und Behagen, bestätigte ihm, daß er sich auf seinem Territorium bewegte. Der Schweiß trocknete. Er nahm das kalte Glas auf und nippte daran. Und bemerkte, daß die Spike seinen Gedankengang mit keinem Wort unterbrochen hatte.
»Ist irgend etwas nicht in Ordnung?«

Sie wölbte ihre Augenbrauen in die Höhe, hob dann ihr Kinn von den verschränkten Händen. »Nein . . .«

Lächelnd sagte er: »Bist du sicher? Absolut sicher? Es ist nichts an meinen Manieren, meinem Verhalten, meinem Anzug, das du mißbilligst?«

»Sei nicht töricht. Du kennst dich in Lokalen wie diesem aus – was doppelt so viel Spaß bringt. Du hast dir offensichtlich viel Mühe gegeben mit deiner Garderobe – das gefällt mir außerordentlich: deswegen bin ich auch nicht mit Windy und Charo ausgegangen. Sie beharrten darauf, gleich nach der Arbeit in ihrem schmutzigen Drillichzeug loszuziehen.«

»Nun, das Angenehme an solchen Lokalen wie diesem ist, daß du so förmlich oder formlos gekleidet kommen kannst, wie du willst.«

»Aber wenn man sich schon mit einem Anachronismus anfreundet, soll man es auch gründlich tun. Wirklich«, sie lächelte, »wäre ich der Typ, der sich daran stößt, wie ein Mensch gekleidet ist, hätte mir Windy das schon längst abgewöhnt.« Nun legte sie die Stirn in Falten. »Aber der wahre Grund, weshalb ich mit ihnen nicht ausgegangen bin, ist ein Gespür für sein Motiv, das er mit seinem Besuch in diesem Lokal verfolgt: er möchte herausfordern oder wenigstens jemanden dazu bringen, daß er sich danebenbenimmt. Das kann Spaß geben, wenn man in der richtigen Laune dafür ist. Aber im Augenblick habe ich andere Dinge vor – ihr beiden hattet in eurer Jugend den gleichen Beruf.«

»Ja. Ich weiß«, sagte Bron, vermochte sich aber im Moment nicht zu erinnern, woher sie es wußte. Hatte sie darauf angespielt? Oder hatte Windy es getan?

»Für ihn verbinden sich ein paar sehr unangenehme Erinnerungen mit Lokalen wie diesem.«

»Warum hat er es dann besucht?«

Sie zuckte mit den Achseln. »Ich nehme an. Nun . . ., er wollte damit angeben.«

»Und sich danebenbenehmen?«

Ihre Unterlippe senkte sich, und die Zunge hinter den Schneidezähnen, lächelte die Spike. »Charo sagte, sie hätte sich amüsiert. Beide sagten, ich sollte unbedingt hierherkommen, wenn ich es ermöglichen kann.«

»Dann hoffe ich, daß du dich nun mindestens ebensogut oder besser amüsierst.«

Sie nickte. »Vielen Dank.«

Der Empfangschef sagte hinter seinem Stuhl: »Ihr Menü . . . Madam?«

»Oh!« Die Spike richtete sich auf, nahm die riesige, in Samt gebundene, aus vielen Seiten bestehende Speisenkarte zur Hand.

»Sir . . .?«

Bron griff jetzt auch nach seiner und versuchte sich zu erinnern, ob man auf dem Mars das Menü erst dem Mann und dann der Frau serviert hatte; oder war es erst der Junge und dann der Ältere; oder war es der Kunde und dann erst . . .

»Vielleicht möchten Sie noch etwas mehr Frischluft?« Der Empfangschef streckte sich und schnalzte mit den Fingern. Die ineinandergeschobenen Spiegel (nach ihrem zehnminütigen Fußmarsch hügelan befanden sie sich nur noch ein paar Meter über ihnen) hoben sich, drehten sich nach außen und gaben den Sternenhimmel frei.

Eine Brise strich über sie hin.

Der Rand des Tischtuches streifte Brons Schenkel.

»Ich werde Sie jetzt eine Minute lang allein lassen, damit Sie Ihre Wahl treffen können. Wenn Sie soweit sind –« Ein Lächeln, ein Nicken –, »bin ich wieder hier.« Und er tauchte hinter einem Felsen unter.

Die Spike schüttelte staunend den Kopf. »Was für ein unglaubliches Lokal!« Sie drehte ihren Stuhl (es waren Drehsessel), um den Hang neben ihr hinunterzublicken. »Ich kann mich nicht erinnern, daß ich schon einmal in so einem riesigen überdachten Raum gesessen habe, meine ich!« Bis zu dem nächsten

Hügel ihnen gegenüber betrug der Abstand mindestens sechshundert Yards. Der Zwischenraum war zum Teil mit großen Felsen, kleinen Bergen, Hügeln aus Gras, künstlichen Rampen, Plateaus und Terassen ausgefüllt, wo, hier und dort, wieder ein Tisch stand, ganz winzig in der Entfernung. Leere Tische, oder mit Gästen besetzt, die sich über ihre Teller beugten. Sie konnten ein Dutzend offene Feuerstellen sehen, wo, nach den Werkzeugen zu urteilen, die darum aufgebaut waren, die gröbere Koch- und Bratarbeit erledigt wurde.

Andere Gäste, einzeln oder in Gruppen, von ihren eigenen, schwarz gekleideten Empfangschefs begleitet, schlenderten die Wege entlang über die Rampen. Der gegenüberliegende Hang, an drei Stellen von Wasserfällen angeschnitten, glich irgendeinem Schlachtfeld während der Nachtzeit, beleuchtet von hundert verstreuten Lagerfeuern auf den dunklen grünen und stark gegliederten Hängen. Die vielfarbige Decke glitzerte mit einer unendlichen Zahl von Lichtern, sobald sie ihr Auge in die Höhe richteten, millionenfach mehr Lichter als an einem normalen Sternenhimmel.

»Dort, wo wir herkommen –« holte ihn die Stimme der Spike an den Tisch zurück – »können wir es uns einfach nicht erlauben, so viel Raum zu vergeuden. Nun . . .« Sie öffnete ihre Menükarte . . . »was in aller Welt« und blickte wieder zu ihm hoch mit einem halben Lächeln unter den gerunzelten Brauen, das ihm ein paar Sekunden später durch den Hinweis gedeutet wurde: »sollen wir jetzt essen?«

Während er sich an den Namen des Gerichtes zu erinnern versuchte, das er bei seinem ersten Besuch in einem derartigen Restaurant in Bellona gegessen hatte, begann die Spike ihm zahlreiche Speisefolgen vorzulesen, die daran gehängten Beschreibungen, die Beschreibungen der traditionellen Beilagen, die kleinen Essays über die Zusammenstellung dieser Speisefolgen, die von berühmten Küchenchefs in berühmten gastronomischen Betrieben empfohlen wurden. Als Bron die Seiten umblätterte, blieb sein Blick hängen an ». . . Österreichische Würste . . .«. Er starrte darauf, versuchte sich zu entsinnen, warum er hier festhakte. Doch dann sagte sie etwas, das er so komisch fand, daß er laut vor Lachen herausplatzte. (Er ließ die Seite wieder auf die anderen fallen.) Dann lachten sie beide. Er las ihr laut drei Menüzusammenstellungen vor – die sie alle hinreißend komisch fanden. Irgendwie, unterbrochen von vielen Heiterkeitsausbrüchen, (und noch einer Runde Gold Flower Nectar) gelang ihnen die Zusammenstellung einer Mahlzeit, die mit Konsommee begann, gefolgt von Austern Rockefeller, gegrillten Wachteln, *boeuf au saucisse en chemise* – und irgenwann zwischen diesen Gängen schob sich von links ein geheizter Küchenwagen mit frisch gekochtem Gemüse heran und von rechts ein eisgekühlter Küchenwagen mit *crudités*, und die Getränke begannen mit einem Champagnoise zu den Austern, dann einem Pommard zu den Wachteln und einem Macon zum Braten.

Bron hielt inne, seine Gabel in einem Stück der feinen Kruste, das die Konsistenz des *chemisée de boeuf* besaß. »Ich liebe dich«, sagte er. »Gib das Theater auf. Verbinde dein Leben mit meinem. Werde eins mit mir. *Sei* mein. Laß mich dich ganz besitzen.«

»Verrückter, wunderbarer Mann . . .« Vorsichtig, mit Eßstäbchen, hob sie eine Spargelspitze aus der kochenden Brühe heraus: die Kohlen unter dem Grill des Küchenwagens spiegelten sich auf ihrem Handschuh – »nicht für mein Leben.«

»Warum nicht? Ich liebe dich.« Er legte seine Gabel zur Seite. »Genügt das nicht?«

Voller Appetit verzehte sie ihre Spargelstange.

»Liegt es vielleicht daran«, fragte er, sich vorbeugend, »daß ich einfach nicht dein Typ bin? Ich meine, physisch? Du fühlst dich nur von zwergenhaften kleinen Kreaturen angezogen, die Saltos rückwärts machen, nicht wahr?«

»Als Typ liegst du mir außerordentlich«, sagte sie. »Deswegen bin ich ja hier. Was das Animalische betrifft – und ich bin der Meinung, daß das ins Gewicht fällt – bist du wirklich eine Sensation. Ich denke, daß große blonde Skandinavier zu den herrlichsten Sachen dieser Welt gehören.«

»Aber ich bin immer noch kein Affe, der sich an seinem Schwanz durch die Bäume schwingen kann, oder der in seinem dreckigen Drillichzeug Lokale dieser Art besucht.« Er hatte begriffen, daß er sich von ihrer Bemerkung beleidigt fühlte, während er mit seiner erst bis zur Mitte gekommen war. »Auch keine, um es anders auszudrücken, langhaarige junge Dame, die in der Sonne sitzt und Volkslieder herunterklimpert.« Er hoffte, sein Lächeln, das er jetzt aufsetzte, würde im nachhinein etwas mildern, was in seinen Ohren ein bißchen zu hart klang. »Ach, was kann ich tun, um diese kleinen Fehler auszubügeln?«

Ihr Lächeln wies ihn sanft zurecht: »Du hast deinen eigenen Charme. Und deine zahlreichen rauhen Punkte . . . Aber auch Charme.«

»Genügend Charme für dich, daß du für immer mit mir gehst?«

»Nun ist es an mir, ›ach‹ zu sagen.« Sie schob die letzte Broccoli-Stange zwischen ihre Zähne und legte die Stäbchen beiseite. »Nein.«

Er sagte: »Dann hast du also niemals richtig geliebt. Das ist es. Dein Herz ist ganz aus Stein. Du hast niemals das Feuer echter Leidenschaft gespürt, daß es zum Leben zerschmolz. Sonst wüßtest du, daß ich die Wahrheit sage, und würdest dich ergeben.«

»Verdammt, wenn ich das täte, und verdammt, wenn ich es nicht täte, wie?« Sie nahm ihre Gabel und schnitt ein Stück von ihrem Braten ab. »Tatsächlich habe ich die Liebe erfahren.«

»Du meinst, mit Windy und Charo?«

»Nein. Mit den beiden bin ich nur glücklich – ein Zustand, den ich, nebenbei bemerkt, sehr hoch bewerte, wenn ihm auch ein ›Nur‹ anhängt.«

»Beziehst du dich auf die Dame, für die du dich hast umpolen lassen?«

»Nein. Nicht einmal darauf. Das war nur eine Angelegenheit der alten, ganz gewöhnlichen Körperchemie, mit der ich auf die Welt kam.« Sie aß noch einen Happen und wischte sich mit dem Fingerknöchel ein paar Krumen von der Unterlippe. »Ich denke, ich werde dir tatsächlich davon erzählen. Ich war wirklich einmal verliebt, und was vielleicht noch schlimmer ist, es war eine echte, tragische, unerwiderte Leidenschaft. Ja, ich *werde* es dir beichten. Hör zu – ich habe es überhaupt nicht geprobt, und so wird es ziemlich roh herauskommen – wer weiß, sogar häßlich. Und ich habe keine Vorstellung, ob etwas davon dir irgend etwas sagen wird. Aber ich bin sicher, irgenwo wirst du darin das echte Gefühl finden, wenn es auch nicht die richtigen Worte sind wie im *Totenbuch*: Lies es nur einmal durch – und wenn du es brauchst – wenn du es verwenden kannst – solltest du darauf vertrauen, daß dir die notwendige Information wieder ins Bewußtsein kommt, wenn du das Ganze auch nur ein einziges Mal wieder an deinen Ohren vorbeirauschen läßt. Ich pflegte zu unterrichten – oder vielmehr unterrichtete ich in den letzten Jahren, weil unsere Truppe so erfolgreich war, und wir hielten eine Art von Sommerseminar an der Lux-Universität ab. Im Theater selbst. Und ich . . .«

Die Geschichte *war* unklar. Und recht unbeholfen erzählt. Es hatte etwas mit ihrem ersten Unterrichtsabend vor drei oder fünf Jahren zu tun, als sie in das Zimmer trat, wo das Seminar abgehalten wurde, und einen Studenten erblickte, der nur eine Fellweste und ein Messer trug – ein Messer, das er sich am Fuß befestigt hatte; dann war da die Rede von Drogen. Von vielen Drogen. *Er* handelte damit oder kaufte sie . . . Oh, ja, sie hatte sich praktisch unsterblich auf den ersten Blick in ihn verliebt, als sie den Seminarraum betrat.

Nun, wie hast du dann deinen Unterricht bewältigt?«

Oh, erklärte sie (inmitten einer anderen Erklärung), sie war sehr gut gewesen. (Wobei? Was war das Thema? Aber sie war schon einen Satz weiter:) Er und einer von den anderen, älteren Studenten, hatten sie nach dem Seminar gebeten, etwas zu den Unterhaltungskosten eines Bier-Fonds beizusteuern. (Sie hatten irgendwo im Hinterzimmer ihre eigene Bierbrauerei eingerichtet.) Dann kam es irgendwie dazu, daß sie bei ihm übernachtete. Dann noch mehr Drogen. Und anschließend machte er sie mit einer Gruppe von Freunden bekannt, die Kerzen herstellten, und ging mit ihnen in einen intimen Club, um sich einen Sänger anzuhören. Dann besuchten sie eine Kommune draußen im Eis – auf seinem Schlitten, von dem sie, wenn man ihr genau zuhörte, viel mehr beeindruckt gewesen war, als von ihm – und anschließend noch ein paar Freunde von ihr, die noch viel weiter weg wohnten – der Seminarkurs war inzwischen beendet gewesen – und er war anscheindend der Neffe irgendeines berühmten Naturalisten und Polarforschers, von dem Bron tatsächlich schon einmal etwas im Zusammenhang mit den Callisto-Eis-Feldern gehört hatte, wo ein »Eiswald« und ein »Eisstrand« nach ihm benannt wurden; aber diese Geschichte hatte sich auf Iapetus ereignet, nicht auf Callisto – und ». . . es klar war, daß mit uns nichts werden würde und ich zwei Wochen – mindestens! – keine einzige klare Minute verbracht hatte – man hätte glauben können, Drogen wären seine Religion! – Mir war, als liefe ich mit einem Schädel voll Federn herum, mit abgepellten Gehirnhäuten, und jeder Impuls, den ich aus dem Sonnensystem empfing, sprengte meinen ganzen Kopf – aber es lag nicht an dem Sex, denn in diesem Punkt konnte ich mir gar nichts Besseres wünschen. Doch das Körperliche ließ ihn kalt (er war einer von diesen mystischen Typen) – und da blieb mir gar nichts anderes mehr übrig, als ihn zu verlassen. Weil ich ihn mehr liebte als alles andere auf der Welt. Ich schlief die letzte Nacht auf einer Decke in seinem Zimmer auf dem Boden. Einmal versuchte ich sogar, ihn zu vergewaltigen, glaube ich. Er sagte, ich sollte mich verpissen. Das tat ich auch, und später sagte er, ich könnte ihn halten, wenn das meinen Gemütszustand besserte, und ich sah ein, daß ich das nicht haben wollte. Also sagte ich, nein danke. Brünnhilde auf ihrem Flammenbett hätte nicht heißer brennen können als ich! (Er sagte, ich wäre zu intensiv –!) Ich lag die ganze Nacht auf der Erde neben ihm, vollkommen alleine mit mir selbst, und wartete auf eine Dämmerung, die, wie ich genau wußte, nie kommen würde.

Und an diesem Morgen drückte er mich an sich und brachte mich dann zum Taxi. Und er gab mir ein Tagebuch – der Deckel war aus blauem Plastik mit einem höchst erstaunlichen Muster darauf. Und ich war so glücklich, daß ich fast starb. Und schickte ihm dauernd Briefe, bis er endlich antwortete – denn einer von meinen Freunden hatte zu mir gesagt: »Weißt du eigentlich, daß du sein Leben zerstört hast? Er ist noch nie jemandem wie dir begegnet, der glaubte, daß er so bedeutend wäre! Und das liegt schon Jahre zurück. Ich bekam erst in der letzten Woche wieder einen Brief von ihm; er zählt mich zu den Leuten die er *liebte!* Verstehst du . . .? Wenn du jemand *wirklich* liebst, und es ist klar, daß das nicht realisierbar ist, tust du so etwas. Sogar *das*. Verstehtst du?« Er hatte keine Ahnung, was dieses *Das* bedeutete. Während er zuhörte, kam die Erinnerung an seine Erlebnisse in der Gefängniszelle zurück. Was hatte *das* alles für einen Sinn gehabt? Würde die Spike ihm dafür eine Lösung bieten können? Er sehnte sich danach, ihren Monolog zu unterbrechen und sie danach zu fragen. Aber Sam hatte ihm eingeschärft, dieses Thema sei verboten . . . eine Sache auf Leben und Tod. Und das würde sie für immer bleiben.

Trotzdem versetzte ihn das in eine ziemlich romantische Stimmung . . . wenn er nur diese Frustration hätte ausblenden können. Und irgendwie war sie jetzt wieder mitten im Fahrwasser ihrer Geschichte und erklärte ihm, zu ihrer Rechtfertigung, daß er älter gewesen sei als die anderen Studenten, daß sie eigentlich selbst gar nichts für Kinder übrig habe, obgleich man bei Charo eine Ausnahme machen müsse – sie war neunzehn – war da noch die Rede von einer Reihe von Probeaufnahmen von ihr, nackt auf einer Eisscholle nach einem Szenario, das sich an dem »Stundenbuch« von Catherine von Cleves orientierte – und wer, zum Kuckuck, war diese Catherine von Cleves, und was hatte die Eisscholle in ihrer Geschichte zu suchen? Er bemühte sich ernsthaft, ihr zu folgen. Doch seit der letzten Abschweifung in ihrer Erzählung verfolgte er eine Gruppe von Gästen, die links von ihnen eine Terasse tiefer, angeführt von ihrem Empfangschef, über verschiedene Wege und Rampen auf ihren gewählten Tisch zusteuerten.

Während er die vier Männer und drei Frauen der Gruppe auf ihrem Weg beobachtete, beugte sich Bron plötzlich mit gerunzelter Stirn etwas nach vorne. »Entschuldigung«, sagte er, »daß ich dich unterbreche; aber ist dir aufgefallen, daß alle Gäste, die bisher das Lokal betraten, keine Schuhe trugen?«

Die Spike zeigte sich ebenfalls betroffen. »Oh . . . ja. Das war die einzige Konzession, die Windy dem hier vorherrschenden Modegeschmack machte, als er mit Charo hierherkam. Er empfahl mir sogar, als ich mich von ihm verabschiedete, meine Schuhe auszuziehen, falls wir dieses Lokal besuchen wollten – aber es wundert mich eigentlich nicht . . .« fing sie an zu kichern und zog ihre eigenen Füße unter ihren Stuhl zurück (Bron spürte, wie sich seine Zehen in seinen Stiefeln vor Verlegenheit kringelten) – »es geht hier schrecklich zwanglos zu. Windy sagte, man sähe hier barfüßige Gäste sogar gerne, weil sie das gepflegte Gras würdigten, aber im Grunde sei es ihnen gleichgültig, was du trägst.«

»Oh.« Bron lehnte sich in seinem Stuhl zurück. Die Chefkellnerin kam an den Tisch, um die Bananen a la Foster zu flambieren – eine rotbefrackte Kellnerin schob das brennende Becken herbei, eine andere einen Wagen, auf dem sich Früchte häuften, die Weinbrandflaschen und die eisgekühlten *crême bruleé* standen. Die verschiedenen Gerichte waren tatsächlich von diesen hochfrisierten und scharlachrot gekleideten Frauen serviert worden (hier gab es sogar Serviererinnen in einem so hochklassigen Restaurant!). Bron hatte Monate gebraucht, bis er sich auf Triton daran gewöhnte, Leute in einflußreichen Positionen vorzufinden, die er eigentlich dem anderen Geschlecht zuordnete. Doch Leute in dienenden Funktionen waren wieder eine ganz andere Geschichte.

Butter schäumte im Kupferkessel. Die Chefkellnerin zog mit dem Tranchiermesser einen Ring um eine Orange, zerschnitt eine Zitronenschale: dazu eine Praline, dann der Zucker; schließlich ein geschicktes Entblättern der weißen Bananen, während die Zitronenschalen sich braun färbten; und dann ein paar Spritzer aus den Brandyflaschen in die schräg gehaltene Pfanne und – *whusch!* zuckte die Flamme auf.

»Wie Sie sehen«, sagte der Empfangschef lachend hinter der schräg gehaltenen Pfanne, »am Ende haben wir doch mit allen vier Elementen aufgewartet – dem Feuer, dem Wasser, der Erde und der Luft.«

Die Spike blickte strahlend hoch und klatschte in die Hände. »Es ist wirklich eine erstklassige Inszenierung.«

Mit eng aneinandergeklammerten Absätzen unter dem Stuhl löffelte Bron nun unter den winzigen blauen Flämmchen, die sich auf der Dessertplatte jagten, das köstlichste Konfekt, das ihm je zu kosten vergönnt war, während ihm der Schweiß wieder im Nacken und auf dem Rücken ausbrach. Was ihn so schrecklich peinlich berührte (Die Spike ließ in ihrem Entzücken alle Hemmungen fallen und redete ungeniert auf den schwarzgekleideten Empfangschef und die rotbefrackten Kellner ein: Kellnerin war das richtige Wort, aber das erschien ihm so deplaciert in einem Lokal wie diesem –, die sich ganz offensichtlich über alles amüsierten, was sie sagte), war die Tatsache, daß sie jetzt genau wußten (eine Sekunde lang forschte er in den Gesichtern des Empfangschefs und der Kellnerinnen nach einem Hinweis, einem verstohlenen Blick, einem Signal, das ihm ihr Wissen bestätigte; aber diese Bestätigung war gar nicht nötig: sie erschloß sich aus dem ganzen Hin und Her der Situation. Bron sank in seinem Sessel zusammen), unwiderruflich wußten, was sie waren: Daß sie zum erstenmal in ihrem Leben so ein Lokal besuchten, das sie ganz entzückend fanden, und daß er, auf einer anderen Welt, unter recht merkwürdigen Umständen wahrscheinlich ein Dutzend Mal in Lokale vergleichbarer Qualität ausgeführt worden wäre, aber seit mindestens fünfzehn Jahren nicht auch nur in die Nähe eines solchen Luxusrestaurants gekommen sei. Niedergeschlagen löffelte er den Rest des hinreißenden Desserts in sich hinein.

Dann wurden noch verschiedene Käsesorten serviert, um das Menü ausklingen zu lassen. Es gab Mokkas, und es gab Brandys. Irgendwo aus der Tiefe seines Völlegefühls schöpfte er eine Reaktion auf die Wiederaufnahme ihrer Geschichte von ihrer Affäre mit dem Studenten. Was sie ihm da gebeichtet hatte, war wichtig für sie. Wahrscheinlich sehr wichtig, räumte er ein. Aber es war unklar gewesen – und es war, schlimmer, langweilig. Dann kommt man zu einem Punkt, überlegte Bron, wo man aus Gründen der Selbstbehauptung diesen ganzen Betrag an Langeweile unter der Rubrik Dummheit neu verbucht. Und das, resümmierte er, traf für die meisten Erscheinungen des Universums zu.

»Verstehst du mich?« fragte sie. »Verstehst du mich *wirklich?*«

Er sagte: »Ich glaube schon«, so ehrlich, wie er es fertigbrachte.

Sie seufzte. Er seufzte zurück. Schließlich war sie ja der Schauspieler von ihnen.

Sie sagte: »Ich hoffe es.«

Auf der Rechnung stand eine Riesensumme. Doch getreu seinem Versprechen hatte Sam ihm genügend Geld mitgegeben, um sogar das Mehrfache dieses Betrages begleichen zu können.

»Ich bin überzeugt, daß sie heute abend keinen Teller mehr

abspülen müssen«, sagte die Kellnerin, die auf einen Wink des Empfangschefs hin die Rechnung auf einem Tablett gebracht hatte, während Bron das Geld abzählte. Die Spike verstand diese Anspielung nicht. Also mußte Bron ihr die Pointe des Witzes erklären.

Als sie wieder durch das Gras hügelab schlenderten (»können wir keinen Umweg machen?« forschte die Spike; und der Empfangschef erwiderte mit einer Verbeugung: »Aber natürlich.«) schäumte das Wasser jetzt zu ihrer Linken über die Felsen. Zu ihrer Rechten drehte eine andere Kellnerin im scharlachroten Frack einen Bratspieß über dem offenen Feuer einer gemauerten Herdstelle, an dem der Kadaver eines Schlachttieres zischelte, Saft verspritzte und fettig glänzte.

Die Spike sog witternd die Luft ein. »Wenn ich daran denke, was wir alles nicht probiert haben . . .«

Der Empfangschef sagte: »Sie müssen Madame noch einmal hierherbringen, Sir.«

»Aber so lange bleiben wir ja gar nicht hier!« rief sie aus. »Wir verlassen die Erde in . . . nun, viel zu früh!«

»Oh, das ist schade.«

Bron wünschte sich, der Empfangschef würde sie auf dem kürzesten Weg hinausführen. Er dachte daran, ihm ein lächerlich kleines, letztes Trinkgeld zu geben. Doch unter den großen, sich fächerförmig ausbreitenden Eingangskolonnaden drückte er ihm ein unverhältnismäßig großes Trinkgeld in die Hand. (»*Vielen* Dank, Sir!«) Die Spike hatte offensichtlich diesen ganzen nervenaufreibenden Abend hinreißend gefunden. Aber war das nicht der Sinn des Ganzen gewesen?

Bron war sehr betrunken und sehr deprimiert. Einen Moment lang – er war am Rand der purpurfarbenen Rampe ins Straucheln gekommen – dachte er (aber es war doch sein Territorium), er würde in Tränen ausbrechen.

Der Rückflug verlief sehr still.

Nur ein einziger Lakai begleitete sie diesmal, der schweigend an seinem kleinen Tisch saß.

Die Spike sagte, es wäre wunderbar, sich so entspannt zu fühlen. Und sie schlug vor, daß das Taxi noch vor der Stadt landen sollte.

»Das ist wirklich nicht nötig«, zierte sich lächelnd der Lakai, als Bron ihr eine Banknote hinhielt. »Sie sind mehr als großzügig gewesen!«

»Oh, nehmen Sie schon«, sagte Bron.

»Ja, nehmen Sie!« bestürmte die Spike ebenfalls das Mädchen. »Bitte! Wir haben so viel Spaß gehabt!«

Zum zweitenmal stiegen sie die Rampe hinunter.

Dämmerung?

Nein, nur ein fast voller Mond.

Das Lufttaxi hob sich wieder vom Boden und zog seinen Schatten über die breite Scharte, die die Ausgrabungsstätte in die Böschung der Straße geschlagen hatte.

»Weißt du . . .« begann die Spike mit verschränkten Armen,, während sie mit den Zehen den Saum ihres Kleides anhob, um nicht darauf zu treten –, »seit ich hierherkam, versuche ich, eine Episode in meinen Produktionen zu verarbeiten . . . Ich erlebte sie gleich am ersten Tag, als ich hier ankam. Es geschah am Ende einer pauschal gebuchten Drei-Tage-Besichtigungstour, und die Ausgrabungsstätte war von irdischen Touristen wie von Heuschrecken belagert – ich bin froh, daß dir das erspart blieb! Ein paar von den Jungs, die hier ernsthaft arbeiten, hatten sich dort drüben an der Straße zusammengerottet und nahmen sich ein Stück Felsboden vor. Es war nichts anderes als ein altes Stück Fels, verstehst du, aber die Touristen wußten das nicht – sie hingen dort in dicken Trauben herum und sahen zu. Die Jungs gingen mit Pinsel, Shellack über den Felsbrocken, feuerten Blitzlichter auf ihn ab, fertigten Skizzen von ihm an: Man hätte glauben können, die Jungs hätten den Stein von Rosetta entdeckt. Jedenfalls entwickelten sie eine fieberhafte Tätigkeit, bis sich ein Kreis von etwa fünfundzwanzig oder dreißig Zuschauern um den Stein bildete, die ehrfürchtig miteinander flüsterten und mit offenem Mund staunten. Dann, auf ein Signal hin, wichen die Jungs feierlich einen Schritt vor dem Stein zurück, während eine der etwas robusteren jungen Damen aus ihrer Reihe hervortrat und mit einem einzigen wuchtigen Schlag ihrer Spitzhacke den Stein zertrümmerte!

Und dann zogen sie alle ab, ohne ein Wort zu sagen, um wichtigere Dinge in Angriff zu nehmen und ließen eine Horde von verstörten Touristen zurück. Die Spike lachte. »Das nenne ich *echtes* Theater! Da fragt man sich, wofür wir unsere kostbare Zeit vergeuden.« Sie stand am Seil und blickte zu ihm zurück. »Aber wie könnten wir diesen Stoff präsentieren? Schauspieler, die die Rolle von Archäologiestudenten spielen, die wiederum ein Schauspiel geben? Nein, das ist ein Gag zuviel.« Sie lächelte und streckte ihm die Hand hin. »Komm! Wandle mit mir eine Weile zwischen Ruinen.« Sie kletterte über das Seil.

Er ebenfalls.

Kies rollte über seine Stiefel und kollerte drei Meter tief in ein mit Ziegeln ausgekleidetes Reinigungsbecken.

»Eine Narbe in der Erde«, sagte sie, »so weit abgetragen, daß noch ältere Narben hindurchschimmern. Seit der Besichtigungstour damals bin ich nicht mehr durch diese Gräben gegangen. Ich wollte sie mir noch einmal betrachten, ehe ich abreise.« Sie führte ihn einen steilen Schotterhang hinunter. Folien aus Polyäthylen waren mit Stiften auf dem Boden befestigt. In den Hang geschlagene Stufen wurden mit Brettern gesichert. »Ich liebe alte Dinge«, sagte sie. »Alte Ruinen, antike Restaurants, alte Leute.«

»Dort, wo wir wohnen, gibt es es zuwenig davon, nicht wahr?«

»Aber wir sind jetzt hier«, gab sie zurück, »auf der Erde in der Mongolei.«

Er turnte über einen Bretterhaufen hinweg. »Ich glaube, diese Welt könnte mir gefallen, wenn wir sie erst von ihren Bewohnern säubern.«

»In einer klaren Mondnacht wie dieser . . .« Sie fuhr mit dem Daumen über die Grabenwand neben ihnen – »sollte dir eigentlich etwas Originelleres einfallen . . .« und ihr Gesicht verzog sich.

Sie radierte mit ihrem Daumen an einer Stelle.

Noch mehr Sand rieselte zur Erde.

». . . was ist das?« Sie kratzte an irgendeinem Gegenstand in der Grabenwand, betrachtete ihn aus der Nähe und zog daran.

Er sagte: »Sollte man das nicht den Spezialisten . . .?«

Doch während sie mit der einen Hand schabte und kratzte, mit der anderen zog, kam es schon, eine Sandfontäne verspritzend, aus der Grabenwand. »Ich bin neugierig, was das sein könnte . . .« (Er sah den Lehm, der auf ihren bloßen Zehen zerschellte, sah, wie ihre Muskeln am Fuß mit dem Sand spielten.) Die Nische in der Grabenwand war größer als es dem Gegenstand eigentlich zustand, den sie in die Höhe hielt:

Eine mit Grünspan überzogene Metallscheibe von etwa drei Zoll Durchmesser.

Bron berührte sie mit einem Finger: »Das ist eine Art von . . . Astrolab.«

»Ein – was?«

»Ja, dieser Teil hier mit all den Perforationen – das ist der Meßregler. Und der kleine Zapfen in der Mitte wird Bock genannt. Dreh es um.«

Sie tat es.

»Und das da . . . sind vermutlich Meßtabellen.«

Sie hielt es in das Mondlicht. »Wofür war es gut –?« Sie bewegte etwas an der Rückseite, das sich mit einem kratzenden Geräusch drehte. »Mit Gewalt möchte ich es lieber nicht versuchen.«

»Das ist ein Mehrzweckgerät – Höhenmesser, Winkelmesser, Rechenschieber, astronomischer Kalender und so weiter.«

»Bron, das muß doch ein paar Millionen Jahre alt sein!«

Bron runzelte die Stirn. »Nein . . .«

»Ein paar tausend Jahre?«

»Zwei- oder dreihundert Jahre kämen der Wahrheit näher.«

»Brian meint, der Boden hier wäre sehr alkalisch.« Die Spike drehte das Instrument in der Hand, dessen eingeritzte Zeichen und Ziffern wie mit grünem Rauhreif überzogen waren. »Metallgegenstände überdauern hier, nun, schrecklich lange. Brian behauptet –« sie blickte auf die Erdhöcker und die Lehmhügel ringsum –, »daß das alles einmal richtige Berge gewesen sein sollen mit Schluchten und Felsen . . . Ich habe eine Idee!« Sie überließ Bron das Meßgerät und begann, sich den Handschuh abzustreifen. »Das ist auch so ein Meßgerät, mit dem man schieben und messen kann. Ich werde einen Tausch vornehmen. Wo hast du denn das alles gelernt, was das ist . . . Wie hast du es genannt?«

»Sprichst du von den Astrolabs?«

»Ja. Gab es solche Dinger auf dem Mars, als du noch ein kleines Kind warst?«

»Nein. Ich hatte nur . . . Ich weiß es nicht mehr. Solltest du das nicht lieber lassen?«

Der Handschuh mit seinen ineinanderpassenden Ringen füllte genau die Nische aus. Sie stopfte drei Hände voll Lehm hinterher.

»Das sieht nicht sehr überzeugend aus . . .«

»Das soll es aber!« Sie blickte auf die Stelle zurück, wo sie den Handschuh versteckt hatte. »Es würde keinen Spaß bringen, wenn sie es nicht fänden.« Sie bückte sich und nahm eine Maurerkelle aus einem Eimer, der auf der Grabensohle stand. Damit klopfte sie ein paar Steine in den Lehm, mit dem sie die Nische eingeebnet hatte. »So —« Sie wandte sich wieder Bron zu. Die Kelle fiel scheppernd in den Eimer. »— nun komm schon . . .« Sie führte ihn weiter durch das Labyrinth der Gräben. Und es entspann sich ein Gespräch, das viel verwickelter war als der kleine Irrgarten, in dem sie umherstreiften, indem sie ihm einerseits bedeutete, sie habe einen wunderschönen Abend verbracht, andererseits jedoch (als er seinen Arm um ihre Schultern legte), nein, sie würde heute nicht mit ihm ins Bett gehen. Offenbar meinte sie auch, was sie sagte, was ihn zuerst verärgerte, dann sein Schuldbewußtsein weckte und endlich eine Verstörtheit, denn sie führte laufend Gründe dafür an, denen er nicht zu folgen vermochte. Zweimal wurde er zudringlich, aber beim zweitenmal, (als er schon richtig grob wurde), boxte sie ihm mit den Ellenbogen kräftig in die Rippen und lief davon.

Drei Minuten lang glaubte er, sie verstecke sich nur. Aber sie hatte ihn tatsächlich stehenlassen.

Er ging in die Stadt zurück, über die schmale Steintreppe hinauf, während ein blasser Mondstrahl durch die Lücken der kleinen Häuser alle zwanzig Schritte wie ein Dolch nach ihm stach. Der Tadsch Mahal, dachte er. Und: Würstchen? . . . Der Tadsch Mahal — würde er es trotz allem noch besichtigen können? Er mußte Sam fragen, wie weit es von hier entfernt war — es war viel interessanter als Boston. Aber obwohl er schon alles wußte von den Lehmgruben im Süden des Bauwerks und die Geschichte der Königin kannte, die im Kindbett starb und im

Tadsch Mahal begraben war, war er sich nicht sicher, auf welchem Kontinent es stand – einem Kontinent, der mit einem großen A begann . . . Asien? Afrika? Australien? Hatte die Spike nicht gesagt, ehe sie sich handgreiflich auseinandesetzten, sie wolle ihm den Astrolab geben . . .?

Und im Glauben, er habe ihn, blickte er auf seine Hände, aber (er war in den Irrtum begriffen gewesen, der feuchte Klumpen in seiner linken Faust wäre ein zerknüllter Geldschein, den er wieder auseinanderfalten und in der Geldbörse verstauen wollte) sie waren beide leer.

6. OBJEKTIKVES WISSEN

Wenn ein Mann, der mit diesem Spiel vertraut ist, bei einem Schachspiel zuschaut, erlebt er in der Regel einen Zug auf dem Schachbrett anders als ein Zuschauer, der den selben Zug beobachtet, ohne das Spiel zu verstehen. Doch dieses Erlebnis ist nicht die Erkenntnis der Spielregeln.

Ludwig Wittgenstein/PHILOSOPHISCHE GRAMMATIK

»Hast du gestern einen angenehmen Abend verbracht?«

»Oh . . . yeah. Ja.«

»Nun komm schon«, sagte Sam. »Wir haben nur fünf Stunden Zeit bis zur Rückreise. Ich sprach eben mit Linda. Sie warten schon auf uns.«

»Wo?« fragte Bron schläfrig.

»Das ist nicht wichtig. Du bauchst dich nur anzuziehen und mitzukommen. Wie du weißt, ist ein Planet ein bißchen größer als ein Mond, also dauert es auch ein bißchen länger, von der einen Seite auf die andere zu gelangen.«

Trotzdem vertrödelten sie in dem Speiselokal beim Marktplatz eine gute halbe Stunde beim Frühstück. An ihrem Tisch saß noch ein Gräber, der sie in ein recht geistloses Gespräch verwickelte: »In den Nachrichten reden sie immer davon, daß es hunderte von politischen Parteien auf den Satelliten gibt, wo ihr beide herkommt.«

»Es sind nicht hunderte«, erwiderte Sam und nippte an der Tasse mit der Kraftbrühe. »Nicht mehr als dreißig oder siebenunddreißig Parteien, je nachdem auf welchem Satelliten man lebt.«

»Und wenn ihr eine Wahl veranstaltet, gewinnt keine von ihnen, nicht wahr?«

Bron sah, daß Sam es mit Humor versuchte: »Nein. Sie gewinnen alle. Für den Zeitraum, für den er gewählt ist, wird man von dem Vorsitzenden der Partei regiert, dem man seine Stimme gab. Aber sie stehen alle in ihren Ämtern gleichzeitig zur Verfügung. Und man kommt in den Genuß der Versprechungen, die die Partei, die man wählte, in ihrem Programm festschrieb. So ist für einen Wettbewerb zwischen den einzelnen

Parteien gesorgt, der in unserem politischen System sowohl für Individualität wie auch Stabilität sorgt.«

»Das klingt ziemlich verwirrend.« Der Gräber, der recht schmutzig aussah und ungefähr vierzehn Jahre alt sein mußte, grinste. Bron hielt sich nur zurück, weil ihm kein passendes Schimpfwort einfallen wollte.

Sam sagte: »Nun, es ist bei weitem nicht so verwirrend wie so manche Erklärung, mit der die Regierung sich hier bei euch rechtfertigt.« Aber er lächelte immer noch bei dieser Replik.

Zehn Minuten später gingen sie die Straße hinunter. Bron betrachtete stirnrunzelnd die Ausgrabungsstätte. Ein paar Dutzend Gräber drängten sich in einem Abschnitt der Ausgrabungsstätte zusammen (die Sonne war keine gelbe Scheibe auf blauem Hintergrund, wie sie immer dargestellt wurde, sondern ein konturloser weißgoldener Fleck, der trotzdem die Augen blendete), aber nicht in dem Graben, wo die Spike gestern ihren Handschuh versteckt hatte. In diesem Abschnitt des Grabensystems ebnete eine Planiermaschine den Boden ein.

Die Sonne lag gleißend auf der Plastikkuppel der Planierraupe. »Ich fürchte«, sagte Sam, »heute wird es einen brutheißen Tag geben, um mich nach Art der Einheimischen auszudrükken!«

»Was hat es für einen Sinn, die Sonne so nah und heiß vor der Haustür zu haben, wenn man sie nicht genießen kann?«

Sam lachte nur.

Sie gingen den Hügel hinauf.

Irgendwann während der Debatte gestern nacht zwischen den Ruinen war die Frage aufgetaucht, wann sie sich wiedersehen würden. Die Spike hatte ihm mehrere Antworten darauf gegeben, alle negativ, alle ausweichend und meistens unbegreiflich für ihn.

Sie gingen noch eine Weile zu Fuß. Dann fuhren sie. Dann flogen sie. Dann flogen sie noch einmal, aber dieser Flug wurde nicht mit der Landung beendet. Ihre Kabine wurde auf ein Schienenfahrzeug umgeladen, das jetzt unterirdisch dahinraste.

Schließlich wurden sie von einem Lautsprecher aufgefordert, in eine andere Kabine umzusteigen. Nachdem sie auch in dieser eine Weile durch die Dunkelheit gerast waren, beschied man ihnen, die Kabine durch den Steig B zu verlassen, was sie in einen langen, niedrigen grünschimmernden Korridor versetzte, in dem sich ein Transportband bewegte.

»Da vorne sind unsere Leute«, sagte Sam, in den Korridor hineindeutend, wo eine Gruppe von etwas mehr als ein Dutzend Leuten durch den Korridor hastete. »Wir müssen uns beeilen.«

Trotzdem dauerte es noch zwanzig Minuten, bis sie mit Hilfe des Transportbandes die Gruppe einholten.

»Oh, hallo, Sam!« sagte Linda mit einem Lächeln, das eine Verblüffung zeigte, die den Umständen nach eigentlich nicht berechtigt war. »Wir haben uns bereits Sorgen gemacht . . .« Sie sah sehr müde aus.

Das galt auch für die anderen. Manche schienen geradezu erschöpft zu sein.

Kam es daher, daß ihm einige aus der Reisegruppe ganz fremd vorkamen? Als sie durch die Tür in die luxuriös ausgestattete Kabine traten, mit ihren verschiedenen Galerien und Ruhesesseln, kam es Bron zu Bewußtsein, daß mindestens drei Leute aus ihrer Gruppe neu waren. Sam, der selbst ziemlich erschöpft aussah, legte lächelnd den Arm um die Schultern der plumpen Debby. Jemand reichte ihm einen Drink, und Bron wurde mit dem beunruhigenden Problem alleingelassen – da alle Sessel besetzt waren – *welche* drei Passagiere er vermißte.

Der Start war ziemlich rauh. Und auch die Raumschiffkabine war eine andere – oder inzwischen waren die Leuchtanzeigen auf dem Schirm repariert worden. Er hörte Gelächter, Konversation, Geschwätz – alles klang irgendwie gekünstelt.

Bron fragte sich, ob sie alle so ein Geheimnis mit sich herumtrugen wie er. Sein Ausflug in die Zelle der Irdischen war ihm mit bedrückender Klarheit wieder ins Gedächtnis gekommen, sobald sich die Türen der automatischen Kabine schlossen. Nach zehn Stunden Raumflug zweifelte er wieder daran, daß die Leute, die er beim Antritt der Rückreise als Neulinge identifizierte, nicht doch schon mit ihm zur Erde geflogen waren. Niemand widmete ihnen eine besondere Bemerkung, jeder schien sie bereits zu kennen.

Doch fünf Stunden später, nachdem er sich in der Kabine

umgesehen hatte, wo die künstliche Schwerkraft abgeschaltet war, und dann die Passagiere im Swimmingpool abhakte, hatte er eine der vermißten Personen einwandfrei identifiziert.

Er füllte sein Glas nach und ging auf den rothaarigen Mann zu, der auf der Herreise so heftig aus der Schule geplaudert hatte.

Der Mann, der ihm auch durch seinen zwerghaften Wuchs aufgefallen war, saß auf einer Couch, und sein Glas hing schwer zwischen seinen knochigen Fingern.

Bron sagte: »Was ich Sie gerne fragen wollte – was ist denn aus der bezaubernden Orientalin geworden, die Ihnen auf dem Hinflug am Vlet-Brett Gesellschaft leistete?«

Der Rothaarige blickte ihn scharf an, eine steile Falte auf der Stirn. Dann sackten seine Schultern nach vorn, und die Erschöpfung, die Bron wie ein allgemeines Markenzeichen empfand, setzte sich auf dem Gesicht des Lilliputaners wieder durch. »Ich vermute . . .« Der Rothaarige blickte wieder nach unten auf sein Glas, das er zwischen den Fingern drehte – »die Chancen, daß sie tot ist, sind überwältigend.«

Das traf nun Bron wieder wie ein Schlag. (Ein Passagier, der gerade vorbeikam, blickte sie an und sah dann wieder weg). Kalte Schauer liefen über seinen Rücken.

Der Rothaarige hob wieder die Augen. »Es *war* eine politische Mission.« Seine Stimme war leise und gepreßt. »Viele von uns befanden sich in großer Gefahr. Alle standen unter Druck. Und . . . nun, jetzt sind wir ebenfalls im Krieg.« Er holte tief Luft, blickte zu den Sternen hinaus und setzte dann ihr Gespräch in einem Plauderton fort, der keinen Sinnbezug zur Gegenwart besaß. Eine Technik, die Bron bisher schon zweimal aufgefallen war. Diesmal beschwerte er sich sogar ein bißchen verärgert darüber. Der Rothaarige lachte und erklärte, daß er sich diesen Konversationsstil angeeignet hatte, als er tatsächlich aktiv für den Nachrichtendienst tätig war – »Dort wird alles, was Sie sagen, wirklich gegen Sie verwendet.« – Und anschließend schlachtete er Bron in drei Spielen hintereinander auf seinem kleinen Reise-Vlet-Brett; zum Glück dauerte jedes Spiel nicht länger als vierzig Minuten. »Aber ich bin davon überzeugt«, sagte der Rothaarige, um einen persönlichen Ausklang zu schaffen, »wenn Sie das nächstemal gegen jemand anderen spielen, werden Sie einen erheblichen Fortschritt bei sich feststellen.« Bron hatte bereits im Keim eine dieser so lästig fallenden Freundschaften entdeckt, die ihm so oft angetragen wurden, soweit er überhaupt für eine Freundschaft zugänglich war. Dieses Verhängnis bestätigte sich ihm, als der Rothaarige, in einer seiner Anekdoten ein seltsames Ereignis aus seinem Leben in einer männlichen gleichgeschlechtlichen Kommune erzählte, was zudem ein recht merkwürdiges Licht auf die eigenartige Geschichte diese Kommune warf. Und der Rothaarige, stellte Bron fest, war einer von diesen Homos, die dir keinen direkten Antrag machen und dir zu der Genugtuung verhelfen, ihnen ins Gesicht sagen zu können, sie sollten sich zum Teufel scheren. Nicht, daß Bron sie jemals auf eine solch vehemente Weise abfahren ließ; er sagte nur so höflich, wie es die Situation erlaubte, nein, danke. Ein paarmal passierte es ihm als junger Mann auf dem Mars, daß jemand seine Höflichkeit als Einladung auffaßte, zudringlich zu werden, so daß Bron bei einem sogar zuschlagen mußte. (Das Bild der Spike, die ihm in jener Nacht zwischen den Ruinen auf der Erde mit den Ellenbogen in die Rippen boxte, wurde wieder lebendig und reizte ihn zum Lächeln). Doch je älter du wirst, umso seltener wirst du angemacht, besonders, wenn du größer bist als einsachtzig. (Alle diese Gedanken waren natürlich nicht zusammenhängend, sondern zeigten sich sporadisch in den folgenden siebzig Stunden.)

Und peripher erfuhr Bron, als Zuhörer bei einer Reihe anderer Gespräche und hin und wieder ein Wort aufschnappend, ohne zum eigentlichen Zuhörerkreis zu gehören (sich auf eine Schlüsselfrage besinnend, doch stumm gehalten von der Furcht, etwas Dummes zu sagen), daß, während Sam ihn in der Mongolei aus der Schußlinie entfernt und in Sicherheit gebracht hatte, unglaubliche Vergeltungen geübt worden waren und daß, obgleich es eigentlich niemand wundern konnte, »wir« niemand anderes war als natürlich Triton, das sich jetzt im Kriegszustand befand.

Sam erklärte Bron inmitten mindestens einem halben Dutzend simultaner Gespräche, nein, er würde heute nicht in die

Co-Op zurückkehren; er, Linda und Debby hatten es jetzt natürlich eilig, zu ihren Familien in Lux heimzukehren. Eine Stimme zirpte über ihm mit erstaunlich schwacher High-Fidelity: »Bron Helstrom wird gebeten, sich zu einem der blauen Telefone zu begeben. Bron Helstrom möchte sich bitte an eines der blauen . . .«

Bron entschuldigte sich.

»Und sag dem alten Piraten einen schönen Gruß von mir, wenn du nach Hause kommst«, rief Sam ihm nach. »Ich hoffe, du gewinnst ihm beim Spiel jetzt den Haarkranz von der Platte ab . . .«

Am Telefon (»Ja, worum geht es?«) sagten sie ihm, da wäre ein Brief für ihn und – oh, entschuldigen Sie: offensichtlich war er schon an seine Co-Op weitergeschickt worden. Tatsächlich war er mit dem gleichen Raumschiff von der Erde gekommen, mit dem er sich . . .

»Von der Erde?«

Richtig. Und es täte ihnen schrecklich leid. Sie wären gerade dabei, ihm den Brief so rasch wie möglich zuzustellen, aber offensichtlich hatte es da eine Panne gegeben . . .

»Ja, aber warum rufen Sie mich dann unterwegs an?«

Unterwegs nach Hause?

»Ja!«

Wenn es sich um eine wichtige Botschaft handelte und er sich in der Nähe einer Ausgabestelle der Post befand, brauchte er nur seine Kennkarte vorzulegen, und man würde ihm sofort ein Faksimile der Regierung seines Briefes aushändigen . . .

»Und wie kommt die Regierung dazu, meine private Post zu kopieren?« (Die Post war ein Genossenschaftsunternehmen, keine Regierungsbehörde.)

Sie befänden sich im Krieg, erklärte man ihm gereizt. Außerdem käme er ja gerade von einer geheimen Erkundungsmission nach Triton zurück, wie er ohne Zweifel wisse, und daß er auch nach der Landung für mindestens zweiundsiebzig Stunden zu seinem eigenen Schutz noch der Überwachung durch die Regierung unterliege. Nun, würde er deshalb die ihm gebotene Möglichkeit ausnutzen und den Brief abholen, ehe er nach Hause käme?

»Ja!« sagte Bron, »Vielen Dank!« Er legte auf und wandte sich ärgerlich vom Apparat ab.

Der kleine Rothaarige, der sich darum bemüht hatte, mit ihm die Transportkabine nach Tethys zu teilen, war der einzige, der noch auf ihn wartete.

»Scheint, als habe ich eben einen Brief von meiner Freundin erhalten«, erklärte ihm Bron, wobei ihm die Möglichkeit bewußt wurde, es könnte sich auch um eine offizielle Entschuldigung der irdischen Polizei (der Vollzugsgirls, oder, wie zum Teufel sie diese Leute auf der Erde nannten) wegen ihrer schikanösen Verhörmethoden handeln. »Aber sie haben ihn offenbar versehentlich schon vorausgeschickt.« Eine Entschuldigung von der Spike? Er lächelte. Nun, das hatte er erwartet. Aber ehrlich gesagt empfand er gar nicht, daß sie sich so verhalten hatte, daß dafür eine Entschuldigung nötig war. »Ich muß noch einmal weg und den Brief abholen. Ich habe die Spiele mit Ihnen wirklich genossen. Ich bin sicher, wir werden uns wieder einmal begegnen – Tethys ist ja keine so große Stadt, und einem Bekannten kann man dort eigentlich gar nicht ausweichen.«

»Wir werden uns wahrscheinlich nicht wiedersehen«, sagte der Rothaarige mit einem hintergründigen Lächeln. »Ich wohne nicht in Tethys.«

»Oh«, erwiderte Bron, »ich dachte, Sie sagten, Sie wohnten in einem – oh, Ihre Co-Op befindet sich gar nicht *in* der Stadt.«

»Das ist richtig.« Und der Rothaarige begann lebhaft ein anderes Thema, bis sie die Transportkabine erreicht hatten. »Oh, dürfte ich Sie um einen mir etwas peinlichen Gefallen bitten: Könnten Sie die Transportkosten mit einer Ihrer Kreditmarken bezahlen. Es ist nur ein halber Franq zu Ihren Lasten; ich weiß, es ist so lächerlich, aber . . .«

»Aber sicher«, erwiderte Bron, öffnete seine Börse und suchte nach einer halben Franqen-Münze. Er schob sie in einen der Wechselschlitze neben der Eingangstür. (Er hatte immer noch ein paar Geldscheine übrig; aber Sam schien diese Angelegenheit vergessen zu haben.) Das grüne Licht flackerte auf, und die Münze rollte wieder in Brons Hand zurück.

»Vielen Dank«, sagte der Rothaarige und schritt durch die Schranke.

Bron schob die Münze zum zweitenmal hinein; wieder blinkte das Licht, wieder kam die Münze in seine Hand zurück (und irgendwo wurden zwei Tarife für die Strecke mit seinem Arbeitskredit auf einem streng geheimgehaltenen Band von der Regierung verrechnet); er schob die Münze wieder in seine Börse, folgte dem Rothaarigen bis zum Bahnsteig und dachte sich Gründe von paranoider Komplexität aus, weshalb der Rothaarige seine Adresse in der Stadt geheimhalten wollte. Schließlich gehörte die Benutzung öffentlicher Transportmittel zu den unabweisbaren Kredit-Diensten (»Wohlfahrt« würden die Tölpel auf der Erde dazu sagen).

Sie fuhren eine Weile in der gleichen Kabine. Dann sagte der Rothaarige Lebewohl und stieg aus. (Brons Phantasie war inzwischen bis zum anderen Extrem vorgedrungen: Der Rothaarige war wahrscheinlich nur ein geiziger Kreditschnorrer. Ein ehemaliger Nachrichtendienst-Mann, ha!) Er begriff, als die Türen sich wieder schlossen, daß er tatsächlich keine Vorstellung besaß, wo dieser Mann lebte (in einer anderen Stadt? Auf einem anderen Mond?); er kannte nicht einmal seinen Namen. Hatte er tatsächlich behauptet, er wohnte in einer gleichgeschlechtlichen Co-Op, oder sagte er vielmehr, daß irgendein anderer dort lebte? Er hatte alles so gekünstelt vage und zweideutig gehalten. Vergiß es! Bron dachte: Oh, vergiß es. Er stand auf, während der Boden unter ihm schwankte, und stellte sich an die Türen. Wenn er seinen Brief bei jeder Postausgabe abholen konnte, sollte er es am besten hier tun, ehe er nach Hause kam.

Der Transport hielt in der Station der Plaza des Lichtes.

*

Er erwartete, den Inhalt des Briefes auf dem Bildschirm ablesen zu können, der über dem Kartenschlitz angebracht war (denn wozu war der Schirm sonst da?). Doch statt dessen schob ein größerer Schlitz in Kniehöhe langsam den schwarz und gold umrandeten Umschlag der Raum-Post heraus. Er zog daran, als nur noch ein zollbreites Stück vom Umschlag fehlte. (Im Kasten erfolgte ein knarrender Protest). Quer über den grauen Umschlag aus dünnem, leichten Papier, eine Ecke seiner Kenn-

Nummer überlagernd, war in großen, rosaroten Buchstaben gedruckt:

REGIERUNGSFAKSIMILE

In der linken oberen Ecke stand: »Gene Trimbell (die Spike)«, doch statt ihrer Kenn-Nummer (die ihren Post-Zustellungscode enthielt, so daß ein Brief sie überall im Sonnensystem erreichen konnte) stand eine altmodische Rücksendeadresse unter ihrem Namen:

Lahesh, Mongolei 49-000-Bl-pz
Asien, Erde.

Bron steckte seine Kennkarten wieder ein und ging durch die Halle, die mit schemenhaften farbigen Mosaikmustern ausgekleidet war – ein Abglanz der Lichtspiele in der Glasfassade des Gebäudes gegenüber. Er ging durch den Bogen hinaus auf die Plaza, fand eine freie Bank und setzte sich. Ihm gegenüber saßen zwei nervös aussehende Frauen (eine davon war nackt). Wie gewöhnlich war die Plaza am frühen Nachmittag fast leer. Er öffnete den Umschlag ruckweise mit dem Fingernagel, entfaltete den Brief (quer über eine obere Ecke war wieder mit rosaroten Buchstaben gestempelt: REGIERUNGSFAKSIMILE) und vertiefte sich darin. Er erkannte die fehlerhaft interpretierte, an falschen Stellen mit Großbuchstaben versehene Kopie eines ersten Entwurfs von einem Stimmschreiber. Wenn er die verrutschten, mit vielen Schnörkeln versehenen Schrifttypen berücksichtigte, mußte es wahrscheinlich ein längst überholter Stimmschreiber gewesen sein. Er beugte sich über seine Knie und las:

Bron, lieber einen Doppelpunkt setzen, nicht einen Gedankenstrich – die Welt ist nur ein Dorf – setze das in kursiv. Und die Monde sind sogar noch kleiner. Als ich dir hier begegnete, wurde mir klar, wie klein – kursiv. In einer kleinen Welt, wo du vor diese unangenehme Wahl gestellt wirst, entweder grob zu sein oder gut erzogen, und nachdem du es mit den guten Manieren versuchtest und sie dich offensichtlich nicht ans Ziel brachten, nehme ich an, daß du jetzt grob sein mußt Punkt Grob gesagt, ich möchte keine Affäre mit dir haben Semikolon ich fühle mich nicht einmal sonderlich geneigt zu einer Freundschaft mit dir Punkt.

Wenn es jetzt sieben Uhr abends wäre statt zwei Uhr morgens würde ich den Brief hier nur noch unterschreiben und abschikken, aber es ist zwei Uhr morgens und das Licht eines echten Vollmonds kommt über die Berge von Lahesh und verzaubert den Regen, der seit drei Minuten gegen mein Fenster pocht Gedankenstrich seltsam, er hat eben aufgehört Gedankenstrich und echte Heimchen die irgendwo in den Sparren hausen Gedankenstrich eine Zeit, die sich anbietet zu hoffentlich ruhigen und vermutlich rationalen Erklärungen Semikolon und vielleicht zu der Illussion, daß diese Erklärungen, wie schmerzlich sie anfangs sein mögen, helfen können.

Was will ich dir erklären?

Daß ich nicht den Typ mag, den du darstellst. Oder daß der Typ, den ich personifiziere, dir nicht gefällt. Oder ganz einfach: ich *kursiv* mag dich nicht. Habe ich hier den Doppelpunkt gesetzt? Ja.

Und es ist ganz und gar nicht so selbstlos, wie es sich anhört. Ich bin wütend – auf das Universum, weil es eine Person wie dich hervorbringt – und ich möchte Kohlen auf dein Haupt sammeln. Ich möchte sie anzünden. Was mich frustriert ist – und es wurde heute nacht ganz deutlich – daß du *kursiv* dich an irgendeinen Kodex des guten Betragens klammerst, des richtigen Auftretens oder des richtigen Verhaltens, und trotzdem bist du so faul in deinem Gefühlsleben, daß du nicht imstande bist, den einzigen gültigen Grund in dein Verhalten einzubauen, der die Entstehung so eines Kodex rechtfertigen kann: die Menschen unbeschwerter zu machen, sich wohlfühlen zu lassen, eine soziale Gemeinschaft zu fördern. Wenn dir das jemals gelingt, dann nur bei einem Menschen, der diese Verhaltensregeln vor hundert Jahren ersann. Nur in einer Beziehung scheinst du bereit zu sein, dein eigenes Verhalten zu kritisieren Klammer ein einziges Mal beobachtete ich, wie dieser Gedanke über dein Gesicht wanderte; du kannst deine Gefühle nur schwer verbergen; und solche Leute können es sich einfach nicht leisten, sich auf ihre Erscheinung zu verlassen Klammer zu, daß nämlich deine Version dieses Verhaltenskodex schon seit zehn Jahren überholt wäre. Dabei warst du so schrecklich blind für das Wesentliche, daß ich fast geweint hätte.

Aber ich werde schon wieder so hoffnungslos abstrakt.
Ich mag Absatz
dich Absatz
nicht

weil: deine Annahme, nur weil ich im Bühnengeschäft tätig bin, würde ich automatisch deinen homosexuellen Freund mögen, war für mich eine Beleidigung: Ich war amüsiert/verärgert über deine Hartnäckigkeit, immer nur von dir zu reden und über deine Belustigung bis zur Verärgerung, daß ich es wagen könnte, über mich selbst zu sprechen. Meiner Ansicht nach hast du dich einfach schrecklich verhalten, als du Miriamne den Job wegnahmst. Sie kam schließlich zu dem Ergebnis, es gäbe mildernde Umstände für dich. Von den drei Erklärungen, die ich dafür habe, lautet die großzügigste Version, daß du glaubtest, sie habe eine Affäre mit mir und du wärst auf eine schrecklich verklemmte Art eifersüchtig. Die anderen beiden Gründe möchte ich gar nicht erst nennen. Alle drei zusammen stempeln dich als eine schreckliche Person ab. Ja, ich genoß es, heute abend mit dir in dieses Restaurant zu gehen und freute mich auf die Chance, mit dir zu reden. Doch – das geringste Vergehen deinerseits, aber vielleicht der kleine Tropfen, der das Faß zum Überlaufen brachte – mich körperlich gegen jemand verteidigen zu müssen, der mit dir ins Bett gehen möchte, wenn du nicht dazu aufgelegt bist, ist etwas, wofür ich großes Verständnis aufbrachte, als ich noch zwanzig war (und wie oft passierte es mir damals? Dreimal, Fünfmal? Fünfeinhalbmal?). Ich bin inzwischen vierunddreißig und bringe dieses Verständnis nicht mehr auf. Wenigstens nicht bei Leuten, die sich im gleichen Alter befinden. Ja, du bist mein Typ, deshalb ist es ja auch so weit mit uns gekommen. Ich habe bisher nur einen einzigen Mann in meinem Leben getroffen, der dir in etwa ähnlich ist – nicht mein Typ – ebenfalls vom Mars und mit Metalogik beschäftigt – was sagst du dazu? Aber das liegt schon so lange zurück, daß ich es schon fast vergessen hatte.

Faul in deinem Gemütsleben?

Worin besteht der Unterschied zwischen deinem Zustand und seelisch Geschädigten? Ein seelisch Verkrüppelter? Ein an seelischer Atrophie Leidender? Vielleicht ist es gar nicht deine Schuld. Vielleicht wurdest du als Baby nicht genügend gehätschelt. Vielleicht hattest du einfach nicht die Leute um dich, die dir ein Beispiel gaben, was Zuwendung für einen anderen bedeutet. Vielleicht weil du ich zitiere meinst, du liebst mich Zitat Ende ich sollte deinen Fall übernehmen. Ich werde es nicht tun, denn es gibt andere Leute, von denen ich manche liebe, manche nicht, die auch meine Hilfe brauchen und, wenn ich sie ihnen gebe, scheine ich damit etwas zu erreichen, was ich sehen kann. Ganz zu schweigen von den Dingen, wo ich selbst Hilfe brauche. Nach den Begriffen seelischer Energien, wie ich sie habe, scheinst du ein hoffnungsloser Fall zu sein. Du sagst, du liebtest mich. Ja, ich habe andere geliebt und weiß, was das für ein Gefühl ist: wenn du jemanden liebst, möchtest du ihm in jeder nur möglichen Weise helfen. Möchtest du mir helfen? Dann halte dich aus meinem Leben heraus und laß mich alleine// He, was tust du denn jetzt noch?// Schreibe einen Brief, leg dich wieder hin und schlafe// Wie ist denn dein Abend im Krähennest verlaufen?// Er war okay, nun geh schon, bitte// He, hör mal – warum gibst du ihm nicht einfach den Laufpaß und sagst ihm, er soll sich verdrücken: Versteh mich richtig – du hast für diesen Burschen, von dem du so beharrlich behauptest, er gefiele dir, mehr Zeit aufgewendet, über alles nachzugrübeln, was er getan hat, und dich damit herumgequält, als für deine letzten drei Theaterinszenierungen// Das tue ich ja gerade, ihm den Laufpaß geben, also gehe zurück ins Bett und schlafe// Sage ihm, es ist vorbei// Ich sagte doch eben, das habe ich bereits getan// Oh, He, nun, he, es tut mir leid. Ich wußte nicht – hm – dein Brief sieht eher nach einem ersten Rohentwurf aus, ich meine, ich könnte ihn für dich in die Korrekturmaschine sprechen, wenn du das willst und// Ist dieses verdammte Ding immer noch angestellt? Oh, zum . . .// Hör zu, ich erledige das für dich, damit du dich niederlegen und ein paar Stunden schlafen kannst// Nein, bemüh dich nicht, ich sende ihn so ab, wie er ist. Ich habe nicht die . . .

*

Und dann kam nichts mehr.

Die Einleitung hatte in ihm eine Art von kaltem Schock ausgelöst. Benommen las er bis zum Ende – nicht so sehr mit einem Gefühl der Vertrautheit, sondern als läse er etwas, von dem er gehört hatte, es sei einem Dritten zugestoßen. Er beendete die Lektüre des letzten Absatzes mit einer wachsenden Neugier, ob es Charo oder Windy gewesen war, mit dem sie redete (irgendwie schien es wichtig, das zu wissen); dann hatte die Frustration plötzlich die Wendemarke erreicht. Was, zum Teufel, hatte sie ihnen von ihm erzählt? (Wenn nicht gar ihrer ganzen Theatertruppe?) Der Ärger wallte auf. Der Typ von Persönlichkeit, den *er* darstellte? Er kannte *ihren* Typ nur so gut! Woher nahm sie diese anmaßende Behauptung, persönliche Motive seien im Spiel gewesen, als er diese verrückte Lesbische entließ? Jeder wurde heute entlassen. Sogar *er selbst!* Sah sie denn nicht, daß es mit allen bergab ging? Sie befanden sich im Krieg! Und sich beleidigt zu fühlen, weil er sie einem Mann vorstellen wollte, der wahrscheinlich sein bester Freund war! Und sie hatte sich gegen ihn wehren müssen? Nun, dachte er, wenn du verhindern willst, daß dir jemand einen Antrag macht, dann stelle das von Anfang an klar! Und dieser Unsinn, sie „quäle" sich seinetwegen! Hatte er sie etwa mit der Tatsache befrachtet, die wirklich Mitleid verdiente? Er war verhaftet worden; gewissermaßen gefoltert – gewissermaßen? Er *war* gefoltert worden! Und hatte er sich ihr gegenüber beklagt über das, was man ihm angetan hatte? (Dieser Quatsch, er sei nicht imstande, seine Gefühle zu verbergen! Ganz gewiß hatte er *das* für sich behalten!) Sie war eine beschränkte Schauspielerin, die vermutlich in ihrem ganzen Leben noch keine echte Gefühlsregung erlebte!

Und er hatte so etwas *geliebt?*

Nur hier mußte er sich Schelte gefallen lassen! Wie konnte jemand mit gesundem Menschenverstand so eine seichte und anmaßende und wertlose und eingebildete Person lieben . . .?"

Heftiger atmend kniete er sich noch einmal in den Brief hinein. Der erste Teil? Diesmal schien er von Anfang an hirnrissig. Sie *mußte* verrückt sein! Wenn sie wirklich glaubte, er habe alle diese Sachen verbrochen, die sie ihm im zweiten Teil des Briefes vorwarf, warum hatte sie dann überhaupt ihre Zeit mit ihm verbracht? Offenbar vermochte sie gar nicht alles zu glauben, was sie da sagte. Warum sie dann überhaupt aussprechen? Warum sie auch nur andeuten? Sie war verrückt *und* gemein! Dieses melodramatische Geschwätz vom Regen im Mondlicht und ihrer Hilfsbereitschaft für andere. (Dann hatte sie ihn mit den Ellenbogen geboxt, um mit einem anderen ins Bett zu kriechen, dem sie erzählen konnte, was für ein schrecklicher Kerl er sei!) Wie hatte er sich nur so weit gehenlassen können für jemanden, der so offenkundig hirnverbrannt und krank war wie ... In welchem Moment die bekleidete Frau auf der Bank gegenüber aufstand, taumelte, einen Schritt auf ihn zukam, sich am Hals packte und gurgelnde Geräusche erzeugte.

Bron blickte hoch, holte tief Luft, noch vollgepumpt von seinem Ärger: das brachte ihm keine Erleichterung. Und er hatte ein schmerzhaftes taubes Gefühl in den Ohren.

Irendwo jenseits der Plaza schrie jemand.

Dann spürte er eine Brise im Nacken, die rasch an Stärke wuchs. Und wuchs. Und wuchs. Und wuchs – Bron stand plötzlich schwankend vor der Bank. Der Krieg! dachte er. Es muß der Krieg ...! Die Sturmbö hinter ihm schob ihn drei Schritte nach vorn. Der Brief wurde ihm entrissen und flog flatternd, wie eine zerknickte Schiefertafel, gegen den Kiosk der Transportstation, die, als wäre der Brief ein schweres Geschoß, in sich zusammensackte. Ein Stück von der Dachverkleidung löste sich und wirbelte davon, hüpfte über die Plaza, traf einen Mann, der auf die Knie brach und sich den Kopf hielt, und zerschmetterte ein Schaufenster.

Und nun brach auch die andere Wand des Kiosk zusammen, blätterte auseinander und rutschte über die Kreuzung.

Und es wurde dunkel.

Hin- und herschwankend im Sturm blickte Bron zum Himmel. Die Farben des Sensorschildes erloschen fleckenweise zu einem Schwarz, das plötzlich leerer war als alles, was er bisher gesehen hatte. Die beleuchteten Datumsanzeigen an der Plaza waren ebenfalls erloschen. Und die Sterne! – Ein Viertel des Himmels war schwarz! *Mehr* als ein Viertel! Sie glichen den weißglühenden Spitzen langer Nadeln, die auf ihn hinunterstießen und nur noch ein paar Zoll von ihm entfernt waren. Und dieses Brüllen! Irgendwo staute sich etwas und bäumte sich auf und dann . . . riß es sich los! Bron wurde nach hinten geschleudert. Seine Knie kollidierten mit der Bank; er fiel, packte die Sitzfläche, spürte, daß ein anderer so heftig gegen die Bank geschleudert wurde, daß sie laut dröhnte. Er warf sich auf die Erde und krallte sich am Boden fest. Noch etwas traf die Bank und zerschmetterte sie. Brons Augen wurden von dem brüllenden, schneidenden Sturm gewaltsam geöffnet. Irgendwo liefen Leute und schrien. Dann legte das Brüllen des Sturms einen Keil zwischen sie und ihn; die Bank bebte und löste sich aus ihrer Verankerung, und Bron stand wieder und lief. Der Sturm, der jetzt links von ihm an Stärke noch zunahm, änderte seinen Kurs. Nach sechs Schritten, fast um neunzig Grad, und warf ihn hinunter und auf die Knie und auf die Hände. Er rappelte sich wieder auf, und machte wieder einen Schritt und – stürzte in Zeitlupe, während seinen Lungen die Luft wieder entrissen wurde. Sein Gesicht, seine Augen und seine Ohren brannten. Er rollte über den Boden, der sich langsam unter ihm hob; und nicht weit von ihm entfernt (er spürte es) aufbrach.

Dann fiel die Luft mit einem Brüllen wieder an ihren alten Platz zurück. Das Pflaster unter seiner Handfläche barst – nur ein kurzes Stück. Kleine Dinge regneten auf seine Wangen, seine Beine und Hände herunter. Seine Augen waren Schlitze. Er war wieder auf den Beinen und lief. Hatte ihn etwas an der Hüfte getroffen? Es tat schrecklich weh. Er rannte mit den Schmerzen weiter.

Lichter, hier und dort, in seinen Augen, aus denen die Tränen schossen. Lichtfragmente einer unwirklichen Stadt. Er blieb stehen. Der Wind tobte immer noch, aber, wie er plötzlich bemerkte, nicht in seiner Nähe. Irgendwo, ziemlich weit weg, fiel etwas Gewaltiges in sich zusammen und brauchte sehr lange, bis es Ereignis geworden war.

Plötzlich rannten Dutzende von Menschen neben ihm her – und er drehte sich um, sie zu betrachten, während er auf einen Hauseingang zusteuerte. Er rannte erneut, denn die Straße wurde unter seinen Füßen zu Schutt. Zuerst dachte er, der Boden unter ihm sei zertrümmert. Nein, nur die Wand des Gebäudes neben ihm war eingestürzt (er stolperte über zerbrochene

Platten aus Spannplastik, zertrümmertes Styropur und bröckelnden Schaumstoff). Er trat auf ein Stück geformtes Styropur, das sich bewegte. Er blickte nach unten. Ein Arm schaute darunter hervor – was ihn zum Anhalten zwang.

Es mußte sich um das Mannequin eines Modehauses handeln oder vielleicht einer . . .

Die Hand, deren Innenseite nach oben gerichtet war, schloß sich plötzlich zur Faust (mit metallisch schimmernden, vielfarbigen Fingernägeln). Bron lief weiter.

Zwanzig Yards später hielt er erneut an und drehte sich um: Zurück, dachte er, ich muß wieder zurücklaufen . . .

Zuerst hörte er sie, dann sah er, wie sie um die Ecke bogen – vielleicht zwanzig, vielleicht fünfzig. Sie teilten sich vor ihm.

Dann packte ihn einer beim Arm und schwenkte ihn herum: »Du Narr! Du verdammter Narr! In dieser Richtung ist kein Durchkommen!« brüllte sie ihm ins Gesicht. »Dort ist der Zusammenbruch ja passiert«, und damit lief sie weiter. Bron folgte ihr, sich wundernd, was zusammengebrochen war und wo. Er war jetzt in Panik, und das blanke Entsetzen saß ihm schmerzhaft in der Kehle und auf der Rückseite seiner Knie.

Vor ihm blieben die Leute plötzlich stehen.

Jemand sagte laut: »Hier können Sie nicht durch! Es tut mir leid! Hier geht es nicht!«

Die Leute wogten durcheinander. Zwischen ihnen sah er eine Absperrkette von E-Girls. (Die Wortführerin war eine Frau). Leute schoben hinter ihm nach.

»Sie können diesen Bereich nicht betreten! Es ist zu gefährlich. Treten Sie zurück!«

Leute, Enttäuschung im Gesicht, flossen nach links und nach rechts.

Bron entschied sich für rechts – das Straßenzeichen (hier in dem lizensierten Teil der Stadt, wo die Koordinaten grün waren) sagte ihm, daß er nur noch zwei Blocks von seiner Co-Op entfernt war; was ihn überraschte; er hatte nicht gewußt, daß er so weit gerannt war.

Doch wenn er der Straße folgte, auf der er sich befand, würde er in den nicht lizensierten Sektor gelangen – was ihm plötzlich als die unsinnigste Verhaltensweise erschien: Der Höhepunkt einer militärischen Krise war nicht der richtige Moment, sich in dem U-L herumzutreiben! Der Wind war wieder stärker geworden, aber er blies stetig – wenn man genauer darüber nachdachte, war das noch unheimlicher als ein plötzlicher Windstoß, der dann wieder abebbte, denn die Rückschlüsse . . .

Er hörte sie, wie sie näherkamen; Leute hielten wieder an, wichen zurück, doch Bron drängte sich vorwärts. Er folgte keiner festen noch ausdrücklichen Vorstellung. Er spürte nur ein Verlangen, nach Hause zu gehen, ohne intellektuelle Einsicht in die Methode oder das Ziel seines Verlangens.

Während er das verwobene Netz der Geräusche in seine Silbenketten aufzulösen versuchte, erreichte er den vorderen Rand der Menge.

Die Murmler, zerlumpt und mit krummen Rücken, schlurften im restlichen Viertellicht des Himmels auf ihn zu.

Sich auf Peinlichkeiten gefaßt machend, trat er vor, keilte sich zwischen sie, schloß die Augen (der Gestank! dachte er verwundert. Er hatte vergessen, wie säuerlich und ungewaschen sie rochen!) neigte den Kopf vor und begann im Takt mit ihnen zu schlurfen. Er begann sein *Mimimomomizolalil* . . . aber schon nach einem Dutzend Silben verlor er den Anschluß. So beschränkte sich seine Zunge im Takt mit seinen schlurfenden Sandalen auf unsinnige Laute, die der Zufall ihm eingab. Einmal, zwischen geschlossenen Lidern, blinzelte er zur Seite und fing einen Blick aus einem schorfigen Gesicht neben sich auf: Die Frau ermahnte ihn zum Murmeln. Bron tat es ebenfalls. Und schlurfte weiter.

Es war ein Gefühl der Leichtigkeit, fast der Freude, das Empfinden, daß Gründe und Verantwortung, Erklärungen und Buße von ihm abfielen, sich auflösten. Ist es das, dachte er, wohlwissend, daß ein echter Murmler nicht denken sollte), was ich schon immer hätte tun sollen? Gehörte er schlichtweg zu jener Sorte von Trotteln, die nur durch eine kriegerische Katastrophe zur Erleuchtung zu bringen waren? Er murmelte seinen Unsinn, vermied es, durch die Nase zu atmen, und dachte: Ich will ein Novize werden! Ich will studieren. Ich will der sinnlichen Welt entsagen, um den blinden Reiseweg zur Ewigkeit zu wählen. Irgend etwas brach rechts von ihnen zusammen.

Ein paar Leute stießen gegen ihn.

Seine Schultern taten jetzt ebenfalls weh – vom Gebeugtgehen. Er straffte sie etwas, versuchte, ein wenig aufrechter zu stehen, nur den Kopf zu neigen – was einen stechenden Schmerz in seinem Nacken auslöste, daß er sich dort kratzen mußte. Ein echter Murmler würde das natürlich nicht tun, sondern sich auf etwas anderes konzentrieren. Wenn jetzt die Todesstunde von Tethys geschlagen hatte, gab es keine bessere Art, mit ihr zu sterben als mit einem von allen alltäglichen Sorgen befreiten Geist (obgleich, trotz der sinnlosen Geräusche, die wie der Schutt der Stadt über seine Zunge rollten, er spürte, daß sein Geist alles andere als klar war): Er hatte dieselben drei Silben schon seit einigen Minuten ständig wiederholt, und konzentrierte sich nun auf etwas anderes. (Blinzelnd sah er seine eigenen Sandalen und die in Lumpen gewickelten schmutzigen Füße der Frau neben ihm, die in winzigen Schritten vorwärts schlurfte.)

Wie weit waren sie jetzt gekommen?

Jemand schob sich hinter ihm zwischen die Murmler.

Noch ein Eindringling? Wahrscheinlicher war, daß jemand seinen Posten in den Reihen der Göttlichen Wächter aufgegeben hatte, um einen Blick in die Umgebung zu riskieren. Bron schlurfte weiter, während seine eigene Stimme in dem donnernden Geräuschgewebe unterging, versuchte den Kurs ihrer langsamen Fortbewegung zu ergründen. Er würde den Schmerz in seinem Nacken nicht eher loswerden, bis er den Kopf wieder gerade richtete und (argwöhnte er) stehenblieb. Auch seine Waden meldeten sich bereits mit Krämpfen. Nur seine Hüfte wurde besser. Und dieses *Mimimomomizo* . . . hatte (wie ihm jetzt bewußt wurde) sich zu einem *Blablablablabla* . . . degeneriert . . .

Jemand stolperte rechts von ihm und fiel gegen seine Schulter; mit fest geschlossenen Augen (und irgendeinem Sektenprinzip, dessen war er sich sicher, zuwiderhandelnd) packte er die knochige Schulter (Bron war sich nicht im klaren, ob sie zu einem Mann oder einer Frau gehörte), um den Strauchelnden wieder aufzurichten. Die Schulter war klebrig, heiß und naß; während seine Hand zögerte, dem Zurückschwankenden zu folgen, fragte sich Bron, wie jemand nur solche verknoteten Wirbelknochen haben könne.

Über das dumpfe Dröhnen der Mantras – wie viele befanden sich in dieser Gruppe?

Dreißig? Fünfzig? Fünfundsiebzig? – erhoben sich andere gellende Stimmen.

Er fing Bruchstücke gebrüllter Sätze auf: ». . . Verstümmelung des Verstandes . . . Verstümmelung des Körpers . . .« Die Worte ». . . Katastrophe . . .« und ». . . die letzte Katastrophe der siebten Stufe . . .«. Und ». . . bis auf die Verstümmelung des Geistes! Die Verstümmelung des Körpers . . .«

Wieder prallten die Murmler gegen ihn.

Plötzlich öffnete Bron die Augen und hob den Kopf.

Die Dunkelheit überraschte ihn. Waren sie in den nicht lizensierten Sektor geschlurft? Er blickte hoch. Nein: nur das Schild war ausgegangen. Grüne Koordinaten glühten hoch oben an der Wand vor ihnen. Erneut taumelte ein Murmler gegen seine Schulter. Außerhalb der Gruppe kämpften brüllende Leute mit den Murmlern am Rand der Gruppe! Und da war dieser kreideartige Geruch zwischen den ungewaschenen Körpern. Nein, brannte nichts in seiner Nähe. Doch sein Hals zog sich schmerzlich zusammen.

». . . und angesichts der letzten Katastrophe in der siebten Stufe finden wir nur noch Zuflucht in der Verstümmelung des Geistes, der Verstümmelung des Körpers . . .« schrie es laut aus der Gruppe jenseits der Murmler. Das Wohlbehagen rann aus Bron heraus wie aus einem Leck. Angst ersetzte es. Er keilte sich zwischen den Murmlern hindurch, weg von der Stelle, wo das Geschrei am lautesten war – obgleich sie auch auf der anderen Seite brüllten.

Ein Dutzend Schritte von ihm entfernt, zwischen zwei zerlumpten Murmlern, die selbstvergessen weiterstolperten, sah er die schmutzigen, haarigen, muskelpaketbewehrten Gestalten höhnend und spottend mit verstümmelten Gesichtern (eine Frau darunter, wie er an der zackigen Narbe erkannte, wo eigentlich ihre Brüste sein sollten), sah, wie sie auf einen Murmler einschlug (der auf seine Knie fiel), sich dann umdrehte, während die rostigen Ketten ihr um den Hals flogen, und brüllte:

». . . nur die Verstümmelung des Körpers, die Verstümmelung des Geistes . . .«

Sollte das nun bedeutungsvoll sein . . .? bedeutungslos . . .? Er drängte sich zwischen sie. Eine mit Hornhaut bedeckte Faust prallte von seinem Jochbein ab. Niemand sonst schlug direkt auf ihn ein, doch er mußte sich zwischen zwei schwitzenden nackten Kreaturen hindurchwinden, die sich nur zu dem Zweck aneinanderpreßten, ihn am Vorbeigehen zu hindern, wie er bei seinem dritten Anlauf bemerkte. Die eine der beiden Gestalten, nur ein paar Zoll von Brons Gesicht entfernt, knurrte ihn mit verfaulten Zähnen und eiternden Kiefern an.

Dann war er durch. Hinter ihm verband sich das Brüllen und Murmeln zu einem häßlichen Gedröhn. Er blickte hoch, sah ein paar grüner Koordinaten über sich . . .

Er war jetzt in der Seitenstraße, wo sich das Schlangenhaus befand! Die E-Girls konfrontiert mit einer Sekte, die sich um ihre Anordnungen nicht scherte, nicht wissend, was sie unternehmen sollten, hatten ihn die Absperrung passieren lassen! Genau so unerwartet wie die Angst überkam ihn plötzlich die Überzeugung, daß er unglaublich clever gewesen war. Er hätte sich keine raffiniertere Methode *ausdenken* können, eine Blockade zu durchbrechen!

Jemand prallte gegen seinen Rücken. Er hörte ein rhythmisches Stöhnen, von Schlägen begleitet.

Er sah sich nicht mehr um, sondern rannte die Straße hinunter, bog um eine Ecke – sah ein nasses Pflaster vor sich, das immer nasser wurde, bis er schließlich in seinen Sandalen durch zwei Zoll hohes Wasser watete.

Als er die Kreuzung überquerte, zerbrach der Wind den schwarzen Spiegel, der sich über alle fünf Straßen ausbreitete, die hier zusammenliefen; löschte die Kreise aus, die er selbst mit seinen Sandalen bildete; einen Moment lang drohte die Welle, die auf ihn zubrandete, so stark zu werden, daß sie ihn auf die Knie zwang. Platschend und schwankend rettete er sich auf die andere Seite hinüber. Doch der Windstoß ließ bereits wieder nach.

*

Die Lichter gingen nicht automatisch an, als er über die Schwelle ging. Auch dann nicht, als er den Sicherungskasten fand – der Deckel schwang auf, als habe schon jemand sein Glück damit versucht. Überall auf dem Boden des Gemeinschaftsraumes lagen Trümmer und Scherben; und das Glimmern des unverschleierten Nachthimmels über ihm verriet ihm, daß die Öffnung des Oberlichtes viel zu groß war und die falsche Form angenommen hatte.

Von jenseits des Raumes drangen Geräusche zu ihm herüber, die ein Stöhnen sein konnten. Bron schritt vorwärts, noch einen Schritt und wieder einen – und schlug sich an irgendeiner harten Kante das Schienbein auf – Blut lief in einem dünnen Faden über seinen Knöchel. Er war gegen etwas gestoßen, was er nicht zu sehen vermochte. Da war etwas, das er sehen konnte – groß und schwarz und formlos, ihn jedoch ebenfalls am Weitergehen hinderte. Er trat zur Seite auf den mit Schutt besäten Teppich und spürte, wie er mit der Schulter die Wand streifte. Er hörte erneut das Geräusch – es konnte auch ein Stück von der Deckenverkleidung gewesen sein, das ins Rutschen gekommen war; es hörte sich eigentlich *nicht* wie ein Stöhnen an . . . Ein plötzliches, heftiges Trappeln, dann lief etwas geduckt an ihm vorbei. Bron schwang erschrocken herum und sah gerade noch, wie ein Schemen durch die Tür ins Freie lief – eine Hand schlug gegen den Türpfosten, voll glitzernder Edelsteine: dann waren die beringten Finger verschwunden.

»Flossie . . .?« rief Bron, nachdem er bis fünf gezählt hatte. »Freddie . . .?« Er hatte doch gar nicht *so* laut gerufen. Wer von den beiden es auch gewesen sein mochte (er holte wieder Luft und rückte einen Schritt vorwärts), er war jetzt wahrscheinlich schon eine Straße weiter. Noch ein Schritt . . . Beim fünften Mal stieß er mit dem Knie gegen etwas Hartes, was wahrscheinlich das Bein eines umgekippten Stuhls sein mußte. Er zog sich wieder bis zur Wand zurück und – schon wieder dieses Geräusch . . . Nein, das war kein Stöhnen.

Ein orangefarbenes Glühen über ihm – flackernd? Nein. Aber es konnte nur die Balkontüre sein.

Sein Fuß stieß gegen die unterste Stufe. Er packte das Geländer – das unter seiner Hand nachgab. Es war viel zu locker.

Bron bewegte sich langsam die Treppe hinauf. Etwas Kleines rollte über seinen Fuß und fiel scheppernd drei Stufen hinunter. Unter seiner nassen Sohle gab auf der nächsten Stufe etwas ebenso Kleines knirschend nach.

Er erreichte den Balkon und blickte durch die Tür. Irgend jemand hatte hier eine Glühbirne aufgehängt, die aus irgend einem Grund nicht grelles Licht abstrahlte, sondern nur ein düsteres Orange. Vor ihm lehnte sich die linke Korridorwand unglaublich weit vor.

Auf dem Boden, sich über die Türschwelle spreizend (der Lautsprecher an der linken Seite plärrte immer noch das Mikrogebrüll der Mikroarmeen, die in den Hochtälern der Mikroberge aufeinanderprallten), lag die Spielkiste mit dem Vlet-Brett-Muster – mit heraushängenden Schubladen und geborstenen Seiten und ringsum verstreuten Karten, Figuren und Würfeln. Mindestens einer war darauf getreten, und der Astralwürfel war jetzt ein kläglicher Überrest aus geborstenem Plastik zwischen verbogenen Messingstützen.

Bron hob vorsichtig den Fuß über die Schwelle. Die schräge Wand machte ihn mißtrauisch, was den Fußboden betraf.

Draußen fuhr ein Rauschen mit leisen Pfeiftönen vorbei – schon wieder dieser Wind! Halbwegs die Treppe zum nächsten Stockwerk hinauf sah er diese dunklen Flecken auf dem Teppich, die entweder die Stufen hinauf- oder hinunterführten, je nachdem, ob die Blutung schlimmer geworden war oder besser. (An seinen Knöcheln war nur die Haut aufgeplatzt und es bildete sich schon ein leichter Schorf.) Er hatte schon den halben Korridor durchquert, auf dem er wohnte, als er sich plötzlich wunderte, warum er inmitten all dieser Trümmer wieder umkehrte.

Die Tür von Alfreds Zimmer, die seiner gegenüberlag, stand offen.

Ein Lichtbalken schob sich daraus über den orangefarbenen Teppich im Korridor und bewegte sich zitternd hin und her.

Bron ging zur Tür, zögerte, schob sie weiter nach innen – sie schabte über den Schutt, der den Boden bedeckte. Die eine Seitenwand war zusammengebrochen, und die halbe Decke war eingestürzt; die Lichtleitung mit der Deckenlampe schwang im

Wind hin und her. Ein Stück der Deckenverkleidung klebte noch daran. Zwei Füße der Bettstatt waren gebrochen oder hatten sich durch den Fußboden gebohrt. Das Bett hatte Schlagseite.

Zwei Menschen lagen darin. (Bron schluckte, öffnete den Mund, wollte rückwärts zur Tür hinausgehen, tat es nicht, wollte einen Schritt vorwärts gehen, tat es ebenfalls nicht, und schloß den Mund wieder.) Ein Teil der Wand und noch ein mehliges, krümeliges Zeug war über die beiden gefallen.

Brons erster Gedanke: Die Frau, sie ist in *meinem* Alter!

Das sah aber gar nicht so schwer aus.

Es sah überhaupt nicht so schwer aus!

Eine sehr dunkelhäutige Orientalin lag nackt auf ihrem Rükken, der eine Arm unter dem Schutt begraben. Mit dem anderen hatte sie versucht, die Wand von sich wegzuschieben. Der Kopf war vom Körper abgeschrägt, der Mund und ein Auge offen.

Alfred lag neben ihr auf dem Bauch, die Arme unter einer Wange gefaltet.

Bron rückte einen Schritt vorwärts.

Unter den zerzausten Haaren war Alfreds rechtes Ohr voller Blut, das schon teilweise gestockt war. Es war an seinem Kiefer entlanggelaufen, hatte an seinem Mund zwei Gabeln gebildet, war auf sein Handgelenk getropft und hatte einen rostigen Fleck auf dem Bettbezug gebildet, der so groß war wie Brons Hand.

Der Rand des heruntergebrochenen Mauerstückes hatte das rote Q zerbrochen. Das obere Stück lag auf Alfreds linker Schulter, und ein schwarzer Hosenträger hatte sich darum gewickelt. (*Wie* konnte nur eine drei Meter lange Platte der Kunststoffverkleidung – nun, vielleicht ein vier Meter langes Stück – so schwer sein, um so etwas anrichten zu können? fragte sich Bron.) Alfreds Beine schauten darunter hervor (die Fersen nach oben, die Zehen nach innen), von der Mitte der Schenkel an abwärts; die Beine der Frau (die Zehen nach oben, beide schräg nach links zeigend) waren nur bis zu den Knöcheln sichtbar. Die untere Hälfte des Lakens war vollkommen mit Blut durchtränkt, das an manchen Stellen noch ganz frisch sein mußte.

Plötzlich wich Bron wieder zur Tür zurück, drehte sich in den Korridor hinein. Er ging nicht hinüber zu seinem eigenen Zimmer.

Sechs Türen weiter wohnte Lawrence.

Bron stand jetzt davor und hämmerte mit beiden Fäusten dagegen. Er wich einen Schritt zurück und überlegte, ob er die Türen links und rechts davon ausprobieren sollte (Über fünfzig Männer wohnten in dieser Co-Op. Bron grübelte dieser Zahl nach. Fünfzig!), dann hämmerte er wieder gegen die Türfüllung, weil er etwas dahinter gehört hatte.

Die Tür öffnete sich. Lawrence stand nackt vor ihm, die Haut zog scharfe Falten um das Kinn und das Knie, die grauen Haare hingen wirr über den wäßrigen Augen. Er sagte: »Ja, was kann ich für Sie . . . Bron?«

»Lawrence! Alfred ist tot! Und ein Mädchen ist in seinem Bett!«

»Ja.« Lawrence öffnete jetzt die Tür ganz. »Das ist richtig. Auch Max ist tot. Und Wang. Und noch zwei am Ende des Korridors, die ich nicht einmal kenne. Wahrscheinlich sind es Besucher. Ich kenne sie überhaupt nicht. Ich habe sie bisher noch nie gesehen . . .«

»Und was ist mit Freddie und Flossie?«

»Seit heute morgen hat sie keiner mehr im Co-Op gesehen.«

»Oh«, sagte Bron. »Ich bilde mir ein, ich hätte . . . Nein, das ist okay. Nicht weiter wichtig. Wie –?«

»Nur die linke Hälfte des Korridors«, sagte Lawrence düster. »Ist das nicht seltsam? Die Schwerkraft-Deflektion, die uns überraschte, muß unter diesem Gebäude gestoppt worden sein. Auf den öffentlichen Kanälen wurde berichtet, daß die Schwerkraft-Deflektionen, die einige Teile der Stadt verwüsteten, bis zu sieben Sekunden lang den dreihunterfachen Wert der normalen Schwerkraft von Triton erreichten. Sieben Sekunden lang unter dreihundertfacher Schwerkraft! Das ist wirklich unglaublich. Ich bin überrascht, daß die rechte Hälfte unseres Hauses überhaupt noch steht.«

»Und was ist mit den anderen Mietern?«

Lawrence blinzelte. »Oh, sie sind alle evakuiert. In den öffentlichen Kanälen wurden wir aufgefordert, die gefährdeten

Wohnungen zu evakuieren. Die Sabotageanschläge sind unglaublich wirksam gewesen. Sie wissen immer noch nicht, ob sie ein wirksames Gegenmittel dafür haben. Evakuiert . . .« Die knotigen Finger schabten über die unrasierte Wange. »Ja, deshalb . . .«

»Was, zum Teufel, suchst *du* dann noch hier!«

»Oh . . .?« Lawrence runzelte die Stirn und kratzte sich am Kinn. »Nun, ich . . . Ich habe mir ein paar Stücke aus meiner Abonnement-Serie der aleotorischen Kompositionen aus dem späten zwanzigsten Jahrhundert rausgesucht. Ich spielte den Bette-Midler-Solopart aus ›Friends‹, der nicht ganz zwei und dreiviertel Minuten dauert –« Lawrence blickte mit wässrigen Augen wieder hoch –, »und dann legte ich mir ›Aus den Sieben Tagen‹ von Stockhausen auf, eine Komposition, die etwas länger als fünf dreiviertel Stunden dauert.« (Aus der Tiefe des Raums kamen die ihm vertrauten Synkopen, die Glissandi der elektrischen Bratsche, ein paar Takte Piano, unterbrochen von ausdrucksvollen Fermaten.) »Natürlich ist es nicht das erstemal, daß ich sie höre. Beide nicht. Aber ich dachte mir, ich würde . . .« Lawrence fing an zu weinen. »Oh, Himmel, es tut mir so leid . . .!« Die knochigen Hände griffen nach Brons Armen.

»He, nimm dich zusammen . . .!« sagte Bron und versuchte ihn zu stützen. »Du mußt jetzt . . .«

»Sie sind tot – Max und Wang und Alfred und . . .« Lawrence' Gesicht, von Tränen überströmt, suchte an Brons Schulter Zuflucht wie ein Baby. »Und ich bin ein alter Mann und habe niemanden, zu dem ich gehen könnte!«

»Nimm dich zusammen«, sagte Bron, die Arme um den mageren Rücken von Lawrence gelegt. Verlegenheit kämpfte mit Besorgnis. »Komm jetzt, komm . . .«

»Es tut mir leid . . .« Sich die Tränen von den Wangen reibend, richtete Lawrence sich wieder auf. »Es geht schon wieder. Aber sie sind alle tot. Und ich lebe noch. Und ich bin ein alter Mann ohne Verwandte und Freunde . . .« Er blinzelte mit geröteten Augen. »Entschuldigung . . . aber wo soll ich hin? Ich habe mich schon wieder unter Kontrolle. Ich bin . . . Was suchst *du* überhaupt hier?«

»Ich kam eben . . .« Bron tastete sich an die Schulter, wo die

Haut noch naß war von Lawrence' Tränen. »Ich mußte unbedingt hierherkommen, und . . . nun, ich wollte mich überzeugen, daß dir nichts passiert ist. Und nach meinen Sachen sehen. Und Alfred . . .« Er erinnerte sich jetzt wieder an Alfred und beschloß, sein eigenes Zimmer überhaupt nicht zu betreten. Wenn es so aussah, wie bei Alfred (Das Dreihundertfache der normalen Schwerkraft? Dann muß sie ja einen Wert erreicht haben wie auf dem Neptun!), wollte er es nicht sehen.

Lawrence rieb sich die Augen.

»Ich weiß nicht, warum, aber so ein alter Kerl wie ich wird sentimental . . . Nett, daß du das gesagt hast, wenn es auch nicht wahr ist.«

»Wenn alle evakuiert wurden, müssen wir das Gebäude ebenfalls verlassen. Überall liegt Schutt herum. Du solltest dir ein Paar Schuhe anziehen.«

»Seit meinem siebzigsten Lebensjahr habe ich keine Schuhe mehr besessen«, erwiderte Lawrence. »Ich mag sie nicht. Mochte sie noch nie.«

»Du kannst von mir ein Paar haben. Vielleicht passen sie dir. Und zieh dir *etwas* an, damit du dich nicht erkältest – komm jetzt.« Er zog Lawrence an seinem knochigen Arm hinaus in den Korridor.

Bron hatte tatsächlich sein eigenes Zimmer nicht mehr betreten wollen:

Er schob die Tür nach innen. Sein Zimmer war in tadellosem Zustand. Als wartete es nur darauf, daß jemand einzog, dachte er.

Auf dem Boden neben der Innenwand lag sein Reisesack aus gelbem Kunststoff, der vom Raumflughafen per Rohrpost zugestellt worden war.

Auf seinem Schreibtisch neben dem Leseschirm lag ein schwarz- und goldumrandeter Briefumschlag – diesmal vermutlich *kein* Faksimile.

»Hier«, sagte Bron und öffnete einen Kleiderschrank. Er kauerte sich davor nieder und wühlte in den Sandalen, Stiefeln und Schuhen auf dem Bodenbrett. Dieses grüne Paar, das ihm zu klein gwesen war . . . ? Nein, er hatte es noch nicht an sein Mode-Verleihhaus zurückgeschckt. »Zieh diese hier an.«

»Socken?« fragte Lawrence müde, auf eine Tischecke gestützt.

»Dort drinnen.« Bron kam aus der Hocke hoch und setzte den drehbaren Kleideraufhänger in Bewegung. »Da, zieh dir auch dieses Cape über. Draußen fallen dir jetzt Sachen auf den Kopf. Wenn du die Kapuze hochschlägst, bietet es einigen Schutz.«

»So ein knalliges Gelb?« erwiderte Lawrence, das Cape an der Kapuze hochhaltend, während er mit der anderen Hand die Falten glättete. »Noch dazu mit leuchtend roten und blauen Streifen durchsetzt . . .«

»Es mag ja nicht dem besten Geschmack entsprechen, aber es erfüllt seinen Zweck.«

Lawrence legte sich den Umhang über den linken Arm und bückte sich, um die Schuhe am Spann zu schließen. Die Socken, die er sich ausgesucht hatte, waren lavendelfarben und reichten bis zum Knie. »Ich hielt schon immer Kleider für etwas Obszönes.«

»Aber sie stehen dir gut, Sweetheart.« Bron schloß die Schranktür. »Komm jetzt.«

»Ja doch . . .« Lawrence legte sich das Cape um die Schulter, betrachtete stirnrunzelnd den Saum, der über den Teppich schabte – »In Kriegszeiten darf man nicht wählerisch sein . . .« Er schlug die Kapuze hoch und verzog das Gesicht, schüttelte sie wieder ab.

Bron sagte an der Tür: »Es *ist* jetzt Krieg, nicht wahr . . .?«

Lawrence' Stirnfalte vertiefte sich noch mehr: »Seit einer Stunde reden sie auf den öffentlichen Kanälen nur noch davon.« Er zog den Umhang vor der Brust zusammen: »Nachdem ich jetzt ordentlich bekleidet bin – hast du einen Vorschlag, wohin wir gehen sollen?«

»Zuerst einmal müssen wir hier raus.« Bron trat auf den Korridor. Der Impuls, der ihn hierhergetrieben hatte, war durch die Katastrophe in Alfreds Zimmer in eine Fluchtbewegung verwandelt worden.

»Wo ist Sam?« besann sich Lawrence, hinter ihm zu fragen. »Seid ihr beide nicht gleichzeitig zurückgekommen?«

»Nur bis zum Raumflughafen. Dann trennte er sich von uns.«

»Wie war die Reise zur Erde?«

Bron stieß einen kurzen, harten Lachton heraus: »Erinnere mich daran, daß ich erst eine große Portion Cellusin nehmen muß, wenn ich dir eines Tages davon erzähle. Wir konnten gerade noch ausfliegen, ehe der Krieg offiziell erklärt wurde.«

»Dieser Krieg, ja«, murmelte Lawrence, hinter ihm hertrippelnd. »An den ersten beiden Tagen merktest du überhaupt keinen Unterschied; und dann plötzlich das hier!«

Die Treppe hinunter durch den Korridor einen Stock tiefer; Bron trat in das trübe orangefarbene Licht auf der Galerie. Hinter ihm sagte Lawrence: »Oh, *Himmel* . . .!«

Bron sah über die Schulter zurück.

Lawrence bückte sich auf der Schwelle des Gemeinschaftsraumes und drehte die Spielkassette um. »Fast dreißig Jahre lang ist sie jetzt in meinem Besitz.« Er schloß den Deckel und schob die Messingklauen in die Ösen. Das Miniaturgeschrei der Männer, Frauen und Kinder schwächte sich zu einem entfernten Gemurmel ab und erstickte dann im Gestotter statischer Geräusche. Lawrence fuhr mit dem Finger über die Risse im Holz. »Ob man das wieder reparieren kann?« Er lehnte die Kassette gegen die Wand und begann die Spielsteine aufzuheben.

»He, nun *komm* schon!« drängte Bron.

»Nur noch eine Sekunde. Ich möchte sie dorthin legen, wo keiner mehr darüber stolpert.« Lawrence hob den Würfel auf und den Würfelbecher.

»Als es losging, lief ich die Treppe hinauf. Und hier, auf der Galerie, kam dann diese Schockwelle. Dabei muß ich die Kassette verloren haben.« Lawrence schüttelte den Kopf. »Dreißig Jahre. Ich war älter als du, als ich zum erstenmal dieses Spiel *sah*; aber ich habe das Gefühl, als hätten mir diese Figuren schon als Kind gehört.« Er schob sie an die Wand neben das Spielbrett. »Paß auf, wenn du jetzt die Treppe hinuntergehst. Ein paar Figuren können bis ins Erdgeschoß hinuntergerollt sein. Sie sind sehr zerbrechlich.«

Bron erwiderte ungeduldig: »Ja doch.« Aber das wachsende Bewußtsein, daß er trotz des Verlangens, woanders zu sein, niemand hatte, zu dem gehen konnte, zwang ihn dazu, auf den alten Mann zu warten.

*

»Du kannst dich nicht darauf besinnen, wohin die anderen evakuiert werden sollten?« fragte Bron Lawrence, der zwischen den Gebäuden zum Himmel hinaufsah. Jenseits der Kreuzung stand ein dekorativer Torbogen, der jetzt, nachdem alle Lichter ausgegangen waren, den verkohlten Rippen eines eingeäscherten Kadavers ähnelte. Oben glitzerten ein paar Sterne.

»Ich wünschte, sie würden den Himmel wieder einschalten«, klagte Lawrence. »Es ist nicht eigentlich eine Agoraphobie – oder . . . *wie* sollte man es nennen? Anauraphobie? Die Angst, daß man seine Atmosphäre verliert? Dieses mutwillige Umspringen mit der Schwerkraft . . . Nun, es wäre wirklich angenehm, wenn das Schild wieder an wäre.«

»Wahrscheinlich sind mindestens ein paar Löcher darin«, sagte Bron und blickte angestrengt den Gehsteig entlang, der jetzt dunkler war als der nichtlizensierte Sektor. »Wir hatten eine Weile lang einen recht heftigen Sturm . . . aber inzwischen scheint er sich gelegt zu haben – brennt dort vorne etwas?«

»Wenn es so ist«, erwiderte Lawrence, »wollen wir lieber in die andere Richtung gehen.«

Bron setzte sich in Bewegung, und Lawrence holte tippelnd auf.

»Audri wohnt in dieser Richtung«, sagte Bron.

»Wer ist Audri?« erkundigte sich Lawrence.

»Mein Boß – einer meiner Bosse. Der andere ist ein großkotziger Bastard, dessen Luxuskommune sich auf dem Ring befindet.«

»Wenn dieser Boß in dieser Richtung wohnt, bezweifle ich, daß sie viel mehr verdient als du.«

»Oh, das tut sie auch nicht. Nur er. Sie hat drei wirklich unerträgliche Kinder und bewohnt mit ein paar Drachen eine schwule Co-Op.«

»Oh«, sagte Lawrence nur, und dann, drei Schritte später: »Es ist schon schlimm genug, wenn man alleine all diesen Unsinn aushalten muß. Ich kann mir vorstellen, wie das ist, wenn auch noch Kinder dazukommen!«

Bron brummelte etwas. –

»Die Anweisungen für die Evakuierung waren so verstümmelt«, fuhr Lawrence fort. »Ob sie ihre vielleicht richtig verstanden haben?«

Bron brummelte wieder etwas.

»Falls Sie die gleiche Schwerkraft-Deflektion erlebt haben wie wir – und das noch mit Kindern!« Lawrence zog den Umhang enger um die Schultern. »Himmel, das muß ganz schrecklich sein!«

Bron fühlte sich unbehaglich.

Lawrence wurde langsamer.

»Glaubst du, wir sollten zu ihr gehen und nachschauen, ob sie noch in ihrer Wohnung ist und Hilfe braucht?«

Lawrence sagte: »Die Anweisungen waren so verstümmelt . . . Wang war der einzige von uns, der überhaupt begriff, daß wir evakuiert werden sollten.«

»Als ich vom Raumflughafen zurückkam, war der Häuserblock bei unserem Co-Op von der Polizei abgesperrt«, sagte Bron. »Ich mußte die Sperrkette durchbrechen.«

Lawrence sagte: »Bei diesen willkürlichen Veränderungen der Schwerkraft ist es auch sehr gefährlich in unserem Sektor. Im Freien ist man wahrscheinlich sicherer aufgehoben als in einem Gebäude. Aber wenn dir auch nur ein kleines Stück von einem Dachsims mit dreihundertfacher Schwerkraft auf den Kopf fällt, könntest du dich ebensogut unter dem Schutt eines ganzen Hauses begraben lassen.«

»Was ist ein Dachsims?« erkundigte sich Bron.

»So etwas«, erwiderte Lawrence kopfschüttelnd, »das Kind weiß nicht einmal, was ein Dachsims ist. In welcher Richtung wohnt dein Boß jetzt?«

»Dort über die Straße und dann noch einen Häuserblock weiter.«

»Das müßte ungefähr hier sein«, sagte Lawrence. »Was ist denn das . . .«

Im gleichen Moment explodierte etwas zu ihrer Linken.

Bron rollte seine Schultern ein. »Ich weiß nicht . . .«

»Nicht das«, erwiderte Lawrence. »Das da meine ich . . .« und deutete auf einen Mann, der dort irgendwo am Ende des Häuserblocks stand und etwas in Audris Richtung brüllte.

Neugierig (und mit wachsendem Unbehagen) lief Bron die Straße hinunter: Lawrence ließ neben ihm wieder die Säume des Umhanges los, daß er sich vorne öffnete.

Sie waren jetzt auf der Straßenseite, wo Audris Co-Op lag.

Der Mann – Bron konnte ihn jetzt deutlich sehen – brüllte wieder etwas. Bron hörte Untertöne von Hysterie und Wut heraus. (Warum gehe ich mitten im Krieg auf einen fremden, wütenden und wahrscheinlich verrückten Mann zu, wunderte sich Bron. Das ist keine vernünftige oder zufriedenstellende Verhaltensweise.) Aber Lawrence war nicht stehengeblieben und deshalb tat er es auch nicht.

Es war ein großgewachsener Mann in einem kastanienbraunen Springeranzug und mit einer verletzten Schulter.

»Laßt mich ein!« brüllte er. »Verdammt nochmal, laßt mich ein! Oder schickt sie heraus!« Seine Stimme blieb an irgend etwas in seinem Hals hängen. »Schick wenigstens die gottverdammten Kinder heraus, wenn du zu dumm bist, um . . .« Er taumelte. »Schickst du endlich die verdammten Kinder heraus, oder ich schwöre – ich . . .« Er schwankte wieder hin und her. »Ich schwöre, ich werde das Gebäude mit meinen eigenen Händen niederreißen, so wahr mir Gott helfe!« Er rieb sich über den Unterleib, taumelnd nach vorn gelehnt, und warf dann den Kopf in den Nacken. »Schick sie sofort heraus, oder ich schwöre, ich trete euch die Türen . . .« Plötzlich lief er los, eine Treppe hinauf, und trommelte mit beiden Fäusten gegen die Tür (ja, es war Audris Co-Op).

Bron wollte gerade Lawrence ins Ohr flüstern, daß sie sich in einen Hausdurchgang zurückziehen sollten, bis dieser Verrückte sich wieder beruhigt hatte, als dieser Mann – er wich jetzt wieder zurück von der Tür, die Fäuste und das Gesicht in die Höhe gestreckt – sie erblickte und sich ihnen zuwandte:

»Oh, Jesus Christus . . .« Er schüttelte den Kopf. Sein Gesicht war mit Schmutz und Tränen bedeckt. Bron bemerkte schokkiert, daß der Riß in der Schulter seines Springeranzugs *nicht* ein Modegag war, sondern die Haut darunter heftig blutete . . . »Oh, um Jesus willen! Diese verfluchten Hündinnen verstehen mich einfach nicht. Sie wollen mich nicht verstehen . . .« Er schüttelte wieder den Kopf, wandte sich erneut dem Gebäude zu und brüllte: »Gebt mir meine gottverfluchten Kinder heraus. Mir ist es egal, was ihr mit den anderen anstellt, aber *meine* schickt mir sofort hierher auf die Straße! Jetzt! Es ist mein Ernst! Ich . . .« An beiden Manschettenknöpfen waren Drahtkäfige befestigt, die er offensichtlich über seine farbbeschmierten Hände schieben konnte. Ein dritter Käfig (Bron erinnerte sich jetzt, daß er diesen Mann schon einmal gesehen hatte, wußte nur nicht mehr, wo, was sein Unbehagen noch steigerte) hing auf dem Rücken des Mannes. »Diese gottverfluchten Hündinnen können einfach nicht begreifen, was ein Mann . . .« Er hustete heftig, taumelte rückwärts, das Handgelenk gegen die Lippen gepreßt, während seine Pupillen ganz groß wurden – »ein Mann und seine Kinder!« Zum drittenmal brüllte er zu dem Haus hinüber, doch sein Schreien wurde brüchig. Plötzlich wandte er sich ab, humpelte taumelnd bis zur Mitte der Straße, blieb stehen, wankte, humpelte weiter.

Bron und Lawrence blickten sich betroffen an und blickten ihm dann wieder nach.

Der Mann mit den Käfigen hatte sich ungefähr zwanzig Schritte weit bewegt, als eine Menge Dinge auf einmal geschahen: Zuerst ging er in die Knie, dann fiel er flach auf das Gesicht, aber nicht, wie sich ein solcher Fall natürlicherweise vollzieht. Es war, als wäre er aus Metall und plötzlich würde unter ihm ein starker Magnet eingeschaltet. Er knallte flach auf das Pflaster. Und die Fassade rechts von ihm und ein Teil der Fassade zu seiner Linken kippte – oder vielmehr schoß – auf ihn hinunter.

Bron blinzelte. Seine Haare stellten sich senkrecht. Lawrence peitschte der Umhang um die Beine – erst nach hinten, dann nach vorn – und riß den alten Mann ein paar Schritte weit mit. Bron mußte sich energisch gegen den Wind stemmen, um nicht von der Stelle gerückt zu werden.

Nach einer Sekunde, oder zwei, schoß der Staub, der sich bis jetzt in langsamen, runden Wellen bewegt hatte, so dick und fest wie Wasser wieder nach oben wirbelnd, als ob – aber keineswegs ›als ob‹, dachte Bron: Genau so hat es sich zugetragen – er war wieder hundertfach leichter geworden, so leicht, wie es sich für Staub gehörte.

Die Straße war drei Meter hoch mit Schutt bedeckt.
Staub wogte hin und her.

Bron blickte Lawrence an (der hustete), das Gebäude, in dem Audri wohnte, die Straße, die eingebrochene Fassade und Lawrence. »Vermutlich ist keiner im Haus«, sagte Bron, als der Staub sich etwas verzogen hatte. Dann, weil es so dumm geklungen hatte, fuhr er fort: »Vielleicht sollten wir doch lieber nachsehen.« Er hoffte, Lawrence würde ihm das gleiche vorschlagen. Alfred war schon schlimm genug gewesen; aber hier konnte es nur noch schlimmer sein.

»Können wir auf die andere Seite hinüber?« frage Lawrence und offenbar (und glücklicherweise) meinte er das Co-Op.

Zwischen dem Co-Op-Gebäude und dem Haus daneben fanden sie ein kleines Tor, das sich öffnete, als Bron den Riegel anhob, der sich auf der Innenseite befand. (»Auf so eine Idee wäre ich nicht gekommen«, sagte Lawrence).

»Vielleicht stoßen wir auf ein Fenster und können in das Haus hineinsehen!« Brons Haut kribbelte bei dem Gedanken an die Fassaden, die er eben hatte zusammenbrechen sehen. Doch Lawrence war ihm so dicht auf den Fersen, daß er nur noch vorwärts gehen konnte: es war nicht genügend Raum in der Gasse, sich an ihm vorbeizuquetschen. Er fragte sich, wer wohl ein Haus mit einem Fenster versehen würde, das auf eine meterbreite Gasse hinaussah, als er schon eines neben sich sah mit zwei verwunderten Gesichtern dahinter – die plötzlich zur Seite geschoben und von drei neuen ersetzt wurden.

Während sich eine hitzige Debatte zwischen den Frauen hinter dem Glas entspann, tauchte noch eine Frau dahinter auf und spähte in die Gasse hinaus: und das war Audri, die ihm rasch zunickte und lächelte und sich abwandte, um in die Debatte einzugreifen.

Bron bewegte den Finger zum Zeichen, daß sie herauskommen sollte.

Sie antwortete mit hilflosen Gesten.

Bron deutete an, das Fenster zu öffnen.

Wieder eine hilflose Reaktion.

Eine der Frauen bewegte langsam und ausdrucksvoll den

Mund, so daß Bron den Schluß ziehen mußte, die Vordertür sei verschlossen.

Bron schob die Hände nach vorne, zum Zeichen, daß sie vom Fenster zurücktreten sollten, zog seine Sandale aus, überlegte es sich anders und bat Lawrence, ihm einen der beiden grünen Schuhe zu überlassen. Er holte damit aus, als wollte er das Fenster einschlagen. Eine der Frauen hinter dem Fenster duckte sich ängstlich. Die anderen lachten. Dann traten sie alle vom Fenster zurück.

Bron schlug mit dem Absatz zu.

Das Glas zerbarst in ein milchiges Gewebe – das im Rahmen hängenblieb. Es war auf der Rückseite mit Plastikfolie überzogen, so daß er mehrmals mit dem Schuh zuschlagen und auch mit den Händen nachhelfen mußte, wobei er sich ein paarmal in die Finger schnitt.

»Kommt, ihr müßt hier raus!«

»Wie bitte?«

»Ihr müßt diesen Wohnbezirk räumen«, rief er in den dämmrigen Raum hinein, in dem sich eine Menge Frauen zusammendrängten. »Audri? He, Audri, Sie müssen das Gebäude verlassen!«

»Ich *sagte* euch doch, daß es ein Evakuierungsbefehl war«, meldete sich eine der Frauen im Hintergrund des Zimmers laut zu Wort, »der durchgegeben wurde, bevor die öffentlichen Kanäle abschalteten.«

»Audri, nehmen Sie auch Ihre Kinder mit und – Audri?«

Aber sie hatte schon mit anderen Frauen das Zimmer verlassen.

Bron kletterte jetzt durch das Fenster (eine Frau, die er bis jetzt noch nicht gesehen hatte, half ihm dabei), während Lawrence um das Gebäude herumging zur Vordertür, und Bron mutmaßte aus ein paar Bemerkungen, die er mithörte, daß sie die Vordertür nicht öffnen wollten des Mannes wegen, den Bron und Lawrence vor dem Haus beobachtet hatten. Und in diesem Moment strömte ein Dutzend Kinder mit mehreren Müttern in den Raum, worunter auch Audri war (die ein hellrotes Miederhöschen trug mit dazupassenden Strümpfen und eine lange Schleppe aus Federn, die an ihrem Stirnband befestigt war). »He!« Er kämpfte sich bis zu Audri durch und faßte sie an der Schulter: »Versammeln Sie Ihre Kinder um sich, damit wir endlich gehen können . . .«

Sie sah ihn groß an.

»Was glauben Sie denn, was wir jetzt tun? Sie sagten, wir müßten das Gebäude räumen, nicht wahr? Wir gehen alle zusammen.«

»Oh«, erwiderte Bron, »oh, ja, natürlich.« Noch mehr Kinder strömten in das Zimmer.

Zwei Frauen erteilten Befehle.

»Hmm . . .« murmelte Bron. »He! Sie müssen alle Schuhe anziehen. Die Straßen sind voller Trümmer.«

Drei Kinder rasten aus dem Zimmer, um sich Schuhe zu holen.

Eine Frau, die hier das Kommando zu führen schien, wandte sich Bron zu: »Das ist wirklich großartig, daß Sie gekommen sind, um uns Bescheid zu sagen. Niemand wußte genau, was draußen vorging seit dieser Erschütterung heute nachmittag. Und dann kam auch noch der verrückte Mike an die Tür – nun, er scheint inzwischen ja wieder fortgegangen zu sein. Aber wir wußten nicht, ob er an unserer Empfangsstörung schuld war oder die allgemeine Unordnung dafür veranwortlich ist. Bei diesen Sturmböen, die ständig auf- und abflauen, wollte sowieso keiner von uns ins Freie gehen. Schon gar nicht mit den Kindern.« Freddie und Flossie war die einzige Ein-Elternteil-Familie im Schlangenhaus; aber in einer sexuell genau spezifizierten Co-Op, normal oder schwul, mußte man schon mit mehr Familien rechnen. Zudem war das noch eine weibliche Co-Op. Und, wie das Resümee einer Fernsehuntersuchung es einmal ausdrückte: solange Frauen 70 Prozent aller Kinder zur Welt brachten, konnte es einen nicht überraschen, daß fast 60 Prozent der Ein-Elternteil-Familien von Frauen geleitet wurden.

Als sie das Gebäude verließen (einer von Audris Söhnen hatte sich an Lawrence gehängt, dem sich noch ein anderes Kind anschloß, das Bron noch nie zuvor gesehen hatte), fragte Bron: »Wer *war* denn dieser verrückte Mike?«

Audri blickte sich um, ihre Kinder zählend, und sagte

dann vertraulich: »Er lebte früher mit John zusammen –« Sie deutete mit dem Kopf auf eine Frau in einem cremefarbenen, durchsichtigen Kleid, die er zuerst zu den Kindern gerechnet hatte.

»Sie hat zwei Kinder mit ihm. Er ist irgendein exzentrischer Handwerker, aber in welchem Gewerbe, weiß ich nicht.«

»Warum habt ihr ihn nicht eingelassen?«

Audri räusperte sich. »Dreimal tat sie es bereits, doch sobald er mit ihr alleine im Zimmer war, schlug er sie; und dann erklärte er ihr eine Stunde lang, daß es nur ihre Schuld sei, wenn er sie schlug. John ist eine nette Person, aber nicht sehr intelligent. Wir versuchten eine Verbindung zu den E-Girls herzustellen, aber die Leitung war tot.«

»Oh«, sagte Bron. »Ja . . . richtig. Vermutlich wollte er diesmal nur wegen der Kinder zu ihr . . .«

Audri räusperte sich wieder. »Diese plötzliche Wiederbelebung seiner Vatergefühle begann erst vor einem Jahr, als er sich zum Christentum bekehren ließ. Offenbar war er nicht sehr an ihnen interessiert, als sie die beiden Kinder auf die Welt brachte oder in den beiden ersten Jahren danach.« Audri warf einen besorgten Blick auf die Kinderschar, als sie um eine Hausecke bogen. »Ich meine, wenn er Kinder für sich selbst haben will, gibt es zehn verschiedene Möglichkeiten, um sie sich zu beschaffen – hier in diesem Bezirk, meine ich. Und mindestens fünfundzwanzig verschiedene Methoden drüben im nichtlizensierten Sektor.«

Bron folgte den Frauen um die Ecke. »Ich dachte mir, daß er ein Christ sein könnte.« Sie liefen jetzt auf die Plaza des Lichtes zu. »Nach den Ausdrücken zu schließen, die er verwendete.« Er blickte hinauf zu dem ungewohnten und beunruhigenden Nachthimmel. »Wissen Sie, daß sie fast so viel Unruhe stiften wie die Juden?«

Audri sagte: »Nun los schon, Kinder! Hört mit dem Unsinn auf! Hier entlang. Wo ist er denn anschließend hingegangen? Sonst blieb er immer mindestens eine Stunde vor dem Haus, wenn er sich unbeliebt machen wollte. Alle unsere Nachbarn amüsieren sich über ihn.«

»Oh«, sagte Bron mit wiederkehrendem Unbehagen. »Nun,

r sah Lawrence und mich und dann . . . dann ging er einfach weg.«

Audri sah ihn an. »Sie haben ihn vergrault? Dafür schulden wir Ihnen Dank. Original oder nicht – er ging uns allen auf die Nerven.«

Ein Kind kam zu Audri, um sie etwas zu fragen, was Bron nicht verstand und die Antwort (für Bron) ebenfalls nicht verständlich war, während Bron überlegte, ob er Audri die Wahrheit über den verrückten Mike berichten sollte. Egal, wie unangenehm es für ihn war – dazu war er verpflichtet.

Audri sagte: »Es war geradezu heldenhaft von Ihnen, bei uns vorbeizukommen, um uns bei der Evakuierung zu helfen. Wir hatten alle Angst. Die schrecklichen Geräusche, die von außen zu uns hereindrangen – damit meine ich gar nicht mal Mikes Drohungen . . . Nun, das war keine Ermutigung für uns, mit den Kindern ins Freie zu gehen.«

Bron bereitete sich darauf vor, ihr von Mikes vermutlichem Tod zu erzählen, als der Himmel (oder vielmehr das Schild) wieder aufflammte.

Die Kinder brachen in Jubel aus – was sogleich mindestens ein Dutzend E-Girls im Laufschritt aus einer Gasse herauslockte:

Was hatten sie eigentlich hier in diesem Sperrbezirk zu suchen?

Gerade unterwegs, um ihn so rasch wie möglich zu verlassen!

Wußten Sie denn nicht, daß überall in diesem Bezirk schwere Störungen in der Schwerkrafterzeugung eingetreten waren? Bisher seien ihnen schon hundertsechs Todesfälle gemeldet worden!

Deswegen wollten sie ja diesen Bezirk verlassen! In welche Richtung sollten sie sich denn wenden?

Nun, da das Sensorschild wieder eingestellt war, könne man sich darauf verlassen, daß die Lage wieder unter Kontrolle war. Sie konnten wieder in ihre Wohnungen zurückkehren, wenn sie wollten.

Das löste noch mehr Jubel und Gelächter bei den Frauen aus.

Andere Leute tauchten jetzt auf der Straße auf.

Bron drehte sich um, um Audri die Wahrheit über Mike anzuvertrauen, doch es stand nur noch Lawrence neben ihm.

»Gehen wir nach Hause«, sagte Lawrence. »Bitte? Laß uns jetzt nach Hause gehen.«

Bron wollte eigentlich nicht in das Schlangenhaus zurück. Er wollte mit Audri gehen, sich von den Frauen einen Kaffee kochen lassen, mit ihnen essen, reden, lächeln, lachen und mit ihnen scherzen über seinen Rettungsakt und daß er den verrückten Christen vergrault hatte. Aber da waren ja auch noch die Kinder. Und die Frauen waren schon wieder . . .

». . . sehen uns in der nächsten Woche im Büro wieder!« rief ihm Audri über eine Menge von Köpfen zu und winkte.

»Oh, ja!« Bron winkte zurück. »Bis dann. Im Büro.«

»Komm jetzt«, drängte Lawrence. »Bitte!« Bron lag eine ärgerliche Erwiderung auf der Zunge. Doch er unterdrückte sie. »Okay.« Bron seufzte. Und, nachdem sie zweieinhalb Häuserblocks weit gewandert waren: »Das ist ein Urlaub gewesen!«

*

Der Brief von der Spike (Original) wartete auf ihn auf seinem Tisch.

In seinem sauberen Zimmer (die Tür des Kleiderschrankes stand noch offen, aber er war zu müde, um sie zu schließen) saß er auf seinem Bett und las ihn zum zweitenmal. Dann las er ihn zum drittenmal. Und nun, mitten im Brief, wurde ihm bewußt, daß er ihn überhaupt nicht in Spikes Stimme hörte, sondern im Tonfall einer Frau, die in Audris Co-Op den anderen Frauen Befehle erteilt hatte. Zum viertenmal fing er mit seiner Lektüre an und hörte diesmal seine Anklage mit der elektronisch gesteuerten Stimme der Empfangsdame in der Personalabteilung in der Hegemonie. Noch einmal fing er von vorne an, diesmal die Stimme eines E-Girls hörend, die ihm zurief, er dürfe den Sperrbezirk nicht betreten, und die er dadurch überlistet hatte, daß er sich den Murmlern anschloß.

»He«, sagte Lawrence, der wieder im Adamskostüm durch die Tür drängte, sein zerbrochenes Vlet-Spiel vor sich hertragend. »Ich habe fast alle Figuren wiedergefunden! Nur vier wurden zertreten, und ich bin sicher, ich kann mir ein neues Astralbrett besorgen . . .«

»Lawrence?« Bron blickte von dem schwarz- und goldumrandeten Blatt Papier hoch. »Lawrence, weißt du, daß er recht hatte?«

»Das kann doch noch repariert werden, nicht wahr?« Lawrence lief mit einem gelb angelaufenen Fingernagel über den Riß im Spielbrett. »Drüben im nichtlizenzierten Sektor wohnte einmal ein erstklassiger Handwerker, der auf diese Spiele spezialisiert war. Ich bin sicher, er macht es wieder so gut wie neu – wenn sein Laden noch steht. In den öffentlichen Kanälen meldeten sie eben, daß es den U-L am härtesten getroffen hat. Aber ist das nicht typisch?«

»Lawrence, er hatte recht.«

»Wer?« Lawrence blickte hoch.

»Dieser Christ – der Mann, den wir vor Audris Co-Op sahen. Der verrückte Mike.«

»Recht in welcher Hinsicht?«

»Über Frauen.« Bron zerknüllte den Brief zwischen den hohlen Händen. »Sie verstehen nichts.«

»Du meinst, sie verstehen *dich* nicht? Ein paar von uns, mein Lieber, kommen blendend mit Frauen zurecht. Sogar ich von Fall zu Fall. Überhaupt keine Mißverständnisse: nur reine Sympathie und Sympatico von einem Ende zum anderen. Nur ist es bei mir natürlich nicht von Dauer. Aber kann es denn überhaupt jemals mit irgend jemandem von Dauer sein?«

»Sie verstehen die *Männer* nicht – ich meine nicht dich, Lawrence. Ich meine ganz gewöhnliche, andersgeschlechtliche Männer. Sie können sie nicht verstehen. Es ist eine logische Unmöglichkeit. Ich bin Logiker, und ich weiß es.«

Lawrence lachte: »Mein *lieber* Junge! Ich habe dich jetzt ein halbes Jahr lang aus der Nähe beobachtet, und du bist eine süße und mir vertraute Erscheinung – leider viel zu vertraut in Anbetracht einer so kurzen Zeit. Ich werde dir ein Geheimnis verraten. Es gibt einen Unterschied zwischen Männern und Frauen, einen kleinen, winzigen, der fürchte ich, vermutlich die meisten Jahre deines Erwachsenendaseins unglücklich machte und wahrscheinlich auch weiterhin unglücklich machen wird, bis du stirbst. Der Unterschied besteht einfach darin, daß die Frauen erst in dieser bizarren Derkheimschen Abstraktion ›Gesellschaft‹ seit etwa, sagen wir, fünfundsechzig Jahren als menschliche Wesen behandelt wurden; und dann auch nur auf den Monden; wohingegen die Männer den Luxus so einer Behandlung schon seit den letzten viertausend Jahren genossen. Das Ergebnis dieser historischen Anomalie ist schlichtweg folgendes: Daß die Frauen, statistisch gesprochen, nur eine Winzigkeit weniger bereit sind, sich mit gewissem Scheiß abzufinden als die Männer – aus dem ganz simplen Grunde, weil der Begriff einer bestimmten Art von jeder Scheiße befreitem Universum ist, in dieser ebenso bizarren Jungschen Abstraktion, in den weiblichen ›kollektiven‹ Unterbewußtsein noch zu neu und zu kostbar ist.« Lawrence runzelte die Brauen und blickte auf Brons festgeschlossene Fäuste. »Ich wette, da hast du einen Brief von einer Lady – ich warf einen Blick darauf und sah den Namen und die Adresse des Absenders, als ich den Korridor nach Leichen absuchte. Dein Problem besteht im wesentlichen darin, daß du ein logisch-perverser Typ bist, der eine Frau mit einer damit harmonierenden logischen Perversion sucht. Tatsächlich ist diese wechselseitig harmonierende Perversion, nach der du Ausschau hältst, sehr, sehr selten – wenn nicht gar nicht existent. Du suchst einen Partner, der eine bestimmte Art von logischem Masochismus als Lustgewinn empfindet. Würde es sich nur auf das Sexuelle beschränken, hättest du überhaupt keine Mühe, den richtigen Parnter zu finden – wie dir deine weltlichen Erfahrungen zweifellos längst bestätigt haben. Hänge sie an die Decke, verbrenne ihre Brustwarzen mit Streichhölzern, piekse sie mit Stecknadeln in den Hintern und schlage sie blutig! Es gibt Steigen voll Frauen, und selbstverständlich auch steigenweise Männer, die mit dem größten Vergnügen mit einem solchen ein Meter achtzig großen blonden Eisberg wie dir derartige Spiele treiben würden. Du kannst dir eine ganze Liste von Lokalen, wo sich diese Typen treffen, geben lassen. Du brauchst nur die Auskunft zu wählen. Aber mag sie nun ein religiöser Fanatiker sein wie der verrückte Mike, der glaubt, daß die Kinder aus ihrer Wampe dasselbe sind wie die von ihrer

Hand geformten Gegenstände, oder ein Soziopath wie der bedauernswerte Alfred, der überhaupt kein passendes Modell für irgend etwas hatte, kein richtiges oder nicht richtiges; mag sie Nonne sein oder eine Nymphomanin, laute politische Agitatorin, die sich im nichtlizensierten Sektor wichtig macht, oder eine Säule der Gesellschaft, die in vornehmer Umgebung auf dem Ring wohnt, oder irgendwo dazwischen, oder irgend eine Kombination davon – eines ist sicher: sie wird sich nicht mit deinem ›Beeile-dich-und-warte‹, deinem ›Step-ein-wenig-während-du-auf-deinem-Kopf-stehst‹, deinem ›Renne-im-Kreisherum-während-du-auf-der-geraden-Linie-entlangbalancierst‹ abfinden, schon gar nicht, wenn das nicht im Bett passiert und keine Hoffnung besteht, daß sich das als Wollustgefühl amortisiert. Glücklicherweise ist deine dir eigene Perversion heutzutage extrem selten. Oh, ich würde behaupten, vielleicht ein Mann von fünfzig leidet daran – eine erstaunliche Tatsache, wenn man bedenkt, daß diese Perversion früher so selbstverständlich war wie die Fähigkeit, sich einen Bart wachsen zu lassen. Vergleiche sie nur einmal mit einigen der wichtigsten Sexualtypologien: Einer von fünf ist homosexuell; drei von fünf sind bisexuell; einer von neun ist ein Sadist und Masochist; einer von acht fällt unter die verschiedenen Gruppen des Fetischismus. Du siehst also, daß du dich als einer von *fünfzig* wirklich in einer sehr schwierigen Situation befindest. Und was die Lage noch mehr erschwert – sogar tragisch macht – ist die Tatsache, daß die damit harmonisierende Perversion, nach der du bei den Frauen suchst, dank jener bereits erwähnten kleinen historischen Anomalie nur einmal unter fünftausend Fällen auftritt. Ja, ich habe eine – glaube es mir – platonische Neugier, was die männlichen und weiblichen Opfer dieser Perversion betrifft. Ja, ich beute die sie begleitende Einsamkeit der unerfüllten Sehnsucht aus, indem ich ihnen meine Freudschaft anbiete. Psychischer Vampirismus? Glaube mir, ich eigne mich genau so viel oder wenig als Blutspender wie jener berüchtigte Graf. Ich weiß nichts über die Frau, die das zu verantworten hat –« er deutete mit dem Kopf auf den zerknüllten Brief – »wenn ich von ihrer Reputation in der Öffentlichkeit einmal absehe. Aber ich bin ja kein junger Dachs mehr. Ich darf mir ein paar Spekulationen über sie erlauben. Bron, nach deinen Begriffen kann sie einfach nicht existieren. Ich meine, wie könnte sie? Du bist ein logischer Sadist, der eine logische Masochistin sucht. Aber du *bist* ein Logiker. Wenn du die Beziehung zwischen P und Nicht-P über einen bestimmten Punkt hinaus neu definierst – nun, dann hat das nichts mehr mit Logik zu tun. Dann hast du eigentlich nur das Thema gewechselt.«

»Ich bin Metalogiker«, sagte Bron. »Ich definiere die Beziehung zwischen P und Nicht-P fünf Stunden täglich an vier Tagen der Woche. Frauen verstehen es nicht. Schwule verstehen es auch nicht.

Lawrence klemmte sich seinen Vlet-Kasten unter den Arm, lehnte sich an die Wand und wölbte eine Augenbraue: »Erklär mir das mal.«

Bron schob die Schultern nach vorne. »Ich kann darüber nicht . . .« Dann streckte er sich. »Es hat etwas zu tun mit – ich weiß nicht, vielleicht mit einem Verhalten von Tapferkeit . . .«

»Tapferkeit? Tapferkeit ist nur ein großes Wort für etwas, was für die größte Anzahl von Leuten am besten ist. Das einzige Problem dabei ist, daß wir bei dem Prozeß, mit dem wir eine große Sache daraus machen, gewöhnlich blind werden für die Zahl der Menschen, die es wirklich verdienen . . .«

»Wenn du dich nur dort hingestellt hast, um dumme Sachen zu sagen, die sich clever anhören . . .« Bron war wütend.

»Du bist verschnupft.« Lawrence schob den Kasten etwas höher unter dem Arm hinauf. »Ich bitte um Entschuldigung. Fahre fort.«

Bron blickte auf seine ineinander geknoteten Finger, auf den Doppelrand aus Gold und Schwarz, der daraus hervorschaute. »Sams Reise zur Erde war im wesentlichen eine politische Mission. Du kannst froh sein, daß du nicht daran teilgenommen hast. Im Verlauf dieser Mission wurden einige von uns gefangengenommen. Ein paar von uns wurden sogar getötet. Ich kam verhältnismäßig glimpflich davon. Ich wurde nur gefoltert. Sie hielten mich fest und gaben mir nichts zu essen. Ich durfte nicht auf die Toilette oder zum Waschen gehen. Sie stachen mich mit Gabeln. Sie schlugen mich zusammen und fragten mich immer wieder dasselbe . . . Ich weiß, es hätte viel schlimmer kommen können. Sie schlugen mir weder den Schädel noch einen Knochen kaputt; und ich lebe noch, zum Teufel. Aber einige von uns leben . . . nicht mehr. Es war nicht angenehm. Aber das Schlimme daran war, daß wir nicht darüber sprechen durften – mit keinem der Beteiligten oder zu einem dritten. Nur ein Wort davon, und es hätte uns allen das Leben kosten können. Und ausgerechnet dann mußte ich dieser Frau begegnen«, er hielt den zerknüllten Brief, hob seine Faust und ließ sie wieder fallen. »Selbstverständlich hast du recht. Sie existierte nicht. Am Tag nach meiner Haftentlassung führte ich sie zum Essen aus. Da saß ich nun in diesem unglaublich teuren Restaurant, wo immer noch mit Geld bezahlt wurde und wo sie unbedingt hin wollte – ein paar Freunde von ihr hatten es bereits besucht, und das reizte sie so sehr, es ebenfalls auszuprobieren – und ein einziges Wort von mir, was ich eben überstanden hatte, und es hätte den Tod für mich und für ein paar Dutzend andere oder sogar für sie bedeuten können, während für sie nur maßgebend war, daß sie nicht gegen die Kleiderordnung verstoßen hatte – es würde dir gefallen haben; es ist eine von diesen Lokalitäten, wo nackte Füße Vorschrift sind, aber ehrlich gesagt, war mir das herzlich gleichgültig – oder daß sie den gewünschten Eindruck auf die Kellner und den Empfangschef machte – als ein bezauberndes und naiv-unschuldiges Wesen –, und dann redete sie dauernd davon, wie großartig diese oder jene Liebesaffäre gewesen sei. Das soll nicht heißen, daß das für mich eine Überraschung gewesen wäre. Ich hatte sie ja schon ein paarmal vorher hier in Tethys getroffen. Wir gingen sogar ein paarmal zusammen ins Bett, ganz unverbindlich und – nun, ich glaube, auch sehr erfolgreich. Aber ich will dir nur ein Beispiel geben: Als ich ihr das erstemal begegnete, erzählte ich ihr von dir und sagte, daß sie dich unbedingt kennenlernen sollte. Sie reagierte sehr gereizt darauf; offensichtlich mag sie keine Homosexuellen, scheint moralische Vorbehalte zu haben. Sie wettert immer noch gegen sie hier in ihrem Brief«, Bron hielt das dünne Papier hoch, »und sie war schwer verschnupft, daß ich glauben konnte, sie könnte sich mit einem Homo eingelassen haben. Kannst du dir das vorstellen, in unserem modernen Zeitalter? Aber das hält sie nicht davon ab, sich hin und wieder gleichgeschlechtlich zu betätigen, und das nicht ohne Lustgewinn, wie sie zugibt, wenn sie sich mal gehenläßt. Doch offenbar ist es bei ihr ganz etwas anderes. Ja, eine logisch konsequente Position ist nicht ihre Stärke – obgleich sie, wie du, das Wort Logik oft genug in den Mund nimmt. Tatsächlich führt sie für die Weigerung, dich kennenzulernen, einen einzigen Grund an, nämlich meine beiläufige Bemerkung, du seist schwul! Du kannst es hier schwarz auf weiß lesen . . .« Bron hielt Lawrence den zerknüllten Brief hin.

Lawrence hob das Kinn. »Es gelingt dir wahrhaftig, sie so zu schildern, daß ich jedes Interesse an ihr verlieren könnte – ganz gewiß jedoch an ihrer skurrilen Korrespondenz.«

Bron schob seine Hände wieder zwischen den Knien zusammen. »Nun, so ist sie eben gebaut. Egal, da saßen wir nun in dem Restaurant, und ich hatte wirklich eine harte Zeit hinter mir, die Zelle, das Verhör, die Folter. Und ich hatte nur ein Anliegen an sie, ein Bedürfnis – nicht nach Sex; nach etwas Höherem oder mehr, nach irgendeinem . . . ich weiß nicht, was: Beistand, Freundschaft, Wärme, Mitleid – aber nein, kaum spürt sie, daß ich etwas mehr von ihr wollte als Sex, beschließt sie, den Sex ebenso vom Programm zu streichen. Von da an war es nur noch ein großes, flaues Nichts. Ich meine, ich *konnte* ja über das sprechen, was mir zugestoßen war und ich erlitten hatte; es war aber einfach zu gefährlich. Aber sie hatte nicht einmal eine Antenne dafür, daß bei mir irgend etwas nicht in Ordnung war. Es gab überhaupt keine Verständigung zwischen uns . . . Sie verstehen nicht. Sie können nicht verstehen. Die Männer müssen das einfach mit sich alleine abmachen.«

»Hast du nicht vorhin das Wort Tapferkeit verwendet?« Lawrence schob die Kassette wieder bis zur Achsel hinauf.

»Nun, ja. Ich möchte ja keine große Sache daraus machen; aber als ich von der Reise zurückkam und in diesen Bezirk wollte, um zu sehen, wie es dir geht, Audri und den Kindern, mußte ich erst eine Absperrung durchbrechen. Es war nicht gar zu schwierig; ich brauchte mich nur unter eine Gruppe der Armen Kinder von Zoroastier Erleuchtung und dem Wechselnden Heiligen Namen zu mischen. Vor Jahren besuchte ich ihre Lehrgänge, und so konnte ich ein Mantra täuschend ähnlich nachsprechen – jedenfalls gut genug, daß man mich unter sich duldete. Und so kam ich durch die Sperre. Ich behaupte nicht, es gehörte *viel* Erfindungskraft dazu, aber Initiative war es doch. Und in einer Zeit der sozialen Krise muß *jemand* diese Art von Findigkeit besitzen, auch wenn er nur unsere Gattung damit verteidigt, die Frauen, die Kinder und – ja, sogar die Alten. Und diese Erfindungsgabe erwächst aus der Einsamkeit, dieser ganz besonderen männlichen Einsamkeit. Das ist nicht einmal bewußt geschehen, ich möchte sagen, ich wurde nicht einmal gedanklich gefordert. Aber in einer Zeit der Krise müssen gewisse Dinge eben erledigt werden. Manchmal verlangt das, daß unsereiner den Mund hält oder etwas unterläßt, was man gerne tun möchte, weil es andere gefährdet. Manchmal bedeutet das, daß man etwas tut, was man normalerweise nicht täte, wie zum Beispiel eine Sperrkette durchbrechen oder ein Fenster einschlagen oder sich sogar die törichten Gedankengänge eines anderen bis zu Ende anhören.« Bron lachte. »Ich versuche mir gerade vorzustellen, wie diese Gans, die ich zum Essen ausführte und die mir ihre ganzen Liebesaffären erzählte – auch ihre beiden aktuellen Liebschaften sparte sie nicht aus – überhaupt *etwas* verschweigen könnte! Eine Angelegenheit, die über Leben oder Tod entscheidet? Das hätte sie nicht am Reden gehindert! Oder eine Wanderung durch den Schutt dort draußen auf den Straßen. Sie hätte mindestens einen Tag dazu gebraucht, sich schlüssig zu werden, ob sie die richtige Wanderkleidung ausgesucht hatte. Oh, damit will ich nicht sagen, Frauen besäßen keine Courage. Aber es ist eine andere Art von – nun, vermutlich liegt es daran, daß Frauen oder Menschen mit stark femininen Zügen in ihrer Persönlichkeit einfach zu sozial sind, um diese dafür notwendige Voraussetzung der Einsamkeit zu besitzen, auch außerhalb der Gesellschaft tätig zu werden. Aber so lange wir mit sozialen Krisen konfrontiert werden, ob sie nun selbstgemacht sind wie dieser Krieg oder natürliche Katastrophen wie ein Eisbeben – dann brauchen wir – egal, was in den Eis-Opern behauptet wird – diese besondere männliche Einsamkeit, wenn auch nur für diese Findigkeit der Initiative, die sie hervorbringt, damit der Rest unserer Gattung überleben kann. In einem gewissen Sinn, vermute ich, stellen Frauen die Gesellschaft dar.

Ich meine, sie reproduzieren sie doch, nicht wahr? Jedenfalls siebzig Prozent davon, laut gültiger Statistik. Nicht, daß ich mißgönne, was sie in den letzten hundertfünfundsiebzig Jahren erobert haben, wie du vorhin sagtest . . .« die Spielkassette entglitt Lawrence' Arm, krachte zu Boden und platzte wieder auf. Zwei von den Schubladen an der Seite lösten sich aus der Kassette und verstreuten Karten, Würfel, rote und grüne Figuren über den Teppich.

Bron stand auf.

Lawrence fiel mit einem kleinen Schreckensschrei auf die Knie und murmelte: »Oh, wahrhaftig . . .« und »sich so gehenzulassen . . .« und rutschte auf dem Teppich herum, um die Figuren wieder aufzusammeln. Er befand sich in einem wachsenden Zustand der Erregung.

»He«, sagte Bron nach einer Sekunde, »nun ereifer dich nicht so . . . warte, ich helfe dir . . .«

»Du bist ein Narr«, platzte Lawrence plötzlich mit heiserer Stimme heraus. »Ich bin müde. Ich habe es satt. Mehr kann ich nicht dazu sagen. Ich habe es satt.«

»Heh?«

Lawrence schob zwei Würfel in die Schublade zurück, langte nach einem dritten . . .

»Also nun . . .« Bron hörte aus dem Geräusch, mit dem Lawrence die Würfel einpackte, die Feindseligkeit heraus und versuchte, seine Ausführungen bis zu dem Punkt zurückzuverfolgen, wo sie sich entzündet hatten. »Oh, nun, als ich sagte, Schwule verstünden ebenfalls nicht, da war ich – ich weiß nicht – geladen. Hör zu, was oder wie du auch gerne bumst oder dich bumsen läßt, du bist immer noch ein Mann. Du bist einsam gewesen. Schließlich wohnst du ja in *dieser* Co-Op, nicht wahr? Du hast dich genau so wie ich darum bemüht, daß Audri und die Kinder evakuiert wurden. Tatsächlich war es *deine* Idee, sie . . .«

Lawrence saß auf dem Teppich; bleich, die verschrumpelten Hände schützend vor dunklen, verschrumpelten Geschlechtsteilen. »Du bist ein Narr! Du bist ein Narr! Du bist ein Narr! Du willst zu mir über Tapferkeit reden?« Eine Hand schnellte hoch und deutete zur Tür hinaus. »Dort ist deine Tapferkeit. Dort

liegt deine Findigkeit. Genau gegenüber, in Alfreds Zimmer –
nein, sie haben das Zimmer noch nicht gereinigt. Die Leute, die
ihnen das antaten, waren emsig tätig für das Überleben der Gattung. Und wie tüchtig sie dabei waren! Es gelang ihnen ohne
den Verlust eines einzigen Soldaten.« Lawrence's Hand fiel zurück auf den Teppich zwischen die Figuren. »Ich kam nur zu
dir, um dir zu sagen . . .« Lawrence holte tief Luft und atmete
wieder aus. Seine Schultern sackten nach unten. »Der Krieg ist
vorbei. Eben kam es über die öffentlichen Kanäle. Offensichtlich
haben wir gewonnen – was das auch bedeuten mag. In Lux auf
Iapetus gibt es keinen einzigen Überlebenden. Fünf Millionen
Menschen – alle tot. Die Sabotage war dort hundertprozentig
wirksam. Sie verloren ihre ganze Atmosphäre und Schwerkraft.
Die Verluste an Menschenleben lagen unter acht Prozent auf
Europa und Callisto. Wir haben noch nicht die Zahlen aus G-City von Ganymede erhalten, die gut sein können oder schlecht.
Triton, der als Letzter dem Krieg beitrat, kam offensichtlich am
besten davon. Andererseits haben wir achtzehn Prozent der
Landoberfläche der Erde verbrannt und verwüstet. Zweiundachtzig Stunden nach Tritons Kriegserklärung legten sich beide
Seiten keine Hemmungen mehr auf. Mars hat offiziell kapituliert. Dort liegen die Verluste unter einer Million, die sich vor allem auf kleinere städtische Bezirke außerhalb von Bellona konzentrierten.« Lawrence hob die rote Hexe auf, blickte sie an, ließ
sie aus seinen Fingern in seine Handfläche fallen, und seine geschlossene Faust schlug wieder auf den Teppich. »Wir haben
gegenwärtig keine offizielle Verbindung zur Erde, aber wir betrachten das als Zeichen der Kapitulation: alle, die zu einer Kapitulation ermächtigt wären, sind tot. Sie zeigen schon Luftaufnahmen von einigen Zielen, die wir auf der Erde trafen: Hauptsächlich in Nord- und Südafrika, Mittelamerika und Ostasien.
Obgleich wir versuchten, die dichtbevölkerten Zentren auszusparen, gehen Schätzungen dahin, daß sechzig bis fünfundsiebzig Prozent der Erdbevölkerung entweder schon tot sind oder –
wie sie es so drollig formulierten – werden noch innerhalb der
nächsten zweiundsiebzig Stunden tot sein. Wegen der noch folgenden ›Wirren‹ – wie sie es nannten.« Lawrence schüttelte den
Kopf. »Wirren . . .! Tapferkeit in Krisenzeiten!« Er blickte Bron

an. »Ich wurde in Südarfrika *geboren*. Ich mochte das Land nicht. Ich verließ es. Ich hatte kein Verlangen, dorthin zurückzukehren. Aber das gibt ihnen nicht das Recht, es einfach in Asche und verbrannte Erde zu verwandeln. Oh, ich weiß, man sollte nicht über so peinliche Dinge wie seine Herkunft reden. Ich benehme mich wie ein politischer Wirrkopf aus dem nichtlizensierten Sektor, wenn ich von *meinen* Ursprüngen spreche. Trotzdem haben sie nicht das Recht dazu!« Er lehnte sich nach vorn und tastete den Teppich nach verstreuten Figuren ab. »Sie haben es trotzdem nicht . . .! Fünfundsiebzig Prozent! Du bist ja eben auf der Erde gewesen! Bist du dort nicht irgendwo, irgendwann einem Menschen begegnet – wenn auch nur einer einzigen Person, die du mochtest, für die du etwas empfandest – negativ oder positiv, das ist ganz egal. Nun stehen die Chancen drei zu vier, daß diese Person in den nächsten zweiundsiebzig Stunden sterben wird. In den nachfolgenden Wirren. Und wenn sie gestorben sind, sind sie genau so tot wie diese zwei Kinder jenseits des Korridors – nein, laß die Steine ruhig liegen! Ich kann sie selbst aufheben. Du gehst über den Korridor und überzeugst dich selbst, *wie* tot sie sind!«

Aber Bron hatte sich gar nicht gebückt. Er hatte nur auf den zerknüllten Brief geblickt, den er noch in der Faust hielt, auf ein Bild von der Spike auf der Erde, ›in den Folgewirren‹, und das hatte ihn so heftig getroffen wie ein Erlebnis, das durch irgendeinen Geruch wieder ins Gedächtnis zurückgebracht wird: er war zurückgezuckt, während sein Herz heftig gegen seine Rippen schlug. Die Gedanken, die seinen Geist überfluteten, waren zu heftig, um sie als Gedankengang anerkennen zu können (wenigstens *dieser* Gedanke war klar); er sah zu, wie Lawrence nach den verstreuten Figuren suchte. Endlich – war eine Minute vergangen? Oder waren es fünf? – fragte er heiser:

»Du glaubst wirklich, daß nur eine von . . . fünftausend?«

»Was?« Lawrence blickte stirnrunzelnd auf.

»Daß eine Frau unter fünftausend . . .?«

Lawrence holt tief Luft und sammelte wieder eine Figur ein. »Ich *könnte* mich um tausend verschätzen – in beiden Richtungen!«

Bron schleuderte den Brief auf den Boden (»He, was ist jetzt wieder –?« rief Lawrence) und lief den Korridor hinunter.

Er ging nicht in Alfreds Zimmer.

Unten wartete ein halbes Dutzend Männer vor dem Computerraum, und als er sich durchdrängelte, versuchten sie ihn darauf hinzuweisen, daß er mindestens zwanzig Minuten warten müsse, bevor er das medizinische Diagnoseprogramm einschalten könne.

»Ich will *keine* Diagnose!« Er keilte sich bis zur Tür durch. »Ich weiß, was mir fehlt! Ich will nur eine klinische Auskunft!« Er drängelte sich in die Kabine. Er war sich nicht sicher, ob er eine klinische Auskunft erhielt, so lange der Diagnosekanal mit Anfragen verstopft war. Doch als er seine Anfrage eintippte, tauchte sofort auf dem Schirm die Adresse auf. Er drückte auf den roten Knopf, und die Adresse wurde auf einem Streifen rotem Dünnpapier ausgedruckt. Er riß den Streifen aus dem Ausgabeschlitz und stürmte wieder aus der Kabine.

*

Eine Schlange wartete vor dem Transportkiosk. Verspätungen? Er bog um die Ecke und entschloß sich, zu Fuß zu gehen. Die Adresse lag im nichtlizensierten Sektor. Was typisch war. Hier und dort kam er an einer Ruine vorüber. Arbeitstrupps waren schon damit beschäftigt, die Trümmer zu beseitigen. Er verglich in Gedanken die glänzenden gelben Coveralls, mit denen die Frauen und Männer hier bekleidet waren, mit den schmutzigen Arbeitskleidern der irdischen Erdarbeiter. (Fünfundsiebzig Prozent . . .?) Aber das löste bei ihm nur ein taubes Gefühl aus, gehörte also zu den Belanglosigkeiten vor der Erreichung seines Ziels. Ich sollte für sie beten, dachte er, und suchte sich an seinen Murmler zu erinnern; doch statt dessen trat wieder das heisere Bellen der Bestien in sein Gedächtnis – *die Verstümmelung des Geistes, die Verstümmelung des Körpers!* Er zog den Kopf ein, forschte mit den Augen in dem Staub, der durch das grüne Licht der mit Kacheln ausgekleideten Unterführung herumwirbelte – die Lichtstreifen auf der linken Seite waren ausgefallen. Während er auf die noch dunklere Straße dahinter trat, wurde ihm bewußt, daß der nichtlizensierte Sektor tatsächlich schwe-

rer getroffen worden war. Was wiederum typisch war.
Würde die Klinik offen sein?
Sie war es.

*

Der blaue Empfangsraum war leer bis auf eine Frau in einem komplizierten Lehnstuhl in einer Ecke, der eine komplizierte Konsole auf einer Armstütze besaß. Die Augen an einem binokularen Lesegerät, gab sie hin und wieder etwas in die Konsole auf der Armstütze ein. Bron trat an ihre Seite. Sie schob das Lesegerät beiseite und lächelte: »Kann ich Ihnen helfen?«
Bron sagte: »Ich möchte eine Frau sein.«
»Ja. Und was für ein Geschlecht haben Sie zur Zeit?«
Das war nicht die Antwort, die er erwartet hatte. »Nun, wie sehe ich denn aus?«
Einen kleinen Flunsch ziehend, erwiderte sie: »Sie könnten ein Mann sein, der sich mitten in einer Reihe von möglichen Geschlechtsumwandlungsprozessen befindet. Oder sie könnten eine Frau sein, die erheblich fortgeschritten ist in einer Reihe von anderen Geschlechtsumwandlungsoperationen: in diesen beiden Fällen würden Sie von uns verlangen, daß wir eine Arbeit beenden, die wir bereits begonnen haben. Um es deutlicher auszudrücken – Sie können als eine Frau begonnen haben, dann in einen Mann verwandelt worden sein und sich jetzt wieder in etwas anderes verwandeln lassen wollen. Das kann schwierig werden.« Aber weil er in einem ganz anderen Zusammenhang drei Monate auch so eine Konsole bedient hatte, sah er, daß sie bereits das Wort ›männlich‹ eingegeben hatte. »Oder«, schloß sie, »sie könnten eine Frau in einer sehr guten Verkleidung sein.«
»Ich bin männlichen Geschlechts.«
Sie lächelte. »Kann ich mal Ihre Kennkarte haben –« die er ihr aushändigte und die sie in den Schlitz am unteren Ende der Konsole einführte. »Vielen Dank.«
Bron blickte auf die leeren Stühle im Wartezimmer. »Außer mir ist keiner zur Behandlung hier . . .?«
»Nun«, erwiderte die Frau trocken, »wie Sie wissen, hatten

wir heute nachmittag auch einen Krieg. Es geht etwas langsamer als sonst. Aber wir bemühen uns . . . gehen Sie nur geradeaus durch.«

Bron ging durch die blaugestrichene Wand in einen kleineren Raum, der im Eingeweide-Rosa gehalten war.

Der Mann hinter dem Schreibtisch nahm gerade Brons Karte aus dem Schlitz seiner Konsole, er betrachtete sie lächelnd, dann Bron, dann den rosa Sessel, der vor dem Schreibtisch stand, dann wieder die Karte. Er stand auf und streckte seine Hand über den Tisch.

»Sehr erfreut, Sie kennenzulernen, Miß Helstrom . . .«

»Ich bin männlichen Geschlechts«, erwiderte Bron. »Ich sagte eben Ihrer Empfangsdame . . .«

»Aber Sie wollen doch in eine Frau verwandelt werden«, erwiderte der Mann, nahm Brons Hand, schüttelte sie, ließ sie wieder los und hüstelte. »Wir bevorzugen die Methode des sofortigen Einstiegs, besonders bei den leichteren Dingen. Setzen Sie sich doch.«

Bron setzte sich.

Der Mann lächelte, setzte sich ebenfalls. »Nun, ich sage bewußt Miss Helstrom, können Sie uns sagen, was Sie von uns erwarten?«

Bron versuchte entspannt zu wirken. »Ich möchte, daß Sie mich in eine Frau verwandeln.« Beim zweitenmal ging es viel leichter von der Zunge.

»Ich verstehe«, sagte der Mann. »Sie stammen vom Mars – oder möglicherweise sogar von der Erde?«

Bron nickte. »Ich bin vom Mars.«

»Dachte ich mir es. Die meisten unserer Kunden stammen vom Mars. Schrecklich, was dort heute nachmittag passiert ist. Einfach schrecklich. Aber ich vermute, daß es Sie persönlich nicht getroffen hat.« Er saugte an seinen Zähnen. »Trotzdem erzeugt das Leben nach dem hier herrschenden System nicht so viele ernsthaft sexuell unbefriedigte Typen. Wenngleich ich vermuten muß, da Sie hierhergekommen sind, daß Sie der Typ sind, der sich nicht länger von den Leuten sagen lassen will, was für ein Typ Sie sind oder nicht sind.« Der Mann wölbte eine Augenbraue und räusperte sich fragend.

Bron blieb still.

»Sie wollen also eine Frau sein.« Der Mann legte seinen Kopf schief. »Was für eine Frau wollen Sie denn nun sein? Oder vielmehr, *wie sehr* Frau?«

Bron runzelte die Stirn.

»Möchten Sie, daß wir lediglich eine kosmetische Operation durchführen, worauf es im Grunde hinausläuft – und zwar mit erstklassigen, voll funktionstüchtigen Ergebnissen. Wir können Ihnen eine funktionstüchtige Scheide verpassen, eine funktionstüchtige Klitoris, sogar eine funktionsfähige Gebärmutter, in der Sie ein Baby empfangen und austragen können. Dazu noch funktionstüchtige Brüste, mit denen Sie Ihren Säugling, sobald er geboren ist, stillen können. Sobald Sie jedoch mehr wünschen als das, müssen wir den Bereich der Kosmetik verlassen und uns dem Grundsätzlichen zuwenden.

Brons Stirnrunzeln vertiefte sich. »Was können Sie denn außer Ihrer kosmetischen Operation noch tun?«

»Nun.« Der Mann legte seine Hände auf den Tisch. »In jeder unserer Zellen – nun, nicht alle: eine bemerkenswerte Ausnahme bilden die roten Blutzellen – gibt es sechsundvierzig Chromosomen, lange DNS-Ketten, die als zwei Riesen, umeinandergewickelte Moleküle definiert werden können, in denen die vier Nukleotiden – Adenin, Thymin, Cytosin und Guanin – die beiden Längsachsen bilden, die jeweils in Dreiergruppen angeordnet der Reihe nach abgelesen werden: Die Anordnungen dieser Gruppen bestimmen die Anordnungen der Aminosäuren entlang der Polypeptiden-Ketten, die dann die Proteine und Enzyme bilden, die, sobald sie geformt sind, wechselseitig aufeinander einwirken und auf ihre Umgebung, und zwar dergestalt, daß nach einer gewissen Zeit und Sättigung . . . nun, dieser Prozeß ist viel zu kompliziert, um ihn mit einem einzigen Verbum ausdrücken zu können: sagen wir einfach, da waren sie, und hier sind Sie! Sage ich sechsundvierzig, würde das genau stimmen, wenn Sie eine Frau wären. Aber was sie zu einem Mann machte, ist diese halbe Länge Chromosomen, die als Y bezeichnet wird und mit einer vollen Länge Chromosomen gepaart wird, die X genannt wird. Bei Frauen gibt es immer nur zwei von diesen Xen und überhaupt keinen Y. Und seltsamerweise können Sie noch so viele X-Chromosomen in Ihren Zellen enthalten – und gelegentlich verdoppelt sich diese Zahl –, so lange wenigstens eine Y-Schleife sich in Ihren Zellen befindet, ist Ihr Organismus männlich. Nun werden Sie mich fragen, wie dieses Y-Chromosom Sie in ein männliches Wesen verwandeln konnte, ganz am Anfang, als die verschiedenen Zellen sich teilten, und Ihr kleiner Gewebeballon sich den zahlreichen Thomschen Katastrophen unterziehen mußte und sich einstülpte zu Ihrer Entstehung?« Der Mann lächelte. »Aber ich rekapituliere wahrscheinlich nur, was Sie bereits wissen . . .? Die meisten unserer Kunden haben sich sehr ausführlich mit dieser Materie beschäftigt, ehe sie zu uns kamen.«

»Ich nicht«, sagte Bron. »Ich habe mich erst vor . . . vielleicht vor einer Stunde dazu entschlossen.«

»Dann sollten Sie«, fuhr der Mann fort, »Ihre Entscheidungen auch rasch treffen. Und es könnte Sie in diesem Zusammenhang interessieren, daß die Raschentschiedenen zu unseren erfolgreichsten Fällen gehören – falls sie der richtige Typ sind.« Er lächelte und nickte. »Nun, wie ich vorhin gerade ausführte: Wie macht der Y-Chromosom das?«

»Er hat die Blaupause für die Anordnung der Aminosäuren für die männlichen Sexualhormone in sich?« gab Bron fragend Hilfestellung.

»Nun, Sie müssen sich diese Vorstellung von der ›Blaupause‹ gänzlich aus dem Kopf schlagen. Die Chromosomen *beschreiben* nichts, was sich direkt auf den Körper bezieht. Sie *schreiben vor*, was man als einen vollkommen anderen Prozeß verstehen muß. Außerdem ist das Y-Chromosom nur das Schwanzende eines X-Chromosoms, um es praktisch zu erklären. Nein, es ist viel komplizierter. Eine Art, nach der diese Chromosomen arbeiten, besteht darin, daß ein Enzym, das von einer Chromosomenlänge erzeugt wird, das Protein sozusagen aktiviert, das von einer anderen Chromosomenlänge erschaffen wurde, entweder auf dem gleichen Chromosomen oder auf einer ganz anderen Kette. Oder manchmal inaktivieren sie ein anderes Produkt von einer anderen Chromosomenlänge. Wenn Sie den ziemlich groben Begriff der Gene verwenden wollen – und tatsächlich ist der Begriff des Genes nur eine Abstraktion, weil es nämlich gar keine ausgeprägten Gene gibt, sondern nur zusammenhängende Streifen von Nukleotiden; sie grenzen sich überhaupt nicht ab, und wenn man die Dreiergruppen an der richtigen Stelle ablesen möchte, kann das zu einem echten Problem werden – können wir sagen, daß bestimmte Gene andere Gene einschalten oder aktivieren, während bestimmte andere Gene wieder die Aktivität von Genen unterdrücken. Es ergibt sich ein kompliziertes Ineinandergreifen. Abschaltungen und Einschaltungen, vorwärts und rückwärts zwischen den X- und Y-Chromosomen – zum Beispiel kann eine Zelle mit multiplen Y-Chromosomen, aber ohne X-Chromosomen, das nicht bewerkstelligen und stirbt einfach ab – was wiederum zahlreiche Gene auf beiden Chromosomen, dem X und dem Y, aktiv werden läßt, die nun die Gene in allen sechsundvierzig Chromosomenpaaren einschalten, die eine männliche Charakteristik vorschreiben, während Gene, die gewisse weibliche Merkmale prägen würden, nicht aktiviert werden (oder in anderen Fällen ausdrücklich abgeschaltet werden). Die Wechselwirkung, die zwischen zwei X-Chromosomen stattfindet, würde nun andere Gene in allen X-Chromosomschleifen aktiv werden lassen, die wiederum jene weiblichen Programmgene aktivieren und die männlichen in allen vierundvierzig Chromosompaaren deaktivieren. Zum Beispiel gibt es ein Gen, das in dem Y aktiviert wird, welches die Produktion von Androgen auslöst – tatsächlich sind Teile des Androgens selbst im Entwurf in einem Teil des X-Chromosomes angelegt – während ein anderes Gen, das Y auf dem X aktiviert, wieder ein anderes Gen, das ganz woanders eingebaut ist, so aktiviert, daß der Körper auf das Androgen ansprechen kann. Wenn *dieses* Gen aus irgendeinem Grund nicht aktiviert wird, wie es gelegentlich vorkommt, dann bekommt man ein Ergebnis, was wir testikuläre Feminisierung nennen. Männliche Sexualhormone werden erzeugt, aber der Körper kann nicht darauf ansprechen, also besitzen sie in diesem Fall ein Y-Chromosomen mit einem weiblichen Körper. Dieser Zustand zwischen dem X und dem Y macht es zu einer logischen Streitfrage, ob wir den Mann als eine unvollständige Frau, oder die Frau als einen unvollständigen Mann definieren. Die Anordnung der Chromosomen in den Vögeln und Echsen zum Beispiel ist dergestalt, daß das nur halb so lange Chromosom in den Zellen der weiblichen Tiere enthalten ist und die volle Länge in den männlichen; die Männchen sind also X-X und die Weibchen X-Y. Was wir nun hier, um auf das Praktische zurückzukommen, für einen Mann tun können, ist eine Infektion mit einer speziellen, virusähnlichen Substanz, die sich von etwas ableitet, was wir ein Episom nennen. Dieses Episom bringt nun eine zusätzliche Länge des X-Chromosoms in die Zellen ein, lagert es dort ab, so daß die dort befindlichen Y-Chromosomen sozusagen vervollständigt werden und all jene Zellen, die bisher X-Y waren, nun eine X-X-Funktion besitzen.«

»Und was wird dadurch erreicht?«

»Tatsächlich erstaunlich wenig. Aber es gibt den Leuten ein sicheres Gefühl. Viele der eben beschriebenen Aktivitäten müssen zu bestimmten Zeiten während der Entwicklung des Körpers auftreten, um sichtbare Wirkung zu erzielen. Zum Beispiel erzeugt das Gehirn, wenn es seinen eigenen Steuerungen folgt, im monatlichen Zyklus einen Hormonausstoß, der wiederum die Eierstöcke in einer Frau in monatlichen Intervallen dazu anregt, die weiblichen Hormone zu erzeugen, die den Eisprung hervorrufen. Kommt jedoch das Hormon Androgen hinzu, wird dieser spezifische Teil des Gehirnstammes anders entwickelt, und der monatliche Zyklus wird außerordentlich stark gedämpft. Dieser Gehirnstamm ist sichtbar anders, wenn man ihn bei einer Obduktion betrachtet – der Gehirnstamm ist bei Frauen merklich dicker als bei den Männern. Ausschlaggebend ist für uns, daß das Gehirn nicht zurückzuentwickeln ist, sobald diese Entwicklung stattgefunden hatte und der monatliche Zyklus unterdrückt wurde, selbst wenn die Zufuhr von Androgen aussetzt. Derartige Dinge lassen sich nur schwer umkehren. Dazu braucht man zehn oder zwölf Minuten Mikro-Chirurgie an den Keimbläschen. Aber nach diesem Verfahren geschieht das meiste bei uns, was wir tun müssen. Wir versuchen Klone, Ableger, von ihrem eigenen Gewebe, für alles zu benützen, was vergrößert werden muß – der *Uterus Maskulinus* für Ihre Gebärmutter; wir nehmen das in Ihren Hoden enthaltene Spermienplasma dafür her, um daraus die zu züchtenden und zu formenden Eierstöcke für Sie herzustellen – was ja nun wirklich keine alltägliche Leistung ist. Ist es Ihnen schon einmal bewußt geworden, welcher Unterschied zwischen ihren Zeugungsorganen und den entsprechenden weiblichen Organen besteht –? Die weiblichen Organe sind viel leistungsfähiger. Bei ihrer Geburt hat die Frau bereits fünfhunderttausend Eier gebildet, welche sich bei dem verhältnismäßig friedlichen Absorptions- und Generationsprozeß bei ihrer Pupertät auf ungefähr zweihunderttausend reduziert haben, die alle darauf warten, in ihre Gebärmutter hinunterzuwandern – wobei ich erwähnen möchte, daß praktisch neunundneunzig Prozent der Daten, die entscheiden, was aus ›Ihnen‹ wird, sobald die Gene Ihres Vaters sich mit denen Ihrer Mutter vermischen, im *Rest* des Eies enthalten sind, der nicht chromosomisch ist. Das ist der Grund, weshalb das Ei im Vergleich zum Spermatozoon so riesig ist, sie hingegen produzieren ungefähr dreihundert Millionen Samenfäden täglich, von denen, wenn sie erstklassiges Samenmaterial herstellen, vielleicht einhundert tatsächlich irgend etwas befruchten können. Die anderen zweihundert Millionen neunhundertneunundneunzigtausendundneunhundert sind nicht lebensfähige Mutationen, vergeudete Liebesmüh, gegen welche die Frau ein Antikörper-System besitzt (zum Glück), welches die schlechten aussondert wie schädliche Bakterien. Wenn man dieses Antikörper-System weiter stimuliert – Sie besitzen es ebenfalls – haben sie die Basis unseres praktizierten Geburtenkontrollsystems erreicht.« Er hüstelte. »Topologisch gesprochen sind Männer und Frauen identisch. Einige Dinge sind nur größer und besser entwickelt in dem einen Geschlecht als in dem anderen, und anders angeordnet. Aber wir beginnen damit, Ihre X-Chromosomen zu komplettieren. Ich sage komplettieren – Sie dürfen nicht von mir annehmen, daß ich ein bei Ihnen zu vermutendes Vorurteil unterstütze, weshalb Sie eine Frau sein wollen. Ich nehme an, Sie glauben, Männer seien minderwertigere Geschöpfe, und ich bestärke sie noch in dieser Abwertung . . .«

»Ich glaube nicht, daß Männer minderwertiger sind«, sagte Bron. »Ich möchte einfach eine Frau sein. Vermutlich werden Sie mir sagen, das wäre ebenfalls typisch.«

Das Lächeln des Mannes wurde ein bißchen enger. »Ja, Miß

Helstrom, ich fürchte, das ist es. Aber es steht mir nicht zu, darüber einen Urteil abzugeben. Ich bin nur dazu da, um zu informieren und zu beraten. Das Gebären von Kindern ist nur eines der Phänomene, die das Leben einer Frau komplizierter machen können als das männliche Dasein – aber heutzutage ziehen es ja vier von fünf Frauen vor, keine Kinder zu bekommen; ist das Gebären für Sie von besonderem Interesse?«

»Nein.«

»Jedenfalls sollten Sie wissen, daß es Ihnen freisteht, Ihre Meinung noch zu ändern. Prinzipiell werden Sie jedoch einen viel besser entworfenen, viel komplizierteren Körper erhalten. Behandeln Sie ihn gut, und alles wird gutgehen. Behandeln Sie ihn schlecht, und es können viel mehr Dinge in ihm versagen, weil er viel komplizierter ist. Das kann zu einem Problem werden, fürchte ich, besonders für eine unerfahrene Frau, eine Frau wie Sie, Miß Helstrom, die – wie soll ich es ausdrücken? – nicht für diese Methode geboren ist.«

Bron fragte sich, wie oft am Tag er sich auf genau diese Weise ausdrückte.

»Aber ich hoffe, Sie werden die Hilfen annehmen, die ich Ihnen geben kann, wenn sie sich auch nur auf die rein biologischen Möglichkeiten beschränken.« Der Mann holte wieder Luft. »Natürlich sind andere Methoden für die Geschlechtsumwandlungen von Frauen zum Mann entwickelt worden. Aber diese werden Sie wahrscheinlich nicht interessieren?«

»Ich hatte einen Freund«, erwiderte Bron, »er . . . sie . . . nun, er war einmal eine Frau. Jetzt hat er eine Familie und mindestens ein Kind. Wie kommt das zustande?«

»Oh, es gibt da eine Reihe von Möglichkeiten.« Der Mann legte die Fingerspitzen aneinander und nickte. »Die einfachste besteht natürlich in der Adoption. Dann gibt es noch einen komplizierten Prozeß, bei dem das Samenplasma dazu angeregt wird, nur reine X-Spermien zu bilden, ähnlich wie bei den männlichen Vögeln und Echsen. War das Kind eine Tochter?«

Bron nickte.

»Dann ist es durchaus möglich. Aber wir sprachen gerade von Ihnen. Welches von den beiden Verfahren sollen wir durchführen?«

»Das komplette.«

Der Mann hielt wieder den Atem an. »Ich verstehe.« Aber er lächelte.

»Ich möchte genetisch, hormonell und physisch eine Frau sein . . .« Er spürte, wie er die Hände ineinander verschränkte. Er ließ sie wieder los und sagte etwas sanfter: »Wollen Sie auch meine Gründe dafür erfahren?«

Wenn es eine Meßskala für das Lächeln gab, so war jenes vor Bron um ein Millibar schwerer. »Miß Helstrom, wir sind zur Beratung hier, nicht als Richter. Wir setzen voraus, daß Sie Ihre Gründe haben, daß Sie sie bis zu Ihrer eigenen Überzeugung logisch entwickelten. Ich habe nur Informationen zu bieten, die meisten davon biologisch: wenn das mit Ihren Gründen übereinstimmt, um so besser. Wenn Sie allerdings dadurch unsicher werden, dann nehmen Sie sich doch so viel Zeit, wie Sie brauchen, um sie neu zu durchdenken – fünf Minuten, fünf Tage, fünf Jahre – falls das nötig sein sollte.« Der Mann beugte sich plötzlich vor. »Es wäre schrecklich albern von mir, so zu tun, als wüßte ich nicht, daß selbst in dieser modernen Zeit eine Entscheidung, wie Sie sie trafen, unter den Kollegen Ihrer Kooperative, wenn nicht gar Kommune, einiges Kopfschütteln hervorruft. Es ist sehr schwer, dieses Kopfschütteln mit einem Achselzucken zu übergehen – ganz zu schweigen von diesen namenlosen sozialen Attitüden, die jemand während seiner weniger aufgeklärten Jugendzeit auf einer Welt mit anderer Kultur in sich hineinfressen mußte und die sehr oft die gleichen Verhaltensweisen sind, die sich in einer Unzufriedenheit niederschlagen und zu einem Entschluß führen, mit dem wir uns jetzt befassen. Und während wir unsere eigenen emotionalen Bindungen haben, die uns den Rücken stärken, werden wir trotz allem von diesen Vorurteilen von außen bedrängt, die sich stets als Logik verkleiden. Vielleicht darf ich versuchen, Ihnen doch etwas Hilfestellung zu leisten, Miß Helstrom? Sind Sie zufällig mit dem augenblicklichen Stand der Computermathematik, die sich Metalogik nennt, vertraut?«

Bron hob seine rechte Augenbraue. »Tatsächlich bin ich das.«

»Dachte ich mir doch, das könnte für Sie zutreffen.« Das Lächeln des Mannes stieg um ein Fünftel Millibar. »Die Logik, etwas über die möglichen Beziehungen von Elementen zu verraten, die bereits bekannt sind. Sie gibt uns kein Instrument in die Hand, mit dem wir diese Elemente auf noch fundamentalere Bekannte oder Unbekannte zurückführen können. Sie gibt uns keine Methodik, Elemente zu extrapolieren, die über das hinausgreifen, was wir wissen. Analyse und Extrapolation werden beide durch Vernunfturteile bewerkstelligt, wovon die Logik nur ein sehr unvollständiger Teil ist. Was ich damit sagen will: es gibt keinen einzigen logischen Grund für den Versuch, eine Situation zu verbessern, wenn das Leben zwischen zwei großen Klammern des Nichtseins eingeschlossen ist und dazu noch auf beiden Seiten beengt durch das unvermeidliche Leid. Es gibt jedoch viele Gründe anderer Kategorien, so viele Verbesserungen vorzunehmen, wie man das vernünftigerweise überhaupt nur kann. Jeder Vernunftprozeß, sobald er von der strikten deduktiven Logik abweicht, ist ein metalogischer Prozeß. Es gibt keine logische Methodik, nach der Sie jemals *wissen* können, daß ich hier auf der anderen Seite des Schreibtisches Ihnen gegenübersitze, oder daß überhaupt so etwas existiert wie . . . nun, Ihre eigene Hand. Beides können Illusionen sein: wir besitzen die Technologie – im Erdgeschoß, im Westflügel – um Illusionen zu erzeugen, die unter anderem den Glauben an und das Wissen von diesen eben beschriebenen Mutmaßungen für wahr ausgeben und viel komplizierter sind als beides, indem sie direkt auf das Gehirn einwirken. Und wie sehen Ihre sozialen Verantwortlichkeiten aus, wenn man eine derartige Technologie zur Verfügung hat? Die Antwort, die man darauf auf den Satelliten gefunden zu haben scheint, ist der Versuch, die subjektive Realität jedem seiner Bürger politisch so unverletzlich zu machen wie möglich, und zwar bis zu dem Punkt einer destruktiven Notlage – wobei sich noch ein anderer Bürger über den angerichteten Schaden beschweren muß; und Sie selbst über die Notlage. Tatsächlich gibt es Leute, die im Grunde ihres subjektiven Herzens glauben, daß der Krieg, den wir eben . . .« Er hüstelte: ». . . an diesem Nachmittag gewonnen haben, nur geführt wurde, um diese Unverletzlichkeit zu erhalten. Ob Soldaten dafür kämpften oder nicht – ich glaube es nicht. Aber im Prinzip gestattet, unterstützt und ermutigt unsere Kultur ein Verhalten, das auf den Straßen eines nichtlizensierten und lizensierten Stadtteils unweigerlich zu einem Zusammenstoß mit einer repressiven Institution auf der Erde geführt hätte, wenn man sich dort vor hundert Jahren so aufgeführt hätte.« Er wölbte eine Augenbraue und entspannte sie wieder. »Die Situation Ihres Lebens auf dieser Welt ist also so beschaffen, daß Sie glauben, es wäre besser, wenn Sie eine Frau wären.«

»Ja«, sagte Bron.

»Also gut.« Der Mann lehnte sich zurück und zog seine Hände bis an den Schreibtischrand. »Wir können jederzeit anfangen.«

»Und der psychologische Teil?«

Das Lächeln fiel um eine Oktave, wodurch es an den Rand des Trübsinns geriet. »Wie war das eben?«

»Wie steht es mit dem psychologischen Teil?«

Der Mann setzte sich wieder nach vorn und fing sein Lächeln erneut ein. »Ich verstehe nicht ganz . . . ? Sie möchten physisch in eine Frau verwandelt werden. Und Sie . . .« Das Lächeln rutschte erneut. »Sie meinen doch nicht in Begriffen . . . nun –« Er hüstelte wieder. »Wirklich, Miß Helstrom, Sie haben mich mit einer Situation konfrontiert, die ganz ungewöhnlich ist. Die meisten unserer . . . unserer männlichen Kunden wünschen eine physische Operation, weil sie sich in dieser oder jener Beziehung so fühlen, als wären sie in gewissem Sinn psychologisch besser geeignet für einen weiblichen Körper und der Stellung der Frau, wie sie sie sehen. Aber ich bemerke jetzt . . .« Die Augenbrauen zogen sich zusammen – »Sie nicht?«

»Nein.« Nachdem der Mann eine geschlagene halbe Minute nichts sagte, fuhr Bron fort: »Sie führen doch auch sexuelle Refixierungen und ähnliche Behandlungen in dieser Klinik durch, nicht wahr?«

»Ja, wir . . .« Der Mann hüstelte erneut, und Bron erkannte es als eine aufrichtige Abkühlung, nicht eine absichtlich ironische Unterstreichung (wahrscheinlich wieder ein religiöser Fanatiker, höchstwahrscheinlich. Bron seufzte) – »Nun, ja, im ersten Stock im Westflügel. Ja, da führen wir so ein Behandlung durch. Aber . . .« jetzt lachte er. »Die beiden Abteilungen arbeiten so selten an dem selben Fall, daß – nun, daß es nicht einmal eine Verbindungstür zwischen unserer und deren Abteilung gibt. Ich meine, sie befassen sich mit einem vollkommen anderen Typ von Fällen: Freunde, egal, welchen Geschlechts, die ein sexuelles Element in ihre Beziehungen einfügen wollen, weil der eine, oder beide, Schwierigkeiten dabei empfinden, es auf natürliche Art zu vollziehen; die verschiedenartigsten Funktionsprobleme; Leute, die einfach etwas Neues ausprobieren wollen; oder einfach Leute, die ihr sexuelles Element vollkommen unterdrückt haben wollen, oft aus religiösen Gründen.« Das Gelächter wiederholte sich. »Ich fürchte, wenn Sie sich tatsächlich um die Dienste dieser Abteilung bemühen wollen, müssen Sie buchstäblich unsere Klinik wieder verlassen und ganz von vorne anfangen. Nun – wir hatten heute kaum Parteiverkehr. Ich werde Sie begleiten.« Der Mann schob seinen Sessel zurück und stand auf.

*

Der Raum war schimmelgrün, achteckig: Pastelleuchten glimmerten in goldbronzierten Rahmen an den Wänden. Es war offensichtlich eine viel größere und vom Parteiverkehr geplagtere Abteilung: trotz des eben überstandenen Krieges wartete ein Dutzend Männer und Frauen darauf, empfangen zu werden.

Obwohl es sich um eine andere Abteilung handelte, gab es doch genug Verbindungen zu der anderen, daß Bron, als er mit seinem »Berater« erschien, sofort in eine elfenbeinfarbige Kabine geführt wurde, wo ihn zwei Techniker und mehrere Konsolen mit Geräten in Empfang nahmen.

»Könntet ihr rasch ein Fixierungsgitter von den sexuellen Neigungen dieses Gentleman« (Bron registrierte die Wiederherstellung seines Geschlechts) »anfertigen? Die Information ist nur für mich, also könnt ihr euch das Interview ersparen. Ich brauche nur die Zahlen.«

»Für dich, mein Guter, tun wir alles«, sagte die Jüngere der beiden Techniker, setzte Bron auf einen Stuhl, stülpte ihm einen Helm über den Kopf, der seine Augen mit dunklen Scheuklappen verschloß, und er spürte (als er irgendwo einen Schalter klicken hörte) ein paar sachte, doch eindeutig beengende Klammern. »Versuchen Sie sich zu entspannen und an nichts zu denken – wenn Sie sich schon mit Alpha-Wellen-Meditationen beschäftigt haben, verhalten Sie sich genau so als ob . . . ja, das ist es. Schön . . . sehr schön . . . halten Sie diesen mentalen Zustand ein . . . ja, genau so. An nichts denken! So ist's gut! Prima!« und als der Helm auf seinen Zwillingsstützen zu summen begann, sah er die beiden Techniker und den Berater, der ihn hierher begleitet hatte, über ein paar große Bögen gebeugt – Bron stand auf und trat hinter die beiden Frauen und den Mann –, auf denen Zahlen auf großen Gittermustern aufgetragen waren: die Zahlen bestanden aus verschiedenen Farbwerten, bildeten farbige Wolken, die sich hier durchdrangen, dort miteinander mischten wie eine numerische Analyse eines Sensorenschildes. Die Konsole spuckte zwischen ihren Plastiklippen einen endgültigen Wertungsbogen aus.

»Nun, was sagt man dazu?«

»Was meinen Sie damit?« erkundigte sich Bron.

Die Jüngere der beiden weiblichen Techniker blätterte mit gespitzten Lippen die anderen vier Wertungsbogen durch. »Die gelben Zahlen und alle in der Randzone der Spektralfiguren können Sie vergessen; sie präsentieren die Verbindungen Ihrer Sexualität mit anderen Bereichen Ihrer Persönlichkeit . . . die tatsächlich überraschend normal aussehen. Die elementaren blauen, roten und violetten Kombinationen – und das ist jetzt nur eine optische Auswertung der farbigen Überlappung von einstelligen Zahlen mit dreistelligen Zahlen und eine Abschätzung der Verteilung von ungeraden mit geraden dreistelligen Ziffern – deuten darauf hin, daß Sie sich sehr zufriedenstellend mit Partnern beiderlei Geschlechts sexuell betätigt haben, wobei Sie eine überwiegende Neigung zu weiblichen Partnern besitzen . . .«

». . . da ist eine Scheitellinie«, meldete sich die andere Technikerin zu Wort, »die von zierlichen, dunkelhäutigen Frauen mit breiten Hüften zu großgewachsenen, vollbusigen Blondinen verläuft. Und an diesem Querschnitt hier – er stammt aus einem Bereich, der vier Schichten unter der Gehirnrinde liegt –« sie blätterte einen anderen Bogen auf und setzte ihren Daumen auf eine Wolke von roten und orangefarbenen Ziffern mit langen

Schwänzen aus Dezimalstellen dahinter – »würde ich schließen, daß Sie in einer Periode Ihres Lebens eine ihres Umfangs nach beeindruckende Erfahrung mit älteren Frauen gemacht haben, die sich zu einer Neigung entwickeln wollte, aber dann, wie ich hier sehe, plötzlich scharf abbrach vor ungefähr – zehn oder zwölf Jahren?« Sie blickte hoch. »Waren Sie in jüngeren Jahren einmal professionell auf diesem Gebiet tätig?«

»Ja.«

»Das scheint Ihnen aber zu großer Selbstsicherheit auf diesem Gebiet verholfen zu haben.« Sie ließ den Bogen auf die anderen Papiere fallen.

»Wie verträgt sich diese Elementaranalyse mit der übrigen Bevölkerung?« erkundigte sich der Mann. »Ist es das übliche Zahlenspektrum, das für die Mehrheit gilt?«

»Es *gibt* kein für die Mehrheit gültiges Zahlenspektrum«, erwiderte die jüngere Technikerin ein bißchen pikiert. »Wir wohnen in dem gleichen Co-Op«, erklärte sie Bron. »Manchmal muß man sie trotzdem daran erinnern, oder das Leben kann zu einer sehr eintönigen Angelegenheit werden.« Sie betrachtete wieder die Wertungsbogen. »Es ist das im Augenblick bei den Männern überwiegende Spektrum – damit meine ich nur das Grundmuster. Die Scheitellinien, die eine sexuelle Vorliebe charakterisieren, sind vollkommen individuell, und das gleiche gilt für eine darin durch Erfahrung bedingte Neigung. Das ist der Bereich, in dem man sich unter der Bedingung unserer Gesellschaft wahrscheinlich am leichtesten anpassen kann – obwohl fast jeder Partner, dem Sie begegnen, behaupten wird, daß die kleine zusätzliche Mühe, die man aufwenden muß, um sich anderen anzupassen, durch die zusätzliche Befriedigung, daß man eine geringfügige Schwierigkeit gemeistert hat, mehr als ausgeglichen wird. Sie sind ein normaler bisexueller weiblich orientierter Mann – sexuell gesprochen natürlich.«

Der Mann sagte zu Bron: »Und wenn ich Sie jetzt richtig verstanden habe, soll Ihr Zahlenspektrum jetzt geändert werden in . . . sagen wir, in die im Augenblick vorherrschende Sexualstruktur der Frau, nicht wahr?«

»Was bedeutet das nun wieder?« erkundigte sich Bron.

»Die mathematische Interpretation dieser Struktur ist identisch mit dieser hier, nun, daß die zwei- und dreistelligen Zahlen mit umgekehrten Vorzeichen versehen sind. Wenn ich es in den Worten eines Laien wiedergeben darf: Es verschafft Ihnen die Fähigkeit, sexuell zufriedenstellend mit Partnern beiderlei Geschlechts zu verkehren, wobei Sie eine überwiegende Neigung für Männer empfinden.«

»Ja«, sagte Bron, »dann ist es das, was ich mir wünsche.«

Die Jüngere der beiden weiblichen Techniker machte ein skeptisches Gesicht. »Die im Augenblick vorherrschende Spektralstruktur, weiblich oder männlich, ist außerordentlich stabil. Sie läßt sich am schwersten ändern . . .«

»Und selbstverständlich überlassen wir es im allgemeinen dem Patienten, welche Schwerpunkte auf dem Gebiet der sexuellen Vorzugswahl er wählen möchte, sobald das Grundmuster feststeht«, erklärte ihm die Ältere der beiden weiblichen Techniker, »falls Sie nicht schon jetzt einen besonderen Wunsch haben, welchem Typ Sie in Ihren sexuellen Wunschvorstellungen eine Vorzugsstellung einräumen möchten . . .? Wenn Sie wollen, können wir Ihre sexuelle Vorliebe für Frauen unverändert lassen und lediglich die sexuelle Begierde nach Männern aktivieren . . .«

»Nein«, sagte Bron. »Das entspricht durchaus nicht meinen sexuellen Wunschvorstellungen.«

»Also dann können wir zwar die Ergebnisse vergangener Erfahrungen manipulieren, jedoch nicht die tatsächlichen sexuellen Erlebnisse aus Ihrer Erinnerung löschen, ohne gegen das Gesetz zu verstoßen. Ich will damit sagen, daß zum Beispiel Ihre sexuellen Erfahrungen als Profi Ihnen immer noch so in Erinnerung bleiben, wie sie sich jetzt in Ihrem Gedächtnis darstellen, und werden, hoffentlich, in Zukunft auch Ihren positiven Einfluß auf sie ausüben. Wir können jedoch gewisse an die Erfahrung orientierte Matrizen einbauen. Fällt Ihnen vielleicht dazu etwas ein?«

»Können Sie mich zu einer Jungfrau machen?« fragte Bron.

Die beiden weiblichen Techniker lächelten sich gegenseitig zu.

Die Ältere sagte: »Ich fürchte, in Anbetracht Ihres Alters und Ihrer Erfahrung ist das ein Widerspruch in sich selbst – wenigstens innerhalb der überwiegenden weiblichen Spektralstruktur. Wir könnten Sie zu einer Jungfrau machen, die glücklich und zufrieden ist, in diesem Zustand zu verharren; oder wir könnten Sie zu einer Jungfrau machen, die sich danach sehnt, diesen Zustand zu verändern und sich nach Maßgabe ihrer sexuellen Begegnungen weiterentwickelt. Aber es wäre selbst für uns ein kleines Problem, Sie zu einer Jungfrau zu machen, die sich sehr zufriedenstellend mit Partnern beider Geschlechter sexuell betätigt hatte, aber jetzt Männer bevorzugt.«

»Dann entscheide ich mich für die zur Zeit überwiegende Spektralstruktur der Frau . . .« Bron runzelte die Stirn. »Sie sagten, das würde trotzdem ein mühsames Stück Arbeit werden. Sind Sie sicher . . .?«

»Schwierig«, unterbrach ihn die ältere Technikerin, »bedeutet nach unseren Begriffen, daß es ungefährt siebzehn Minuten dauert und wir drei oder vier Nachuntersuchungen vornehmen müssen, möglicherweise sogar eine zweite Sitzung, um die Werte nachzufixieren – während es im Normalfall drei Minuten und vierzig Sekunden dauert, bis die Fixierung in den meisten Fällen sitzt.«

»Entschuldigen Sie, daß ich mich einmische, Miß Helstrom«, sagte der Berater und berührte Bron leicht am Arm, »aber sollten wir nicht zuerst Ihren Körper umbauen?«

*

Die Drogen, die sie ihr einflößten, bereiteten ihr eine schauderhafte Übelkeit. »Gehen Sie zu Fuß nach Hause«, hatten sie ihr geraten, »und wenn Sie sich noch so scheußlich fühlen«, damit sie sich in ihren neuen Körper »eingewöhnt«. Als sie am frühen Morgen durch die Gassen des nichtlinzensierten Sektors schlenderte, kam sie an einer, zwei, ja sogar drei Stellen vorbei, wo Schutt beseitigt und wiederaufgebaut wurde. Gelbe Seile schirmten die Trümmerstellen ab. Die Bautrupp-Waggons, die gestreiften, tragbaren Toiletten (wie exotische Ego-Aufbereitungskabinen) warteten auf die Morgenschicht. Die Trümmerfelder sendeten verschwommene Bilder des mongolischen Gräberfeldes in ihr Gedächtnis zurück; irgendwie klang der Satz »Die Schrecken des Krieges . . .« immer wieder in ihrem Bewußtsein an wie der chorgesungene Refrain des Liedes, dessen Verse sich hinter dem filmigen Licht wie ein sich immer wieder verschiebendes Ruinenfeld darbot, wenn ihre drogenerweiterten Pupillen versuchten, sich darauf einzustellen.

Sie ging durch die Unterführung – der Lichtstreifen war repariert worden: Die neue Länge der Lichtbank war heller als die alte – und sie trat hinaus unter das Sensorschild, das sich über ihrem Blinzeln in violetten, rosigem Orange, Silber und blauen Schlieren darbot. Die Wand des Durchgangs, ein Palimpsest aus politischen Plakaten und Schmierereien, war von der Schwerkraftdeflektion beschädigt worden. Baugerüste waren bereits errichtet. Arbeiter standen in ihren gelben Coveralls herum und saugten an den Strohhalmen in ihren Kaffeebirnen.

Einer sah hoch und grinste sie an (aber es war eine Bauarbeiterin. Etwas mußte sich hier verändert haben, sollte man denken), als Bron an ihnen vorbeieilte. Wenn sie so aussah, wie sie sich fühlte, mußte sie froh sein, unterwegs ein Lächeln einzusammeln.

Die Schrecken des Krieges tauchten zum millionten Male in ihrer Erinnerung auf. Ihre Beine fühlten sich steif an. Sie hatten ihr lächelnd prophezeit, sobald die Betäubung nachließe, wären die Wundschmerzen nicht größer als nach einer etwas komplizierten natürlichen Niederkunft. Sie hatten sie noch in Bezug auf viele andere Dinge beruhigt: Daß ihre Hormone schon von selbst für die Neuverteilung ihres Körperfetts sorgen würden (und sich auch um ihre buschigen Augenbrauen kümmerten). Das wäre alles im Verlauf von wenigen Wochen erledigt. Sie hatte auch noch um eine kosmetische Operation gebeten, um einen Teil der Muskelfiben in ihren Armen abzubauen; und konnten sie vielleicht auch ihre Handgelenke dünner machen? Ja, das konnten sie . . . aber sie sollte erst abwarten, hatte man ihr geraten. Wie sie sich in einer Woche oder zwei fühlen würde. Der Körper habe in dieser ersten Sechs-Stunden-Sitzung – oder vielmehr in dieser ersten Sechs-Stunden-und-Siebzehn-Minuten-Sitzung – genug durchgemacht. Er mußte dieses Trauma erst überwinden.

*

Eine Hand auf den roten und grünen Scheiben der schmutzigen Glastür am Eingang des Schlangenhauses, kam ihr mit drogenvernebelter Freude, die sie an den Rand der Tränen trieb, zu Bewußtsein: »Ich gehöre nicht hierher«, und sie schloß mit dem Satz »trotz der Schrecken des Krieges« diesen Gedanken ab, um daraus ein sich reimendes Couplet zu bilden, aber es reimte sich nicht.

Während sie den Korridor hinunterging, kam es ihr mit einer Art von Sekundärvergnügen zu Bewußtsein, daß sie nicht wisse, *wohin* sie gehöre. Alles, was vor ihr lag, war Abenteuer – sie erwartete einen Anflug von Angst – wie damals, als sie mit dreitausend Gleichgesinnten vom Mars zu den Äußeren Satelliten ausgewandert war; damals hatte sie Angst gehabt . . . doch jetzt stellte sich dieses Gefühl nicht ein. Nur ein verschwommenes Gefühl der Genugtuung, das sich mit dem jetzt einsetzenden körperlichen Unbehagen vermischte.

In ihrem Zimmer zog sie sich aus, öffnete das Bett, legte sich darauf und kollabierte in einen Schlaf . . .

»Hallo, ich sah, daß deine Tür offenstand und Licht brannte, und deshalb . . .« Lawrence, schob halb durch die Tür, blieb plötzlich stehen und starrte.

Bron stützte sich auf einen Ellenbogen auf und blinzelte.

»Oh, ich bitte um Entschuldigung. Ich dachte . . . Bron?«
»Was ist denn?«

»*Bron*, was um himmelswillen hast du denn . . . Oh, nein – du bist doch nicht in die Klinik gegangen und . . .« Lawrence trat jetzt fast bis an das Bett heran. »Was ist in dich gefahren? Ich meine, warum –?«

Bron legte den Kopf auf das Kissen zurück. »Ich mußte es tun, Lawrence. Es gibt Dinge, die man einfach tun muß. Und wenn die Zeit dafür reif ist und du ein Mann bist . . .« Die Drogen reizten sie zum Lachen – »mußt du sie eben tun.«

»Was für Dinge?« erkundigte sich Lawrence. »Wirklich, du bist mir ein paar Erklärungen schuldig, junge . . . junge Dame!«

Bron schloß die Augen. »Vermutlich hängt es mit dem zusammen, was du zu mir sagtest, Lawrence – daß nur eine unter fünftausend Frauen vielleicht auf mich warten könne. Und wenn auch deine Wahrscheinlichkeitsrechnung bezüglich der

Männer richtig ist, ist eine unter fünftausend einfach nicht genug.« Bron preßte die Lider zusammen und versuchte, sich zu entspannen. »Ich sagte dir ja, dieser verrückte Christ hatte recht; jedenfalls mit seiner Behauptung, daß Frauen kein Verständnis hätten. Nun, ich *kann* das Verständnis aufbringen. Weil ich nämlich – ich selbst ein Mann gewesen bin. Ich *kann* die Männer verstehen, verstehst du? Die Einsamkeit, von der ich redete, sie ist zu wichtig. Ich werde wissen, wie weit ich sie respektieren muß, daß ich sie nicht zerstöre, und trotzdem weiß ich, was ich tun kann. Ich habe es selbst erleben müssen, wie es tut, verstehst du nicht?«

»Du bist voller Drogen«, sagte Lawrence. »Du mußt einen echten Grund für deine Handlungsweise haben. Wenn du dich ausgeschlafen hast und die Narkose nicht mehr nachwirkt, wirst du vielleicht so gut sein, mir das alles zu erklären.«

Brons Augen öffneten sich wieder. »Ich habe alles erklärt. Ich . . . die Schrecken des Krieges. Lawrence, sie haben mir etwas gebracht. Wir nennen diese Rasse . . . was? Menschheit. Als wir auf die Straße gingen, um diese Kinder aus Audris Co-Op herauszuholen . . . wollten wir da die Kinder und ihre Mütter retten? Ich ging aber mit dem Bewußtsein dorthin, ich täte etwas, um die Humanität zu retten – ganz bestimmt tat ich es nicht für mich. Ich fühlte mich unbehaglich, ich wollte wieder umkehren, sie dort lassen, sie im Stich lassen – aber ich tat es nicht . . .! Humanität. Früher nannte man sie ›Menschheit‹. Ich erinnere mich, davon gelesen zu haben, daß ein paar Frauen sich gegen diesen Begriff wandten, weil er das Männliche zu sehr betonte. Aber das stimmt gar nicht. Lawrence, wie man diese menschliche Rasse auch bezeichnet, was dieser Spezies ihren Wert gibt, sind die Männer, und besonders jene Männer, die das fertigbringen, was ich tat.«

»Das Geschlecht zu wechseln?«

»Was ich *vorher* tat – vorher, als ich noch ein Mann war. Aber ich bin jetzt kein Mann mehr, also brauche ich auch nicht mehr aus Bescheidenheit meinen Wert zu verleugnen. Was ich in diesem Krieg erlebte, die Folter und den Terror, der dazu führte, mir die Tapferkeit abzuverlangen: das zeigte mir, wo man die wahre Humanität findet.

Und das ist das Wichtigste, was diese Spezies erreicht hat. Oh, ich weiß, für viele von euch klingt das dumm. Ja, Alfred ist tot. Auch dieser verrückte Christ. Und es ist schrecklich tragisch – das gilt für beide. Es ist tragisch, wenn Männer sterben; es ist so einfach. Aber selbst im Angesicht einer solchen Tragödie, wo dir keine logische Notwendigkeit einfällt, hinauszugehen und ein Haus voll Kinder und deren Mütter zu retten gibt es Motive: Gründe werden sie genannt. Du hältst es vielleicht für sehr dumm, was ich tat, oder daß ich den Mund hielt, obwohl sie mich folterten. Aber ich schwöre dir, Lawrence, ich weiß genau so, wie ich weiß, daß das hier meine eigene Hand ist – mit jedem subjektiven Atom meines Seins – daß es nicht dumm ist; und daß es nicht das einzige ist, das nicht dumm ist. Und auf die gleiche Weise weiß ich, daß nur die Menschen, die es wissen, wie ich es weiß, echte Menschen (weil man es auf keine andere Weise haben kann; das ist ein Bestandteil dieses meines Wissens), es wahrhaftig verdienen, da sie nicht nur zweitklassige Mitglieder dieser Spezies sind . . .« Bron seufzte. »Und diese Spezies stirbt aus.« Ihr Mund wurde ganz trocken, und der Geist eines Krampfes pulsierte zwischen ihren Beinen. »Ich weiß auch, daß diese Sorte von Mensch nicht mit einer gewöhnlichen Frau glücklich sein kann, mit dieser Sorte, die man heute überall antrifft. Als ich ein Mann war, versuchte ich es. Es ist nicht möglich.« Sie schüttelte den Kopf. »Eine von fünftausend ist nicht genug . . . Weshalb tat ich es?« Bron öffnete wieder die Augen und runzelte die Stirn wie Lawrence. »Ich tat es, um die Spezies zu erhalten.«

»Nun, ich muß schon sagen, meine Liebe, du hast auch den Mut deiner Überzeugungen. Aber ist dir nicht dabei der Gedanke gekommen –?«

»Lawrence, ich bin müde. Geh jetzt. Soll ich grausam werden? Also gut. Ich bin einfach nicht an alten, klapprigen Homosexuellen interessiert. Ich war es nie, und im Augenblick bin ich es schon gar nicht.«

»Das ist nicht grausam. In deiner Lage ist es nur dumm. Nun, für mich war dein Gefühl für Takt schon immer eine Katastrophenzone. *Das* hat sich offensichtlich nicht geändert. Trotzdem bin ich immer noch dein Freund. Du weißt natürlich, daß du hier nicht länger bleiben darfst. Das heißt, nur noch als Gast. Ich werde dich als mein Gast eintragen lassen, sobald ich das Zimmer verlasse. Ich bin sicher, sie werden dir das Zimmer nicht gleich wegnehmen; aber wenn sie von einem Mann eine Bewerbung erhalten, wirst du ausziehen müssen. Falls das passiert und du bis dahin noch keine neue Bleibe gefunden hast, kannst du in meinem Zimmer schlafen – bis einer den anderen mit Mord bedroht. Es ist schon ein paar Jahre her, daß ich keusch neben einem so hübschen jungen Ding geschlafen habe, aber damals habe ich niemals . . .«

»Lawrence, bitte!«

Lawrence duckte sich unter dem Türpfosten hinweg, duckte wieder zurück: »Wie ich sagte – ich komme wieder und rede noch einmal mit dir, wenn du ausgeschlafen hast.«

Was ungefähr gegen sieben an diesem Abend geschah. Bron wachte mit einem Gefühl auf, daß alle ihre Innereien auf den Fußboden fallen mußten, falls sie aufstand.

Fünfzehn Minuten später kam Lawrence ins Zimmer und verkündete: »Wir werden noch heute abend mir dir umziehen. Ich möchte jetzt keine Beschwerden hören. Ich dulde keinen Einspruch. Ich bin den ganzen Nachmittag herumgerannt, und ich habe für dich ein Zimmer in dem Frauengefängnis gefunden – verzeih mir, aber das ist mein Lieblingsname dafür – in dem Cheetah, dem Frauen-Co-Op gleich hinter unserem Haus. Dann werde ich in meine geriatrische Witwerkluft steigen und dich zu einem stillen, ruhigen Dinner auf meine Kosten ausführen, und fange jetzt ja nicht an, Krach zu schlagen. Du mußt wissen, daß ich schon drei Leute vor dir nach so einer Operation bemuttert habe, und *alle* sagten die verrücktesten Dinge, während sie noch unter Narkose standen – obwohl, Gott weiß es, ihre Gründe mir bedeutend vernünftiger vorkamen als deine, Bron. Wahrhaftig, es ist fast so wie nach einer Niederkunft, nur daß das Baby – wie einer von meinen sich besser artikulierenden Freunden es ausdrückte – du bist. Du mußt dich so rasch wie möglich und so viel du kannst, bewegen und üben, oder du wirst einen verdammt hohen Preis dafür bezahlen müssen. Also komm, steh auf und beweg dich. Du kannst dich bei mir aufstützen, wenn du willst.«

Sie wollte sich nicht aufstützen.

Doch der Protest war genau so schmerzhaft wie das Nachgeben. Und trotz seines Alters und seiner Neigungen – sie dachte erst darüber nach, als sie in einer Speisekabine saßen (zwei andere Lokale, bei denen sie es zuerst versuchten, waren geschlossen: des Krieges wegen), hinter einer Rauchglas-Trennwand in einem Restaurant, das nur dreißig Yards von der Haustüre der Schlangengrube entfernt war, was Bron bisher nicht gewußt hatte (schließlich waren vier Fünftel der Kundschaft in Lawrence' Alter oder noch darüber, und das Adamskostüm schien hier zwingend vorgeschrieben zu sein) – war Lawrence immerhin noch ein Mann. Und eine echte Frau mußte auf bestimmte Rechte verzichten. War das nicht eine gesicherte Erkenntnis, sagte sie sich im stillen, die sie aus ihrem früheren Leben herübergerettet hatte?

Das Menü war schlecht, einfach und vegetarisch. Und obwohl ihr Körper eine einzige offene Wunde war, war dieses Essen, begleitet von Lawrence' sanften Plaudertönen, angenehmer als jede Mahlzeit, die sie auf der Erde genossen hatte.

7. TIRESIA'S ABSTIEG
ODER SCHWIERIGKEITEN AUF TRITON

Wenn wir es nun wieder unter dem Aspekt betrachten, was wir tun mußten, damit es annehmbar wurde, stellen wir fest, daß unsere Reise, wie sie sich in unserer vorgefaßten Meinung darbot, unnötig war, obgleich ihr formaler Kurs, sobald wir die Reise angetreten hatten, unvermeidlich war.

G. Spencer Brown/DIE GESETZE DER FORM

Als Bron wieder an ihren Arbeitsplatz zurückkehrte, erlebte sie erst einmal ein paar bange Minuten. Sie hatte sich für das schwarze Kostüm mit Maske entscheiden wollen. Aber nein, das hätte die Dinge nur aufgeschoben, nicht aufgehoben. Am Nachmittag vorher hatte sie Lawrence zu dessen (!) Mode-Verleihhaus begleitet und zwei amüsante Stunden dort verbracht, in denen Lawrence sich unter anderem ein paar von seinen- und-ihren Brustspangen anfertigen ließ, aus glitzernden roten Steinen mit Dutzenden von winzigen Spiegeln, die an wippenden Antennen hingen. »Lawrence«, hatte sie protestiert, »ich bin einfach nicht der Typ, der so etwas tragen kann!« Lawrence hatte erwidert: »Aber ich bin es, meine Teure. Jedenfalls in der Privatsphäre meines eigenen Zimmers. Sie sind niedlich!« Sie hatte ihre Spangen mit nach Hause genommen und in ihrem Schrank als Erinnerung an diesen Tag verstaut. Abgesehen von einem kurzen grauen Schultercape hatte sie sich keine neuen Kleider gemietet, da sie noch mit ihrem neuen Image beschäftigt war.

Bron kam in diesem Cape zur Arbeit.

Sie hatte schon eine Stunde in ihrem Büro verbracht, als Audri vorbeikam und sich mit einem Ellenbogen an den Türpfosten lehnte. »He, Bron, könntest du . . .« Audri hielt inne und zog die Stirne kraus. »Bron . . .?«

»Ja?« Sie blickte nervös hoch.

Audri fing an zu grinsen. »Willst du mich auf den Arm nehmen –?«

»In welcher Beziehung?«

Audri lachte. »Und es sieht wirklich *gut* aus! He –« Sie kam herein – »was ich eigentlich von dir wollte, war eine Auskunft über Day Star minus.« Sie kam um die Ecke des Schreibtisches herum und legte einen Aktendeckel ab. »Oh, wo hast du das Memorandum aus der Kunstabteilung gelesen –?« das Bron schließlich auf dem Boden neben seinem Schreibtisch fand. Irgendein Bildhauer war heute morgen mit einem Stoß großer dünner polierter Metallbleche in die Cafeteria gekommen und hatte dort auf der Stelle eine große Skulptur vom Boden bis zur Decke errichten wollen. Die Kunstabteilung hatte ein Rundschreiben durch die Büros geschickt, dem eine unverständliche Erklärung des Künstlers angeheftet war, die darlegte, wie die Bleche innerhalb des Skulpturbereiches vermittels kleiner Motoren nach einem geheimnisvollen Schema mystischer Zahlen bewegt würden. Das Ganze war als eine Art von Kriegerdenkmal konzipiert. Und würden Sie uns bitte ihr Ja oder Nein vor halb elf Uhr zukommen lassen, da der Künstler seine Arbeit bis zur Mittagspause fertiggestellt haben möchte.

»Ich glaube, ich fühle mich heute zu einer positiven Einstellung aufgelegt«, sagte Bron zu Audri und gab der Kunstabteilung ein Ja durch – obwohl sie immer mystischen Kunstwerken gegenüber ein leises Mißtrauen empfand. Anschließend hatte sie an ihrem Schreibtisch mit Audri eine Reihe von logischen/topologischen Spezifikationen durchgesprochen.

Dann, als Audri sich schon verabschiedet hatte, blieb sie noch einmal an der Tür stehen, blickte zurück, grinste und sagte: »Ich kann dir nur dazu gratulieren«, zwinkerte und ging jetzt wirklich, wobei sie mit ihrer Schulter an den Türpfosten stieß.

Bron lächelte erleichtert. Aber Audri hatte sie ja schon immer gemocht.

Das Mittagessen?

Bis zur letzten Minute war sie uneins mit sich, ob sie gehen sollte oder nicht. Aber wenn sie wegblieb, würde das natürlich die Dinge nur aufschieben. Und in diesem Augenblick begann die Konsole wieder zu flattern und zu rattern.

Ein zweites Rundschreiben von der Kunstabteilung:

Kaum war die Skulptur fertiggestellt, als drei Vertreter einer rivalisierenden Stilrichtung, mit türkisfarbenen Masken verkleidet, aber sonst mit keinem Faden am Leib, die Cafeteria stürmten und mit Schneidbrennern das Kunstwerk vernichteten, indem sie die Metallbleche einschmolzen und verbrannten. Dem Rundschreiben war eine Erklärung der Bilderstürmer angehängt, die noch unverständlicher war als die des schaffenden Künstlers. (Der Angriff schien weniger dem Kunstwerk als vielmehr der Mathematik des Künstlers zu gelten.) Der Bildhauer, der bereits zweiundachtzig Jahre alt war, hatte einen psychotischen Schub erlitten (fuhr das Rundschreiben fort) und war ins Krankenhaus eingeliefert worden. Wo sie (also war sie eine Bildhauerin) vermutlich, wie sich aus der ersten Diagnose ergab, mehrere Jahre bleiben müsse. Die Aussichten, daß sie eines Tages wieder künstlerisch tätig sein würde, waren jedoch günstig. Die Reste des Kunstwerkes könnten während der Mittagspause besichtigt werden und würden anschließend in das Museum der Hegemonie verbracht, das der Cafeteria gegenüberlag, und dort ihren Dauerplatz unter den Ausstellungsstücken finden. Das Rundschreiben schloß mit einer Reihe von Entschuldigungen und war (bezeichnenderweise) von Iseult unterzeichnet, mit einer Anmerkung (die besagte, daß Tristan von seiner ursprünglich geäußerten Absicht zurückgetreten sei, und falls genügend Anwärter auf seinen Posten sich bis zum Dienstschluß meldeten, würde morgen eine Abstimmung zwischen ihnen stattfinden).

*

Ein Teil der Cafeteria, dessen Boden mit schwarzen, geschmolzenen Metallüberresten bestreut war, war durch Seile abgeteilt. Die Sieben Betagten Schwestern in ihren silbernen, mit grünen Perlen bestickten Kutten lösten sich minütlich dabei ab, ihre (oder seinen) Platz neben der Tür der Cafeteria zu verlassen und langsam den mit verkohlten Überresten bestreuten Bereich abzuschreiten (Bron trat von den Seilen zurück, um eine der Schwestern passieren zu lassen), nach jedem siebten Schritt anhaltend, um eine sakrale, reinigende Geste zu vollführen und dann, nachdem sie ihren (oder seinen) Rundgang beendigt hatte, ein paar ernste Worte mit einem oder mehreren Zuschauern zu wechseln und schmerzensreich zu nicken. (Genau so wie in der Cafeteria in der Protein-Wiedergewinnungsanlage von Lux, dachte Bron. Da bestand auch nicht der *geringste* Unterschied!) Einer von den in der Statue eingebauten Motoren setzte sich immer wieder stotternd in Bewegung und schwenkte einen verbeulten Stummel aus Aluminiumblech herum, schob ihn zwanzig Fuß am Rahmen entlang (der vom Boden bis zur Decke klirrend erbebte), während irgendwo zwischen den noch aufrecht stehenden Streben eine zweite Metallplatte sich aus einer verbogenen Fassung lösen wollte, mit der sie ursprünglich verlötet gewesen war; der ganze, verbrannte Jammer belebte viel besser, als es vermutlich die silberglänzende Schöpfung beabsichtigt hatte, den dunklen und schrecklichen Tiefsinn der Kunst.

Bron trat zurück und versuchte, sich das unbeschädigte Kunstwerk vorzustellen, während andere sich an seinen Platz an der Absperrung drängten. Sie hatte bereits entschieden, daß sie bei dieser Mahlzeit nicht auf Fleisch verzichten wollte und bewegte sich deshalb nach links, weg von der vegetarischen Theke, als jemand eine Hand auf ihre Schulter legte.

Sie drehte sich um.

»Wunderhübsch!« rief Philip, und ein Grinsen spaltete seinen Knebelbart. »Audri erzählte mir bereits davon, aber ich wollte es natürlich nicht glauben, bis ich es selbst gesehen hatte . . .« Philip bewegte die behaarten Handrücken auf Brons Brüste zu. »Einfach großartig. Das ist endgültig, wie?«

»Ja«, erwiderte Bron und wünschte sich, er hätte sie nicht mitten in der Cafeteria angesprochen.

»Moment«, sagte Philip, »hier stehen wir den Leuten im Weg«, und er legte Bron zum zweitenmal die Hand auf die Schulter, was Bron gar nicht recht war, um sie zu den Kabinen hinüberzusteuern. Aber Philip begrabschte ja alle weiblichen Angestellten, war Bron schon früher aufgefallen, und hatte es damals teils neidisch, teil angewidert registriert. (Er hatte auch die männlichen Angestellten begrabscht, was ihn damals nur angewidert hatte) »Und das . . . hmm, geht bis unten durch?« fragte Philip.

Bron gab mit einem halben Seufzen zurück: »Das ist richtig.«

»Einfach großartig.« Philip zog seine Hand von ihrer Schulter zurück, aber verrenkte den Hals, um an ihr hinabzustarren.

»Was sind das nur für Titten? Ich werde ganz grün vor Eifersucht!« Er bedeckte seine leicht nach unten hängende Brustwarze mit gespreizten Fingern. (Philip war heute nackt zur Arbeit gekommen.) »Ich muß mich mit einer begnügen; und die hängt mir an den Rippen wie ein verschrumpelter Luftballon. Bron, ich möchte dir sagen, daß ich ehrlich beeindruckt bin. Ich glaube, daß du wahrscheinlich endlich zu dir selbst gefunden hast. Ich meine das ganz ehrlich. Ich habe ein Gefühl für so was, verstehst du . . .«

Bron wollte gerade sagen: Unterlaß das Philip, ja?, als Audri rief:

»He, ihr beiden. Geht Philip dir auf die Nerven? Warum läßt du Bron nicht in Ruhe, Philip, damit sie sich ihr Essen holen kann?«

»Yeah«, erwiderte Philip. »Ja, geh und hol dir deinen Lunch. Wir sitzen dort drüben.« Er deutete auf eine Kabine, die irgendwo jenseits der verwüsteten Skulptur lag. »Wir sehen uns wieder, wenn du mit dem Tablett zurückkommst.«

Während sie sich in der Schlange anstellte, erinnerte sie sich an den Gedanken, der sie bei Lawrence beschäftigt hatte: *Alle Männer haben gewisse Rechte.* Und diesen Gedanken verglich sie mit der Abneigung, die sie bei Philip verspürte. Philip war eindeutig dem Typ von Mann näher, für den sie vermutlich ein Interesse entwickelte, als beispielsweise Lawrence. Wie, fragte sie sich, würde Philip sich im Bett aufführen? Sein prahlerisches Gehabe würde sich wahrscheinlich in Bestimmtheit verwandeln. Seine Direktheit würde sich zu Rücksichtnahme wandeln. Philip (dachte sie voll Abscheu) würde nie auf den Gedanken kommen, sich ohne Einladung auf jemanden zu legen, der leichter war als er.

Und vermutlich hatte er auch einen kleinen erotischen Tick (geriet vermutlich aus dem Häuschen, wenn man ihm die Ohrmuscheln leckte) und erwartete natürlich von dir, daß man sich erotisch darauf einstellte, während er einem großzügig anbot, auch die Perversitäten des anderen gebührend zu berücksichtigen. Kurzum, sie wußte aus der Erinnerung an ihr anderes Leben, daß Philip sexuell genau so selbstbewußt war, wie Bron es als Mann gewesen ist. Sie hatte das schon vorher erkannt. Sie erkannte es jetzt und Philip war immer noch – mit seiner Hand auf ihrer Schulter und seiner nicht zu bremsenden Offenheit – die unmöglichste Person, die sie sich vorstellen konnte – auch unter dem Aspekt ihres weiblichen Mehrheits-Libidos für das andere Geschlecht. Und sie war ihm gegenüber sexuell keineswegs gleichgültig, aber sie konnte jetzt gut verstehen, daß Frauen, wenn sie von Männern wie Philip umschwärmt wurden, über ihre sexuelle Neigung nicht gerade glücklich waren.

»Entschuldigen Sie . . .?« sagte jemand.

Sie sagte: »Oh, es tut mir leid . . .«, nahm ihr Tablett hoch und ging an der Wand der Cafeteria entlang.

Sie sah ihre Kabine und ging darauf zu.

Als sie sich der Kabine näherte, konnte sie gar nicht überhören, wie Philip sagte:

». . . läßt sich immer noch nicht anfassen«, und sie dachte, während sie sich ihm gegenüber an den Tisch setzte, ich habe zwar nicht das Fürwort gehört, aber wenn doch, und er hätte ›er‹ gesagt, würde ich ihn umbringen. Doch das Gespräch drehte sich um das Day-Star-Programm, und daß offenbar der Krieg die Persönlichkeit zweier Vorstandsmitglieder etwas gemildert hatte, und was war eigentlich aus dem dritten geworden? Nein, er gehörte nicht zu den Kriegsopfern. Das hatte man eruiert. (Und war das nicht entsetzlich, was auf Lux passierte? Fünf Millionen Menschen!) Und einer von den jüngeren Programmierern sagte bitter: »Ich habe in Lux *gelebt*«, was sogar für einen Mann aus dem nichtlizensierten Sektor ein starkes Stück war. Die Leute am Tisch blickten sich betreten an und dann auf ihre Tabletts, bis jemand wieder den Faden aufnahm: Aber er ist tatsächlich spurlos verschwunden . . . Und mitten in diesen Spekulationen stemmte Philip seine Ellenbogen auf den Tisch und fragte: »Sag mal, wo wohnst du jetzt überhaupt?«

Bron teilte ihm den Namen des weiblichen Co-Ops mit.

»Hm«, sagte Philip und nickte. »Ich mußte gerade daran denken, als ich in zweiter Ehe verheiratet war, war meine Frau eine transsexuelle . . .«

»Wann waren *Sie* denn verheiratet?« fragte die Programmiererin, die eine silberne, mit schwarzen Kreisen gemusterte Miederstrumpfhose trug und in der Ecke an die Wand gezwängt saß. »Sie sind doch kein Irdischer. Und selbst auf dem Mars heiratet man nur noch selten.«

Die Programmiererin, dachte Bron, stammte vermutlich vom Mars.

»Oh, ich habe eine ganze Weile in eurem nichtlizensierten Sektor gelebt. Und da kann man sich vertraglich binden, wie es einem paßt. Und so sind wir Eheleute geworden . . . Aber damals war ich noch ein sehr dummer, sehr idealistischer Junge. Und wie ich vorhin schon sagte, hatte meine Frau ihr Leben als Mann begonnen . . .«

»Konnte sie unserem alten Bron hier das Wasser reichen?« unterbrach ihn die Programmiererin.

»Wenn ich mal grob sein darf«, sagte Philip, lehnte sich vor und sprach um Audri herum, »du *kannst* mithalten! Sie war großartig . . .« Er lehnte sich zurück. »Aber die Ehe war mindestens drei- oder viermal schlechter, als es jeder Soziologe, den ich bisher gelesen habe, für absolut möglich hielt, als ich noch als Student auf Lux Fachbücher lesen mußte. Und kann man sich vorstellen, daß ich noch zweimal unter das Ehejoch mußte, ehe ich meine Lektion gelernt hatte? Aber ich war jung damals – das war meine religiöse Phase. Jedenfalls verließ sie das gemischtgeschlechtliche Co-Op, wo wir wohnten, und zog nach dem Zusammenbruch unserer Ehe für eine Weile in ein reines Frauen-Co-Op um – sie war im Grunde ein lupenrein fremdgeschlechtliches Wesen, was zum Teil das Scheitern unserer Ehe erklärte. Egal – dann zog sie wieder in ein anderes unspezifisches weibliches Co-Op. Ich erinnere mich noch, daß sie behauptete, es wäre dort viel netter – soweit es sie selbst betraf, meine ich. Dort waren sie viel toleranter gegenüber allerlei nicht sexuellen Exzentrizitäten und dergleichen, versteht ihr? Wenn ich mich richtig erinnere, hieß das Co-Op der ›Adler‹. Es ist immer noch in Betrieb. Wenn du Probleme in deiner Kommune hast, solltest du dir den Namen merken.«

»Das werde ich tun«, sagte Bron.

Am nächsten Tag kam wieder ein Rundschreiben von der Kunstabteilung. Offenbar war von siebenundzwanzig Leuten ganz unabhängig voneinander der Vorschlag eingereicht worden, daß das Denkmal in seiner neuen Version *Die Schrecken des*

Krieges betitelt werden und im Museum der Hegemonie ausgestellt werden sollte. Dieser Vorschlag war dem Schöpfer des Kunstwerks im Krankenhaus vorgetragen worden, der offenbar schon wieder so weit bei Kräften sein mußte, die folgende Erklärung abzugeben: »*Nein! Nein!* Kommt nicht in Frage! *Nein!* Der Titel ist zu banal für Worte! Tut mir leid, aber Kunst funktioniert einfach *nicht* auf diese Weise! (Wenn Sie es schon nach etwas benennen *müssen*, dann geben Sie ihm den Namen des letzten Vorstandes Ihres verdammten Multis!) Mir obliegt es, Werke zu schaffen, in die Sie hinein- oder heraussehen können, was Sie wollen. Es ist nicht meine Aufgabe, Ihnen beizubringen, was man aus Kunstwerken macht. Lassen Sie mich in Ruhe. Sie haben mir schon genug angetan.« Und deshalb *Tristan und Isoldes* Nachsatz: *Ein Kriegsdenkmal* wurde in den ersten Stock verlegt, wo Bron es sich von Zeit zu Zeit auf ihrem Weg zur Werksbücherei zwischen mehreren Dutzend anderen Ausstellungstücken betrachtete. Die verbrannten und zerbrochenen Stücke waren alle in einem großen Karton neben der Basis der Skulptur aufgestellt worden, wo sie wie rauchgeschwärzte Schädel mit ihren ascheblinden Augen zu ihr hinaufsahen.

Bron bewahrte das Rundschreiben in ihrer Schreibtischschublade auf. Sie schnitt das Zitat des alten Bildhauers aus dem Krankenhaus aus dem übrigen Text heraus und hängte es zu Hause an die Wand. Das Zitat hatte bei ihr ein paar Saiten angeschlagen; das war der erste Hinweis in ihrem neuen Leben, daß es vielleicht auch noch etwas anderes Erstrebenswertes gab auf der Welt als Vernunft und Glück. (Wobei sie weder Kunst noch Religion an die Stelle der beiden eben genannten Begriffe setzte!) Und zwei Wochen später zog Bron von der geschlechtsspezifischen Cheetah in den nichtspezifischen Adler um, wobei Lawrence half, das leichtere Gepäck zu tragen.

»Oh, das ist *viel* netter«, sagte Lawrence, als sie endlich alles wieder an seinen Platz gestellt hatten. »Jeder scheint hier viel ungezwungener zu sein als in der Kommune, die ich dir besorgte.«

»So lange sie nicht versuchen, so verdammt freundschaftlich zu sein«, erwiderte Bron, »und mir von der Pelle bleiben, ist diese Wohnung bestimmt ein Fortschritt.«

Als Lawrence wieder gegangen war, suchte sie nach dem Zitat, das sie innen an ihrer Tür befestigen wollte. Aber es war verlegt oder unterwegs verloren worden; jedenfalls konnte sie es nicht mehr finden.

*

Sie wohnte inzwischen schon ein halbes Jahr in dem weiblichen Co-Op (Der Adler). Der Adler hatte sich als Glücksfall erwiesen. Um vier Uhr am vierzehnten Tag des neunzehnten Halbmonats des zweiten Jahres N (wie die Lichter an der Plaza verkündeten) überlegte sie wieder einmal, als sie aus der Vorhalle auf die belebte Plaza des Lichtes hinaustrat, ob sie heimgehen sollte, und entschied sich auch diesesmal dagegen: Gleich nach dem Mittagessen hatte Audri sie mit erhobenen Fingern und gesenkten Augenbrauen im Korridor angehalten: »Ich muß leider feststellen, daß du in deiner Arbeit nachläßt, Bron. Nein, es ist nichts Ernsthaftes, aber ich dachte mir, ich sollte es dir lieber sagen, ehe es ernsthaft wird. Dein Leistungsindex zeigt auf der Graphik instabile Werte. Wir wissen natürlich alle, daß du dich gewaltig umstellen mußtest . . .«

»Hat Philip schon etwas gesagt?« unterbrach Bron sie.

»Nein. Und er wird es auch in den nächsten zwei Wochen noch nicht tun, deswegen sage ich es dir ja gleich. Denk mal darüber nach, und vielleicht fällt dir etwas ein, das dir hilft, alles wieder ins Geleis zu bringen. Und laß mich wissen, ob ich dir helfen kann, selbst wenn es sich nicht auf die Arbeit bezieht, okay?« Audri lächelte.

Als Bron wieder in ihrem Kabuff war, hatte sie nachgedacht. Zweimal kam ihr ernsthaft der Gedanke, daß ihr die Arbeit vielleicht weniger bedeutete als zuvor; aber das sollte doch eigentlich erst Ereignis werden, wenn der richtige Mann auftauchte – obwohl sich bisher noch nicht einmal die Spur des richtigen Mannes am Horizont gezeigt hatte.

Mache Inventur, überlegte sie. Was würde ihr klinischer Berater dazu sagen? Mache eine Stunde früher Schluß und gehe nach Hause. Aber während sie noch über ihr Problem brütete, wurde sie vom regulären Dienstschluß überrascht.

Sie würde sich mit dem üblichen Transport zufriedengeben und Bilanz ziehen.

Sie ging zum Transportstations-Kiosk und hinunter zur dritten Ebene, die angeblich (minimal) wärmer sein sollte und deshalb (angeblich) etwas weniger überlastet; der Transport glitt auf den Bahnsteig, und während die Türen sich zischend öffneten, entrollte sich ein Plakat (gleichzeitig hielten Leute Plakate innen vor die Fenster:

LUNA
Unterstützungsverein

rote Buchstaben schrien auf blauem Hintergrund.) Das Plakat in der Tür (Orange auf Schwarz auf Grün auf Rosa) verkündete:

Männer und Frauen brachen durch das Papier des ausgespannten Plakats und begannen, Flugblätter zu verteilen. Die ersten Passagiere konnten jetzt den Transport verlassen. Ihre Schultern und Köpfe streiften orangefarbene Papierfetzen.

Ein Mann, der mehrere in Gummiringe gefaßte Kautschukringe an Armen, Beinen und um seinen Kopf trug, sagte: »Solche Kampagnen könnten sie doch wirklich auf den nichtlizensierten Sektor beschränken. Dafür haben wir ihn doch angeschafft, meine ich.«

Eine Frau, die neben ihm stand (aber offensichtlich nicht zu ihm gehörte) sagte gereizt: »Sie müssen das als Theater betrachten.«

Bron blickte hoch. Die Scheibe, die der Mann um die Stirn

trug, unterbrach das Profil der Frau über der Nase. Der Mann rückte einen Schritt auf den Transportsteig vor; Bron stockte der Atem.

Die Spike blickte zu ihr hinüber, runzelte die Stirn, wollte etwas sagen, blickte fort, blickte wieder zurück; und die Stirnfalte vertiefte sich. Dann ein höfliches und verwirrtes Lächeln: »Entschuldigung, einen Moment lang erinnerten Sie mich an einen Mann, den ich . . .« Das Stirnrunzeln kam wieder. »Bron . . .?«

»Hallo«, sagte Bron leise, weil ihr die Kehle plötzlich eingetrocknet war. Ihr Herz klopfte langsam, aber so laut, daß sie es sogar in ihren Sandalen spürte. »Hallo, Spike . . . Wie geht es . . .?«

»Wie geht es *dir*?« kam ihr die Spike zuvor. »Nun, das ist wirklich . . .« Sie blinzelte zu Bron hinüber . . . »wirklich eine Überraschung!«

Das Zischen austretender Luft verstärkte sich. »Oh —« sagte die Spike, »da fährt mir mein Transport vor der Nase davon!«

Fahrgäste, die ausgestiegen waren, wallten um sie herum.

Bron sagte plötzlich: »Gehen wir, Spike! Verlassen wir die Station und gehen wir ein oder zwei Stationen weiter zu Fuß?«

Die Spike überlegte sich offensichtlich eine Reihe von Antworten. Sie wählte folgende: »Nein. Ich möchte nicht, Bron . . . Hast du den Brief erhalten, den ich dir schrieb . . .«

»Oh, ja. Ja, natürlich! Vielen Dank! Vielen Dank, daß du mir alles so genau erklärtest.«

»Ich schrieb ihn, damit er für diesen Moment Klarheit schaffen sollte, Bron. Denn ich wußte, daß dieser Moment kommen würde. Oh, ich meine damit nicht . . . trotzdem, nein, ich möchte mit dir nicht ein paar Stationen weit zu Fuß gehen: verstehst du das?«

»Aber ich habe mich verändert!«

»Das habe ich bemerkt.« Dann lächelte sie wieder.

»Dein Brief war auch zum Teil schuld.« Bron versuchte sich zu erinnern, was tatsächlich in dem Brief gestanden hatte, von dem vorwurfsvollen Ton einmal abgesehen. Aber das war ein Teil ihres Lebens, der ihr von Tag zu Tag weniger erinnernswerter erschien, leichter zu vergessen. »Bitte, Spike. Ich *bin* wirklich nicht mehr die gleiche Person, die ich gewesen war. Und ich

. . . ich habe einfach das Gefühl, daß ich mit dir reden müßte!«

Die Spike zögerte; aber dann wurde aus ihrem Lächeln ein Lachen, das ein paar Dutzend andere hinter sich herzog wie ein paar Dutzend Echos, wo Bron von diesem Lachen durch und durch erschüttert worden war. »Nun . . . vermutlich hast du tatsächlich eine Reihe von Verwandlungen durchgemacht. Also gut, ich werde bis zur nächsten Haltestelle mit dir zu Fuß gehen. Dann trennen sich unsere Wege wieder, okay?«

Als sie die Treppe zum Fußgängerkorridor erreichten, kam die Erinnerung an jenen Tag zurück, als sie lachend nebeneinander hergegangen waren, bis die Spike plötzlich ihre Beschwerde vortrug, Bron würde nur immer von sich selbst reden – nun, sie hatte sich gewandelt. Sie fragte sich, worüber sie reden konnte, um das zu beweisen.

Neben dem Korridor, dicht vor dem Ausgang auf die Straße, stand eine kaleidoskopfarbige Kabine (»Werden Sie sich Ihres Platzes in der Gesellschaft bewußt«). »Bist du schon mal in so einer Kabine gewesen?«

»Wie bitte?« fragte die Spike.

»In regelmäßigen Abständen gehe ich in so eine Kabine und überzeuge mich, was die Regierung über mich hat, verstehst du?« Sie gingen an der Kabine vorbei und traten auf die Straße hinaus unter die blasseren Farbwirbel des Sensorschilds. »Viele Leute sind stolz darauf, daß sie nie so eine Kabine betreten. Aber ich habe mir ja immer schon etwas darauf eingebildet, daß ich ein Typ bin, der sich in seinem Verhalten von der Mehrheit absondert. Ich glaube, ich war zum letzten Mal vor einem Monat in so einer Kabine – oder vielleicht liegt es schon sechs Wochen zurück. Ich weiß nicht, ob sie es absichtlich getan haben, oder ob es ein Versehen ist; Brian – das ist mein Berater in der Klinik – behauptet, es würde grundsätzlich von der Regierung so gehandhabt, obgleich es Ausnahmen gegeben habe, die seiner Meinung nach Pannen gewesen seien, was ich bezweifle. Ich meine, ob man es akzeptiert oder nicht, die Regierung hat immer recht. Sie zeigten mir nur Bilder, die sie nach meiner Operation aufgenommen haben. Ist das nicht erstaunlich? Vielleicht ist das doch auf ihr bizarre, verschrobene Weise ein Zeichen, daß sie Rücksicht nehmen . . .« Bron blieb stehen, weil die Spike eine andere Gruppe beobachtete, die für die Unterstützung von Luna warb: Von der anderer Straßenseite winkten grellbunte Plakate herüber: »LUNA IST AUCH EIN MOND!«

»Aber nirgends sieht man ein Plakat, das für die Unterstützung von Terra wirbt«, sagte die Spike plötzlich mit der gleichen Bitterkeit, die Bron aus ihrer Bemerkung auf dem Transportsteig herausgehört hatte. »Schließlich haben wir doch die Erde verwüstet.«

»Das ist richtig, obwohl du nicht zu denjenigen gehörtest, die . . .« sagte Bron. Und dann: »Mußt gerade noch rechtzeitig herausgekommen sein.« Sie runzelte die Stirn. »Oder hast du den Krieg dort erlebt?«

»Ich kam noch rechtzeitig von der Erde weg«, antwortete die Spike. »Worüber wolltest du mit mir reden?«

»Nun, ich . . . Vermutlich war es nichts Besonderes, ich wollte nur . . .« Und Bron merkte, daß es gar nichts zu sagen gab. Nichts von Wichtigkeit. »Was treibst *du* denn so, Spike? Vermutlich ist dein Theater jetzt sehr gefragt.«

»Tatsächlich halten wir so etwas wie Winterschlaf. Vielleicht kommt die Truppe eines Tages wieder zusammen; aber sobald die Regierungssubvention erschöpft war, haben wir uns mehr oder weniger aufgelöst.«

»Oh.«

»Ich unterrichte augenblicklich in diesem Austauschabkommen auf Lux.«

»An der Universität?«

»Richtig. Du weißt ja, daß die Stadt vollkommen zerstört war. Aber die Universität gehört zu einer vollkommen unabhängigen Satellitenstadt mit einem getrennten Schild, getrennter Atmosphäre und einer eigenen Schwerkraftkontrolle. Die Sabotageakte wurden so organisiert, daß sie die Universität praktisch aussparten. Vielleicht war das ein Signal von der Erde, daß auch sie Rücksicht nahmen?«

Bron fiel darauf keine passende Antwort ein. »Bewegst du dich jetzt auch außerhalb des nichtlizensierten Sektors, weil du für die Universität arbeitest, ja?«

»Mmm«, erwiderte die Spike, »ich halte einen Monat lang Vorlesungen über Jacque Lynn Colton. Wenn ich damit fertig bin und meine Vorträge auf Neriad abgehalten habe, werde ich nach Io zurückfliegen, dann nach Europa, Ganymede . . .« Sie zuckte die Achseln. »Es ist das übliche Austauschprogramm. Trotzdem ist die Universität – selbst bei häufigem Ortswechsel – nicht der richtige Ort, um kreative Arbeit zu leisten. Wenigstens nicht für mich. Sie haben mir eine Intendanz versprochen, sobald ich zurückkomme. Ich arbeite gerade Pläne für eine simultane integrierte Inszenierung von *La Vida Es Sueño*, *Phédra* und *Den Tyrannen* aus – alle drei Stücke in einem Rahmen auf der gleichen Bühne, wobei die Besetzung und die Zuschauer die neuen Konzentrationsdrogen benützen. Die Universität verwendet sie bereits seit einiger Zeit, damit die Studenten gleichzeitig vier oder fünf Vorlesungen zu folgen vermögen, aber bisher wurden sie noch nie für ästhetische Zwecke benützt.«

»Ich dachte . . . hmm . . . Makrotheater wären nicht dein Fachgebiet?« sagte Bron, sich dabei fragend, woher er diese Information habe und ob sie überhaupt zutreffe.

Die Spike lachte: »Makrotheater ist lediglich die Menge eines koordinierten Mikrotheaters, die sich ohne Unterbrechung aneinanderreihen.«

»Oh«, sagte Bron zum zweitenmal. Drei Theaterstücke auf einmal waren zu verwirrend, als daß er mit der Nachfrage um Klärung gebeten hätte. »Bist du immer noch mit Windy und wie-heißt-sie-doch-gleich-wieder zusammen?«

»Charo. Nein, nicht eigentlich. Charo ist hier auf Triton; und wir sehen uns gelegentlich, betrinken uns gemeinsam und sprechen von den alten Zeiten. Sie ist eine großartige Person.«

»Und wo steckt Windy jetzt?«

Die Spike zuckte mit den Achseln.

»Nun –« Bron lächelte – »ich muß gestehen, ich habe ihn immer für einen Vagabunden gehalten.«

»Vermutlich ist er tot«, antwortete die Spike. »Unsere Theatertruppe verließ Lahesh am gleichen Tag wie du, aber Windy sollte noch eine Woche lang auf der Erde bleiben. Windy ist dort geboren, weißt du. Er wollte per Anhalter irgendwohin reisen, um jemand von seiner Familie zu besuchen, und später dann wieder zu uns stoßen. Aber der Krieg . . .« Sie sah über die Straße. »Achtundachtzig Prozent der Bevölkerung nach den letzten Berichten . . . Die Verwirrung, die dort noch herrscht, soll entsetzlich sein. Zuverlässige Informationen von diesem Planeten seien für mindestens ein Jahr nicht zu erwarten, heißt es. Und es gibt Leute, die sagen, dort würde nie mehr etwas sein, worüber man zuverlässige Informationen erwarten könne.«

»Ich sah auf den öffentlichen Kanälen einen Bericht über Kannibalismus in den beiden Amerikas.« Bron spürte ein aufkommendes Unbehagen. »Und das liegt schon einen Monat zurück . . .«

Die Spike holte tief Luft. »Das bedeutet also, daß die Chancen vier zu fünf stehen, oder inzwischen neun zu zehn, daß er tot ist?«

Die einzige Antwort, die Bron darauf einfiel, war ein geschmackloser Witz, wie groß die Chancen seien, daß Windy inzwischen aufgefressen worden war. »Dann bist du also nicht mit deinen Freunden zusammen –« und das Unbehagen nahm zu. Ihr Herz klopfte wieder vernehmbar. Was bedeutete das? wunderte sie sich. Das konnte nichts mit Sex zu tun haben? War es der Schrecken, die Verlegenheit im Angesicht des Todes? Aber sie hatte Windy doch kaum *gekannt*; und sein Tod war eine Wahrscheinlichkeit, keine bestätigte Tatsache. Dann, sich selbst verblüffend, sagte Bron: »Spike, ich möchte mit dir gehen. Alles andere ist lächerlich.« Sie blickte auf das Pflaster hinunter. »Ich gebe alles auf, was ich habe, gehe überall hin, wo du hingehen möchtest, tue alles, was du von mir verlangst. Du hast schon Frauen als Liebhaberinnen gehabt. Liebe mich. Ich werde heute abend eine neue Fixierung vornehmen lassen. Ich möchte dich haben. Ich liebe dich. Ich wußte es nicht, aber als ich dich jetzt wiedersah . . .«

»Oh, *Bron* . . .« Die Spike berührte Bron an der Schulter.

Bron fühlte, wie in ihrer Brust etwas bei dieser Berührung ins Taumeln kam.

»Dieses Gefühl . . . ich habe es noch nie für einen anderen gehabt. Glaubst du mir?«

»Ja«, sagte die Spike, »ich glaube dir.«

»Warum kannst du dann nicht –?«

»Erstens bin ich bereits mit jemand zusammen. Zweitens –

obwohl ich gerührt bin und mich geschmeichelt fühle – doch selbst jetzt bin ich nicht interessiert.«

»Mit wem bist du . . . bist du . . .?« Verzweiflung baute sich hinter Brons Gesicht auf wie ein Klumpen aus Metall, der sich zu erhitzen begann, rotglühend wurde, schmolz und dann sich über ihr Gesicht ergoß. Sie weinte nicht. Aber Wasser rollte über ihre Wangen.

Die Spike nahm die Hand wieder von ihrer Schulter. »Du kennst ihn – obwohl du dich wahrscheinlich nicht mehr an ihn erinnerst . . . Fred? Ich glaube, als du ihn das erstemal sahst, hatte er mir gerade eine Ohrfeige gegeben.«

»Er . . .?« Bron blickte blinzelnd hoch. »Hoffentlich hat er inzwischen ein *Bad* genommen . . .!«

Die Spike lachte. »Ich glaube nicht. Ich komme ständig seinetwegen mit der Universität in Schwierigkeiten – auch ein Grund, weshalb ich froh bin, wenn ich das Lehramt wieder aufgeben und zur praktischen Arbeit zurückkehren kann. Ich nahm ihn mit zu einer meiner Vorlesungen – an einer Kette – ich bat einen der Studenten, ihm rohe Fleischbrocken zuzuwerfen – das gefällt ihm. Aber selbstverständlich war das ein Theaterlehrstück. Ich fürchte, die meisten Typen auf der Universität haben bisher noch nie so etwas wie Fred erlebt. Aus der Nähe, meine ich. Sie wissen nicht, was sie mit ihm anstellen sollen. Zu schade, daß du nie Gelegenheit hattest, mit ihm zu reden – weil er sich seit unserer ersten Begegnung geistig erst richtig entwickelt hat.«

»Aber was habt ihr beiden euch eigentlich . . .?«

»Fred hat ein paar seltsame Angewohnheiten – sexuell, meine ich. Und ich muß nein sagen, wenn du mich fragst, ob ich mich schon dafür entschieden hätte. Offen gestanden ist es nicht meine Vorstellung einer idealen sexuellen Verbindung, aber es ist die einzige, die mir im Augenblick am meisten am Herzen liegt. Und wir wollen jetzt nicht mehr darüber reden, okay?« Sie blickte Bron an und seufzte.

»Möchte er noch eine Frau haben?« erkundigte sich Bron. »Ich werde mit ihm gehen. Ich werde alles tun, was er von mir verlangt, so lange du auch mit ihm lebst; und ich kann dann in deiner Nähe sein, mit dir reden —«

»Bron, du *weichst* immer noch dem entscheidenden Punkt aus«, sagte die Spike. »Ob er dich mag oder nicht, hat überhaupt nichts damit zu tun. *Ich* mag dich nicht. Und deshalb werden wir jetzt Lebewohl sagen. Der Transport wartet dort vorne. Du gehst deine Wege. Ich habe andere Dinge zu tun.«

»Du glaubst mir also nicht, daß du der einzige Mensch bist, für den ich so tief empfunden habe?«

»Ich sagte dir doch, ich glaube dir.«

»Vom ersten Augenblick an, als ich dich sah, hatte ich dieses Gefühl. Und es hat sich nie geändert. Und ich weiß jetzt, daß es sich nie ändern wird, was auch kommen mag.«

»Und ich glaube, daß du drei Minuten, wenn nicht schon dreißig Sekunden, nach unserer Trennung ganz anders empfinden wirst.«

»Aber ich . . .«

»Bron, es kommt ein Punkt in einer sinnlosen Kommunikation, nach dem du einfach eine Veränderung vornehmen . . .« Plötzlich blieb die Spike stehen, machte ein wütendes Gesicht, wollte sich umdrehen, zögerte dann aber: »Dort wartet der Transport. Steig ein. Ich werde dort hinuntergehen. Und wenn du versuchst, mir zu folgen, trete ich dir in die Eier.«

Was Bron so absurd vorkam, während sie der Spike nachsah, die mit nacktem Rücken zwischen anderen Fußgängern die Straße hinunterging, daß sie nicht einmal versuchte, ihr nachzulaufen.

Aber das Brennen hinter ihrem Gesicht hielt an: Sie spürte, wie ihre Augen unter der Hitze trockneten, ein fast schmerzlicher Vorgang. Plötzlich drehte sie sich um und ging auf den Stationskiosk zu. In dreißig Sekunden wirst du dich schon anders fühlen! Bebend vor Wut und Beschämung dachte Bron: Wie konnte eine Frau wie *sie* wissen, was ein *anderer* empfand! Wie konnte sie überhaupt etwas nachempfinden! Ich muß verrückt sein (sie ging an dem Kiosk vorbei, trat auf eine bewegliche Rampe und ging weiter), vollkommen verrückt! Wovon bin ich besessen, daß ich so eine Frau begehre? Und es hing überhaupt nicht mit dem Sex zusammen! Diese Angst, dieses Herzklopfen, diese schreckliche Übelkeit – es war nicht von dieser dunklen Wärme in den Lenden oder von dieser dunklen Erwartung begleitet gewesen, die sie ein paarmal gespürt hatte, als sie nur die Straße hinunterging und einen Schaffner der Transportgesellschaft ansah, vielleicht auch einen Arbeiter aus einem anderen Büro oder sogar ein E-Girl. Gerade daß der Sex gewiß nichts damit zu tun hatte, machte die ganze Angelegenheit umso beklagenswerter. Verrückt! dachte sie wieder. Da stehe ich nun, bereit, alles über Bord zu werfen, woran ich glaube, meine Arbeit, meine Ideale, alles, was mir wünschenswert erscheint, alles, zu dem ich geworden bin, für eine Regung aus meiner Vergangenheit, die nicht einmal dadurch entschuldbar ist, daß sie angenehm wäre, falls es sich bei ihr nicht um eine bloße Erinnerung an ein sexuelles Erlebnis handelt – und was sind denn Emotionen anderes als sexuelle Erinnerungen? Ein Gedanke, der sie schon seit einem halben Jahr quälte, trat jetzt in ihr Bewußtsein: Irgendwie war sie jetzt mehr denn je das Opfer ihrer Emotionen.

Was, zum Teufel, bin ich? dachte sie plötzlich und trat vom Bürgersteig herunter. Sie war wieder vor einem Kiosk, aber welcher Station? Sie blickte hinauf zu den grünen Straßenkoordianten, holte tief Luft und ging die Rampe hinunter.

Brian, dachte sie. Ja, Brian, ihr Berater . . .

Es würde ihre dritte Sitzung sein, ihre erste freiwillige Sitzung. Sie wünschte verzweifelt, daß diese niederschmetternde Begegnung nicht gerade erst stattgefunden hätte. Es machte diese Beratungsklausur so unentbehrlich.

Brons niederschmetternde Überlegungen füllten sie vollkommen aus, bis sie ihr Co-Op erreichte.

Im Gemeinschaftsraum beugten sich zwei ältere Frauen über ein Spielbrett; jüngere standen schweigend hinter ihren Stühlen und sahen zu. Bron hatte beabsichtigt, sofort in ihr Zimmer hinaufzugehen, aber jetzt blickte sie doch zu dem Tisch hinüber.

Zwischen den Spielerinnen standen geschnitzte schwarze und rote Figuren auf einem flachen gemusterten Brett.

Vor Jahren hatte Bron auf dem Mars etwas über so ein Spiel gelesen . . . Sie hatte sogar damals seinen Namen gewußt. Es war eine Geschichte aus ihrer Vergangenheit; sie wollte nicht an ihre Vergangenheit denken. Außerdem war es viel zu abstrakt und kompliziert. Soweit sie sich entsann hatte jede Figur (im

Gegensatz zum Vlet) eine festumrissene Möglichkeit, sich zu bewegen: Warum hatte Lawrence ihn eigentlich in letzter Zeit nicht mehr besucht? (Der eine Spieler, der Ringe mit bunten Steinen an den Fingern trug, bewegte eine Figur und sagte leise: »Schach«.) Bron wandte sich ab. Sie hatte Lawrence seit Monaten nicht gesehen. Selbstverständlich konnte sie ihn jederzeit besuchen. Wenn sie es so betrachtete, wollte sie ihn eigentlich gar nicht sehen. Was vermutlich der Grund war, weshalb er sie nicht besucht hatte.

Dann stampfte Prynn, diese wahrhaftig aufdringliche fünfzehnjährige Göre, die Bron ständig als Beichtmutter benützte (nicht so sehr deshalb, weil Bron Prynn dazu ermutigte, sondern weil sie bisher noch kein heilsames Mittel gefunden hatte, Prynn zu entmutigen), in den Gemeinschaftsraum und gab allen bekannt: »Wißt ihr, was mein Sozialarbeiter getan hat? *Wißt* ihr das? *Ahnt* ihr es?« Das letzte *Ihr* richtete sich eigentlich an Bron, die sich überrascht umsah: Links von Prynns Scheitel war das Haar in einem Zopf verrutscht und zerzaust. In ihrem Gesicht waren ein paar Flecken, die nicht kosmetischer Natur zu sein schienen.

»Oh . . . Nein«, sagte Bron. »Was hat er getan?«

Und Prynn stampfte mit dem Fuß auf, drehte sich um und floh aus dem Gemeinschaftsraum.

Eine von den Frauen blickte von ihrem Lesegerät hoch, fing Brons Blick auf und zuckte mit den Achseln.

Fünf Minuten später, nachdem Bron die neuen Bände durchgeblättert hatte, die heute nachmittag eingetroffen waren – die Hälfte von ihnen (vermutlich die Besseren) waren bereits ausgeliehen –, kam sie in den Korridor, auf dem ihr Zimmer lag, und fand Prynn auf dem Fußboden neben ihrer Tür sitzend vor, das Kinn auf die Knie gestemmt, einen Arm um die ausgefransten Säume ihrer geflickten schwarzen Hose gepreßt (einer von Prynns Zehennägel war schrecklich verwachsen), die andere Hand locker neben ihr auf dem Teppich.

Als Bron auf sie zuging, sagte Prynn, ohne sie anzublicken: »Du wolltest es doch unbedingt wissen: – das hat aber gedauert!« Und das war der Anfang eines abendfüllenden Berichtes von eingebildeten Beleidigungen, Mißverständnissen und Mißhandlungen aller Art durch die Jugendfürsorge, die, da Prynn den ihr noch verbliebenen Elternteil in Lux (auf Titan) verlassen hatte und nach Tethys gekommen war, ihre Ausbildung überwachte. Der Vergleich mit Alfred hatte sich unvermeidlicherweise aufgedrängt – und war schließlich wieder zusammengebrochen. Prynns sexuelle Abenteuer waren nicht vergleichbar mit Alfreds hysterischen Selbstbestätigungen. Sie wiederholten sich trotzdem mit trotziger Beharrlichkeit. Einmal in der Woche ging sie in einen Klub, der sich auf noch-nicht-sechzehn-Jahre-alte-Mädchen und auf Männer von-fünfundfünfzig-Jahren-an-aufwärts spezialisierte. Regelmäßig kam Prynn dann mit einem, zwei oder manchmal sogar mit drei dieser Gentlemen nach Hause, die über Nacht bei ihr blieben. Aber, wenn man ihren ausführlichen Berichten von diesen Begegnungen glauben schenken konnte, wickelten sich die Ereignisse dieser Nächte zur allseitigen Befriedigung der Teilnehmer ab. Alfred stammte von einem Mond des Uranus. Prynn war auf einem Mond des Saturn geboren worden. Alfred ging damals auf die achtzehn zu. Prynn war gerade fünfzehn geworden . . . Mitten in einer dieser Beichten hatte Bron etwas von ihren eigenen professionellen Abenteuern der Jugendzeit verlauten lassen, hatte dann ihr früheres Geschlecht enthüllen müssen, weil diese Enthüllung sonst absurd gewesen wäre. Beide Tatsachen hatten Prynn nicht im geringsten interessiert – was wahrscheinlich ein Grund war, weshalb ihre Beziehung andauerte. »Aber sie lassen sich dann nie mehr hier sehen«, hatte Prynn gesagt (und wiederholte es jetzt; während Brons Gedanken inzwischen abschweiften wie Prynns Monolog.) »Ich sage ihnen jedesmal, sie sollen wiederkommen. Aber sie tun es nicht. Diese Bumsköpfe!« Das bedrückte sie wohl sehr. Prynn vertiefte sich in die Erklärung, wie sehr sie das bedrückte. In den ersten Monaten hatte Bron gesagt (zu sich selbst), daß ihr Geschlechtsleben nach ihrer Operation praktisch das gleiche war wie vorher, nämlich unregelmäßig. Doch jetzt mußte sie (Prynn gegenüber) zugeben, daß es praktisch nonexistent war – gleichgültig, ob sie jetzt ihr Libido mit der Mehrheit der Frauen teilte oder nicht; was Prynn veranlaßte, ihre Beichte mit dem Satz zu unterbrechen, daß das nicht normal sei, worauf sie sich wieder in endlose Monologe stürzte, die das gefühllose Universum zum Thema hatten: Von Zeit zu Zeit tauchten in Brons Bewußtsein Erinnerungen an die Spike auf, die sich als Bilder in diese Klagerede einblendete – bis sie plötzlich abrupt endete.

Bron hatte gerade die Tür laut hinter sich geschlossen.

Es *ist* zu viel, dachte Bron. Ich werde mich um eine Sozialberatung bewerben. Morgen. Ich muß mir einen Rat holen.

*

»Glauben Sie, es könnte an den Hormonen liegen?«

»Das ist einer der zahllosen Gründe, an die Sie gedacht haben, nicht wahr?« fragte Brian aus ihrem großen, tiefen, grüngepolsterten Sessel heraus. Brian war schlank, in den Fünfzigern, silbergefärbt und mit silbernem Lack auf den Nägeln und hatte Bron in ihrer ersten Sitzung anvertraut, daß sie vom Mars stammte. Tatsächlich war Brian das, was viele von den Damen auf dem Mars, die Bron vor fünfzehn Jahren gemietet hatten, sein wollten, und diejenigen unter ihnen, die es sich leisten konnten, sich wirklich zu pflegen, auch tatsächlich nahegekommen waren. (Bron erinnerte sich an ihren endlosen mütterlichen Rat. Nun war natürlich Bron der Kunde: doch sonst – Bron und Brian hatten sich in den ersten dreißig Minuten ihrer ersten Beratungsstunde über die Ironie dieser Tatsache recht vergnüglich unterhalten – hatte sich wenig geändert.)

»Ich weiß nicht«, sagte Bron. »Vielleicht ist es psychologisch zu erklären. Aber ich fühle mich einfach nicht wie eine Frau. Nicht immer, nicht in jeder Minute, wie es sich für eine komplette und gesunde Frau gehört. Natürlich erinnere ich mich daran, wenn ich darüber nachdenke oder irgendein Mann Avancen macht. Aber die meiste Zeit komme ich mir nur wie ein gewöhnliches, normales . . .« Bron unterbrach sich mit einem Achselzucken und bewegte sich in ihrem eigenen Sessel, der genau so groß und tief und plüschig war wie Brians, aber gelb.

Brian sagte: »Als Sie noch ein Mann waren, waren Sie sich da jeder Sekunde des Tages dieser Tatsache bewußt? Was bringt Sie auf den Gedanken, daß die meisten Frauen sich jede Minute des Tages auch so fühlen . . .?«

»Aber ich möchte ja gar nicht *so* sein wie die meisten Frauen . . .« und dann wünschte sie, daß sie das nicht gesagt hätte, weil Brians Beratungstechnik nicht darauf eingerichtet war, auf unbeantwortbare Fragen eine Antwort zu geben – was zu häufigen Schweigepausen Anlaß gab. Eine Weile lang, anfangs, hatte Bron versucht, diese Schweigeminuten auszukosten, wie sie das vielleicht früher in einem gewöhnlichen Gespräch getan hätte. Aber in ihrer zehnten oder elften Schweigeperiode hatte sie begriffen, daß sie nichts anderes verrieten als ihre eigene Verlegenheit. »Vielleicht ein paar Hormone mehr . . .« sagte sie schließlich. »Oder vielleicht hätten Sie noch ein paar X-Chromosomen in meine Zellen packen sollen. Ich meine, vielleicht hatten sie nicht genügend von meinen Zellen damit infiziert.«

»Was nun die Chromosomumwandlung betrifft«, erwiderte Brian, so gibt es da ein paar Gegebenheiten, mit denen Sie sich einfach abfinden müssen. Vor ungefähr hundertfünfzig Jahren entdeckten Genetiker eine Ortschaft in den Appalachen, wo extreme Inzucht herrschte. Die Frauen hatten dort perfekte Zähne, und es gab ein großes Gerede, man habe ein wichtiges, geschlechtsbestimmtes Gen für ein perfektes Gebiß gefunden. Aber jeder kleine Strang von Nukleotiden, der von der Wissenschaft isoliert werden kann, ist tatsächlich nur ein Teil eines sehr komplizierten Zwischenbereiches, der sich äußerlich und innerlich fortsetzt. Wenn Sie zum Beispiel den richtigen Polynukleotinsatz für perfekte Zähne besitzen, nützt es Ihnen wenig, wenn Sie nicht auch den Nukleotinstrang aufweisen, der, sagen wir, den Bau Ihres Kiefers kontrolliert. Sie haben vielleicht die Nukleotide, welche die Aminosäuren in dem blauen Protein steuern, damit die Iris Ihrer Augen diese Farbe annimmt, aber falls Sie dazu nicht den Nukleotidstrang besitzen, der die Aminosäure des weißen Proteins für den Aufbau Ihres Augapfels steuert, werden Sie keine blauen Augen bekommen. Mit anderen Worten: Es ist ein bißchen töricht, zu behaupten, Sie besäßen den Nukleotidstrang für blaue Augen, wenn Ihnen das genetische Element fehlt, das Ihnen überhaupt erst Augen verleiht. Dazu muß das angrenzende Teil des Zwischenfeldes ebenfalls berücksichtigt werden: Der Nukleotidenstrang, der Ihnen perfekte Zähne verleiht, unter der Voraussetzung, daß auch die anderen kontrollierenden Nukleotiden in notwendiger Ordnung um diesen Strang angeordnet sind, gibt Ihnen dann immer nur perfekte Zähne innerhalb eines besonderen Umfeldes – das heißt, unter der Voraussetzung, daß gewisse Elemente reichlich vorhanden sind und andere relativ selten. Der Strang von Nukleotiden für perfekte Zähne stellt nicht das Calcium her, das in Ihren Zähnen eingebaut wird; ein nicht geringer Teil von Nukleotidsträngen ist dafür nötig, die verschiedenen Teile der Maschinerie aufzubauen, welche ihrer Umgebung das Calcium entziehen und es in der richtigen Kristallstruktur an der richtigen Stelle in Ihrem Kiefer aufbauen, so daß sie in einer Form nach unten oder nach oben aus dem Kiefer herauswachsen, daß man sie als perfekte Zähne anerkennt. Aber wenn die Anordnung dieser Nukleotide auch die notwendige Voraussetzung erfüllt, können diese perfekten Zähne durch eine Reihe von anderen Faktoren beeinflußt werden, angefangen bei einem Calciummangel in der Ernährung, einer hohen Säure-Bakterienkonzentration in der Mundhöhle bis hin zu einem Bleirohr, das Ihnen gegen den Kiefer geschlagen wird. Analog dazu ist das Wesen einer Frau ebenfalls ein kompliziertes genetisches Zusammenspiel. Es bedeutet, daß man dazu den Körper von Geburt an hat, in dieser Welt aufwächst, das zu tun lernt, was man tut – psychologische Beratung in meinem Fall, Metalogik in Ihrem – mit diesem Körper und in ihm. Dieser Körper ist Ihnen Ihr ganzes Leben lang zugeeignet, und in diesem Sinne werden Sie nie eine ›vollständige‹ Frau werden können. Wir können natürlich viel für Sie tun; wir können Sie von einer bestimmten Zeit an zu einer Frau machen. Wir können Sie aber nicht rückwirkend auf jene Zeit, die Sie als Mann verbracht haben, in den Zustand der Frau versetzen.«

»Was sagen Sie denn zu meinem ... . meinem Versagen in meinem Beruf?«

»Ich glaube nicht, daß das an Hormonen liegt – oder dadurch gebessert werden könnte.«

»Woran liegt es dann?«

»Es wäre möglich, daß Sie vielleicht ein Mensch sind, der glaubt, Frauen wären weniger tüchtig. Also versuchen Sie nur, Ihre eigene Vorstellung zu erfüllen.«

Aber das ist doch lächerlich.« Bron richtete sich im Sessel auf. »Ich denke nichts derartiges. Und ich habe nie so etwas gedacht.«

»Leistungsschwäche ist genauso wie Leistungsvermögen eine nicht zu isolierende Anlage.« Brian legte eine Hand auf ihren Schoß. »Drücken wir es einmal anders aus. Sie glauben, Frauen unterscheiden sich in vielen subtilen Eigenschaften – sind vielleicht gefühlsbetonter, wahrscheinlich weniger objektiv, möglicherweise mehr auf sich selbst konzentriert. Offen gestanden, es wäre sehr schwierig, gefühlsbetonter zu sein –«

»Aber ich *glaube* ja gar nicht, daß Frauen notwendigerweise gefühlsbetonter sind als Männer –«

»– gefühlsbetonter zu sein als Sie, als Sie noch ein Mann waren, weniger objektiv als Sie und mehr egozentrisch, ohne auch in Ihrer Arbeit nachzulassen.« Brian seufzte. »Und ich habe mir alle Ihre Entfaltungs- und Neigungstabellen genau angesehen. Sie haben alle das gleiche deutliche Merkmal, und es ist so verzweifelt typisch für Marsmenschen. Sie behaupten, Sie wollen nicht so sein wie die meisten anderen Frauen. Sie können sich beruhigen: Sie sind es nicht. Ich habe es ein wenig brutal ausgedrückt; aber offengestanden, in diesem Punkt kann ich Sie vollkommen beruhigen – falls Sie nicht hart daran arbeiten möchten, sich anzupassen. In anderer Beziehung wieder sind Sie so eine echte Frau, wie das überhaupt möglich ist. In anderer Hinsicht sind Sie jedoch eine Frau, die von einem Mann geschaffen wurde – spezifisch von dem Mann, der Sie gewesen sind.«

Als Bron eine halbe Minute schwieg, fragte Brian: »Woran denken Sie gerade?«

»Als ich ein Kind war –« Bron dachte an die Spike – »fand ich einmal ein altes Buch, das voller alter Bilder war. Bilder von Paaren. Auf diesen Abbildungen waren die Frauen immer kleiner als die Männer. Es sah sehr komisch aus, daß die Frauen auf allen diesen Zeichnungen als Zwerge dargestellt wurden. Ich machte eine entsprechende Bemerkung zu dem Tutor meiner Studiengruppe. Er belehrte mich, daß vor hunderten von Jahren tatsächlich jeder Mensch auf der Erde glaubte, die Frauen wären von Natur aus kleiner als die Männer, weil alle Männer nur mit Frauen ausgingen, die kleiner waren als sie und alle

Frauen sich nur von Männern ausführen ließen, die größer waren als sie. Ich weiß noch, daß ich damals dachte, wenn das tatsächlich so gewesen ist, wird es bestimmt eine Menge sehr unglücklicher großer Frauen und unglückliche kleine Männer gegeben haben.«

»Soweit wir wissen«, erwiderte Brian, »gab es tatsächlich so eine Epoche.«

»Nun, ja. Später erfuhr ich dann, daß diese Verhältnisse etwas komplizierter lagen. Aber ich fragte mich stets, ob in jener vergangenen Epoche die Frauen nicht tatsächlich kleiner waren; und ob nicht irgendweine Evolutionsentwicklung der Menschheit stattfand, die den Wuchs der Frau begünstigte. Ich meine, falls das zutrifft, wie könnten wir das heute belegen oder abstreiten?«

»Offen gestanden«, erwiderte Brian, »wir können weder das eine noch das andere. Die Chromosonen des Menschen wurden erst im einundzwanzigsten Jahrhundert restlos analysiert. Sie wissen doch von dem Eins-zu-Zwei-Zwei-zu-Eins Dominant/Hybrid/Rezessiv-Verhältnis für angeborene Merkmale?«

Bron nickte.

»Nun, was selten bei der natürlichen Auswahlstheorie der Evolution berücksichtigt wurde, aber einen großen Einfluß darauf hat, ist diese einfache Tatsache: Wenn eine rezessive Anlage sich auf die Dauer in der Spezies durchsetzen will, muß sie denjenigen, die dieses Merkmal zeigen, eine extrem hohe Überlebenschance bieten – eine Überlebenschance, die für eine bestimmte Zeit, bis das fortpflanzungsfähige Alter erreicht ist, mindestens dreimal so hoch sein muß wie die Vertreter der Rasse, die diese Veranlagung nicht enthalten. Aber für die dominante Veranlagung sieht die Sache wieder ganz anders aus. Falls eine dominante Veranlagung sich nicht in der gesamten Bevölkerung durchsetzen soll, muß sie extrem lebensschwach sein – tatsächlich so lebensschwach, damit der Träger dieser Veranlagung während einer bestimmten Zeit die Chance eins zu drei gegen sich hat, daß er das fortpflanzungsfähige Alter erreicht. Und jede dominante Veranlagung, die weniger lebensschwach ist als soeben gefordert, wird trotzdem im Verborgenen unerbittlich weiter anwachsen. Und wenn eine dominante

Veranlagung überhaupt eine Chance zum Überleben hat, selbst die kleinste Chance, wird sie sich auf jeden Fall in der gesamten Spezies durchsetzen. Sie wissen doch, daß die menschliche Rasse seit dem Beginn des zwanzigsten Jahrhunderts mehr eine zielstrebigere und ehrlichere Evolution durchgemacht hat als vermutlich in jeder anderen Zeit ihrer vorhergehenden zehntausendjährigen Entwicklungsperiode. Es gab zum Beispiel eine dentale Anomalie, die als Carabellischer Stoßzahn bezeichnet wurde, eine beim dritten Backenzahn hinten festzustellende Tendenz, in die Mundhöhle auszuwachsen. Zu Beginn des zwanzigsten Jahrhunderts war diese dentale Anomalie in der ganzen Spezies verbreitet, konnte bei Afrikanern, Skandinaviern und Asiaten beobachtet werden. Doch die Mißbildung war besonders bei Malaien ausgeprägt, wo sie mancherlei Komplikationen hervorrief, weil dieser Auswuchs nur ungenügend mit dem lebendem Zahnbein ausgestattet war. Offensichtlich setzte irgendwann am Anfang dieses Jahrhunderts eine dominante Mutation ein, welche den Carabellischen Stoßzahn vollkommen beseitigte und die späteren Backenzähne ganz normal wachsen ließ. Zu Beginn des einundzwanzigsten Jahrhunderts gehörte der Carabellische Stoßzahn zu jenen ausgestorbenen Merkmalen wie der Augenwulst des Neandertalers und der dreizehige Huf des Eohippos. Die menschliche Rasse besitzt diese Veranlagung nicht mehr. Die Fähigkeit, den Zungenmuskel, sowohl lateral wie auch ventral zu krümmen, überrollte die Menschheit sogar noch schneller, ungefähr in dieser eben erwähnten Zeitperiode. Die Anlage zum Linkshänder, die ganz bestimmt rezessiv ist (und mit welcher Überlebens-Erbanlage sie gekoppelt ist, konnten wir bisher immer noch nicht herausfinden), hat sich von etwa fünf Prozent der Bevölkerung auf fünfzig Prozent der Rasse ausgedehnt. Bis zum Jahr neunzehnhundertneunundfünfzig konnte man in allen biologischen Fachbüchern lesen, daß die menschliche Rasse achtundvierzig Chromosomen besitze – worauf jemand von neuem zu zählen begann und entdeckte, es wären nur sechsundvierzig. In der vorherrschenden Meinung wurde das nur als ein grober wissenschaftlicher Fehler erklärt – es ist jedoch durchaus möglich, daß die Menschheit damals ihren evolutionären Wechsel von achtundvierzig zu sechsundvierzig Chromosomen abschloß und ihre früheren wissenschaftlichen Zählungen zufällig bei jenen letzten Vertretern der Gattung durchgeführt wurden, die noch zu den Achtundvierzig-Chromosomen-Typen gehörten. In Analogie dazu ist es durchaus möglich, daß eine an das Geschlecht gebundene Mutation stattfand, die den Wuchs der Frauen vergrößerte. Aber die anderen Faktoren stehen in überwältigender Zahl dagegen, daß man diese Wahrscheinlichkeit als gering erachten muß. Untersuchungen, die in der gleichen Dekade angestellt wurden, wo die ersten beiden Menschen die Oberfläche des Mondes betraten, ergaben, daß ein Kind weiblichen Geschlechtes damals in seinem ersten Lebensjahr nur halb so viele physische Kontakte mit seinen Eltern erwarten durfte als ein Kind männlichen Geschlechtes. Wir wissen aus schmerzlicher Erfahrung, welche Auswirkung der mangelnde physische Kontakt eines Kleinkindes mit den Eltern wie sich in mannigfaltigster Beziehung auswirkt, angefangen bei seiner physischen Robustheit bis hin zu seiner psychologischen Autonomie. Wir haben Forschungsergebnisse aus jenen Jahren, die belegen, daß ein nordamerikanischer Vater der Mittelklasse im Durchschnitt weniger als fünfundzwanzig Sekunden pro Tag mit seinem noch nicht ein-Jahr-altem Kind spielte, und daß der europäische Vater der Mittelklasse noch weniger Zeit für ihn erübrigte – so daß die quergeschlechtliche Identifikation, die eine notwendige Voraussetzung für jenen Zustand bildet, den wir sozialen Bereich nennen, ganz gleich, wohin die sexuellen Neigungen des Heranwachsenden sich schließlich orientierten, nur in den seltensten Fällen stattfand, und dann nur aus Zufall. Gleich nach dem zweiten Weltkrieg herrschte ein weitverbreiteter Aberglaube, daß Kinder in ihren ersten drei Lebensjahren nur eine feste Bindung zu einem Elternteil haben sollten. Aber die Statistik beweist, daß dadurch nur sehr eifersüchtige, besitzergreifende Individuen herangezüchtet wurden – mit schizoiden Müttern. Unser im Augenblick geltender Aberglaube – und er scheint sich hier zu bewähren – lautet, daß ein Kind mindestens über fünf enge elterliche Beziehungen verfügen sollte – die sich auf das Phänomen des Wohnens, der Liebesbezeigung, des Fütterns und des Windelwechselns verteilen – wobei diese Beziehungen noch im günstigsten Fall aus fünf verschiedenen Geschlechtern bestehen sollten. Mutation ist möglich, aber der Ausgleich in der sozialen Bewertung von Mann und Frau, als die Kolonisierung von Luna und Mars erst richtig einsetzte, ist wahrscheinlich die leichteste Erklärung für die Tatsache, daß heutzutage Männer und Frauen sowohl an Körpergröße wie physischer Kraft ebenbürtig zu sein scheinen; und wenn man die Rekorde der Interworld-Olympiaden der letzten sechzig Jahre nachprüft, könnte niemand diese Ebenbürtigkeit ernsthaft in Zweifel ziehen.«

»Man glaubte doch, daß die männlichen Sexulhormone die Muskelkraft erhöhen, nicht wahr?«

»Testosteron macht die Membran der Muskelzelle weniger durchlässiger«, erwiderte Brian. »Das bedeutet, daß von zwei Muskeln, die zur gleichen Leistungskraft entwickelt wurden, derjenige, der nicht mit Testosteron vollgepumpt ist, in der Randzone länger Hochleistung erbringen kann, weil er auch seine schädlichen Stoffwechselprodukte rascher durch die äußeren Zellwände abstoßen kann.«

Bron seufzte. »Seltsam, daß wir uns die Vergangenheit als eine Periode voll Ungerechtigkeit, Ungleichheit, Krankheiten und Geistesverwirrungen vorstellen, und trotzdem waren die Dinge damals irgendwie . . . einfacher. Manchmal wünschte ich mir, wir lebten so wie in der Vergangenheit. Manchmal wünschte ich mir, daß die Männer alle stark und die Frauen schwach wären, selbst wenn das damit erkauft wurde, daß man sie nicht oft genug in die Arme nahm und herzte und koste, als sie noch Babys waren, oder ihnen keine starken weiblichen Vorbilder gab, mit denen sie sich psychologisch und sozial identifizieren konnten; denn irgendwie wäre es auf diese Weise einfacher zu rechtfertigen . . .« aber sie konnte nicht sagen, was sie damit rechtfertigen wollte. Auch konnte sie sich nicht daran erinnern, daß sie jemals, selbst als Kind, solche Gedanken entwickelt hätte. Sie fragte sich, warum sie sagte, sie *hätte* schon so etwas gedacht. »Wissen Sie«, sagte Brian plötzlich, »der einzige Grund, warum dieses Gespräch zwischen uns überhaupt stattfinden kann, liegt darin, daß wir beide vom Mars stammen – und nicht einmal lebenshungrige Marsmädchen sind mit ausgeschnittenen Schleiern und silbernen Augenlidern, sondern Ladies vom Mars. Würde uns ein Eingeborener von Triton jetzt zuhören, würde er uns beide für verrückt halten.« Ihre Augenlider (sie waren aus Silber; doch das Silber war nur aufgetragener Lidschatten) hatten sich gesenkt, und sie verriet ihre leichte Verstimmung auf diese typische Art des Marsmenschen. »Ich weiß, daß es den Gipfel der Grobheit darstellt, wenn ich Ihnen offen bekenne, daß ein Gespräch mit Ihnen mir eine Bestätigung ist, wie froh ich bin, daß ich den Mars verließ. Ich werde Ihnen auch einen sehr direkten Rat geben.« Brian hob den Kopf. »Ich sagte schon, Sie wären eine Frau, die von einem Mann gemacht ist. Sie sind auch eine Frau, die für einen Mann gemacht ist. In Anbetracht dessen, was Sie sind, wären Sie meiner Vermutung nach wahrscheinlich viel glücklicher, wenn Sie einen Mann bekämen. Schließlich sind Sie eine attraktive und intelligente Frau mit den normalen Bedürfnissen einer Frau. Es ist gewiß nichts Schlechtes an der Tatsache, einen Mann zu haben (auf Ihre eigene stille Art benehmen Sie sich so, als wäre es ordnungswidrig).«

Die Knie von Brons mit langer Hose bekleideten langen Beine waren eng aneinandergepreßt. Sie legte ihre Hand darüber und fühlte sich sehr verwundbar vor der älteren und weiseren Brian. »Nur . . .« sagte sie schließlich, »wäre der Mann, den ich haben will, nicht sehr glücklich mit mir, wenn ich nach ihm suchte.«

»Nun, dann«, sagte Brian, »sollten Sie sich überlegen, wie Sie sich mit den verfügbaren Männern arrangieren, bis der perfekte Mann auftaucht.«

Einen Monat später (sie brauchte so lange, bis sie sich entschied) kam sich Bron wie eine perfekte Närrin vor, als sie Prynn bat, ihr eine Adresse vorzuschlagen, wo sie hingehen konnte. – Aber die Wahrscheinlichkeit, daß man sie in solchen Lokalen, die sie schon früher besucht hatte, ansprach, bereitete ihr Unbehagen. Schließlich hatte die Spike – jemand, der eine vollkommene fremde Person war – sie erkannt, als sie nur zufällig auf einem Transportsteig neben ihr stand. Nicht, daß sie solche Lokale so oft besucht hatte – einmal im Monat – daß jemand sie sofort als eine Person erkannte, die früher einmal männlich gewesen war. Trotzdem . . .

Und selbstverständlich konnte Prynn nicht aus dem Stegreif ein paar Namen herunterbeten und es dabei bewenden lassen. Nein, Bron würde sich in den nächsten Wochen erst einmal umhören müssen. Bron versuchte sich die Anfragen vorzustellen: »He, ich kenne diese verrückte Sex-Konverditin, verstehst du, die jetzt gerne was von ihrer früheren Gattung haben . . .« Ich bin zu alt, dachte Bron, um mir eine Blöße zu geben: was im Grunde bedeutete, daß sie ihr Vorhaben streichen und sich etwas anderes einfallen lassen mußte.

Sie dachte, warum hatte sie Brian nichts von ihrem Wiedersehen mit der Spike erzählt? Aber es war nur eine Beratungsstunde gewesen, nicht eine allesumfassende ehrlich-oder-gar-nichts archaisch-orthodoxe Therapiesitzung. Und hat Lawrence ihr nicht einmal gesagt (wie ging es Lawrence eigentlich? überlegte sie; sie hatten sich eine Ewigkeit nicht mehr gesehen), es gäbe nur eine richtige Methode des Umgangs mit einer Frau wie der Spike, nämlich, sie so zu behandeln, als existierte sie nicht? Und Brians Vorschlag (etwas abgewandelt: Bron würde nicht auf einen Mann zugehen; aber sie konnte sich vielleicht dem, was sie sich wünschte, in den Weg stellen) würde sich dafür auch als Antwort anbieten. Wenn sie schon versucht war, alles über Bord zu werfen, war es doch ein bißchen vernünftiger, sicherzugehen, daß die nächste Person, der man in den Weg trat, wenigstens zum richtigen Geschlecht gehörte.

Prynn öffnete die Tür, ohne anzuklopfen, und sagte: »Okay, ich hab mir überlegt, wohin ich dich abschleppe.« Dann blickte sie hinauf zur Decke, gab ein sehr unangenehmes Geräusch von sich (vermutlich sollte es den Gipfelpunkt kultivierter Langeweile darstellen) und fiel wieder zurück an die Wand. Die Schranktür pendelte leise hin und her.

»Was hast du jetzt wieder?« Bron schob das Lesegerät von sich weg (aber sie ließ die Hand auf dem Schaltknopf liegen). Ein Lichtstreifen vom Rand der Lesescheibe streifte ihr Handgelenk. »Du mußt mich doch nicht selbst begleiten. Ich verstehe dich doch gut: du stehst auf ältere Männer. Ich zweifle, daß in dem Lokal, wo du mich hinbringen willst, viele Männer von dieser Sorte . . .«

»Mein Sozialarbeiter«, unterbrach Prynn sie, »behauptet, daß alles, was man ausschließlich betreibt, pervers ist. Deshalb gehe ich einmal in sechs Wochen vom Ausschließlichen weg und mache es mit einem anderen. Nur um mir zu beweisen, ich bin normal. In diesem Lokal treten sich die zwanzigjährigen und dreißigjährigen und vierzigjährigen Männer gegenseitig auf die Zehen. Dort komme ich mir wie ein verdammter Kinderverderber vor. Aber dir wird es gefallen. Komm, zieh dir deine Klamotten an. Ich wette, du brauchst länger, um dich anzuziehen, als fünf tutige Transusen.«

»Mach, daß du rauskommst«, sagte Bron. »Wir treffen uns unten im Gemeinschaftsraum.«

*

Das Lokal, das sie betraten, war wohltuend werkstofftreu (das heißt, dort versuchte man nicht, mit Plastik Marmor, Eis oder echtes Holz vorzutäuschen), mit einer recht passabel aussehenden Kundschaft, die, konstatierte Bron nach einem Rundblick, vermutlich ihre Entscheidungen nicht so lange hinauszögerte. (Die Adressen, die Bron anzusteuern pflegte, als er noch in der männlichen Co-Op wohnte, waren meistens Lokale gewesen, wo die Kundschaft sich mit einem Drink über die Runden quälte). Es war eine Versammlung von verhältnismäßig vergnügten Männern und Frauen –

»Das ist die aktive Seite der Bar, was heißt, daß du dich hier aufstellen mußt, wenn du dir eines von den Prachtexemplaren, die auf der anderen Seite der Bar herumlungern, herauspicken willst, ohne selbst angequatscht zu werden«, erklärte Prynn. »Dort drüben mußt du stehen, wenn du von jemand angequatscht werden willst, der sich auf dieser Seite der Bar für dich entschieden hat. Und dann gibt es noch einen sowohl-als-auch-Bezirk. Niemand ist hier stur oder engstirnig, was die Regeln betrifft – weshalb ich auch manchmal hierherkomme. Ich sage dir nur, was ich in dem monatlichen Lokalführer gelesen habe.«

– nicht unglückliche vernünftige Männer und Frauen, dachte Bron, als Prynn sich entfernte. Nimm dir fünf von ihnen aufs Korn . . . Aber sie wollte noch keinen zu direkt ansehen. Noch nicht.

Dort ein Mann im karierten Rock aus braun/grün/orangenfarbenem Tuch; eine Frau mit nackter Hüfte, eine andere mit pelzverkleideter Schulter, jenseits der Bar. Und dazwischen, kommende Stilrichtungen andeutend, sah Bron sich einen Rücken von der Theke fortbewegen, mit einem grünen Plastik-Ypsilon, mit Clips an blauen Hosenträgern befestigt; sie würde sich nicht auf irgend jemanden festlegen, was das Ganze so schwindelerregend abenteuerlich machte – obschon sie vertraut genug war mit solchen Lokalen, auf einer anderen Welt, zu einer anderen Zeit, in einem anderen Leben. Sie bewegte sich jetzt auf die andere Seite der Bar zu, um dort auf die Annäherung eines Kunden zu warten – und erlebte die seltsamste Reaktion.

Hätte sie einer in diesem Moment gefragt, wie beschaffen sie wäre, würde sie ihm verwundert geantwortet haben: »Terror!« Nach zehn Minuten Erfahrung mit diesem Gefühl erkannte sie, es war viel feinmaschiger. Eine tiefe Verstimmung, die von einem Ort des Bewußtseins signalisierte, daß etwas außerordentlich Gefährliches in ihrem Umfeld war. Dann löste sich dieser Instinkt in Klarheit auf; sie war hier, um sich ansprechen zu lassen. Aber sie war nicht hier, um zu dieser Annäherung einzuladen. Also konnte sie ganz gewiß nicht auf der aktiven Seite der Bar warten, wo sie sich im Augenblick befand. Es war nicht die Sorte von Frauen, für die sie gehalten werden wollte. Wenn der Mann, nach dem sie suchte, hier war (einer aus fünf . . .?) dachte sie ohne logischen Zusammenhang. Jetzt wagte sie nur noch auf die Verkleidung der Theke zu blicken, zwischen die Beine der Leute hindurch, die etwa zwei Meter von ihr entfernt am Tresen standen), war schon alles verdorben, wenn er sie auf dieser Seite der Bar erblickte. Sie wandte sich von der Bar ab, ging zu dem Bereich hinüber, wo das Gesetz der freien Vereinbarung herrschte, ging an Prynn vorbei, die, die Ellenbogen auf die Theke gestützt, nur Augen für die ältere der beiden Frauen hatte, die hinter dem Tresen arbeiteten – gewiß die älteste Person in diesem Lokal, wahrscheinlich in Lawrence' Jahrgang. (Und wahrscheinlich, dachte Bron, mit gleichen Neigungen wie Lawrence.) Als Bron den freien Kontaktbereich betrat, dachte sie: Was hier eigentlich hergehörte, sind drei Theken: eine für diejenigen, die andere ansprechen wollen; dann eine für Leute, die angesprochen werden wollen; schließlich eine für die Leute, die nichts dagegen haben, wenn sie angesprochen werden – aber nein, das war nicht die Lösung. Es gab keinen Unterschied zwischen jenen, die nichts dagegen hatten und sich das wünschten, aber es nicht so eindeutig wollten. Nun, dann eben vier Theken . . .? Mit einer Vision unbegrenzter Spiegelung von Theken, jede mit immer weniger Kunden, bis sie schließlich ganz allein an der letzten stand, nahm Bron ihren Platz im Mittelpunkt des Freien-Vereinbarungs-Raumes ein, wo sich tatsächlich mehrere verhältnismäßig glückliche Frauen und Männer, die das Lokal besuchten, versammelt hatten. Sie hielt sich so nahe der Bar auf wie möglich und bot sich, wie sie wußte, den Blicken der Kunden wie eine Frau dar, die an Dingen sexueller Natur überhaupt nicht interessiert war. Und in einem Lokal wie diesem (wie sie wußte) bedeutete das vermutlich, daß sie überhaupt nicht angesprochen werden würde, weil dort schon zu viele Leute standen, die sexuell doch interessiert waren. Oh, ein paar, die, der Jagd müde, vielleicht ein Gespräch anknüpfen wollten . . .

»Ja«, sagte ein recht passabel aussehender junger Mann, der neben ihr stand und sich mit seinen Ellenbogen gegen die Theke lehnte, »da gibt es Abende, wo es ganz genauso zugeht.« Er legte den Kopf schief, lächelte und nickte.

Bron sagte: »Da gibt es hundertfünfzig andere Kunden im Lokal, die du anreden kannst und die sich deinen Quatsch lieber anhören als ich. Und jetzt verdufte. Wenn du das nicht tust, trete ich dir in die Eier. Und ich *meine*, was ich sage!«

Der Teenager runzelte die Stirn und erwiderte dann: »Na sowas . . .!« Er wandte sich ab, während ein anderer Kunde sich in die Lücke drängte. Und Bron dachte ein wenig hysterisch: Ich befinde mich in der Lage, daß ich hier bin, um angesprochen zu werden, und doch eine Annäherung nicht annehmen kann: sonst schrecke ich die Person ab, derentwegen ich hierherkam, um von ihr angesprochen zu werden. Das ist doch lächerlich, dachte sie und schüttelte nun zum drittenmal den Kopf, als die jüngere der beiden Barkeeperinnen sie eben zum wiederholten Mal gefragt hatte, was sie zu trinken wünsche. Was, in aller Welt, wird dir das bringen? In einer anderen Zeit, auf einer anderen Welt (oder sicherlich in einer anderen Bar, wo die Regeln im monatlichen Lokalführer ausführlich festgelegt wurden) eine Vergewaltigung. Und das war auch keine Lösung, denn auf dem Mars (es war die Nacht nach seinem neunzehnten Geburtstag) war er tatsächlich von einer Bande von fünf Frauen mit harten, blechverkleideten Augenlidern, die so banal waren wie die lyrischen Texte in all den tausenden von (weisen-) Annie-Shows, die den Nährboden für diese Banden geschaffen hatten, vergewaltigt worden, welche in den dämmergrauen Morgenstunden die Straßen von Goebels unsicher machten und sich herausgefordert fühlten von seinem Symbol über dem rechten Auge; und obgleich er noch Monate danach sexuelle Träume hatte von einer der fünf, die (eigentlich) gar nicht teilgenommen hatte an der Vergewaltigung und (in den ersten Minuten) versuchte, auch die anderen davon abzuhalten, hatte er sogar schon damals gewußt, daß es sich nur um eine geistige Strategie handelte, um wenigstens etwas aus einem total unerfreulichen Erlebnis für sich zu retten, das ihn mit einem Bluterguß an den Schenkeln, einer ausgerenkten Schulter und einem durchlöcherten Trommelfell zurückließ, welches ihm (auf einer anderen Welt, zu einer anderen Zeit) für den Rest seines Lebens ein taubes Ohr beschert hätte. Als sie sich daran erinnerte, fuhr sie mit dem Knöchel über ihre goldene Augenbraue – die für eine Frau selbstverständlich ohne jede Bedeutung war; doch hier draußen auf dem Triton würde das niemand wissen. Niemanden würde es interessieren.

Ich sollte einfach nicht hier sein, dachte Bron. Die Angst, daß es irgendwie der Sex selbst war, vor dem sie sich fürchtete, hatte sie wohl so lange hier festgehalten, ging es ihr nun durch den Kopf. (Und das, begriff sie plötzlich, dauerte bereits eine Stunde!) Aber alles andere kreiste doch auch um den Sex, schloß ihn ein, kapselte ihn in sich ein und – war das etwas, für das man dankbar sein konnte? – hielt ihn irgendwie rein.

Bron nahm die Hände von der Theke, trat zurück, drehte sich um –

Er stand auf der »Aktiven«-Seite der Bar zwischen den dort versammelten Frauen und Männern, löste sich gerade aus einem Gespräch, und sein Gesicht ernüchterte sich wieder nach einem Gelächter zu der ihr vertrauten Würde und Stärke. (Hatte sie davon geträumt . . . Ja!) Seine Augen glitten durch den Raum – gingen an ihr vorbei, aber ihre Magenmuskeln spannten sich an, als der Blick sie passierte – hinüber zu der noch ausgelasseneren »Passiven«-Barseite.

Gehe, dachte sie. Gehe jetzt!

Es war *wirklich* Zeit, das Lokal zu verlassen. Aber er war dort, wie ein Inbegriff von allem, was sie ihrer Erinnerung nach in ihrer Vorstellungswelt bewegte, so neu wie jetzt und so vertraut wie die Begierde. Sie beobachtete ihn ohne Empfinden, aber mit dem Wissen, daß sie ihn kannte in seiner Ausgelassenheit im Kreis trinkfester Freunde oder ernst und konzentriert über einem Problem, dessen Lösung Planeten aus ihrer Umlaufbahn werfen konnte, sorglos schlafend auf einem Bett, das sie eine Nacht lang geteilt hatten, sein Blick den ihren kreuzend, mit dieser allumfassenden Gleichgültigkeit wie eben, aber dahinter stand das Mitgefühl des unglaublich Starken, des unbeschreiblich Weisen und das Wissen um den kameradschaftlichen Umgang eines halben Jahres.

Sie schob sich von der Theke weg, bewegte sich auf ihn zu und dachte: *Ich darf das nicht! Ich* – und drängte sich rasch zwischen zwei Männern hindurch, während ihr die Kehle trocken wurde aus Angst – während sie sich bei diesem entschuldigte, bei jenem um Verzeihung bat –, daß er jetzt gehen würde. Sie *konnte* das unmöglich tun! Ihr Verhalten war hoffnungslos und schrecklich falsch. Aber sie schob sich schon zwischen den letzten Männern hindurch und streckte die Hand aus, um seine nackte Schulter zu berühren.

Er wandte sich um und blickte sie stirnrunzelnd an.

Bron flüsterte: »Hallo, Sam . . .« (Verursacht von etwas, das sie nicht kannte), geisterte ein Lächeln um ihre eigenen Lippen. »Brauchst du frisches Blut in deiner Kommune, Sam . . . oder bin ich schon so welk, daß ich . . .?

Eine Sekunde lang zogen sich Sams Lippen zu einer großen dunklen Pflaume zusammen, die fast so etwas wie Schock oder Schmerz signalisierte. Dann löste sich sein Blick von ihrem Gesicht und glitt an ihrem Körper hinunter, kam langsam wieder zurück, diesmal mit einem Lächeln, das fast spöttisch war. »Bron . . .?

Möge doch noch etwas in seinem Lächeln sein als Spott, flüsterte sie in Gedanken; ihre Augen schlossen sich etwas unter seinem Blick. »Sam, ich . . . sollte nicht hier sein . . . Ich meine, auf dieser Seite der Bar . . . Ich . . .« Brons Augenlider flatterten.

Sams Hände senkten sich auf ihre Schultern wie schwarze Epauletten (in diesem Zwielicht war Sams Haut wirklich schwarz, mit bronzefarbenen Reflexen unter dem Jochbein, und schwarzem Elfenbeinschimmer auf einem Ohrläppchen), und mit dieser Berührung hatte sie die wilde Vision, sie wäre irgendwie soeben befördert worden (dabei denkend: Und nicht ein einziger Soldat . . .) und mit einem zweiten Nebengedanken: Und es hat immer noch nichts mit Sex zu tun! Ich weiß viel zu gut, was Sex ist, um mir in dieser Hinsicht etwas vorzumachen.

Sam sagte: »Naja«, und »Wahrhaftig!« und dann: »Ich gebe zu, ich bin . . .« und beendete den Satz nur mit einem Nicken der Anerkennung (!) und (immer noch) diesem Lächeln. »Wie ist es dir inzwischen gegangen, he? Der alte Pirat deutete mir nur an, du hättest dich plötzlich entschlossen, über den großen Graben zu springen. Bekommt es dir gut?«

Und weil sie plötzlich spürte, daß ihr Herz jeden Moment ihren Brustkorb sprengen mußte, und ihre Gelenke, die plötzlich brüchig geworden waren, würden sich an ihren Hüften, Knien und Ellenbogen in Splitter auflösen, legte sie ihren Kopf gegen seinen Hals und hielt sich an ihm fest. Wäre er eine Säule aus schwarzem Metall gewesen, nur einen Grad unter der Weißglut, wäre er nicht schwerer festzuhalten gewesen.

»He«, sagte Sam leise. Seine Hände glitten über ihren Rücken und hielten sie fest.

»Sam . . .« sagte sie. »Bring mich von hier fort. Bring mich auf eine andere Welt: irgendwohin. Mir ist es gleich . . . Ich weiß nicht mal, ob ich noch imstande bin, mich auf eigenen Füßen von hier wegzubewegen . . .«

Ein Arm lag fest quer über ihrem Rücken. Der andere locker. Sam sagte (sie hörte seine Stimme irgendwo dort innen aus seiner großen Masse hervorkommen, während sein Lächeln sich dorthin zurückzog): »Es scheint, ich muß dich immer irgendwo mitnehmen und dich woanders hinbringen . . . Komm, gehen wir eine Weile spazieren«, und er zog an ihrer Schulter, den Arm immer noch fest um ihre Taille geschlungen, löste sie an seiner Seite aus der Menge heraus, und sie dachte einen Moment daran, sich nach Prynn umzuschauen. Aber da waren sie schon durch die Tür auf einer Rampe zwischen hohen Mauern. »Wenn du dich erinnerst«, fuhr Sam fort, »dann war die letzte Welt, auf die ich dich mitnahm, nicht so eine verdammt gute Idee, ehe du mich noch einmal bittest. Ich meine, man weiß nie, wo man mit dem alten Sam landen wird . . .«

Die Rampe drehte sich spiralig und entließ sie auf den Rand einer dunklen Arena, auf der sich seltsame Silhouetten hier und dort abzeichneten, mit einer glitzernden Decke, die über ihnen höchstens sieben oder acht Fuß hoch sein konnte und an die die größeren Männer und Frauen, die unter diesem orangefarbenem und blauen Licht spazierengingen, fast mit den Köpfen anstießen. An anderen Stellen stieg sie wieder drei oder vier Stockwerke weit in die Höhe: das war der ›Auslauf‹ der Bar, wo diejenigen Gäste, die so etwas brauchten, sich bewegen konnten, sogar eine Hindernisbahn zur Auswahl hatten, falls sie nach jenem Vergnügen haschen wollten, sich gerne verfolgen ließen oder eben nur umherschlendern.

»Sam, es tut mir leid . . . Ich hatte nicht vor, dich . . .«

Sam drückte zärtlich ihre Schulter. »Manchmal kann es eine recht harte Strecke werden, von hier bis dort hinüber. Ich weiß es. Ich habe sie selbst zurückgelegt. Wie gewöhnst du dich ein?«

»Ich bin . . .« Bron stieß den Atem aus, spürte, wie ihre Rückenmuskeln, die sich fast krampfartig verhärtet hatten, ein wenig lockerer wurden. »Nun . . . vermutlich wirst du es nicht verstehen . . .«

Ein Mann vor ihnen blickte sich zweimal um, umrundete dann eine gewaltige Skulpturmasse, von oben rot angestrahlt, wurde vom Schatten dahinter verschluckt.

»Einiges verstehe ich«, erwiderte Sam.

Eine Frau, die Hände tief in ihren Taschen vergraben, folgte dem Mann in den Schatten hinein (Bron sah einen nackten angewinkelten Ellenbogen, als eine Hand aus ihrer Tasche auftauchte. Drei Goldringe glühten wie Kohlen in einem Grill im roten Licht; dann war sie Eins geworden mit der Dunkelheit vor ihr). Und sie waren schon weiter, zu weit entfernt, um sie noch beobachten zu können.

»Bist du schon einmal in deiner Freizeit in solchen Lokalen gewesen?« erkundigte sich Bron.

»Wer war es nicht?«

»Sie sehen so traurig aus, wenn niemand sie besucht.«

»Dasselbe gilt für einen Imbiß der untersten Kreditstufe, der die ganze Nacht geöffnet ist.« (Das waren die Wohlfahrts-Eßlokale, wo man bedient werden mußte, gleichgültig, welcher Kreditstufe man angehörte.) »Da gibt es einen Imbiß, der nur zwei Straßen von hier entfernt ist und genau so schmackhafte – oder fast so gute – Menüs liefert wie dieses Lokal in sexueller Hinsicht.«

Sie gingen an einer Bank vorbei, wo ein paar Frauen (und eine knappe Handvoll Männer) saßen. Ein Mann, der sie passierte, zögerte, blickte sich um, setzte sich dann in die Nähe der Frau, die aufstand, als wäre ihre Bewegung nur eine Vollendung der seinen, wegging, Sekunden später um den Rand einer anderen Bank herumbog, die vorwiegend von Männern besetzt war: Ihr Schritt wurde langsamer, und sie begann die Sitzenden genauso zu mustern wie der Mann, der sie mit seinen kritischen Blicken eine Bank vorher zum Aufstehen gebracht hatte. Hier und dort hörte man leises Lachen oder gedämpfte Wechselgespräche. Die meisten jedoch schwiegen.

»Wir gehen immer im Kreis, im Kreis herum«, sagte Sam und fügte seinen weichen Baß zu den Wortfetzen hinzu.

Zwei, die sich an der Hand hielten, kamen auf sie zu – sie trug nur eine kompliziert gewebte Metallfadenweste und eine kurze Hose dazu, und neben ihr ein Mann, nackt bis auf ein juwelenbesetztes Domino, das er jetzt, als sie lachte, in die Stirn hinaufschob und lächelte.

Das Paar drängte sich vor Sam, ging links und rechts an ihnen vorbei, schloß sich händehaltend wieder hinter ihnen. »Und plötzlich«, sagte Sam, »hat es sich doch für sie gelohnt.« Er blickte zurück, steuerte wieder sein eigenes Lachen bei. Die Leute auf der Bank lächelten.

Bron versuchte, nicht wegzusehen, aber es mißlang ihr.

»Hat dir denn niemand gesagt, daß du von solchen Lokalen wegbleiben sollst, bis du dich ein bißchen besser akklimatisiert hast?« erkundigte sich Sam. »*Schlechte* Beratung. Man stellt sich ja auch nicht gleich auf die Ski zu einem Abfahrtsrennen, wenn man gerade erst den Gips abgenommen bekommen hat. Ich meine, selbst wenn du vor deiner Umwandlung der größte Theaterspieler der Welt gewesen wärst, kann das ein bißchen bedrückend werden.«

»Es ist schon ein halbes Jahr her, seit ich . . . seit man mir den Gips abgenommen hat. Mein Berater sagte mir, es wäre höchste Zeit, daß ich mich unter das Volk mischte und mein Glück versuchte.«

»Oh.« Sams Arm hatte sich auf ihrer Schulter gelockert. »Ich verstehe.«

Die Verzweiflung setzte wieder ein. »Sam, bitte. Laß mich mitkommen und mit dir und deiner Familie leben. Ich werde dir kaum zur Last fallen. Du hast mich fast ein Jahr lang als Freund gekannt; ich werde die Chance ergreifen, daß du mich auch als Liebhaber kennenlernen kannst.«

»Ich habe dich schon beim erstenmal verstanden, Sweetheart«, sagte Sam, »wenn du mich noch einmal bittest, muß ich dir eine klare, feste unzweideutige Antwort geben. Und die würde nur deine Gefühle verletzen. Also tu dir einen Gefallen und unterlaß das.«

»Du willst nicht . . .« und sie spürte, wie ihre Gefühle zerrissen, als würde ein Messer in ihrer Leber umgedreht. »Oh, *warum*, Sam?«

»Meine Frauen würden sich nicht darauf einlassen. Wir haben da unsere festen Vereinbarungen, verstehst du, was den Einkauf von süßen jungen Dingern für meinen Harem betrifft. Ich wähle eins aus, sie wählen eins aus. Und diese Woche sind sie an der Reihe.«

»Sam, du treibst ein Spiel mit mir!«

»Das ist alles, was du mir noch offenläßt . . . *Erinnerst* du dich eigentlich an die Adresse meiner Kommune? – Nein, du tust es nicht. Das ist gut. Denn als du mich das erstemal anredetest, dachte ich, das wäre *dein* Sinn für Humor.«

»Oh, du wirst doch nicht . . . *kannst* doch nicht . . .«

»Sweetheart, du zäumst deine Logik vom falschen Ende her auf. Die traurige Wahrheit ist, daß ich *könnte* – aber nicht will. So hart ist die Wahrheit, und so häßlich. Ich bin dein Freund, aber ein *so* guter Freund bin ich jetzt, heute abend, auch wieder nicht. Ich kann dir nur den Rat geben, daß du, selbst wenn es hart ist für den Zustand, in dem du dich gerade befindest – und ich weiß, wie hart es sein kann – dich immer noch veränderst, immer noch weitergehst. Und schließlich, selbst von dem Punkt, auf dem du stehst, wirst du woanders hinkommen. Auch das weiß ich aus eigener Erfahrung. Nun komm her . . .« und er wartete nicht lange, sondern zog sie an sich; und in seinen Armen spürte sie, wie ihr die Tränen kamen, wie sie doch nicht weinen konnte, wie sie schreien wollte, aber auch das nicht vermochte, und schließlich sich einer Ohnmacht nahe spürte. Aber das war ebenso töricht. Also hielt sie sich nur an ihm fest und dachte: Sam . . .!

Sam . . .!

Eine Ewigkeit später ließ Sam sie wieder los, schob sie mit seinen Händen auf ihren Schultern von sich. »Gut. Du bist jetzt dir selbst überlassen, Lady. Sam ist einfach zu groß und zu schwarz und zu faul, um hier noch weiter seine Runden zu drehen. Ich gehe wieder hinunter, wo das Gedränge herrscht. Ich bin darauf aus, heute mit ins Bett genommen zu werden. Und ich gehöre zu diesen Männern, die im Gedrängel besser zurechtkommen.« Er lächelte, klopfte ihr auf die Schulter und wandte sich ab. Und dann war er fort.

Ich kann mich nicht bewegen, dachte sie. Aber sie bewegte sich trotzdem, ging fast normal auf einen dieser Einzelsitze zu, die in diese gewaltige keramische, freistehende Form eingelassen waren.

Sam, dachte sie. Wieder und immer wieder; bis das Wort geheimnisvoll wurde, fremd, unheilsschwanger, ein einsilbiges Mantra. Dann: . . . *Sam* –? Irgendwann bei dieser hundertsten oder hunderttausendsten Wiederholung, brachte es eine geistige Klärung herbei.

Warum hatte sie Sam angeredet? Sam war nicht mehr Mann als sie Frau war. Nein. Sie mußte diesen Gedanken abbrechen;

er führte zu nichts. Trotzdem, sie war im Begriff gewesen, alle ihre Ideale, ihren ganzen Plan, für ein . . . eine emotionale Anwandlung zu opfern. Doch während es geschehen war, dünkte es ihr, als verfolgte sie nichts anderes als diese Ideale . . .

Sam?

Das war so lächerlich wie die Beschämung und der Ärger, dem sie sich dieser Dame vom Theater unterworfen hatte. Denk nur! Dachte sie. In einem Punkt, hatte sie geglaubt, wäre sie anderen Frauen überlegen – weil sie selbst ein Mann gewesen war, aus erster Hand die Stärken eines Mannes kannte, die Bedürfnisse eines Mannes. Deshalb war sie eine Frau geworden, um das zu tun, was sie besser konnte. Aber das *Tun*, wie sie schon damals vermutet hatte und jetzt wußte, war vorrangig eine Sache des *Seins*; und Sein, das hatte sich immer mehr erwiesen, war vorwiegend eine Sache des *Nicht-Tuns*. Und von diesen Beschränkungen schienen unterirdische und mächtige Kräfte auszugehen, in ihr auszubrechen, so daß sie alles, was sie tun wollte, zu verderben drohten. In ihrer Arbeit, in der Hegemonie, in ihrer Freundschaft – mit Lawrence, mit Prynn – war diese zerstörerische Kraft Apathie, greifbar und unerbittlich wie die Eiskaskaden, die lawinenartig am Höhepunkt einer Eis-Oper den Hang herunterkamen. Dann, wenn sie eine kritische Situation erreicht hatte, wo ihr Sein als Frau auf dem Spiel stand, kochte alles, was sie bisher unterdrückt hatte, wie ein heißer Springquell in ihr hoch, so daß sie Verzweiflung nicht mehr von Haß, die Begierde nicht mehr von den Nöten unterscheiden konnte und törichtes und dummes Zeug heraussprudelte, statt etwas, das sie eine Sekunde vorher oder nachher als rationale Antwort zu sagen vermocht hätte.

Was *versuchte* sie eigentlich zu tun? fragte Bron sich selbst. Und sie fand diese Frage genau so erleuchtend wie Sams Name vor einer Minute. Es hatte etwas mit der Rettung der Rasse zu tun . . . nein; etwas mit der Rettung oder dem Schutz der . . . Männer? Aber sie war eine Frau. Denn weshalb . . .? Sie unterbrach diesen Gedanken ebenfalls. Nicht ihre Gedanken, sondern ihre Handlungen verfolgten irgendeine logische oder metalogische Kette bis zu ihrem Ende. Sich diese Fragen zu stellen oder sie gar zu beantworten, bedeutete, diese Kette zu besudeln, zu vernichten, sie in ein Knäuel von Widersprüchen zusammenzuziehen, die sich bei Verlautbarung hoffnungslos verhedderten. Sie wußte, daß das, was sie wollte, kraft ihres Willensaktes wahrhaftig war und wirklich und richtig. Selbst wenn das Wollen selbst ganz . . .

Ein Mann war ein paar Schritte von ihr entfernt stehengeblieben, um sich an einen Vorsprung der Keramik zu lehnen. Er blickte sie nicht an, aber sie bemerkte die Stellung seiner Hand auf der grüngeschnörkelten Klausur. Was für eine Unverschämtheit, dachte sie voll Trauer und Verzweiflung. Warum traten sie nicht einfach vor dich hin und schlugen dir ins Gesicht? Wäre das nicht barmherziger, weniger schädlich für das, was sie zu schützen versuchten? Und er mochte vielleicht *derjenige* sein! fuhr sie in Gedanken fort. Ich habe einfach keine Handhabe, um es zu erraten, zu erfragen, herauszufinden. Wenn ich in irgendeiner Weise darauf zu reagieren habe, würde ich es nicht wissen, denn selbst wenn er derjenige war, würde irgendeine Reaktion von mir ihn dazu veranlassen, diese Seite von sich für immer vor mir zu verstecken, nur noch zu einer Rationalität und einem vorgeschützen Grund zu werden. *Er* konnte hierherkommen, sich setzen und warten, auch herumirren und suchen, wie sie selbst einmal gesessen hatte und herumgeirrt war, auf der Suche nach der Frau, die wissen würde und verstehen. Männer konnten so etwa tun. Sie hatte es getan, als sie noch ein Mann gewesen war, und war bei seinem Pirschgang auf fünfhundert, fünftausend Frauen gekommen? Aber es gab keine Möglichkeit für sie, zu zeigen, daß sie wußte, weil jedes Anzeichen dieses Wissens die Existenz dieser Wahrheit in ihr verleugnete. Und es gab keine Möglichkeit, dieses Paradoxon zu überwinden, es sei denn, es gab eine unbegrenzte Zahl von solchen Bars, solchen Arenen, solchen Korsos, und sie konnte irgendwie eine unbegrenzte Distanz zwischen sich und ihn legen, millionenfach größer als jene zwischen der Erde und Triton, und dann darauf warten, daß er diese Distanz durchquerte und sie aus dieser Entfernung so leicht und selbstverständlich zurückholte wie Sam sie aus der Äußeren Mongolei und dann . . . Nein! Nein, *nicht* Sam . . .

Bron blickte hoch, blinzelte, weil der Mann seine Hand wieder von der Klausur genommen hatte, an ihr vorbeiging, weiterschlenderte . . .

Sie blickte ihm nach, und Tränen hingen plötzlich an ihren Wimpern. Der nächste Gedanke kam so hartnäckig wie eine gesicherte Erkenntnis: Was ich tun will, ist nur . . . Sie preßte die Augen und ihren Verstand vor diesem Gedanken zusammen.

Zwei Tränen liefen ihr über die Wange.

Sie blinzelte.

Ein schwaches Kaleidoskop trüber Lichter und massiver Skulpturen löste sich und explodierte; sie blinzelte noch einmal; es löste sich und explodierte. Sie wußte nur, daß sie niemals mehr ein solches Lokal wie dieses besuchen durfte. Ja, vielleicht war er hier, vielleicht suchte er sogar an dieser Stätte nach ihr; aber es gab einfach keine Möglichkeit, mit der er sie hier finden konnte oder sie ihn. Sie durfte niemals mehr hierherkommen; sie durfte gar nicht hier sein. Sie mußte aufstehen, sofort, und gehen.

Noch ein halbes Dutzend Männer (und zwei Frauen; ja, dieses Lokal hatte keine festen Regeln) blieben in ihrer Nähe stehen, gaben ihr ein Signal oder taten es nicht, und gingen schließlich weiter. Stunden vergingen – waren bereits vergangen. Und viel weniger Leute waren in den letzten paar Stunden in ihrer Nähe stehengeblieben. Hatte das Gerücht von ihrer Gleichgültigkeit bereits die Runde im Lokal gemacht? Oder – sie blickte hoch, weil sie einen Moment lang mit ihren Gedanken ganz woanders gewesen war – waren einfach nicht mehr so viele Leute hier im Lokal?

Nicht einmal ein Dutzend füllte diese große Arena. Auf der gegenüberliegenden Seite hatte der Reinigungstrupp bereits das grelle Oberlicht angezündet; Kabel entrollten sich auf dem goldfarbenen Teppich hinter summenden Maschinen . . .

Ehe sie nach Hause ging, kehrte sie noch in der Imbißstube zwei Straßen weiter ein, die die ganze Nacht geöffnet war. Sie setzte sich in eine Kabine an der hinteren Wand (nachdem ein kleiner Tischlautsprecher sie höflich aufgefordert hatte, die vordere Kabine zu räumen, damit man sie reinigen konnte), trank zwei Kaffeebirnen, die erste mit viel Zucker, die zweite schwarz. Niemand achtete auf sie.

*

Als sie aufwachte, fand sie auf ihrem Tisch den rot- und silberumrandeten Umschlag eines Inter-Satelliten-Briefes vor. Die Adresse des Absenders war *D.R.Lawrence*, und darunter eine Zahl mit zweiundzwanzig Stellen. Eine Zeile tiefer sodann: *Neriade*. Bron runzelte die Stirn. Sie stand nackt auf dem wärmenden Teppich – einer von den aufblasbaren Ballonsesseln pulsierte neben ihrer Ferse, noch unentschlossen, ob er in seiner Fassung bleiben oder aufquellen sollte – und faltete dann das Raumpostpapier auseinander:

Bron setze hier lieber ein Semikolon nicht ein Komma Ich hatte mir schon seit Monaten vorgenommen Komma dich zu besuchen Komma *Monate* Komma aber dann kam das plötzlich dazwischen Komma und wie du inzwischen zweifellos bemerkt hast Komma wohne ich nicht mehr in der alten Schlangengrube Komma wohne nicht einmal mehr auf Triton Komma sondern auf Neriad Komma und deshalb dachte ich mir Komma das mindeste Komma was du tun kannst Komma ist schreiben. Denk dir nur Komma zwanzig Jahre Beschäftigung mit Aleatorik haben sich schließlich bezahlt gemacht. Ich wurde von einer reisenden Musikkommune mitgenommen Komma und eines Nachts Komma nach soundsovielen hundert Stunden der Meditation und der gemeinsamen Probe hatten wir plötzlich eine religiöse Offenbarung Komma daß es an der Zeit sei Komma unsere Musik auch anderen zu Gehör zu bringen. Kannst du dir das vorstellen Komma ich mit meiner Stimme singe praktisch jeden Abend vor echten Zuhörern Komma und es scheint ihnen zu gefallen. Meistens bin ich nur zweite Besetzung und Aushilfsmann Komma aber trotzdem schrecklich glücklich darüber. Und ich glaube Komma wir erfreuen auch eine Menge Leute. Gestern abend hörten uns sechsundzwanzigtausend Leute zu. Sie gerieten in Ekstase Komma aber ich erhole mich heute morgen recht gut Komma dankeschön Komma dank der Pflege eines reizenden Freundes Komma der einfach aus dem Zuschauerraum heraufstieg und sich an mich hängte Komma einfach so Komma und mir in diesem Augenblick das Frühstück ans Bett bringt. Es ist so reizend Komma noch in meinem Alter feststellen zu dürfen Komma daß es noch kompliziertere und elegantere Spiele gibt als Vlet – Komma obgleich ich die Gelegenheit begrüßen würde Komma sobald die Sphärenmusik uns wieder in einem gleichgestimmten Akkord zusammenspannen sollte. Als nächstes werden wir diesen häßlichen kleinen Mond von Jupiter besuchen Klammer auf wo es alles in allem nur sechsundzwanzigtausend Leute gibt Komma aber das ist ja Religion für dich Komma glaube ich Klammer zu und das soll ja auch nur ein Zeichen sein Komma damit du weißt Komma daß immer noch Leben in diesem alten Knaben steckt Komma als ob dich das noch kümmerte Komma dich herzlose Schönheit Komma zu der du geworden bist. Aber Gedankenstrich geh weg Komma was tust du denn Komma oh Komma wirklich Komma hör auf damit Komma geh Komma ich versuche gerade Komma einen Brief zu diktieren Komma oh Komma das kitzelt Komma o Komma mein Kleiner Komma ich kann einfach nicht . . .

*

Das war der ganze Brief.

Lächelnd legte sie das Blatt weg. Aber da regte sich im Rücken des Lächelns auch ein Bedauern. Als sie in ihrem Schrank nach Kleidern suchte, wuchs es an, bis das Lächeln davor abbröckelte. Sie war sowieso schon zu spät aufgestanden und noch erschöpft von der vergangenen Nacht; sie drückte die Schranktür wieder zu und beschloß, diesen Tag freizunehmen.

*

Und dann, am darauffolgenden Tag, wieder an ihrem Arbeitsplatz in der Hegemonie, mühte sie sich mit einer rachsüchtigen Entschlossenheit in die drei neuen Aufträge hinein, die inzwischen eingetroffen waren. (Was konnte sie sonst tun, um sich die Wartezeit zu vertreiben?) In den nächsten Wochen behielt sie das Arbeitstempo bei, sich nur gelegentlich fragend, wie sich das auf ihren Leistungsindex auswirken würde, doch bei dem geringsten Schimmer eines Glücksempfindens sofort diesen Gedanken dämpfend – mit noch mehr Arbeit. Die Arbeit diente jetzt nicht mehr dem Vergnügen oder dem Stolz oder der Belohnung; diesem allem hatte sie entsagt; was blieb, war nur noch eine fanatische, fast religiöse Geste des Respekts vor der Zeit; nicht mehr.

Und wieder eine Woche später, eines Morgens, als sie schon eine Stunde in ihrem Büro gearbeitet hatte, blieb Philip vor der Tür stehen, blickte herein, trat in ihr Kabuff: »Audri bat mich, mal bei dir vorbeizuschauen. Vor etwa acht Monaten machtest du ein Gezeter, du bräuchtest einen Assistenten –, und wenn ich mich recht entsinne, schickten wir dir seinerzeit ungefähr sechs hintereinander, die aus diesen oder jenen Gründen bei dir ziemlich schnell schlecht abschnitten: falsches Sachgebiet, falsches Temperament – du wirst es selbst noch am besten wissen.« Philip blickte zu Boden, dann wieder auf Bron. »Nicht, daß wir jetzt einen auf der Pfanne hätten, aber ich dachte mir nur – nun, Audri dachte es eigentlich; da sich in den letzten Monaten die Lage etwas gebessert hat, wollte ich fragen, ob du immer noch jemand bräuchtest . . .«

»Nein.« Bron suchte in einer Schublade nach einem anderen Ordner – und bemerkte, daß Philip sich über die Papiere beugte, die sie auf der Wandkonsole hatte liegen lassen; »Bring mir die bitte nicht durcheinander«, sagte Bron. Sie entdeckte den Aktendeckel, den sie suchte.

»Oh, ich bitte um Entschuldigung«, sagte Philip, und dann blieb er zu Brons wachsender Verwunderung und Unbehagen noch eine Viertelstunde und machte Konversation, gegen die sie kaum ihr Veto einlegen konnte, schon gar nicht bei ihrem Boß.

Er ging.

Sie seufzte erleichtert auf.

Zehn Minuten vor dem Mittagessen war er wieder da: »He, ich möchte dich heute nachmittag auf meine Kosten ausführen – nein, sag mir jetzt nicht, du hättest schon eine Verabredung. Ich weiß, daß das nicht stimmt. Hör zu . . .« Philips spitzbärtiges Lächeln brachte ihr jenes dunkle von Sam an der Bar zurück, die oberste Schicht freundlich, die zweite darunter spöttisch, und dahinter noch eine, die ausschließlich Philips Note trug und ganz und gar unangenehm war – »ich weiß, wir gehen uns manchmal auf die Nerven. Aber ich würde wirklich gerne heute nachmittag mit dir etwas besprechen«, welche Bitte sie ihrem Boß auch wieder nicht abschlagen durfte.

Philip nahm sie nicht mit in den Speiseraum der Gesellschaft, sondern in ein Lokal auf der anderen Seite der Plaza, wo sie in einer perlmuttschimmernden Muschel aus Glas Platz nahmen, der Tisch zwischen ihnen schwarz- und goldgerahmt wie ein interplanetarischer Briefvordruck; und bei einem überraschend guten, wenn auch etwas zu moluskenreichem Mahl erging sich Philip in endlose Spekulationen über das Privatleben zweier Nachwuchs-Programmierer, über Audri, über sich selbst – seine Kommune – trug sich mit dem Gedanken, auf dem Ring noch weiter hinauszuziehen, wodurch ihre bisherige Wohnung frei würde; Audri war inzwischen für eine Kreditaufbesserung fällig, und sie war ja tatsächlich viel besser in ihrem Job als er, und vielleicht sollte sie daran denken, ihre Wohnung zu übernehmen, falls sie ein paar zu ihr passende Leute fände, um daraus wieder eine Familie zusammenzustellen und die noch bestehenden Kreditlücken auszufüllen. Wann seine Gruppe die Wohnung verließ? Nun, so genau wußte er das noch nicht, aber . . .

Dann brachen sie wieder auf, während Philip immer noch redete, und inzwischen fragte sich Bron gereizt, ausgelaugt von der Anstrengung, ihre eigene Antipathie zu verschleiern, ob das Ganze nicht irgendein verkappter, nett verpackter Prolog zu ihrer Entlassung sei – oder mindestens zu einem ernsten Verweis. Sie erinnerte sich wieder an die Warnung, die sie vor drei oder zwei Wochen von Audri erhalten hatte. In ihrem neu erwachten Eifer konnte sie vielleicht irgendeinen saftigen Fehler gemacht haben, der jetzt erst ans Licht gekommen war. *War* das möglich? Und in der allgemeinen Verwirrung, die ihr gegenwärtiges Leben auszeichnete, überlegte sie, konnte ihr *jeder* Fehler unterlaufen sein. Nun, dann war sie auch bereit –

Und Philip nickte ihr an ihrer Bürotüre lächelnd zu und wandte sich zum Gehen.

Und eine Stunde später war er schon wieder zurück, immer noch lächelnd, und fragte sie, ob die neuen Topoform-Spezifikationen, die sie gestern abgeliefert hat, irgendwelche Probleme aufgeworfen hätten (nein), ob Audri schon bei ihr gewesen sei (nein), ob ihr das Essen geschmeckt habe (es war großartig, vielen Dank). Diesmal blieb er nur fünf Minuten, und als er sich erst ein paar Schritte entfernt hatte, kam es ihr plötzlich, und

dabei mußte sie beide Hände flach auf ihren Tisch legen, aufsehen, den den Mund öffnen, wieder zumachen, dann die Hände wieder zurückziehen auf ihren Schoß: Philip wappnete sich offensichtlich dafür, ihr einen Antrag zu machen!
Diese Vorstellung sollte sie eigentlich erschrecken.
Aber sie war nur lächerlich.
Das einzig wirklich Schreckliche daran war, wie lächerlich ihr der Gedanke vorkam.
Was war nur los mit Philip? dachte sie. Dann erinnerte sie sich wieder daran: War er nicht so indiskret gewesen, ihr zu verraten, er sei schon einmal mit einer Transsexuellen verheiratet gewesen; oh, wie *konnte* ich nur so vernagelt sein! dachte sie. Wahrscheinlich hatte er eine Schwäche für solche Konvertiten. Denke dir nur, du hast alles getan, um sein Typ zu werden, für den er eine Schwäche hat! Blind . . .? Das war nicht das richtige Wort, wenn sie so lange dazu gebraucht hatte, zu begreifen, was hier wirklich vorging; und wenn er nun tatsächlich vorpreschte und ihr einen Antrag machte? Ich werde absolut *nichts* tun, überlegte sie. Wenn er mir ein Zeichen gibt, werde ich ihn nicht hören! Wenn er vor mir auf die Knie fällt, werde ich das Zimmer verlassen! Ich bin nicht auf diesen Stuhl gesetzt worden, um mir so einen Scheiß gefallen zu lassen! dachte sie am Rande eines Wutanfalls, und während sie den aufkommenden Zorn und Lachreiz unterdrückte, stürzte sie sich wieder in ihre Arbeit.
Zwanzig Minuten vor Dienstschluß stand Philip wieder unter ihrer Tür. »He, Bron –« mit diesem einschmeichelnden Lächeln und der Samtstimme – »Audri möchte mit dir reden. Ich glaube, wir könnten heute nachmittag alle früher Schluß machen. Also lasse ich euch beide allein, um es durchzuhecheln . . .« Er zog den Kopf ein und war wieder verschwunden.
Und Audri, ziemlich nervös wirkend, stand jetzt an der Stelle, wo Philip eben noch den Kopf eingezogen hatte. »Bron«, sagte sie, »hast du etwas dagegen, mich ein Stück zu begleiten? Ich meine, auf dem Weg zu meiner Wohnung. Wenigstens ein paar Haltestellen weit. Ich möchte mit dir reden.« Und sie stand da, die Hände an der Hüftnaht ihrer dunklen Hose und Bron nur indirekt ansehend.

Verwundert sagte Bron: »Ich habe nichts dagegen«, weil sie Audri mochte, Audri ebenfalls ihr Boß war und weil sie sich so erleichtert fühlte, daß Philip gegangen war. »Nur noch einen Moment.« Sie räumte ihre Sachen in die Schublade, schloß diese, richtete sich wieder auf.

Gemeinsam verließen sie das Gebäude, und Bron wurde sich des Schweigens, das zwischen ihnen herrschte, immer mehr bewußt.

Als sie die Plaza des Lichtes zur Hälfte überquert hatten, sagte Audri: »Philip denkt, ich bin nicht ganz bei Trost, aber er hält es auch für richtiger, ob ich nun bei Trost bin oder nicht, daß ich ganz offen darüber reden sollte. Was mich ziemlich hart ankommt. Ich glaube, mir bleibt keine andere Wahl . . .« Audri holte tief Luft, preßte die Lippen auseinander, stieß den Atem wieder langsam aus, und sagte dann, fast im Flüsterton: »Komm mit mir nach Hause. Liebe mich. Wohne bei mir . . .« Sie blickte Bron mit einem geisterhaften Lächeln von der Seite an – »für immer. Oder ein Jahr lang. Oder sechs Stunden. Oder sechs Monate . . .« Sie holte wieder Luft. »Philip hatte recht. Das ist der schwerste Teil.«

»Wie?« fragte Bron.

»Ich sagte . . . nun, hast du gar nicht zugehört, hast du nicht . . .?«

»Ja, aber . . .« Bron lachte jetzt selbst, nur hatte es nicht den richtigen Ton. »Nun . . . ich hätte nicht gedacht –«

Audri lächelte auf das rosenfarbige Pflaster hinunter, während sie weitergingen. »Es gehört auch ein leichter Teil dazu. Ich werde in zwei Wochen eine Krediterhöhung erhalten – der Nachkriegsboom ist daran schuld. Philip meint, es bestünde eine gute Chance, daß ich diese Co-Op-Anlage draußen auf dem Ring bekäme, falls ich genügend Leute für eine Kommune zusammenbrächte. Ich habe schon mit vier anderen Frauen der entsprechenden Kredit-Stufe gesprochen, die mir ihre Zusage gaben. Zusammen hätten wir fünf Kinder zu betreuen. Noch ist Platz für dich, wenn du . . .« Sie hielt inne. »Nun, du weißt ja, wie Philips Wohnung aussieht. Sie ist recht hübsch. Wenn du auch nur probeweise einziehen würdest, um herauszufinden, ob dir das zusagt . . . hört sich das zu sehr nach einer Bestechung an, als wollte ich dich mit der Versprechung eines materiellen Vorteils in mein Bett locken?«

»Nein, aber – nun . . .«

»Bron, du weißt, daß ich dich immer gemocht habe . . . immer eine Schwäche für dich hatte . . .«

»Und ich mochte Sie ebenfalls –«

»Aber da stand immer – früher meine ich – das Körperliche dazwischen. Ich mußte erst dreiundzwanzig werden und meine beiden ersten Kinder bekommen, ehe ich begriff, daß Männer einfach nicht dort waren, wo ich mich wiederfand. Manche lernen diese Lektion sehr rasch. Doch mir kam diese Erkenntnis erst spät und schmerzlich. Vielleicht liegt es daran, daß ich nie sonderlich daran interessiert war, sie wieder zu verlernen . . . Aber nun – ehrlich, da war immer etwas an dir, für das ich ein warmes und fürsorgliches Gefühl empfand. Dann kam der Tag des Krieges, als du die Sperrkette durchbrachst, um zu meiner Kommune zu gelangen und uns beim Verlassen der Gefahrenzone zu helfen. Das war so . . .« Sie schüttelte den Kopf – »unglaublich tapfer! Zugegeben, ich wußte schon immer, daß du mich mochtest – es ist sehr einfach zu erraten, was du gerade empfindest; auf eine nichtverbale Weise bist du vermutlich ein sehr offener Mensch – aber als du vor unserem Haus auftauchtest, um uns herauszuholen, begriff ich, daß deine Zuneigung für mich von einer Stärke war, die ich vorher nie geahnt hatte. Daß du dein Leben aufs Spiel setzt – für mich und meine Familie – ich meine, ich habe dir bis heute nicht verraten, daß sie am nächsten Tag die Leiche von dem Verrückten Mike fanden. Er wurde von einer Mauer erschlagen, als die Schwerkraft durch Saboteure umgepolt wurde. Deshalb weiß ich, wie gefährlich es war, in den Sperrbezirk vorzudringen. Als ich darüber nachdachte, was du für uns getan hast, war ich wie . . . wie betäubt! Ehrlich. Anders kann ich es nicht ausdrücken. Weißt du eigentlich, daß ich schon vorher . . .« Sie lachte, ganz unvermittelt und leise, und blickte dann Bron wieder an. »Ich sagte schon vor dem Krieg ein paarmal zu Philip, wenn du nur eine Frau wärest, könnte ich . . .« Sie lachte wieder. »Ich sagte es damals nur zum Scherz. Aber dann, um auf den Tag nach dem Krieg zurückzukommen, sah ich dich als Frau wieder; du *bist* eine

Frau . . .« Audri holte wieder tief Luft. »Ich bin nicht ein Chef, der den Angestellten in den Büros nachstellt. Aber . . .« sie ließ den Atem langsam entweichen, dann wieder der Seitenblick, das Lächeln – »wahrhaftig, die letzten sechs Monate waren ein bißchen hart für mich.«

Bron berührte Audris nackte Schulter. Und sie spürte, wie Audri, ohne den Schritt anzuhalten, erschauerte; Audri hielt den Blick auf den Boden ungefähr fünf Schritte vor ihnen geheftet. »Audri, hören Sie . . .«

»Ich erwarte jetzt nicht, daß du ja sagst«, unterbrach Audri sie rasch und mit ruhiger Stimme. »Ganz gleich, wie du dich entscheidest – nichts wird sich dadurch an unserer Zusammenarbeit oder am Arbeitsplatz ändern. Das verspreche ich. Das hatte ich schon beschlossen, bevor ich mich dazu entschloß, mit dir zu sprechen. Ich sagte mir, ich würde nicht einmal eine Refixierungsbehandlung erwähnen; aber wie ich sehe, habe ich es gerade getan . . . Ich glaube, was zählt, ist die Befreiung durch meine Beichte. »Ich . . .« Sie blickte immer noch zu Boden, aber auf einen Punkt, der nur noch drei Schritte vor ihnen lag – »ich fühle mich schon besser . . .«

»Audri, ich *kann* nicht ja sagen. Das wäre einfach nicht fair. Ehrlich, ich fühle mich schrecklich geschmeichelt und . . . ja, gerührt. Ich ahnte gar nicht, daß Sie so etwas für mich empfanden, und ich . . . Nun, ich . . . Sie werden es einfach nicht verstehen.« Zuerst war eine Welle der Angst über sie hinweggegangen, erinnerte sie sich jetzt, ein paar Sekunden danach. Anschließend spürte sie eine Woge des Mitleids in sich aufsteigen; und schließlich, zwischen diesen beiden Wellen, ein Befremden. Sie wollte nicht, daß sich so ein Gefühl zwischen sie und Audri schob. »Sie wissen ja nichts von den Beweggründen, weshalb ich eine . . .« Bron lachte und versuchte, dabei einen so warmen Ton anklingen zu lassen wie Audri in ihrem Lächeln, aber sie hörte die ungewollte Schärfe heraus. Sie zog ihre Hand zurück. »Audri, einer der für mich ausschlaggebenden Gründe, weshalb ich mich in eine Frau verwandeln ließ, bestand darin, mich von Frauen zu befreien.« Bron runzelte die Stirn. »Jedenfalls von einer Frau – oh, das war nicht der einzige Grund.« Sie blickte Audri an, die mit gesenktem Kopf, die Hände an die

Hüften gepreßt, einfach weiterging, einfach zuhörte. »Aber es war bestimmt ein sehr wesentlicher Grund; nicht daß es mir viel genützt hätte.« Bron blickte jetzt ebenfalls auf einen Punkt vor ihnen. »Erinnern Sie sich noch, als Sie mich warnten, mein Leistungsindex zeige Schwächen? Ungefähr damals passierte es. Das belastete mich vermutlich so sehr, daß ich mit meinen Gedanken nicht richtig bei meiner Arbeit war.« Bron dachte: Aber Audri hatte sie doch schon gewarnt, *ehe* sie die Spike wiedersah, nicht wahr . . .? Nun, das spielte keine Rolle – »Sie hatte mich schrecklich aufgewühlt. Es ist ein Wunder, daß ich in dieser Zeit überhaupt ins Büro kam. Sie war . . .« Bron blickte rasch wieder zur Seite; »Nun, Ihnen ähnlich. Ich meine, eine Lesbierin . . . Schwul. Sie wollte mich einfach nicht in Ruhe lassen.« Warte, dachte Bron . . . Vorsichtig . . . was rede ich da überhaupt . . .? Audri blickte sie jetzt an. Bron sagte rasch: »Sie hatte eine Refixierung vornehmen lassen, verstehen Sie, so daß sie sexuell wieder auf Männer ansprechen konnte. Natürlich verriet sie mir das erst, nachdem ich mich selbst geschlechtlich hatte umwandeln lassen. Eben vollkommen unaufrichtig mir gegenüber. In jeder Beziehung. Und was die Sache jetzt natürlich so schrecklich macht, ist die Tatsache, daß die Gefühle für mich echt sind, gleichgültig, wie unangenehm oder abscheulich oder quälend sie für mich sind. Für mich oder für jeden anderen. Sie wird jeden in diese schreckliche Geschichte hineinziehen, sobald sie nur mit ihnen darüber spricht. Und sie ist nicht die taktvollste Person der Welt, selbst in ihren lichtesten Momenten nicht.« Bron blickte Audri wieder an, die ihr zuhörend, nickte.

»Ich kann sie nicht hassen«, fuhr Bron fort. »Genauso wenig, wie ich Sie hassen könnte. Wenn ich nicht gerade am Ende meiner Nervenkraft bin, mag ich sie sogar, aber sie hat einfach keine Vorstellung von den Grenzen zwischen der echten Welt und der Phantasie – sagte ich es schon? Sie arbeitet für das Theater. Vielleicht haben Sie schon von ihr gehört. Sie hat ihre eigene Truppe – hatte sie. Sie wird die Spike genannt.«

»Ist sie *tatsächlich* lesbisch?« erkundigte sich Audri.

Bron blickte sie rasch an. »Kennen Sie sie näher – ? Oder kennen Sie jemanden, der mit ihr befreundet ist? Ich meine, Tethys ist doch so eine schrecklich kleine Stadt, und es wäre mir schrecklich peinlich, wenn sie etwas von dem erfährt, was wir gerade besprechen. Ich sage es Ihnen nur, weil Sie eine aufrichtige Freundin sind, Audri . . .«

»Nein«, sagte Audri, »ich kenne sie nicht. Ich habe nur vor ungefähr einem Jahr eine ihrer Mikro-Inszenierungen gesehen, das ist alles. Ich war beeindruckt.«

»Diese Vermengung von Phantasie und Wirklichkeit«, fuhr Bron fort, »ist in ihrer Inszenierung geradezu phantastisch. Ich meine, sie macht auf dem Theater praktisch das Gleiche, was wir tun, nur daß die Phantasie sich als eine Art von Metalogik betätigt, mit der sie echte ästethische Probleme auf die unglaublichste Art lösen kann – ich war tatsächlich an einem paar von ihren Inszenierungen des letzten Jahres beteiligt – eine Art von Ersatzmitglied ihrer Truppe. Aber dann mußte ich einfach ausscheiden. Denn wenn ihre Phantasie sich mit der Realität vermischt, wird sie einfach zu einer unglaublich häßlichen Person. Sie meint, sie kann alles das, was ihr widerfährt, für jeden ihr genehmen Zweck umbiegen. Für sie ist alles, was sie fühlt und denkt, auch Wirklichkeit. Aber schließlich haben wir für die Verteidigung dieses Rechtes soeben auch einen Krieg geführt«, Bron lachte, den Blick auf den Boden gerichtet, sah dann hoch: Sie hatten soeben die Plaza verlassen. »Aber wenn jemand dieses Recht mißbraucht, Audri, kann das für uns recht ungemütlich werden. Als ich sie zum letztenmal sah –« Bron schlug die Augen wieder nieder – »hatte sie ihre Truppe aufgelöst – sich irgendeinen zeitlich begrenzten Lehrauftrag an der Universität geben lassen. Sie sagte mir, sie würde sogar das aufgeben, wenn ich nur ihr Liebhaber würde, sie mitnähme, sie von dem allen erlöste.« Bron lachte. »Als ob ich eine Bleibe hätte, wohin ich sie mitnehmen könnte! Und daß ich inzwischen zu einer Frau geworden bin, machte es natürlich nur noch schlimmer für sie. Ganz zu schweigen von mir . . . ich meine, wenn sie nur von Anfang an ehrlich zu mir gewesen wäre, hätte man das alles vermeiden . . .« Sie blickte Audri erneut an, die sie blinzelnd ansah. Einen Moment lang hatte sie Angst, Audri würde etwas sagen, das dieses erstaunliche Märchen, das sich von selbst weiterspann, zerstören konnte. Audris Lider flatterten erneut.

»Verstehen Sie deshalb«, fuhr Bron fort, »daß ich einfach nicht ja sagen konnte, nicht, so lange ich noch gefühlsmäßig an sie gebunden bin, bis zum Hals in diesem Unsinn stecke – und ich bin . . . ich stecke tatsächlich bis zu meinen Ohren darin.« Sie wollte wieder Audris Arm berühren, tat es dann aber doch nicht. »Verstehen Sie mich?«

Audri nickte.

»Ich bin . . .« Bron senkte wieder die Augen. »Es tut mir leid. Ich fühle mich einfach nicht – oh, ich habe schon viel zu viel davon geredet. Noch mehr davon, und ich werde mir wie die komplette Närrin vorkommen, die ich war, als ich . . .«

»Oh, *nein* . . .« Unterbrach sie Audri. »Nein . . .«

Das wirkte auf Bron wie ein Schock. Denn irgendwie hatte sie Audris Glauben an das, was sie erzählte, nicht im entferntesten als Möglichkeit betrachtet. »Nun, es ist . . .« setzte Bron wieder ein, »es ist so ähnlich, wie Sie es vorhin schilderten, wenn man eine Lektion spät und auf eine schmerzliche Art lernen muß – genau das hat diese Frau mit mir getan. Eine Lektion über das Universum und sogar über meine Stellung in ihm. Audri, ich könnte nicht ja zu Ihnen sagen, genau so wenig, wie ich zu ihr ja sagen könnte.« Sie blickte, ohne mit den Wimpern zu zucken, Audri ins Gesicht, die ihren Blick genauso fest zurückgab. Bron dachte: Ich kann kaum glauben, daß dieses jetzt geschieht. »Hassen Sie mich nicht deswegen.«

»Nein«, sagte Audri. »Ich mag fast nicht glauben, daß so etwas . . .« Ihre Lider flatterten wieder. »Noch einmal . . . es wird . . . es wird keine Veränderungen im Büro geben. Was ich sagte, gilt. Es ist nur . . . nun, Philip, in seiner Rolle als großer Bruder des Universums, meinte, ich würde mich besser fühlen, wenn ich Sie wenigstens fragte. Ich glaube, ich fühle mich besser. Aber ich denke, ich sollte mich jetzt lieber verabschieden. Bis später . . . Wir sehen uns morgen wieder!« Und Audri wandte sich rasch ab und ging die Straße hinunter.

Bron spürte den dritten Schweißtropfen auf halber Höhe des Nackens stocken, ehe er weiterlief. Am Rande ihres Bewußtseins tauchte der Gedanke auf: Wo bin ich . . .? Wo – in ihre Erklärung vertieft, hatte sie nicht auf die Straße geachtet, in die sie eingebogen waren. Sie blickte hinauf zu den Straßen-Koordinaten, holte tief Luft und ging bis zur nächsten Ecke, ehe sie anhielt.

Warum belog ich diese Frau?

Sie stand wie festgewurzelt, betrachtete mit gefurchter Stirn die neue Gruppe aus grünen Koordinatenziffern und -buchstaben an der Hauswand, deren Bedeutung hinter ihrer Konzentration verblaßte.

Warum belog ich Audri? Ich *mag* Audri! Weshalb erfand ich diese unglaubliche Geschichte über die Spike, die angeblich alles *meinetwegen* aufgibt? Nicht (sie setzte sich wieder in Bewegung), daß sie auch nur ein Wort von dem zurücknehmen würde, was sie über den Charakter der Spike gesagt hatte. Aber weshalb hatte sie ihn mit einer so törichten Fiktion ausgeschmückt? Zumal doch die Wahrheit so viel einfacher war.

Morgen, wenn sie zur Arbeit kam, würde Audri vermutlich wieder normal sein – oder, wenn nicht morgen, dann in einer Woche von morgen an gerechnet, oder in einem Monat danach. Aber wie steht es mit mir . . .? Warum diese grobe und unzweideutige Lüge? Sie wollte sich bei jemandem aussprechen. Brian? Aber sie hatte doch die Tatsache, daß die Spike in ihrem Leben existierte, sorgfältig vor Brian verheimlicht. Lawrence –? Nein, er war zu alt; sie hatte keine Lust, sich seine senilen, sarkastischen Moralpredigten anzuhören. Zudem hielt sich Lawrence jetzt auf einem anderen Mond, in einer anderen Welt auf. Und Prynn war natürlich zu jung.

Mit wem sonst hatte sie bisher über ihre Angelegenheiten gesprochen?

Manchmal mit Audri. Aber Audri kam natürlich für diese Aussprache überhaupt nicht in Frage!

Sie überquerte die Straße und fand den Einstieg zur Transportstation; auf der Heimfahrt färbte der Verdruß auf alle ihre Gedanken ab: Bald war sie wegen Audri verstimmt, dann wieder böse auf sich selbst, und zwischendurch auf die niederträchtige Spike.

Zurück in ihrer Kommune, dem Adler, sperrte sie ihre Zimmertür ab und setzte sich auf ihr Bett – rührte sich nicht, als Prynn um halb acht gegen ihre Tür hämmerte, rührte sich immer noch nicht, als Prynn um neun Uhr noch einmal mit der Faust anklopfte und nach ihr rief. Um zehn Uhr ging sie hinüber in die Kantine der benachbarten Wohneinheit, um den Frauen ihres Co-Ops aus dem Weg zu gehen, aß eine Kleinigkeit, kehrte in ihre Kommune zurück, ging auf ihr Zimmer und sperrte erneut die Tür ab.

Warum habe ich diese Frau belogen?

Sie hatte schon eine Stunde versucht, einzuschlafen. Sie hatte den öffentlichen Kanal angestellt, ihn wieder abgestellt, dieses Wechselspiel ein paarmal wiederholt. Sie drehte sich auf die linke Seite, und dann wieder auf die rechte. Aber inzwischen hatte sie alle ihre Gedanken zu diesem Thema mindestens hundertmal Revue passieren lassen, sie wiederholt, wenn sie irgendwo steckenblieben. Vor mehr als drei Stunden hatte sie sich zum erstenmal daran erinnert, daß sie fast die gleiche Geschichte in den ersten beiden Wochen nach dem Umzug in diese Kommune geistig präpariert hatte, weil sie von dieser exzentrischen Blondine mit den schwarzen Haarsträhnen, die im zweiten Stock wohnte und eindeutig schwul war, einen Antrag erwartete; diese Blondine war so hartnäckig großzügig gewesen mit ihren Einladungen zum Dinner, ihren Angeboten, Bron Kleider zu leihen, Bänder, Bilder (es war genauso schlimm gewesen wie in der weiblichen fremdgeschlechtlichen Kommune, aus der sie ausgezogen war!), daß nur ein sexuelles Motiv dahinterstehen konnte. Bis auf das erste Angebot hatte Bron sie alle abgeschlagen. Es hatte kein Antrag stattgefunden; die Frau war ausgezogen. Und deshalb hatte Bron die präparierte Ausflucht auch wieder vergessen.

Aber da kam Bron in ihren Überlegungen zu einem entscheidenden Unterschied. Obwohl sie daran gedacht hatte, der Blondine eine derartige Geschichte zu erzählen, würde sie, falls die Dame ihr tatsächlich einen Antrag gemacht hätte, sie nicht verwendet haben. Ich hätte sie genau so behandelt wie Lawrence, dachte sie; direkt, aufrichtig. Wenn ich etwas aus meiner Prostituiertenzeit gelernt habe, ist es die Erfahrung, daß in sexuellen Dingen Verlogenheit sich nicht bezahlt macht. Ich hätte so eine Geschichte nie einer mir vollkommen fremden Person erzählt. *Warum* tat ich es dann bei jemandem, den ich tatsächlich mag?

Hat es nicht damit begonnen, daß ich auf eine absonderliche Art versuchte, Audris Gefühle zu schonen? Wie lächerlich, dachte sie. Die Gefühle anderer Leute, soweit sie die Wahrung der zivilen Höflichkeit überschritten, hatten sie noch nie sonderlich interessiert. Und sie hielt auch nicht sehr viel von Leuten, für die die Gefühle anderer Leute ein wichtiges Anliegen waren. Die Leute sollen sich um ihre Gefühle selbst kümmern, ich kümmere mich um meine. Falls ich auf Audris Bitte nur ein »Nein« erwidert hätte, hätte ich ihr wirklich viel wohler getan als mit dieser Lügengeschichte! So etwas hätte einer Schauspielerin wie der Spike gut angestanden – oh, laß das: die Spike hat überhaupt nichts damit zu tun! Gar nichts! Aber, was Bron jetzt ebenfalls klar wurde und ihr genauso peinlich war wie diese Lügengeschichte: Irgendwie hatte sie mit dieser Lüge etwas bekommen, wonach sie verlangte, was sie als erstes danach spürte (als sie ihre Geschichte gerade beendet hatte, ehe dieses dumme und nicht zu unterdrückende Verhör begann –), war Befriedigung. Nun stellte sich die Frage: Warum? Bron drehte sich wieder auf die andere Seite und dachte: das wird wieder eine von diesen schlaflosen Nächten –

– und träumte von der Bar, von dem Lokal, wohin Prynn sie entführt hatte; aber es war anders. Nur Frauen waren zugegen. Was für ein seltsamer Traum, dachte sie. Vor allem waren fast alle Frauen für sie vollkommen fremde Personen. Nur dort drüben, die Frau, die sich an die Wand lehnte, war die blonde Lesbierin, die früher im zweiten Stock wohnte. Warum? fragte sich Bron. Aber hatte ich nicht eben an sie gedacht? Ein Mädchen, das kaum älter war als Prynn, saß an einem Tisch in einer Ecke und spielte Gitarre. Charo? Ihr gegenüber saß eine sechzig Jahre alte Frau mit blauen Nägeln, blauen hochhackigen Schuhen, blauen Lippen und blauen Brustspangen. Bron war sicher, wenn sie diese Frau schon einmal gesehen hatte, dann nur als Passantin auf der Straße. Sie fühlte sich unbehaglich unter all diesen ihr fremden Frauen, und sie sah sich suchend um, ob nicht ein Gesicht darunter war, das ihr vertrauter erschien. Zu ihrer Verwunderung erblickte sie die Spike, die an einem der Tische saß und eifrig etwas auf den schwarz- und goldumrandeten Briefbogen der interplanetarischen Post schrieb. Und da war auch noch Audri, die gar nicht weit von ihr entfernt saß, mit Prynn als Tischnachbarin; dicht hinter den beiden stand eine Frau, von der sie nicht wußte, wo sie sie hintun sollte: eine sehr dunkle Orientalin . . . war das diese Miriamne, die man ihr als Assistentin anhängen wollte? Nein, sie war zu jung dafür. Vermutlich war es eine Person, die sie einmal mit Alfred zusammen gesehen hatte. Blickten sie alle zu ihr herüber? Oder an ihr vorbei? Bron drehte sich um und dachte, wie dumm von mir, in eine Kontakt-Bar zu gehen, wo nur Frauen verkehrten. Aber da öffnete sich die Tür. Ein Mann in rotbraunem Coverall kam rückwärts gehend in die Bar. Offensichtlich redete er noch mit einer Gruppe seiner Freunde draußen auf der Straße. Er blieb im Türrahmen stehen, rief ihnen etwas zu, lachte mit ihnen.

Bron betrachtete wieder die Frauen. Ein paar von ihnen sahen jetzt zweifellos zu ihr herüber. Charo lächelte, nickte im Takt zur Gitarre. Die Spike hatte inzwischen mehrere Papierbögen vollgeschrieben. Das Blatt, das sie jetzt vor sich hatte, war viel zu groß für ein Briefformat. Prynn und ein schwarzes Mädchen waren hinter die Spike getreten und lasen jetzt über ihre Schulter, was sie zu Papier brachte. Prynn streckte die Hand aus und deutete auf etwas; die Spike besserte diese Stelle sofort aus. Sie schrieb überhaupt keinen Brief! Sie machte sich vermutlich Notizen für eine neue Inszenierung. Bron drehte sich um, um den Mann zu betrachten – er stand jetzt an der Bar, aber hielt sein Gesicht noch abgewandt – und dachte: Jetzt muß der Moment gekommen sein für meinen Auftritt. Kenne ich meinen Text? Jedenfalls werden sich alle wieder mir zuwenden, sobald ich mit meinem Text einsetze. Wieder sah sie in die Runde: Eine Gruppe von Frauen mit großen bunten Lesezeichen beugte sich jetzt über die Schulter der Spike, um eigene Notizen zu ihrem Text hinzuzufügen. Das wird ja eine recht umfangreiche Inszenierung, dachte Bron. Die Frau mit den blauen Lippen und Brustspangen blickte zu ihr hoch, nickte ihr lächelnd zu. Bron verlagerte ihre Aufmerksamkeit wieder auf den Mann, der sich mit einem Unterarm auf die Theke stützte und immer noch zur Tür blickte – als ob, ging es Bron durch den Kopf, – er sich jeden Moment wieder seinen Freunden vor der Tür anschließen wollte und die ganze Show verpaßte! Von diesem Gedanken aufgeschreckt, ging sie auf ihn zu.

Er drehte sich um.

Eigentlich hatte sie erwartet, den Verrückten Mike, den Christen vor sich zu sehen. Doch das Gesicht unter den strohblonden gewellten Haaren gehörte einem anderen. Die eine Augenbraue war buschig und gesträubt. Die andere war durch einen Halbmond aus Gold ersetzt worden.

Als sie ihn erkannte, dachte sie: Oh, *nein* . . .! Das wäre einfach zu . . . nun, banal! Für einen Traum *oder* ein Theaterspiel! Damit konnte man nichts in Szene setzen, daß sie auf diese Weise ihrem alten Selbst begegnete . . . das war einfach zu glatt. Das war genauso ein Klischee wie – wie ›Warten auf den Morgen‹ oder ›Die Schrecken des Krieges‹. Hatte Theater nicht etwas mit Glauben zu tun? Wie konnte jemand an solch einen absurden Zufall glauben! Daß sie sich auf diese Weise mit sich selbst traf – nein, die Wahrscheinlichkeit dafür betrug fünfzig zu eins, fünfzig Milliarden zu eins! – Da mußte ein Fehler vorliegen! So konnte die Inszenierung unmöglich geplant sein! Dieser Vorgang würde für die Zuschauer im Parkett unsichtbar ablaufen, wenn man es genau betrachtete . . . Sie blickte wieder zur Spike hinüber.

Fast alle Frauen schrieben jetzt, bedrängten sich gegenseitig, während sie sich über die Schultern langten und mit grellbunten Stiften Zahlen in verschiedenen Farben auf großen Millimeterpapierbögen eintrugen, die auf dem Tisch verstreut lagen – es genügte ein Blick, und sie wußte, daß sie das Mehrheits-Libido-Spektrum des weiblichen Geschlechtes auf dem Bogen eintrugen. Wie hoffnungslos banal! Sollte sie tatsächlich in diesem absurden Drama eine aktive Rolle übernehmen? Sie wande sich wieder Bron zu, der an der Bar stand, ihr zulächelte, recht liebenswürdig, wenn auch ein bißchen nervös, was ihm offenbar gar nicht zu Bewußtsein kam. Sie streckte zögernd die Hand nach diesem Gesicht aus und schrie dann:

»Ich werde dich vernichten!« Sie krallte nach dieser goldenen Augenbraue und zischte: »Ich werde dich vernichten, vernichten! Hörst du mich?« Ihre Nägel, bemerkte sie jetzt, waren nicht die sorgfältig gefeilten oval zugeschnittenen kosmetischen Meisterwerke ihrer letzten Maniküre, nicht einmal die breiten, sauberen Horngebilde, die sie vor ihrer Operation zu tragen pflegte, sondern die abgeknabberten Fingernägel ihrer Pupertät. »Ich werde dich vernichten – wie du mich vernichtet hast!« Die Worte blieben ihr fast im Hals stecken. Sie wandte sich keuchend ab.

Es war vorbei!

Ein paar der Frauen applaudierten höflich.

Sie holte wieder keuchend Luft, überwältigt von Gefühlen. Ein schreckliches Szenario! Ohne jede Bedeutung – oder war es Bedeutungslosigkeit? – für die Zuschauer! Aber habe ich nicht eine brillante Vorstellung gegeben? Ich wurde überwältigt von der Rolle, die ich spielen mußte. Vollkommen davon mitgerissen. Ihre Augen schmerzten. Sie griff nach einem Stuhl, um sich darauf fallenzulassen, aber er stand dort drüben, hinter der dritten Bar. Also taumelte sie noch ein paar Schritte weiter. Himmel, wieviel Theken gab es hier eigentlich? Doch irgendwo hinter diesen vielen Tresen mußte es doch einen Stuhl geben. Sie wankte weiter, immer noch aufgewühlt von den Emotionen, die ihre Vorstellung in ihr befreit hatte, wobei ein Fragment ihres Gesichtes einen Rest von Objektivität bewahrte: So ergriffen ich auch von meiner Rolle war, es ist trotzdem ein schreckliches Stück! ich meine – sie holte noch einmal keuchend Luft, während die Gefühle noch in ihr auf- und abwogten; war diese ganze Produktion nicht ein triviales zwielichtiges melodramatisches Stück gewesen, das den Verstand beleidigte, aber dem das Herz nicht zu widerstehen vermochte – ich *mag* vielleicht so ein Mann gewesen sein. Aber ich bin *nicht* dieser Typ von Frau! Heiß, sie peinigend, sie in Verlegenheit setzend, fielen ihre Gefühle über sie her. Oh, ich muß mich setzen, dachte sie, langte wieder nach dem Stuhl –

– und erwachte plötzlich, vollständig, und (wie ärgerlich) mit der gleichen Frage, mit der sie hinübergedämmert war: Warum habe ich Audri angelogen?

Dieser törichte Traum – sein emotionaler Schutt fiel immer noch von seinen Bildern ab – gab ihr ganz bestimmt keinen Fingerzeig für die Antwort. Sie drehte sich wieder auf die andere Seite, diesmal mit zwei Fragen, die gleiche Rätsel aufgaben. Erstens: Wo hatte die Lüge ihren Ursprung? Zweitens: Warum war sie so von ihr besessen?

Warum habe ich gelogen?

Was konnte sie vermutlich ausgelöst haben?

Sie lag da, mit kühlem Kopf und vollkommen wach: Ich log nie, als ich noch ein Mann war. Aber als sie nun, zum hundertsten Mal, über das nachdachte, was sie zu Audri gesagt hatte, schien ein Widerhall davon zurückzureichen durch ihr ganzes Leben, ihr gesamtes Dasein, auf Triton, auf Mars, als Mann, als Frau. Sie konnte nicht eine dieser Resonanzen in verständliche Worte fassen. Du sollst immer die Wahrheit sagen, dachte sie, nicht weil eine Lüge zur anderen führt, sondern weil eine Lüge dich zu leicht in diese entsetzliche Lage versetzen kann, in der du durch das Medium eines beliebigen Traumes vor dir und hinter dir den Sumpf sehen kannst, wo Wahrheit und Lüge für dich einfach ununterscheidbar werden.

Oh, das ist verrückt, dachte Bron plötzlich. Weshalb liege ich hier und geißle mich mit Schuldgefühlen? Es war *nie* meine Art, jemanden zu belügen: weder Audri, noch Philip, noch einen anderen. Wenn ich mit einer Situation konfrontiert wurde, stellte ich mich ihr. Nun, was ich vorher konnte, kann ich jetzt auch. Es war nur ein Ausrutscher. Es besteht kein Anlaß, sich jetzt wie ein moralischer Perfektionist zu benehmen. Das ist nicht dein Job. Sind die Frauen nicht ganz so aufrichtig wie Männer? Vielmehr: War *sie* als Frau weniger aufrichtig, als sie es als Mann gewesen war? Schön, dann gehört das auch dazu, weshalb ich einen Mann brauche; damit er die Wahrheit für mich sagt! Nun dreh dich wieder auf die andere Seite, und hör mit dem Grübeln auf!

Sie wälzte sich nach links, dann wieder nach rechts, die Hand gegen das Kinn gepreßt. Sie biß ein Stück sich abschälender Haut von ihrer Lippe und fühlte sich schrecklich leer. Hier bin ich, dachte sie, wie sie es schon oft getan hatte, seit sie vom Mars ausgewandert war: Hier bin ich, auf Triton, erneut verstrickt in ein hoffnungloses Gestrüpp der Verwirrung, der Not und des Leids –

Aber das ist *so* töricht!

Sie holte tief Luft und drehte sich wieder auf die andere Seite.

Das war eben das Leben, und es gab nichts Logisches, was du dagegen unternehmen konntest; und falls ihr in dieser Nacht der Schlaf verwehrt war, konnte sie auch nichts anderes dagegen tun als auf den Morgen zu warten, der – wie jäh und schockierend wurde ihr das klar! – siebenunddreißig Sekunden lang (wobei jede Sekunde mit einem immer lauter werdenden Herzschlag zusammenfiel, der schließlich ihren Atemmuskel vor Entsetzen lähmte) überzeugt auf eine Weise, die Bände füllen konnte mit Erklärungen über die Bewegungen der Himmelskörper, über die Entropie der chemischen Prozesse in der Sonne selbst (die irgendwo im echten Universum hinter dem Sensorenschild sich bewegte und kochte), überzeugt mit einer Sicherheit, welche, wenn sie so subjektiv vollständig war, objektiv sein mußte (und war das nicht der Grund, weshalb spulte ihr stolpernder Geist den Gedankenfaden fort, der sich auch nicht durch diesen Schrecken aufhalten ließ, auf diesen Monden aus Eis und totem Gestein das Subjektive für ein politisch unverletzliches Grundrecht gehalten wurde; und hatten sie nicht soeben drei von vier, oder fünf von sechs Menschen getötet, um dieses Recht zu erhalten –? Dann, als plötzlich diese Sicherheit abriß und sie, auf der Seite liegend, erschüttert mit stotterndem Herzen und stockendem Atem zurückblieb, sich in die blutende Lippe beißend mit einer Erinnerung an etwas, das jetzt nur so zu sein schien, aber . . . Nein, nicht als ob sie es so empfunden hätte; sie *war* sich sicher gewesen! Sicher war, daß er nie kommen würde.

– London, Nov '73/Juli '74

ANHANG A

AUS DEM TRITON-JOURNAL:

Arbeitsnotizen und nicht verwendete Seiten

I

»Erinnerst du dich noch«, sagte Sam nachdenklich, »an meine Erklärung heute abend – von dieser Schwerkraft-Verwerfung?« Sie standen im warmen Halbdunkel des kommunalen Speisesaals. »Falls sie in eine Sprache des zwanzigsten Jahrhunderts übersetzt würde, käme ein komplettes Kauderwelsch heraus. Oh, vielleicht mochte ein S-F-Leser sie verstanden haben. Aber jeder Wissenschaftler jener Periode würde Lachkämpfe bekommen haben.«

»S-F?« Bron lehnte sich gegen die Bar.

»›Sciencefiktion?‹ ›Sci-Fi?‹ ›Spekulative Fiktion?‹ ›Science Fiktion?‹ ›S-F?‹ – das ist die historische Progression von Begriffen, obgleich eine Anzahl von ihnen zeitweise wieder an die Oberfläche kamen.«

»War da nicht jüngst eine Sendung in dem öffentlichen Kanal darüber?«

»Das ist richtig«, sagte Sam. »Dieses Jahrhundert, als die Menschheit zum erstenmal den ersten Mond betrat, faszinierte mich schon immer.«

»Das liegt gar nicht so lange zurück«, sagte Bron. »Die Zeitspanne von ihnen zu uns ist nicht größer als jene von ihnen zu jenem Jahr, als ein Mensch zum erstenmal die Küste Amerikas betrat.«

Was bei Sam ein so heftiges Stirnrunzeln auslöste, daß Bron spürte, wie seine Schläfen rot wurden. Doch dann lachte Sam plötzlich: »Als nächstes wirst du mir sagen, daß Columbus Amerika entdeckt hätte; die Schiffsglocken vor San Salvador läutete; den Sohn einer Dominikanischen Republik begrub . . .«

Bron lachte ebenfalls, erleichtert und verwirrt zugleich.

»Ich wollte damit sagen«, Sams große heiße und feuchte Hand landete auf Brons Schullter – »daß meine Erklärung vor zweihundert Jahren Unsinn gewesen wäre. Heute ist sie es nicht mehr. Das Epistem hat sich so sehr gewandelt, so grundlegend, daß die Wörter heute ganz andere Inhalte mitbringen, obgleich ihre Bedeutungen mehr oder weniger so geblieben sind wie damals . . .«

»Was ist ein Epistem?« unterbrach ihn Bron.

»Gesichertes Wissen. Du scheinst nicht die richtige Sendung im öffentlichen Kanal eingeschaltet zu haben.«

»Du kennst mich doch.« Bron lächelte. »Annie-Shows und Eis-Opern – immer in der intellektuellen Vorderfront. Niemals hinterher hinken.«

»Ein Epistem ist eine einfache Methode, sich über die Methode zu verständigen, wie man den ganzen Kuchen anschneidet . . .«

»Das hört sich an wie die Nebenrolle in einer Eisopera. Melony Epistem, co-starring mit Alona Liang.« Bron langte zu seinem Schambein hinunter, kratzte sich, lachte und begriff gleichzeitig, daß er betrunkener war als er geglaubt hatte.

»Ah«, sagte Sam (War Sam ebenfalls betrunken . . .?), »aber das Epistem war immer der zweite Held in einem S-F-Roman – in exakt der gleichen Weise wie die Landschaft immer die erste Besetzung einnahm. Wenn du immer den richtigen Kanal eingeschaltet hättest, würdest du das wissen.« Aber er hatte wieder zu lachen begonnen.

II

Alles sollte in einem Science-Fiction-Roman mindestens zweimal erwähnt werden (in mindestens zwei verschiedenen Zusammenhängen).

III

Text und *textus*? Text kommt natürlich aus dem Lateinischen *textus*, was »Netz« bedeutet. In modernen Druckverfahren bedeutet »Netz« jenes große Papierband, das in vielen Druckerpressen über eine Stunde braucht, bis es von Rolle zu Rolle durch die riesige Maschine abgespult ist, die geordnet der Reihe von Graphemen aus Druckerschwärze auf dieses »Netz« aufträgt, dadurch einen Text liefert. Alle gebräuchlichen Bedeutungen dieser Wörter »Netz«, »Gewebe«, »Matrix« und andere werden durch diese kreisförmige ›Etymology‹ wieder in »Eingabepunkte« in einen *textus*, der aus allen Sprachen und Sprachfunktionen abgerufen wird und auf welchen der Text selbst aufgetragen ist.

Die technologischen Verbesserungen in der Drucktechnik zu Beginn der Sechziger Jahre, welche die gegenwärtige »Paperback-Revolution« hervorrief, stellen wahrscheinlich den einzigen wirklichen bedeutenden Faktor dar, der dem modernen Science-Fiction-Text seine Konturen gab. Aber der Name »Science Fiction« in seinen verschiedenartigen Offenbarungen – S-F, Spekulative Fiktion, Sci-Fi, Scientifiction – geht zurück auf jene früheren technologischen Fortschritte in der Drucktechnik, die zu der Massenherstellung von »Pulp-Magazinen« in den Zwanziger Jahren führte.

Die Benennung ist immer ein metonymischer Prozeß. Manchmal ist es die reine Mentonymie*, die eine abstrakte Gruppe von Buchstaben (oder Zahlen) mit einer Person (oder Ding) assoziiert, so daß sie wieder ins Bewußtsein gerufen werden kann (oder in einer metonymischen Ordnung mit anderen Namen der Gegebenheit aufgeführt werden kann). Metonymie ist natürlich die rhetorische Figur, durch welche ein Ding mit dem Namen eines anderen Dings, das damit assoziiert ist, benannt wird. Der Historiker, der schreibt: »Wenigstens war die Krone sicher in Hampton«, hat nicht den Kopfschmuck aus Metall im Sinn, sondern den Monarchen, der ihn von Zeit zu Zeit trägt. Der Fahrdienstleiter, der seinem Boß meldet: »Dreißig Fahrer kamen an diesem Wochenende herein«, bezieht sich im Grunde auf der Ankunft der Lastwagen, die von diesen Fahrern gelenkt wurden, und auf die Ladungen, die auf diesen Lastwagen verstaut waren. *Metonymisch* ist eine etwas gequälte Adjektiv-Konstruktion, die solche Assoziationsprozesse etikettiert. *Metonym* ist ein frei erfundenes Nominativ, das durch eine begründet auf eine vollkommen falsche (etymologisch betrachtet) Ähnlichkeit wie »Synonymie/Synonym« und »Antinomie/Antinym« stützt. Trotzdem verhindert es eine Begriffsverwirrung. In einem Text, der sich nur durch beschränkte Präzision auszeichnet, unterscheidet es »Metonymie« – das Ding, mit dem assoziiert wird (»Krone«, »Fahrer«) von »Metonymie« – dem Vorgang der Assoziation (Krone mit Monarchen; Fahrer mit Ladung). Die orthodoxe Methode, sich auf beides zu beziehen, geschieht mit dem einfachen Begriff.

Fußnote Ende

Häufig jedoch handelt es sich um eine kompliziertere Metonymie: alte Wörter werden aus dem Kulturlexikon herausgenommen, um neue Gegebenheiten zu bezeichnen (oder alte umzubenennen) oder um sich auch (ob alt oder neu) als Bestandteil der gegenwärtigen Kultur auszuweisen. Die Beziehung zwischen Gegebenheiten, die so benannt werden, werden in ein viel komplizierteres Muster zusammengebunden, als jede alphabetische oder numerische Liste vermuten läßt; und das Zusammentreffen von Gegenständen – die Worte-sind-immer-verbunden-mit Gegenständen (zum Beispiel der Name »Science Fiktion«, ein kritischer Text über Science Fiktion, ein Science-Fiktion-Text) und Prozesse, die sich in Worten offenbaren – (Ein anderer Science-Fiktion-Text, ein anderer kritischer Text, ein anderer Name), ist so kompliziert wie die sich ständig auflösende Berührungsfläche zwischen Kultur und Sprache selbst. Aber wir können ein Modell des Benennungsprozesses bei einem anderen Bild aufweisen:

Stellen wir uns ein Kind des nachts an einer Straßenecke in einer der großen Städte auf der Erde vor, das zum erstenmal das Heulen der Sirenen hört, die rotlackierten Flanken eines Wagens um die Ecke eines Hauses biegen sieht, die verchromten, mit Gummi überzogenen vier Zoll breiten Pumprohre in einer Reihe an diesen Flanken, das Licht der Straßenlaternen, das sich in dem Glas der Druckmesser und Edelstahlspritzventile auf dem roten Pumpengehäuse spiegelt, und die aufgerollten Segeltuchschläuche, die am Heck hängen, und die schwarzbehelmten, mit Gummianzügen bekleideten Männer sich an ihre Leitern klammern sieht, die Stiefel auf die mit geriffeltem Metall beschlagenen Trittbretter gestemmt, dann könnte dieses Kind diese Gegebenheit die in der Nacht an ihm vorbeirast, als einen roten Heuler bezeichnen.

Später bringt dieses Kind den Namen zu einer Gruppe von Gespielen – die ihn leicht aufnehmen und ihn vergnügt in ihrer

Geheimsprache verwenden. Diese Kinder wachsen heran, jüngere Kinder schließen sich ihrer Gruppe an, ältere Kinder treten aus; der Name bleibt – für unsere Zwecke ist der Bereich, in dem die Kinder diesen Namen verwenden und in dem die Kinder ihn nicht verwenden, die Grenze des Umfelds der Gruppe selbst.

Die Gruppe bleibt – hält sich noch Wochen, Monate und Jahre, nachdem das Kind, das ihr zum erstenmal diesen geheimen Begriff geliefert hatte, längst der Gruppe und seiner Sprache entwachsen ist. Doch eines Tages wird ein jüngeres Kind ein älteres (nachdem der Name in der Gruppe durch seinen Gebrauch sakrosankt geworden ist) fragen: »Aber *warum* ist es denn ein Roter Heuler?« Nehmen wir an, das ältere Kind (das eine analytische Begabung besitzt) antwortet: »Nun, der Rote Heuler muß rasch dort sein, wo er hin muß; deshalb schaltet er Sirenen ein, die laut heulen, damit die Leute ihn schon von Weitem kommen hören und ihre Wagen auf die Seite räumen. Es ist auch aus diesem Grund mit hellrotem Lack gestrichen – so daß die Leute ihn kommen sehen und ihm den Weg freigeben. Inzwischen ist die rote Farbe auch schon Tradition; wenn sie die rote Farbe durch eine Lücke im Verkehr sehen, wissen die Leute, es ist tatsächlich ein Roter Heuler und nicht nur ein alter Lastwagen.«

So zufriedenstellend diese Erklärung auch sein mag, so ist sie doch immer noch eine Fiktion. Wir standen damals selbst am Abend an der Straßenecke. Wir wissen, daß dieses erste Kind ihn aus einer reinen metonymischen Wahrnehmung heraus einen Roten Heuler nannte: Unter vielen anderen wahrgenommenen Aspekten an jenem Abend vereinigten sich »Röte« und »Heulen« auf eine Art von morphologischem Weg-des-geringsten-Widerstandes zu einer leicht sagbaren/denkbaren Bezeichnung. Wir wissen dank unserer privilegierten Position vor *diesem* Text, daß in unserer Geschichte nichts gesagt wird, das dieses Kind daran hindern könnte, die Gegebenheit ein Heulendes Rot, ein Wah-Wah, ein Blinke-Blink oder ein Susan-Anne McDuffy zu nennen – wären gewisse nicht näher bezeichnete Umstände anders gewesen als die simple Lektüre unserer Fiktion vermuten lassen. Die Erklärung eines Erwachsenen, warum ein Roter Heuler ein Roter Heuler ist, ist so zufriedenstellend, wie sie ist, weil sie die beiden Metonyme, die den Namen bilden, für sich nehmen und sie in ein Gewebe von funktionaler Erörterung einbetten – zufriedenstellend wegen der funktionalen Natur des Erwachsenen Epistem*, welches sowohl die Erörterung in Gang setzt und zu der, sobald die Erörterung sich äußert, die Erklärung, (dadurch, daß sie in das Gedächtnis sowohl des Fragenden wie auch des Erklärenden, in welchen der *textus* eingebettet ist, absorbiert wird) ein Bestandteil wird.

Science Fiktion wurde auf ähnliche Weise wie der Rote Heuler benannt; in ähnlicher Weise können die Metonyme, die Bestandteile seines Namens sind, funktional bezogen werden:

*Das Epistem ist die Wissensstruktur, die von einem epistomologischen *textus* abgelesen wird, der, welcher den Querschnitt eines bestimmten kulturellen Augenblickes bildet (gewöhnlich mit der Hilfe mehrerer Texte).

*

Science Fiktion *ist* Sciene Fiktion, weil zahlreiche Elemente der technologischen Erörterung (echt, spekulativ oder pseudo) – also »Science« – dazu verwendet werden, zahlreiche andere Sätze von ihrer rein metaphorischen oder gar sinnlosen Aussage zu einer bedeutenden Beschreibung/Darstellung von Vorgängen zurückzugewinnen. Manchmal, in dem Satz »Die Tür erweiterte sich«, aus Heimleins *Beyond This Horizon,* ist die technologische Erörterung, die dieser Aussage zur Bedeutung verhilft – in diesem Fall eine Beschreibung von der Konstruktion großer Iris-Blenden-Öffnungen; und die soziologische Erörterung darüber, was so eine Technologie über die gesamte Kultur aussagen würde – in dem Text nicht ausdrücklich vermerkt. Ist sie dann aber in dem *textus* impliziert? Mit Sicherheit läßt sich dazu nur sagen, daß in dem *textus* eines jeden, der diesen Satz richtig *lesen* kann, jene Embleme eingebettet sind, mit welchen er eine solche Erörterung wiedererkennen könnte, falls sie ihm in einem sie darstellenden Text vor Augen käme.

In anderen Fällen wie zum Beispiel den Sätzen aus Besters *The Stars My Destination:* »Die Kälte hatte den sauren Geschmack von Zitronen, und das Vakuum schlug in seine Haut wie eine Raubtierkralle . . . Heißer Stein roch wie Samt, der seiner Haut schmeichelte. Rauch und Asche waren Dornenzweige, die über seinen Körper schabten, fühlten sich fast an wie nasse Zeltleinwand. Geschmolzenes Metall duftete wie Wasser, das durch seine Finger rann«, ist die technologische Erörterung, die diese Sätze für die bedeutende Beschreibung/Darstellung der Ereignisse aufbereitet, im Text selbst ausgedrückt: »Die Wahrnehmung erreichte ihn, aber gefiltert durch ein Nervensystem, das durch die PyrE-Explosion verbogen und kurzgeschlossen war. Er litt an Synaesthesie, diesem seltenen Zustand, in dem das Bewußtsein Botschaften der objektiven Welt erhält und diese Botschaften an das Gehirn weitergibt, aber dort werden die sinnlichen Wahrnehmungen miteinander vermengt.«

In Science Fiktion wird »Science« – das heißt, Sätze, die verbale Embleme der wissenschaftlichen Erörterung enthalten – dazu verwendet, die Bedeutungen anderer Sätze literarisch aufzubereiten für die Konstruktion des fiktionalen Vordergrundes. Solche Sätze wie »Seine Welt explodierte« oder »Sie drehte sich auf die linke Seite« überschreiten dadurch, daß sie die entsprechende technologische Erörterung subsumieren (im ersten Satz den ökonomischen und kosmologischen Komplex; im zweiten Schalttechnik und prothetische Chirurgie), die Banalität der emotional geladenen Metapher, die Trivialität des alltäglichen Vorgangs, sich schlaflos im Bett umherzuwälzen, und werden, indem sie das Labyrinth der technischen Möglichkeiten durchschreiten, mögliche Bilder des Unmöglichen. Sie schließen sich dem Repertoire der Sätze an, die den *textus* zu einem Text aufbereiten können.

Das ist der funktionale Bezug der Metonyme »Science« und »Fiktion«, die von Hugo Gernsbach gewählt wurde, um seine neue »Pulp-Gattung« zu benennen. Er (und wir) erkannten, daß in den Texten dieser Gattung ein Aspekt des »Science« und ein Aspekt des »Fiction« existierte, und wegen dieser »Science« änderte sich auch etwas an der »Fiction«. Ich habe diesen Unterschied besonders in einem Bereich von Sätzen festgestellt, die durch die besondere Weise, wie sie durch die Existenz anderer Sätze einen bedeutenden Ausdruck gewinnen, nicht unbedingt einmalig für die Science Fiktion sind, aber als solche im großen und ganzen doch einmalig für die Texte aus der Science-Fiktion-Gattung.

Eines leuchtet natürlich sofort ein: die Erklärung der Beziehung dieser beiden Wortmetonyme Science/Fiktion definieren genau so wenig (oder klären erschöpfend) das science-fiktionale Wagnis wie die in unserem Beispiel von dem Jungen gegebene Erklärung der Beziehung der beiden Wortmetonyme Rot/Heuler die Tätigkeit der Feuerwehr definiert (oder erschöpfend erklärt). Unsere funktionale Erklärung des Roten Heulers zum Beispiel stößt überhaupt nicht bis zur Darlegung der prinzipiellen Aufgabe des Roten Heulers vor, nämlich, ein Feuer zu löschen, was durch die Metonyme begründet ist, von denen die Erklärung ausging.

Und die ›Aufgabe‹ der Science Fiktion ist von erheblich komplizierterer Natur als jene des Roten Heulers, so daß man schon zögert, solche Metonyme wie »prinzipiell« und »Aufgabe« überhaupt zu verwenden, um sie zu benennen. Wie man sie nun auch zu benennen beliebt, diese Funktion kann nicht einfach so wie bei dem Roten Heuler durch einen Doppelpunkt ausgedrückt werden, dem ein einfacher Infinitiv mit einem Nomen folgt (Feuer zu löschen) – genau so wenig wie man so die »prinzipielle Aufgabe« eines poetischen Unternehmens ausdrücken könnte, die Weltlich-Fiktionale-Gattung, die Cinematisch-, die musikalische oder die kritische Gattung. Auch würde niemand ernsthaft so eine simple Erklärung für irgendeine dieser anderen poetischen Gattungen verlangen. Um sich einen Begriff zu verschaffen, was Science Fiction im wesentlichen leistet, müssen wir genau so wie in anderen Gattungen noch weitere komplizierte funktionale Erklärungen zu Hilfe nehmen:

Das enorm erweiterte Repertoire, aus dem Science Fiktion zurückgreifen muß (dank dieser Beziehung zwischen »Science« und »Fiktion«), ergeben für die S-F eine Struktur des fiktionalen Bereiches, die erheblich verschieden ist von dem fiktionalen Bereich jener Texte, die, indem sie auf die technologische Erörterung im allgemeinen verzichten, den erweiterten Sinnbereich der nichttechnologischen Sätze aufgeben – oder wenigstens aufgeben in der ihr eigentümlich vordergründigen Methode.

Weil die zusätzlichen Sätze in Science Fiktion im wesentlichen vordergründige Sätze sind, unterscheidet sich das Verhältnis zwischen Vordergrund und Hintergrund in Science Fiktion von jener in der weltlichen Fiktion. Die Gewichtsverlagerung zwischen Landschaft und Psychologie verändert sich. Die Entfaltung dieser neuen Sätze innerhalb des traditionellen S-F-Rahmens der »Zukunft« schafft nicht nur das offensichtlich neue Rüstzeug von möglichen fiktionalen Vorfällen; es schafft genau so ein vollkommen neues Instrumentarium rhetorischer Haltungen; die Zukunft-betrachtet-die-Gegenwart bildet eine Achse, auf die hin diese Haltungen orientiert werden können; die Fremden-sehen-das-Vertraute bildet die andere Achse. Alle Geschichten als eine Progression verbaler Tatsachen fortzuschreiben, welche aufgrund ihrer Beziehung zueinander und ihrer Beziehung zu Daten, die über ihre Darstellung hinausgreifen, im Leser eine Tatsachenerwartung wecken. Neue Daten kommen hinzu, die diese Erwartungen befriedigen und/oder enttäuschen und im Wechselspiel mit und in Übereinstimmung mit den alten Daten neue Erwartungen wecken – welcher Prozeß sich fortsetzt, bis die Geschichte vollständig ist. Die neuen Sätze, die für S-F verfügbar sind, gestatten dem Autor nicht nur, außerordentliche, verblüffende oder hyperrationale Tatsachen zu präsentieren, sondern schaffen auch durch ihre Wechselbeziehung untereinander und mit anderen, mehr konventionellen Sätzen, einen *textus* innerhalb des Textes, welche ganze Instrumentarien von Daten an syntagmatisch überraschenden Stellen zu entfalten vermögen. So erzeugt Heinlein in *Starship Troopers* durch die Beschreibung einer Spiegelung und der Information über die Nationalität eines Vorfahren mitten in einer Strophe, wie ein Mann sich zum Ausgang vorbereitet, die Tatsachenaussage, daß der Erzähler in der ersten Person, mit dem wir jetzt bereits über zweihundertfünfzig Seiten lang gereist sind (in einem Buch von dreihundertfünfzig Seiten), ein Schwarzer ist. Kritische Stimmen haben die vordergründigen Banalitäten dieses Romans kritisiert, seine endlosen Litaneien über die Heldenhaftigkeit des Krieges beklagt und seine klägliche Stümperei in Bezug auf sublimierte homosexuelle Themen. Aber wer kann sich noch ein Jahr nach der Lektüre dieses Buches an die Argumente erinnern, die der Krieg bejahen – außer daß jemand sehr gewissenhaft Beispiele menschlicher Unlogik sammelte? Die Argumente *sind* banal; sie beziehen sich auf nichts, was wir von einem Krieg als echte Reibungsfläche zwischen Menschheit und Menschheit kennen: sie sind nicht im Gedächtnis haften geblieben. Was mir jedoch fast zehn Jahre nach meiner ersten Lektüre dieses Romans bewußt geblieben ist, ist die Tatsache, daß ich eine Welt erlebt habe, in der die Plazierung der Information über das Gesicht des Erzählers Beweis dafür ist, daß in einer solchen Welt wenigstens das »Rassenproblem« gelöst ist. Das Buch als Text – als Objekt in der Hand und vor dem Auge – wurde einen Moment lang das Symbol dieser Welt. In diesem Moment fielen Zeichen, Symbol, Bild und Erörterung zu einem nicht verbalen Erlebnis zusammen, das mit jener nur der S-F eigentümlichen Kraft aus irgendeinem Bereich jenseits des *textus* (*vermittels* des Textes) herausgeschleudert wurde. Doch von hier an ist die Beschreibung dessen, was einmalig ist an Science Fiktion und wie sich das innerhalb des S-F-*textus* vermittelt, selbst wieder in die Gesamtsprache eingebettet – und wird – spracheigentümlich – *textus* unserer Kultur mit einer Liste spezifischer Passagen oder Ordnungen von Passagen: aber überlassen wir es lieber dem Leser, sich seine oder ihre Passagen selbst herauszusuchen.

Ich meine, daß das science-fictionale Gattungsunternehmen reicher ist als die Werke der weltlichen Fiktion. Diese Gattung ist reicher durch ihr erweitertes Repertoire an Sätzen, der daraus resultierende größere Bereich an möglichen Vorfällen und durch ihr vielfältigeres Instrumentarium an rhetorischen und syntagmatischen Einrichtungen. Ich finde sie auf sehr ähnliche Weise reicher wie atonale Musik gegenüber der tonalen, oder wie abstrakte Malerei reicher ist als realistische Kunst. Nein, die augenscheinliche »schlichte Denkungsart« des Science Fiction ist nicht die gleiche, wie jener Oberflächeneffekt durch einzelne abstrakte Gemälde oder atonale Musikstücke häufig als »verarmt« erscheinen, im Vergleich zu »konventionellen Arbeiten« bei ihrer ersten Darbietung oder Ausstellung (dargeboten und vergli.hen von jenen Leuten, die nur den »konventionellen« Text in sich aufgenommen haben, mit dem sie ihre Musik oder

Kunstwerke »lesen«). Diese »Verarmung« ist die notwendige Vereinfachung der Kunstgestaltung, passend zu dem viel weitergespannten Netz der Möglichkeiten, die solche Werke anklingen lassen können. Trotzdem glaube ich, daß diese »Einfältigkeit« der Science Fiktion letztendlich das gleiche ästhetische Gewicht haben kann wie die »Verarmung« der modernen Kunst. Beides sind Manifestationen der »meisten Werke in dieser Gattung« – nicht der »besten Werke«. Beides, sobald es zum wiederholten Male den besten Werken gegenübergestellt wird, wird als Kriterium wegfallen – durch den gleichen Prozeß, mit welchem die besten Werke den *textus* – das Gewebe der Möglichkeiten – mit Konturen versehen.

Das Gewebe der Möglichkeiten ist nicht einfach – weder für abstrakte Malerei noch für atonale Musik oder Science Fiktion. Es ist das verstreute Muster aus Elementen von zahllosen individuellen Formen, das in allen drei Gattungen ihren speziellen Geweben ihre Dichtigkeit, ihr Auf und Ab, ihre Nüchternheit, ihren Charme, ihren Zusammenhang, ihre Konventionen, ihre Klischees, ihre Tropen von großer Originalität hier, ihre vernichtende Banalität dort verleiht: der Wegweiser durch diese Gattungen kann nur erlernt werden, wie jede Fremdsprache erlernt werden muß, indem man sich zahllosen Äußerungen, schlichten und komplizierten, in jeder der ihnen eigentümlichen Sprache aussetzt. Die Konturen des Gewebes steuern die Erfahrung des Lesers mit jedem gegebenen S-F-Text, wie die Lektüre eines gegebenen S-F-Textes das Gewebe selbst, wenn auch nur geringfügig, neu konturiert, wobei der Text in die Gattung absorbiert, beurteilt, erinnert oder vergessen wird.

*

In Staunen, Ehrfurcht und Entzücken ergriffen, nannte das Kind, das an diesem Abend das tutende Ungeheuer an sich vorbei in die Dunkelheit hineinrasen sah, es den »Roten Heuler«. Wir wissen, daß dieser Name nicht erschöpfend ist; es ist nur ein Eintrittspunkt in den *textus*, um daraus einen Text zu schöpfen mit den Konturen, die sich nach unserer Erfahrung mit den Gegebenheiten formen und Abzeichen, die sich mit diesen Namensmetonymen verbinden. Der *textus* definiert nicht; wird jedoch, wenn auch nur geringfügig, mit jedem Text, der sich darauf ablagert, und mit jedem neuen Text, der daraus geschöpft wird, neu definiert. Wir wissen weiterhin, daß die Benennung nicht notwendigerweise in dem Kind ein Verständnis dieses *textus* voraussetzt, welche seine Metonyme liefert und in welchen diese Metonyme eingebettet sind. Das Staunen mag jedoch in diesem Kind jenen Prozeß in Gang setzen, der, wenn er in dem inzwischen Erwachsenen abgeschlossen ist, es offenbart, mit Helm und Gummikleidung, sich an die Leitern klammernd, oder hinter dem vorderen oder hinteren Lenkrad sitzend, während der Rote Heuler zu einer neuen Brandstätte rast.

Vielleicht befreit er in ihm auch einen Ingenieur, der einen Text verfaßt, weshalb von nun an die Roten Heuler besser blau statt rot angestrichen werden sollten oder warum eine Glocke diese schreckliche Sirene ersetzen müsse – wobei die Ehrfurcht und das Entzücken, die in ihrer reinen Form von diesem Netz eingefangen wurden, jede seiner Äußerungen befrachtet (angefangen bei den Worten über diesen Gegenstand über die Blaupausen bis zur Fertigstellung dieses neuen blauen läutenden Gegenstandes selbst) mit Überzeugung, Glaubwürdigkeit und Richtigkeit.

IV

Alles sollte in einem Science Fiktion-Roman mindestens zweimal erwähnt werden (in mindestens zwei verschiedenen Zusammenhängen), außer, wenn möglich, das Wort Science Fiktion.

V

Saturns Titan erwies sich als der am schwierigsten zu kolonisierende Mond. Größer als Neptuns Triton, kleiner als Jupiters Ganymede, war er als der ideale Mond für die Besiedlung durch Menschen erschienen. Heute gab es dort nur Forschungsstatio

nen, diese seltsame Propan-Mine, und Lux – das sich vor allen
Dingen dadurch auszeichnet, daß es den gleichen Namen trägt
wie eine viel größere Stadt auf dem viel kleineren Iapetus. Die
Anordnung der menschlichen Artifakte auf der Oberfläche des
Titans erinnert mehr an die Baulichkeiten auf einem der von den
Gasriesen »eingefangenen Monde« – diesem knapp unter
sechshundert Kilometer Durchmesser betragenden Brocken aus
Stein und Eis (wie Saturns Phöbe, Neptuns Neriade, oder ein
halbes Dutzend von Jupiters kleineren Satelliten), die, laut Erklärung gewisser Theoretiker aus dem Asteroidengürtel abdrifteten, ehe sie in ihre gegenwärtige Umlaufbahn hereingerissen
wurden. Titan! Seine orangegefärbte Atmosphäre war dichter
(und kälter) als jene des Mars – wenn auch bei weitem nicht so
dicht wie die der Erde. Seine Oberfläche war zerfurcht von Kratzern, Flüssen und Seen aus Methan- und Ammoniak-Matsch.
Seine bizarren Lebensformen (die einzige noch existierende Lebensform im Sonnensystem) vereinigte die höchst beunruhigenden Aspekte eines sehr großen Virus, einer sehr kleinen
Flechte und eines Schimmelpilzes. Einige Arten, in ihrer höchst
organisierten Zustandsform, bildeten Strukturen wie blaue Korallenbüsche aus, die für jeweils eine Stunde die Intelligenz
eines fortschrittlichen Octopus besaßen. Eine ganze Untergattung der Eis-Opern hatte sich auf – und inspiriert von – der
Landschaft des Titan entwickelt. Bron verachtete sie (und ihre
Fans). Einmal, weil der aktive Held dieser Bühnenwerke immer
ein Mann war. Analog dazu ist diejenige, die von den blauen
korallenartigen Tentakeln eingefangen wird, immer eine Frau.
(Lustobjekt des Haupthelden). Das bedeutete, daß die traditionelle Eisopern-Masturbationsszene (in welcher der Held masturbiert, während er an das Lustobjekt denkt) für Bron immer
ein Anlaß zum Gähnen war. Wer sah denn überhaupt noch hin,
wenn schon wieder so eine schlaggewandte Amazone sich wieder einen Eiszapfen abbrach und damit auf die blauen Koralltentakel einschlug? (Es gab auch noch andere ExperimentierEisopern heutzutage, in denen der Hauptheld, identifiziert
durch ein kleines »HH« auf der Schulter, nur fünf Minuten lang
in dem ganzen Fünf-Stunden-Spektakel zu sehen war. Masturbationsszene – und alles andere inbegriffen – hier zeigt sich der

Einfluß der auf dem Mars einheimischen Annie-Shows – während der Rest aus einem unglaublich verwickelten Gefüge aus den Abenteuern der Nebenhelden besteht.) Die Frauen, die diese Opern besuchten, waren selbst recht seltsame Figuren – obgleich viele sehr intelligente Leute, Lawrence eingeschlossen, schworen, die Titan-Oper wäre die einzige wirklich gehobene Kunstform, die der Kultur noch verblieben war. Echte Eisopern – besser gemacht – lebenswahrer und viel aussagekräftiger durch ein ganzes Vokabular von realen und surrealen Konventionen, einschließlich der drei formalen Tropen der klassischen Abstraktion, mit der die klassische Eisoper begann und aufhörte, und auch mitten in ihrer Handlung einmal kostenlos darbieten mußte, – schauten Lawrence und seinesgleichen (diejenigen, die niemals eine Ego-Aufbereitungskabine betraten) gar nicht erst an, sondern verbrachten die Vorstellung gähnend in der Lobby.

ANHANG B

ASHIMA SLADE
UND DIE HARBIN-Y-VORLESUNG:

Ein paar zwanglose Bemerkungen zur Modulrechnung, zweiter Teil

Eine kritische Fiktion
für
Carol Jacobs &
Henry Sussan

Utopias spenden Trost: obwohl sie keinen echten Ort besitzen, gibt es nichts destoweniger eine fantastische ungetrübte Region, in welcher sie sich entfalten können; sie eröffnen uns Städte mit riesigen Alleen, herrlich angelegten Gärten, Landschaften, in denen das Leben angenehm ist, obgleich die Straße, die zu ihnen führt, ein Hirngespinst ist. *Heterotopien* sind beunruhigend, vermutlich, weil sie es unmöglich machen, dieses und jenes zu benennen, weil sie gewöhnliche Namen zertrümmern oder verwirren, weil sie die »Syntax« schon im vorhinein zerstören, nicht nur die Syntax, mit der wir Sätze bilden, sondern auch die weniger augenscheinliche Syntax, welche die Ursache sind, daß Wörter und Dinge (in der Aneinanderreihung und auch in Querverbindungen) »zusammenhalten«. Deshalb gestatten uns auch Utopien Fabeln und Gespräche: sie laufen an den Adern der Sprache selbst entlang und sind Bestandteil der fundamentalen *Fabel*; Heterotopien ... trocknen die Sprache aus, halten Worte mitten in ihren Gleisen auf, bekämpfen die der Grammatik eigenen Möglichkeiten an ihrer Quelle; sie lösen unsere Mythen auf und sterilisieren die Lyrik unserer Sätze.

Michel Foucault/ DIE ORDNUNG DER DINGE

I

Betreffend Ashima Slade und seine Harbin-Y-Vorlesung *Schattenbilder*, zuerst veröffentlicht in *Foundation*, dem philosophischen Journal der Lux-Universität, Ausgabe sechs und der Doppelausgabe sieben/acht.

*

Vor gut einem Jahr starben in Lux auf Iapetus fünf Millionen Menschen. Es wäre eine gigantische Anmaßung, wenn man aus diesen fünf Millionen Toten einen als einen besonders tragischen Fall herausstellen würde.

Einer von den vielen, vielen, die sterben mußten, als die Stadt durch einen Sabotageakt des irdischen Geheimdienstes ihrer Schwerkraft und ihres atmosphärischen Schutzschildes beraubt wurde, war der Philosoph und Mathematiker Ashima Slade.

Die Lux-Universität, wo Slade unterrichtete, wurde aus unerfindlichen Gründen von den irdischen Saboteuren verschont. Als eine sich selbst versorgende Installation und ein Vorort für sich im Süden der Stadt, die ihre eigenen Schwerkraftseinrichtungen und ihr eigenes Plasmaschild besaß, vermochte die Universität sich abzuriegeln, bis Hilfe aus den sie umgebenden Eisfarmen und Enklaven eintreffen konnte. Als die Schwerkraft und Atmosphäre auch in der Stadt wieder hergestellt waren, war diese in wenigen Minuten bereits zu einem Leichenhaus und einer Nekropolis geworden.

Die Universität beherbergte fünfunddreißigtausend Tutoren und Studenten. Der Krieg ließ sie nicht unzerstört. Auf dem Campus starben einhundertdreiunddreißig Menschen. Berichte über die Geschehnisse auf dem Campus verblassen aber angesichts der Verwüstungen in der Stadt selbst, zu der sie offiziell gehörte.

Ashima Slade wohnte nicht auf dem Universitätsgelände, sondern vielmehr in einem separaten Zimmer an der Rückseite eines Co-Ops, das von den Sygn, einer religiösen Sekte, die sich der Keuschheit und dem Schweigegebot verpflichtet fühlte, in Luxens weitläufigem nichtlizensierten Sektor unterhalten wurde. Slade war kein Mitglied der Sekte, sondern wohnte dort nur als Gast der Sygns. Von Zeit zu Zeit tauchten Gerüchte auf, Slade sei ein Beamter der Sygn, ein Priester oder ihr Guru. Das ist nicht zutreffend. Zahlreiche Mitglieder der Sygn-Sekte waren Slades Studenten gewesen, aber Slades Aufenthalt in der Kommune war nur ein simpler Akt der Großzügigkeit von Seiten der Sekte gegenüber einem exzentrischen alleinstehenden Philosophen in den letzten Dutzend Jahren von Slades Leben (und der Existenz der sygn-Sekte).

Einmal pro Monat besuchte Slade die Universität, um dort sein Seminar über die Philosophie des Verstandes abzuhalten.

Einmal in der Woche hielt er über einen privaten Kanal eine Stunde Vorlesung über ein Thema, dessen Titel lediglich aus seiner Universitäts-Katalognummer bestand: BPR-57-c. Während dieser Vorlesungen pflegte Slade von seiner Arbeit zu sprechen, mit der er sich gerade beschäftigte, oder gelegentlich auch etwas darüber auszuführen, indem er sich einer Tafel bediente, die neben seinem Schreibtisch stand. Diese Vorlesungen wurden von etwa dreihundert Studenten, die in der Universität oder in der Stadt wohnten, und von Gaststudenten, die nach dem Austauschprogramm zum Studium an dieser Universität berechtigt waren, vermittels einer holographischen Simulation verfolgt. Diese Vorlesungen waren schwierig, aus dem Stehgreif, und oft – was natürlich von dem Interesse jedes Einzelnen abhing – langweilig. Es gab keine Fragen und auch keine Diskussionen nach der Vorlesung. Alle Anfragen wurden durch die Post übermittelt und selten beantwortet. Doch die Studenten bescheinigten diesen Vorlesungen immer wieder, daß sie unglaublich fruchtbar seien, wenn nicht in Bezug auf das Thema, dann in der Methode, wenn nicht in der Methode, dann im logischen Stil.

II

Die Harbin-Y-Vorlesungen wurden vor vierzig Jahren als Ehrenprofessur für ein Jahr eingerichtet ». . . wofür ein schöpferischer Denker in der Theorie der Kunst oder Wissenschaft berufen werden soll, der ihre (oder seine) Ansichten auf diesem Gebiet darlegen wird.« Vor sieben Jahren wurde Slade zum erstenmal eingeladen, die Ehrenprofessur der Harbin-Y-Vorlesungen für das kommende Jahr zu übernehmen. Er lehnte ab, indem er behauptete (ein wenig zu bescheiden), daß seine Ansichten von seinem eigenen Sachgebiet viel zu eigenwillig seien. Und zwei Jahre später wurde er erneut eingeladen. Dieses Mal gab er provisorisch seine Zusage unter der Bedingung, daß er aus einem eigenen Zimmer vermittels einer holographischen Simulation, die Vorlesungen halten könne und nach der gleichen Methode, wie er seine BPR-57-c abhielt.

Slades monatliches Seminar (das er persönlich abhielt) hatte nur sechs Mitglieder. Die traditionelle Art, die Harbin-Y-Vorlesungen zu halten, geschieht durch eine persönliche Ansprache von der Bühne des K-Harbin-Auditoriums aus an eine geladene Zuhörerschaft von mehreren tausend Personen.

Vor zwanzig Jahren zeichnete Slade einen hervorragend programmierten Kurs mit dem Titel auf: *Die Elemente der Vernunft – eine Einführung in die Metalogik*, der immer noch in seiner ursprünglichen Form im Computerspeicher der Allgemeinen Information des Satelliten-Nachrichtendienstes abrufbereit steht (und als die beste Einführung zu Slades eigenen frühem grundlegenden Werk, der zweibändigen *Summa Metalogiae* gilt). Während Slade ein unbefangenes Verhältnis zu jeder Art von Aufzeichnungs- oder anderen mechanischen Geräten hatte, meinte er, daß er sich vor so einer großen lebendigen Zuhörerschaft gehemmt fühle.

Die akademische Verwirrung über Slades nicht gar zu ausgefallener Bitte eskalierte jedoch über alle Maßen. Slade war eine exzentrische Figur in der Universität, und die Tatsache, daß er sich persönlich so rar machte, führte zu einigen (außerordentlich idiotischen Gerüchten). Viele seiner Kollegen gaben ganz offen der Befürchtung Ausdruck, er würde einfach eine BPR-57-c-Vorlesung halten, für seine Zuhörerschaft vollkommen unerreichbar. Niemand war sich sicher, wie man auf taktvolle Weise sicherstellen konnte, daß er sein Werk auch auf einem Niveau erörterte, das den geladenen Gästen angemessen war. Wie diese ganze Konfusion schließlich wieder beigelegt wurde, ist hier nicht von Belang. Aber jedenfalls hielt auch Slade in diesem Jahr nicht die Harbin-Y-Vorlesungen als Gastprofessor ab.

Slade wurde auch nicht bei der Einladung für die Gastprofessur des nächsten Jahres berücksichtigt; angeblich soll er sich darüber zu einigen seiner Kollegen, mit denen er korrespondierte, sehr erleichtert ausgedrückt haben und erklärte sich in diesem Sinn auch gegenüber seinen Seminarteilnehmern in einem Wort. Die Berichte von Slades Arbeit auf dem Gebiet der Modulrechnung (eine Fortsetzung seiner frühen Studien auf dem Gebiet der Metalogik) waren inzwischen jedoch über den engen Kreis der BPR-57-c-Hörer hinausgedrungen, und das hohe Loblied, das sie sangen, machte es unvermeidlich, daß man erneut an ihn herantrat. Wieder wurde er als Gastprofessor eingeladen. Slade stimmte zu. Dieses Mal diskutierte er die drei Vorlesungen, die er zu halten wünschte, mit dem Harbin-Y-Kuratorium auf eine Weise, die den Kuratoriumsmitgliedern Anlaß zu der Vermutung gab, die Vorlesungen würden wenigstens vollkommen unverständlich sein. Eine holographische Simulation wurde im Auditorium vorbereitet. Die Titel der dreiteiligen Vorlesungen wurden verkündet:

Ein paar zwanglose Bemerkungen zur Modulrechnung:
1) Schattengebilde
2) Zielobjekte
3) Erläuterungen

Die drei Vorlesungen wurden für die üblichen Abendstunden angesetzt. Die üblichen Einladungen wurden verschickt. Dank der fünfjährigen Konfusion übertraf die Neugierde das übliche Maß. Viele Leute – erheblich mehr, als man bei einer so schwer verständlichen Thematik eigentlich erwarten konnte – wandten sich Slades früheren Arbeiten zu, die Ernsthaften, um sich damit vorzubereiten, die Neugierigen, um einen Fingerzeig zu finden, was sie in den Vorlesungen erwartete. Man braucht nur an beliebiger Stelle ein Dutzend Seiten aus der Summe herauszugreifen, um zu erkennen, daß Slades formalphilosophische Präsentation in drei stark voneinander unterschiedene Methoden zerfällt. Da sind einmal die streng deduzierten und kristallklaren Argumente. Dann sind da die mathematischen Teile, die weitaus überwiegen, und soweit darin Worte vorkommen, beschränken sie sich meistens auf: ». . . daraus können wir ersehen, daß . . .« ». . . dafür können wir auch einsetzen . . .« ». . . von dieser Voraussetzung ausgehend, leuchtet ein, daß . . .« und so weiter. Die dritte Methode enthält jene Teile von stark kondensierten (wenn nicht unerfaßbaren Metaphern,) die in ihrer Sprache mehr an den religiösen Mystiker als an den Philosophen der Logik denken lassen. Selbst für den nicht eingeweihten Studenten ist es schwer zu entscheiden, welche von diesen letzten beiden Methoden, die mathematische oder metaphorische, furchtgebietender ist.

Eine von den Lehren der Slade'schen Philosophie zum Beispiel, ausdrücklich dargelegt in seinem Frühwerk und impliziert in seinen späteren Werken, ist ein Glaube an den absoluten Unterschied zwischen dem Ausdruck von »Prozeß/Bezug/Operation« einerseits und dem Ausdruck von »Materie/Material/Substanz« andererseits zum Zwecke der rationalen Klarheit, wie sie vom gegenwärtig gültigen Epistem begründet ist; und in gleicher Weise glaubte er an ihre absolute und unauflösliche Verzahnung im realen Universum. Zu diesem Problem bemerkt Slade folgendes: ». . . diese Verzahnung wird so lange unauflöslich bleiben, wie die Zeit irreversibel ist. Tatsächlich können wir uns die Elemente auf beiden Seiten nur getrennt vorstellen mit jenen Instrumenten – Gedächtnis, Gedanken, Sprache, Kunst – mit denen wir auch Modelle der umkehrbaren Zeit konstruieren können.«*

*Alle Zitate, die Slade zugeschrieben werden, stammen aus den Notizen von Slades gegenwärtigen und früheren Studenten. Belegstellen, die in indirekter Rede wiedergegeben werden, stammen aus den persönlichen Erinnerungen von Slades Studenten und Kollegen im Lehramt und – in einem Fall – aus Notizen aus einer Vorlesung, für deren genaue Formulierung der Verfasser sich nicht verbürgen will, weil diese Notizen vor siebzehn Jahren ziemlich hastig angefertigt wurden. An alle, die mir bei der Vorbereitung dieses Anhangs geholfen haben, spreche ich als Herausgeber meinen herzlichsten Dank aus.

*

Wie einer von Slades Kommentatoren in einer Ausgabe des Journals für *Spekulative Studien* bemerkte: »So ausgedrückt, wird es entweder verstanden, oder es wird nicht verstanden. Eine Erklärung ist hier tatsächlich überflüssig.«

Die Verwirrung, die die früheren Einladungen Slades als Gastvorleser begleiteten, waren vielen, die in diesem Jahr zu seinen Vorträgen eingeladen wurden, noch lebhaft in Erinnerung. Die Leute, die sich in dem K-Harbin-Auditorium an jenem Abend versammelten, erwarteten voller Neugier, Unruhe und – zum überwiegenden Teil voller Aufregung – den Beginn der Vorlesungen.

Die Türen des Auditoriums wurden geschlossen.

Zu der gesetzten Zeit materialisierte Slade (mit seinem Schreibtisch und seiner Tafel) auf der Bühne – dunkelhäutig, zartgliedrig, aber mit breiten Hüften – in einer etwas instabilen holographischen Simulation. Im Zuhörerraum wurde es still. Slade begann – es gab Schwierigkeiten mit der Lautsprecheranlage. Nachdem ein Student der Elektronik mit ein paar Handgriffen diese Schwierigkeiten behoben hatte, wiederholte Slade zuvorkommenderweise die einleitenden Sätze, die wegen falsch gestöpselter Verbindungen verlorengegangen waren.

Als Slade eine Stunde und zwanzig Minuten Vorlesung gehalten hatte, wurde der nichtlizensierte Sektor von Lux von der ersten Schwerkrafterschütterung heimgesucht. Zwei Minuten später war die gesamte Schwerkraft ausgefallen. Die Stadt verlor ihre gesamte Atmosphäre. Und (eines von fünf Millionen Opfern) Ashima Slade, immer noch als holographische Simulation auf der Bühne des K-Harbin-Auditoriums, war tot.

III

Ashima Slade wurde 2051 in Bellona auf dem Mars geboren. Über seine Kindheit ist wenig bekannt; teilweise verbrachte er sie wahrscheinlich in Phoenix Keep, einem Vorort vor den Toren dieser Stadt, und einen Teil in dem berüchtigten Goebels (dieser Ort wurde von einigen mit den nichtlizensierten Sektoren der größeren Satellitenstädte verglichen; dieser Vergleich muß für alle genügen, die noch nie in Bellona gewesen sind, aber über diesen Vergleich sind an anderer Stelle ausführliche und kontroverse Standpunkte vertreten worden). Mit siebzehn emigrierte Slade zu den Satelliten und traf mit einer Schiffsladung von zweitausendfünfhundert Einwanderern in Callisto Port ein. Zwei Monate nach seiner Ankunft wurde er eine Frau, zog nach Lux und arbeitete sechs Monate lang in einem städtischen Leichtmetall-Veredelungsbetrieb: hier begegnete er zum erstenmal Blondel Audion, als der berühmte Poet mit einem Dutzend anderer Künstler zu einem zänkischen oder rituellen

Austausch poetischer Beleidigungen in die Kantine des Veredelungsbetriebes einschwebte. Am Ende des Halbjahres-Arbeitsvertrages (vier Tage nach der Zänkerei) schrieb Slade sich in der Lux-Universität ein. Zweieinhalb Jahre später veröffentlichte sie den ersten Band ihrer *Summa Metalogiae*, die ihr sowohl ein akademisches Prestige wie einen weiten Bekanntheitsgrad verschaffte, und im Verlauf der nächsten Jahre (als der zweite Band der *Summa* erschien) zu der Entwicklung der metalogischen Programmanalyse führte und damit zu Slades Einstufung in der obersten Kreditsparte auf Lebenszeit. Slades Reaktion auf den kommerziellen Erfolg einer Arbeit, die als eine reine abstrakte Überlegung begonnen hatte, war manchmal humorvoll und manchmal auch bitter. Zweifellos hatte dieser praktische Erfolg in diesen frühen Jahren viele ihrer Kollegen gegen sie eingenommen – und in mehrfacher Hinsicht. Manche betrachteten das als einen strahlenden Sieg reiner Belehrsamkeit. Andere wieder beklagten es als unglückliche Besudelung derselben. Wieder andere sahen darin einen Beweis, daß Slades Werke bestenfalls clever waren, aber keinesfalls grundgelehrte Standardbücher. Slade bemerkte selbst einmal dazu (in einem Seminar, nachdem sie den Vormittag damit verbracht hatte, ein paar kommerzielle Arbeiten auf dem Gebiet der metalogischen Analyse durchzusehen, die man ihr zur Überprüfung übersandt hatte): »Für mich ist es am betrüblichsten, obgleich wir nach den selben Prinzipien und Parametern arbeiten, daß ich das, was Sie damit anstellen, für trivial halte, während Sie das, was ich meinerseits damit anfange, für unverständlich oder bedeutungslos halten, falls Sie es verstehen könnten.«

Etwa zu der Zeit, wo der zweite Band der *Summa* veröffentlicht wurde, schloß sich Slade zum erstenmal eng an den Zirkel an (unter welchem Begriff diese Vereinigung dank der zahlreichen Studien in der ersten Dekade dieses Jahrhunderts allgemein bekannt wurde), eine Vereinigung von außerordentlich talentierten Künstlern und Wissenschaftlern, von denen einige auch zu der Universität gehörten, andere wieder nicht, aber alle in Lux wohnten und arbeiteten (manchmal gemeinsam, manchmal im Wettbewerb gegeneinander). Mehr als zwanzig Jahre gehörte diesem Zirkel zum Beispiel George Otuola an, dessen

Neunundzwanzig-Stunden-Opernzyklus *Eridani* auch heute noch, zwölf Jahre nach seiner ersten Aufführung, als eines der einflußreichsten Werke für die moderne Kunst betrachtet wird. Dazu gehörten die Mathematiker Lift Zolenus und Saleema Slade (nicht verwandt mit unserem Slade), die Dichter Ron Barbara, Corinda, Blondel Audion und Foyedor Huang-Ding, sowie die hochverdiente Schauspielerin Alona Liang und ihre junge Nachfolgerin, damals Protégé: Gene Trimbell, heute in der Welt des Theaters besser bekannt unter dem Namen Spike, welche mit einundzwanzig Jahren jene erste legendäre Inszenierung von *Eridani* leitete.

Ein paar Kommentatoren haben große Energie und Scharfsinn darauf verwendet, nachzuweisen, daß alle Werke dieser und mehrerer anderer Künstler und (insbesondere) Biologen, die dem Zirkel jahrelang verbunden waren, sich an den Parametern von Slades Philosophie orientierten – so daß man Slade als den Mittelpunkt des Zirkels betrachten könne. Wenn keinem dieser Kommentatoren dieser Nachweis hundertprozentig gelungen ist, dann war vor allem die Kompliziertheit von Slades Arbeit ein Handicap für diesen Beweis. Auch sind uns Slades Überlegungen aus dieser Epoche nur durch die Notizen ihrer Studenten verbürgt. Das einzige, was Slade selbst in diesem Jahr veröffentlichte, war ihre Übersetzung aus dem Amerikanischen des zwanzigsten Jahrhunderts ». . . in diesen Magyarische Cantonesen-Dialekt mit seiner ungenauen Unterscheidung zwischen dem Genitiv und dem Assoziativ, der uns auf den Satelliten, auf dem Mars, sowie auf über achtzig Prozent der Landmasse der Erde als Sprache dient . . .« (Einleitung des Übersetzers) von Susanne K. Langers *Verstand*. Ihre Studenten während dieser Epoche durften sich Notizen machen und wurden dazu ermuntert, ». . . Alternativmodelle zu diesen Ideen zu entwickeln, die sich soweit wie möglich davon entfernten.« Aber ihre mündlichen Ausführungen darüber konnten nicht aufgezeichnet werden, da Slade ihre BPR-57-c-Lektorate damals als ». . . bloße Skizzen, voller Unzulänglichkeiten . . .« betrachtete, was die Auswertungen ihrer tatsächlichen Vorstellungen ziemlich schwierig machte – bis die Notizensammlungen, die aus diesem kleinen Kellerraum an der Hofstelle der Kommune zwei Wochen nach dem Krieg geborgen wurden, der Öffentlichkeit zugänglich sind.

Andere Kommentatoren, die sich weniger erfolgreich durchsetzten, haben nachzuweisen versucht, daß alle Werke der wichtigsten Mitglieder des Zirkels, Slades Werke eingeschlossen, sich auf die mystischen Lehren des Sygn stützen. Wie jedermann weiß, der in der Geschichte des Zirkels nachgelesen hat, ist diese Geschichte eng verknüpft mit jener der Sygns: Barbara und Otuola waren beide in ihrer Jugendzeit Mitglieder der Sekte, und haben erst mit ihr (in Barbaras Fall auf friedliche Weise, in Otuolas Fall recht dramatisch) in ihrem Lebensjahrzehnt mit der Sekte gebrochen. Barbaras erstes Buch, *Das Wiedererlernen der Sprache*, beschäftigt sich sehr direkt mit seinen religiösen Kämpfen während seiner sprachlosen Jugend. Und die Sekte der Schweigenden Sänger, die eine so herausragende Rolle im fünften, siebten und siebzehnten Akt der Oper *Eridani* spielt, ist eine sehr direkte, wenn auch wenig schmeichelhafte Schilderung der Sygns. Daß Slade am Ende ihres Lebens ihre Wohnung in der Kommune der Sygn nahm, ist nur eines der Beispiele unter tausend möglichen, die man zitieren könnte. Die Schwierigkeit des Beweises beruht hier jedoch auf der Schwierigkeit, mehr als nur oberflächlich Fragmentarisches über das Sygn-Dogma zu erfahren. Jene, die aus der Sekte hervorgegangen sind, selbst diejenigen, die der Sekte sehr kritisch gegenüberstehen wie Otuola, bewahrten sich doch einen hohen Respekt vor ihren Mysterien: Die Sekte entsagte dem Sprechen, dem Schreiben, der Sexualität und jeder Öffentlichkeitsarbeit. Das bereitet dem gesicherten Nachweis ihrer fundamentalen Lehren in diesen Jahren noch etwas mehr Schwierigkeiten als den Rückgriff auf eine schriftliche Fassung von Slades Philosophie aus der gleichen Epoche.

Die der Wahrheit am nächsten kommende Vermutung ist wahrscheinlich die am wenigsten spekulative: zwischen den Mitgliedern des Zirkels und den Anhängern (und Ex-Anhängern) der Sygn-Sekte fand ein lebhafter persönlicher, sozialer und spiritueller Austausch statt. Aber nicht, was diese Männer und Frauen aus diesem Kreis mitnahmen, sondern was sie darin einbrachten, ist entscheidend für die faszinierende Bedeutung des Zirkels im intellektuellen Leben der Satellitenföderation der Gegenwart.

Slade war vierundfünfzig. Die *Summa Metalogiae* lag bereits zwei Dutzend Jahre hinter ihr. Die triumphale Premiere von *Eridani* (welches Werk für viele den Gipfelpunkt der Kreativität des Zirkels darstellt) lag zwei Jahre zurück. Erst drei Monate vorher hatte Corindas achte Gedichtsammlung, *Gedruckte Schaltungen*, ihr den Nobelpreis für Literatur eingebracht, wodurch sie nicht nur die jüngste Preisträgerin dieser hohen Auszeichnung wurde (sie war damals sechsunddreißig), sondern auch der erste auf dem Mond geborene Mensch, der von der Schwedischen Akademie der Wissenschaft auf dem Planeten Erde mit dieser Auszeichnung geehrt wurde. (Viele glaubten, nicht ohne Berechtigung, daß der Preis ihr eigentlich als nachträgliche Anerkennung für ihr großartiges *Eridani-* Libretto, das sie vier Jahre vorher geschrieben hatte, zuerkannt worden war. Jedenfalls betrachteten viele den Preis als ein Hoffnungszeichen, das vielleicht noch die Schatten bannen konnte, die von Tag zu Tag mehr die Beziehung zwischen der Erde und der Föderation der Satelliten verdunkelten.) In dem dritten Paramonat des zweiten Jahres beschlossen Ashima Slade, Gene Trimbell (damals vierundzwanzig), Ron Barbara (neunundzwanzig), mit zwei Männern, die vor kurzem mit der Sygn-Sekte gebrochen hatten, Sven Holdanks (neunzehn) und Pedar Haaviko (achtundfünfzig), eine Familienkommune zu gründen. Otuola wurde offensichtlich ebenfalls dazu eingeladen. Aus verschiedenen Gründen lehnte sie jedoch ab.

Die Kommune hatte drei Monate Bestand.

Was tatsächlich in dieser Zeit geschah, ist nicht bekannt und wird wahrscheinlich nie ans Licht der Öffentlichkeit kommen – falls es nicht in einer Datenbank der Regierung festgehalten ist, die nur von den in diese Sache verwickelten Personen Informationen abgibt. Der peinliche Charakter des Vorfalls ist vermutlich ein Grund, weshalb die Biographien der Überlebenden in General Information nicht abgerufen werden können, sondern »auf Wunsch vertraulich« behandelt werden. Da einige der Kommunenmitglieder noch am Leben sind, muß man sich vor wilden Spekulationen hüten.

Am Ende dieser drei Monate ging um zehn Uhr abends das Gebäude im Zentrum des nichtlizensierten Sektors von Lux, das die sechzehn Räume der Kommune enthielt, in Flammen auf, und das Feuer, von chemischen Brennstoffen genährt, verbreitete sich im Nu über das ganze Gebäude. Holdanks, das jüngste Mitglied der Kommune, hatte am gleichen Nachmittag in einem Übungsraum für Musikstudenten auf dem Gelände der Universität Selbstmord begangen, indem er sich mit einem Klavierdraht erhängte. Einen Tag später wurde Miss Trimbell mit schweren psychischen Störungen (Halluzinationen, Erschöpfung und hysterische Anfälle) in eine Klinik aufgenommen, wo sie mehrere Monate verblieb. Ron Barbara verschwand einfach spurlos: sein Verbleib wurde erst vor drei Jahren bekannt, als er in rascher Folge fünf dünne Gedichtbände (*Syntax I, Syntax II, Reim, Themos, und Syntax III*) von einem kleinen Experimentierverlag in Bellona herausbringen ließ, wo er offensichtlich schon seit einer geraumen Weile als Emigrant lebte, nachdem er fast eine Dekade lang im Eis von vier Monden umhergewandert war. Die Gedichte sind abstrus, fast unverständlich, enthalten mehr mathematische Symbole als Worte, und stehen im krassen Gegensatz zu seinem früheren, außerordentlich klaren, direkten und im wesentlichen verbalen Stil, der ihm sowohl Popularität wie kritische Anerkennung einbrachte, insbesondere solche Werke wie *Katalyse* und *Eis/Flüsse*. Seine neuen Gedichte sind umso frustrierender, weil sie (so behaupten diejenigen, die zum Zirkel gehörten oder ihm nahestanden) so viel Bezüge zu den Ereignissen jener drei Monate aufweisen. An dem Tag, als die Kommune zerbrach, kehrte Haaviko wieder in den Schoß der Sygn-Sekte zurück und versenkte sich in ihre geheimen und stimmlosen Rituale.

Am Morgen nach der Brandkatastrophe fand man Slade bewußtlos in einer Gasse, nur zwei Häuserblocks von dem niedergebrannten Haus entfernt, geblendet, mit schweren Kratzwunden und weiteren zahllosen Verletzungen – wovon offensichtlich die meisten Selbstverstümmelungen waren. Im Verlauf dieses drei-monatlichen-Zwischenspiels war sie wieder zu einem Mann geworden.

Slade wurde in eine Klinik gebracht, aus der er zwei Monate

später gebrechlich, blind, weißhaarig, frühzeitig gealtert, wieder entlassen wurde, mit einer runden, zwei Zoll Durchmesser betragenden Photoplatte aus Silber, die ein wenig asymmetrisch über seiner vernarbten Augenhöhle angebracht wurde, und die er von nun an zum »Sehen« benützte. (Die Photoplatte wurde asymmetrisch angebracht, weil Slade sich nicht sein »drittes Auge« verstellen wollte, vielmehr seine Zirbeldrüse, welchen ausgefallenen Wunsch ihm die Chirurgen der Klinik gerne erfüllten – wieder ein Umstand, den Kritiker aufgriffen, um ihre Vermutung zu belegen, Slades Verbindung mit den Sygn sei größer als bisher angenommen: die Sygn-Sekte legte großes Gewicht auf diese traditionelle Stelle des kosmischen Bewußtseins. Slade selbst jedoch ließ einmal verlauten, diese Entscheidung läge mehr auf der Linie eines »Pascalschen Wagnisses«, welches er bei anderer Gelegenheit im Verlauf einer Diskussion über Pascal (wo er nicht eine Silbe über sich selbst sagte) folgendermaßen definierte ». . . das Urbild der moralischen Unverantwortlichkeit gegenüber dem Selbst.« Was in diesen drei Monaten auch geschehen sein mag, wir können nur vermuten, daß es Slade bis ins Mark erschütterte und ihn so tief verletzte, wie das bei einem Menschen überhaupt möglich ist. Slade verließ die Klinik als ein angeblich geheilter Patient, doch viele seiner Freunde, die ihn gelegentlich barfüßig, in seinem abgetragenen grauen Mantel durch die Gassen des nichtlizensierten Sektors von Lux herumirren sahen, die Hauptstraßen ängstlich meidend, weil sie ihn verstörten, behaupten, er wäre damals nicht vollkommen zurechnungsfähig gewesen, schon gar nicht in den ersten Wochen nach seiner Entlassung.

Einige von den jüngeren Mitgliedern der Sygn-Sekte (Haaviko war von der Sekte verlegt worden) luden Slade ein, in die Kommune der Sygn zu ziehen. Slade nahm die Einladung an, wohnte mit deren Zustimmung jedoch nur als Gast in ihrer Hausgemeinschaft und hielt sich von ihren Ritualen und geistigen Übungen fern.

Schließlich nahm Slade wieder die Tätigkeit als Lehrer auf. Er verließ nur noch selten sein Zimmer, außer während der Nacht oder wenn er einmal im Monat die Universität besuchen mußte, um dort sein Seminar abzuhalten.

Die einzigen Leute, mit denen Slade sich jetzt in geselliger Runde traf, waren ein paar ältere Sonderlinge, die sich in den Nachtlokalen des nichtlizensierten Sektors von Lux versammelten und in deren krause Debatten, die meistens mit einem Klagelied endeten, er von Zeit zu Zeit eine Bemerkung einwarf. Die meisten dieser Frauen und Männer ahnten nie, wer er wirklich war – nicht ein Vertreter der untersten Kreditstufe, die das Wohlfahrtsrecht in Anspruch nahmen wie sie, sondern einer der größten Geister im Sonnensystem.

Die meisten von ihnen starben, ohne das zu wissen – zusammen mit den fünf Millionen Opfern.

IV

In den Ausgaben sechs und sieben/acht der *Foundation* veröffentlichten wir das noch existierende Fragment der *Schattengebilde*, das erste Kapitel der drei Harbin-Y-Vorlesungen, die Ashima Slade zum Thema der Modulrechnung vortragen wollte – und unsere Abonnentenzahl, der nie besonders groß war, verdreifachte sich. Die Popularität dieser Schrift (wenn ein Sprung von fünf- auf fünfzehntausend Abonnenten als Popularitätsmerkmal betrachtet werden kann) gab Anlaß zu dem Kommentar, der in dieser Ausgabe abgedruckt wurde.

Neben der Unvollständigkeit dieser Schrift besteht eine weitere Schwierigkeit darin, daß Slade seine Gedanken nicht in einer fortlaufenden Argumentation darzulegen pflegte, sondern vielmehr als eine Serie von getrennten, durchnummerierten Notizen, die jede mehr oder weniger einen vollständigen Gedanken enthalten – das Ganze eine Galaxie von Ideen, die sich gegenseitig beleuchten und in Wechselbeziehungen stehen, allerdings nicht notwendigerweise in linearer Form miteinander verbunden. Wollen wir einmal diese drei Thesen aus dem letzten Dutzend Notizen, die Slade vortrug, herausgreifen:

42) Es gibt keinen Zugang zu dem philosophischen Gedankengebilde der Gegenwart außer durch die Zwillingstore der Verrückt- und Besessenheit.

45) Erneut stellt sich das Problem der Modulrechnung folgendermaßen dar: wie kann ein Bezugssystem ein anderes formen? Das Problem teilt sich in folgende zwei Fragen auf: (Erstens) Was muß von System B zu System A hinüberwandern, damit wir (System C) sagen können, System A enthielte jetzt ein Modell von System B? (Zweitens) Vorausgesetzt, der richtige Übergang habe stattgefunden, wie muß die innere Struktur von System A aussehen, damit wir (oder es) sagen können, es enthielte irgendein Modell von System B?

49) Es gibt keine Klasse, Rasse, Nationalität oder Geschlecht, dem es nicht hilft, wenn es nur eine Hälfte ist.

Während keine dieser Thesen an sich selbst große Schwierigkeiten bereitet, ist es trotzdem vernünftig, zu fragen, was diese drei Thesen in der gleichen »Galaxis« zu suchen haben. Ein wohlwollender Kritiker mag antworten, daß sie zusammen den Umfang von Slades geistigen Interessen abstecken. Ein weniger wohlwollender Kritiker könnte einwenden, daß sie nur andeuten; sie würden aber gewißlich nicht demonstrieren; die fragmentarische Natur der Vorlesung schließe echte Gedankentiefe aus; um wirklich bedeutend zu sein, müßten diese Gedanken erschöpfender und mit größerer Schärfe dargelegt werden: bestenfalls haben wir es hier mit einen paar mehr oder weniger interessanten Aphorismen zu tun. Ein dritter Kritiker mag viele dieser Notizen einfach abtun mit dem Hinweis, sie wären Beispiele für Slades berüchtigte Überspanntheit und würde vorschlagen, wir sollten uns nur mit jenen Notizen beschäftigen, falls überhaupt, die den Modulprozeß bei den Hörnern packen.

Der Zweck, den wir mit diesem Artikel verfolgen, ist jedoch eine Erläuterung, kein Urteil. Und sicher ist die Sammlung dieser Notizen, wie diese drei Beispiele belegen, aus drei Fäden gewoben, nämlich dem psychologischen, dem logischen und dem politischen.

Slade entlehnte den Titel für seine erste Vorlesung – *Schattengebilde* – aus einer nicht fiktiven Schrift, die im zwanzigsten Jahrhundert von einem Autor leichter populärer Bellestistik verfaßt wurde; er verwendete die gleiche galaktische Darstellung, und der Begriff »Modulrechnung« taucht darin (einmal) auf. Abgesehen von diesen beiden Elementen besteht wenig Ähnlichkeit zwischen der Schrift des zwanzigsten Jahrhunderts und Slades Vorlesung, und es wäre ein grober Fehler, diese ältere Vorlage als ein Modell für Slade zu betrachten. Einmal umschreibt es Slade, in seiner Notiz Nummer siebzehn, folgendermaßen: ». . . es widerstrebt mir, Tatsachen zu sehr von der Landschaft zu trennen, die sie hervorbrachte . . .«, aber für Slade ist der Begriff der *Landschaft* viel politischer, als er für den Verfasser der älteren Arbeit gewesen ist. Sehen wir uns doch einmal Slades einunddreißigste Notiz an: »Unsere Gesellschaft auf den Satelliten gibt ihren Emigranten von der Erde und dem Mars gleichzeitig mit den Vorschriften, wie man sich anzupassen habe, die Materialien in die Hand, mit denen sie sich selbst zerstören können, sowohl psychologisch wie physisch – und das alles unter dem gleichen Etikett: Freiheit. In dem Ausmaß, in dem sie sich nicht unserer Lebensart anpassen, findet eine leichte Verschiebung statt: die Instrumente der Unterweisung werden etwas verdrängt, und die Instrumente der Zerstörung kommen entsprechend näher heran. Da die Methoden der Instruktion und jene der Destruktion nicht die gleichen sind, sondern nur auf geheime und subtile Weise durch die Sprache miteinander verbunden, haben wir hier lediglich noch eine Methode überbetont, wie wir anderen unempfindlich bleiben können für die Schmerzen eines Dritten. In dem Netz winziger Welten, wie wir sie darstellen, das ein Ideal von dem Primat der subjektiven Wirklichkeit allen seinen Bürgern verkündet, ist das ein erschreckendes politisches Verbrechen. Und in diesem schrecklichen Krieg können wir deswegen sehr wohl, oder dadurch, vernichtet werden.«

Obwohl Slades Hauptanliegen die Logik war, und seine Hauptbeiträge auf diesem Gebiet in der Erforschung des Mikro-Theaters einzelner logischer Verknüpfungen bestanden, legte Slade doch auch viel Wert auf den Philosophen als Sozialkritiker. Wie passen die beiden Anliegen, das Politische und das Logische, zusammen? Da die Unterlagen der Vorlesungen unvollständig sind, haben wir keine reale Grundlage für unsere Vermutung, ob Slade einen Einblick von seiner Vorstellung, wie die beiden zusammenhängen, gegeben hätte. Vielleicht deutete er in der Warnung, die er uns in der neunten Notiz der Vorlesung vermittelt, seine Vorstellung von dieser Beziehung an:

> Nehmen wir an, wir haben eine Presse, die fehlerhafte Ziegel herstellt, und der Fehler in den einzelnen Zigelsteinen kann mit den Worten dargestellt werden, *hat die Neigung, an der linken Seite zu bröckeln;* falls wir nun mit diesen fehlerhaften Ziegelsteinen eine Mauer bauen, kann diese Mauer fehlerhaft sein, oder sie kann es nicht; auch kann dieser Fehler mit den folgenden Wörtern dargestellt werden, oder er kann es nicht: *hat die Neigung, auf der linken Seite zu bröckeln;* aber selbst wenn das der Fall ist, ist es doch nicht der gleiche Fehler, wie jener, der in jedem einzelnen Ziegelstein vorherrscht; oder der Fehler in der Presse. Wenn wir alle diese Zustände rein und unbeschränkt festhalten, trotz der zufälligen überflüssigen Zutat der Sprache, die wir dafür verwenden können, um uns darüber zu verständigen, ist es der Ausweg aus den meisten Antinomien.

Was Slade hier andeutet, abgesehen von dem, was er über Antinomien zu sagen hat, ist der Trugschluß, daß wir glauben, wir hätten notwendigerweise schon die Art unseres Mikro-Fehlers in unseren größeren geistigen Strukturen entdeckt – zum Beispiel in unseren politischen Aktivitäten, selbst wenn wir die Art des Mikro-Fehlers entdeckt haben, der jedem Element unseres Denkens beiwohnt – was bedeutet, daß wir einfach wieder das Opfer unseres Mikro-Fehlers werden. Das will nicht sagen, daß unsere Mikro-Fehler keinen Bezug haben zu den Mikro-Fehlern – das ist gewöhnlich der Fall – aber es ist falsch, anzunehmen, dieser Bezug wäre direkt und notwenigerweise subsumiert in dem gleichen verbalen Modell.

Slade, wie wir bereits sagten, hat sich auch mit der Psychologie beschäftigt – insbesondere der Psychologie des Philosophen. Wie setzt er diese in Bezug zu seinen logischen Forschungsakten? Davon ist wenig in dem noch existierenden Text der *Schattengebilde* vorhanden, abgesehen von der etwas bombastischen

Notiz Nummer zweiundvierzig, die bereits zitiert wurde, daß uns etwas darüber verraten könnte – obgleich ich den interessierten Leser auf das Kapitel VI, Absatz 2 von Band Eins der *Summa Metalogiae* verweisen möchte, wo Slade Denkfehler erörtert, unter die er viele einordnet, die ». . . eine andere Generation schlichtweg Wahnsinn genannt haben würde.«

Notiz zweiundzwanzig erscheint uns als die zugänglichste und ausführlichste Darstellung von Slades Modulüberlegungen:

> Was muß von System B zu System A übergehen, damit System A ein Modell von System B besitzt? Wenden wir uns den belebten Organismen und den Sinnen zu. Zuerst haben wir das, was wir *materielle Modelle* nennen. Mit den Sinnen des Riechens, des Geschmackes und des Tastens muß echte Materie von einem System zu dem anderen weitergegeben werden, oder kommen wenigstens in eine direkte physische Berührungsfläche miteinander, so daß System A beginnt, ein Modell von der Situation zu konstruieren, aus der dieses Material herkam. In diesem groben beschriebenen Fall der beiden Möglichkeiten reagieren Nervenbündel auf die tatsächliche Gestalt von Molekülen, um die Informationen von ihnen voneinander zu unterscheiden; im zweiten Fall geben Druckveränderungen die Information in das Nervensystem ein, ob eine Oberfläche, über die wir mit unserer Hand strichen, glatt ist oder rauh, hart oder weich. Als nächstes haben wir etwas, das wir *reflektierte-Wellen-Modelle* bezeichnen können. Das Sehen ist das wichtigste Beispiel dafür: eine verhältnismäßig chaotische und undifferenzierte Wellenfront entsteht in einem Relationssystem-Z (nehmen wir an, im Faden einer Glühbirne, wenn elektrischer Strom hindurchgeht, oder die sich spaltenden Gase an der Oberfläche der Sonne) und rast durch das Universum, bis sie auf ein Relationssystem-B auftrifft und damit reagiert (sagen wir eine Ansammlung von Molekülen, die einen Hammer bilden, einen Nagel) und wird dann, durch diese Wechselreaktion in eine andere Richtung weitergeschickt. Die Art dieser Wechselreaktion ist dergestalt, daß

die Wellenfront nicht nur ihre ursprüngliche Richtung veränderte – oder vielmehr in bestimmte Richtungen durch die Oberfläche der Molekularansammlung verstreut wurde – viele von diesen undifferenzierten Frequenzen sind dabei vollkommen absorbiert worden. Andere wurden beschleunigt oder verzögert, und andere Veränderungen haben ebenfalls stattgefunden. Die Verzerrung der neu gerichteten Wellenfront ist in der Tat so groß, daß wir sie ebensogut an diesem Punkt als organisiert nennen können. Wenn ein extrem kleiner Abschnitt dieser verzerrten/organisierten Wellenfront durch die Hornhaut, Iris und die Linsen des Auges – Bestandteil des Bezugssystemes-A hindurchgeht, wird sie sogar noch mehr verzerrt. Auf der Regenbogenhaut wird sie vollkommen angehalten; aber das Muster, in dem sie verzerrt organisiert war, erregt auf der Regenbogenhaut die Stäbchen und Zäpfchen, die sich dort befinden, so daß sie chemoelektrische Impulse aussenden, die durch die über eine Million zählenden Fibern des optischen Nervs weiterlaufen bis zum Gehirn. Nun war das Muster, das auf die Regenbogenhaut auftrifft, nicht *in* der Wellenfront enthalten, die sich durch die Luft ausdehnte. Dieses stammte von einem Bruchteil einer Bogensekunde dieser Wellenfront, die in solcher Weise abgebogen war, daß neunundneunzig Prozent von dieser Wellenfront sich selbst auslöschte in ähnlicher Weise wie die Täler und Gipfel, die sich über die Oberfläche eines stillen Wassers ausdehnen, sich dann gegenseitig auslöschen, wenn sie sich wieder begegnen, oder ineinanderlaufen. Aber sobald sie sich innerhalb des optischen Nervs befindet, noch weit vor dem Gehirn (dem zentralen Organisator des Bezugssystemes-A), haben wir es nicht mehr im entferntesten mit der ursprünglichen Wellenfront zu tun. Neue Photone kommen ins Spiel. Und die Frequenz der Impulse in den optischen Nervenfibern liegt tief unter der Frequenz des Lichtes, das unsere ursprüngliche Wellenfront bildete, wie verzerrt sie auch gewesen sein mag; diese neuen Frequenzen sind nicht einmal als einfach vielfache auf die ursprünglichen Frequenzen bezogen. An diesem Punkt, noch ehe wir das Gehirn erreichen, müssen wir uns wieder fragen: Was war nun tatsächlich von System B in das System A übergegangen? Wenn wir ehrlich sind, müssen wir uns mit der Antwort bereithalten: »Sehr wenig.« Tatsächlich war *gar nichts* von B auf A übergegangen ... Ganz bestimmt nicht in dem Sinne, daß Dinge (zum Beispiel Moleküle) übergetreten wären, wenn System A System B röche, statt es zu sehen. Die Wellen kamen nicht von System B, sondern sie prallten nur davon ab, wurden durch den Aufprall verändert. Was wir nun zu reflektierten Wellenmodellen sagen können, ist, daß die ursprüngliche Wellenfront in einer Ordnung der Beliebigkeit steht; die Verzerrungen, die System B auf diese Wellenfront aufträgt, stehen in einer anderen Ordnung der Beliebigkeit, die jedoch so viel geringfügiger ist, daß wenn überhaupt ein Wechsel in dieser zweiten Ordnung der Beliebigkeit stattfindet (sagen wir zum Beispiel, System A und System B bewegen sich in Beziehung zueinander; oder sie bewegen sich beide in Bezug auf die Quelle der Wellenfront), kann die panoramische Veränderung in der Ordnung der Beliebigkeit auf einzigartige Weise diesen Wechsel in der niedrigen Ordnung festhalten, indem das Auge und der optische Nerv (und schließlich das Gehirn) das System A eine Reihe von vereinfachenden Operationen durchführen. Mit anderen Worten, die visuelle Ordnung ist eine Aufzeichnung von *Veränderungen* in beliebiger Ordnung (wenn man sie *entweder* mit der Ordnung *oder* der Beliebigkeit vergleicht) von einer Reihe von Wellenfronten. Oder, wenn wir etwas metaphorisch werden dürfen, jede Ordnung ist mindestens die vierte oder fünfte Ableitung des Chaos. Nun kann ein dritter Wellentyp ein *erzeugtes Wellen-Modell* genannt werden. Der Ton ist hier unser grundlegendes Beispiel. Auch hier arbeiten wir mit Wellenfronten, aber diese Wellenfronten haben ihren Ursprung innerhalb des Systems-B, das System, welches System-A zu modellieren versucht, und bringen ihre Verzerrung/Organisation beim Augenblick ihrer Entstehung mit. Man beachte: Sobald wir von dem Trommelfell in den Gehörnerv übertreten, findet viel weniger Verzerrung statt, als zum Beispiel beim Licht, wenn es Impulse im optischen Nerv ausgelöst hat. Die Impulse im Gehörnerv haben ungefähr die gleiche Frequenz wie die Wellen, die durch die Luft wandern. Trotzdem sind es die Veränderungen in der Ordnung, die uns zum Beispiel gestatten, die drei Noten eines Akkordes voneinander zu unterscheiden, der nur eine Sekunde lang angeschlagen wird. In dieser Sekunde ist das, was in drei singbare Töne simplifiziert worden ist, ein Komplex von fünfzehnhundert Informations-Bits.*

*Anmerkung des Übersetzers:
Vielleicht wäre es besser, das Wort »Information« hier ganz wegzulassen, da ein »Bit« bereits ein »Informationselement« darstellt. Im Grunde handelt es sich also um fünfzehnhundert alternierende Stromstöße pro Sekunde, die dadurch zu Signalen oder »Bits« werden.

Und es sind diese überflüssigen Elemente und die Unterschiede zwischen diesen Bits, die uns schließlich ein primäres geistiges Modell liefern (das heißt, eine Wahrnehmung) von, zum Beispiel eines A-Moll-Dreiklangs. Selbst der einfache Ton A, der eine Sekunde lang anklingt, enthält achthundertundachtzig Druckveränderungen auf unserem Trommelfell. Zwei Anmerkungen sollten hier gemacht werden: (Erstens) Wenn wir von Wellenfront-Modellen sprechen, besteht der einzige Unterschied zwischen Verzerrung und Organisation – zwischen Geräusch und Information – in der Eigenschaft des Empfängersystems, sie zu interpretieren. In Begriffen der klinischen Psychologie werden die Antworten auf diese erste Frage der Modulrechnung endlos ausgewälzt und werden zu der Psychologie/Physiologie der Wahrnehmung. Wir können diese Frage bei unserem nächsten Punkt den Psychophysiologen überlassen: (Zweitens) Innerhalb eines menschlichen Organismus –, ja, innerhalb jedes lebendigen Nervensystems, ist, sobald der Übertritt von System B auf System A stattgefunden hat, sei er nun materiell oder durch Wellen (reflektiert oder erzeugt), und wir uns mit der Information befassen, die sozusagen durch die Oberfläche des Systems darin eingedrungen ist (sich also hinter den Sinnesorganen befindet) und sich nun innerhalb des Nervensystemes selbst befindet, ist alles davon übersetzt worden in die Form von *erzeugten Wellenmodellen*. Mit anderen Worten, der Ton ist die *Modulform aller* Informationen *innerhalb* des Nervensystemes selbst, und diese schließt den Geruch, den Geschmack, die Tastempfindung und das Sehen ein. Wie der Dichter Valéry es einmal ausdrückte: »Jede Kunst eifert dem Zustand der Musik nach.« Ja, und so eifert ihr auch alles andere nach. Doch unsere Antwort auf die erste Frage nach der Modulrechnung hat die zweite Frage so verändert, so daß sie sich quantifizieren läßt oder mindestens topologisch ausdrücken: Welche Struktur muß eine Reihe von erzeugten Wellenmodellen innerhalb System A haben, daß System A erlaubt, Kenntnis zu haben/wahrzunehmen Aspekte von dem System B, das diese Wellen zuerst erzeugte, entweder durch reflektierte Wellen, als erzeugte Wellen, oder durch Materie?

Die Antworten auf diese neu gefaßte Frage, von denen Slade einige anführt mit all den dazugehörigen Symbolen und der Terminologie, füllen die nächsten sechs Notizen aus; vermutlich bildeten diese Antworten und ähnliche Notizen das wesentliche Material der Modulrechnung. Wie er zu diesen Lösungen gekommen ist, würde er wahrscheinlich in den folgenden Kapitel seiner Vorlesungen ausgeführt haben. Zum Glück konnten Slades Studenten, die seine BPR-57-c-Vorlesungen hörten, hier einiges Material liefern, da Slade sich in seinen Arbeitssitzungen der letzten drei Jahre mit eben diesem Problem auseinandergesetzt hat. Einige ihrer Notizen werden in den zukünftigen Ausgaben des Journals abgedruckt werden.

Seit Leibniz, oder sogar seit Aristoteles waren die Grenzen zwischen Mathematik und Logik, und zwischen Logik und Philosophie immer seltsam verschwommen gewesen. Falls man sie genau zu ziehen versucht, verschwinden sie vollkommen. Ändert man seinen Standpunkt nur um einen Bruchteil eines Grades, und sie scheinen sich wieder deutlich abzuzeichnen. Von diesem neuen Winkel aus beginnen wir, sie wieder zu definieren – und der Prozeß wiederholt sich. Sind es nun genau diese herrenlosen Thesen, die nach der Ansicht unseres dritten Kritikers Slade einfach in seiner Erörterung von der Logik der Modelle verstreut hatte, die uns dazu verleiten, das, was im Grunde nur eine Diskussion der Grundlagen einer begrenzten mathematischen Disziplin zu sein scheint, als eine Philosophie zu bezeichnen? Der Herausgeber ist nicht dieser Meinung; wir glauben, daß trotz der Willkürlichkeit der Darbietung Slades Arbeit von philosophischer Bedeutung ist – obgleich (ein Zustand, der schon existiert, seit Slade seine *Summa* veröffentlichte) inzwischen schon Aufsätze erschienen sind, die das Gegenteil behaupten. Das eine Philosophie auszeichnende Merkmal ist nicht so sehr, daß es ein Gebäude spezifischer Gedanken enthält, sondern daß es eine *Art* des Denkens erzeugt. Weil eine Art des Denkens eben so ist, kann sie nicht vollständig definiert werden. Und weil Slades Vorlesungsunterlagen unvollständig sind, können wir nicht wissen, ob er versucht hätte, wenigstens eine teilweise Beschreibung seiner Denkmethode zu liefern. Der Herausgeber ist der Meinung, daß die Parameter für eine Methode des Denkens in den noch existierenden Notizen der *Schattengebilde* wenigstens teilweise geschaffen wurden. Statt nun den Versuch zu machen, diese Methode zu beschreiben, halten wir es am besten, diese begrenzte Exegese mit einem Beispiel aus Slades Vorlesung selbst abzuschließen. Die Notiz, mit der wir die Exegese beenden – Notiz sieben – zusammen mit Notiz zweiundzwanzig, stellen die klarste, nicht-mathematische Erklärung für das Kalkül dar, das Slade zu beschreiben versuchte. (In Notiz sechs spricht Slade über die Leistungsfähigkeit von multiplen Modellsystemen, oder Parallelmodellen über Linearen- oder Serien-Modellen: die Bilder, die er in Notiz sieben verwendet, um zwischen den Worten von der Wirklichkeit und der Wirklichkeit selbst zu unterscheiden, ist ein sich selbst belegendes Beispiel dessen, was er in Notiz sechs erörtert. Slade skizzierte seine Bilder flüchtig mit blauer Kreide auf seiner Tafel und deutete darauf, wenn sie im Verlauf seiner Ausführungen wieder auftauchten).

Hier ist Notiz sieben:

Es gibt Situationen auf der Welt. Und es gibt Worte – welche das sind, um es rund auszudrücken, was wir verwenden, um über sie zu reden. Was sie rund macht, ist, daß die Existenz von Worten und ihre Beziehung zu Bedeutungen und die Zwischenbeziehungen untereinander ebenfalls Situationen sind. Wenn wir davon sprechen, wie Worte das tun, was sie tun, drohen wir in Schwierigkeiten zu geraten, weil wir uns durch ein kompliziertes Haus aus Spiegeln bewegen, und es gibt fast nichts, diesen Schwierigkeiten auszuweichen, außer der Möglichkeit, uns Bildern zu bedienen – und ich bin nicht darüber erhaben, das ebenfalls zu tun.

Viele Situationen in der Welt haben Aspekte, die man als ein gerichtetes binäres Verhältnis beschreiben kann. Ein paar Beispiele der Rede über diese Situationen, die das gerichtete binäre Verhältnis beleuchten, sind folgende:
»Vivian liebt den Tadsch Mahal.«
»Alicia baute ein Haus.«
»Chang warf den Ball.«
»Traurig bedeutet unglücklich.«
»Der Hammer traf einen Nagel.«

Wollen wir einmal den letzten Satz aufgreifen, »Der Hammer traf einen Nagel«, ihn betrachten und die Situation, in der er üblicherweise verwendet werden kann, und dann den Prozeß mit einiger Ausführlichkeit erkunden, der daran stattfindet. Zuerst haben wir ein Ding, das Satzglied *der Hammer* steht für ein Ding ⇁ . In diesem Satzglied haben wir ein Ding, das Wort *der*, das für eine Haltung zu dem ⇁ steht, und wir haben noch ein Ding, das Wort *Hammer*, das für den Gegenstand ⇁ selbst steht. Als nächstes haben wir ein Ding, das Verbum *treffen*, das für ein Verhältnis steht ⇁ . Danach haben wir noch ein Ding, das Satzglied *einen Nagel*, das wieder für ein anderes Ding steht, ⊤ . Wie in dem ersten Satzglied, haben wir auch in dem zweiten ein Ding, das Wort *ein*, das für eine Haltung zu dem Objekt ⊤ steht, welche jedoch von der Haltung, die von dem Wort *der* modelliert wurde, verschieden ist. Und wie in dem Satzglied *der Hammer haben wir ein Ding*, *das Wort Nagel*, was für ein Objekt ⌵ selbst steht. Auch haben wir eine Beziehung, die sich zusammensetzt daraus, welches Ding (i.e., Wort) vor das Verbum gesetzt ist und welches Ding (i.e., Wort) und dem Verb gesetzt ist, welches für einen Aspekt der Beziehung ⇌ steht, der nicht durch das Verbum *treffen* alleine subsumiert wird, nämlich, welcher der beiden Gegenstände der verhältnismäßig aktive ist und welcher der verhältnismäßig rezeptive – oder was man als »die Richtung der binären Beziehung« bezeichnen kann. Nun ist die Richtung einer Beziehung an sich selbst auch eine Beziehung; also haben wir hier eine Beziehung zwischen Nomen, Verbum und Nomen, die für einen Aspekt der Beziehung ⇌ steht.

Nun gibt es noch andere bemerkenswerte Beziehungen in dem Satz »Der Hammer trifft einen Nagel«, die unsere Aufmerksamkeit erregen. In dem Satzglied *der Hammer*, zum Beispiel, von dem wir gesagt haben, er bestehe aus zwei Dingen, dem Wort *der* und dem Wort *Hammer*, ist es notwendig, daß diese Dinge genau in dieser Ordnung erscheinen. Ebenfalls muß das Satzglied *ein Nagel* seine Ordnung behalten, wenn uns der Satz als richtig erscheinen will. Wozu sind diese besonderen Beziehungen nötig? Was wäre falsch mit dem Satz »Hammer der trifft Nagel einen«, oder »Hammer trifft Nagel einen der«, oder »Hammer einen der trifft Nagel« oder »der einen Hammer trifft Nagel«? In allen diesen Bildungen haben wir immer noch die Dinge in dem Satz, welche für die Dinge in der Situation stehen, und in allen diesen Bildungen ist die Beziehung zwischen *Hammer*, *treffen* und *Nagel*, welche die Richtung der Beziehung in der Situation modellieren, erhalten geblieben. Schafft die Beziehung zwischen *der* und *Hammer*, oder *einen* und *Nagel* ein Modell in der Situation, das plötzlich verloren oder unklar ist, wenn diese Beziehungen verlorengehen?

Bis zu dem Ausmaß, in dem unsere Haltung zu den Objekten in einer Beziehung nicht in dieser Beziehung inbegriffen ist, lautet die einfache Antwort nein. Die Beziehung zwischen *der* und *Hammer* und zwischen *einen* und *Nagel* sind notwenig, um die Vollständigkeit des Modelles selbst zu erhalten; sie sind notwendig, wenn wir das Modell als das eigentliche Ding erkennen, an dem die Modellbildung überhaupt stattfindet. Doch diese Beziehungen zwischen *der* und *Hammer* und *einen* und *Nagel* modellieren nichts *in* der Situation, über die durch diesen Satz gesprochen wird. Wenn man sie jedoch zerstört, können sie andere Beziehungen (die etwas in dieser Situation modellieren können oder die vielleicht die Unversehrtheit des Modells erhalten können) daran hindern, deutlich hervorzutreten. Diese einfache Antwort ist allerdings eine recht starke Vereinfachung.

Was belegt, daß die Situation erheblich komplizierter ist als unsere bisherige Diskussion, ist die Tatsache, daß das gleiche gesagt werden kann über die Beziehung zwischen, zum Beispiel die drei *A*'s in dem Satz. Für ihre Beziehung können wir zutreffend behaupten: »Im Satz *Der Hammer trifft einen Nagel* müssen sieben Buchstaben und zwei Leerräume zwischen dem ersten *A* und dem zweiten stehen, und ein Buchstabe und ein Leerraum zwischen dem zweiten und dritten *A*. Obgleich es durchaus eine Reihe von anderen Sätzen geben mag, die auch diese Beziehung zwischen den drei *A*'s aufweisen, wird dieser Satz aber nicht der richtige Satz, *Der Hammer trifft einen Nagel* sein, wenn es noch irgendeine andere Beziehung zwischen den drei *A*'s in einem Satz gibt. Indem wir nur Buchstaben verwenden, kommen wir zu dem interessanten Versuch, die Mindestzahl solcher Beziehungen zu erarbeiten, die einen gegebenen Satz vollkommen beschreiben. (Man muß schließlich darauf zurückgreifen, die Zwischenräume der verschiedenen Buchstaben genau zu spezifizieren.) Beachten Sie jedoch dabei folgendes: Wenn wir den Satz *Der Hammer trifft einen Nagel* betrachten, der durch seine Buchstaben und die Beziehungen zwischen ihnen moduliert werden soll, dann genügt nur ein einziges *Ding* von seinen Elementen, der einzelne Buchstabe *A*, um ein Modell zu erstellen. Die gewaltige Mehrheit der

Dinge, wie auch die gewaltige Mehrheit der Beziehungen, die den Satz ausmachen und ihn beschreiben, sind nichtmodular. Beachten Sie weiterhin: Wie ich mich entscheide, den Satz in Dinge aufzuteilen, wird ebenfalls darüber entscheiden, welche Arten von Beziehungen, ob modular oder nichtmodular, ich in einer Liste zusammenstellen muß, um ihn zu beschreiben, gleichgültig, ob in Teilen oder vollständig. Wenn ich zum Beispiel den Satz statt in Buchstaben aufzuteilen, wie eine Schreibmaschine ihn niedertippt, ihn vielmehr in einzelne Striche aufschlüssele, aus denen die Buchstaben auf einem Computer-display sich zusammensetzen, wo jeder Buchstabe aus Linien auf einer Matrix zusammengesetzt ist

and wo jeder Linie eine Nummer zugeordnet ist, dann ist die Mindestzahl von Dingen und Beziehungen, die ich auflisten muß (Minimum, weil ein paar Buchstaben in zwei Formen dargestellt werden können:

sehr verschieden von der Liste, die wir vorhin besprochen haben.

Aber fassen wir jetzt zusammen, was durch den Satz *Der Hammer trifft einen Nagel* für die Modellierung geleistet wird. Wir modellieren Haltungen, Gegensstände und zahlreiche Aspekte der Beziehung zwischen ihnen; um diese Arbeit zu leisten, benützen wir aus einer großen Gruppe von Dingen und Beziehungen zahlreiche Dinge und Beziehungen, die für die Gegenstände, Haltungen und Beziehungen stehen, die wir modellieren wollen.

Ein letzter Punkt trennt mehr oder weniger die Stelle, wo die Modulrechnung sich von der Modulalgebra unterscheidet: Nehmen wir an, wir betrachteten den Satz als eine Gruppe von Buchstaben und wir erfanden schließlich eine Liste von Beziehungen, die ihn vollkommen beschreiben, und zwar folgendermaßen:
1) Drei *A's* müssen einmal durch sieben Buchstaben und zwei

Leerräume und zum anderen durch einen Buchstaben und einen Leerraum getrennt werden.
2) Zwei *M*'s dürfen durch keinen Buchstaben und keinen Leerraum getrennt werden.
3) Ein *M* muß einen *A* folgen.
Und so weiter . . .

Obgleich wir am Ende eine Liste von Beziehungen haben, die den Satz vollständig beschreiben (so daß zum Beispiel ein Computer unsere Liste in die Matritzenform eines Displays übertragen kann, das heißt, in eine Liste von Zahlen), haben wir trotzdem keine Beziehung, oder gar eine fortlaufende Gruppe von Beziehungen in unserer Liste, die für irgendein Ding, eine Haltung, oder eine Beziehung in der Situation stehen würde, welche der Satz beschreibt. Der Satz ist jedoch vollständig von dieser Liste beschrieben worden.

Bemerken Sie dabei folgendes: Die Liste der Zahlen für den Matrix-Display beschreibt ebenfalls vollständig den Satz. Doch hier kann man tatsächlich sagen, daß einige fortlaufende Gruppen von Nummern für Dinge, Haltungen und Beziehungen in der Situation stehen, da bestimmte Gruppen von Zahlen für bestimmte Worte und bestimmte Wortgruppen stehen. Bemerken Sie weiterhin, daß es keine fortlaufende Gruppe in dieser Liste gibt, die nur für die Beziehung von *Hammer*, *treffen* und *Nagel* stehen, obgleich in dieser Liste eine fortlaufende Gruppe von Nummern vorhanden ist, die für die Beziehung von *der* und *Hammer* und *einen* und *Nagel* stehen: weil die Zahlen, die das zweite *A* in dem Satz definieren, dem im Wege stehen.

Wir können den Computer-Matrix-Display eine *Modular-Beschreibung* nennen, weil er einige von den Modul-Eigenschaften des Satzes in einer Liste enthält, die den Satz beschreibt.

Wir können die Liste von Buchstaben im Verhältnis zueinander als eine *nichtmodulare Beschreibung* bezeichnen, weil sie keine von den Modulbeziehungen des Satzes in einer Liste, die den Satz beschreibt, enthalten.

Wie wir anhand unseres Computerbeispieles gesehen haben, können vollständige Beschreibungen von Modellen aus nicht modularen Beschreibungen in Modularbeschreibungen übersetzt werden und umgekehrt, und trotzdem dabei vollständig und intakt bleiben. Die erste nützliche Erkenntnis, die wir aus dem Modularkalkül ableiten, ist folgende:

Betrachten wir die Sprache als eine Liste von Beziehungen zwischen Lauten, welche die verschiedenartigen Möglichkeiten modellieren, die Laute sich aufeinander beziehen können – oder, wenn Sie wollen, eine Liste von Sätzen, wie man Sätze zusammenbringen muß, was eine Grammatik darstellt. Die Modulrechnung – (das modulare Kalkül) liefert uns den unzweideutigen Beweis, daß es sich dabei immer noch um eine nicht modulare Beschreibung handelt, selbst wenn so eine Liste vollständig wäre. Sie hat die gleiche modulare Ordnung (der Beweis ist nicht schwierig) wie unsere Beschreibung des Satzes *Der Hammer trifft einen Nagel*, dargestellt als eine Gruppe von Buchstaben, die nach ihrer genauen Anordnung und ihren Zwischenräumen aufgeschlüsselt ist.

Das Kalkül gibt uns auch die Werkzeuge in die Hand, mit denen wir anfangen können, so eine Liste in eine Modularbeschreibung zu übersetzen.

Nun sind die Vorteile einer Modularbeschreibung, die sich entweder auf ein zu modellierendes Objekt bezieht, wie zum Beispiel einen Satz, oder auf den Modellprozeß selbst, wie zum Beispiel die Sprache, gegenüber einer nichtmodularen Beschreibung unmittelbar einleuchtend. Eine Modularbeschreibung gestattet uns einen Rückbezug auf die Elemente in der Situation, welches als Modell dargestellt wird. Eine nichtmodulare Beschreibung ist eben genau dadurch nichtmodular, ob sie nun vollständig oder unvollständig ist, sie Rückbezugsmöglichkeiten zerstört: sie ist in Wahrheit eine Chiffre.

Das Problem, das trotzdem meiner Arbeit für das Kalkül immer noch gelöst werden muß und in einer späteren Vorlesung erörtert werden wird, ist die Schaffung formaler Algorithmen, um nichtzusammenhängende modulardeskriptive Systeme von zusammenhängenden modulardeskriptiven Systemen zu unterscheiden. Tatsächlich hat uns das Kalkül bereits Teilbeschreibungen vieler solcher Algorithmen geliefert und auch einige geschaffen, die zur Bestimmung der Vollständigkeit, Unvollständigkeit, Zusammenhang und Inkohärenz dienen – Prozesse, welche bisher als Angelegenheit des Geschmacks behandelt wurden, wie mir das in der Literatur, aus einer gewissen Distanz betrachtet, der Fall gewesen zu sein scheint. Aber die Diskussion dieser Algorithmen müssen wir bis zum letzten Kapitel unserer Vorlesung aufschieben.

ENDE

SCIENCE FICTION SPECIAL

Die Titel dieser Sonderreihe sprengen den Rahmen der „normalen" Unterhaltungs-SF. Vom revolutionären Denkmodell bis zur historischen Betrachtung der Literaturgattung Science Fiction findet der interessierte Leser Werke von Autoren, die zum Teil heute schon zu den Klassikern dieses Genre gezählt werden.

Band 24 014
Malzbergs Amerika
Der Barry N. Malzberg Reader

Band 24 015
William Morris
Die Quelle am Ende der Welt

Band 24 016
Samuel R. Delany
TRITON

BASTEI LÜBBE

Band 24 017

Abenteuer Weltraum

Lübbes Auswahlband
10 Jahre Science Fiction
bei Bastei-Lübbe

ROBERT A. HEINLEIN
Das Biest von der Erde

ARTHUR C. CLARKE
Versteckspiel

LARRY NIVEN
Gestrandet auf Pluto

E. E. »DOC« SMITH
Die Überlebenden

POUL ANDERSON
Universum ohne Ende

BRIAN W. ALDISS
Fast wie zu Hause

ROBERT SHECKLEY
Der erste Kontakt

ISAAC ASIMOV
Risiko

SAMUEL R. DELANY
Imperiumsstern

ORSON SCOTT CARD
Alles nur Spaß, dachten die Affen

Sie erhalten diesen Band im Buchhandel, bei Ihrem Zeitschriftenhändler sowie im Bahnhofsbuchhandel.

SCIENCE FICTION

Band 28 002

Flash Gordon

Das Buch zum Film von Dino de Laurentiis!
Mit zahlreichen Abbildungen in Farbe.

Flash Gordon, Generationen von Comic-Fans wohlbekannt, begibt sich auf die weite Reise zum Planeten Mongo, um die Erde vor dem Untergang zu retten.
Der Tyrann Ming, der über Mongo ein schreckliches Regiment führt, hat sich mit der Erde ein teuflisches Spiel ausgedacht...

Lesen Sie das Buch zum grandiosen Film von Dino de Laurentiis!

Deutsche Erstveröffentlichung

BASTEI LÜBBE

Sie erhalten diesen Band im Buchhandel, bei Ihrem Zeitschriftenhändler sowie im Bahnhofsbuchhandel.

SCIENCE FICTION *ACTION*

Die Taschenbuchreihe, in der die Zukunft zur Gegenwart wird. Erregende Abenteuer in der Unendlichkeit des Weltraums.

Band 21 133
Roger Zelazny
Mein Name
ist Legion

Band 21 134
Steve Gallagher
Saturn 3

Band 21 135
Gary K. Wolf
Killerspiel

Band 21 136
Jerry Pournelle
Jenseits
des Gewissens

BASTEI LÜBBE

Band 21 137

Das Männlichkeits-Gen

von Kenneth Bulmer

Die ersten Gerüchte um das geheimnisumwitterte Männlichkeits-Gen hörte Ryder Hook im System Enares. Angeblich soll diese Substanz die männlichen Tugenden um ein Mehrfaches steigern und jeden Mann zu einem unwiderstehlichen Liebhaber machen.
Keine Frage, wer das Geheimnis dieses Stoffes besitzt, stellt einen wirtschaftlichen Machtfaktor dar, der über Krieg oder Frieden zwischen den Welten entscheidet.
Auch die Novamänner jagen hinter diesem Geheimnis her, doch Ryder Hook hat sich vorgenommen, ihnen das Feld nicht kampflos zu überlassen, zumal er die Quelle dieser Substanz kennt und weiß, welches Grauen sich dahinter verbirgt...

Deutsche Erstveröffentlichung

Sie erhalten diesen Band im Buchhandel, bei Ihrem Zeitschriftenhändler sowie im Bahnhofsbuchhandel.

SCIENCE FICTION
BESTSELLER

Die sorgfältig ausgewählten Bände dieser Reihe sind besondere Leckerbissen für Feinschmecker der Science Fiction-Literatur.

**Band 22 026
Orson Scott Card
Der Spender-Planet**

**Band 22 027
Robert Asprin
Die Käfer-Kriege**

**Band 22 028
André Ruellan
Paris 2020**

**Band 22 029
Thomas M. Disch
Die letzten Blumen**

BASTEI LÜBBE

Band 22 030

... und morgen die Sterne

von William Walling

Projekt Demeter soll der Menschheit den Weg zu den Sternen öffnen. Und das Unglaubliche gelingt — man entdeckt einen Antrieb für den interstellaren Raumflug. Doch ihre Erfinder müssen ihre Entdeckung vor der Öffentlichkeit geheimhalten, denn die einflußreichen Länder der Dritten Welt sperren sich gegen jede Raumfahrt. Unbemerkt bricht eine Expedition zum Alpha Centauri auf. Doch dort wartet schon die nächste Gefahr, denn mit dem neuen Sternenantrieb wird die Erde zu einem der Entwicklungsplaneten der bewohnten Galaxis ...

**Deutsche
Erstveröffentlichung**

Sie erhalten diesen Band im Buchhandel, bei Ihrem Zeitschriftenhändler sowie im Bahnhofsbuchhandel.

Söhne der Erde

Charru von Mornag, der Held dieser Serie, führt seine Brüder und Schwestern aus der Hölle einer Tyrannei auf dem Mars in ein neues Utopia. Sie haben aus den Fehlern ihrer Vorfahren gelernt und bauen eine freie Welt, die sie gegen innere und äußere Einflüsse entschlossen verteidigen. Eine Reihe nicht nur zum Lesen, sondern auch zum Diskutieren.

S. U. Wiemer

Band 26 012
Inferno Erde

Band 26 013
Der Tod am Meer

Band 26 014
Der Verheißene Land

BASTEI LÜBBE

Band 26 015

Die Rache des Mars

von S. U. Wiemer

Der Kampf mit den Priestern spitzt sich zu. Bar Nergal und seine Leute sind den Söhnen der Erde mit den neuen Waffen weit überlegen. Schon haben die Priester die degenerierten Menschen in New York unterjocht und können sogar einige der letzten Terraner gefangennehmen. Charru von Mornag macht sich mit seinen Gefährten auf, die Gefangenen zu befreien – und inzwischen greift die marsianische Raumflotte die Oase an. Von dem »verheißenen Land« bleibt nichts mehr übrig, alle Menschen, die sich dort aufhalten, kommen ums Leben. Wird die Erde zur Todesfalle für ihre Söhne?

Deutsche Erstveröffentlichung

Sie erhalten diesen Band im Buchhandel, bei Ihrem Zeitschriftenhändler sowie im Bahnhofsbuchhandel.

SCIENCE FICTION FANTASY

Eine außergewöhnliche Reihe für die Freunde heroischer Epen. Fantasy-Romane entführen Sie in mythische Welten. Niveauvolle, pralle Erzählungen aus dem Reich phantastischer Sagengestalten.

**Band 20 026
Karl Edward Wagner
Die Rache
des Verfluchten**

**Band 20 027
Alexei und Cory
Panshin
Erdmagie**

**Band 20 028
Eric Van Lustbader
Krieger der
Abendsonne**

**Band 20 029
Eric Van Lustbader
Der dunkle Weg**

BASTEI LÜBBE

Band 20 030

Dai-San

von Eric Van Lustbader

Die letzte, lange Nacht dämmert über einer sterbenden Erde der fernen Zukunft. Der Mensch hat den Glauben an sich selbst verloren. Hilflos sieht er der Eroberung der Erde durch ein neues Dämonengeschlecht zu. Die einzige Hoffnung ist der vor Äonen prophezeite Dai-San, der Retter, der die Menschheit in eine neue Zukunft führen soll. Und nur Ronin, der Krieger der Abendsonne kann Dai-San noch rechtzeitig vor der entscheidenden Schlacht gegen die Finsternis finden.

DAI-SAN ist der Abschlußband einer Trilogie. Die anderen Titel: DER KRIEGER DER ABENDSONNE und DER DUNKLE WEG.

**Deutsche
Erstveröffentlichung**

Sie erhalten diesen Band im Buchhandel, bei Ihrem Zeitschriftenhändler sowie im Bahnhofsbuchhandel.

SCIENCE FICTION
ACTION

Aus dieser Taschenbuchreihe sind nachstehende Bände erhältlich

Band 21 108
A. Raymond/Con Steffanson
Flash Gordon und die
Harmonie des Todes

Band 21 109
Brian M. Stableford
Die Welt der Verheißung

Band 21 110
Hal Clement
Unternehmen Tiefsee

Band 21 111
Leigh Brackett
Alpha Centauri sehen
und sterben

Band 21 112
A. Raymond/Con Steffanson
Flash Gordon und der
Weltraumzirkus

Band 21 113
Martin Caidin
Cyborg IV

Band 21 114
Michael Moorcock
Das blutrote Spiel

Band 21 115
E. E. „Doc" Smith/
Stephen Goldin
Treffpunkt: Todesstern

Band 21 116
Kenneth Bulmer
Der Novamann

Band 21 117
John Jakes
Keine Rettung für den Mars

Band 21 118
Alex Raymond/Con Steffanson
Flash Gordon und die Zeitfalle

Band 21 119
Brian M. Stableford
Das Paradies-Prinzip

Band 21 120
Stephen Goldin
Anschlag auf die Götter

Band 21 121
Kenneth Bulmer
Die Hypno-Falle

Band 21 122
Ron Goulart
Nemo

Band 21 123
Brian M. Stableford
Das Götterdämmerungsfeld

Band 21 124
Jerry Pournelle
Mars, ich hasse dich!

SCIENCE FICTION
ACTION

Band 21 125
A. Raymond/Carson Bingham
Flash Gordon und
die Hexe von Mongo

Band 21 126
Brian M. Stableford
Schwanengesang

Band 21 127
E. E. „Doc" Smith/
Stephen Goldin
Das Puritaner-Komplott

Band 21 128
Jerry Pournelle
Der letzte Söldner

Band 21 129
Kenneth Bulmer
Star City

Band 21 130
Keith Laumer
Der Ultimax

Band 21 131
Karl-Heinz Prieß
Androiden-Jäger

Band 21 132
Alex Raymond/
Carson Bingham
Flash Gordon und die
Cybernauten

Band 21 133
Roger Zelazny
Mein Name ist Legion

Band 21 134
Steve Gallagher
Saturn 3

Band 21 135
Gary K. Wolf
Killerspiel

Band 21 136
Jerry Pournelle
Jenseits des Gewissens

Band 21 137
Kenneth Bulmer
Das Männlichkeits-Gen

Sie erhalten diese Taschenbücher beim Buchhandel, bei Ihrem Zeitschriftenhändler oder im Bahnhofsbuchhandel. Sollten diese Bände dort nicht mehr vorrätig sein, so schreiben Sie an den Bastei-Lübbe Verlag, Postfach 20 01 80, 5060 Bergisch Gladbach 2.

SCIENCE FICTION
BESTSELLER

Aus dieser Taschenbuchreihe sind nachstehende Bände erhältlich

Band 22 001
David Shear
Der Tod und sein Bruder

Band 22 002
Barry N. Malzberg
Auf einer Welt Jahrtausendweit

Band 22 003
Thomas/Wilhelm
Das Jahr des schweren Wassers

Band 22 004
A. E. von Vogt
Das Gedankenfenster

Band 22 005
Larry Niven/Jerry Pournelle
Das zweite Inferno

Band 22 006
Roger Zelazny/Philip K. Dick
Der Gott des Zorns

Band 22 007
Kate Wilhelm
Das Killer-Ding

Band 22 008
Robert Asprin
Der Weltkriegs-Konzern

Band 22 009
Barry N. Malzberg
Ein schwarzer Tag im Universum

Band 22 010
Gene Wolfe
Unternehmen Ares

Band 22 011
D. G. Compton
Die Zeit-Moleküle

Band 22 012
Philip K. Dick
Kleiner Mond für Psychopathen

Band 22 013
Jörg Weigand, Hrsg.
Quasar I

Band 22 014
Marion Zimmer Bradley
Die Die Matriarchen von Isis

Band 22 015
Chelsea Quinn Yarbro
Der vierte apokalyptische Reiter

Band 22 016
Brian W. Aldiss
Die Achtzig-Minuten-Stunde

Band 22 017
Barry N. Malzberg
Mein Freund Lucas

Band 22 018
Philip K. Dick
Der dunkle Schirm

SCIENCE FICTION
BESTSELLER

Band 22 019
Maxim Jakubowski (Hrsg.)
Quasar 2

Band 22 020
Naiomi Mitchison
Memoiren einer Raumfahrerin

Band 22 021
Philip K. Dick
Das Orakel vom Berge

Band 22 022
Ben Bova
Die Duellmaschine

Band 22 023
Andrew M. Stephenson
Nachtwache

Band 22 024
Alexej Panshin
Welt zwischen
den Sternen

Band 22 025
Keith Roberts
Homo Gestalt

Band 22 026
Orson Scott Card
Der Spender-Planet

Band 22 027
Robert Asprin
Die Käfer-Kriege

Band 22 028
André Ruellan
Paris 2020

Band 22 029
Die letzten Blumen
„Grüne" Science
Fiction Stories

Band 22 030
William Walling
... und morgen die Sterne

**Sie erhalten diese Taschenbücher beim Buchhandel, bei Ihrem
Zeitschriftenhändler oder im Bahnhofsbuchhandel.
Sollten diese Bände dort nicht mehr vorrätig sein, so schreiben
Sie an den Bastei-Lübbe Verlag, Postfach 20 01 80,
5060 Bergisch Gladbach 2.**

FANTASY

Aus dieser Taschenbuchreihe sind nachstehende Bände erhältlich

Band 20 001
Michael Moorcock
Der scharlachrote Prinz

Band 20 002
Michael Moorcock
Die Königin des Chaos

Band 20 003
Michael Moorcock
Das Ende der Götter

Band 20 004
Karl Edward Wagner
Der Verfluchte

Band 20 005
Michael Moorcock
Das kalte Reich

Band 20 006
Michael Moorcock
Der gefangene König

Band 20 007
Michael Moorcock
Das gelbe Streitroß

Band 20 008
Piers Anthony
Das Erbe der Titanen

Band 20 009
Karl Edward Wagner
Kreuzzug des Bösen

Band 20 010
Tanith Lee
Volkhavaar der Magier

Band 20 011
Karl Edward Wagner
Sohn der Nacht

Band 20 012
Poul Anderson
Das geborstene Schwert

Band 20 013
Stuart Gordon
Messias der Mutanten

Band 20 014
Piers Anthony
Die Kinder der Titanen

Band 20 015
Karl Edward Wagner
Herrin der Schatten

Band 20 016
Robert Asprin
Ein Dämon zuviel

Band 20 017
Philip José Farmer
Die Krone von Opar

Band 20 018
Piers Anthony
Der Sturz der Titanen

Band 20 019
Poul Anderson
Dreiherz

Band 20 020
Stuart Gordon
Gesang der Mutanten

FANTASY

Band 20 021
Gene Wolfe
Der Teufel hinter den Wäldern

Band 20 022
Stuart Gordon
Traum der Mutanten

Band 20 023
Karl Edward Wagner
Der Blutstein

Band 20 024
Piers Anthony
Hassans Reise

Band 20 025
Philip José Farmer
Flucht nach Opar

Band 20 026
Karl Edward Wagner
Die Rache des Verfluchten

Band 20 027
Alexej und Cory Panshin
Erdmagie

Band 20 028
Eric Van Lustbader
Krieger der Abendsonne

Band 20 029
Eric Van Lustbader
Der dunkle Weg

Band 20 030
Eric Van Lustbader
Dai-San

Sie erhalten diese Taschenbücher beim Buchhandel, bei Ihrem Zeitschriftenhändler oder im Bahnhofsbuchhandel. Sollten diese Bände dort nicht mehr vorrätig sein, so schreiben Sie an den Bastei-Lübbe Verlag, Postfach 20 01 80, 5060 Bergisch Gladbach 2.

SCIENCE FICTION
SPECIAL

Aus dieser Taschenbuchreihe sind nachstehende Bände erhältlich

Band 24 001
Robert A. Heinlein
Sternenkrieger

Band 24 002
Brian W. Aldiss
Der Millionen-Jahre-Traum

Band 24 003
Larry Niven
Ringwelt

Band 24 004
Addison E. Steele
Buck Rogers

Band 24 005
Alan Dean Foster
Dark Star

Band 24 007
Poul Anderson
Hrolf Krakis Saga

Band 24 008
Jody Scott
Fast wie ein Mensch

Band 24 009
William Morris
Das Reich am Strom

Band 24 011
Samuel R. Delany
Dhalgren

Band 24 012
Jerry Pournelle
Black Holes

Band 24 013
Jerry Pournelle
Die entführte Armee

Band 24 014
Der Barry N. Malzberg Reader
Malzbergs Amerika

Band 24 015
William Morris
Die Quelle am Ende der Welt

Band 24 016
Samuel R. Delany
Triton

Sie erhalten diese Taschenbücher beim Buchhandel, bei Ihrem Zeitschriftenhändler oder im Bahnhofsbuchhandel. Sollten diese Bände dort nicht mehr vorrätig sein, so schreiben Sie an den Bastei-Lübbe Verlag, Postfach 20 01 80, 5060 Bergisch Gladbach 2.